D1878590

गोविन्द मिश्र

गोविन्द मिश्र समकालीन कथा-साहित्य में एक ऐसी उपस्थिति हैं जिनकी वरीयताओं में लेखन सर्वोपरि है, जिनकी चिन्ताएँ समकालीन समाज से उठकर 'पृथ्वी पर मनुष्य' के रहने के सन्दर्भ तक जाती हैं और जिनका लेखन-फलक 'लाल पीली ज़मीन' के खुरदरे यथार्थ, 'तुम्हारी रोशनी में' की कोमलता और काव्यात्मकता, 'धीरसमीरे' की भारतीय परम्परा की खोज, 'हुजूर दरबार' और 'पाँच आँगनोंवाला घर' के इतिहास और अतीत के सन्दर्भ में आज के प्रश्नों की पड़ताल–इन्हें एक साथ समेटे हुए है।

उनकी प्रमुख कृतियाँ हैं—*वह अपना चेहरा, उतरती हुई धूप, लाल पीली ज़मीन, हुज़ूर दरबार, तुम्हारी रोशनी में, धीरसमीरे, पाँच आँगनोंवाला घर, फूल...इमारतें और बन्दर, कोहरे में क़ैद रंग, धूल पौधों पर, अरण्यतंत्र, शाम की झिलमिल, ख़िलाफ़त* (उपन्यास); *पगला बाबा, आसमान...कितना नीला, हवाबाज़, मुझे बाहर निकालो, नये सिरे से* आदि (कहानी-संग्रह); *निर्झरिणी* (सम्पूर्ण कहानियाँ दो खंडों में); *धुंध-भरी सुर्ख़ी, दरख़्तों के पार...शाम, झूलती जड़ें, परतों के बीच* (यात्रा-वृत्त); *रंगों की गंध* (समग्र यात्रा-वृत्त दो खंडों में); *धारा के विपरीत* (आत्मकथा); *साहित्य का सन्दर्भ, कथा भूमि, संवाद अनायास, समय और सर्जना, साहित्य, साहित्यकार और प्रेम, सान्निध्य-साहित्यकार* (निबन्ध); *ओ प्रकृति माँ!* (कविता); *मास्टर मनसुखराम, कवि के घर में चोर, आदमी का जानवर* (बाल-साहित्य); *चुनी हुई रचनाएँ* (तीन खंडों में); *गोविन्द मिश्र रचनावली* : संपादक नन्दकिशोर आचार्य (बारह खंडों में)।

उन्हें प्राप्त कई पुरस्कारों/सम्मानों में 'पाँच आँगनोंवाला घर' के लिए 1998 का 'व्यास सम्मान', 2008 में 'साहित्य अकादेमी', 2011 में 'भारत-भारती सम्मान', 2013 का 'सरस्वती सम्मान' विशेष उल्लेखनीय हैं।

सम्पर्क : एच.एक्स. 94, ई-7, अरेरा कॉलोनी, भोपाल-462016

ई-मेल : govindmishra1940@gmail.com

फूल...इमारतें और बन्दर

गोविन्द मिश्र

राधाकृष्ण पेपरबैक्स

पहला पुस्तकालय संस्करण
राधाकृष्ण प्रकाशन प्राइवेट लिमिटेड द्वारा
2000 में प्रकाशित

राधाकृष्ण पेपरबैक्स में
पहला संस्करण : 2023

राधाकृष्ण पेपरबैक्स : उत्कृष्ट साहित्य के जनसुलभ संस्करण

राधाकृष्ण प्रकाशन प्रा. लि.
जी-17, जगतपुरी
दिल्ली-110 051
द्वारा प्रकाशित

शाखाएँ : अशोक राजपथ, साइंस कॉलेज के सामने, पटना-800 006
पहली मंजिल, दरबारी बिल्डिंग, महात्मा गांधी मार्ग, प्रयागराज-211 001
वेबसाइट : www.radhakrishnaprakashan.com
ई-मेल : info@radhakrishnaprakashan.com

बी.के. ऑफसेट
नवीन शाहदरा, दिल्ली-110 032
द्वारा मुद्रित

मूल्य : ₹350

PHOOL...IMARTEIN AUR BANDAR
Novel by Govind Mishra

ISBN : 978-81-19092-43-7

भाई शैलेश मटियानी को सादर

अवरोह

नासूर

यों तो हमारी जनता के लिए देश की सरकार के मायने हैं जहाँ भी तीन शेरों और 'सत्यमेव जयते' का ठप्पा लगा हो ··· लेकिन प्रशासन के स्तर पर एक बारीक फर्क रखा गया है—सरकार मायने है सिर्फ मन्त्रालय और सचिवालय, सरकार मायने—जो कुछ भी कर सकती है। (यह फर्क राज्य के स्तर पर भी है। राज्य में वित्तीय संकट हो, राज्य के अधिकारियों/कर्मचारियों के लिए टेलीफोनों, सरकारी वाहनों के इस्तेमाल पर रोक लगा दी गई हो, कुछ हो ··· मुख्यमन्त्री हेलीकॉप्टर पर ही चलेगा—यह सरकार है। प्रदेश के स्थायी कर्मचारियों के वेतन तक देने में मुश्किल आ रही हो, सड़कें न बन पा रही हों ··· लेकिन वे फालतू कार्यालय या विभाग जिनमें मुख्यमन्त्री के लोग या उनके लोगों के लोग अस्थायी रूप से तैनात हैं जिन्हें मोटी तनख्वाह दी जाती है ··· वे विभाग बन्द नहीं होंगे, मन्त्रिमंडल का विस्तार बन्द नहीं होगा—यह सरकार है !) सरकार के नीचे काम करनेवाला सरकार का ही विभाग, चाहे वह जितना बड़ा हो, चाहे जनता की जितनी बड़ी संख्या को प्रभावित करता हो, चाहे सचिवालय-मन्त्रालय की इमारत में ही क्यों न बैठता हो—वह सरकार नहीं है। वह जो चाहे सो नहीं कर सकता। उसे सरकार के दिए हुए काम को, उसकी नीति के चौखटे में, उसके बनाए गए नियमों/विधानों के अन्तर्गत करना है। अंग्रेजों के भारत में ऐसी प्रशासनिक पद्धति रही होगी कि सत्ता अंग्रेज में केन्द्रीकृत हो, वह जहाँ भी पदस्थ हो लेकिन स्वतन्त्र भारत, जिसने जनतन्त्र अपनाया ··· वहाँ यह प्रशासनिक तरीका ठीक पाया गया था कि सरकार नीति तय कर दे, कानून-विधान-नियम बना दे ··· उसके बाद हर विभाग अपना प्रशासन स्वयं चलाने को स्वतन्त्र है, उसके लोग ही अपना प्रशासन अच्छा चला सकते हैं क्योंकि वे अपने विभाग को अच्छी तरह जानते हैं। एक सामान्य-सा प्रशासनिक ढाँचा भी उभरकर आ गया—ज्यादातर विभागों में सबसे ऊपर एक समिति या बोर्ड जिसमें कुछ सदस्य और एक अध्यक्ष ··· सब सलाह करके काम करते हुए, सत्ता एक व्यक्ति में नहीं बोर्ड में निहित ··· उसके नीचे फील्ड के अफसर—कमिश्नर, चीफ कमिश्नर, डिप्टी कमिश्नर आदि जो भी नाम उन्हें दिया जाए—जो अपने नीचे के अफसरों/कर्मचारियों के विचार ऊपर बोर्ड को पहुँचाएँ, जिनके आधार पर बोर्ड आदेश निकाले, जिन आदेशों का पालन फिर नीचेवाले करें। स्वशासन ··· अच्छी परिकल्पना और उसका क्रियान्वयन भी कितना आसान। ऊपर बोर्ड के सदस्य अध्यक्ष, या नीचे चीफ कमिश्नर, कमिश्नर रिटायर होते जाते हैं, उनके नीचेवाले वरीयता क्रम से उनकी जगह लेते हैं, जो भ्रष्ट या अयोग्य हैं सिर्फ उन्हें छोड़

दिया जाता है। पूरी प्रक्रिया एक धुरी में आराम से घूमती हुई, अपने फैलाव में भी एकदम तनावरहित।

कागज पर यह आज भी है ··· लेकिन दिखाने भर को। उसे चलने नहीं दिया जाता। मजाक यह कि सरकार ही उसे चलने नहीं देती। स्वतन्त्रता संग्रामवाले नेताओं की पीढ़ी जैसे ही विदा हुई, देश-प्रेम और दूसरे आदर्श धुँधलाने लगे, वैसे ही मुगलों और अंग्रेजों की फतह करनेवाली हवस हमारे नेताओं और प्रशासकों के खून में भलभलाने लगी ··· और तब एक नासूर पैदा हुआ ··· 'पावर' ! 'सेवा' की जगह, जिसके तहत नेहरू भी खुद को जनता का पहला सेवक कहते थे। जो कुछ हो, हमारे इख्तियार में होना चाहिए, सबकुछ सम्भव नहीं तो ज्यादा-से-ज्यादा। हम कहाँ के प्रशासक हुए अगर विभाग, काम, लोग ··· सब हमारे 'अंडर' न हुए ! हमारे पद की महत्ता इसी में है कि हमारे 'एरिया' में क्या-क्या और कितना ज्यादा आता है। मन्त्री/सचिव सोचने लगे—कुछ भी सरकार के प्रशासन के बाहर कैसे हो सकता है। किसी विभाग में प्रशासन चाहे जितना अच्छा चलता हो, उसे सरकार की देखरेख में ही चलना चाहिए क्योंकि बिना सरकार के देखे वह अच्छा चल ही नहीं सकता। देखरेख उतनी ही अच्छी होगी, जितना कम विभाग को स्वतन्त्र रहने दिया जाएगा, उसके ज्यादा-से-ज्यादा कामों में सरकार (माने मन्त्री, सचिव) का दखल होगा। कहाँ विचार यह था कि सरकार नीति और नियम तय करेगी, उनके क्रियान्वयन और अपने प्रशासन में विभाग स्वतन्त्र होगा ··· उसकी जगह व्यवहार में यह हो गया कि सरकार क्रियान्वयन और प्रशासन में घुस गई। चलते-चलते आज ऐसा हो गया है कि सरकार के ज्यादा लोगों की दिलचस्पी नीति-निर्धारण के काम में कम, अपने नीचे के विभागों के प्रशासन में, वहाँ दखलन्दाजी में ज्यादा बढ़ती चली जा रही है ··· क्योंकि उसमें 'पावर' है। नीति-निर्धारण का काम क्या है—'एकेडेमिक', इसलिए सूखा ··· हालाँकि यह जो काम है वह देश को दिशा देता है, आगे ले जाता है, इसके लिए काबिलियत, दूरदर्शिता ··· और सोचने के लिए समय चाहिए ··· समय खासतौर से ··· और वही हमारे आकाओं के पास होता नहीं, 'प्रशासन' में जो चला जाता है।

किसी विभाग में एकदम से दखल करने में ज्यादा विरोध हो सकता है तो सरकार के नुमाइन्दे आहिस्ता-आहिस्ता बढ़ते हैं ··· जैसे अंग्रेज अपने पोलिटिकल एजेंटों के मार्फत धीरे-धीरे बढ़ते थे। दिखाने के लिए एजेंट एक किनारे ··· बाहर पड़ा रहता था पर उसकी निगाह हर छोटी-बड़ी चीज पर होती थी। वह धीरे-धीरे अपने अधिकार-क्षेत्र को बढ़ाता चला जाता था। शुरू कुछ इस तरह से होगा—'अध्यक्ष और बोर्ड के सदस्यों की नियुक्ति वरीयता-क्रम से बिल्कुल होती रहे लेकिन भाई ! फाइल पर मन्त्रीजी के दस्तखत तो होना चाहिए, क्योंकि आखिर वे मन्त्री हैं ! विभाग मन्त्रालय के अधीन तो दिखाया ही जाता है न।' बाहर से एक निहायत औपचारिक, निर्दोष-सा दिखता पैंतरा वह—जिसे मानने में किसी को क्या उज्र हो सकती है। आगे कहा जाएगा—'मन्त्रीजी तो नीचे के प्रस्ताव की ही पुष्टि करेंगे। वे अगर कुछ बदलनेवाले नहीं हैं तो पुष्टि सिर्फ औपचारिकता ही तो है। मन्त्रीजी के दस्तखत से नियुक्तियों पर सरकारी मोहर लग जाएगी, आदेश

में वजन आ जाएगा ''' पर हमारे देश के चालबाज अफसर बखूबी जानते हैं कि किसी भी संस्था को अपने अधीन लाना हो तो पहले नियुक्तियों और तबादलों को अपनी तरफ घसीटो (आजकल वही पेशकश हाई कोर्ट और सुप्रीम कोर्ट के जजों को लेकर है ''' ताकि उन्हीं जजों की नियुक्ति हो जो अनुकूल फैसला लिखनेवाले हों, जो ऐसा न करें उनका तबादला किया जा सके।) मन्त्री के दस्तखत के लिए फाइल आने लगी तो थोड़े दिनों में चुपचाप भाषावली बदल दी जाएगी—'सदस्यों और अध्यक्ष की नियुक्ति तब तक घोषित नहीं की जा सकती जब तक मन्त्री से पुष्टि न हो जाए।' यह क्रम पहले बोर्ड में अध्यक्ष/सदस्यों की नियुक्तियों के लिए, फिर नीचेवाले अफसरों के लिए, फिर उससे नीचे ''' और इस तरह सरकार विभाग में धँसती चली जाती है। होना यह चाहिए कि बहुत ऊपर के पदों को वरिष्ठ अधिकारियों में से यू.पी.एस.सी. जैसी संस्थाओं के माध्यम से भरा जाए, नीचे के पदों को फिर कायदे-कानून के अनुसार ये ऊपरवाले भरें ''' सरकार दूर रहे। नहीं, मन्त्री के पास सभी नियुक्तियों/तबादलों की फाइलें आना चाहिए, वर्ना वह मन्त्री काहे का हुआ। अब कोई फाइल मन्त्री के पास आना है तो पहले उसके चारों ओर जाल बिछाए बैठे अफसरों के पास आएगी ही आएगी। फाइल आई तो उसे अपने तकिए के नीचे रखकर सो जाओ, सिर्फ सो जाओ ''' लोग दौड़ने लगेंगे तुम्हारे पास ''' मन्त्री से ज्यादा उसके पास जिसकी तकिए के नीचे फाइल रखी है। लोगों को दौड़ते रहने दो। वे दौड़ें, रुपए-पैसे लेकर दौड़ें, तुम्हारे लिए यह करें वह करें ''' यह है 'पावर'। इस बीच विभाग में जगहें खाली पड़ी हैं, काम ठप्प पड़ा है, प्रशासन का कबाड़ा हो रहा है। होने दो। मजाक यह, कि इसी कबाड़ा करने को हमारे नेता और आला अफसर कहते हैं कि वे प्रशासन कर रहे हैं।

मोहन्ती का विभाग, सरकार का एक सामान्य-सा विभाग है पर बड़ा है, ऐसा भी जो लोगों को तकलीफ पहुँचा सकता है ''' तो वह 'सरकार' की नजरों से कहाँ बचा रह सकता था। उससे सम्बन्धित फाइलें जब मन्त्री के यहाँ पहुँचने लगीं तो मन्त्री के नीचे बैठे सचिव की चकाचक थी। इत्तफाक से एक रोज उसके यहाँ गृह मन्त्रालय का सचिव बैठा चाय पी रहा था, चाय पीते-पीते उसकी नजर में बोर्ड के अध्यक्ष और सदस्यों की नियुक्तिवाली फाइल आ गई ''' अरे ! यह क्या, गृह मन्त्रालय को 'बायपास' किया जा रहा है। वह गृह मन्त्रालय है, देश की सभी ऊपर के पदों की नियुक्तियाँ सम्बन्धित मन्त्रालय के साथ-साथ उसे भी देखना चाहिए क्योंकि वह 'गृह' है जिसके नीचे 'विदेश' को छोड़कर सबकुछ आना चाहिए ''' सभी नियुक्तियाँ ! उसने अपने कमरे में पहुँचकर फौरन एक नियम बना डाला—सभी विभागों में जहाँ बोर्ड के अध्यक्ष और सदस्य अतिरिक्त सचिव के स्तर के हैं, उनकी नियुक्तियों की पुष्टि तीन बड़े मन्त्रियों की समिति करेगी—सम्बन्धित विभागीय मन्त्री, गृहमन्त्री और प्रधानमन्त्री। जैसे कभी मोहन्ती के विभाग के सचिव ने पावर अपनी तरफ घसीटने के लिए बन्दूक मन्त्री के नाम पर चलाई होगी, इन्होंने प्रधानमन्त्री के नाम पर दाग दी। नियम बन गया ''' फाइल की यात्रा और लम्बी हो गई। अब पहले विभाग के मन्त्री के दस्तखत, फिर गृहमन्त्री

के दस्तखत, अन्त में प्रधानमन्त्री के दस्तखत ¨ और तीनों जगह बैठे तीन सचिव ¨ बड़े अफसर, जिनकी जाति कौओं की जाति। प्रस्तावों पर आपत्तियाँ उठाना, लटकाना उनका स्वभाव था, जैसे काँव-काँव करना कौओं का। लटकने लगी फाइल, पर मजा नहीं आ रहा था क्योंकि बाहर तो लोगों में मन्त्रियों की ही धाक थी, बोलवाला तो उन्हीं का था तो तीनों सचिवों की सलाह से गृहमन्त्री के सचिव ने अपने मन्त्री को समझाया कि हुजूर ! आप लोग कहाँ इन ब्यौरों और विस्तार में जाएँगे, आपको तो देश देखना है तो हमारी एक समिति छननी का काम करके देगी, कूड़ा-करकट से आपके लिए छाँटकर रख देगी, उचित नामों की सिफारिश आप तीनों मन्त्रियों के सामने स्वीकृति के लिए रख देगी। चुनाँचे नियमों में हल्की-सी तब्दीली कर दी गई—नामों पर सबसे पहले विचार सचिवों की एक समिति करेगी जिसमें प्रधानमन्त्री, गृहमन्त्री, सम्बन्धित विभाग के तीन सचिव रहेंगे, कैबिनेट सचिव उस बैठक की अध्यक्षता करेंगे। चयन की उस सिफारिश को दस्तखत के लिए विभागीय मन्त्री, गृहमन्त्री और प्रधानमन्त्री के पास भेजा जाएगा। बड़े शातिर ढंग से अफसरों ने विभागों के बड़े पदों की नियुक्तियों की 'पावर' मन्त्रियों से भी हटाकर अपनी तरफ खिसका ली थी।

मोहन्ती के विभाग में मामला अध्यक्षों, सदस्यों की नियुक्ति तक ही नहीं थमा। धीरे-धीरे और चीजें भी सरकार की तरफ घसीट ली गईं। नीचे फील्ड में जो चीफ कमिश्नर, उनके भी नीचे कमिश्नर लोग थे ¨ उनके तबादलों का मामला भी पुष्टि के लिए मन्त्रीजी तक आए, जो प्रस्ताव किसी कर्मचारी/अधिकारी को कोई खास फायदा देने के लिए हो, जैसे—किसी का विदेश जाना या किसी को रिवार्ड या पुरस्कार मिलना या किसी के खिलाफ भ्रष्टाचार के लिए कोई कार्यवाही करना ¨ ये सब मन्त्री तक आएँ ताकि लोगों को पता चल जाए कि असली 'दाता' कौन है ! धीरे-धीरे करके सरकार ने अपना एक प्रतिनिधि—थोड़ा छोटे स्तर का एक अधिकारी विभाग के भीतर एक पद बनाकर तैनात कर दिया ¨ कहा गया कि वह विभाग के प्रशासन में मदद के लिए है, पर दरअसल वह अधिकारी यह देखने और सचिव को यह बताने के लिए था कि बोर्ड या उनके अन्य विभागीय अधिकारी मनमानी तो नहीं कर रहे, नीचे-नीचे कोई गुल तो नहीं खिला रहे, सचिव और मन्त्री की अवहेलना तो नहीं कर रहे, हर महत्त्वपूर्ण चीज मन्त्रालय से पूछकर ही तो की जा रही है ¨ मतलब माल अकेले ही तो नहीं खाए जा रहे। इस आदमी को सचिव का विश्वासपात्र होना जरूरी था।

इतना तक भी पच सकता था ¨ बशर्ते, सीधे-सीधे चलता ¨ सिर्फ सचिव और मन्त्री फैसला लिया करते लेकिन वह कहाँ होता है। मन्त्री और सचिव को निर्णय लेना है तो उनकी मदद के लिए बैठी सचिवालय की पूरी फौज सीढ़ी-दर-सीढ़ी—क्लर्क, सेक्शन ऑफीसर, अवर सचिव, उपसचिव, संयुक्त सचिव, अतिरिक्त सचिव। फाइल पर सबकी सिफारिशें चाहिए। अब सब एक ही मसले पर पिले पड़े हैं। वे हैं सिफारिश और संस्तुति के लिए, पर उस काम को कैसे न किया जाए इसके लिए प्रस्ताव में छिद्रान्वेषण कर रहे हैं, अपनी टिप्पणियों से फाइल की काया को बढ़ाए जा रहे हैं। फाइल महत्त्वपूर्ण

हो गई थी—अगर वह नहीं तो कोई निर्णय नहीं लिया जा सकता, कोई काम नहीं हो सकता। वह निकले, उस पर आदरणीय अवर सचिव, उपसचिव आदि अपनी टिप्पणियाँ लिखें, फाइल आगे को भेजें ··· तब काम चले। हर स्तर महत्त्वपूर्ण हो गया। जितने स्तर, उतने लोग, तरह-तरह के लोग, उनकी किसिम-किसिम की दिलचस्पियाँ, फूटती फुनगियों की तरह फैलती हुई ··· उन दिलचस्पियों के पीछे भ्रष्टाचार की लपलपाती जीभ, भ्रष्टाचार के नए-नए रूप, उन्हें जायज दिखाने के लिए बनाए जाते नियम, रोज नए-नए नियम। हर व्यक्ति के 'पावर' को अपनी-अपनी तरफ खींचने की क्रमशः और लगातार कोशिश में एक से एक जटिल प्रक्रियाएँ बन गईं जो सुरसा के मुँह की तरह खुलती चली जातीं। 'प्रोसीजर' ही जानलेवा हो गया था। कोई काम करवा पाना अब आसान नहीं रह गया था। बाहरी व्यक्ति के किसी काम को तो छोड़िए, विभाग या सरकार के अपने किसी आदमी का काम भी आसानी से नहीं हो सकता था वहाँ, क्योंकि एक ही काम करने के लिए दस-दस लोग तैनात थे और सबको अपना महत्त्व दिखाना था।

जिस तन्त्र को लोगों की मदद करने के लिए होना था वह एक क्रूर दैत्य की तरह सामने खड़ा दिखता ··· हर बार ही, जब कोई अपना छोटा-सा काम—चाहे जितना जायज—करवाने के लिए निकलता था।

बिछी बाजी

जिन दिनों सरकारी तन्त्र मोहन्ती के विभाग में धँसता हुआ कमिश्नर के स्तर तक हस्तक्षेप पर पहुँच गया था, उन्हीं दिनों हमारे श्री गोपीकृष्ण मोहन्ती अपने विभाग के बोर्ड में सबसे सीनियर हुए और जाहिर है अध्यक्ष के लिए उनका प्रस्ताव चलना था, सो चला। प्रस्ताव के स्तर पर तो सबकुछ ठीक-ठाक ही चलता है क्योंकि दिखाया जाना होता है कि सब व्यक्तियों, पहलुओं पर विचार किया गया, कोई चुनौती न दे सके ··· और बाद की धाँधलेबाजियाँ अच्छी तरह से ढँप सकें।

श्री गोपीकृष्ण मोहन्ती की जाति या वे किस प्रदेश के हैं—इनमें जाने की कोई जरूरत नहीं क्योंकि किसी जाति या प्रदेश के कोई गुण उनमें नहीं हैं। उनका नाम भी आम हिन्दुस्तानी जैसा—गोपीकृष्ण ··· पहले ऐसे ही नाम रख दिए जाते थे। मोहन्ती के माँ-बाप जूनियर हाई स्कूल में अध्यापक थे। बचपन में मोहन्ती को जो जरूरत की चीजें थीं, वे भी मुश्किल से मिलीं क्योंकि उनके माँ-बाप को और भी मुश्किल से मिली थीं। खला यों नहीं कि वे जिनके साथ खेलते थे, वे बच्चे उनसे भी गरीब परिवार के थे। पिता-माता में हालाँकि पति-पत्नीवाली खींचातानी चलती रहती थी लेकिन दोनों व्यक्तियों में अध्यापनवाली शालीनता, भोग की चीजों के लिए उदासीनता और संसारी चीजों के

लिए मध्य वर्गवाला सन्तोष था ··· वे संस्कार मोहन्ती को मिले। उनकी पहली नौकरी भी कॉलेज में अध्यापकवाली हुई। दूसरी इस विभाग में। इस नौकरी के दौरान जरूर उनका उठना-बैठना रईसों के यहाँ होने लगा क्योंकि विभाग का काम ही रईसों से ताल्लुक रखता था ··· लेकिन मोहन्ती के भीतर जैसे हमेशा अध्यापक ही बैठा रहा ··· बड़ा अच्छा जीवन लगता था यूनिवर्सिटी के अपने जमाने के अध्यापकों का—सांसारिक चीजों का एक औसत स्तर, उसके बाद बस पढ़ने-लिखने में रमा रहना, सोचना। मोहन्ती नियमित तो नहीं, जब संशय या उलझन में पड़ जाते तो अपनी डायरी लिखते हैं। उन्होंने जीवन में जो पाया वह उन्हें अपनी काबिलियत और अपने परिश्रम से मिला। इसलिए नौकरी जो लोगों को अमूमन आरामतलब और भोगी बना देती है, वह वे नहीं हुए। बगैर यह चिन्ता किए हुए कि कोई उनके किए श्रम या काम को देख रहा है या नहीं, प्रशंसा मिल रही है या नहीं। वे चुपचाप सामने का काम पूरी निष्ठा से करते चले जाते हैं ··· इस विश्वास से कि काम कोई दिखाने के लिए थोड़े किया जाता है, वह तो करना है क्योंकि आपका काम है। तड़क-भड़क उन्हें छू नहीं गई है। कहीं जाएँगे तो जो पहनेंगे वह इस नजरिए से कि वे किसी की नजर में न चढ़ें, साधारण में खोए, बिलाए रहें।

मोहन्ती भाई इतने साधारण भले न हों कि साधारण की मिसाल कहे जा सकें, पर साधारण हैं—रंग न बहुत उजला न दबा, शरीर न मोटा न बहुत दुबला, साधारण नाक-नक्श ··· एम.ए. पास किया जो कोई भी कर लेता है, काम जो सामने आ गया उसे ही करते रहे—अध्यापकी सामने आई वह की, फिर इस विभाग के अधिकारी-पद के लिए इम्तहान और इंटरव्यू हुए तो उसमें बैठे और चुन लिये गए। तब से इसी नौकरी में चलते रहे, बीच-बीच में खराब जगहों पर काम करने को कहा गया तो वह भी निस्पृह भाव से किया। इधर-उधर हाथ-पैर फटकारना उन्हें नहीं आता। महत्त्वाकांक्षी एकदम नहीं हैं। जब कभी उनके दोस्त उन्हें कोई लाभ पकड़ने के लिए ललकारते—तो वे मुस्कुरा देते। वे महत्त्वाकांक्षी नहीं हुए तो मैदान छोड़ भागनेवाले भी नहीं हैं—जो सामने आ जाए उसे दत्त-चित्त होकर करेंगे। उनका मानना है कि यह नैतिकता का तकाजा होता है कि जो काम उन्हें दिया जाए उसे वे पूरे उत्साह और निष्ठा से करें। जीवन में सादगी रही तो मन में भी आ गई। कुछ उल्टा-सीधा नहीं करेंगे। लोगों की मदद करेंगे, लेकिन अगर मदद करने में उल्टा-सीधा करना पड़े, कायदा-कानून तोड़ना पड़े तो फिर मदद भी नहीं करेंगे। महत्त्वाकांक्षा नहीं रही तो सम्पर्क-अम्पर्क बनाने में भी कभी नहीं रहे। किसी से मिलना इसलिए नहीं कि उससे ये काम साधना है बल्कि मिलने के लिए मिलना। अपना हक भी नहीं छोड़ते। अब जैसे अध्यक्ष बनने की ही बात है—कोई कहे कि आपकी जो बारी आई है उसे छोड़ दीजिए, किसी और के पक्ष में हट जाइए तो नहीं, डटे रहेंगे। यही नहीं ··· कुछ वर्ष पूर्व बोर्ड के एक सीनियर सदस्य का हक दरकिनार कर सरकार ने नीचे से किसी अन्य को चुनकर अध्यक्ष बना दिया था तो अपनी बारी आने पर मोहन्ती चिन्तित हो गए हैं कि कहीं कोई नीचेवाला उन्हें टँगड़ी मारकर ऊपर न निकल जाए, उनके हक को मार न दे।

मौजूदा अध्यक्ष अपनी कार्यावधि बढ़वाने के चक्कर में है। वह कर्मकांडी धार्मिक है। बाहर का खाना नहीं खाता। खाना ही पड़े तो किसी मन्दिर में जाकर खाता है, भले ही उसके लिए उसे मीलों दूर जाना पड़े। एक घंटा सवेरे और एक घंटा शाम नियमित पूजा करता है। लम्बा तिलक लगाता है, जो नाक की जड़ से उठकर, माथे से होता हुआ खोपड़ी पर वहाँ तक जाता है जहाँ थोड़े-बहुत जो बाल बचे हैं, वे शुरू होते हैं। जैसे पूजा-पाठ उसके जीवन के एक हिस्से में है, वैसे ही दयाभाव भी। दयाभाव जागृत होगा तो द्रवीभूत होते हुए किसी की आखिरी हद तक मदद करता चला जाएगा, कायदा-कानून एक तरफ। नहीं तो क्रूरता में भी उसका कोई सानी नहीं। तब वह भीतर-भीतर चालें चलता रहेगा, एक से एक तिकड़में बैठाएगा और गुफा से जब बाहर निकलेगा तो किसी की तबाही का आदेश हाथ में लिये हुए ही। कुछ लोग इस क्रूरता को उसकी पहली पत्नी से जो सम्बन्ध थे, उससे जोड़ते हैं। पहली पत्नी को इसका पूजा-पाठ पोंगा-पन्थी लगते थे। वह खूबसूरत और जानदार महिला थी, अपना जीवन पूजापाठी के साथ बिताने का सोच नहीं सकी। जब उसने इसे बदलने की कोशिश की तो इसने लड़ना, यहाँ तक कि हाथ चलाना शुरू कर दिया। वह इसे लात मारकर निकल भागी और तलाक की दरख्वास्त लगा दी। पत्नी ने जो इसके साथ किया उसका बदला यह निकालता है उनसे, जिनके प्रति भी इसकी क्रूरता जागृत हो जाए। ईमानदार अधिकारी होने की छवि है, लेकिन उसके कमरे में उसके प्रान्त के वकीलों का जमावड़ा लगा रहता है। जो काम अध्यक्ष की हैसियत से करना चाहिए, उन्हें एक तरफ रख वह उन लोगों के काम करवाने में लग जाता है, मदद करने का स्वभाव जो है उसका। उसके आलोचक कहते हैं कि वह भीतर से 'प्रैक्टिस' कर रहा है, सरकारी नौकरी में होते हुए भी वकालत कर रहा है, दूसरों के पक्ष में और सरकार के खिलाफ। बहुत लोग मोहन्ती से कहते हैं—'आप उसे समझते नहीं, वह पीछे से क्या-क्या चालें चलता है, बाहर से तिलकधारी है पर भीतर से धूर्त है।' मोहन्ती यह सब नहीं मानते। उनके साथ मौजूदा अध्यक्ष ने कभी कोई ऐसी-वैसी बात नहीं की। आज के जमाने का क्या कहें, जिसके साथ आपके हाथों जरा कुछ उल्टा हो गया, वही आपके खिलाफ अनाप-शनाप बोलने लगता है। अब यदि तिलकधारी थोड़े दिन और अध्यक्ष-पद पर बना रहना चाहता है तो इसमें गलत क्या है, आज के जमाने में कौन 'पावर' छोड़ता है, हालाँकि मोहन्ती से वह कई बार कह चुका है कि वह 'एक्स्टेंशन' का बिल्कुल इच्छुक नहीं, उसने ऊपर के लोगों से मना कर दिया है ¨ जैसे कि सचमुच उससे पूछा गया हो। शुरू के अपने कार्यकाल में भी वह मोहन्ती से कहा करता था—"मेरा वश चले तो छः माह अध्यक्षी कर, शेष छः माह के लिए अपने बैचमेट (जो दूसरे सदस्य थे, हाल ही में रिटायर हो गए) को अध्यक्षी करने के लिए दे दूँ।" बिचौलिए कहते हैं—यह तिलकधारी की वैसी ही चाल है जैसे पाकिस्तान का लाहौर बस-यात्रा के लिए पाँवड़े बिछाना और उसी समय पीछे से घुसपैठिए कारगिल में भेज देना। मोहन्ती गोबर हैं, मौजूदा अध्यक्ष पीछे से खेल रहा है, मोहन्ती को खिला रहा है। एकाएक पटकनी देगा।

वरिष्ठता-क्रम में नम्बर चार पर मायाप्रसाद है। मोहन्ती को असली खतरा उससे है। बहुत तेज-तर्रार आदमी है। बिहार के वकील परिवार से है—करेला और नीम चढ़ा। पिता के अलावा मायाप्रसाद के दो चाचे भी वकील थे। उनके बीच मुंशी एक ⋯ जिसने अपना पूरा जीवन वकील साहबों की सेवा में गुजार दिया। यहाँ तक कि जब बूढ़ा हो गया था, कचहरी तक न जा सकता तब भी 'मुंशीजी' ही बना रहा क्योंकि बड़ी मीठी जुबान मिली थी उसे, चापलूसी में कुदरती तेजी से फड़कती। बुढ़ापे में शेष अंग शिथिल हो गए लेकिन जुबान की फड़कन वही रही ⋯ उसके बल पर मुंशीजी जमे रहे। वकील साहब कचहरी से थके-माँदे आएँ तो उनकी नजरों पर निगाहें टिकाए मुंशीजी उनके सामने दो-चार मिनट को जरूर आ जाते और दो-चार ऐसे लच्छेदार सुनाते कि वकील साहब की सारी थकान दूर हो जाती—"रामेश्वर लाल बनाम गनेशी मुकदमे की याद है आपको ⋯ रँगे हाथ पकड़ा गया था खून करते ⋯ आपके ही बूते की बात थी कि उसे फाँसी के तख्ते से खींचकर ले लाए। दूसरी तरफ खड़े थे वर्माजी ⋯ इलाहाबाद हाई कोर्ट के पुराने वकील, पूरे चार दिन वहस चली थी, दिन-दिन भर ⋯ !" वकील साहब की बाँछें खिल जातीं, वे कभी न कह पाते कि मुंशीजी अब आप बहुत बूढ़े हो गए, अब आप छुट्टी ले लीजिए ⋯ उल्टे गद्गद होकर उठते हुए कहते—"मुंशीजी ! जरा फलाँ मुकदमे की मिसिल निकालकर रखिए, रात को देखूँगा।" चापलूसी के ही क्रम में मुंशीजी ने कचहरी के कामों के अलावा एक और काम ले लिया था—वकील साहब के बच्चों को खिलाना ⋯ तो घर के सदस्यों से भी ज्यादा मायाप्रसाद ने इन मुंशीजी से सीखा। वैसे जो मुंशीजी वकील साहब के साथ करते, वह मायाप्रसाद के पिता जजों के साथ करते थे—वही चापलूसी, वही फरर-फरर। मायाप्रसाद ने बचपन में यही सब देखा ⋯ इस तरह चापलूसी उसे पैदाइशी संस्कारों से मिली है। सामने 'बॉस' हो फिर देखो मायाप्रसाद को ⋯ कैसे लचक-लचककर, फरक-फरककर बातचीत करता है। उस समय उसकी जुबान और लचीली हो जाती है, फर-फर चलती है जैसे तेज हवा में पतली चुनरिया उड़ती हो ⋯ एक से एक लच्छेदार शब्दावली मुँह पर आती चली जाती है; सोचने, शब्दों के लिए कहीं अटकने की जरूरत ही नहीं। जब वह एक महानगर कारपोरेशन के चीफ का मातहत था तो दोनों एक मीटिंग में आए थे जिसमें मोहन्ती भी गए थे। मीटिंग के पहले तीनों साथ बैठे थे, तब मोहन्ती ने मायाप्रसाद की जुबान की सिफत देखी थी—"सर ! एक हफ्ते के भीतर ऑल इंडिया स्पोर्ट्स करवा दिए थे आपने, आपके सामने प्रस्ताव रखा गया और आपने किस दबंगता से ले लिया—'ठीक है मेरे शहर में करिए ⋯ ' कोई तैयारी नहीं थी और सिर्फ एक हफ्ते में ! वह तो आपका ही जिगरा था ⋯ सब देखते रह गए थे।" कारपोरेशन चीफ मुस्कुराते हुए सुन रहा था। यह मायाप्रसाद की जुबान का ही कमाल था कि जो भी उसका बॉस हो, मायाप्रसाद को लेकर एक अजीब मिठास में फँसा रहता ⋯ जैसे शहद में मक्खी। जब सामने कोई चापलूसी की नहीं तो मायाप्रसाद एकदम चुप रहता है, जैसे होंठ सी डाले हों, चेहरा खिंचा हुआ। ऐरे-गैरे से वह बात नहीं करता, न उसे यों ही मस्त्याते-गपियाते देखा जा सकता है। वह अपनी ऊर्जा फिजूल बरबाद

नहीं करता। जब वह चुप होता है तब उसका दिमाग चलता होता है, वैसे जैसे कोई 'हुजूर' सामने हो तो जुबान चलती है। वह सोचता होता है—किसे पकड़ना है, किसे कैसे गिराना है। तो यह है अपना मायाप्रसाद—मक्खन लगाने में माहिर और चौबीसों घंटे गोटी बिठाने की उधेड़बुन में, जैसे सामने बराबर शतरंज की बाजी बिछी रहती हो और वह हर पल चालें सोचने में व्यस्त रहता हो। सुना है अध्यक्ष पद के लिए वह अपनी पैरवी गृहमन्त्री से करके आ भी चुका। ऐसी चिकनी-चुपड़ी, लुभानेवाली बातें करेगा कि सामनेवाला खिंचता चला आए। जैसे सँपेरा नाग को वश में कर लेता है, वैसे ही वह सामनेवाले को खींच लेता है। काम निकल जाने के बाद उस आदमी को वह दूध में आ गिरी मक्खी की तरह बाहर फेंक देता है, उसे ही जिसका मक्खन लगाने का हर मौका ढूँढ़ा करता था, कुछ दिनों पहले। इसे वह कतई गलत नहीं मानता—"भई ! जब 'पावर' में हो तो सभी पूछते हैं, अब कोई क्यों पूछे ? ठीक है, जब काम था तो नाक रगड़ी और खूब रगड़ी ··· क्या कोई ताजिन्दगी रगड़ता रहेगा ?" जैसा चिकना व्यवहार वैसा ही चिकना-चुपड़ा चेहरा है उसका जैसे उसकी असली प्रवृत्ति की तासीर बाहर आकर चेहरे पर बैठ गई हो—चिकनाई ! चिकना चेहरा, अच्छे नाक-नक्श, रंग गोरा ··· आकर्षक है, लेकिन वहीं तक, जहाँ तक वह चुप रहे। जैसे ही उसकी जीभ चापलूसी में चपड़-चपड़ चालू हुई, आदमी के चेहरे की बजाय उसका चेहरा सुअर का ज्यादा लगने लगता है। लगातार दाँवपेंच सोचने, उसे चलाने की खिचखिच और चकचक में उसके सिर के बाल असमय में ही झड़ गए हैं। खाने-पीने का शौक है तो फुटबाल-सी तोंद भी निकल आई है। उसके लिए जीवन में सबसे बड़ी चीज़ है—कैरियर ··· उसी की बातें, उसी के लिए घातें। ऊपरवाले की जी-हुजूरी और चमचागिरी तो नीचेवाले के लिए हुड़क और घुड़क। बला का महत्त्वाकांक्षी है ··· और उसके पास जो गुण हैं, वे आज के समय में उसे दिला भी सकते हैं कुछ भी, जो वह चाहे सो।

ये दो उम्मीदवार तो साफ दिखाई देते हैं ··· लेकिन मायाप्रसाद के नीचे का भी कोई हो सकता है। बहुत पहले एक प्रधानमन्त्री ने ऐसे व्यक्ति को अध्यक्ष चुना था जो वरीयता-क्रम में नीचे थे—श्री खेर—जो उम्मीद ही नहीं करते थे और आराम से अपने लड़के के पास अमेरिका में बैठे छुट्टी मना रहे थे। उनकी ईमानदारी की तारीफ प्रधानमन्त्री ने सुनी थी। जब वे वित्त मन्त्री थे तो एक मीटिंग में खेर ने उनके सामने ही उनके विरोध में बोलने की हिम्मत भी दिखाई थी। तो जब वे प्रधानमन्त्री बने तो खेर को ढुँढ़वाया। खेर वरीयता-क्रम में तीसरे नम्बर पर थे—बहुत नीचे नहीं ··· उन्हें अध्यक्ष बनाने का फैसला प्रधानमन्त्री के स्तर पर लिया गया। लेकिन वे दिन दूसरे थे। अब अध्यक्ष का चुनाव तमाम तरह की राजनीति, षड्यन्त्र, दाँवपेची, रस्साकशी का अखाड़ा बन जाता है। बीच-बीच में ये भी खबरें उड़ती रहती हैं कि सरकार अध्यक्ष पद के चुनाव के लिए स्वयं को मोहन्ती के विभाग के अधिकारियों तक ही सीमित नहीं रखना चाहती। विभाग के बाहर जाकर वह आई.ए.एस. या किसी और सर्विस के अधिकारी को भी चुनकर ला सकती है, कहीं से लाकर यहाँ बिठा सकती है ··· यह खबर

हर बार जब अध्यक्ष पद खाली होता है तब उड़ जाती है क्योंकि हर बार ही आई.ए. एस. लॉबी अध्यक्ष पद को अपनी तरफ घसीटने के लिए सक्रिय हो जाती है। वह चाहती है कि हर महत्त्वपूर्ण विभाग के उच्चतम पद पर आई.ए.एस. के लोग हों ··· मोहन्ती का विभाग इस पद को बचाने में लगा होता है—कि यह पद तकनीकी है, हमारे विभाग का काम हमारे ही विभाग का आदमी सबसे अच्छा जान सकता है। अभी तक विभाग के लोग कामयाब भी हुए हैं, पर यह रस्साकशी हर बार जब अध्यक्ष के चुनाव का मौका आता है ··· चल पड़ती है। विभाग के दूसरे पदों में फिलहाल आई.ए.एस. की दिलचस्पी नहीं। अध्यक्ष के लिए वे हर बार कोशिश करते हैं क्योंकि यह सर्वोच्च पद है। एक बार इसमें कामयाब हुए कि उदाहरण बन जाएगा ··· फिर हर बार उन्हीं में से चुनाव होगा। काफी विभागों में आई.ए.एस. के अफसर अध्यक्ष बन चुके हैं, जो बचे हैं वे उन्हें हथियाने की फिराक में हैं। मोहन्ती के विभाग में फतह हुई तो शेष विभागों में भी दावेदारी का रास्ता खुल जाएगा। तो ऊपर-नीचे दाएँ-बाएँ ··· सब तरफ से खतरा है—मोहन्ती मोशाय को। राजनीति अब जमकर होने लगी है अध्यक्ष के चुनाव में। मोहन्ती खासे घबराए हुए हैं। उनके एक मित्र आकर उन्हें आगाह भी कर गए हैं—'मोहन्ती भाई, अध्यक्ष का पद कोई प्लेट में रखकर तो नजर किया नहीं जाएगा आपको, खेर की तरह ··· '

गर्मी गँसी हुई। बाहर निकलते ही गर्म हवा नथुनों में अटक जाती है, साँस के बतौर कुछ भीतर जाती है तो हलक में जा ठहरती है। बाहर दरख्तों में एक भी पक्षी नहीं दिखाई देता ··· कहाँ दुबके होंगे। सिर्फ पत्तों की हल्की सरसराहट ··· गर्म हवा को अपने ऊपर गुजरते देने की सरसराहट। उस सरसराहट के अन्दर की आवाज मोहन्ती से कहती है—जैसे दूसरी चीजें गुजरती हैं ··· यह भी गुजर जाएगा—यह खराब मौसम। अगर गुजरने नाम की चीज न होती तो जीना कितना दूभर हो गया होता।

मोहन्ती सोच में हैं, सोच मुसलसल चल रहा है।

सोच में हल्की हताशा आ जुड़ी है। हुआ यह कि मोहन्ती के एक हितैषी भाई ने कुछ दिनों पहले कागजों का एक पुथन्ना मोहन्ती को थमाया था जिसमें मोहन्ती के खिलाफ दुनिया-भर की शिकायतें उनके मन्त्री और गृहमन्त्री को की गई थीं—उन मन्त्रियों को जिनकी अध्यक्ष के चुनाव में अहं भूमिका होनी थी। इनमें से एक भी दस्तखत करने से इनकार कर दे कि गया। हितैषी भाई ने नीचे किसी स्तर से शिकायतों की फोटो-कापियाँ हासिल कर ली थीं। मोहन्ती कुछ उन विरले अधिकारियों में थे जिनके खिलाफ उनके पूरे कैरियर में कभी कोई शिकायत नहीं हुई थी। स्वच्छ छविवाले। उन्हें इस बात का गर्व भी था। जीवन में पहली वार शिकायतें की गईं ··· उस पर भी सब झूठीं। मोहन्ती बेहद आहत हुए ··· किस गन्दगी में काम करते हैं वे। हितैषी भाई ने समझाया कि जिससे ये फोटोकापियाँ मिली हैं वह बताता था कि ऐसी शिकायतें मन्त्रियों

के यहाँ मनों, टनों आती हैं, खासतौर से तब जब किसी व्यक्ति को कोई पदोन्नति मिलनेवाली होती है। ऐसी शिकायतें वे लोग भिजवाते हैं जो उस पदोन्नति की दौड़ में खुद शामिल होते हैं। मोहन्ती को मायाप्रसाद पर शक हुआ था। अध्यक्ष होने की ताबड़तोड़ कोशिश में वही लगा है। वह कोशिश कर रहा होगा कि इन शिकायतों के आधार पर मोहन्ती के खिलाफ जाँच शुरू हो जाए और उनके नाम पर विचार ही न हो। जिसके खिलाफ 'विजिलेंस इन्क्वायरी' चल रही होती है उसके नाम पर अध्यक्ष पद के लिए विचार नहीं किया जा सकता।

कैसी गन्दगी ! पदोन्नति कुछ देने के लिए आती है या कि मुँह पर कीचड़ थोपने ! क्या है इसमें कि ऐसी प्रतिस्पर्धा चालू हो जाती है, लोग किस नीचता पर उतर आते हैं। यह चलन आम है तो माने हर व्यक्ति जिसे कोई बड़ी पदोन्नति पाना है उसे इस ज़लालत से गुजरना ही होगा। मोहन्ती जानते थे कि इन शिकायतों से उनका कोई नुकसान नहीं हो सकता क्योंकि झूठ एक सीमा के आगे नहीं खींचा जा सकता। जाँच करने पर वे शिकायतें झूठ ही पाई जाएँगी, पर जाँच तक मामला पहुँचे तब न ? नुकसान तो पहले ही कर दिया जाना था। अध्यक्ष पद के लिए मोहन्ती का चुनाव इसी तर्क पर रोका जा सकता था कि उनकी छवि अच्छी नहीं है, उनके खिलाफ बहुत शिकायतें हैं। शिकायतें खासतौर से मोहन्ती की बेटी की शादी को लेकर थीं—कहा गया था कि शादी में महानगर के सभी होटल बुक करा लिये गए थे, पूरा शहर निमन्त्रित था और पच्चीस हजार प्रति घंटे के हिसाब से तीन दिनों के लिए एक पुरानी राजसी विन्टाज कार किराए पर ली गई थी। हकीकत जो थी वह यह कि शादी में एक भी होटल बुक नहीं कराया गया था, मोहन्ती के घर के पास ही दो फ्लैट किराए पर लिये गए थे जिनमें मेहमान ठहरे थे। बुलाए जानेवालों की लिस्ट बढ़े नहीं इस पर मोहन्ती ने खुद ध्यान रखा था क्योंकि वे इतने लोगों को खिला ही नहीं सकते थे—कुल जमा तीन सौ लोग थे, बारातियों के अलावा। मोहन्ती तब चीफ कमिश्नर के पद पर थे लेकिन शादी में आनेवालों का कहना था कि वह तो एक क्लर्क की लड़की की शादी जैसी लगती थी—न पटाखे छूटे, न बैंड-बाजे हुए ⋯ सिर्फ शहनाई। विन्टाज कार भी उनके दोस्त रामेश्वर ने अपनी तरफ से दे दी थी, दूल्हे को द्वारचार में लाने के लिए, मुश्किल से आध घंटे को। जहाँ बारात ठहरी थी वहाँ से जहाँ शादी होनी थी, वहाँ तक मात्र एक फर्लांग का फासला। मोहन्ती लेने में हिचकिचा रहे थे तो रामेश्वर ने कहा था—"अरे भाई ! कार ज्यादातर खड़ी रहती है, इसके रख-रखाव के लिए जरूरी है कि वह कभी-कभार चले भी।" तो वे शादी-ब्याह के लिए कोई भी माँगने आया उसे दे देते हैं ! कार का भी चलना हो गया, पुण्य भी हो गया। वे मोहन्ती पर कोई अहसान नहीं कर रहे।

मोहन्ती संवेदनशील थे इसलिए कसक काँटे की तरह गड़ रही थी—उन्होंने आजीवन अपने को स्वच्छ रखा। उस समय में जब ईमानदार होना बेवकूफी माना जाता है, धारा के खिलाफ बहे वे ⋯ और कैरियर के आखिर में जिस चीज को लेकर उनकी तारीफ की जानी चाहिए, उसी को लेकर उनमें खोट निकाला जा रहा है। आज के जमाने

में ईमानदारी जितनी विरल है कि एक उसी आधार पर उन्हें अध्यक्ष बना दिया जाना चाहिए, दूसरी चीजें देखी ही नहीं जानी चाहिए लेकिन यहाँ हो रहा है उल्टा। हितैषी भाई ने बहुत समझाया था कि इन शिकायतों पर बहुत ध्यान देने की जरूरत नहीं है ··· पर मोहन्ती के मन में हूक-सी उतर गई है, वे जैसे उन शिकायतों को ही लेकर बैठे रहते हैं। जितनी बार उन शिकायतों को देखते हैं, मन विषाद में डूब जाता है—ये सर्टीफिकेट थे जो उन्हें मिले थे उनकी ईमानदारी के लिए ? भाड़ में जाए अध्यक्षी जिसके कारण ऐसे लांछन लगाए जा रहे हैं उन पर ···

हवा जैसे कहीं अटककर रह गई है, चलती ही नहीं। पेड़ निश्चल खड़े हैं, धूप से कुम्हलाए हुए। धूप इतनी चटख हो गई है कि गमलों के कुछ पौधों को जला देती है ··· शाम को मोहन्ती बगीचे में निकलकर देखते हैं ··· कल ये पत्ता जला, आज वह। ऐसा ही रहा तो ये पौधे बचे रह सकेंगे क्या ··· तभी तो कहते हैं जमीन में गड़ जाओ, दूब की तरह जलकर सूख जाओगे तो फिर भी फूटकर बाहर निकल सकोगे। गमले का पौधा कब तक सुरक्षित है कहाँ तक—भीतर लाकर रखो तो मुरझाता है, बाहर रहने दो तो पत्ते जलते हैं। क्या किया जाए !

कुछ दिनों बाद मोहन्ती के वे हितैषी मित्र उन्हें शिकायतों की मूल प्रतियाँ दे गए। उन्होंने कहा कि मोहन्ती चिन्ता न करें, इन शिकायतों का नामोनिशान भी मन्त्री के दफ्तर में नहीं रहेगा। यह भी बन्दोबस्त कर लिया गया है कि आगे जो भी शिकायतें आएँ, वे मोहन्ती के पास सीधे चली आया करें।

"मन्त्रीजी नहीं देखेंगे ?" मोहन्ती ने पूछा।

"नहीं, उन्हें देखने को ही नहीं मिलेंगी।"

"वह कैसे ?"

"बड़ा आसान है। मन्त्री के नाम टनों डाक आती है। वे खुद तो देख नहीं सकते ··· तो एक पी.ए. को यह काम सौंप दिया जाता है कि वह डाक को खोले और बेकार की एक तरफ निकाल दे। आपके खिलाफ शिकायतों को बेकार डाक की श्रेणी में डाल दिया जाएगा।"

"क्या यह बेकार की है ? जो भेज रहे हैं उन लोगों ने कितनी मेहनत की होगी, खोज करने में, ब्यौरे इकट्ठे करने में, उन्हें झूठ बनाने में ··· "

मोहन्ती थोड़ा हल्के हुए। जिस आसानी से शिकायतें पहुँच रही थीं, उसी आसानी से यह बन्दोबस्त हो गया कि कोई नुकसान न करा सके। शिकायतों की मूल प्रतियाँ ही उनके पास पहुँचने लगीं तो वह प्रसंग कुछ हास्य-रस वाला हो गया। जो लिखकर भिजवा रहा था वह कितना मूर्ख था—वह यह नहीं जानता कि उसकी इस मेहनत का यह हश्र होनेवाला है। यह सिस्टम कितना मजेदार था कि जो अभियुक्त है एक तरह से, उसी को जज बना रहा है—जिसके खिलाफ शिकायतें हैं उसी के पास पहुँच रही हैं निपटान के लिए ··· और निपटान क्या—फाड़कर फेंक देना।

मैं क्या हूँ, क्या बनना चाहता हूँ ?

मैं एक साधारण आदमी हूँ, आदमीयत में मेरा विश्वास है ··· मतलब मेरी निगाह में सबसे पहले किसी में भी आदमी के गुणों का होना जरूरी है—प्रेम, करुणा, दूसरों के लिए सहानुभूति महसूस करना, उनकी मदद वगैरह ··· ये चीजें। उसके बाद आदमी को अच्छा सोचने-विचारनेवाला आदमी बनने की कोशिश करना चाहिए। यह मैं करता हूँ ··· सजग हूँ कि मुझमें आदमी और विचारवान व्यक्ति दोनों के ही गुणों का विकास हो। बाकी चीजें ··· जैसे पैसों में बढ़ोतरी, पद में बढ़ोतरी—ये मेरे लिए उतनी महत्त्व की नहीं हैं।

मैं जैसा बना हूँ ··· मतलब प्रकृति ने जैसा गढ़ा, क्या वह खराब था कि मैं उसे उलटकर कुछ और बना देना चाहता हूँ ? अपनी वरीयताओं से प्रकृति की बुनावट—जो मैं हूँ—उसमें उलटफेर कर देना चाहता हूँ। आदमी जो स्वभाव उसे प्रकृति से मिला उसके अनुसार अपनी जीवनशैली बनाए, या कोई प्रचलित जीवनशैली अपनाकर अपने स्वभाव को उस तरफ ढालने की कोशिश करे ?

इन दिनों मैं काफी नीचे की एक बात से उलझा हूँ। नौकरी ··· वह भी नहीं, उसके एक पद की बात—अध्यक्ष बनना चाहता हूँ—जो मेरे मौजूदा पद से ज्यादा गद्‌देदार है। गलत ··· गद्‌देदार क्या, आरामदेह भी नहीं है ··· उल्टे काँटों पर बैठना है वह। ऐसे पदों के लिए क्यों कोशिश करते हैं लोग ? इसलिए कि समाज में प्रतिष्ठा मिलती है। क्या मुझे अभी ही प्रतिष्ठा नहीं मिली हुई ? कोई मुझ पर थू-थू नहीं करता। शायद और ज्यादा इज्जत की तलाश है मुझे ··· और मिल रहा है उल्टा—झूठी शिकायतों के पोथन्ने।

नहीं, मैं सिर्फ यह चाहता हूँ कि जो मेरा प्राप्य है वह मुझसे न छीना जाए। अगर मैं मायाप्रसाद की जगह चौथे नम्बर पर होता तो कभी अध्यक्ष होने की कामना नहीं करता। लेकिन प्राप्य क्या ··· एक कुर्सी ··· इतनी साधारण-सी चीज ? कोई बड़ा प्राप्य नहीं सोच सकते तुम ? जीवन क्या एक छोटी-सी कुर्सी के लिए बना है ? मैं बिल्कुल सोच सकता हूँ कि जीवन में एक से एक प्राप्य हो सकते हैं। मेरी प्राकृतिक बुनावट व्यापारी या कैरियरिस्ट की नहीं है कि मैं बड़े प्राप्यों की कल्पना ही न कर सकूँ, कुर्सी से बड़ी सन्तुष्टियाँ हो सकती हैं मेरे लिए। फिर ?

तुम क्यों लालायित हो अध्यक्ष पद के लिए ?

लालायित कहना शायद ठीक नहीं। मैं फिक्र में जरूर हूँ कि अध्यक्ष बन जाऊँ, इसलिए कि समाज आज इस तरह का है—और मुझे इसी समाज में रहना है। समाज ऐसा है कि अगर मुझे अध्यक्ष पद के लिए नहीं चुना गया तो मैं मुँह दिखाने लायक नहीं रहूँगा ··· मतलब जैसे चोर की स्थिति ! हद हो गई। यह एक ऐसा चुनाव है जिस पर मेरा कोई वश नहीं। मजा यह कि जो चुनते हैं वे देखा जाए, तो इस लायक नहीं कि मेरे व्यक्ति पर कोई निर्णय कर सकें। चयन समिति के तीनों सचिव उम्र में मुझसे

छोटे हैं, उनकी सर्विस भी मुझसे कम है। उनकी काबिलियत सिर्फ इतनी कि वे आला सर्विस के लोग हैं—जो छलाँगते-फलाँगते सचिव के पद पर जल्दी पहुँच जाते हैं। सचिवों की वह समिति मुझे चुने ··· इससे तो अच्छा होता कि मन्त्रियों की समिति चुनती। कम-से-कम कहने को तो है कि वे जनता के प्रतिनिधि हैं ! लेकिन मन्त्री तो सिर्फ दस्तखत करेंगे। तो अपने से छोटे लोगों द्वारा चुनाव ··· इस चुनाव में ही कितना अपमान निहित है।

सब जानते हुए ··· और यह मानते हुए कि इन लोगों के फैसले को मुझे मेरी अपनी नजर में न तो उठाना चाहिए, न गिराना ही ··· अध्यक्ष बनने से ही मैं कुछ बड़ा नहीं हो जानेवाला ··· बावजूद सबके, मैं अध्यक्ष बनना चाहता हूँ। इस सारे प्रकरण में तटस्थ क्यों नहीं रह सकता ? इसलिए कि मैं लोगों की नजरों में गिरना नहीं चाहता। बेशक कुछ हो गया है लोगों की नजरों को, जो सारा दारोमदार यों कुर्सी और कुर्सी के खेल पर रख देते हैं। लेकिन मैं भी क्यों उनकी तरह का हो गया हूँ ··· मैं जो सारे जीवन फर्क रहा। नौकरी के अन्तिम पड़ाव पर पहुँचकर—क्यों ऐसा हो रहा हूँ ··· शायद कामयाबी का सेहरा लेकर ही रिटायर होना चाहता हूँ ··· पर मैं तो कामयाबी में विश्वास ही नहीं करता ··· कामयाबी क्या इतनी छोटी चीज है कि एक कुर्सी के मिलने या न मिलने पर इधर या उधर हो जाती हो ? मेरी नजरें थोड़ा फर्क जरूर हैं पर लगता है, ज्यादातर मैं सब लोगों की तरह ही देखता हूँ ··· उस सर्विस के लोगों की नजर से देखता हूँ जिसमें मैं जीवन के पैंतीस वर्ष रहा हूँ। अगर मैं अध्यक्ष नहीं बना तो मेरी सर्विस के लोग जरूर मुझमें कोई खामी देखेंगे और वह मैं बर्दाश्त नहीं कर सकता।

मैंने पहले ही नौकरी छोड़ दी होती तो कोई बात नहीं थी। इतने ऊपर तक पहुँचा हूँ तो अध्यक्ष भी होना चाहता हूँ ··· क्यों न होऊँ ?

यह सिर्फ लालच नहीं है, है भी तो जायज लालच है !

प्यादा, वजीर, हाथी, ऊँट, घोड़ा !

एक रोज मोहन्ती के यहाँ चले आए उनके ही विभाग में काम कर रहे एक छोटे अफसर, श्री रंजनस्वरूप ··· अपनी तोंद पर उँगलियों में फँसाए दोनों हाथ रखे, मुस्कुराते हुए। नाटा कद, झबरी काली मूँछें जो हमेशा मुस्कुराती होतीं और गोल लौकी जैसी तोंद—उनके जिस्म में छुटकी मटकी की तरह चिपकी हुई। रंजन कभी तेज बोल ही नहीं सकते। हर हाल में उनके चेहरे पर मुस्कान खिली रहती है, वे भाँय-भाँय डाँट खा रहे हों तब भी। यह मुस्कान कम्बख्त आज के समय की बड़ी जालिम चीज है ··· व्यावसायिक मुस्कान ! इसे चेहरे पर बराबर चिपकाए रखना आज के जमाने में सफलता का आधा

रहस्य है। इसे हर सफल व्यक्ति के चेहरे पर देखा जा सकता है। जो सफल नहीं हैं पर किसी व्यावसायिक क्षेत्र में लगे हुए हैं वे इस मुस्कान को चिपकाए रखने का सतत अभ्यास करते रहते हैं। रंजन के पिता सफल व्यक्ति थे। थे तो ओवरसियर ही और बच्चे भी चार—दो लड़के, दो लड़कियाँ—लेकिन क्या कोई इंजीनियर कमाएगा और रहेगा जैसे उन्होंने किया। जितना समय काम में उससे दोगुना मिलने-मिलाने और अपने अफसरों का काम कराने में लगाते थे। ठीक ऊपर के अफसर को पटाए रखो ⋯ फिर वह आपकी कमजोरियों को ढाँपकर रखता है, बिना कहे आपकी हिफाजत करता है। रंजन के पिता ने रंजन को इंजीनियरिंग और उसके छोटे भाई को डॉक्टरी की शिक्षा दिलवाई। एक लड़का बाहर रहे तो एक एक जगह टिककर रहे जिसके पास वे बुढ़ापे में रह सकें। रंजन इंजीनियरिंग करके मोहन्ती के विभाग में निकल आए, छोटा भाई लखनऊ में ही डॉक्टरी करता है जहाँ से पिता रिटायर हुए। पिता अब वहीं रहते हैं। अच्छा खासा घर उन्होंने रिटायर होने के पहले ही बनवा लिया था, अब अपने सम्पर्कों का इस्तेमाल बेटे की प्रैक्टिस बढ़ाने के लिए करते हैं। उमर हो गई है पर पूजा-पाठ न उन्होंने कभी की, न उसमें मन लगता है। उचक-उचक पड़ते हैं कि कहाँ पहुँचें, जहाँ अपने बेटे के हुनर की जबर्दस्त तारीफ करें और घसीट लाएँ दो-चार बीमार अपने डॉक्टर बेटे की कमाई के लिए। आज भी वे खुद को पैसे बटोरने के काम में लगाए रहना चाहते हैं। उनके अनुसार आदमी को हमेशा अर्थोपार्जन में लगा रहना चाहिए ⋯ पहले अपने लिए, फिर अपनी सन्तान के लिए।

रंजन आज की नहीं, दस-बीस साल आगे की सोचकर चलते हैं। बच्चे अभी छोटे हैं पर रंजन सोचते हैं—छः साल बाद उनका छोटा बच्चा दसवीं करेगा, बड़ी लड़की बारहवीं में जाएगी। उसके पहले वे फलाँ जगह पहुँच जाएँगे ताकि वहाँ से बच्चे बोर्ड की परीक्षा दें, उसके बाद फलाँ जगह तबादला करा लेंगे क्योंकि वहाँ प्रोफेशनल एजूकेशन अच्छी है। पन्द्रह साल बाद वे मुम्बई पोस्टिंग ले लेंगे ⋯ दो साल तहकीकात करेंगे फिर और नहीं तो न्यू बॉम्बे में ही जमीन ले लेंगे और अगले दो सालों में बँगला बनवा लेंगे। उसके बाद वे विदेश जाएँगे ⋯ इंग्लैंड की कोई ट्रेनिंग पकड़ लेंगे, वहीं से पत्नी के साथ सारा यूरोप देख लेंगे, अमेरिका और रूस का भी चक्कर लगा लेंगे। जहाँ आदमी के आज का भी भरोसा नहीं, वहाँ इतना दूर तक सोचना ! वे इस तरह सोचते हैं जैसे अपनी तैनाती, विदेश यात्रा आदि के आदेश हर समय उन्हीं को करना है। यों आदमी वे कपास जैसे फुसफुस हैं पर भीतर आत्मविश्वास बला का है ⋯ अपने सम्पर्कों का आत्मविश्वास। काम के ही आदमियों से सम्पर्क रहता है उनका और जिनसे एक बार बन जाता है, उन्हें जैसे वे पैंट-कमीज की तरह अपने कपबर्ड में तह दर तह करीने से रखते हैं, फिर बदल-बदलकर उन्हें पहनते रहते हैं। यह उतारा, वह पहना। सफलता का एक दूसरा गुर भी है रंजन के पास। वे अपनी बीवी को आगे बढ़ाते हैं। छरहरी, नुकीले नाक-नक्शवाली पत्नी—मीनू, उनके बराबर साथ चलती है, जैसे उसकी लिपस्टिक का रंग उसकी साड़ी के साथ चलता है। जिससे रंजन का कोई काम भविष्य में भी

होनेवाला हो, उससे वह मुस्तैदी से सम्पर्क बनाती, सीढ़ी-दर-सीढ़ी ऊपर चढ़ती चली जाती। पहले सम्बन्धित व्यक्ति से पति के साथ मिलना, फिर उस व्यक्ति की बीवी—चाहे वह गोबर हो—उससे आत्मीयता बिठाना, उस परिवार में कोई बुढ़िया हुई तो मल्हम-चूरन-प्रसाद लेकर पहुँचना और इस तरह उसकी प्रिय बेटी या बहू बन जाना। जल्दी ही वह उस घर में सेंध लगा लेती और जब वह मुकाम आ जाता कि काम की बात को 'क्लिक' करना है, तो सामनेवाले बड़े अफसर या मन्त्री के लाढ़ में घुसते हुए कहती—"भाई साहब ! अब बिना आपके कहे तो यह काम होनेवाला नहीं ... " भाई साहब का अहं फूलकर कुप्पा। रंजन अपनी छुटकी मटकी पर बँधे हाथ रखे, एक किनारे खड़े मुस्कुराते तमाशा देखते रहते।

कितनी बार कितनों के साथ उनका यह पैंतरा रंग लाया था। इसलिए अब जहाँ कहीं भी वे पत्नी के साथ प्रकट हो जाते ... कमीज पैंट में खुँसी, पैंट बेल्ट में बँधी और छुटकी तोंद बेल्ट के ऊपर गुब्बारा-सी निकली।

रंजन कुछ समय पहले ही ट्रांसफर पर दिल्ली आए थे, बच्चों का दाखिला तबादला होने के पहले ही दिल्ली में करा लिया था। बाद में पहुँचे मोहन्ती के पास—"सर ! यहाँ तबादला कराना है, बच्चे अच्छे स्कूल में भर्ती हो गए हैं।"

"कमाल है रंजन भाई," मोहन्ती बिगड़े—"तुम बच्चों का दाखिला पहले करा लेते हो, अब तबादला न हुआ तो ?"

"आप तो हैं, सर !"

और वे अपनी दोनों हथेलियों के झूले में तोंद को रखे मुस्कुरा रहे थे। उनके हिसाब से बच्चों की भर्ती ज्यादा मुश्किल चीज थी बनिस्पत तबादले के।

मोहन्ती बहुत झुँझलाए पर झख मारकर उन्हें रंजन का तबादला दिल्ली करवाना पड़ा था। एक बार सामने कोई लक्ष्य होता तो रंजन और मीनू ऐसे पिल पड़ते जैसे कोई युद्ध लड़ रहे हों ... लक्ष्य बेधकर ही दम लेते। उन दिनों जिन्दगी बड़ी अर्थपूर्ण लगती। कोई लक्ष्य न हुआ तो जिन्दगी नीरस हो जाती। अपनी जिन्दगी में किसी वक्त कोई लक्ष्य न बचा हो तो किसी और का लक्ष्य अपनी तरफ घसीट लो—ऐसे किसी व्यक्ति का जो आगे आपके काम आनेवाला हो ...

"सर, अध्यक्ष आप ही बनेंगे," रंजन ने मोहन्ती से मुस्कुराते हुए कहा।

"ऐसे आत्मविश्वास से तुम कैसे कह सकते हो ?" मोहन्ती थोड़ा मुग्ध तो हुए, फिर भी पूछ बैठे—"जानते नहीं, मौजूदा अध्यक्ष अपना कार्यकाल बढ़वाने के फेर में है ... और नीचे मायाप्रसाद है।"

"उन्हें कौन नहीं जानता ... पर सबके किए पर पानी फिर जाएगा," रंजन फिर मुस्कुराए।

"अरे भाई, तुम ज्योतिष विद्या जानते हो क्या, जो ऐसे बोल रहे हो या तुम्हारे पास कोई जादू की छड़ी है।"

"वही समझ लीजिए। जो आदमी अपने पास है, वह जादू की छड़ी ही है, एक

के बाद एक दरवाजे यों खुलते चले जाएँगे।''

''मुझे तो फिलहाल एक ही चीज का भरोसा है। मेरी बारी है क्योंकि मैं वरिष्ठतम हूँ, मेरा हक बनता है। लोग कहते हैं इससे मिलो, उससे मिलो। भाई, मुझसे तो यह सब होता नहीं ?''

''सर ! आप पुराने समय में रह रहे हैं। तब सीनियर्टी की अहमियत थी।''

''आज किस चीज की है ?''

''आज अहमियत इस बात की है कि किसी चीज की अहमियत नहीं। जो भी अपनी तरफ घसीट ले गया। जो किस्से सुनता हूँ, उससे लगता है पुराने जमाने में लोग सीधे चलते थे, आज ढाई घर उचकते हैं। हमें कुछ करना होगा।''

''क्या ?''

''गुस्ताखी माफ करेंगे सर ! 'लौबीइंग' करनी होगी। आज के जमाने में यह जरूरी है, किसी भी चीज के लिए ! फिर यह तो बड़ा पद है जो आप हासिल करने जा रहे हैं।''

''लेकिन अगर मेरे बस का न हो ये ... 'लौबीइंग' ... ''

''कोई बात नहीं। तो कोई दूसरा करेगा आपकी तरफ से—जैसे आप तीर्थ न जा रहे हों, समय या सुविधा न हो, तो किसी और से कह देते हैं हमारी तरफ से मत्था टेक आना।''

कैसे गड्डमड्ड करता है चीजों को यह रंजन—कहाँ तीर्थों की बात, कहाँ यह ! मोहन्ती को ऐसे घालमेल समझ में नहीं आते।

''हमारी तरफ से वह करेगा सबकुछ ... आपको कुछ करने की जरूरत नहीं है। आपको तो एक बार उससे मिल-भर लेना है।''

''किससे ... कहाँ ?''

मोहन्ती बेचारे ! किसी से मिलने नहीं जाते थे। किसी से काम के लिए मिलना हो, तो उस खयाल से ही उनके माथे पर सलवटें आ पड़ती थीं।

''आपको कहीं नहीं जाना है, वह खुद ही यहाँ आ जाएगा।''

कमाल है। एक तो तोप, दूसरे स्वयं यहाँ लुढ़कता हुआ पहुँच जाएगा। सचमुच कोई तिलस्म चीज होगी, मोहन्ती जानने के लिए उत्सुक हो उठे।

''कौन आ जाएगा ?'' उन्होंने पूछा।

''वह ... जो हमारी तरफ से सारी लौबीइंग करेगा या कराएगा।''

इतना आसान ! मोहन्ती को थोड़ा अजीब लग रहा था, पर अब तक उनके भीतर पद के लिए लालच, मोह जो कहिए, वह पूरी तरह जागृत हो चुका था। वे मिलने के लिए तैयार हो गए—वह जो कोई भी हो। इस बीच मीनू भीतर मोहन्ती के परिवार में मिलना-मिलाना करती रहीं। वे काफी पहले से अपने पति के लिए मोहन्ती के घर में जगह बना रही थीं ... जब मोहन्ती अध्यक्ष हो जाएँगे तब के लिए तैयारी अब और जोर-शोर से चल रही थी। अब तक मोहन्ती की पत्नी उनकी प्रिय भाभी बन चुकी थी।

मोहन्ती की माँ को गठिया था तो उसके लिए मीनू ने आज एक बढ़िया तेल सुझाया। वे अगली बार आएँगी तो 'माँ जी' के लिए लेती आएँगी।

तीसरे दिन ही मीनू ने रंजन के हाथों मालिश का तेल भिजवा दिया। उसके अलावा रंजन साथ लाए थे मोहित को। मोहित उनका दोस्त था—रंजन ने परिचय कराया। मोहन्ती दोनों को मिलाते रह गए—दोस्ती के लिए कॉमन क्या था उनके दरम्यान, कुछ भी तो नहीं। फटाफट दोस्त बनाने की होशियारी हालाँकि दोनों के पास थी, पर वह निश्छल भावना जिसे मित्रता कहते हैं, या जो प्रेम को जन्म देती है ¨ वह थी क्या उनके पास। दोनों ही तेज दिखते थे, इसलिए मित्रता की भावना महसूस करने की कूवत दोनों ही कब की गँवा चुके होंगे। उनकी होशियारी ही उस भावना को सोख गई होगी। मजा यह कि यह जानते हुए भी कि दरअसल वह दोस्ती नहीं थी, दोनों के बीच एक समझदार समझौता था जिससे वे न केवल दूसरों को, वरन् अपने आपको भी बार-बार यही विश्वास दिलाते रहते कि वे एक-दूसरे के दोस्त थे। माने वे दूसरों को बेवकूफ बना ही रहे थे, खुद को भी बनाते थे।

मोहित के दादा एक मामूली सुनार थे। मोहित के पिता भी वही हुए ¨ अलबत्ता उन्होंने साफ-सुथरे कपड़े पहनकर सम्भ्रान्त परिवारों में जाना शुरू किया। वे बहुत ही मधुरभाषी थे। तो उनके समय में सोने-चाँदी का कारोबार बढ़ा। अपनी पारिवारिक परम्परा के अनुसार उन्होंने अपने लड़के मोहित को ज्यादा पढ़ाया नहीं। पढ़ाकर क्या होगा, उल्टे अपने पुश्तैनी काम के प्रति अरुचि ही पैदा होगी। मोहित ने अपने कारोबार में हीरों को जोड़ा ¨ लेकिन इसके आगे उसे अपने दो बेटों का भी सोचना था जिन्हें उसे पढ़ाई पर भेजना पड़ा था, वह भी कान्वेंट स्कूल में। मोहित वह नहीं कर सका जैसे उसके पिता ने मोहित के साथ किया था क्योंकि उसके लड़के मुम्बई के थे, पर मुम्बई का तो मोहित भी था जब वह छोटा था ¨ क्योंकि उसके लड़कों का वक्त और था। ज्यों-ज्यों लड़के बड़े होते गए उनमें एक चीज बहुत ही साफ उभरती चली गई। वे जो उन्हें चाहिए आगे बढ़कर अपनी तरफ घसीट लेते, मोहित के कुछ सोचने-कहने के पहले ही। वे बार-बार मोहित की दुकान को लेकर उलाहना देते—"पापा यह क्या ! उस 'शैबी' जगह अपने दोस्तों को लाने में हमें शर्म आती है, उन्हें यह बताने में हमारा मुँह लटक जाता है कि हमारा काम सोने-चाँदी के जेवर बनाना है ¨ 'क्या गोल्डस्मिथ ?' ¨ सब चिढ़ाते हैं।" तो मोहित ने पुश्तैनी दुकान को 'स्काईलार्क प्राइवेट लिमिटेड' के नाम की कम्पनी में तब्दील कर दिया। सोने-चाँदी के जेवर की बिक्री में हीरों की कटाई-छँटाई तराश और फिर उनके जेवर बनाना ¨ यह और उनका एक्सपोर्ट भी जोड़ दिया। अब उसके यहाँ मैनुफैक्चरिंग और एक्सपोर्ट—व्यापार की दोनों स्टेटसवाली चीजें होने लगीं। उसने अपनी पूरी दुकान को एयरकंडीशंड कर दिया। अपना एक आलीशान केबिन बनवाया, एक सुन्दर-सी लड़की को 'पी.ए.-कम-रिसेप्शनिस्ट' बनाकर बिठा लिया, ऑफिस के पीछे सुनारी का काम चलता रहता जिसे वह अपनी फैक्टरी कहता था। अपने माँ-बाप के दिए हुए नाम मोहितलाल को दबाकर उसने एम.एल. चलाया,

कार्ड छपवाए स्काईलार्क प्राइवेट लिमिटेड, चेयरमैन एम.एल. शेठ। मोहित को फिर भी लगता कि उसका स्टेटस वह नहीं हुआ जो होना चाहिए। उसके पिता अपने सभी ग्राहकों या होनेवाले ग्राहकों से सम्बन्ध बनाकर रखते थे, मोहित ने अफसरों, मन्त्रियों से सम्बन्ध बनाने शुरू किए। उसके पिता जीवित होते तो समझाते कि बेटा यह क्या इसमें तो देना ही देना है, आज यह गिफ्ट ले जाओ कल वह, आना कुछ नहीं है ⋯ लेकिन मोहित में स्टेटस की दबी हुई भूख थी। अब वह कह सकता था कि वह कल उस मन्त्री के साथ था, परसों उस बड़े अफसर के साथ। कहते समय उसे अपना कद दो बालिश्त ऊँचा उठा हुआ दिखता।

मोहित जानता था कि जिन लोगों के बीच उसका उठना-बैठना है वहाँ एक छोटी-सी प्राइवेट लिमिटेड से काम नहीं चलेगा, स्टेटस को और ऊपर उठाना होगा। इसलिए उसने हाल ही में सूरत में एक छोटी मिल भी डाल दी थी। आए दिन उसे इससे या उससे काम पड़ते रहते जिन्हें उसका मित्र रंजन अपने प्रभाव से सल्टवाता। मोहित कभी हीरे की अँगूठी, कभी हल्का-फुल्का हार मीनू को भेंट करता जिन्हें वे फड़ककर ले लेती ⋯ मित्रों की भेंटों में भला क्या संकोच। मोहित रंजन के माध्यम से जिन अफसरों से मिलता उन्हें अपने सर्किल में ले लेता। अफसरों में उठने-बैठने से उसे ऐसा लगता जैसे वह भी पढ़ा-लिखा, स्टेटसवाला आदमी है।

मोहित का रंग गोरा और बदन छरहरा था। उम्र पचास के इधर की ही होगी। रंग-बिरंगी पैंट-कमीज में वह कभी-कभी खूबसूरत भी दिख जाता। दो ही चीजों में मात खा गया बेचारा ! एक तो जब आते ही वह पिघलती हुई चौड़ी मुस्कान धारण कर सामनेवाले को देखता तो उसकी आँखें दो की बजाय डेढ़ हो जातीं—एक पूरी खुली हुई तो दूसरी अतिरिक्त मुस्कान की वजह से या जैसे भी आधा बन्द। सामने कोई मन्त्री, बड़े पदवाला कोई अफसर, समाज का कोई प्रतिष्ठित व्यक्ति, कोई बड़ा रईस या कोई सुन्दर स्त्री हुई तो फैलती हुई मुस्कान के साथ मोहित की दूसरी खुली आँख अधमिची हो जाती और तब सामनेवाले महत्त्वपूर्ण व्यक्ति को हमारा मोहित भेंड़ा दिखता। फलतः ठीक जिस वक्त वह पहला बढ़िया और पूरा प्रभाव डालना चाहता उसी वक्त ऐसा दिख जाता कि वितृष्णा होने लगती। दूसरी तकलीफ बेचारे के साथ यह हुई कि व्यापारिक सफलता तो इतनी जबर्दस्त कि एक छोटी-सी दुकान से शुरू करके आज वह हीरों का 'एक्सपोर्टर' हो गया था, 'इंडस्ट्रियलिस्ट' भी ⋯ मुम्बई में शोरूम, दुकान और चार फ्लैट्स और सूरत में एक मिल, घर आलीशान (हालाँकि वहाँ वह आसानी से किसी को नहीं ले जाता था, अपने दोस्त रंजन को भी नहीं) ⋯ सबकुछ था पर शरीर साला असमय में दगा देने लगा था। यह ईश्वर भी बड़ा उस्ताद है—कुछ देता है तो फौरन ही कुछ ले लेता है ⋯ ठीक-ठाक बढ़ा चला जा रहा है आदमी, तो एकाएक टँगड़ी मार देता है। मोहित को अजीब बीमारी हो गई थी—उसका वजन एकाएक गिरने लगता, वह सूखता चला जाता ⋯ उस बिन्दु पर आ जाता जहाँ उसे बराबर बुखार रहने लगता। हर तरह के टेस्ट करा लिये मगर मर्ज का पता नहीं चला। डॉक्टर लोग उसे तरह-तरह की

दवाइयाँ देते रहते ··· और पता नहीं चलता कब किस दवा ने असर किया—फिर एकाएक बुखार कम होने लगता, वजन बढ़ने लगता और तेजी से वह वापस अपनी सेहत की तरफ लौटने लगता। अपनी असली सेहत पर आकर मामला पाँच-छः महीने थमता। मोहित खुश, पर जैसे ही उसे लगा कि उसने हमेशा-हमेशा के लिए उस रहस्यमय रोग से छुटकारा पा लिया है, तभी फिर एकाएक वजन घटना शुरू हो जाता ··· और वही क्रम फिर शुरू। डॉक्टर ··· वे भी मुम्बई के, हैरान थे। जहाँ तक इस बीमारी का ताल्लुक मोहित के दिमाग से था। वह कितनी चीजें पी जाता था। उसके दिमाग में पता नहीं कहाँ-कहाँ की जानकारियाँ, किस-किस किस्म की उधेड़बुनें कलथती रहतीं, कैसी-कैसी तरकीबें, स्ट्रैटेजी आकार लेती रहतीं ··· पुरानी मिटतीं, नई बनतीं। व्यापार में जो उल्टा-सीधा करता वह तो था ही, उसके अलावा जाने कितनी तरह के ऊपरी दन्द-फन्द वह पाले रहता था ··· उन सबको भी उसे भीतर लिये-लिये घूमना था—कितना जूठन-मीठन, सड़ा-गला ऊलजलूल ··· जिसे न वह पचा पाता था, न निकाल पाता था। वह बीमार रहने लगता। फिर एक वक्त ऐसा आता जब ज्यादातर उलझनें, उलझनों का गर्दो-गुबार उसके 'सिस्टम' से निकल गया होता, मोहित अपने स्वाभाविक स्वास्थ्य को पा लेता, तभी वह फिर भीतर कचरा जमा करना शुरू कर देता। जितना कचरा-कीचड़ भीतर जमा होता जाता, वह बीमार होता चला जाता—पर मजा यह कि अपनी तमाम होशियारी के बावजूद मोहित मर्ज के इस रहस्य को नहीं समझ पाया था। अगर समझ भी लेता तो मानता नहीं, मान भी लेता तो भी अपनी चालबाजियों से बाज आना उसके हाथ में नहीं था।

अपनी कोमल-कोमल उँगलियों में समाज का नया स्टेटस-सिम्बल ··· 'मोबाइल' लिये मोहित मोहन्ती के ड्राइंगरूम में दाखिल हुआ और मुस्कान से लिथुड़े अपने चेहरे को सामने करके डेढ़ आँखों से मोहन्ती और उनकी पत्नी को ताकने लगा। ताज्जुब कि न श्रीमती मोहन्ती सुन्दर थीं और न मोहन्ती बहुत बड़े पद पर थे ··· पर हाँ, मोहन्ती जल्दी ही वैसा पद पानेवाले थे, इसलिए श्रीमती मोहन्ती भी उसे सुन्दरी दिखने लगी थीं ··· और मोहित की आँखें दो से घटकर सवा रह गईं। जब रंजन ने मोहन्ती का जिक्र किया था तभी मोहित के मुँह में पानी आ गया था ··· अध्यक्ष अपनी मुट्ठी में ! और इस समय तो पानी उसके मुँह में क्या, सारे जिस्म में भलभल बह रहा था। भले ही वह पद मोहन्ती को किस वजह और किसके माध्यम से मिले, इस समय तो हर कोई दौड़-दौड़कर मोहन्ती के रजिस्टर में अपना नाम लिखा देना चाहता था, कि उसने भी दौड़-धूप की मोहन्ती के खातिर ··· सनद रहे और वक्त पर काम आए। उस दौड़ में मोहित को सबसे आगे दिखना चाहिए ··· दिखेगा, वह मोहन्ती का बहुत करीबी हो जाएगा ··· सोच-सोचकर उसका खून मनों बढ़ा जा रहा था। ऐसे मौकों पर ही उसका स्वास्थ्य ठक् से ठीक होने लगता था।

असल बात वह, पर मजाक यह कि दोनों तरफ से उस बाबत कोई बात ही नहीं हुई। रंजन ने मोहन्ती से कहा था कि वे सिर्फ मिल लें ··· बाकी वह सँभाल लेगा। आखिर रंजन भी तो कुछ अपना किया हुआ दिखाना चाहता था।

"मेरे यहाँ हीरे काटने, साफ करने का काम होता है। एक्सपोर्ट करते हैं हम। छोटा काम है पर ठीक-ठाक है। असली हीरे की पहचान है हमें," मोहित ने डेढ़ आँख में मुस्कान ही मुस्कान भरकर आगे श्रीमती मोहन्ती से कहा :

"भाभी ! आपके लिए एक छोटा-सा सेट बनवा देता हूँ ··· कान, नाक, गले के लिए ··· बहुत महँगा नहीं होगा, सोबर दिखेगा ··· और बाजार में वह चीज मिलेगी नहीं, मिलेगी तो यह भरोसा नहीं कि असली है।"

श्रीमती मोहन्ती पिघल गईं—असली हीरे की बात ! मोहित पहली बार आया और इतना खैरख्वाह ! मोहन्ती भोले भी खुश-सा हुए कि इस आदमी के काम का उनके कार्यक्षेत्र से सीधा सम्बन्ध नहीं था। इतनी बड़ी दुनिया में यह शख्स उन विरल कुछ लोगों में है जो बिना किसी मतलब के, केवल मानवीय आत्मीयता के चलते उन्हें भाई और पत्नी को भाभी मानकर चल रहा है। इस व्यक्ति से सम्बन्ध बनाया जा सकता है। अब शुरू में थोड़ा-बहुत तो यह चलता ही है, लोगों की मुलाकात ही काम के वहाने होती है (अभी काम मोहन्ती का था) सम्बन्ध उसी से शुरू होते हैं लेकिन अगर काम के तन्तु महीन रहे आएँ और इस बीच सम्बन्ध अपनी प्राकृतिक ऊष्मा पा ले तो कितना अच्छा। यहाँ वह सम्भावना थी क्योंकि मोहित गरम तासीर (क्रोधी के अर्थ में नहीं, उत्साही, आत्मीय के अर्थ में) का व्यक्ति था। एक ही मुलाकात में घर में यों घुल-मिल गया जैसे वर्षों से आता-जाता रहा हो।

"आपका छोटा भाई हूँ," वह कह रहा था—"मुझे आपसे कोई काम नहीं है, न आगे पड़नेवाला है क्योंकि मेरा छोटा-सा कारोबार है और उसके कोई घपले नहीं हैं। सब चीज नियन्त्रण में है ··· हर चीज साफ-सुथरी है, तो आप यह ध्यान में कतई न लाएँ कि मैं कोई मतलव से ··· " मोहित फिर डेढ़ आँख से मुस्कुराया।

रंजन ने मोहित को समझा दिया था कि मोहन्ती सर को यह परेशानी कुछ ज्यादा ही होती है कि लोग किसी काम या मतलब से उनके पास आते हैं या आनेवाले हैं ··· अब आज के जमाने में इससे परहेज किया जा सकता है क्या ··· पर वे पुराने टाइप के आदमी हैं तो वह भ्रम पहले ही मिटा देना ··· तो मोहित ने अपनी तरफ से बात एकदम साफ कर दी थी। मोहन्ती गद्गद हो गए। चाय के साथ दीनो-जहान की बातें होती रहीं, सिवा उसको छोड़कर जिसके लिए मोहित लाया गया था। बातचीत में रंजन की दखल कम-से-कम रही। आज वे अपनी पत्नी को जान-बूझकर नहीं लाए थे क्योंकि मोहित का परिचय कराना था, फोकस उसी पर रहना था ··· और रंजन चाहता था कि मोहन्ती और उनकी पत्नी मोहित से खुल जाएँ, घुलमिल जाएँ ··· एक ही मुलाकात में। लम्बा वक्त जिन्दगी कहाँ, किसको देती है। इस वक्त रंजन के दोनों हाथों में लड्डू थे। वह मोहित को भी उपकृत कर रहा था और मोहन्ती का कृपापात्र बननेवाली सीढ़ी पर भी और ऊपर चढ़ रहा था।

चलते समय मोहन्ती का हाथ गरमाहट से दबाते हुए मोहित ने बड़ी शालीनता से कहा—"सर ! आपकी परेशानियाँ मेरी हैं। जिन-जिन लोगों तक मेरी पहुँच है—और वह

छोटी नहीं है—हम उन्हें इस्तेमाल करेंगे। आप निश्चिन्त रहें ··· मैं प्लान करता हूँ कुछ, आपको फोन करूँगा।''

रंजन बँधे हाथ अपनी छुटकी तोंद पर रखे, एक किनारे खड़े मुस्कुराते रहे अपनी कामयाबी पर। मोहन्ती के अपने तो कोई सम्बन्ध-सम्पर्क हैं नहीं ··· यह मोहन्ती अच्छी तरह जानते थे तो जिसे रंजन 'लौबीइंग' कहता है, वह कैसे की जाएगी। रंजन ने ठीक सलाह दी थी कि वे तो सिर्फ अपने घर बैठे रहें, चुपचाप लोगों से मिलते चलें, बाकी लोग स्वयं दौड़ेंगे उनका काम कराने के लिए। उन लोगों को लालच रहेगा भविष्य का ··· भविष्य में जो मोहन्ती होनेवाले थे। वे सब अपने स्वार्थ की खातिर मोहन्ती को अध्यक्ष बनवाना चाहेंगे। मोहन्ती यह समझते थे लेकिन वे सोचते—तब की तब देखी जाएगी ··· और यहीं ··· इसी बिन्दु पर मोहन्ती को थोड़ा कचोटने लगा था—वे थोड़ा-थोड़ा बदलते जा रहे हैं। है तो यह भी अनैतिक—गलत लोगों को अपने पास आने देना, उन्हें इशारा करना कि हमारा यह काम कराओ ··· (न बोलकर भी कह दिया जाता है !) वे लोग मोहन्ती के घर आकर ही क्यों अपना अभियान शुरू करते हैं ! यही गलत था। इस पर न केवल चुप लगा जाना, एक हाथ आगे बढ़कर उसे उकसाना भी, चाहे जितने भी मासूम दिखते तरीके से। जैसे किसी गलत चीज को देखो, महसूस भी करो मगर बोलो मत ··· फिर यह तो एक हाथ और आगे की बात है। पर तभी मोहन्ती सोचने लगते—अगर लोग दौड़ते हैं अपने आप, तो क्या बुराई है ! मोहन्ती खुद तो नहीं दौड़ते। वे अब भी नहीं जा रहे लोगों के पास—उनकी चापलूसी करने, उनकी अनुनय-विनय करने। अगर लोग उनकी तरफ से दौड़-दौड़कर उनका काम कराने को आतुर हैं तो वे दौड़ें। उन लोगों की तो फितरत ही है यह, मोहन्ती के लिए नहीं दौड़ेंगे, तो किसी और के लिए दौड़ेंगे। मोहन्ती तो उनसे कहते नहीं कि तुम उनकी खातिर खुद को ज़लील करो। वैसे उन लोगों की नजर में ज़लील करना भी कहाँ है यह ! दृष्टि-भेद वाली बात है—मोहन्ती को यह स्वयं को नीचा गिराना लगता हो, मोहित जैसों को वही काम करना स्वयं को ऊँचा उठाना जैसा लगता है। जिस दिन मन्त्री या किसी बड़े अफसर के यहाँ हीं-हीं कर आए, उस दिन कैसे खिले-खिले रहते हैं ये लोग। तो खेलने दो उन्हें अपने खेल। बन गए अध्यक्ष तो ठीक, नहीं, तो भी ठीक। खुद दर-दर नाक रगड़ो और फिर अध्यक्ष न बन पाए तो क्लेश की बात होती। जब दूसरे दौड़ रहे हैं तो उसमें क्या है ··· यहाँ तो सिर्फ तमाशा देखना है।

मोहित का मुम्बई से फोन आया, चौकस। मोहन्ती का विभाग जिस मन्त्री के अन्तर्गत आता है, उसका एक भतीजा है मुम्बई में, उससे बात हो गई है, वह मन्त्री को फोन करेगा। मोहन्ती ने सुन लिया। शंका जाहिर की—''बहुत लोग कहते हैं मन्त्री को फोन कर देंगे, फिर तफसील से बताएँगे भी कि फोन पर ऐसी-ऐसी बात हो गई, लेकिन सच में कोई बात ही नहीं हुई, न होनेवाली है ··· ''

उस तरफ मोहित तमक गया—''सर ! मैं कच्ची गोलियाँ नहीं खेलता। परसों भतीजे के दफ्तर पहुँच रहा हूँ, अपने सामने बात कराऊँगा। और हाँ, मैं छः तारीख को

राजधानी पहुँच रहा हूँ। आप वह शाम मेरे लिए खाली रखें। मैं होटल पहुँचकर फोन करूँगा।''

निर्धारित तारीख को मोहित मुस्तैदी से राजधानी पहुँचा और शाम को मोहन्ती को फोन किया। ताज्जुब कि जो शख्स सौ दन्द-फन्द में रहता था—उसके अपने व्यापार के, सो अलग—वह कैसे इतना ध्यान रख पाता था कि फलाँ तारीख को इतने बजे इसे फोन करना है। मोहन्ती थोड़ा बेचैन थे, भतीजे की मन्त्री से हुई बातचीत का ब्यौरा सुनने के लिए। इस तरह की बेचैनी, व्यग्रता पहले तो नहीं होती थी। उन्होंने अपनी बेचैनी फोन पर मोहित को जाहिर नहीं की ··· मोहन्ती होशियार भी हो रहे थे, धीरे-धीरे!

''शाम को क्या कर रहे हैं ? आप और भाभी रात का खाना मेरे साथ खाएँ ··· ताज में आठ बजे मिलते हैं। आप नॉन-वेज तो खाते हैं न ?'' मोहित यह मानकर चलता था कि वे लोग शाम को उसके साथ खाएँगे ही। ताज में खाने के लिए बुलाते समय उसकी आवाज आत्मविश्वास की खुनकभरी और वजनदार थी।

''नहीं, मैं वैजीटेरियन हूँ।''

''तो हिन्दुस्तानी खाएँगे या चाइनीज ? वैसे चाइनीज ताज का अच्छा रहता है।''

मोहन्ती खाने-पीने, होटल-ओटल के शौकीन नहीं थे, लेकिन क्या करें। जो शुरू हो गया था, हो रहा है उसमें अब बहते तो चलना ही था, मान गए—चाइनीज-जापानीज कोई सही।

''तो ताज के चाइनीज रेस्तराँ में आठ बजे मिलते हैं। मैं वहाँ नहीं मिलूँ तो आप हेड बेयरा से पूछ लेंगे। वहाँ सब मुझे जानते हैं। हमारे लिए एक अलग मेज रिजर्व होगी ··· भाभी को दीजिए जरा ··· ''

थोड़ा अटपटा तो लगा मोहन्ती को, लेकिन मशीनवत् उन्होंने फोन अपनी पत्नी को पकड़ा दिया। वैसे भी उच्च मध्य वर्ग की जिस श्रेणी में वे लोग थे वहाँ यह अशालीनता थी कि किसी को पत्नी से सीधे बात ही न करने दी जाए, हर चीज को पति के मार्फत ही पत्नी तक पहुँचना पड़े। जो ज्यादा ताज्जुब की बात थी वह यह कि एक ही मुलाकात में यह आत्मीयता कि मोहित उनकी पत्नी से अलग से बात करने लगे ! वह भी भाभी ··· आगे 'जी' लगाने की भी जरूरत नहीं। व्यापारियों की यह खासियत तो है—समय की कीमत वे पहचानते हैं। मोहन्ती जैसे लोग हों तो छः महीने इस स्तर की आत्मीयता तक पहुँचने में लगा दें। ये लोग छलाँग लगाते हैं। तभी फट से यों चुटकियों में पैसा बनाते चले जाते हैं, रातोंरात अमीर बन जाते हैं।

''भाभी ··· मोहित ने सीधे 'अपनी भाभी' से कहा—आपकी चीज मैं ले आया हूँ। आपकी पसन्द की है। अभी मैं हूँ यहाँ तीन दिन। इसी बीच कभी घर आऊँगा तो लेता आऊँगा।''

मोहन्ती ने पत्नी से कुछ नहीं पूछा। समझ तो वे गए थे, अच्छा नहीं लग रहा था कि अभी मोहित दोस्त भी नहीं बना ठीक से और गिफ्ट देना शुरू ··· वह भी इतनी महँगी चीजों की, लेकिन वे मोहित को नाराज करने की स्थिति में नहीं थे। इसलिए अच्छा

यही था कि थोड़ा अनजान सा बना रहा जाए, पत्नी से कुछ पूछा ही न जाए। कम-से-कम पत्नी के सामने तो 'पोजीशन' बनी रहेगी !

होटल में इन्तजाम पक्का था। मोहन्ती को सिर्फ मि. मोहित बोलना पड़ा और बेयरा उन्हें बड़े आदर के साथ एक मेज पर ले गया। इतने बड़े होटल में मोहित को जैसे सभी जानते थे। मोहन्ती को उसकी लोकप्रियता का राज जल्दी ही समझ में आ गया। मोहित की यात्राओं और ठहरने का पूरा खर्चा उसकी कम्पनी के खाते में डाला जाता था ताकि कम्पनी की आय से और खर्चों की तरह यह खर्च भी जायज तौर पर निकाल दिया जाए और इस तरह कम्पनी की आय कम दिखाई जा सके, सरकार को कम टैक्स देना पड़े। आखिर मोहित 'बिजनिस' के काम से जो आता-जाता था ! काम मोहन्ती का हो, किसी का हो ··· यहाँ तक कि शादी-ब्याह में आना-जाना हो, सबकुछ बिजनिस ही था इसलिए मोहित का हर बार का खर्च बिजनिस के लिए किया गया खर्च था। मोहित यहाँ पन्द्रह दिनों में एक बार तो आता ही था। हर मौके पर खुलकर टिप्स देना दाएँ-बाएँ ··· सभी को। बस, हो गया वह बड़ा रईस, दरियादिल। ऊपर से थोड़ा मुस्कुराकर होटल के स्टाफ से बातें कर दीं, उनके हालचाल पूछ लिये तो नेकदिल भी हो गया।

यहाँ इस होटल की दुनिया में वह विशिष्ट व्यक्ति था, अपना यह रौब देखना मोहित को भाता था और दूसरों को दिखाना भी अच्छा लगता था ··· इसीलिए वह मोहन्ती को लॉबी में नहीं मिला, उन्हें अपने आप चाइनीज रेस्तराँ पहुँचने दिया ताकि वे भी मोहित का जलवा देख लें।

पर वह जल्दी ही आ गया। वही स्लिम काया, पतली गोरी उँगलियों में काला मोबाइल और डेढ़ आँखों में मुस्कान भरी हुई।

"एक जरूरी फोन आ गया था। उद्योग मन्त्री का पी.ए.—साला, इस समय टाइम दे रहा था ··· अरे, ! मैंने कहा ··· मर जाऊँगा, इस समय मेरा बहुत जरूरी इंगेजमेंट है ·· फिर बोला—तीन दिनों बाद। साला मुफ्त का पंगा लेता है, आखिर कल सुबह मन्त्री के दफ्तर जाने के पहले बैठा दिया ··· और भाभी आप कैसी हैं ?"

इधर-उधर की बातें चल निकलीं—मोहित ने बताया कि अभी मन्त्री के भतीजे की उनसे बात नहीं हुई है, मुम्बई लौटकर वह अपने सामने कराएगा। इस बीच मोबाइल पर उसके कई फोन आते रहे। एक फोन पर बात करने के लिए वह मेज से उठकर—खम्भे की तरफ चला गया। पता नहीं शोर से बचने के लिए या बातें मोहन्ती से छिपाने के लिए। फोन पर वह कह रहा था :

"डिनर पर नहीं बैठ सकते तो ··· इधर से निकलते जाओ ··· तुम्हारे साथ है ? कौन ··· अरे तो यहाँ कौन कम इम्पॉर्टेंट आदमी है ··· होनेवाला चीफ ! तो उसके लिए भी तो अच्छा है—वह भी मिल लेगा। दो इम्पॉर्टेंट लोग मिल लेंगे। हमारा काम है मिलाना। दोनों का फायदा। वैसे यह काम का आदमी है, अपना आदमी उस पोस्ट पर हो तो हम तीनों के लिए अच्छा रहेगा ··· ओ.के., ओ.के., मैं खाना धीरे-धीरे चलाऊँगा

··· आ जाना ··· ''

लौटकर मोहित खाने का ऑर्डर देने में लग गया। बीच-बीच में होटल की पोशाकधारी परिचारिकाओं से मजाक भी कर लेता था, अपने मेहमानों को यह जताने के लिए कि वह विशिष्ट व्यक्ति है। जहाँ तक होटलवालों का सवाल था तो उनकी तो वह ड्यूटी ही थी—ग्राहकों से मधुर व्यवहार करना, खास ग्राहक से थोड़ा खास व्यवहार करना।

खाने के दरम्यान एक मुटकऊ पर तेजतर्रार-सा दिखता व्यक्ति ऊपर आया। नाटा कद, गोलमटोल शरीर सफारी में फँसा ··· सिर पर बाल कम, पर करीने से ऊपर खिंचे हुए, खिचरहाँ होती मूँछें, झबरी-झबरी और ऐनक के पार से झाँकती बेहद पैनी आँखें जो-जो चीजें सामने हैं जैसे उन पर गड़कर देखती थीं। पृथ्वीसिंह। बचपन में पृथ्वीसिंह—जो उसे चाहिए होता उसे झपटकर ले लेता, ऐसे इत्मिनान से जैसे हाथी झटककर डगाल तोड़ सीधा अपने मुँह में रख लेता है। फिर नहीं देता, कोई चाहे जितनी जुगत करे, चाहे जितना समझाए-बुझाए, डराए-धमकाए। कोई मारपीट कर छीनने की कोशिश करे तो भी पृथ्वी उसे अपने से चिपकाए रखता। अच्छा, और कौन चीज उसे पसन्द आई, कब वह उसे उठा लेगा ··· इसका कोई अन्दाजा नहीं लगा पाता था। बस जो चीज भा गई, हथिया ली ··· और उससे चिपक लिये। इसलिए माँ-बाप, सगे-सम्बन्धी उसे लाड़ से झपटू कहते थे ··· लेकिन वह नाम घर-परिवार की देहरी के आगे नहीं जा पाया क्योंकि अब जो वह नाम लेता, पृथ्वी उसे तरेरकर देखता था। अब ज्यादातर लोग उसे सिंह साहब या ठाकुर साहब कहते थे, आत्मीय लोग पृथ्वी कहते।

पृथ्वीसिंह मोहित की तरह व्यापारी था ··· लेकिन पढ़ा-लिखा। पिता के जमाने से चली आ रही एक खासी बड़ी फैक्टरी थी जो पृथ्वी और उसके बाद की पीढ़ियों के लिए काफी थी ! पृथ्वीसिंह एक नहीं ऐसी कई फैक्टरियों और कम्पनियों का मालिक होना चाहता था—ग्रुप ऑफ कम्पनीज। तो बड़ा उद्योगपति बनने की फिराक में वह भी था लेकिन उसके लिए पृथ्वीसिंह ने जो रास्ता पकड़ा था वह राजनीति से होकर जाता था। पृथ्वीसिंह ठाकुर था, पुश्तैनी काम जो मिला वह बनिया का। ठकुरत्व जो बीच-बीच में फड़क उठता था उसकी तृप्ति भी राजनीति से ही हो सकती थी—'पावर'। पृथ्वीसिंह अपनी हैसियत वह बना ले कि जिन छोटे-मोटे अफसरों के आगे फैक्टरी-ओनर होने के नाते गिड़गिड़ाते हुए घूमना पड़ता है, उन्हें वह आदेश दे ··· बाकायदा ऑर्डर ! लोग ये समझें कि उसे हल्के से नहीं लिया जा सकता ··· वह एक 'फोर्स टु रैकन विध' है। पृथ्वी ने अपने प्रदेश के एक बड़े नेता को पकड़ लिया था और अब मन्त्री होने के सपने देखने लगा था—हालाँकि उसने न कभी चुनाव लड़ा और न लड़नेवाला था, न ही राज्य सभा का सदस्य था ··· लेकिन उससे क्या ··· आजकल तो बगैर चुनाव लड़े, बगैर एम.पी. हुए लोग पी.एम. हो जाते हैं और बने रहते हैं। जो भी आदमी काम का हो उससे फटाफट सम्पर्क बना डालना—यह पृथ्वी को आता था। बड़े अफसरों से लेकर प्रधानमन्त्री तक उसकी पहुँच थी। प्रधानमन्त्री से करीबी होने की एक कहानी थी। देश

में कई छोटी-छोटी पार्टियों ने मिल-जुलकर सरकार बनाई थी और अपना एक प्रधानमन्त्री भी चुन लिया था—एक ऐसा व्यक्ति जो संसद के किसी सदन का सदस्य नहीं था। कांग्रेस बाहर से सपोर्ट देने को तैयार हो गई थी कि किसी तरह भा.ज.पा. को सत्ता में न आने दिया जाए। जो सज्जन प्रधानमन्त्री पद के लिए चुने गए उन्होंने शपथ लेने का मुहूर्त निकलवाया। मुहूर्त के समय उनके कस्बे से राजधानी पहुँचने का एक ही तरीका था कि वे हवाई जहाज से पहुँचें। उस रोज पास के एयरपोर्ट से उड़ान नहीं थी ''' और—सरकारी विमान उन्हें शपथ लेने के बाद ही मिल सकता था। होनेवाले प्रधानमन्त्री कैसे पहुँचें समय पर दिल्ली। असम्भव को सम्भव बनाने के लिए पृथ्वीसिंह। उसने दिल्ली में बैठे-बैठे एक प्राइवेट हवाई जहाज फिट कर दिया। जहाज तो खैर सीधा भी पहुँच जाता, लेकिन पृथ्वीसिंह क्या बाहर-बाहर से तमाशा देखते रहेंगे, पृथ्वीसिंह भी नए प्रधानमन्त्री के साथ हवाई जहाज में चलेंगे। तो मुम्बई के उद्योगपति को फोन गया। जहाज मुम्बई से दिल्ली आया, दिल्ली से पृथ्वी को लेकर होनेवाले प्रधानमन्त्री को लेने उनके कस्बे के पास के एयरपोर्ट उतरा, उनको लेकर मुहूर्त के समय दिल्ली। साथ में थे पृथ्वीसिंह ''' यह खबर पृथ्वी ने ही अखबारों को 'लीक' कर दी ताकि लोगों को पता चल जाए कि नए प्रधानमन्त्री का बहुत ही करीबी व्यक्ति है पृथ्वीसिंह। रातोरात पृथ्वीसिंह का महत्त्व बढ़ गया। उद्योगपति का हवाई जहाज इस्तेमाल करने के लिए प्रधानमन्त्री की काफी आलोचना हुई, आलोचना के जवाब में कहना पड़ा कि प्रधानमन्त्री की पार्टी भुगतान करेगी। इस तरह मामले को रफा-दफा किया गया ''' पर वह सब प्रधानमन्त्री और उनकी पार्टी का सिरदर्द था। पृथ्वीसिंह ने तो अपना सिक्का एक छोटी-सी चाल से ही जमा लिया। अखबारों में जब निकला तो वह बड़े निर्दोष भाव से प्रधानमन्त्री से बोला—"क्या करें सर ! ये अखबारवाले कम्बख्त, पता नहीं कहाँ-कहाँ पहुँच जाते हैं।"

पृथ्वीसिंह अब एक छोटा पर महत्त्वपूर्ण नेता बन गया था, कुछ-कुछ रहस्यमय ''' ऐसा व्यक्ति जिसे सभी, खासतौर से उसकी पार्टी के नेता विशेष कामों में इस्तेमाल करने के लिए अपने साथ रखना चाहते। प्राइवेट बैठकों में पृथ्वी इसे मजे से प्रोजेक्ट करता, इससे अपना महत्त्व बाँधता। हर क्षेत्र के एक-एक शीर्ष व्यक्ति से और हर पार्टी के एक-दो बड़े नेताओं से उसके सम्बन्ध थे। बड़े नेताओं के मतभेद दूर करने, दो अपनी-अपनी तरफ खिंचे नेताओं को मिलाने और ऐसे ही और चमत्कारों के लिए पृथ्वीसिंह बहुत काम का आदमी था। वह बहुत तेजी से साधारण व्यक्ति से ऊपर उठकर राष्ट्रीय स्तर का व्यक्ति बनता जा रहा था, विशेषकर नए राजनीतिक माहौल में जहाँ छोटी राजनीतिक पार्टियाँ महत्त्वपूर्ण थीं और सबको साथ मिलकर चलना था।

मोहित ने परिचय कराया—"पृथ्वीसिंहजी ! आज की राजनीति जिनकी धुरी पर घूमती है।"

पृथ्वी ने उस तारीफ को स्वीकारा ''' यों कि तब उसका चेहरा और गम्भीर हो गया, जैसे मोहित जो कह रहा था वह यथार्थ ही था और राजनीति के भार की गुरुता, अपने

ऊपर पड़ी देश के प्रति जिम्मेदारी को पृथ्वी बखूबी समझता था।

"पोशाक से तो नहीं लगते राजनेता," मोहन्ती ने पृथ्वी के सफारी सूट को लक्षित करते हुए कहा। उन्हें यह याद नहीं रहा था कि धोती-कुर्ता, टोपी के जमाने तो कब के लद गए, आज तो प्रधानमन्त्री भी सफारी सूट पहनते हैं, विदेश यात्रा पर जाते ही मन्त्री तीन पीस सूट और टाई में आ जाते हैं, जैसे कि ऐसा न करें तो विदेशियों के आगे हीनता-बोध से ग्रसित रहें।

पृथ्वीसिंह ने सफारी की जेब से अपना कार्ड निकालकर मोहन्ती की तरफ बढ़ा दिया। कार्ड में उसकी कम्पनी का पता लिखा था ⋯ तो वह मूलतः यह था। इसके अलावा उसके पास कार्ड में लिखने को कुछ नहीं था। सच पूछा जाए तो अभी पृथ्वी राजनीति में उत्तर प्रदेश के उस नेता का हनुमान और बड़े नेताओं का सन्देश इधर से उधर ले जानेवाले दूत से ज्यादा कुछ नहीं था, पर इन दिनों पृथ्वी जैसे लोगों की कुछ ज्यादा ही जरूरत थी, जो जाकर इस या उस नेता को सँभाल सकें, आश्वस्त कर सकें, इनकी या उनकी तरफ से। मौजूदा समय में पृथ्वी इसे बहुत ही नाजुक और महत्त्वपूर्ण राजनीतिक काम मानता था क्योंकि एक तरह से उसके ऊपर ही सरकार टिकी हुई थी। कुछ इधर का उधर कह ही दे तो सरकार गिर जाए भरभराकर ! इसलिए पृथ्वी अपने को किसी मन्त्री से कम महत्त्वपूर्ण नहीं मानता था। वह था व्यापारी, उस कारण धनवान होने की उसकी आकांक्षा भी थी लेकिन उससे ज्यादा बलवती इच्छा राजनीति में आगे बढ़ने की थी। वह चाहता था—उसकी एक अलग छवि बने, शक्तिशाली राजनेता की। इसलिए पृथ्वी को खुश करने के लिए उसके दोस्त व्यापारी की बजाय उसकी राजनीतिक हैसियत को ज्यादा उछालने की कोशिश करते थे। मोहित ने भी यही किया था।

मोहित ने बैठने को कहा। पृथ्वीसिंह अनमना-सा बैठा।

"मैं रुक नहीं सकूँगा, क्योंकि नीचे कार में मेरा एक दोस्त इन्तजार कर रहा है।"

पृथ्वीसिंह चश्मे के पार से एक दूसरी जगह देखते हुए हल्के से मुस्कुराए ⋯ जैसे कह रहे हों कि तुम अभी नादान हो, क्या समझो। मुस्कान में उसकी अपने लिए महसूस की जाती महत्ता भी छिपी थी। उतने भर से उससे न रहा गया तो आगे फिर बोला, बिना मोहन्ती की तरफ देखे हुए ⋯

"जो शख्सियत नीचे बैठी है, अगर वह ऊपर आ जाए तो यहाँ तूफान आ जाएगा।"

वह फिर आत्ममुग्धता में खो गया।

मोहन्ती सोच में पड़ गए थे ⋯ ऐसा कौन आदमी हो सकता है ? कोई हिटलर है क्या ! मोहित मोहन्ती के कान में फुसफुसाया—'नीचे अविनाश कपूर है, हीरो।' अविनाश कपूर हिन्दी फिल्म जगत का सबसे लोकप्रिय स्टार था जिसके कहीं पहुँचते ही भीड़ इकट्ठा हो जाती थी।

"आप उससे नीचे मिल आइए," मोहित ने फिर मोहन्ती के कान में कहा।

"मुझे क्या करना सिनेमा-स्टार से ? मैं किशोर या किशोरी नहीं हूँ," मोहन्ती ने

धीमे से कहा।

"वह नहीं," मोहित ने हाथ दबाया—"अरे बाबू ! वह बड़े काम का आदमी है, बाद में बताऊँगा। आप मिल-भर आइए ··· काम आएगा ··· "

सिर्फ मिल आइए। यह मिलना ही कम्बख्त ··· सीढ़ी-दर-सीढ़ी उतरते चले जाना था ··· उस स्थान से जहाँ मोहन्ती के आत्मसम्मान ने उनको प्रतिष्ठित कर रखा था। न भी बोलें कुछ, यह मिलना भी तो एक तरह का माँगना ही था ··· भीख माँगना ! मोहन्ती को ग्लानि ने घेर लिया ··· किस तरह मोहित जैसे लोग जिनसे यों मोहन्ती मिलते भी नहीं, धीरे-धीरे, बड़ी मुलायमियत के साथ उन्हें हुक्म देने लगे हैं और मोहन्ती हैं जो जरा भी प्रतिरोध नहीं कर पाते।

पृथ्वीसिंह जल्दी में था फिर भी राजनीतिक परिदृश्य पर बातें करने का समय उसके पास था :

"सरकार की हालत बड़ी नाजुक है"—वह कह रहा था—"भारतीय जनता पार्टी ताक में बैठी है। देश को साम्प्रदायिक ताकतों से बचाना है, सरकार को स्थिरता देना है इसीलिए रामकृष्णजी (पृथ्वीसिंह के नेता) सरकार में शामिल हो गए हैं, वर्ना उन्हें पद-वद से मोह कतई नहीं है। मुझे उन्होंने सरकार में शामिल नेताओं को सँभाले रहने का काम सौंप रखा है, कांग्रेस के बड़े नेताओं को भी सँभाले रखना है ताकि सरकार को उनकी सपोर्ट जारी रहे। सवेरे सात बजे घर से निकल जाता हूँ और रात ग्यारह बजे पहुँचता हूँ ··· मेरी बिजनिस चौपट हो रही है, मुझे डाइबिटीज हो गई है, ब्लड प्रेशर शुरू हो गया है लेकिन क्या किया जाए, देश का मामला है। एक बार जिम्मेदारी हाथ में ले ली तो फिर भला कैसे छोड़ सकता हूँ। मैं तो देश के काम से इधर-उधर जाता हूँ पर बड़े नेताओं से मेरी जो नजदीकी बन गई है उससे लोग जलते हैं, अखबार में अनाप-शनाप लिखवाते हैं मेरे खिलाफ—कि मैं महत्त्वाकांक्षी हूँ, मन्त्री होना चाहता हूँ ··· और ये जो मैं अपना नुकसान कर रहा हूँ इसे कोई नहीं देखता—मेरा व्यापार, मेरी तन्दुरुस्ती।' "

छोटे से एकालाप में पृथ्वी अपने को देश और समाज के लिए हो जानेवाले एक शहीद के रूप में प्रस्तुत कर गया, फिर जल्दी-जल्दी वह उठा, "अविनाशजी नीचे इन्तजार कर रहे होंगे।"

"चलिए ··· मैं उनसे नीचे ही मिल लेता हूँ, उनके लिए यहाँ आना मुश्किल होगा ··· मैं समझ सकता हूँ," मोहन्ती ने कहा और पृथ्वी के साथ नीचे आ गए। भीतर की कशमकश को उन्होंने फिर दबा दिया था—मिलना ही तो था और अविनाश जैसों के साथ वाकई मुश्किल है, उन्हें लोग घेर लेते हैं।

होटल के पोर्च में नहीं, एक किनारे अँधेरे में लगी एक बड़ी कार में मशहूर फिल्मी हस्ती अविनाश की लम्बी काया छिपी बैठी थी। पृथ्वीसिंह आगे बढ़ गया, कार के भीतर उसने अपना सिर डाला और अविनाश से कुछ बोला। अविनाश एकदम उछलकर कार से बाहर आ गया और मोहन्ती के सामने हाथ जोड़ दिए। एक यह तस्वीर ··· एक वह

जहाँ फिल्मों में किस आत्मविश्वास से वह चलता था, कैसे दहाड़ता था—'साले, कुत्ते ! हरामजादे ! आज मैं तुझे नहीं छोड़ूँगा !' फिल्मों में वह पुलिस, अफसरों, सेठ, साहूकारों, नेताओं के खिलाफ क्या ठसक जुबान में बोलता था और यहाँ जैसे जुबान ही नहीं थी। फिल्मों में जो एक से एक रोल उसने किए थे उसका कुछ भी असर उसके खुद के व्यक्तित्व पर नहीं पड़ा था। उल्टे समय के पंजे ने उसे पीछे से पकड़ लिया था। सिर से बाल उसी स्टाइल के थे जैसे कि फिल्मों में थे ··· काले भी (डाई किए हुए), शरीर भी एकदम छरहरा रखने में कामयाब रहा था वह, ऊँट जैसा लम्बा ··· फिल्मों में जैसा दिखता था वैसा ही ··· लेकिन चेहरे पर झुर्रियों की झाईं दिखती थीं। मोहन्ती पास खड़े थे तो यह भी देख सके कि बाँह में सफेद बाल इधर-उधर से झाँकते थे। वह समय की मार खाया या लगातार मेकअप और तेज रोशनियों से सूखा, झुराया चेहरा था। अविनाश कपूर काफी लम्बे समय तक सुपर हीरो रहा था ··· लेकिन अब उसका समय बीत चुका था, उम्र पचास को छू रही थी ··· फिल्मों से वह करीब-करीब संन्यास ले चुका था लेकिन लोगों में अब भी उसके लिए खासी दीवानगी थी।

"माफ करिएगा," अविनाश धीरे से बोला, जैसे गिड़गिड़ा रहा हो।

"अरे नहीं ··· मैं समझता हूँ आप लोगों की दिक्कत। इतनी शोहरत से आदमी की बुनियादी स्वतन्त्रता ही छिन जाती है। आप न खुलेआम कहीं उठ-बैठ सकते हैं, न अपनी इच्छा से जहाँ चाहे जा सकते हैं।"

अविनाश स्वीकृति में फीकी हँसी हँसा।

"तो फिर कहाँ उठते-बैठते हैं आप—बन्द फिल्मी पार्टियों में या एकाध घरों के भीतर ··· ?" बात चलाने के लिए मोहन्ती ने आगे कहा।

"जी ··· बस ऐसे ही," उधर से फिर वही मरी-मरी सी आवाज जैसे फिल्म का कोई सीन था जहाँ उसे शर्माने की एक्टिंग करनी थी।

"कुछ ऐसी चीजें जो आदमी का आदमी पैदा होने के सबब उसका बुनियादी हक होती हैं ··· जैसे सवेरे का घूमना ··· वे ?"

"जी बस ··· "

"क्या घर के लॉन में चक्कर लगा लिये ?"

"घर में 'जिम' है ··· "

"ओह ! यानी जिस-जिस चीज के लिए बाहर जाना हो, उसे घर लाकर रख लो," मोहन्ती बेवजह कर्कश होते जा रहे थे। अजीब बात है कि कभी-कभी हम पहली मुलाकात में ही जहाँ बात करने को टटोल रहे होते हैं, वहीं सामनेवाले के प्रति बेवजह कड़वा हो जाते हैं ··· और कोई एक छोटा कड़वा वाक्य ही आगे जो सम्बन्ध बननेवाला होता है, उसे बिगाड़कर रख देता है। मोहन्ती सँभले—अरे भाई, क्या जरूरी है उसे नीचा दिखाना पहली मुलाकात में ही या कभी भी। शायद बहुत ग्लैमरवाले या बहुत प्रतिष्ठित लोगों के साथ हमारा यह व्यवहार अनायास हो जाता है ··· जैसे एक पल में हम उसे जिस ऊँचाई पर वह बैठा हुआ है, उससे उतारकर अपने धरातल पर ले आना चाहते हैं।

मोहन्ती का ऐसा कुछ इरादा दूर-दूर तक नहीं था, फिर भी वह हो गया।

"क्या किया जाए, हर चीज की कीमत चुकानी पड़ती है," अविनाश अपने जोड़े हुए हाथों को अब घिसने लगा था।

"किसी दिन इन्हें आपके घर ले आऊँगा," पृथ्वी ने कहा।

"हाँ, जरूर।"

अविनाश खड़ा मुस्कुराता रहा ··· मुस्कान जो कुछ नहीं कहती थी। एक्टिंग करते-करते वह इतनी घिस चुकी थी कि उससे कोई अर्थ निकलना बन्द हो गया था। शायद वह जितना सजग रहता था कि जीवन में भी एक्टिंग करता न दिखाई दे, उतना ही एक्टिंग करता होता था, हर पल।

औपचारिक किस्म की बातें ··· खुश-खुश, खड़े-खड़े ··· वे कब तक करते रह सकते थे। अविनाश के पास तो करने को कुछ बातें भी नहीं थीं। वह अपनी तरफ से न रुकने को कह सकता था, न चलने को। मोहन्ती भी हिचकिचाए-से खड़े थे—बातें खत्म, कुछ नई करने को नहीं थी, फिर भी वे खड़े थे। मोहित के कहने से मोहन्ती नीचे आए थे, यों ही झटके में चल देने से वे लोग उन्हें घमंडी समझ सकते थे, मोहित की जो भी योजना होगी ··· उसे झटका लग सकता था। इसलिए सामान्यतः जो अब तक उखड़, उचक कर चल देते वे मोहन्ती भी हैं-हैं करते हुए खड़े थे। आखिर पृथ्वीसिंह ने ही स्थिति को धकियाया और विदा ली, जल्दी ही फिर मिलने की बात करते हुए। चलते-चलते उसने मोहन्ती को थोड़ा किनारे लेकर धीरे से कह दिया—"मोहित ने मुझे बताया है। अध्यक्ष आप ही बनेंगे, निश्चिन्त रहें। कल आपको फोन करूँगा।"

मोहन्ती ने खुश-खुश दोनों का अभिवादन स्वीकार किया और विदा लेकर ऊपर आ गए। रंजन ने सही कहा था—मोहन्ती को कुछ नहीं करना था, किसी से यह भी नहीं कहना पड़ रहा था कि वे उनके लिए कुछ करें ··· लोग अपने आप ही उनके लिए यह या वह करने को तैयार थे, पहले से ही अध्यक्ष बनाए भी दे रहे थे, घोषणा जैसी कर देते थे। क्यों ? वे ठीक से मोहन्ती को जानते भी नहीं, यह विश्वास भी कैसे कर लेते हैं कि मोहन्ती उनकी उम्मीदों के आदमी सिद्ध होंगे ··· लेकिन अगर लोगों से मिलते रहने, खड़े-खड़े मुस्कुराते रहने से ही बात बन जाती है तो चलिए ··· क्या बुरा है। कुछ तो होगा इसमें जो सब लोग यह करते नजर आते हैं ··· रंजन से लेकर अविनाश कपूर तक। वे चीजें जो अधिकांश लोग करते हैं, क्या यों ही गलत कही जा सकती हैं, मोहन्ती को उनसे कुछ सीखना नहीं चाहिए ?

वापस खाने की मेज पर जब मोहन्ती पहुँचे तो वहाँ उनकी पत्नी और मोहित के अलावा एक और आदमी बैठा हुआ था। घने बाल, बीच में माँग ··· वह बार-बार अपने बालों को ऊपर करता, थोड़ा झटकते हुए जैसे बहुत ही सतर्क और बुद्धिमान होकर किसी चीज को समझने की कोशिश कर रहा हो। तब मोहित की एक खास चीज उभर कर आई। एक होटल के एक रेस्तराँ की एक मेज पर बैठा-बैठा वह जैसे दुनिया को चला रहा था, सिर्फ एक मोबाइल के सहारे। जैसे वहीं उसने अपना दफ्तर खोल रखा

था। लोग आते और जाते थे, उससे भी ज्यादा फोन आते-जाते थे। इस तरकीब से अपना सीमित समय फैलाया जा सकता था, दिन के सीमित समय को रात में दुगुनाया जा सकता था। जो चालें चलने का दिन में समय नहीं मिलता, वे रात को चली जा सकती थीं। एक मेज पर से ही लोगों को इधर से उधर हाँका जा सकता था।

मोहित ने परिचय कराया—"दीनदयालजी, बड़े पत्रकार हैं। आज मीडिया में जो होल्ड इनका है, कम लोगों का है। सारे राजनेता इनकी बड़ी इज्जत करते हैं।"

दीनदयाल राजधानी का प्रॉडक्ट था—उसके पिता अफसर थे, रिटायर होकर राजधानी ही में बस गए थे, जैसे सब अफसर यहाँ बस जाते हैं। इसीलिए तो दिल्ली अफसरों-बाबुओं से पटी पड़ी है—जो मौजूदा वे भी, जो भूतपूर्व वे भी यहीं। दीनदयाल की पूरी शिक्षा दिल्ली में हुई। कान्वेंट में पढ़ा है तो जहाँ प्रभावित करना हुआ वहाँ अंग्रेजी भी बोल सकता है। पिता ने उसे अफसर बनाने की बहुत कोशिश की लेकिन दीनदयाल पढ़ने में बहुत तेज नहीं था, नहीं बन पाया। जर्नलिज्म नई लाइन निकली थी, दीनदयाल उसमें घुस गया। उधर पिता रिटायर हुए इधर दीनदयाल ने अपने ढंग से पत्रकारिता के छिपे कोनों की ढूँढ़ शुरू की ··· उतने ही आधुनिक तौर-तरीकों की जितना उसका नाम पारम्परिक था। सिर्फ अखबारों-पत्रिकाओं में लिखना ही पत्रकारिता नहीं है, उसके इर्द-गिर्द ढेरों चीजें हैं जिन पर उसकी नजर पड़ी। उसने अंग्रेजी-हिन्दी दोनों में लिखने की काबिलियत विकसित की। एक चीज लिखो और उलट-फेरकर उसका इस्तेमाल दस जगह करो ··· जैसे दूसरी भाषाओं में अनुवाद करवाकर, अखबार के बाद पत्रिकाओं में छपाकर, शीर्षक बदल-बदलकर। अखबार चटपटी चीजों के लिए पढ़े जाते हैं इसलिए उन चीजों को परोसो। चीजों के गहरे विश्लेषण में जाने की योग्यता दीनदयाल में नहीं थी। इसलिए इधर-उधर घूमता हुआ वह अफवाहों, स्कैंडलों, नेताओं के आने-जाने, उनके सम्पर्क व्यवहार आदि के ब्यौरे बटोरता। उस बटोरन को अपने अन्दाज की छौंक मारकर वह 'स्टोरी' के रूप में परोसकर रख देता था (कॉलम्स के लेखन को स्टोरी कहते थे ये लोग)। पत्रकारिता उसका आदर्श नहीं, शौक नहीं, धन्धा था। अब राजधानी में रह रहे हैं, खर्चे हैं तो कुछ तो करना होगा। पढ़-लिखकर नौकरी या किसी दूसरे काम लायक न हुए तो न सही ··· ढेर काम हैं जो उपग्रहों की तरह राजधानी में पावरगेम्स और उनके खिलाड़ी नेताओं-अफसरों के इर्द-गिर्द उग आए हैं। उनमें से किसी को पकड़ लो। मसलन, भविष्यवाचन—कुंडली को कम्प्यूटर पर छपाओ, उसका विश्लेषण करो या करवाओ, रस ले-लेकर नेता को सुनाओ, अशुभ ग्रहों के उपचार खोजवाओ, अनुष्ठान कराओ ··· इस तरह सिलसिला बढ़ाते जाओ। या बाबा बनकर किसी वीरान जगह पेड़ पर जा टँगो ··· नेता लोग आएँगे तुम्हारे पैर छूने, तुम उनके माथे पर अपनी लटकती लात छुआ दो, चाहो तो लात मार दो ··· उसे नेता लोग आशीर्वाद समझकर ही ग्रहण करेंगे, अगर उनके भविष्य के लिए तुमने एकाध शुभ वचन कह दिए तो वे कृतकृत्य होकर जाएँगे। या फिर पत्रकार का तमगा लटकाए अखबारों में किसके पक्ष में, किसके खिलाफ कब कितना लिखा जाए यह इशारे समझने-समझाने के लिए

नेताओं के इर्द-गिर्द घूमते रहो या फिर हनुमान बन जाओ—काम साधने के लिए लोगों को सही व्यक्तियों से मिलवाना, कौन उपयुक्त है, कौन नहीं ⋯ किसके पास किनके मार्फत पहुँचना है इस सबके विशेषज्ञ बन जाओ। ज्यादा-से-ज्यादा लोगों तक तुम्हारे मार्फत पहुँचा जा सकता है—अपनी ऐसी साख बनाओ या फिर कमीशन एजेंट बन जाओ—रुपए लेकर लोगों के काम कराना, अगर ऊपरी रकम लाए तो वह भी पहुँचाना, उसमें अपनी कटौती कर लेना ⋯ दूसरों से ऊपरी रकम लेकर अफसरों तक पहुँचाना, उसे जब तक वे चाहें अपने पास बैंक खाते की तरह रखना, जब जितना अफसर माँगें उसे दे देना।

दीनदयाल ने पत्रकारिता चुनी थी पर वह सिर्फ अखबारों में लिखने पर आश्रित नहीं था। उस क्षेत्र में तो फिलहाल उसके पास दो-तीन पत्रिकाओं के एक-एक कॉलम ही थे। जो वह लिखता उसमें मन्त्रियों-अफसरों के नाम जरूर होते। विषय—पावर कोरीडोर्स के कारनामे, वहाँ चलती साजिशें, उस पर थोड़ा मिर्च-मसाला लगाकर अंग्रेजी के जुमले खींच डाले ⋯ यह ख्याल रखते हुए कि किसी के खिलाफ ऐसा कुछ न कहा जाए कि वह गाँठ बाँधकर बैठ जाए, भविष्य में दीनदयाल को पता नहीं कब किसके पास कौन से काम के लिए पहुँचना पड़े। असल लक्ष्य तो वही था। इन कॉलमों में किसी को उठाने-गिराने की पावर जरूर थी लेकिन वह इस पावर का इस्तेमाल दूसरे ढंग से करता था। सम्पर्क बनाने, उन्हें बनाए रखने के लिए, उनका फायदा उठाने के लिए, कॉलम लिखना जरूरी था। पावर जो थी, उसका इस्तेमाल नहीं करना था कि इसके खिलाफ लिख दिया या उसके पक्ष में लिख दिया ⋯ तब तो पावर खर्च हो गई। जिसके खिलाफ लिखा, वह दुश्मन बन गया, जिसके पक्ष में लिखा उसने यह मान लिया कि अब तो लिख ही दिया, इसके आगे अब दीनदयाल किस काम का ! तो असली पावर उसे 'होल्ड' करने में थी, न खिलाफ लिखो न पक्ष में ⋯ लिख सकते हो—यह जताते रहो। सूँघता हुआ वह सब जगह डोलता रहता, इधर-उधर बैठकर अफसरों-नेताओं को सुनता, क्या हो रहा है, क्या होनेवाला है—उनसे यह भनक पाने की कोशिश करता ⋯ और फिर उसमें से ही कुछ अपना विषय बनाकर कॉलमों के लिए टीप देता। दीनदयाल की पत्रकारिता यह थी। उसके धन्धे का केन्द्र बिन्दु सम्पर्क साधना था। सम्पर्कों के सहारे चलते-चलते इधर उसने एक टी.वी. कम्पनी से एक प्रोग्राम भी हथिया लिया था, वह भी ऐसा कि दोतरफा फायदा हो ⋯ प्रोग्राम की कमाई भी मिले और नए सम्पर्क भी बने। वह टी.वी. पर किसी अफसर या नेता या बड़ी शख्सियत से बातचीत करता था। अफसर, नेता खुश होते कि वे प्रोजेक्ट किए जा रहे हैं। वहाँ भी वह क्या पूछेगा—यह पहले से तय कर लेता, उन्हें बता भी देता, यह भी बता देता कि बातचीत में वह थोड़ा खिंचाई करता नजर आएगा ⋯ आप बुरा न मानें, उससे आप चर्चा में ज्यादा आएँगे। टी.वी. के वे प्रोग्राम सिर्फ प्रोग्राम तक ही सीमित नहीं रहते। वह तो शुरुआत होती थी। दीनदयाल के सम्पर्क बनते, गहराते ⋯ फिर उनसे कुछ न कुछ निकलना जरूर था क्योंकि वे सब, जिनसे प्रोग्राम में बातचीत की जाती थी, काम के लोग थे। अब दीनदयाल को

अक्सर किसी रईस, किसी एक्टर, किसी बड़े आदमी के साथ देखा जा सकता था ⋯ जिसे वह इससे या उससे मिलवाने ले जाता। किसी का यह काम फलाँ से फँसा हुआ है और फलाँ को फलाँ जानता है ⋯ जो उसे उसके पास ले जाएगा ⋯ इस तरह बराबर ढाई घर उचकता नजर आता। जो पार्टी साथ होती उसे दीनदयाल बातचीत से दिलासा देता रहता था ⋯ बोलों की माया इधर से उधर होती रहती। हमारा पत्रकार इसी का तो खाता था ⋯ आखिर शब्द ही तो उसकी दुनिया थे और उसी में वह सबको घुमा रहा था। जैसा अंग्रेजी में कहते हैं ⋯ वह इस समय दौड़ती लहर के ऊपर सवार था, और दौड़ रहा था ⋯ खुश-खुश।

"हमारे दीनदयालजी ⋯ ," मोहित कह रहा था—"राजधानी में जो हो रहा है और जो होनेवाला है दोनों की खबर रखते हैं ⋯ बल्कि कहिए कि जो होनेवाला है उसे उस तरफ ढकेलनेवाले भी ये और उनके मित्र हैं ⋯ और ये हैं मोहन्तीजी ⋯ श्री गोपीकृष्ण मोहन्ती।"

"मैं जानता हूँ," दीनदयाल ने बालों को झटका देते हुए आत्मविश्वास से कहा।

"आप मुझे कैसे जानते हैं, अपनी मुलाकात तो कभी हुई नहीं ?" मोहन्ती अचरज में थे।

"वह पत्रकार क्या जिसे आदमी को जानने के लिए पहले उससे मिलने की जरूरत पड़े," दीनदयाल हँसा—"मुझे यह भी पता है कि आप जल्दी ही चीफ बननेवाले हैं।"

"यह कैसे ?"

"बस—'आई कीप माई आइस एंड इयर्स ओपन' ⋯ "

यह राजधानी के राजनेताओं, अफसरों और पत्रकारों का एक तकियाकलाम था—'कीप योर इयर्स एंड आइस ओपन' ⋯ क्योंकि जहाँ चौबीसों घंटों योजनाएँ बनती हों, साजिशें तैयार की जाती हों—यह तय होता हो कि किसे उठाना, किसे पटकना है, किसके खिलाफ कौन-सी चाल कब चलना है, किस चाल को कैसे काटना है ⋯ वहाँ जागते रहो ! सतत जाग में रहो ! चौकन्ना रहना बेहद जरूरी था। गलत जगह फँसे बेचारे मोहन्ती—जरा-सी हवा चली कि उनके तो आँख-कान मुँदने लगते, फिर मुँदे ही रहते ! वे मन्द-मन्द बहती हवा का आनन्द लेने लगते थे, नींद आने लगती थी ⋯ और जिस दुनिया में वे पैर रख रहे थे वहाँ ⋯ आँख-कान खोले रहना था ⋯ बराबर।

राजनीति की बातें चल निकलीं जिनके दौरान दीनदयाल यह जताता जाता कि वह किस बड़े आदमी के पास कब था, वह बड़ा आदमी दीनदयाल से क्या कह रहा था, कौन कब तक मन्त्री रहनेवाला है, यह सरकार कैसी टिकी है और कब जानेवाली है। जाहिर है उसकी बातें 'थोड़ी हकीकत, थोड़ा फसाना' थीं, पर वह ऐसा उम्दा पकाकर पेश करता था कि सामनेवाला उन्हें आधा गप्प समझते हुए भी खाता चला जाता ⋯ मानता चला जाता। उसकी बातों में देश के लिए चिन्ता, दुःख जैसा कुछ दूर-दूर तक नहीं झलकता था ⋯ मजा लेने का अन्दाज ज्यादा था ⋯ मजा उन लोगों का नहीं जो विषय थे ⋯ वे तो दीनदयाल, मोहन्ती आदि से बहुत बड़े लोग थे, और उनके साथ होने के

लिए दीनदयाल जैसों की लार बराबर चूती रहती—कब कितनी और देर के लिए उनके पास, उनके इर्द-गिर्द रह लें, ताकि दस लोगों को दस माह तक बताने के लिए मसाला रहे, कुछ 'स्टोरीज' तैयार हो जाएँ। दीनदयाल उस परिस्थिति का मजा लेता था जिसमें ये बड़े लोग फँसे हैं, जिसमें उन लोगों ने देश को फँसाया हुआ है ··· और यह देखने का कौतूहल ··· कि कैसे निकलते हैं। समाज की चिन्ता जैसी गम्भीर चीज की बजाय दीनदयाल जैसों को इन स्थितियों का आस्वाद लेने में वह मजा आता था जो एक चटपटे, सनसनीखेज सस्ते उपन्यास को पढ़ने में आता है या क्रिकेट का मैच देखने में आता है जिसमें भारतीय टीम विरोधी टीम के भारी स्कोर के नीचे दबी हो और उसे उबरना हो। ये लोग भीतर से उत्साहित या हतोत्साहित इस बात को लेकर होते थे कि जो लोग आज महत्त्व के हैं या होनेवाले हैं, उनके वे कितने करीब हैं या कि कितना दूर हो गए, उस नजदीकी के कारण क्या और कितना मिल जानेवाला है। बहुत नीचे कहीं वह जीविका का भी सवाल था। वे पत्रकारिता के प्रोफेशन में थे—फ्रीलांस जर्नलिस्ट ··· तो लाजिमी तौर पर निगाहें जमाई—आज की और आगे की भी—उस पर रहनी ही थीं, बराबर।

तो हकीकत यह थी कि असली कमाई अखबार या पत्रिकाओं में लिखकर होने की बजाय दलाली से होनी थी। एक बड़ी ही सभ्य किस्म की दलाली जिसमें समाज के ऊपर के लोगों का काम शीर्षस्थ सत्ताधारियों से निकलवाना था। पत्रकारिता को तो सिर्फ स्टेटस के लिए चिपकाए रहना था वर्ना इन लोगों का ज्यादा समय लिखने-पढ़ने-सोचने में नहीं इस दलाली में ही जाता था। इसीलिए ये तथाकथित पत्रकार कभी सत्ताधारियों के खिलाफ खुलकर, जमकर नहीं लिखते या बोलते थे, उल्टे उनसे बढ़िया सम्बन्ध बनाए रखने का प्रयास करते रहते थे।

शून्य से शुरू करके दीनदयाल ने अपने लिए सरकारी घर एलाट करा लिया था ··· वह घर जो क्लास वन सरकारी नौकरी में पचीस-पचीस साल रगड़ने के बाद मिलता है। पिता के कहने पर चल, अगर दीनदयाल अव्वल दर्जे की सरकारी नौकरी में लग जाता तब भी आज इस श्रेणी के घर को न पाता। कोई पूछे कि पत्रकार कोई सरकारी नौकर नहीं कि उन्हें सरकारी घर दिए जाएँ। जिन्हें स्वतन्त्र होना चाहिए उन्हें घर देकर तुम सरकारी नौकर ही बना रहे हो, एक तरह से ··· इस तरह सरकार ही प्रेस जैसी एक उम्दा संस्था को बरबाद करती है ··· पर कौन पूछे ? वह सरकार ! पूछनेवाले पत्रकार ··· वे ही जो घर जैसी सुविधाओं के लिए मुँह बाए खड़े हैं। दीनदयाल के घर में दो-दो फोन थे, ऊपर से मोबाइल था। घर में सब सुख-सुविधा का सामान था, बच्चे अच्छे स्कूलों में पढ़ते थे, कार हो गई थी ··· और यह सब विना कुछ किए, सिर्फ अपनी चतुराई और स्मार्टनेस के जरिए। अब यह देखना था कि एक ए.सी. की जगह, हर कमरों में ए.सी. कैसे लगता है, मारुति 800 की जगह 'मारुति एस्टीम' कैसे आती है, ड्राइवरवाली कार कब होती है ··· क्योंकि ये सब चीजें उन सभी के पास थीं जिनकी बराबरी पर दीनदयाल को चलना होता था—ऊँचे व्यापारी, बड़े अफसर, नेता। इस सबके लिए रकम

कहाँ से आए ⋯ वह किसी पत्रिका में दो-चार कॉलम लिखने-भर से तो नहीं आ सकती थी। उसके लिए घुसना था टी.वी. के चैनल्स में, बड़े व्यापारियों या एक्टरों से लेकर अफसरों-नेताओं के पास रकमें पहुँचानी थीं, उसमें से अपनी कटौती करना था। दीनदयाल की लाइन में विदेश यात्राएँ भी थीं जिनका सपना देखते-देखते कितने बड़े अफसर बुढ़ा क्या रिटायर भी हो जाते हैं। दीनदयाल किस मन्त्री की विदेश यात्रा को कवर करनेवाली टीम में घुस जाए ⋯ इसके लिए उस मन्त्री से आपकी अच्छी जमनी चाहिए ⋯ माने आप उसकी तारीफ में लिखनेवाले हों ! उस वक्त जुगाड़ भिड़ाने के अलावा यह भी चाहिए, तभी मन्त्री आपके लिए इशारा करेंगे ! हो गया तो मुफ्त में कोई नया देश देखना और मन्त्री के और नजदीक आने का मौका ⋯ टू इन वन !

यहाँ किसी विचार या विधारधारा में आस्था, कोई खास मूल्यों में विश्वास जैसी चीजों के लिए जगह नहीं थी। उसके माने तो होता कि यह सरकार गई तो ये भी गए, नई सरकारवालों के दुश्मन हो गए ⋯ अब इन्तजार कीजिए जब अपने विश्वासों की पार्टी सत्ता में आती है। दीनदयाल जैसे लोग सदाबहार थे। कोई भी सत्ता में आए, ये उससे सट लेते या सटने की कोशिश करते ⋯ इसलिए वे विपक्षी दलों के खास-खास लोगों से भी सम्पर्क बनाए रखते, उन्हें 'गुड ह्यूमर' में रखते। इस सम्पूर्ण कला को साधने का नतीजा था कि बिना किसी खास पढ़ाई-लिखाई मेरिट या मेहनत (नहीं, वह तो थी—एक दूसरे किस्म की) के एक आलीशान कैरियर के सारे सुख दीनदयाल भोग रहे थे।

"मोहित मेरे बड़े भाई हैं," आखिर में दीनदयाल ने कहा—"इन्होंने मुझे बताया है। एक-दो दिनों में 'स्ट्रैटेजी' बना लेते हैं। मैं सोच लूँ। फिलहाल 'नेम ड्रॉपिंग' तो शुरू कर ही देता हूँ।"

"यह क्या होता है ?" मोहन्ती थे बुड़बक।

"जिससे भी मिलो उनके सामने थोड़ा बात को अपनी तरफ खींचकर आपका नाम उछाल दूँ ⋯ चलते-चलते एकाध बढ़िया बात आपके लिए बोल दूँ।"

"सभी के सामने ? उनके सामने भी जिन्हें इस नियुक्ति से कोई लेना-देना नहीं है।"

"हाँ, उनके सामने भी ⋯ क्योंकि फिर वे आपका नाम इधर-उधर फेंकेंगे। अभी तो कोई आपको जानता तक नहीं। इसी तरह हवा बँधती है। ⋯ जो बहुत महत्त्व की होती है क्योंकि आज किसी के पास, आपसे मिलने, आपको जानने आदि का समय नहीं है ⋯ तो कोई आदमी कैसा है, यह हवा ही तय करती है, यानी हम तय करते हैं।"

"आप ?"

"हाँ, क्योंकि हम ही हैं जो हवा बाँधते हैं।"

"कोई बहुत योग्य है या कि ईमानदार है या कि कैसा ⋯ यह तो उसके करने से आँका जाना चाहिए, उसकी हिस्ट्री से, न कि ⋯ "

"किसे फुर्सत है वह सब देखने की साहब ! सब सुने-सुनाए से चलते हैं। इसलिए हवा बाँधना बहुत जरूरी है, किसी भी प्रस्ताव में ताकत इसके बगैर नहीं आती। कोई

भी प्रस्ताव शुरू में बीमार ही होता है, उस पर ग्लूकोज की बोतल चढ़ाना जरूरी है।''

दीनदयाल हँसा, अपने घने बालों को ऊपर की तरफ फेंकते हुए। उसने अपने को स्थापित कर लिया था।

''अब जैसे देखिए, आज आपके बारे में कोई कुछ नहीं जानता। कोई 'ओपीनियन' ही नहीं है आपके बारे में। मैंने आपको जानने की कोशिश की तो आपको थोड़ा जान पाया, आप आजकल जिन चक्करों में हैं ... यह भी जान लिया, लेकिन आप किस किस्म के आदमी हैं, क्या खासियत है आपकी—यह मैं अभी नहीं जानता ... फिर दूसरे क्या जानेंगे। प्रस्ताव आने के पहले ही उन लोगों के जेहन में ओपीनियन होना चाहिए, 'रेडीमेड ओपीनियन' ... इसलिए ओपीनियन बनाना पड़ता है।''

''लेकिन ओपीनियन बनाने में तो बहुत समय लगेगा, यहाँ तो फैसला दो-तीन महीनों में ही हो जाना है।''

''हमारे पास समय कम है, हमें बहुत पहले से शुरू हो जाना चाहिए था—पर चलिए, कोई बात नहीं। मैं जल्दी ही स्ट्रैटेजी बनाता हूँ। वैसे हवा बाँधने और चीजों के होने के बीच थोड़ा टाइम-लैग होना चाहिए ... पर अपने पास समय नहीं है तो दोनों चीजें साथ-साथ चलाएँगे। यह नियुक्ति बड़ी है तो प्रधानमन्त्री करते होंगे ?''

''वे तो सर्वेसर्वा हैं ... सम्बन्धित मन्त्रालय से पहले प्रस्ताव जाता है, सचिवों की एक कमेटी उनमें से नाम की सिफारिश करती है, फिर सम्बन्धित विभाग का मन्त्री दस्तखत करके गृहमन्त्री के पास भेजता है, वहाँ से फाइल प्रधानमन्त्री के पास जाती है।''

''नहीं, यह तो हुआ प्रोसीजर ... इसमें असली स्टेज कौन-सी है।''

''पहली दो—कमेटी और विभागीय मन्त्री।''

''कमेटी में कौन-कौन होते हैं ?''

मोहन्ती ने विस्तार से बताया। वे सचिव जो इस कमेटी में थे, उनके नाम भी बताए। दीनदयाल बड़े ध्यान से सुनता रहा। बीच-बीच में कोई फिकरा उछाल देता—यह वही जो उस विभाग का सेक्रेटरी था ... मुलाकात हुई है उससे कहाँ ... कब ... ? हाँ ... वहाँ ... और फिर वह एक किस्सा सुना डालता। वह आदमी ऐसा है—उस पर टिप्पणी भी कर देता।

खाने के एक घंटे के दौरान ही दीनदयाल ने अपने आपको मोहन्ती की नजरों में बेहद महत्त्वपूर्ण बना लिया था। वह थोड़ा-थोड़ा सबको जानता था। राजधानी में ऐसे लोग बहुत कीमती और महत्त्वपूर्ण होते हैं।

''आप तो जानते हैं, इनमें से कइयों को। जिन्हें जानते हैं उनसे तो फौरन ही कह सकते हैं,'' मोहित ने सुझाया।

''लेकिन मैं कहूँगा नहीं। 'प्रेशर' चाहिए। उनसे कहलवाना चाहिए जिनसे इन पर दबाव पड़े ... 'प्रेशर' ! माने ऊपरवाला कोई कहे। मैं तो सिर्फ हवा बाँधूँगा। फिलहाल फौरन अखबार में यह निकलना चाहिए कि यह जगह खाली होनेवाली है, इसके लिए ये-ये प्रत्याशी हैं और इनमें सबसे सीनियर हैं मिस्टर मोहन्ती ... पर उनका कोई चांस

नहीं है क्योंकि वे ईमानदार, उसूलोंवाले अफसर हैं और इसी कारण लोग उन्हें खास पसन्द नहीं करते।''

''आप उल्टा क्यों लिखवाएँगे ?'' मोहित की भी समझ में नहीं आ रहा था, ''उल्टे प्रचार से ही वे लोग चौकन्ने होते हैं ··· कि अच्छा हमारे बारे में यह धारणा बन रही है तो हम दिखा देंगे कि ऐसा नहीं है। जिसकी उम्मीद नहीं की जा रही, उसे अध्यक्ष बनाकर सबको आश्चर्य में डाल देंगे। लोगों को पता चल जाएगा कि सरकार स्वतन्त्र निर्णय लेती है, फेयर है ! अखबार में यों निगेटिव से शुरुआत करें। उधर 'नेम ड्रॉपिंग' करते हुए आपकी 'इमेज' बनाई जाए। आप अपने से बड़े दिखें, जो नहीं हैं वह भी दिखें,'' दीनदयाल उँगली पर अपनी अँगूठी घुमा रहा था। मुग्ध भाव से सब उसे देख रहे थे ··· कितना बुद्धिमान !

नीचे, काँच के पार, होटल का लम्बा हरा मैदान दूधिया रोशनी में नहाया फैला पड़ा था। बीच में एक रंगीन फव्वारा ! पानी की धारें बँधी पतली लकीरों में ऊपर जातीं और ऊपर से पानी के छोटे-छोटे कणों में टूटकर नीचे बरसती थीं। लॉन के किनारों पर मँझोले दरख्त थे। नीचे यह, ऊपर रेस्तराँ की मद्धिम रोशनियों में इधर से उधर होती सुन्दर परिचारिकाएँ, हँसी बिखेरते सजे-धजे लोग। कुल मिलाकर वह एक स्वप्निल दुनिया थी जहाँ पहुँचकर सबकुछ भूला जा सकता था, खुश हुआ जा सकता था ··· पर ताज्जुब कि वहाँ लोग तिकड़में बैठाने के लिए इकट्ठे होते थे, जैसे कि वे खुद। मोहित एक खाने की मेज पर बैठा, मोबाइल के सहारे क्या-क्या कर रहा था ··· और खुश हो रहा था। गनीमत कि उस मेज पर तिकड़म के साथ-साथ हल्की-फुल्की इधर-उधर की बातें भी चल रही थीं—कौन मन्त्री ड्रॉप होनेवाला है, सरकार कब तक चलनेवाली है, कौन पार्टी कब तक सपोर्ट कर रही है। कांग्रेस की क्या मजबूरी और क्या चाल है ··· पर वे बातें भी उस माहौल की खूबसूरती के लायक तो नहीं ही थीं।

खाना खत्म होने के बाद दीनदयाल ने कहा—''आप चिन्ता न करें। मुझ पर छोड़ दीजिए। मैं कल ही स्ट्रेटेजी बनाता हूँ, फोन करूँगा।''

मोहन्ती ने गौर किया ··· राजधानी में सब लोग कहते थे—''आप मुझ पर छोड़ दीजिए,'' ··· रंजन ने भी यह कहा था, मोहित ने भी और पृथ्वीसिंह भी करीब-करीब यही कह गया था।

सवेरे दीनदयाल का तो नहीं पृथ्वीसिंह का फोन आया ··· स्वर में वही चुस्ती जो चश्मे के पार आँखों में झलकती थी, जिससे वह कभी इस कभी उस बड़ी शख्सियत के पास पहुँच जाता था, जिससे अविनाश कपूर जैसे फिल्म स्टार को कार में लिये-लिये घूमता था। उसने कहा था कि कल फोन करूँगा और उसने किया। बिना मोहन्ती के बताए पृथ्वीसिंह ने सब पता कर लिया था—अध्यक्ष की नियुक्ति कहाँ से होती है, कैसे होती है।

''मैंने समरसिंह से बात कर ली है, आप किसी दिन उनसे दफ्तर में मिल आइए। कागजी कार्यवाही तो सारी उन्हीं के यहाँ से होती है। उन्होंने ही बताया। वे मेरे रिश्ते

के भी होते हैं।"

"हाँ, समरसिंह कैबिनेट सचिव हैं। वे सचिवों की कमेटी के अध्यक्ष होंगे। उनकी महत्त्वपूर्ण भूमिका रहेगी। मैं मिल आऊँगा ⋯ लेकिन अपने मन्त्री और गृहमन्त्री वगैरह ⋯ ?"

"उनके बारे में सोचता हूँ ⋯ मन्त्री का तो सोच भी लिया है थोड़ा कुछ। यह बड़ा डेलीकेट मामला है। फोन पर नहीं बताया जा सकता, जल्दी ही मिलूँगा तो बताऊँगा। बाहर लोग सोचते हैं राजनीति में फूहड़पन्ती चलती है पर ऐसा है नहीं ⋯ यहाँ मामला बहुत ही 'डेलीकेट' होता है," और पृथ्वी ने फोन रख दिया जैसे ठीक उस वक्त उसका फोन टेप किया जा रहा हो।

राजनीति में क्या 'डेलीकेट' होता होगा, जहाँ सब इतने बेशरम हैं ⋯ मोहन्ती सोचने लगे ⋯ लेकिन पृथ्वी किस गम्भीरता से राजनीति को लेता है। वह राजनीति में है—यह ख्याल आते ही उसका चेहरा गम्भीर हो जाता है ⋯ उसके लिए राजनीति का सबकुछ 'डेलीकेट' है। वह राजनीति में कैरियर बनाने निकला है। उसे इस बात का बहुत ख्याल रखना पड़ता है कि जो लोग राजनीति में आज महत्त्वपूर्ण हैं वे तो महत्त्वपूर्ण रहेंगे ही, जो आज महत्त्वपूर्ण नहीं हैं वे भी देखते-देखते महत्त्वपूर्ण बन सकते हैं, जैसे वह बन गया ! इसलिए बड़ा सँभलकर चलना, बोलना पड़ता है। भले ही आज कोई व्यक्ति काम का न हो, लेकिन कभी भी उसके पास जाना पड़ सकता है। इसीलिए राजनेता वचन से मीठा ही मीठा होता है ⋯ सबके साथ। 'न' करना तो वह जानता ही नहीं। बाबू जगजीवनराम के पास तो कोई यह प्रार्थना भी लेकर पहुँच जाता कि मुझे प्रधानमन्त्री बनवा दीजिए, उनका लप्प से जवाब होता—"बनवा देब।" यह बात दीगर थी कि वे खुद को कभी न बना पाए। पुराने वक्त से आज के वक्त की राजनीति में एक यह फर्क भी तो आ गया है कि पता नहीं कब किसकी पार्टी किसकी पार्टी से मिल जाए। इसके भी एक हाथ आगे पता नहीं कब किसकी पार्टी में खुद को शामिल होना पड़े। पृथ्वीसिंह को इसलिए बराबर ध्यान रखना पड़ता है कि किसी को गलतफहमी न हो जाए ! सिर्फ अपने नेताओं का नहीं, विपक्षी लोगों की प्रतिष्ठा का पूरा ख्याल रखना था ⋯ यों प्रतिष्ठा राजनेताओं में किसकी थी, पर जो चीज नहीं होती वही कीमती होती है, तो नेता लोग इस 'प्रतिष्ठा' को लेकर बहुत 'टची' थे। किसने उनके बारे में क्या कहा—इसकी हवा उनके पास पहुँच ही जाती, पता नहीं कैसे और वह उनके यहाँ दर्ज हो जाता था। उन्हें किसी भी व्यक्ति में शत-प्रतिशत वफादारी चाहिए थी, उसमें बाकी सब दुर्गुण बने रहें ⋯ पर यह वफादारी ही कम्बख्त ऐसी चीज थी कि जो राजनीति में थे, उन्हें छू नहीं गई थी।

पृथ्वीसिंह आधुनिक मिजाज का था। उसने एक मुहावरा गढ़ लिया था—यह बात या ये बातें 'पब्लिक कंजम्पशन' के लिए हैं। अगर वह किसी मंच से किसी पार्टी या किसी नेता के खिलाफ बढ़-चढ़कर बोल गया और उसी शाम उसके साथ हँसी-ठट्ठा करते हुए दिखाई दे गया तो कोई अचरज की बात नहीं थी ⋯ माने हम तो हमपेशा हैं,

दोस्त हैं … रहेंगे, बोलते कुछ भी रहें। वह पब्लिक कंजम्पशन के लिए है ! कमाल की बात यह थी कि ऐसा सोचते वक्त इन लोगों की अन्तरात्मा में जरा भी कचोट नहीं उठती थी कि जिस जनता के प्रतिनिधि होने का तुम दम्भ भरते हो, उसी को यों बेवकूफ बनाए चले जा रहे हो।

काम के मामले में पृथ्वीसिंह आदमी 'सॉलिड' था। जब मोहन्ती समरसिंह से मिलने गए तब इसका अन्दाजा हो गया। समरसिंह सूखी तटस्थता से मिलते क्योंकि वही ब्यूरोक्रेसी की शैली थी—"हाँ मैं देखूँगा", "आई विल टेक केयर" … जैसे जुमले फेंकना, जिनके कोई मतलब नहीं निकलते थे, निकलते थे तो ठीक उल्टे … जैसे कोई कहे कि "आई विल सर्टेनली लुक इन्टू द मेटर" या "आई विल सी" या "आई विल टेक केयर" तो उसके माने यह कि वही था जो वह नहीं करनेवाला था। बर्ताव में बनावटी गर्माहट, पर भीतर जबर्दस्त सूखापन जैसे टी.बी. का निचुड़ा हुआ रोगी पुरजोर हँसने की कोशिश कर रहा हो।

समरसिंह शरीर से दुबले-पतले थे लेकिन अफसर वे रोबीले थे … बराबर इस बात का ध्यान रखते कि वे भारत के सबसे बड़े अफसर हैं। जहाँ जाते गाड़ी में ड्राइवर के अलावा एक व्यक्ति सामने बैठा रहता जो गाड़ी के पूरी तरह रुकने के पहले उचककर कूद जाता और साहब के लिए कार का दरवाजा खोलता। वह सिर्फ कार का दरवाजा खोलने और बन्द करने के लिए था। बैठने या उतरने में कार का दरवाजा समर के हाथ से छू नहीं जाना चाहिए। दफ्तर में फोन उठाने के लिए चार-चार पी.ए. थे तो घर में कोठी के बाहरी हिस्से में भी एक शेड डलवा ली गई थी जहाँ मन्त्रियों की तर्ज पर उनका एक पी.ए. बैठता था। कोई भी व्यक्ति सीधा समरसिंह से बात नहीं कर सकता था। जब तक पी.ए. भीतर समर या उनकी पत्नी से पूछकर स्वीकृति नहीं पा लेता वह साहब से किसी की बात नहीं कराता। ऑफिस में भी बड़े-बड़े अफसरों को समरसिंह से एपॉइंटमेंट लेकर ही जाना होता था, तिस पर भी कभी-कभी आधा-आधा घंटा प्रतीक्षालय में इन्तजार करना होता। लेकिन मोहन्ती से वे रौबदाब के साथ नहीं, बल्कि बहुत सहज ढंग से मिले, पृथ्वी के कारण। उन्होंने साफ-साफ बता भी दिया कि पृथ्वी सिंह ने आपका जिक्र किया था … मतलब तुम समझ लो कि मैं किस वजह से तुमसे इस तरह मिल रहा हूँ, वर्ना तुम अफसर तो बहुत नीचे के हो। समर ने मोहन्ती से पूछा—"क्या आप सब लोगों में सीनियर हैं ?" वे तत्काल काम की बात पर आ गए थे।

"जी।"

"शिकायतें ?"

"शिकायतें पहले तो कभी नहीं हुईं। अब तो होती होंगी क्योंकि जब भी किसी को कुछ बनना होता है …

समरसिंह हँसे, खूब सँभाली हुई हँसी—कि कहीं से छलक न जाए और सामनेवाला अनावश्यक छूट पा जाए।

"नहीं, कोई विजिलेंस मैटर ?"

मायने भ्रष्टाचार के आरोप ··· मोहन्ती सवालिया निगाहों से समर की तरफ देखने लगे कि उनके खिलाफ ··· ? समरसिंह ने बात साफ की :

''इसलिए पूछ रहा हूँ कि यह भी आम चीज है। इतनी लम्बी सर्विस में कोई-न-कोई विजिलेंस केस, इनक्वायरी चल ही पड़ती है। हर किसी के साथ ऐसा होता है।''

''मेरे खिलाफ नहीं है। पैंतीस साल की नौकरी में कभी कुछ नहीं,'' मोहन्ती ने गर्व से कहा।

''दैट्स वेरी गुड।''

''मौजूदा अध्यक्ष एक्सटेंशन की कोशिश कर रहे हैं।''

''ओ, आई सी !''

''तीसरे नम्बर में एक मायाप्रसाद हैं ··· ''

''यह नाम कुछ फैमीलियर है ··· कहाँ से मेरे पास आया था ?'' वे याद करने की कोशिश करने लगे, पर याद न आया या उन्होंने जाहिर नहीं किया। मोहन्ती को जरूर दीनदयाल का 'नेम ड्रापिंग' याद आया। मायाप्रसाद भी जरूर अपनी तरफ से यही करा रहा होगा।

''आप सीनियर हैं, आपके खिलाफ कुछ नहीं है ··· तो आपका केस तो बनता है।''

मोहन्ती बहुत प्रभावित हुए—अगर देश की ब्यूरोक्रेसी इतनी निष्पक्ष और रूल्स के हिसाब से काम करनेवाली हो जाए तो फिर देश के भविष्य की कोई चिन्ता नहीं। मुश्किल यही थी कि समरसिंह पृथ्वी के कहने के बाद यह सब बोल रहे थे, वैसे पता नहीं क्या बोलते। उन दोनों के बीच रिश्तेदारी थी या दोनों ने निकाल ली थी अपनी-अपनी सुविधा के लिए—नहीं कहा जा सकता। इतना पक्का था कि वे एक-दूसरे के लिए काम के बन्दे थे ··· पृथ्वीसिंह राजनीतिक हस्तियों के यहाँ समर की तारीफ करता रहता। वह समर के लिए आगे के किसी पद का इन्तजाम कर सकता था। समरसिंह को इसी साल के आखिर में रिटायर हो जाना था। अफसर का रिटायर होना मृत्यु की तरह अवश्यम्भावी है एक न एक दिन, पर यही है जो अफसर नहीं होना चाहता। ये सुख-सुविधाएँ ··· पी. ए., चपरासी, ड्राइवर, आलीशान घर, कहीं भी जाना हो काम निकाल लो, टूर बनाकर हवाई जहाज से निकलो। डिनर के निमन्त्रण ··· चाहो तो रोज बाहर खाओ ··· दिवाली, क्रिसमस में एक से एक तोहफे ··· यह सब रिटायर होने के दिन से एकदम खत्म—जैसे बल्ब भक्क से फ्यूज हो जाए और एकाएक अँधेरा। पर इससे भी मुश्किल एक चीज और थी। हालाँकि ये अफसर अपने जमाने के अच्छे विद्यार्थी होते हैं, पर एक बार नौकरी लगी तो हो गया पढ़ाई-लिखाई का मकसद पूरा। अब अखबार और 'इंडिया टुडे' के अलावा कुछ नहीं पढ़ना ! इसके अलावा कैरियर में जो आरामतलबी की आदत उन्हें पड़ जाती है वह उन्हें रिटायरमेंट का समय आने तक पूरा बेकार बना देती है। पढ़ने-लिखने की बात तो दूर, उन्हें कोई काम करने की आदत नहीं रह जाती। एक झोला उठाने के लिए भी उन्हें आदमी चाहिए, बाजार जाकर अपनी चीजें खरीदने के लिए तो जरूर ही चाहिए। हर मामले में गोबर, निष्क्रिय ··· तो कुर्सी नीचे से हटते ही सबसे बड़ी समस्या जो उठती है

वह यह कि बेचारे अब करें क्या ! जीवन में फाइलों के अलावा कुछ सीखा नहीं, जाना नहीं ··· और फाइलें तो अब गईं। इसलिए अफसर रिटायरमेंट से जितना घबराता है उतना मृत्यु से भी नहीं। मृत्यु में तो पता ही नहीं चलता कि आप मर गए, रिटायरमेंट में अपनी दुर्दशा देखनी पड़ती है, झेलनी पड़ती है, रोज-ब-रोज। रिटायरमेंट के बाद कुछ मिल जाए—कोई नौकरी, कोई असाइनमेंट ··· कुछ साल और खिंच जाएँ। इस तरह वह बने रहना चाहता है साल-दर-साल ··· हमेशा। और कुछ लोग तो इसमें बला की कामयाबी भी हासिल कर लेते हैं। बनी रहे रिटायर होने की उम्र साठ साल, वे सत्तर तक खींचकर दिखा देंगे ··· बस किसी शक्तिमान मन्त्री का वरदहस्त ऊपर चाहिए, जैसे रंडी पर किसी रईस की कृपा हो जाए। इस उम्र में पहुँचकर इन प्यासे अफसरों का व्यवहार सचमुच उन रंडियों की तरह हो जाता है जिनकी उम्र ढल चुकी, जो अब किसी की प्रेमिका नहीं हो सकतीं तो रखैल ही बन जाने को खुशी से तैयार हो जाती हैं, बस कोई रईसजादा अपनी नजरों में ले ले ! इसी प्यास को लिये घूमती रहती हैं बेचारी।

पृथ्वीसिंह जो भी कहता, उसे समरसिंह मुस्तैदी से करने की कोशिश करते। पृथ्वीसिंह ने कहा तो सामनेवाले को बता भी दिया कि पृथ्वीसिंह की सिफारिश आई थी ··· ताकि सामनेवाला शख्स समर के नहीं, पृथ्वी के अहसान के नीचे दब जाए, जैसा कि पृथ्वी चाहता था। मोहन्ती समर के अहसान में दबे इससे समर को क्या हासिल होनेवाला था, पृथ्वी के मन का करने और इसकी रिपोर्ट मोहन्ती के मार्फत उस तक पहुँचाने में ही समर का फायदा था।

समर ने मोहन्ती से सीधे-सीधे, अच्छे से बात की ··· चाय जरूर नहीं पिलवाई क्योंकि यह वे किसी के साथ नहीं करते थे। उनसे जो मिलने आए उसका स्टेटस नीचा है, नीचे ही रहना चाहिए। ये चाय-वाय से बेवजह स्टेटस बराबरी पर आ जाता है। मोहन्ती को वे पिला सकते थे, पृथ्वीसिंह की खातिर पर तब उनके स्टाफ में खबर फैलती कि यह कौन विशिष्ट अतिथि है जिसका उनके साहब इतना ख्याल कर रहे हैं, किसी और को तो पिलाते नहीं ··· और जब मोहन्ती का काम हो जाता तो लोग उसे खामखाह इस बात से जोड़ते, कानाफूसी चलती। समर इन चीजों के प्रति बड़ा सचेत रहते थे। मोहन्ती ये सब क्या जानें, वे तो पिघले हुए थे—ऐसा अच्छा आदमी अफसरों में ? कह रहे थे—"सर ! एक दिन मेरे यहाँ मिसेज सिंह के साथ खाने पर आएँ।"

"वह देखेंगे ··· बाद में। पहले आपका यह काम हो जाए। अभी लोग जाने क्या-क्या सोचेंगे, क्योंकि मेरा कहीं आना-जाना छिपा नहीं रहता। इसलिए मैं कहीं जाता ही नहीं। यह छोटी-सी कीमत है जो इस पोस्ट पर होने के लिए चुकानी पड़ती है। थोड़ा-सा आप मायाप्रसाद पर निगाह रखें ··· वह एम्बीशस आदमी मालूम होता है।"

मतलब अभी मामला एकदम पक्का नहीं था, समर कह रहे थे तब भी नहीं। ठीक बात थी—अगर प्रधानमन्त्री समर से कह दें कि मायाप्रसाद का करना है तो समर क्या कर लेंगे। मोहन्ती जितना उचके थे, उतना ही बैठ गए। वे मायाप्रसाद पर निगाह रखें ··· किस तरह ? वह तो पता नहीं क्या-क्या सोचता रहता है, कहाँ-कहाँ घूमता रहता

है। उसका ट्रैक रखना असम्भव है, रख भी लिया तो क्या कर लेंगे मोहन्ती ! कोई काट नहीं उनके पास।

"रेस्ट एश्योर्ड ··· मैं अपनी तरफ से पूरी कोशिश करूँगा," समर ने कहा और खुश-खुश हाथ मिलाकर मोहन्ती को विदा किया।

तीसरे दिन पृथ्वीसिंह मोहन्ती के घर की तरफ से ही निकल लिया, यह जानने को कि समरसिंह से मुलाकात कैसी रही। समर से मुलाकात का जायजा लेने के बाद उसने कहा—"अब हमें आपके विभाग के मन्त्री को पकड़ना है। यह मन्त्री बिजनेसमैन है। इसे ऐसे लोग चाहिए जो इसे इसकी बिजनेस में फायदा करा सकें, तब जब यह मन्त्री नहीं रहेगा।"

"तब कोई पूछता है क्या ?"

"वह तो है ··· पर यह मानने को कौन तैयार होता है। आपके मन्त्री को अपने तौर-तरीके, मैनर्स, सोशलाइजिंग के गुण ··· इसका बड़ा नाज है। सोचता है एक बार उसका किसी से सम्पर्क हो गया तो वह हमेशा के लिए उसका दोस्त हो गया ··· और अगर किसी का कुछ फायदा करा दिया तो वह तो गले तक अहसान में डूब गया," वह शख्स बड़े बिजनेस हाउसेज से सम्पर्क बिठाने की फिराक में रहता है ··· कुछ की एजेंसियाँ हैं इसके पास, कुछ की लेगा ··· तब जब यह मन्त्री नहीं रहेगा। अभी कुछ नहीं करेगा, सिर्फ सम्पर्क बनाएगा। मैंने सब पता लगा लिया है। जिसे पकड़ना है उसकी कमजोरी का पता लगा लेना चाहिए पहले बाजार से।"

"अच्छा ? मोहन्ती को खेल में मजा आने लगा था," हँसते हुए पूछा—"मेरी क्या कमजोरी है, आपको यह भी पता चल गया होगा।"

"आप अध्यक्ष बनना चाहते हैं," पृथ्वीसिंह ने तपाक से कहा।

फट से हँसी गायब और मोहन्ती का मुँह सूख गया ··· क्या वे वाकई वहाँ आ पहुँचे हैं, जहाँ यह कमजोरी बन गई है, जिसके लिए वे कुछ भी करने को तैयार हैं ? नहीं, ऐसा नहीं है। एक सीमा के आगे वे नहीं जाएँगे। पर वह सीमा कौन-सी है, कब आएगी ?

"इस मन्त्री को उद्योगपति नवीन से बुलाना ठीक होगा क्योंकि वह एक बड़ा ग्रुप है। यह मन्त्री उसे ओब्लाइज करना चाहेगा। वैसे पैसों से भी काम हो सकता है।"

"नहीं, नहीं ··· वह रहने दीजिए," मोहन्ती को जैसे बर्रय्या ने काट लिया, "मन्त्री छोटी-मोटी रकम थोड़े ही खाएगा।"

"खैर, वह तो सँभाला जा सकता है। हमें थोड़े ही देना है ··· रकम तो दिलाई जाएगी ··· लेकिन हम उस रास्ते क्यों जाएँ जब यह आसानवाला रास्ता अपने पास है।"

"नवीन बोलेंगे ?"

"मैं कहूँगा तो बोलेंगे। उन्हें राजनेताओं से हमेशा काम रहते हैं जिसके लिए मैं हूँ। और नहीं तो शुरू में मिलानेवाला, परिचय करानेवाला एक चाहिए, मुझ जैसा कोई हरफन मौला।"

"इन लोगों पर एतबार किया जा सकता है ?"

"एतबार कैसा ?"

"यही कि उन्होंने वाकई कहा या नहीं।"

"वही मैं सोच रहा हूँ। वैसे मुझसे वे झूठ नहीं बोलेंगे क्योंकि जानते हैं मैं कभी मन्त्री से उगलवा भी सकता हूँ, रोज का उठना-बैठना होता है मेरा मन्त्रियों के साथ। पर आपके केस में मैं कोई चांस नहीं लेना चाहता।"

पृथ्वीसिंह गम्भीर हो गए थे। उनकी दो उँगलियाँ चिकने दाहिने गाल पर आ जमी थीं, बिल्कुल नेहरू स्टाइल में।

"मैं नवीन ... पर उसके अलावा भी किसी से कहलवाऊँगा क्योंकि यह मन्त्री थोड़ा घाघ है। इसकी रेपुटेशन ऐसी ही है।"

"मुझे क्या करना होगा ?" मोहन्ती ने पूछा।

"आपको कुछ नहीं करना है, आपको सिर्फ इन्तजार करना है। उद्योगपति नवीनचन्द आपको फोन करेंगे।"

नवीनचन्द ... हिन्दुस्तान के बड़े व्यापार-समूह का मालिक, मोहन्ती को फोन करेगा ... पृथ्वी के कहने से ही करेगा ... क्योंकि जब से पृथ्वी प्रधानमन्त्री के साथ हवाई जहाज में चला है तब से अपनी धाक बैठा चुका है। सभी बड़े व्यापारी उससे सटने की कोशिश करते हैं। गम्भीर-गम्भीर अन्दाज में पृथ्वीसिंह उठा और कुछ सोचते हुए अपनी गाड़ी की ओर बढ़ गया। उसका समय बहुत कीमती था।

मोहन्ती उसे जाते हुए देखते रहे। गोलमटोल व्यक्ति हाथी जैसी गोल-गोल चाल में चला जा रहा है, ड्राइवर दरवाजा खोलता है ... पृथ्वी ने ट्रेनिंग दी होगी।

आज आँधी आई तो गर्मी में कुछ फर्क पड़ा। पंजाब की तरफ कहते हैं—'अँधेरी आई, दरवाजे-खिड़कियाँ बन्द करो।' बन्द करते हैं कि "धूल घर के भीतर न घुसे। आँधी धूल लाती है, हल्का अँधेरा भी ... अँधेरी ! लेकिन गर्मी से जो निजात मिलती है सो ?"

मोहन्ती को धूल की किसकिसाहट महसूस नहीं हो रही थी, हल्का अँधेरा थोड़ा सुखद ही लग रहा था।

मोहन्ती की डायरी से

लक्ष्य की ओर तेजी से बढ़ना हो रहा है ... आगे और आगे एक नया और ठोस कदम। मैं स्वयं एक नक्शा-सा सामने बिछाए बैठा हूँ जैसे सेना की अलग-अलग टुकड़ियों का निर्देशन कर रहा हूँ—कौन किधर से जाएगी, किसे घेरेगी, आखिर में कहाँ पहुँचेगी, उसे अपने सामने क्या लक्ष्य रखना है। चयन समिति के सदस्यों में जो सबसे महत्त्वपूर्ण था उसे पृथ्वीसिंह को आगे बढ़ाकर पकड़ लिया, मन्त्री के लिए मोहित की तरफ से बढ़ा जा रहा है, वह उसको भतीजे से बुलवाएगा। एक टुकड़ी उद्योगपति नवीनचन्द के नेतृत्व में चलेगी—नवीन मन्त्री से बोलेगा। इस दिशा में अभी और फोर्स भेजनी होगी, क्योंकि

नवीनचन्द पर भरोसा नहीं किया जा सकता ⋯ वह बोल भी पाएगा मन्त्री से, बोलेगा भी तो किस तरह ? मिमियाकर बोल देगा—"सर ! मोहन्तीजी की बाजार में रेपुटेशन तो बहुत अच्छी है ⋯" उससे क्या होगा। इससे ज्यादा किसी व्यापारी को मन्त्री से बोलने की हिम्मत भी कैसे पड़ सकती है। हाँ, बाकायदे कोई ठोस लेन-देन की बात हो दोनों के बीच—तभी बात बन सकती है, वर्ना मन्त्री उसका कहना क्यों मानेगा ? नवीन सोचेगा जैसा सभी सोचते हैं इस मौके पर कि कुछ करने जैसा दिखाओ ⋯ बस। जिस किसी का होता जैसा दिख रहा हो, उसके लिए कुछ करता जैसा दिखा दो ⋯ उधर काम अपने आप हो जाएगा, इधर मुफ्त में वह व्यक्ति अपनी मुट्ठी में आ जाएगा।

ये लोग जो एकाएक मेरे नजदीकी बन गए हैं—मोहित, पृथ्वी, दीनदयाल ⋯ ये मुझे उपकृत कर रहे हैं ⋯ क्या बाद में इनके अनुग्रह से उबर पाना सम्भव होगा। क्या आगे चलकर ये लोग या कि समर, नवीन आदि कुछ कहेंगे तो मना करना मेरे लिए सम्भव होगा ? कभी-कभी लगता है मैं ऊपर की ओर कदम नहीं बढ़ा रहा, सीढ़ी-दर-सीढ़ी नीचे उतर रहा हूँ ⋯ नदी के किसी साफ तट की तरफ नहीं जा रहा बल्कि काँटों से भरे एक रेतीले तट की ओर जा रहा हूँ, जहाँ झाड़-झंखाड़ हैं, कितनी तरह के साँप-बिच्छू मुक्त होकर घूम रहे हैं ⋯

उस तरफ मैं क्यों जा रहा हूँ ?

अपना समय आने के पहले तो अध्यक्ष बनने की लालसा मैंने कभी नहीं पाली। जब तक मुझसे उम्र में बड़े लोग रहे, मैं उन्हीं के बनने की चाह रखता रहा। अब जबकि मैं सबसे सीनियर हूँ, मेरी साफ-सुथरी छवि है ⋯ तो मैं क्यों न बनाया जाऊँ ? इस तान-तोड़ी तान-जोड़ी की जरूरत पड़ना ही क्यों चाहिए ? क्यों इस पचड़े में पड़ना हो ⋯ लेकिन क्या किया जाए जब आज का समय ही ऐसा है। अभी भी मैं स्वयं कुछ नहीं कर रहा, किसी के सामने अपने को नीचा नहीं कर रहा, जो कोशिशें चल पड़ी हैं उसके लिए पहल भी मैंने नहीं की ⋯ फिर भी जाने क्यों लगता है जैसे मैं नीचे लुढ़कता चला जा रहा हूँ। अगर यह सब प्रपंच आज के जमाने में जरूरी हो गया है तो मैं क्या करूँ ⋯ लेकिन क्यों जरूरी हो गया है, क्यों चीजें स्वतः नहीं चलतीं ? मैं अध्यक्ष हो जाऊँगा तो जहाँ तक मेरी चलेगी मैं जरूर सिस्टम को इस जालबाजी से मुक्त करवाऊँगा ⋯ सिस्टम को अपने आप चलने दो, उसमें तोड़-मरोड़ न की जाए; जिसकी बारी आए और अगर उसके खिलाफ कुछ नहीं है तो वह अपने आप क्यों न बन जाए। तब मैं क्या करूँगा जब कि अभी उसका ठीक उल्टा कर रहा हूँ। भले कर न रहा होऊँ करवा रहा हूँ। अगर सब लोग मेरी तरह कमजोर होकर निहायत जायज लक्ष्य के लिए भी जालसाजी, चालवाजी कराते हैं या उसमें योग देते हैं तो वे इस चीज को बढ़ावा ही दे रहे हैं। मैं क्यों नहीं चुपचाप बैठ सकता, क्यों नहीं लोगों को साफ-साफ मना कर सकता कि भाई अपने आप होगा तो ठीक, वर्ना मुझे नहीं चाहिए यह पद या वह पद।

अक्सर अपने आपसे घिन होने लगती है। निश्चित ही मैं निष्क्रिय होकर, जो हो रहा है उसे देखते चलते, हाँ-हाँ, हूँ-हूँ करते लुढ़कता चला जा रहा हूँ। इस सबसे तब्दीली

हो रही है मेरे भीतर भी, धीरे-धीरे। बाहर जो जाल बिछाया जा रहा है, इसमें मेरी सहमति है, कहीं-न-कहीं। जो प्रपंच रचा जाता है ··· उसकी थपेड़ें मुझे लगती तो हैं, उसकी कुरेदनें पानी में उछलती बहुत छोटी मछलियों की तरह मेरे जीव में इधर से उधर, उधर से इधर टकराती हैं, पानी को काटते हुए। पहले मैं जितना इस तोड़-जोड़ के खिलाफ था, उतना अब नहीं हूँ। रैशनलाइज करने लगा हूँ, जो-जो मेरे लिए किया जाता है उसे। ईमानदारी की बात यह है कि न चाहते हुए भी धीरे-धीरे मैं खुद इस सारी प्लानिंग में शरीक हो गया हूँ, इतना ही नहीं मैं प्लानिंग कर रहा हूँ ··· खुद को बहलाने के लिए यह दलील स्वयं को देता रहता हूँ कि मैं कुछ नहीं कर रहा। जो मेरे लिए मेरे हितैषी (अब देखो ··· हितैषी कहने लगा उन्हें जो एकाएक न जाने कहाँ से आकर उपस्थित हो गए हैं) कर रहे हैं, उसके बदले में मैं कुछ दे तो नहीं रहा उन्हें ··· तो यह व्यापार तो नहीं ही है। वे अपनी 'गुडविल' बनाने के लिए अपने आप यह कर रहे हैं, तो करें।

गुफाओं के सन्त

तीन-चार दिनों में ही नवीनचन्द फोन करके मोहन्ती से मिलने आ गए।

नवीनचन्द देश के बड़े उद्योगपति परिवारों में से एक का था। उसके पिता ने शून्य से शुरू करके व्यापार का एक बड़ा साम्राज्य खड़ा किया। उनके तरीके कुछ आधुनिक ढंग के थे, नीचे मान्यता जरूर पुरानी थी कि पैसा ही पैसा को बनाता है। बाहर जो उनकी ख्याति थी वह यह कि वे जब चाहें लम्बी-चौड़ी रकम जहाँ जरूरत हो वहाँ पहुँचा सकते थे। बहुत ऊँचा स्तर हो तो स्वयं दे आ सकते थे। हर बजट के मौसम में यह अफवाह उड़ती कि उन्होंने एक मोटी रकम वित्त मन्त्रालय पहुँचा दी है और अपने पक्ष की एकाध चीजें बजट में डलवा ली हैं, "अब दो-चार मामूली से दिखते प्रावधानों से ही वे लम्बी कमाई खड़ी कर लेंगे। लोगों का कहना था—चाहे कोई वित्त मन्त्री हो, नवीन के पिता का कहना सब सुनते हैं, आगे आनेवाले दिनों में जब विदेशी कम्पनियाँ देश में आकर बैठ जाएँगी, तो वे भी इसी तरह की अपनी धाक राजनीतिक सत्ता पर बैठाएँगी। फिर देश के नेता स्वतन्त्र निर्णय किस तरह ले सकेंगे, क्या यह गुलामी नहीं होगी ?

नवीन के पिता चुनावों में भी राजनेताओं की दिल खोल मदद करते, जिसकी वजह से उनकी कम्पनी के हर पार्टी के बड़े नेताओं से सम्बन्ध थे। कोई सरकार आए ··· वह उनकी थी। व्यापार के क्षेत्र में जो धुआँधार तरक्की नवीन के पिता ने की वह दुर्भाग्य से उनके शरीर को रास नहीं आई और उन्हें लकवा मार गया, वे खिचड़ी-दलिया ही खा पाते। अब एक जगह सिमटकर रह गए थे, घर के बाहर बहुत कम निकलते थे।

कहीं जाना बहुत ज़रूरी हो तो उन्हें 'व्हीलचेयर' पर ले जाना पड़ता। वे घर में ही एक कमरे में पड़े रहते ˙˙˙ बगल के कमरे में नर्स रहती थी जो चौबीसों घंटे उनकी देखभाल करती। अपनी अशक्तता के कारण पिछले कुछ वर्षों से उन्होंने अपने लड़कों को आगे बढ़ाना शुरू किया था। नवीन तीन भाई थे, दो व्यापार देखते थे ˙˙˙ नवीन सम्पर्क-संसार को सँभालते थे। वे अपने पिता से सीधे सलाह-मशविरा लेते रहते, क्योंकि उनका कार्यक्षेत्र महत्त्वपूर्ण था।

नवीन ˙˙˙ मँझोले कद के स्मार्ट व्यक्ति, परवरिश और पढ़ाई में एकदम आधुनिक, सिर्फ एक बात में पुराने कि वे अपने पिता से हर बात पर सलाह करते और उनके कहे हुए पर अक्षरशः चलते। सफारी सूट, चेहरे पर बिछी व्यापारिक मुस्कान और आत्मविश्वास की आभा जैसे संसार में जो भी था, उसमें कुछ भी उनके परिवार के अधिकार के बाहर नहीं था। मोहित की तरह छोटे-मोटे दिखावे जैसे कि होटल में अपना रुतबा दिखाना या कि मोबाइल लिये घूमना, या अपने घर-परिवार के आयोजनों में बेकार की अमीरी और वैभव दिखाना ˙˙˙ यह सब उनके स्तर पर छिछोरापन था। अफसरों के यहाँ होली-दिवाली पर जो गिफ्ट वगैरह जाते उन्हें भी ज्यादातर वे अपने अधिकारियों के हाथों भिजवाते। खुद पिता की बताई गिनी-चुनी जगहों पर ही जाते। कुल मिलाकर आत्मविश्वास से कसा हुआ, फूहड़पन से दूर, सधा हुआ व्यक्तित्व ˙˙˙ जिसमें एक शालीनता, विनम्रता भी मिली हुई थी। बातचीत में मिठास थी ˙˙˙ जो खींचती थी। बड़े रईसों का जो बड़प्पन था उसे अपने व्यक्तित्व में लाने की कोशिश कर रहे थे, अभी पूरी तरह आया नहीं था। वह आता है पीढ़ियों के सदाचरण से जब वह संस्कार के रास्ते, परिवार के हर व्यक्ति के खून में जा मिलता है। कहीं से उनका परिवार कुछ ज्यादा ही जल्दी धनी बन गया परिवार था।

''नमस्कार सर !'' आते ही नवीन ने तपाक से हाथ मिलाया, हाथ मिलाते हुए वह थोड़ा झुका और कुछ ज्यादा ही मुस्कुराया।

नवीनचन्द ˙˙˙ इतना बड़ा उद्योगपति मोहन्ती को 'सर' कर रहा है ˙˙˙ मोहन्ती को ताज्जुब हुआ। नवीन के यहाँ कोई आधा लाख आदमी तो काम करता ही होगा। यह अपने देश में ही हो सकता है कि इतना बड़ा आदमी एक अफसर को 'सर' करे। कौन जाने नवीन छोटे अफसरों को भी 'सर' करता हो।

''पृथ्वीसिंहजी ने मुझे बताया है। फोन पर मैं ज्यादा खुलासा नहीं करना चाहता था इसलिए चला आया। आपसे मिलना भी हो गया। आप विश्वास रखें—हम पूरी तरह आपके साथ हैं, हमारा पूरा ग्रुप।''

थोड़ी देर के लिए तो मोहन्ती को लगा कि वे एक चुनाव लड़ रहे थे और अपने चुनाव क्षेत्र में नवीन जैसे प्रभावी व्यक्ति के आश्वासन के मोहताज थे ˙˙˙ या कि वे अर्जुन या दुर्योधन थे और कृष्ण या उनकी सेना को माँग रहे थे। फर्क सिर्फ यह था कि यहाँ स्वयं कृष्ण उनके घर पधारे हुए थे। आत्मविश्वास नवीन का कृष्णवाला ही था।

''मैं यह भी साफ कर देना चाहता हूँ कि हमारा ग्रुप आपके अलावा किसी दूसरे

को 'बैक' नहीं करेगा,'' नवीन आगे कह रहे थे।

माने कभी-कभी एक साथ दो विरोधी नामों की भी 'बैकिंग' की जा सकती है—मोहन्ती और मायाप्रसाद की एक साथ ... जो भी अध्यक्ष बन जाए, नवीन के व्यापारिक संगठन की वाह-वाह ! मजाक यह कि तैनाती सरकार को करना है लेकिन तय उद्योगपति कर रहे हैं। सरकार के कामों में निर्णय लेने के लिए ये लोग कौन-सी संवैधानिक धारा के तहत और कहाँ से आ गए ? मोहन्ती ने सुना जरूर था कि जिन व्यापारियों पर कानून की पाबन्दी या उल्लंघन के लिए न्यायोचित कार्यवाही का काम सरकारी अफसर करते हैं, उनकी तैनाती वे व्यापारी ही करते हैं, भले ही पीछे से ... इसे आज वे सामने देख रहे थे ... जिस आत्मविश्वास से नवीन कह रहे थे, जैसे यह काम उनके ही अधिकार क्षेत्र में आता हो। इतने ऊँचे पदों की नियुक्ति में उद्योगपतियों की भागीदारी ? ऊँचे पदों में ही तो, क्योंकि ऊपरवाला अगर अपना आदमी हो गया तो नीचे बने रहे कीड़े-मकोड़े, जब चाहे उनके कान ऊपरवालों से खिंचवा दिए। सभी उच्च पदों पर अपने आदमी बैठ गए तो मतलब साफ ... कि आप ही सरकार चला रहे हैं, मन्त्री-अफसर उसी तरह वहाँ बैठे हैं जैसे आपकी कम्पनियों में आपके अधिकारी-कर्मचारी। गोया कि सरकार भी आपकी एक प्राइवेट कम्पनी जैसी हो गई, बेशक थोड़ा बड़ी। किस शातिर ढंग से इन लोगों ने पावर अपनी तरफ खींच ली है। सिर्फ आपके लिए ... कहकर नवीनचन्द ने यह भी जता दिया था कि उनकी भूमिका महत्त्वपूर्ण है, कि अगर वे किसी और की बैकिंग करने लगें तो मोहन्ती जैसे लोग अपनी 'मेरिट' को चाटते रह जाएँगे।

''मैं यहाँ आज और कल हूँ। कल आपके विभाग के मन्त्रीजी के साथ मीटिंग है ! मीटिंग के बाद आपकी बात भी हो जाएगी। मैं कल आपको फोन करूँगा। ठीक है सर ?''

एकदम साफ-साफ, अन्त में फिर वही 'सर', इत्मिनान दिलाता हुआ। नवीन मोहन्ती को सर करेंगे, मोहन्ती मन्त्री को और मन्त्री अपने लिए हुकुम नवीन से लेते हैं ... क्या मजेदार त्रिभुज बनता है !

नवीन ने कतई यह नहीं दिखाया कि वह जल्दी में है, उसे राजधानी में कई काम निपटाने हैं या कि महत्त्वपूर्ण व्यक्ति है और उसका एक-एक मिनट कीमती है ... लेकिन हवा के झोंके की तरह जैसे वह आया, वैसे ही दो मिनट बैठकर चला गया ... उससे वह सब जाहिर हो गया। उसने कुछ खाया-पिया भी नहीं। वह बड़े आदमियों की श्रेणी में था और हर जगह खा-पी नहीं सकता था ... पता नहीं कहाँ कुछ मिला दिया जाए, कहाँ दुश्मन छिपे हों ... बड़े आदमियों को हर जगह खतरा रहता है। नवीन के 'मीटिंग' शब्द के इस्तेमाल पर मोहन्ती को थोड़ी हँसी आई ... वह मन्त्री से अपने काम से मिलने आया होगा, एपॉइंटमेंट लेकर जा रहा होगा ... और प्रकट ऐसे कर रहा है जैसे किसी सरकारी मीटिंग जैसी हो ... या कौन जाने हो ही, यह मन्त्री व्यापारियों को कभी अलग से, कभी एक साथ बुलाता रहता था।

फिलहाल, मोहन्ती नवीन से उतना नहीं जितना पृथ्वीसिंह से प्रभावित थे। क्या

आदमी है ! उसके सफारी की एक जेब में अविनाश कपूर जैसा ग्लैमर की दुनिया का बादशाह, दूसरी में देश का एक बड़ा उद्योगपति जो स्वयं अपनी जेबों में मन्त्रियों को भरे हुए है। बेवजह ही नहीं वह राजनीतिक दुनिया में सटाक-सटाक सीढ़ियाँ चढ़े जा रहा।

दूसरे दिन नवीनचन्द ने वायदे के मुताबिक शाम को मोहन्ती के घर पर फोन किया। बड़ी शालीनता से पूछा कि अगर मोहन्ती खाली हों तो वह थोड़ी देर को घर आ जाए। हमेशा की तरह वह फोन से बचना चाहता था। मोहन्ती ने तपाक से 'हाँ' किया, वे तो जैसे मुँह बाए ही बैठे थे।

नवीनचन्द की उम्र तीस के आसपास होगी पर चेहरा, जैसे कि शरीर भी, उम्र के हिसाब से कुछ ज्यादा ही थुलथुल हो आया था ¨ उतना मोटा वह था नहीं या कि उम्दा सिले सफारी सूट में दिखता नहीं था। पता नहीं यह कितना पुश्तैनी था, कितना इस वजह से कि वह हर जगह और हर समय मिठास लिये घूमता-फिरता था। उस चेहरे पर दूसरा भी कोई भाव आ सकता है—यह कल्पना करना मुश्किल था।

इस बार नवीनचन्द के पीछे-पीछे सफेद ड्रेस में ड्राइवर आया, गिफ्ट का एक बड़ा पैकेट लिये और पहली जो कुर्सी खाली देखी उसमें गिफ्ट को बिठाकर वापस कार पर लौट गया ¨ जैसे उसे यह करने की आदत थी पुरानी। मोहन्ती को भी उसी अन्दाज में गिफ्ट को अदेखा कर देना चाहिए था पर वे आदत से लाचार थे—बड़े पैकेट देखकर ही भीतर से थोड़ा भड़क उठे, बहुत जोर से उन्होंने जब्त किया फिर भी मुँह से निकल ही गया :

"इसकी क्या जरूरत थी ?"

"हमारी संस्कृति है, और कुछ नहीं। किसी के यहाँ खाली हाथ नहीं जाया जाता। कल ही लाना चाहिए था, पर आपको जानता नहीं था। परिचित होने के बाद खाली हाथ कैसे आ सकता हूँ।"

"कुछ लीजिए, यह भी तो हमारी संस्कृति है," नवीनचन्द के सामने नाश्ते की बनी-बनाई ट्रे रख दी गई थी जिसमें थोड़ा मिठाई, थोड़ा मेवे थे। बड़े आदमी के लिए बड़ी चीजें।

"मिठाई खा नहीं सकता क्योंकि डायबिटिक हूँ ¨ और दूसरी चीजें, तो शरीर देख ही रहे हैं आप।"

मोहन्ती सोचने लगे ईश्वर के खेल के बारे में—जिसे सबकुछ नसीब उसको कुछ नसीब नहीं !

"पर जिस दिन आपका आदेश आ जाएगा उस रोज मैं वन्धन दरकिनार कर लड्डू खाऊँगा, बिल्कुल खाऊँगा ¨ " नवीनचन्द ने हँसते हुए कहा ¨ सहसा उसका चेहरा गम्भीर हो गया, "मेरी मन्त्रीजी से बात हो गई है," जैसे कि उसकी बात होने पर ही सारा मामला अटका हुआ था और अब उसी से फैसला हो जाना था। पैसा क्या आत्मविश्वास ला देता है।

"क्या कहा आपने !"

"मीटिंग खत्म होने के बाद ⋯ मैं रुका रहा। जब सब चले गए तो मैंने आपके नाम की सिफारिश कर दी।"

नवीनचन्द अब भी उसने क्या कहा, फिर मन्त्री ने क्या कहा—यह ठीक-ठीक नहीं बता रहा था।

"उन्होंने क्या कहा ?" मोहन्ती ने फिर कुरेदा।

"उन्होंने मुस्कुराते हुए नॉड किया। और कहना ही क्या था।"

मोहन्ती सोच रहे थे—क्या मजाक है ! वहाँ जहाँ और लोग भी रहे होंगे, नवीन कितना जोर से बोल पाया होगा। पता नहीं मन्त्रीजी ने नाम भी सुना हो या नहीं। मन्त्रीजी ने सिर हिलाया और इन्होंने मान लिया ? पता नहीं किस बात पर सिर हिलाया होगा।

"कुछ स्लिप वगैरह देने की जरूरत नहीं थी ?"

"मेरा उतना कहना ⋯ माने हमारे ग्रुप का कहना है। मन्त्रीजी यह जानते हैं।"

"मेरे बारे में कुछ अच्छा-अच्छा बोलना पड़ा होगा।"

"उस सबकी जरूरत नहीं थी, नाम ले देना काफी था। हम नाम लेते हैं तो कुछ देखकर ही—यह वे समझते हैं, इतने होशियार हैं।"

नवीनचन्द का आशय था कि मन्त्री मोहन्ती को देखकर नहीं नवीनचन्द और उनके ग्रुप को देखकर अध्यक्ष पद के लिए उन्हें चुनेंगे। उसने इशारा कर दिया, माने अपने ग्रुप का चुनाव बता दिया और वहाँ मामला खत्म ⋯ बस !

मोहन्ती ने इधर-उधर से थोड़ा और कुरेदने की कोशिश की लेकिन हर बार नवीनचन्द अपने ग्रुप का जिक्र कर मिठास में उतराने लगते। ऐसा लगता था जैसे वे हर पल अपनी व्यापारिक प्रतिष्ठा से गदगदायमान थे और उसे दूसरे लोगों की प्रतिष्ठा से ज्यादा लगाते थे, भले ही वे मोहन्ती जैसे अफसरों को भी सर-सर करते घूमते हों।

आज भी नवीनचन्द ने मोहन्ती के यहाँ का पानी नहीं पिया और दो मिनट बैठकर ही चलने को उठ दिया।

"मन्त्रीजी को फिर याद दिलाने की जरूरत पड़ेगी क्या ?" मोहन्ती ने पूछा।

"नहीं, हमारा एक बार कहना ही काफी है।"

मोहन्ती नवीनचन्द को कार तक छोड़ने आए। थोड़ा संकोच होता रहा कि वह व्यापारिक ग्रुप जो अपने उल्टे-सीधे कारनामों के लिए कुख्यात था ⋯ उसके प्रतिनिधि के साथ कोई मोहन्ती को देखे तो क्या सोचेगा ! एक तरफ यह सोचना और दूसरी तरफ उसी ग्रुप के पास अपनी सिफारिश करवाने के लिए पहुँचना ⋯ प्रार्थना लिये पहुँचना, हाथ जोड़े पहुँचना ⋯ और क्या था वह ⋯ मोहन्ती उन बातों को दबाते रहे, खुद से कहते रहे—घर आए मेहमान को कार तक विदा करना मेहमाननवाजी का तकाजा था।

अभी तक मोहन्ती सिर्फ अपने ऊपर से चीजों को गुजरने दे रहे थे ··· पर धीरे-धीरे उन्हें उसमें रस आने लगा था, खेल में जो रस आता है वह। वे अब खेल का एक मूकदर्शक होने की बजाय स्वयं खिलाड़ी होने को कसमसाने लगे थे। उन्होंने देखा कि बाकी सब तो खुद-ब-खुद फटाक-फटाक उनके ऊपर गिरते चले आ रहे थे, लेकिन दीनदयाल कहीं गायब हो गया था ··· जो उस दिन होटल में खाने पर उनके मामले में इतना तल्लीन था, स्ट्रेटेजी बनाने को कहता था ··· वही गायब था ··· एक-दो दिन नहीं, पूरे पन्द्रह दिनों से। अब जब काम बनने की तरफ चल पड़ा है तो कहीं ऐसा न हो कि कोई छोटी-सी चूक हो जाए, हल्की सी गफलत और ··· इसलिए दीनदयाल की स्ट्रेटेजी क्या है—यह जान लेना जरूरी हो गया था। मोहन्ती ने दीनदयाल का कार्ड ढूँढ़ा। (राजधानी और महानगरों में यह कार्डकल्चर खूब है। किसी आदमी से पहली बार मिलो, वह दो जुमलों के बाद ही जेब से पर्स निकालेगा, पर्स से अपना कार्ड और थमा देगा जैसे कह रहा हो—यह मैं हूँ। दो-चार उँगलियों की नाप का कार्ड, उस कार्ड में ही वह सब जो उसके बारे में जानने लायक है, उसके अलावा कुछ और जानने की जरूरत ही नहीं ? क्या आदमी बस उतना ही है जितना वह छोटा-सा कार्ड बताता है ? चलता-फिरता एक पूरा सावुत शख्स ··· भीतर छिपे उसके व्यक्तित्व में गोते लगाने चलिए तो लगाते चले जाइए, सही-सही फिर भी पता न चले कि आखिर यह आदमी है क्या बला ··· उस आदमी को समेटकर रख दिया छोटे से कागज के टुकड़े में। यह भी गौरतलब है कि आदमी का वह बच्चा या कागज का वह टुकड़ा सामनेवाले की हथेली में उतराया नहीं कि गप से गया उसकी बड़ी जेब में, जेब से निकला तो जा लगा किसी डायरी में, या घुस गया कार्डों के डिब्बे में, दूसरे ऐसे ढेर कार्डों के साथ, जैसे काँजी हाउस में बन्द कर दिया गया एक और जानवर ! शायद ही कोई कार्ड को ठीक से उस वक्त पढ़ता हो जब दिया जाता है। जब जरूरत होगी तो ढूँढ़कर निकाला जाएगा !) कार्ड के डिब्बे में मिल गया। मोहन्ती ने दीनदयाल को फोन लगाया। यह पहला फोन था जो वे अपने इस काम के लिए किसी को कर रहे थे ··· वितृष्णा की एक छोटी-सी लहर उठी पर उसे वहीं दबा दिया गया—क्या है, किसी से कुछ माँग तो नहीं रहे हैं वे ··· और अगर वैसे कोई अन्तर्धारा है भी तो किसी अनुचित काम के लिए नहीं है ··· वे तो अच्छाई के इन पहरेदारों (!) से इतना ही तो कह रहे हैं कि भाई देखना कोई अन्याय न होने पाए।

फोन करने पर उधर घंटी बजती रही, बजती रही —कोई उठाए ही नहीं। आखिर किसी ने उठाया और तड़ाक से आया—'कौन' ? जैसे किसी अँधेरी गुफा में छिपा कोई झलका और फौरन ही फिर छिप गया या जैसे किसी अजनबी को घर की चारदीवारी में घुसा देख उधर से चौकीदार ललकार रहा हो ··· खबरदार ! निर्भीक दिखने की अतिरिक्त कोशिश करते हुए लोग उतने ही डरे-डरे क्यों होते हैं ! मोहन्ती ने अपना नाम बताया तो भी तसल्ली नहीं। दूसरी गोली दाग दी गई ··· "कहाँ से ?" वह भी बताया तो तीसरी—"किस सिलसिले में ··· ?" अब मोहन्ती क्या कहें, उधर से दो-तीन शब्द ही होते थे और इधर से तफसील के साथ बयान की अपेक्षा थी। मोहन्ती ने

कहा—"दीनदयालजी मेरे मित्र हैं…" तो उधर जो फोन पकड़े था उसे ताज्जुब हुआ। वह बोला—"आगे ?" अब आगे क्या बताएँ… वह जानना चाहता था मोहन्ती का काम, पद-नाम (बिना उसके तसल्ली नहीं) और मोहन्ती वही छिपाए जा रहे थे, मोहन्ती भी बजिद्द थोड़ा लम्बा खींच गए। आखिर उधर से आया—'देखते हैं'… कहकर फोन लटका दिया और वह मिनटों गायब रहा… जैसे वह दीनदयाल का घर नहीं कोई रहस्यमयी गुफा थी जिसके भीतर… बहुत भीतर दीनदयाल बैठे थे, जिन तक कोई सन्देश एक वाहक से दूसरे, दूसरे से तीसरे, तीसरे से चौथे द्वारा ढोया जाता हुआ आखिर में उन तक पहुँचता था। सन्देश मिलने पर दीनदयाल विचार करेंगे कि बात की जाए या नहीं। आखिर फोन पर आवाज लौटी—"जी वह तो अभी हैं नहीं।" मोहन्ती सोचने लगे—कि दीनदयाल का घर कितना बड़ा होगा कि उसके सहायक को यह पता न हो कि दीनदयाल हैं या नहीं, या पता लगाने में इतना समय लगता हो। मोहन्ती ने बहुत ही सभ्य तरीके से सिर्फ इतना कहा कि आप मेरा नम्बर नोट कर लें और उनसे कह दें कि फोन कर लेंगे… तो उधर से दो टके का सा जवाब—"आप ही फिर फोन कर लें।" और फोन रख दिया गया। फोन करनेवाला वही तो होगा जिसका कोई काम फँसा हो और वह दस बार फोन करेगा… दस बार के बाद कहीं दीनदयाल बात करेंगे, अगर करें तो। यह अपना महत्त्व गाँसने का दीनदयाली तरीका नहीं, राजनीतिक बाजार में चलती एक निहायत ही आम, सस्ती और फूहड़ शैली थी जिसे दीनदयाल ने अपना लिया था।

मोहन्ती ने पहला कदम उठाया और उसी में नीचा देखना पड़ा। मोहन्ती को अपने आपसे खासी नफरत हुई… यह दीनदयाल का बच्चा अपने को बड़ा आदमी लगाता है, है एक मामूली पत्रकार, वह कर क्या सकता है ! जरूर वह घर में था, चाहता है कि मोहन्ती फिर फोन करें, बार-बार करें, नाक रगड़ें उसके दरवाजे पर… मोहन्ती अपने आपको इस तरह जलील नहीं करेंगे, काम बने या नहीं…

मोहन्ती ने मोहित से शिकायत की—"भाई तुम्हारा यह दीनदयाल तो अजीब आदमी निकला—उस दिन कहता था स्ट्रेटेजी बनाएगा, लेकिन वह तो गायब हो गया। दुर्योधन की तरह सरोवर में छिपा है, निकलता ही नहीं। फोन करो तो पकड़ में ही नहीं आता…"

मोहित हँसा और बोला—"पत्रकार है न ? पंगा ले रहा है। पर है वह बड़े काम का आदमी। अच्छा मैं आपको अभी फोन करता हूँ।" मोहित इस मायने में बहुत चुस्त था। दस मिनट बाद ही उसका फोन आया। उसने दीनदयाल को पकड़ लिया था मोबाइल पर। हर किसी को दीनदयाल अपना मोबाइल नम्बर नहीं देता था, मोहित को भी सख्त मनाही थी। मोहित ने दीनदयाल को बताया होगा जो मोहन्ती महसूस कर रहे थे। वह बोला दीनदयाल आपको अभी फोन करेगा। थोड़ी ही देर में दीनदयाल का फोन आ गया।

"मोहन्तीजी ! आप निश्चिन्त रहें। मैं लगा हुआ हूँ… और वह तो मैंने शुरू भी कर दिया है।"

"क्या ?" मोहन्ती ने पूछा।

" 'नेमड्रॉपिंग'। वह चालू है। आपके फेवर में हवा चल पड़ी है—कि बहुत ही ईमानदार आदमी हैं, जल्दी निर्णय लेते हैं, अपने निर्णयों पर टिकते हैं, प्रभावशाली हैं, अध्यक्ष पद के लिए आपसे बेहतर कोई आदमी नहीं मिलेगा ⋯ हवा बँधने दीजिए।"

"पर सचिवों की कमेटी की बैठक तो जल्दी ही होनेवाली है।"

"अभी कुछ नहीं होता ⋯ सब व्यस्त हैं। यही तय नहीं है कि सरकार कितने दिन चलेगी ⋯ सब अपने आदमियों को बटोरने, उनकी संख्या बढ़ाने में लगे हैं ⋯ सरकार माइनोरिटी में हो तो यही दिक्कत है। मैं रघुराजजी के पास जा रहा हूँ, प्रधानमन्त्री ने कहा है कि उन्हें सँभालूँ, रघुराज अपना दल छोड़नेवाले हैं ⋯ इसी सबमें फँसा रहा ⋯ अभी उसी काम पर हूँ। अच्छा बन्द करता हूँ। आप चिन्ता न करें, यह काम आप मुझ पर छोड़ दें।"

दीनदयाल के स्वर में दबी हुई खीझ थी ⋯ जैसे कि सोच रहा हो कि यहाँ देश की सरकार उलट-पलट होनेवाली है, वहाँ मोहन्ती को अपनी छोटी-सी पदोन्नति की पड़ी है। शायद दीनदयाल को थोड़ा मुगालता था कि राष्ट्रीय स्तर पर उसकी सेवाओं को कितनी सख्त जरूरत है, देश की इस संकट की घड़ी में। ऐसे में मोहन्ती जैसे अफसर लोग सिर्फ अपना सोच रहे हैं। सोचता वह चाहे जो हो, उसने मोहन्ती को जताया यही, उन्हें अपराध-बोध से बाँध दिया। मोहन्ती वाकई सोचने लगे कि देश तो इस अनिश्चितता के दौर से गुजर रहा है और मोहन्ती जो हैं वे अपनी एक रूटीन पदोन्नति को लेकर परेशान हैं, इतने कि उन्हें उसके अलावा कुछ दीख ही नहीं रहा है।

स्ट्रेटेजी वगैरह की कोई बात नहीं की उसने। जैसे झटके से वह अपने घने बालों को पीछे ढकेलता था, ऐसे ही शायद उस बात को भी कब का पीछे फेंक चुका था। मोहन्ती तरसते ही रह गए सुनने को कि वह कौन-सी स्ट्रेटेजी थी जिसे दीनदयाल इतनी मेहनत से इतना लम्बा समय लेकर बनानेवाला था और जो उन्हें मंजिले-मकसूद तक पहुँचानेवाली थी। उन्हें लगा कि दीनदयाल सचमुच कुछ करनेवाला नहीं था। मन ही मन तय किया कि अब से वे दीनदयाल को फोन नहीं करेंगे।

सचिवों की समिति की बैठक आज होनेवाली थी जिसमें और मसलों के अलावा मोहन्ती के अध्यक्ष पद का मामला भी कार्यसूची में था। यह शुरुआती स्टेज थी पर महत्त्वपूर्ण थी ⋯ यों कि इसमें मोहन्ती का नाम नहीं आया तो उनके लिए परेशानी पैदा हो सकती थी। जब उनका नाम ही नहीं है तो आगे मन्त्री लोग पुष्टि करेंगे तो किसी दूसरे ही प्रस्ताव की। यों अगर विभागीय मन्त्री को सचिवों की सिफारिश पसन्द नहीं है तो वह समिति को दोबारा बैठक करने को कह सकता था ⋯ लेकिन मोहन्ती के लिए उतनी दिलचस्पी यह मन्त्री क्यों लेगा जब कि उससे पुष्टि की टीप लगवाने के लिए ही इतनी जुगत बैठानी पड़ रही थी। इस बैठक में सिफारिश हो जाने के बाद भी मन्त्री लोग

सिफारिश को मानने को बाध्य नहीं थे, जिस आदमी की सिफारिश नहीं की गई वे उसे भी चुन सकते थे ··· पर ज्यादातर सचिव समिति की सिफारिश ही मानी जाती थी क्योंकि कोई मन्त्री अलग कोई संस्तुति करके अपने को शक के दायरे में खड़े नहीं होने देना चाहता था। अपनी अलग सिफारिश करना माने दूसरे दो मन्त्रियों द्वारा भी शक की नजर से देखा जाना ··· और इन मन्त्रियों के पास अलग-अलग फाइल जाती थी। जैसे सचिवों की समिति की बैठक होती थी—वैसी उनकी नहीं। तो सचिव समिति की बैठक बहुत महत्त्वपूर्ण थी। उसकी सिफारिश में आ जाना ··· माने एक अंक आपको मिल गया। पर उसके लिए जो कुछ किया जा सकता था ··· (नहीं, किया तो बहुत कुछ जा सकता था पर मोहन्ती के बस में जो था) वह मोहन्ती कर चुके थे—समरसिंह से मुलाकात। समरसिंह के अलावा जो सचिव थे उनमें से एक मोहन्ती के विभाग को देखनेवाले सचिव थे। दूसरे गृह मन्त्रालय के प्रतिनिधि थे, नियुक्तियों से सम्बन्ध रखनेवाले सचिव। इन दोनों को मोहन्ती न जानते थे, न उन्हें अपने पक्ष में करने का कोई सोर्स ही ढूँढ़ पाए थे। हालाँकि समरसिंह समिति के अध्यक्ष थे फिर भी अगर दो सचिवों की राय कुछ और हो गई तो कुछ का कुछ हो सकता था। मोहन्ती सब रामभरोसे छोड़कर बैठे थे।

अधिकारियों की यह सबसे बड़ी समिति थी ··· यों कि भारत सरकार के सबसे बड़े अफसर इसमें थे ··· एक साथ। वे इसलिए रखे गए थे कि उनके लम्बे तजुर्बे, बड़े सोच का फायदा सरकार को मिल सके। जिन लोगों की नियुक्ति पर विचार होना होता था उनसे ये अधिकारी किसी तरह से सम्बन्धित भी न होंगे ··· तो चुनाव में तटस्थता भी रहेगी। निष्पक्ष चुनाव हो सकता था बशर्ते ··· । कागज में चीज कितनी अच्छी होती है लेकिन जहाँ यह आदमी नाम का जीव आया, उसी चीज को कैसा उल्टा कर देता है। सरकार के सबसे बड़े अधिकारी ··· एक नहीं तीन-तीन ··· पर अगर उनका व्यवहार उतना ही छोटा हो जितना बड़ा उनका पद ··· तो ?

बैठक की शुरुआत में ही विभागीय सचिव ने अपने घोड़े के पक्ष में आक्रामक रुख अपनाया—"मुझे अपने मन्त्री से यहाँ यह कहने की हिदायत मिली है कि चूँकि कुछ अध्यादेश फौरन लाए जाने हैं इसलिए मौजूदा अध्यक्ष को तीन माह का एक्सटेंशन दिया जाए। तब तक के लिए रेगुलर अध्यक्ष का चुनाव मुल्तवी कर दिया जाए।"

बैठक में एक पल के लिए सन्नाटा छा गया। तो बैठक ही क्यों हो रही है ? कोई क्या कहे जब उस विभाग का मन्त्री या सचिव ही अध्यक्ष पद पर नियमित नियुक्ति नहीं चाहता, अनियमितता बनाना चाहता है, बनाए रखना चाहता है। 'रेगुलर' शब्द का इस्तेमाल कर विभागीय सचिव यह तो मान रहे थे कि रेगुलर इन्तजाम ही स्थायी होता है और वही प्रशासन के हित में है फिर भी पैरवी वे 'इर्रेगुलर' बन्दोबस्त की कर रहे थे, क्योंकि एक खास आदमी के पक्ष में बात को मोड़ना था ··· वह जो मन्त्री ही प्रान्त का था, वही भाषा बोलता था जो विभागीय सचिव और मन्त्री दोनों बोलते थे। पता नहीं मन्त्री ने कहा था या नहीं, कहा था तो किस तरह ··· लेकिन अपनी बात को वजनी ढंग से प्रस्तुत करने के लिए मन्त्री का नाम लेना जरूरी था और वह सचिव ने किया।

चूँकि दूसरे दोनों सचिव भी आई.ए.एस. के थे इसलिए वे ये सब हथकंडे जानते थे ··· जान रहे थे कि यह कतई जरूरी नहीं है कि मन्त्री ने सचमुच ऐसा कहा हो, सारी जिन्दगी ··· रोज ही तो वे लोग मन्त्री का नाम लेकर क्या-क्या करते/करवाते रहे थे। इसलिए वे खौफ नहीं खाए, उल्टे उससे निकलने का रास्ता सोचने लगे ··· उतना ही पक्का कोई रास्ता। समरसिंह ने बिना उन दोनों से पूछे बैठक में ही प्रधानमन्त्री के प्रधान सचिव रामचन्द्रन को खुद फोन लगाया—तुम डाल-डाल, हम पात-पात, तुम मन्त्री को लाए तो हम प्रधानमन्त्री को उठाते हैं, नीति की बात उठाते हैं—"प्रधानमन्त्री की एक्सटेंशन के सम्बन्ध में क्या नीति है ?" उन्होंने प्रधानमन्त्री के प्रधान सचिव से पूछा, इस तरह कि दोनों सचिव अच्छी तरह जान लें वे क्या पूछ रहे हैं।

"एक्सटेंशन सिर्फ एक-दो बड़े पदों जैसे कैबिनेट सचिव आदि को छोड़कर बाकी पदों के लिए न दी जाए।" उधर से उत्तर आया। यह नीति थी, हर प्रधानमन्त्री के समय रहती थी। यह बात दीगर थी कि उसका पालन उसका उल्लंघन करने में ज्यादा होता था। समरसिंह ने जान-बूझकर मोहन्ती के विभाग का उदाहरण नहीं दिया, वर्ना क्या पता फिर व्यक्ति विशेष के लिए नीति निर्धारण कुछ का कुछ होने लगता। अपने मतलब की बात लेकर समरसिंह दूसरी बात पर सटाक से सरक गए। उसी बात पर ठहरते तो कौन जाने उधर से प्रधान सचिव कुरेदने लग जाता—किसके एक्सटेंशन की बात सोची जा रही है, क्या उससे पूछे बगैर ··· ? वह प्रधानमन्त्री का प्रधान सचिव ··· सबसे बड़ा सचिव न सही पर सबसे बड़े मन्त्री का प्रधान सचिव जरूर था। समरसिंह जानते थे कि ऐसा अक्सर हो जाता था कि प्रधान सचिव के पद पर बैठा शख्स उचककर इस बैठक में शामिल होने भी चला आता ··· "मैं चला आया, सोचा वहीं डिस्कस कर लेंगे ··· इन डैप्थ !" हालाँकि वह इस समिति का सदस्य नहीं था तो उसका हिस्सा लेना नियमों के हिसाब से गलत था ··· लेकिन इस पद पर तैनात भाई लोग कुछ स्पष्ट करने कभी भी चले आते थे। मीटिंग में हिस्सा ले लेंगे, मीटिंग के कार्यवृत्त पर दस्तखत न करेंगे तो कोई सुबूत भी नहीं कि वे आए थे। उस खतरे से बचना था समरसिंह को ··· हालाँकि रामचन्द्रन दूसरे मिजाज के व्यक्ति थे, वे तभी आते थे जब प्रधानमन्त्री की किसी व्यक्ति के चुनाव में बहुत ज्यादा दिलचस्पी होती थी, वहाँ भी ज्यादातर सिर्फ फोन पर समरसिंह को साफ-साफ बता देते—"पी.एम. डिजायर्स ···" लेकिन समरसिंह, रामचन्द्रन के आने का खतरा ही दूर रखना चाहते थे। अभी तो दो को झेलना था, फिर तीन ··· क्या पता इस अध्यक्ष पद की दौड़ में उनका भी कोई घोड़ा हो। तो समरसिंह ने रामचन्द्रन से बात करते हुए फट से विषय बदल दिया। दोनों में कुछ देर दीगर विषयों पर बातें होती रहीं। समरसिंह ज्यादातर सुनते हुए हाँ-हाँ ··· करते रहे। फोन हो जाने के बाद वे इधर मुखातिब हुए, और फैसला सुना दिया—"आप अपने मन्त्रीजी को बता दीजिएगा कि प्रधानमन्त्री एक्सटेंशन के एकदम खिलाफ हैं इसलिए वह बात छोड़कर हम अध्यक्ष पद के लिए नियमित नियुक्ति पर विचार करने चलते हैं।" फिर वे पर्सनल सचिव की तरफ मुड़ गए—"किन लोगों में से चुनाव करना है ?"

पर्सनल सचिव ने पाँच व्यक्तियों की सूची उनके सामने रखते हुए कहा—"ये सभी बोर्ड के सदस्य हैं और इनमें से किसी को भी चुना जा सकता है।"

"मन्त्रीजी और मैं इस विभाग में नए परिवर्तन लाना चाहते हैं, यू नो वी आर वेरी कीन फॉर इकॉनॉमिक रिफॉर्म्स ⋯ तो एक डायनैमिक ऑफीसर की जरूरत है। मन्त्रीजी की पहली च्वाइस तो खैर मौजूदा अध्यक्ष ही थे, वह नहीं तो मि. मायाप्रसाद," विभागीय सचिव ने दूसरे घोड़े को आगे बढ़ा दिया।

"नियमों के हिसाब से हमें पिछले पाँच साल की चरित्र-पंजिकाएँ देखना चाहिए और जिसकी सबसे अच्छी हों, जो लगातार आउटस्टैंडिंग हो उसे चुनना चाहिए—ऐसे अफसर श्री सेवकराम हैं। ये बैकवर्ड कास्ट के हैं इसलिए भी इन्हें चांस मिलना चाहिए," पर्सनल सचिव ने कहा। बात बहुत वजनी होकर नहीं निकली क्योंकि वे स्वयं बैकवर्ड कास्ट के थे।

"मेरी जानकारी में ऐसा कोई नोटीफिकेशन नहीं है जिसमें इस बड़े स्तर की पोस्ट के लिए भी रिजर्वेशन की बात कही गई हो," विभागीय सचिव ने एतराज किया—"मेरिट से सेलेक्शन तो ठीक, लेकिन यह कोई नीचे की पोस्टों का चुनाव नहीं है जिसके लिए पाँच साल की चरित्रपंजिकाओं का नियम लागू किया जाए। यह विभाग की सबसे बड़ी पोस्ट है। जरूरत इस बात की है कि समिति सभी नजरियों से व्यक्ति को देखे और चुनाव करे। मेरे ख्याल में तो पाँच साल नहीं, पूरे कैरियर पर नजर डालना चाहिए। पर्सनालिटी को देखना चाहिए।"

"रिजर्वेशन होता तो फिर बहस ही क्या करनी थी। तब तो करना ही करना था। मैंने कहा हमें लोअर कास्ट के अधिकारी को प्रेफर करना चाहिए। खासतौर से तब जब कि उसकी रिपोर्ट भी आउट स्टेंडिंग हो," पर्सनल सचिव बोले—"जेंटिलमैन ⋯ हम एक-एक करके कैंडीडेट को देखें। सबसे पहले सीनियर मोस्ट, फिर उसके बादवाला, फिर उसके बादवाला ⋯ एंड सो ऑन !

समरसिंह ने कहा—"नम्बर वन कौन है ?"

"मि. मोहन्ती," पर्सनल सचिव ने बताया।

"ये कैसे हैं ?"

"मेरे मन्त्री का ख्याल है कि वे जिस तेजी से आर्थिक सुधार लाना चाहते हैं ये सँभाल नहीं पाएँगे," विभागीय सचिव ने कहा।

"मन्त्रीजी अपनी स्टेज पर वह लिख सकते हैं, अभी हमारी स्टेज है। हमें मन्त्रीजी की नहीं अपनी राय बनाना और बताना है। रिकॉर्ड देखिए इनका ?" समरसिंह ने अपनी सीनियर्टी का फायदा उठाते हुए विभागीय सचिव को भपकी लगाई।

"रिकॉर्ड ठीक है," पर्सनल सचिव ने कहा—"इनके खिलाफ कुछ है क्या ?" उन्होंने विभागीय सचिव से पूछा।

"मैंने मन्त्रीजी की राय बता दी," विभागीय सचिव थोड़ा मुर्झा गए थे।

"नहीं, पर्सनल सचिव जानना चाहते हैं कि मि. मोहन्ती के खिलाफ कोई विजिलेंस

मैटर, भ्रष्टाचार की कोई शिकायत ?" समरसिंह ने पूछा।

"नहीं, वह सबकुछ नहीं है, साफ-सुथरा आदमी है," विभागीय सचिव ने जवाब दिया।

"प्रधान सचिव अभी मुझसे यह भी कह रहे थे कि प्रधानमन्त्री चाहते हैं कि हर सेलेक्शन में जहाँ तक सम्भव हो सीनियर्टी का ख्याल रखा जाए ··· ताकि हार्टबर्निंग न हो, लोगों में असन्तोष न फैले। यह अधिकारी सबसे सीनियर है, रिकॉर्ड ठीक है, उनके खिलाफ कुछ नहीं है ··· तो हमें नीचे जाने की जरूरत नहीं है ···" समरसिंह अध्यक्ष की अथॉरटी से बोले। उनका पद ऐसा था कि वे कई काम प्रधानमन्त्री का नाम लेकर करवा सकते थे, कोई भी बात चला सकते थे। अधिकारियों में प्रधानमन्त्री के प्रधान सचिव के बाद वे ही प्रधानमन्त्री के निकटतम थे। प्रधान सचिव की राय को अपनी तरफ उन्होंने पहले ही खींच लिया था। तो अब जैसे वे नहीं प्रधानमन्त्री ही बोल रहे थे।

"मगर ···" विभागीय सचिव कुछ कहना चाहते थे।

"जेंटिलमैन ! प्रधानमन्त्री की स्थिति सोचिए। यह सरकार बहुत पतली मेजोरिटी पर टिकी हुई है। ऐसे में प्रधानमन्त्री का यह सोचना जायज है कि बेकार के विवाद न खड़े किए जाएँ। मैं उनके आदेशों के भीतर काम कर रहा हूँ ··· सीनियर्टी से कंट्रोवर्सी खड़ी नहीं होगी। सो वी रिकमैंड मि. मोहन्ती। दूसरा आइटम उठाएँ ···"

समरसिंह ने बात खत्म करके दूसरी फाइल उठा ली।

जब तक सचिव समिति के सदस्य कार्यवृत्त के दूसरे विषयों पर काम करते, मोहन्ती के विभाग सम्बन्धी बैठक की सिफारिश को समरसिंह ने अपने स्टेनो को टाइप करने को दे दिया, ताकि कागजात पर यहीं और अभी समिति के सदस्यों के दस्तखत हो जाएँ। यह इसलिए जरूरी था कि विभागीय सचिव वापस अपने विभाग जाकर मन्त्री को उल्टा-सीधा समझाकर कुछ नया बखेड़ा खड़ा कर सकता था, मन्त्री सीधे समरसिंह को फोन करके एक्सटेंशन वाली अपनी माँग चला सकता था। चूँकि यह साझा सरकार थी इसलिए हर पार्टी महत्त्वपूर्ण थी ··· कोई कभी अपना समर्थन वापस ले ले। ऐसी सरकारों के प्रधानमन्त्री कमजोर और विभागों के मन्त्री शक्तिशाली होते हैं। यह मन्त्री खासतौर से शक्तिशाली था। वह समरसिंह से कह सकता था कि इस बैठक में मामले को फाइनल न किया जाए, बैठक को अगली किसी तारीख के लिए स्थगित कर दिया जाए ··· तब तक वे प्रधानमन्त्री से बात कर लेंगे। इसलिए विभागीय सचिव अपने दफ्तर लौटे उसके पहले ··· यहीं उसके दस्तखत लेकर मामले को खत्म कर देना चाहिए। नए मसले पर जब बहस चल रही थी तभी मोहन्तीवाला कार्यवृत्त टाइप होकर आ गया। आगे फिर से कुछ बहस होने की गुंजाइश न रहे ··· इसलिए समरसिंह ने सबसे पहले खुद दस्तखत करके कागज दूसरे सचिवों की तरफ बढ़ा दिया। मोहन्ती की सिफारिश पर तीनों सचिवों के दस्तखत हो गए।

रात दस बजे जब समरसिंह मीटिंगों से फारिग हुए, सब लोग चले गए तब उन्होंने मोहन्ती को फोन लगाया :

"मोहन्ती ! दिस इज समरसिंह, कांग्रेट्स। समिति ने आपके नाम की सिफारिश कर दी है।"

"थैंक यू सर ··· आपने बहुत मदद की।"

"मैं क्या ··· यू डैज्वर्ड इट। आप सीनियरमोस्ट थे।"

"आजकल कौन इसका ख्याल रखता है।"

'हाँ, वह तो है ··· आप अभी पृथ्वीसिंह को न बताएँ क्योंकि ये चीजें सीक्रेट हैं। समय आने पर मैं उन्हें समझाकर बता दूँगा। ओ.के. ?"

सीक्रेट बात पर मोहन्ती को थोड़ा हँसी आई ··· सरकार के कामों में भी क्या कुछ सीक्रेट रहता है। दोपहर बाद ही मोहन्ती के पी.ए. ने सचिव समिति के निर्णय की खबर मोहन्ती को दे दी थी। जब टाइप के लिए कागज समर का पी.ए. अन्दर ले गया, उसने मोहन्ती के पी.ए. को बता दिया था ··· आखिर उसे भी तो अपना महत्त्व बनाना था।

ढीला पैंट और भिंडी का ढेर

मिलना-मिलाना जो इस बीच बहुत लोगों से हुआ उससे एक बात मोहन्ती की समझ में आ गई थी कि राजधानी में जो लोग फालतू से इधर-उधर घूमते रहते हैं, दरअसल वे उतने फालतू होते नहीं, उनमें से कुछ बहुत काम के होते हैं। इसलिए प्रमोद वर्मा जब उनसे 'यों ही' मिलने आया तो उन्होंने प्रमोद से उस मुलाकात को 'यों ही' नहीं लिया, टालने की बजाय प्रमोद में दिलचस्पी ली। उसे बिठाया और उन तमाम बातों में तिरते रहे जो प्रमोद करता रहा। प्रमोद वर्मा भी पत्रकार था लेकिन दीनदयाल का उल्टा। ढीला-ढाली पैंट-कमीज, पेट पैंट के बाहर आता हुआ। माथे के ऊपर के बाल झड़ गए थे, सामने का गंजापन छिपाए रखने के लिए वह बीच के कुछ बालों को सामने रखे रहता। इससे एक तिरछी-सी लट माथे के ठीक ऊपर भी बनी रहती जो सीधे-सादे से उस आदमी पर थोड़ा-सा पैनापन बिछाने की असफल कोशिश करती थी।

राजनीतिक स्थिति का विश्लेषण वह खासी बौद्धिकता से करता था। इसके पीछे उसकी लियाकत कम पत्रकारिता में आस्था ज्यादा थी। वह सचमुच समझना चाहता था और पत्रकारिता को जो करना चाहिए वह करना चाहता था—स्थितियों और चरित्रों का ईमानदारी से विश्लेषण, जो हो रहा है उसे समझने की ईमानदार कोशिश और फिर उसे पूरे परिप्रेक्ष्य में रखकर तटस्थ टिप्पणियाँ करना जिससे कि सही दिशा में जनमत बने। दुर्भाग्य से उसके पास कोई मंच नहीं था ··· न कोई अखबार, न कोई पत्रिका जिसमें लिखकर वह अपनी बात कह सकता। बड़े अखबारों और पत्रिकाओं में लिखने लायक न तो नाम था और न लियाकत ही। अपना रास्ता ढूँढ़ता भटक रहा था राजधानी में।

पुश्तैनी घर गाँव में था जहाँ बाप-दादा का काम खेतिहर का था। प्रमोद पढ़-लिख गया तो खेती कैसे हो, उस पर उसने प्रेम विवाह एक दूसरी जाति की लड़की से कर लिया था ··· इसलिए गाँव से निष्कासित हो गया, एक तरह से। दिल्ली चला आया अपना भाग्य आजमाने। घर का इकलौता लड़का था तो दादा ने जो रकम उसके नाम उसके पैदा होते ही जमा कर दी थी वही थी जिससे उसे शुरुआत करनी थी। इसी रकम में से उसे अपनी जीविका की जुगाड़ बैठानी थी और पत्रकारिता के आदर्श को लेकर भी चलना था।

"एक पत्रिका शुरू की है," उसने पत्रिका का एक अंक भेंट करते हुए मोहन्ती से कहा—"अंक पूर्वप्रधानमन्त्री पर केन्द्रित किया था, उनसे प्रधानमन्त्री के रूप में लिया गया साक्षात्कार उनकी सरकार के विचार आदि ··· अंक छप गया था लेकिन इसी बीच वह सरकार गिर गई। अंक को बाजार में जाने के पहले रोकना पड़ा। पत्रिका में विज्ञापन देनेवाले, छपाई वगैरह में रकम लगानेवाले लोगों ने अपने हाथ खींच लिये। दस हजार का नुकसान हो गया बैठे-बैठे।"

"आप क्या राजनीतिक उथल-पुथल नहीं देख रहे थे। साफ दिख रहा था कि वे लोग संख्या में कम हैं और यह संख्या आसानी से पूरी होनेवाली नहीं ··· "

"वह तो था। लेकिन ये छोटी-छोटी पार्टियाँ अपने संसद-सदस्यों को लेकर कभी इधर चली जाती हैं, कभी उधर। ये संसद-सदस्य विशुद्ध अवसरवाद में या पैसे के लिए सरकार गिराते या बनाते हैं। ऐसे में आगे का कोई क्या सोच सकता है। यह सवाल भी उठता है कि इस तरह की गठबन्धन सरकारें क्या करेंगी ··· किस प्रकार के प्रधानमन्त्री देंगी ? जब जो पकड़ में आ गया ! ऐसे व्यक्ति का प्रधानमन्त्री बनना जिसने सारा जीवन देश सेवा और सकारात्मक राजनीति में होम किया हो और किसी को कहीं से पकड़कर उठा लेना ··· इनमें फर्क तो होगा ही। देश को इत्तफाक से एक साफ आदमी प्रधानमन्त्री मिल रहा था। मैं सोचता था—शायद देश का भाग्य जोर मार ले जाए। पेश्तर इसके कि राजनीतिक उठापटक और उसके समानान्तर चलती मीडिया उस व्यक्ति को भी गलत-सलत प्रस्तुत करने लग जाए, या वैसा बना ही डाले, कौन जाने ! मैं एक साफ-सुथरे आदमी को जनता के सामने प्रस्तुत करना चाहता था, इतिहास के इस दौर को वह व्यक्ति कैसे देखता है, वह क्या सोचता है।"

"तुम क्या सोचते हो जनता देखती नहीं, समझती नहीं ?"

"मैं लिखित रूप में और उस व्यक्ति को भीतर से दिखाकर प्रस्तुत करना चाहता था। हम लोग आलोचना तो करते ही रहते हैं लेकिन अच्छे की अच्छाई दिखाना भी पत्रकारिता का काम है, वर्ना आदमी से, कम-से-कम राजनेताओं से लोगों का विश्वास ही उठ जाएगा। एक नेता की वह भीतरी अच्छाई दिखाना चाहता था जो लोगों के मन में दर्ज हो जाए ··· जो भविष्य में उस व्यक्ति पर भी अंकुश का काम करे। विरोधी राजनीतिक दलवाले उसकी छवि को धूमिल करने की हर सम्भव कोशिश करेंगे ही और वह भी शायद ऐसा न बना रहे। सत्ता भ्रष्ट तो करती है, थोड़ा-बहुत। शायद उसकी

अच्छाई ही उसे रोके, इसलिए वह अंक निकाला था… पर भाग्य ने साथ नहीं दिया—न उस प्रधानमन्त्री का, न मेरा।''

मोहन्ती को प्रमोद सीधा-सच्चा और खुला हुआ आदमी लगा… जैसे आजकल कम मिलते हैं। प्रमोद ने पत्रिका के अतीत और वर्तमान के बारे में विस्तार से बताया। वह अगले अंक में मोहन्ती के विभाग पर कुछ विशेष सामग्री चाहता था, मोहन्ती पर एक विशेष फीचर भी बनाना चाहता था।

''मुझ पर क्यों ?'' मोहन्ती ने पूछा

''क्योंकि आप बोर्ड के अध्यक्ष बनने जा रहे हैं।''

''अभी जो अध्यक्ष हैं उन पर फीचर बनाया था आपने ?''

''जब वे अध्यक्ष बने थे तब मेरी पत्रिका ही नहीं थी।''

''अब तो है, अब सही।''

''अब वे थोड़े ही दिनों के लिए हैं। आप पर फीचर बनाने से दो काम हो जाएँगे—एक तो आपके विभाग के बारे में लोगों को जानकारी मिल जाएगी, दूसरे नए अध्यक्ष के विचार, उसकी प्रोफाइल, उसकी योजनाएँ आदि सामने आ जाएँगे।''

''आपको कैसे मालूम कि मैं ही अध्यक्ष बनने जा रहा हूँ।''

''मुझे क्या, सभी को मालूम है।''

''क्या सभी ऐसा सोचते हैं कि मोहन्ती ही बनेंगे।''

''हाँ।''

''वे क्यों ऐसा सोचते हैं ?''

''कहते हैं कि आपका नम्बर है और आप चरित्रवान हैं…''

कैसा निश्छल व्यक्ति था यह प्रमोद। मौजूदा समाज में जो दाँवपेंची चलती है उसका जैसे अहसास ही नहीं है उसे, तभी ऐसी सरलता से कह देता है कि जो व्यक्ति अच्छा है वही बनेगा। क्या उसे मूर्ख नहीं कहा जाएगा या वह साधारण आदमी का प्रतिनिधित्व करता था ? शायद हर महत्त्वपूर्ण मामले में साधारण जन की भी एक राय निश्चित ही बनती है… और जब उस राय के हिसाब से काम नहीं होता तो समाज की आत्मा को ठेस पहुँचती है।

''मैं इसलिए और भी आप पर फीचर लिखना चाहता हूँ क्योंकि आपके साफ-सुथरे होने के बारे में मैंने हर किसी से सुना है। अगर कोई ऐसा अध्यक्ष होना होता जिसकी छवि अच्छी नहीं है तो शायद मैं आगे न बढ़ता।''

''लेकिन पत्रकार लोगों का मकसद तो सम्पर्क बनाना होता है, कौन व्यक्ति कैसा है… उन्हें इस सबसे क्या मतलब।''

''सम्पर्क बनाने तो मैं भी आया हूँ, पर मैं यह भी चाहता हूँ कि मेरे माध्यम से सिर्फ सही व्यक्ति ही 'प्रोजेक्ट' हो।''

''सही व्यक्ति कौन होता है।''

''जिसके बारे में बाहर ऐसी आम राय ठहरी होती है कि वह सही व्यक्ति है।''

"आप क्या सोचते हैं—आपका सोचना सही है ? आप जो काम करते हैं वे सब सही ही होते हैं ?"

"कतई नहीं ! दिन भर मैं अक्सर सभी गलत लोगों से मिलता हूँ, सभी गलत काम करता हूँ। सिर्फ लिखते समय थोड़ी सावधानी बरतता हूँ कि कम-से-कम यह काम मुझसे ठीक-ठाक हो जाए। गलत, अनुचित या वह जो समाज के लिए ठीक नहीं है ⋯ वह न लिखा जाए।"

प्रमोद मोहन्ती के पास वैसे ही आया था जैसे दूसरे आते हैं ⋯ सम्पर्क बनाने। आखिर पत्रकार था, दिल्ली का फ्रीलांस पत्रकार। लेकिन वह थोड़ा अलग था। वह ज्यादातर मन्त्रियों से सम्पर्क बिठाता था, अफसरों से कम क्योंकि अफसर उसका ढीलापन देखकर उससे कन्नी काट लेते थे जबकि दीनदयाल अफसरों में भी धँस जाता था, आसानी से। वे अफसर जो उसके प्रदेश के हुए वे ही प्रमोद को घास डालते थे। प्रमोद के व्यक्तित्व में पुरबियापन था जो उसे उस तरफ के अफसरों-मन्त्रियों का करीबी बना देता, बाकी उससे बिचक जाते। देखा जाए तो ठीक से पैंट पहनना तक तो आया नहीं था प्रमोद को। वह भागता रहता था इधर से उधर, उधर से इधर ⋯ पत्रिका के लिए, जिससे वह अपना पेट भरता था। सम्पर्क बनाना या सम्पर्क साधना भी, वह अपनी पत्रिका, अपनी जीविका के लिए करता था। उसके आगे--मतलब कैरियर वगैरह—यह वह नहीं सोच पाता था। दीनदयाल की तरह प्रमोद दीगर काम नहीं करता था, कहिए कि अभी सीख नहीं पाया था। एक मन्त्री ने अपनी खचाड़ा मारुति कार जिसे वे खारिज कर रहे थे, प्रमोद को दान कर दी। प्रमोद को कार चलाना आता नहीं था, हालाँकि उम्र अभी उसकी तीस के अन्दर ही थी ⋯ बस वही देहातीपना, तो उसने एक सस्ता ड्राइवर रख लिया था दिन-भर के लिए। ड्राइवर भी प्रमोद जैसा ही अनाड़ी लेकिन प्रेमी व्यक्ति था ⋯ इसीलिए वह प्रमोद के साथ खट भी रहा था। गाड़ी जहाँ कहीं खराब हुई, उसे वहीं ड्राइवर के हवाले छोड़ प्रमोद तिपहिए पर अपनी मुलाकातों के लिए भाग लेता। ड्राइवर गाड़ी से निपटता रहता।

"क्या अभी मुझ पर फीचर लिखना ठीक होगा ?" मोहन्ती ने पूछा।

"अच्छा तो आपके अध्यक्ष बनने के बाद सही। यह भी ठीक है ⋯ अभी कोई इसे बेवजह आपको 'प्रोजेक्ट' करना न समझ ले, मौजूदा अध्यक्ष भी नाराज हो सकते हैं।"

मोहन्ती ने देखी थीं कुछ ऐसी पत्रिकाएँ जो सिर्फ बड़े अफसरों की नियुक्तियाँ और तबादले की खबरें उनके फोटो के साथ छापती थीं, इसी तरह उनके सम्पादक उन अफसरों से सम्पर्क बना लेते और आगे का सिलसिला बैठाते। मोहन्ती को इन पत्रिकाओं से खासी अरुचि थी।

"इतने बड़े देश में ये भी क्या कोई घटना हुई कि फलाँ अफसर की नियुक्ति फलाँ जगह हुई ⋯ फिर फोटो के साथ छापा जा रहा है विस्तार से उस अफसर का बायोडाटा—हाई स्कूल प्रथम श्रेणी में पास, बी.ए. प्रथम श्रेणी ⋯ वहाँ से होते हुए किस सन् में आई.ए.एस. या फलाँ सर्विस के लिए चुने गए, उसके बाद इन पदों को उन्होंने सुशोभित किया ⋯ जैसे कि बड़ी वीरता का काम किया। अरे, तनख्वाह पाते थे तो काम करना

ही था, कहीं-न-कहीं।''

''नहीं, वे तो बहुत सस्ती पत्रिकाएँ हैं। हम उस तरह नहीं छापते। हम व्यक्ति की प्रोफाइल उतना ही देते हैं जितना जरूरी है जैसे कि उनकी अपने उस विभाग के बारे में आगे क्या योजनाएँ हैं। हम विभाग की समस्याओं और विकास पर जितना केन्द्रित करेंगे, अध्यक्ष पर उतना नहीं।''

''हाँ, कागज, छपाई आदि पर जो इतना खर्च करते हो, वह कुछ बेहतर चीजों के लिए होना चाहिए ⋯ समाज की बेहतरी के लिए। इन अफसर-मन्त्रियों की ही प्रशस्तियाँ क्यों गाते हो जिन्हें आप भी जानते हैं कि कुछ नहीं हैं और पद पर न रहने पर तो वे और भी कुछ नहीं रहेंगे।''

''जो उन्हीं को छापती हैं, उन पत्रिकाओं की कुछ मजबूरी हैं। वे उसी माल की वजह से बिकती हैं।''

''आप जैसे पढ़े-लिखे समझदार आदमी अपने को जान-बूझकर इन अफसरों का घोड़ा बनाए हुए हैं। ये चन्द मूर्ख और भ्रष्ट लोग आप पर सवारी कर रहे हैं,'' मोहन्ती ने तीखेपन से कहा।

प्रमोद एकाएक चुप हो गया ⋯ बात तो सही है लेकिन जीविका चलाने की भी तो बात है। प्रमोद के घर में बच्चे जरूर नहीं हैं पर बीवी तो है। उसकी आकांक्षाएँ हैं। बेचारी को क्या मिला प्रमोद से विवाह करके। अपने समाज से कट गई सो अलग, यहाँ बड़े शहर आकर एक कमरे में पड़ी है। जो उसके सपने देखने, सपने भोगने के दिन हैं उनमें उसे भी संघर्ष करना पड़ रहा है प्रमोद के साथ-साथ। प्रमोद दिन-भर इधर से उधर भागता रहता है और वह बेचारी घर के सारे काम करती हुई एक कमरे में पड़ी रहती है। प्रमोद की आँखें नम हो आईं।

''मैं जानता हूँ ये सब गिरे हुए लोग हैं पर किसी नेता पर अंक केन्द्रित कर दो, तो वह ढेर सारे विज्ञापन दिलवा देता है ⋯ अंक का पूरा खर्च निकल आता है, ऊपर से बचत भी हो जाती है—सब एक आदमी के जरिए। कोई फंक्शन करो तो जब तक नेता को न बुलाओ, न टी.वी. वाले आएँगे, न मीडिया कवर करेगा, न आदमी ही इकट्ठा होंगे ⋯ सारी रौनक ही इन लोगों ने हथिया ली है।''

''यह अफसोस की बात है, पर इस क्रम को कहीं से तोड़ना तो होगा, कुछ लोगों को शुरुआत तो करनी होगी।''

''जो इन लोगों की शरण में नहीं जाएँगे उनकी पत्रिकाएँ बैठ जाएँगी। मुझे पत्रिका से कोई मोह नहीं है पर पत्रिका के बन्द होने के बाद मैं करूँगा क्या।''

प्रमोद सीधा सवाल कर रहा था, पेट का सवाल ! मोहन्ती के पास इसका जवाब था क्या ? आज का नवयुवक—नौकरी मिलती नहीं, जमीन-जायदाद नहीं हो, बड़ी रकम नहीं हो कि कोई धन्धा जमा ले, तो राजधानी आकर अपने लिए कोई छोटा-सा काम निकालने की कोशिश करता है। तब वह क्या करे, अगर धन्धे की माँग यह हो कि नेताओं की प्रशस्तियाँ गाई जाएँ ⋯ पर यह काबिले-तारीफ था कि बीच-बीच में प्रमोद

अच्छा काम करने की भी सोच लेता था जैसे किसी खास विचार के इर्द-गिर्द कोई अंक निकालना, इतिहास के एक दौर विशेष को जानने और जनवाने की कोशिश करना या जैसे मोहन्ती के विभाग की समस्याओं को समाज के सामने लाना। मध्य वर्ग का सीधा-सादा आदमी था वह, जिससे दोस्ताना सम्बन्ध रखा जा सकता था।

''अंक विभाग पर ही केन्द्रित करो। तुम्हें मुझ पर लिखने की कोई जरूरत नहीं है ! मैं जो मदद सम्भव हुई—अब या आगे—तुम्हारी पत्रिका के लिए करूँगा। लेकिन संस्थाओं, विभागों की समस्याएँ, अच्छाइयाँ ⋯ वे कहाँ फँसी पड़ी हैं ⋯ कैसे वे बाहर आकर उस विभाग पर, समाज पर असर कर सकती हैं ⋯ इन सबके बारे में निष्पक्ष होकर लिखो।''

एक ही मुलाकात में उनके बीच सहज आत्मीय सम्बन्ध बन गया। प्रमोद दूसरे दिन भी आया, बैठा ⋯ राजनीति की ताजा खबरें सुनाईं (इधर-उधर घूमता तो रहता ही था तो हर तरह की खबरें उसके पास पहुँचती थीं) चाय तक नहीं पी और चला गया। उसने बताया कि उसे मोहन्ती के साथ बैठना अच्छा लगता है, प्रेरणा मिलती है ⋯ आदर्शों पर कोई टिक न भी पाए, उनकी तरफ नजरें रहती हैं अगर मोहन्ती जैसे लोगों से मिलते रहो। मोहन्ती भीतर-भीतर उसकी नादानी पर हँसते रहे ⋯ क्या जानता था वह अभी मोहन्ती के बारे में ? प्रमोद करीब-करीब रोज आने लगा, उसके रास्ते में मोहन्ती का घर पड़ता था तो वह यों ही 'चांस' लेता, अगर मोहन्ती हुए तो पाँच-दस मिनट को बैठ जाता। वे अपने समय की बातें करते, राजनीतिक, सामाजिक स्थिति पर बौद्धिक टिप्पणियाँ करते ⋯ मुक्त होकर। दोनों में से किसी को डर नहीं कि उसकी राय या टिप्पणी कोई बाहर से जाकर इस्तेमाल कर लेगा। बातचीत के दौरान प्रमोद से छिपा नहीं रहा कि मोहन्ती की अध्यक्षी का मामला अब मन्त्रियों की कमेटी में दस्तखत के लिए गया हुआ है। वह सबसे पहले विभागीय मन्त्री के पास जाएगा, फिर गृहमन्त्री और फिर प्रधानमन्त्री के पास। गृहमन्त्री के स्तर पर सचिव समिति की सिफारिश से छेड़छाड़ की सम्भावना कम-से-कम थी ⋯ क्योंकि वे इस विभाग को जानते नहीं थे और चुनाव विभागीय व्यक्तियों में से ही होना था। किसी बाहर के व्यक्ति को लाकर बिठाने की गुंजाइश होती तब वे शायद नीचे के प्रस्ताव में छेड़-छाड़ करते। यह सम्भावना विभागीय मन्त्री के स्तर पर थी क्योंकि वह मोहन्ती के विभाग के लोगों को जानता था, नहीं जानता तो जान सकता था। वह इस तरह का आदमी सुना जाता था जो अपनी अक्ल को अव्वल समझते हैं और नीचे के प्रस्ताव में जब तक कुछ रद्दोबदल न कर दें, अपनी अक्ल का अपमान मानते हैं। वह मायाप्रसाद के पक्ष में सुना जाता था ⋯ क्या वह उसके लिए गृहमन्त्री को भी तैयार करने की कोशिश करेगा ? लेकिन वह यह भी जरूर सोचेगा कि अगर गृहमन्त्री न माने तो खामखाह जलालत ली। और गृहमन्त्री उसकी बात मानेंगे क्या ! मायाप्रसाद गृहमन्त्री से मिल आया है पर विभागीय मन्त्री को यह सब क्या मालूम। वह मायाप्रसाद के लिए नीचे की सिफारिश में छेड़-छाड़ का जोखिम मोल नहीं लेगा ⋯ क्योंकि मायाप्रसाद उसके प्रान्त का नहीं था, उसकी भाषा नहीं बोलता था।

मौजूदा अध्यक्ष में ये गुण थे लेकिन इन अध्यक्ष को तो अब 'एक्सटेंशन' ही दिलाया जा सकता था, अगर दिलाया जा सकता था तो। अगर विभागीय मन्त्री नीचे के प्रस्ताव में फेरबदल नहीं करेगा तो गृहमन्त्री भी नहीं करेंगे। मायाप्रसाद का जरूर भरोसा नहीं। पता नहीं कौन और कितने घर उचकता हुआ वही इस मन्त्री तक पहुँच गया हो। विभागीय सचिव के कहने-भर से तो नहीं पर मायाप्रसाद की फड़कन से जरूर मन्त्री का रुख उसकी तरफ हो सकता था ⋯ लेकिन क्या सिर्फ मीठी-मीठी बातों पर मन्त्री इतना नीचे जाएँगे, मोहन्ती और दो और को अदेखा करते हुए मायाप्रसाद की सिफारिश करेगा ? मन्त्री चतुर है—सोचेगा जरूर कि इतना 'आउट ऑफ वे' जाने पर हल्ला मच सकता है। जो हो विभागीय मन्त्री की स्टेज को सँभालना जरूरी था मोहन्ती के लिए। अभी तक सिर्फ मोहित से मन्त्री के एक भतीजे द्वारा फोन पहुँचाया था, नवीनचन्द कहते थे कि वे बोले हैं ⋯ लेकिन ये दोनों सोर्स पक्के नहीं थे ⋯ पता नहीं उन लोगों ने कहा भी या नहीं ⋯ कहा भी तो वह कितना असरदार हुआ होगा। इसलिए उन्होंने प्रमोद से टटोला कि विभागीय मन्त्री तक किसी के मार्फत पहुँचा जा सकता है क्या ⋯

"इस मन्त्री की ही पार्टी के गीताकृष्णन हैं, वे पिछली बार भी मन्त्री थे और अब भी हैं। हर लिहाज से उनकी बराबरी के हैं। वे मुझे अपने बेटे की तरह मानते हैं ⋯ बहुत ही साधारण जीवन जीते हैं। उनके पास चलते हैं," प्रमोद ने कहा।

"चलें तो, पर उनका असर पड़ेगा ?"

"पड़ना चाहिए क्योंकि इस गठबन्धन सरकार में उस पार्टी के दो ही तो मन्त्री हैं। इन दोनों में कोई अनबन भी नहीं सुनी गई। पूछ लेंगे उन्हीं से। अगर कुछ ऐसी-वैसी बात हुई तो वे ही न बोलेंगे।"

"पक्का नहीं है तो जाने से क्या फायदा ? ऐसा न हो कि उन्होंने बोला भी और उल्टा पड़ जाए। जहाँ विभागीय मन्त्री कुछ करनेवाला नहीं था, वहाँ खुन्दक खाकर खलल डाल बैठे। वैसे, तुमने क्या सुना है मेरे विभाग के मन्त्री के बारे में ?"

"बहुत शातिर आदमी है ⋯ पर यह बताइए आजकल कौन मन्त्री है जो कहलवाने का बुरा मानता है। उल्टे अगर न कहलवाओ तो बुरा लगता है उन्हें।"

"अगर ज्यादा कहलवाओ ⋯ मतलब एक से ज्यादा लोगों से ⋯ तो ?"

"तो भी उन्हें अच्छा ही लगता है। उन्हें दिखता है कि वे एक काम से एक साथ कितने लोगों को 'ऑब्लाइज' कर रहे हैं। सिर्फ उनके किसी दुश्मन से न कहलवाया जाए। मैं गीताकृष्णनजी से पूछ लूँगा। मैं काफी खुला हूँ उनसे।"

गीताकृष्णन सचमुच बहुत ही सादा जीवन शैली में रहनेवाले मन्त्री दिखे ⋯ गाँधीवाद को अपनी जीवन-शैली में पिरोए हुए। बँगले के बाहर का कमरा उनका दफ्तर जिसमें एक कमरे में पी.ए., एक में वे खुद ⋯ कोई प्रतीक्षालय वगैरह का ताम-झाम नहीं। पी. ए. ने खबर भेजी तो फौरन अन्दर बुला लिया, जब कि भीतर एक-दो लोग और थे। वे किसी को बाहर बिठाए नहीं रखते थे और न ही किसी का मसला ऐसा गुप्त मानते थे कि वह दूसरों के सामने बात करने लायक न हो। सफेद लुंगी और सफेद आधी बाँहों

की बुशर्ट, काला रंग ··· सादा मेज और कुर्सी। मेज पर फैले थे एक-दो गुलदस्ते जिन्हें जो मिलनेवाले अभी भी बैठे थे, वे लाए थे। फौरन ही प्रमोद की तरफ मुखातिब हो गए—

"सर ! मि. मोहन्ती, सदस्य ··· विभाग," प्रमोद ने परिचय कराया।

गीताकृष्णन ने मुस्कुराकर हाथ मिलाया। मोहन्ती अपना परिचय वहाँ सबके सामने देने से थोड़ा शरमा गए। उनका विभाग ऐसा था जो छिपा नहीं रहता था, प्रमोद के बोलते ही वहाँ बैठे बाकी लोग घूरकर मोहन्ती की तरफ देखने लगे थे। उस पर मन्त्री ने जड़ दिया—"अरे इन्हें क्यों तकलीफ दी। इतने सीनियर अफसर ! अच्छा बताइए ··· "

"आप काम खत्म कर लें, हमें कोई जल्दी नहीं है," प्रमोद ने इशारा दिया कि वे अकेले में बात करना चाहते हैं।

गीताकृष्णनजी दूसरी पार्टी की तरफ मुड़ गए ··· बातें चल निकलीं। वे उन लोगों को समझाते जा रहे थे। मोहन्ती की समझ में कुछ न आ रहा था, न ही वे समझने के इच्छुक थे। प्रमोद जरूर ध्यान से सुन रहा था।

मोहन्ती अपने में खोए, अपने को कोसने लगे—उन्हें बाहर किसी में, किसी के काम में कोई दिलचस्पी नहीं। प्रमोद को देखो—हर चीज में दिलचस्पी है। यह होता है जब आप अपने किसी काम में घुस जाते हैं, उसमें जरूरत से ज्यादा लिप्त होते हैं कि मोहन्ती की तरह बाहर का कुछ और दिखाई-सुनाई नहीं देता, समझ में आना तो दूर।

जब तक उन लोगों की बातचीत खत्म होती जो पहले से मौजूद थे, तब तक एक तीसरी पार्टी भी भीतर दाखिल हो गई। गीताकृष्णन के यहाँ खुला दरबार था, बाहर कोई इन्तजार ही नहीं करता था ··· सब भीतर। मोहन्ती समझ गए ··· यह ऐसा ही रहेगा और उन्हें वह एकान्त कभी नहीं मिलेगा जो प्रमोद और वे चाहते थे। प्रमोद कई बार मिला है इस मन्त्री से ··· फिर भी उनके तौर-तरीकों का पता नहीं। शायद उसकी दिलचस्पी जो मैटर है, उस पर रहती है ··· तौर-तरीकों पर नहीं ··· क्या मामला है जिस पर बातें हो रही हैं। वह ध्यान लगाए सुनता जा रहा था।

मोहन्ती को जब यह पक्का हो गया कि वहाँ वैसा ही चलता रहेगा तो उन्होंने एक कागज लिया और संक्षेप में अपना काम लिख दिया ··· और पहली पार्टी के बाहर जाते ही प्रमोद को मन्त्रीजी को पकड़ाने को कह दिया। प्रमोद ने पकड़ाया ··· गीताकृष्णनजी ने चश्मा लगाकर पढ़ा और खुद ही बोले—"मैं उसे बोल दूँगा ! अध्यक्ष का चुनाव तो हो नहीं चुका ? कोई आया था।"

पेश्तर इसके कि मन्त्री मामला सबके सामने खुलासा कर देते, मोहन्ती ने ही कहा—"अगर आपको थोड़ी-सी भी हिचकिचाहट हो रही हो तो रहने दें।"

"अरे उससे बोलने में क्या। उससे तो रोज दर्जनों बार बात होती है ··· पर कुछ याद आता है ··· कोई साउथ इंडियन जेंटलमैन ··· "

"हाँ, वे मौजूदा अध्यक्ष हैं ! अगर आप उनके लिए बोल चुके हों तो रहने दीजिए।"

"मुझे याद नहीं ... पर वे आए थे ! क्या उनका भी चुनाव होना है ... पर आप तो कहते हैं कि वे पहले से ही अध्यक्ष हैं ... "

"वे रिटायर हो रहे हैं, इस महीने की तीस तारीख को ... "

"ओ हो ! अच्छा तो जाने के पहले मिलने आए होंगे। मैं बोल दूँगा।"

"मन्त्रीजी को बुरा तो नहीं लगेगा ?"

"क्यों लगेगा ... वे भी मुझसे बोलते हैं। हमारे बीच चलता है। मैं उनसे बोलता रहता हूँ, कई चीजों के बारे में।"

मोहन्ती को लगा जैसे वे भिंडी के ढेर हैं जिसे जब चाहे इधर से डलिया में भरा और उधर उड़ेल दिया। गीताकृष्णन कहने के पहले कुछ सोचते ही नहीं। ऐसा व्यक्ति पुख्ता ढंग से क्या बोलेगा ... पर मौजूदा अध्यक्ष क्यों आया था। अगर उसके एक्सटेंशन के लिए ये बोल चुके हैं तो मोहन्ती के बारे में बोलना ? अब इसका क्या किया जाए कि उन्हें याद ही नहीं था कि वे उसके लिए क्या बोले हैं। शायद ये मन्त्री यह भी न समझते हों कि मौजूदा अध्यक्ष और मोहन्ती के लिए बोलना ... दो विरोधी बातें थीं। वे तो जो आया उसे निराश करना जानते ही नहीं थे ... इतने सरल और दयालु थे। वे तो कह ही देंगे ... और सचमुच उन्होंने उसी समय अपने पी.ए. को विभागीय मन्त्री को फोन लगाने को कहा।

मोहन्ती के भीतर धुकधुकी चलने लगी। बगल में बैठी तीसरी पार्टी के सामने सब मामला खुल जाएगा ... पर खुल जाए तो खुल जाए, फैसला अभी हल हो जाएगा। कुछ कहो गीताकृष्णन खुले दिल के आदमी थे ... यह नहीं कि देखूँगा, बोलूँगा। अभी लो ... तुम्हारे सामने ही।

जब तक पी.ए. दूसरे कमरे से फोन मिलाता, गीताकृष्णन तीसरी पार्टी की समस्या सुनने लगे और उसमें खो गए। दो मिनट बाद पी.ए. ने खबर दी कि विभागीय मन्त्री दिल्ली से बाहर हैं ...

"कोई बात नहीं, वह परसों आ रहा है ... मैं बोल दूँगा।"

इन्हें याद रहेगा ... क्या बोलना है ? इस वक्त बोलते तो शायद याद रहता ... वर्ना तो उन पर इतने मैटर लद्द-फद्द गिरते रहते हैं ... ये बेचारे क्या करें। जो सबकी मदद करना चाहता है उसका यही हाल होता है।

"इसे रख लें अपने पास ... " मोहन्ती ने मेज पर लावारिस-सी पड़ी अपनी स्लिप को उनकी तरफ सरकाते हुए कहा। ये कैसे कहते कि आपको याद ही नहीं रहेगा क्या कहना है ...

और वे उठ गए, प्रमोद भी साथ-साथ उठा। मन्त्रीजी ने हाथ मिलाते समय कहा—"डोंट वरी !"

रास्ते में मोहन्ती ने प्रमोद से अपनी शंका व्यक्त की कि गीताकृष्णन फोन तो कर देंगे, लेकिन क्या कहेंगे यह याद नहीं रहेगा और वह स्लिप जरूर खो जाएगी।

"ऐसा नहीं है ... वे उस स्लिप को अभी अपने पी.ए. को पकड़ा देंगे और कह देंगे

कि उन्हें फोन करने की याद दिला दें और तब वह उन्हें स्लिप भी पकड़वा दे। आपने अच्छा किया लिखकर दे दिया।''

''और मैं सोचता हूँ—मैंने यही अच्छा नहीं किया। मैंने लिखित एक सुबूत छोड़ा है कि मैंने सिफारिश करवाई।''

''तो ?''

''अफसरों के लिए जो आचारसंहिता की किताब है उसमें साफ लिखा है कि जो अधिकारी अपने लाभ के लिए राजनीतिक दबाव डलवाएगा उसके खिलाफ सरकार अनुशासनिक कार्यवाही कर सकती है।''

''अच्छा, क्या वाकई ?''

''हाँ, यह है।''

''पर सब अफसर खुलेआम राजनेताओं के प्रभाव का इस्तेमाल करते हैं, किसी के खिलाफ इस बात को लेकर कभी कार्यवाही हुई ... मैंने कभी सुना नहीं।''

''नहीं होती ... क्योंकि वे अधिकारी जो राजनेताओं तक पहुँचते हैं वे इतने शक्तिशाली भी होते हैं कि उनके खिलाफ ऐसी कोई कार्यवाही शुरू ही न हो सके पर मैं ... ''

''आप चिन्ता न करें ... मैं परसों आऊँगा। अपने सामने फोन कराऊँगा और वह स्लिप भी उनसे लेकर आपको वापस कर दूँगा।''

''तब तक वह स्लिप बचेगी ?''

''ऐसा नहीं है। अच्छा, मैं आपके घर से उसके पी.ए. को समझा देता हूँ।''

घर पहुँचकर प्रमोद ने गीताकृष्णन के पी.ए. को कह दिया कि वह परसों आएगा, उसके पहुँचने पर ही गीताकृष्णन विभागीय मन्त्री से बात करें और वह स्लिप प्रमोद को वापस चाहिए ...

''कौन-सी स्लिप ?''

''मन्त्रीजी को दी है हमने, वे आपको देंगे।''

''अभी तक तो नहीं दी। कभी देते हैं, पर कभी वे अपनी जेब में डाल लेते हैं ... फिर भूल जाते हैं। अब मैं उनसे माँग तो नहीं सकता ... ''

''मैं आऊँगा ... परसों। फिलहाल अगर दें तो उस स्लिप को हिफाजत से रख लेना।''

मोहन्ती को ऐसा लगा जैसे उनके चेहरे पर धूल की एक पतली पर्त आ बिछी है। एक बेकार की कोशिश ... पर अगर विभागीय मन्त्री मिल जाते तो वह कारगर भी हो सकती थी ... बशर्ते गीताकृष्णन मौजूदा अध्यक्ष के लिए पहले ही न बोल चुके हों।

हो सकता है मौजूदा अध्यक्ष रिटायर होने के पहले सिर्फ मिलने आया हो गीताकृष्णन से ... या रिटायरमेंट के बाद कोई काम पकड़ने के लिए आया हो। इतने लोग उसके प्रान्त के बड़ी-बड़ी जगहों पर हैं ... वह यों ही तो रिटायर हो नहीं जाएगा, कुछ-न-कुछ जरूर ले लेगा।

सितारों की बातें

एक दिन प्रमोद ने दीगर बातचीत के दौरान हिचकते हुए कहा—"एक पंडितजी को मैं बहुत मानता हूँ—पंडित रामशरण शास्त्रीजी—ज्योतिषी हैं। मैं चाहता हूँ उनसे आपकी कुंडली पर विचार करवाया जाए। देखें कि सितारे क्या बोलते हैं !"

"किस बारे में ?" मोहन्ती ने पूछा।

"यही जो चल रहा है, आप अध्यक्ष बनेंगे या नहीं ?"

"तुम नतीजा जल्दी जान लेना चाहते हो, ताकि पता चल जाए कि मेरे यहाँ तुम बेकार अपना समय बरबाद कर रहे हो या ··· वैसे ही हाल में तुम पत्रिका के एक अंक पर नुकसान उठा चुके हो ?" मोहन्ती ने हँसते हुए कहा।

"आपसे सम्बन्ध अब कहाँ छूटनेवाला है।"

"देखो भाई, अगर होना है तो हो ही जाएगा—नहीं होना तो नहीं होगा। कुंडली भी तो यही बताएगी। कुछ दिनों बाद पता ही चल जाएगा।"

"नुकसान भी क्या है ? सभी बड़े लोग कुंडलियाँ दिखाते हैं।"

अच्छा चूँकि सभी लोग यह करते हैं तो मुझे भी करना चाहिए, क्यों ? एक चीज देखी तुमने ? अब हम लोग अपने जीवन में अपनी तरह का ही नया कुछ करने, करते चले जाने की कूवत खोते जा रहे हैं। हमारे दिमाग में वही आता है जो और लोग ··· ज्यादातर लोग कर रहे होते हैं।

"वह इसीलिए तो गलत नहीं हो जाता कि बहुत लोग उसे कर रहे हैं।"

"मैं खुद को उन लोगों के वर्ग में नहीं रखता जो कुंडलियाँ विचरवाते हैं। बनना होगा अध्यक्ष तो बन जाऊँगा, अपना काम ईमानदारी से करूँगा। नहीं बना तो सन्तोष रहेगा कि झंझट से बचे। दोनों ही स्थितियाँ ठीक हैं।"

"चलिए ··· तो मेरी जिज्ञासा या सन्तोष की खातिर सही। कुंडली तो होगी न आपकी ?"

"हाँ है, बचपन में जैसी बनी थी, वैसी है।"

"तो ठीक है, उसे कम्प्यूटर पर अच्छे से बनवा लेते हैं। इस नियुक्ति के बारे में जानने के बहुत इच्छुक आप न भी हों तो आगे हमेशा के लिए कुंडली ढंग से तैयार हो जाएगी। दीगर प्रश्न पूछ लीजिएगा—जैसे कि बुढ़ापा कैसे बीतेगा, स्वास्थ्य कैसा रहेगा ··· वगैरह।"

"हाँ, वह किया जा सकता है।"

और उन्होंने कुंडली प्रमोद को दे दी। प्रमोद के जाते ही मोहन्ती के जेहन में एक के बाद एक सवाल उगने लगे—एक, अगर यह तय है कि किसी को या उन्हें यह-यह इस-इस वक्त बनना है तो फिर लोग या वे उसके लिए परिश्रम क्यों करते हैं ? हो ही जाएँगे या नहीं होंगे। दो, भाग्य अच्छा है या बुरा—इसे क्या इस मामूली-सी बात पर जाँचा जाएगा कि अध्यक्ष बने या नहीं। इतनी बड़ी जिन्दगी जिसमें इतनी सारी चीजें

होती हैं, उसमें यह छोटी-सी चीज क्या इतनी महत्त्वपूर्ण होगी कि कुंडली उसे इंगित करेगी। तीन, जीवन में नौकरी ··· उसमें भी कोई विशेष पद पाना—यह बड़ी चीज है या व्यक्तिगत जीवन कैसा है, जीवन में होनेवाली कोई बड़ी घटना-दुर्घटना, किसी व्यक्ति का आपके जीवन में आना, चले जाना ··· जिसकी वजह से जिन्दगी का खाका ही बदल जाता है ··· सितारे क्या बताएँगे ? नौकरी-पेशा होंगे मोहन्ती—यह बता सकते थे ··· लेकिन कब कौन-सा पद, क्या तरक्की—यह कैसे बता सकते हैं ? ये महत्त्वपूर्ण घटनाएँ हो गई हैं आज के आदमी के लिए, लेकिन, सितारे जो आपका भाग्य निर्धारित करते हैं, उनके लिए कहाँ महत्त्व की होंगी ये ? चार, नौकरी में पैंतीस वर्ष हो गए जिस दौरान सरकते-सरकते मोहन्ती यहाँ तक आए ··· बोर्ड के सदस्य हो गए—वे पैंतीस वर्ष एक तरफ और अध्यक्ष होना जो वे मुश्किल से एक वर्ष रहेंगे ··· यह दूसरी तरफ ! एक वर्ष उन पैंतीस वर्षों से बड़ा कैसे हो जाएगा ? पाँच, कुंडली देखी जाने की पेशकश—कहीं से भी सही—अब ही क्यों हुई ? नौकरी के दौरान पहले कभी क्यों नहीं ?

कुछ नहीं, सिर्फ धन्धेबाजी है ··· मोहन्ती ने आखिर में सोचा, प्रमोद उनका भला सोचना चाहता है, तो चलो कुंडली के मार्फत ही सही। वह बहुत सीधा है।

अगले रोज ही प्रमोद कम्प्यूटर से तैयार की हुई लम्बी-चौड़ी कुंडली लेकर आ गया। वह बहुत खुश था—आते ही चहकते हुए बोला—"पंडितजी ने कहा है कि आपको अध्यक्ष बनने से कोई रोक नहीं सकता।"

"अच्छा ? वह कैसे ? तुम्हें और मुझे खुश करने के लिए कह दिया होगा।"

"नहीं, उन्होंने बताया आपके स्वामी हैं गुरु और इन दिनों गुरु की ही महादशा चल रही है आपके जीवन में। पंडितजी स्पष्ट बोल देते हैं, अच्छा हो या बुरा। प्रधानमन्त्री की कुंडली देखकर उन्होंने कह दिया है ··· आप आठ महीने से ज्यादा प्रधानमन्त्री नहीं रह सकेंगे। वे उन्हें खुश रखने के लिए कुछ अच्छा भी कह सकते थे। जब प्रधानमन्त्री की परवाह नहीं की तो आप कौन-सी चीज हैं ?"

"प्रधानमन्त्री की कुंडली देखी थी उन्होंने ?"

"हाँ ··· सभी नेता उन्हें कुंडली दिखाने को बेचैन रहते हैं। कितनों की तो वे देख ही नहीं पाते, समय नहीं मिलता। मेरी उनसे पुरानी जान-पहचान थी ··· इसलिए देख ली। प्रधानमन्त्री के यहाँ जाप करने जाते हैं, हफ्ते में एक दिन ··· "

प्रधानमन्त्री के पद ने क्या जिजीविषा भर दी थी उस व्यक्ति में। वे पूजापाठ करनेवाले नहीं हैं, पर खुद नहीं करते तो करवा रहे हैं, प्रधानमन्त्री बने रहने के लिए। ज्योतिषी ने कहा होगा कि आठ महीने से ज्यादा नहीं टिक सकेंगे तो पूछा होगा कोई उपाय ? हाँ जजमान बुरे ग्रह शान्त करने के लिए जप ! तो करा रहे हैं ··· शायद इसी रास्ते बच जाएँ। ज्योतिषीजी ने यह भी कहा होगा—ईश्वर की माया, भाग्य को मोड़ भी सकते हैं। वैसे भी जप-तप हर हाल में वरेण्य है। प्रधानमन्त्री ने सोचा होगा—इस बार थोड़े समय के लिए सही, अगली बार जोर-शोर से और लम्बे अर्से के लिए आएँगे। इस बार आठ महीने तो अगली बार पूरे पाँच साल टिक जाएँगे। अभी के लिए पूजापाठ

न भी काम आया तो भविष्य के लिए तो आएगा।

"आप खुश नहीं हुए ?" प्रमोद ने पूछा।

"खुश होने का क्या है ··· पंडितजी ने एक पद-प्राप्ति ही तो बताई है। उससे जीवन में या मुझमें कुछ अच्छा हो सकता है, होगा ही—यह तो कहा नहीं।"

"नहीं, कह रहे थे कि यह कुंडली उस व्यक्ति की है जो मन का बहुत साफ है, 'निष्कलुष' यह शब्द इस्तेमाल किया था उन्होंने।"

"और कुछ कहा ?"

"एक धृष्टता मैं कर आया। उन्होंने अपनी तरफ से ही पहल की, इसलिए। वे बोले कहो तो मैं प्रधानमन्त्री से बात करूँ—आपके मित्र, मेरे मित्र। मैंने हाँ कर दी ··· नुकसान क्या है।"

"इसके मायने तो यह कि ज्योतिषीजी को ही कुंडली और जो वह पढ़ते हैं कुंडली में ··· उस पर विश्वास नहीं है, वर्ना क्यों मेरी सिफारिश की जरूरत महसूस करते, इत्मिनान से बैठे रहते।"

"मैंने उनसे यह कहा—तो बोले मनुष्य को उद्यम तो करना ही होता है। कुंडली में लिखा है तभी तो मोहन्तीजी को आप मिल गए, आपको मैं। मुझमें नेताजी से बोलने की प्रेरणा जागी। यह भी भाग्य है कि ज्योतिषीजी की प्रधानमन्त्री तक पहुँच है। उनका हफ्ते में एक बार उनसे मिलना होता ही है।"

मोहन्ती मुस्कुराकर रह गए ··· रंजन, पृथ्वीसिंह ने भी तो अपनी तरह से भविष्यवाणी ही की थी, दोनों ने अपने-अपने कारणों से। रंजन सोचता था उसके सम्पर्क रंग लाएँगे, पृथ्वीसिंह सोचता था कि एक वही काफी है ··· जब वह असम्भव से असम्भव काम भी करवा डालता है तो यह तो कागज पर भी होने लायक दिखता है। रंजन का कहना कि मोहन्ती को कुछ करने की जरूरत नहीं पड़ेगी, सब अपने आप उनके लिए दौड़ते नजर आएँगे—मोहन्ती को बार-बार याद आता है। वे दिलचस्पी से लोगों का भागना देख रहे थे और सोचते थे ··· क्या यही है भाग्य ? जब कुछ होना होता है तो आपके साथ-साथ सारी दुनिया दौड़ने लगती है आपके गन्तव्य की ओर। जब नहीं होना होता तो दुनिया तो दौड़ती ही नहीं, लाख आप कुरेदें ··· आप स्वयं भी नहीं दौड़ पाते।

"मैं क्या कर सकता हूँ अब ··· जब आप उनसे कह ही आए," उन्होंने हँसते हुए प्रमोद को अभयदान दिया।

"आपके प्रेम ने इतना अधिकार तो दिया है। मैंने सोचा आपका काम यज्ञ जैसा है। इसमें जितने हाथों से आहुति पड़े ··· अच्छा ही है।"

बाहर भले न प्रकट करें मोहन्ती, भीतर कहीं वे खुश थे कि प्रधानमन्त्री के लिए एक सोर्स बैठे-बैठे मिल गया। अगर प्रधानमन्त्री हाथ में आ गए तो विभागीय मन्त्री और गृहमन्त्री की सिफारिश की परवाह करने की जरूरत नहीं होगी। उनमें से कोई अगर दूसरी संस्तुति करता भी है तो प्रधानमन्त्री उचककर सचिवों की समिति की सिफारिश की बात उठा सकते हैं कि समिति ने तो मोहन्ती का नाम सुझाया है—वह क्यों नहीं ?

मोहन्ती एकदम नीचे की सीढ़ी चढ़ गए हैं, एकदम ऊपर की चढ़ जाएँगे ⋯ ऐसा दिखने लगा है। बीच की, विभागीय मन्त्रीवाली ? वही पक्की नहीं दिखती।

पृथ्वीसिंह कहीं जाते हुए 'एक मिनट' को मोहन्ती के यहाँ आया तो सचिवों की समिति की बैठक और उसकी सिफारिशों की सूचना मोहन्ती ने पृथ्वीसिंह को दी। उसने कोई अतिरिक्त खुशी नहीं दिखलाई :

"यह तो होना ही था–मैं जानता था। मैं ऐसे दोस्त रखता ही नहीं जो काम करके न दिखा सकें। आइ वांट वर्क टु बी डन," उसने कहा–"समर को आपसे मिलवाने के बाद मेरी चिन्ता उस फ्रंट की नहीं, दूसरे फ्रंट की रही है। आपके विभाग के मन्त्री को कैसे पकड़ा जाए ⋯ मैं सोच रहा हूँ, लगातार।"

"नवीनचन्दजी तो कहते थे–वे बोले हैं।"

"हाँ ⋯ आँ–" पृथ्वीसिंह ने कहा–"मुझे कुछ और नहीं सूझा था तो वही ठीक।"

"क्या आप सोचते हैं नवीनचन्द ने नहीं कहा होगा।"

"ऐसी हिम्मत उसकी नहीं है। वह जानता है मैं पता लगा लूँगा और ऐसा धोखा मैं बर्दाश्त नहीं कर सकता। कहा तो उसने होगा ⋯ पर हमें यह नहीं भूलना चाहिए कि आखिर वह एक व्यापारी है, चाहे जितना बड़ा ⋯ और इस तरफ एक मन्त्री है ⋯ खासा चालाक और इगोवाला, जो अपने एक-एक निर्णय की पूरी कीमत वसूल करने की चतुराई पालता है। चलिए सोचते हैं कुछ और ⋯ "

और पृथ्वीसिंह उठ गया। वह हर पल के हर टुकड़े में कुछ-न-कुछ सोचता रहता था। इसलिए कभी कहीं स्थिर नहीं बैठ पाता था, आगे-आगे की उसकी सोच उसे बराबर उचकाए रखती। दो दिन मुश्किल से बीते होंगे कि उसका फोन आया–"शाम 6 से 6.30 आप मेरे लिए रखिए अपने घर पर ! मैं आऊँगा। बहुत जरूरी काम है।"

न कहने की कोई गुंजाइश ही नहीं छोड़ी थी पृथ्वी ने। जब वह आया तो उसका चेहरा गम्भीर था। वह साथ में कुछ कागज भी लिये हुए था।

"भारत के होनेवाले एक प्रधानमन्त्री का काम है और यह मुझे कराना है क्योंकि वे मेरे बहुत ही गहरे दोस्त हैं। राजबहादुर राय ⋯ भारतीय राजनीति के सितारे !

"राजबहादुर राय एक राजघराने से सम्बन्धित थे ⋯ स्मार्ट और नौजवान। राजघराने नहीं रहे लेकिन वे उन कुछ राजाओं में से थे जिनकी अपने इलाके में इतनी इज्जत थी कि वे वहाँ से चार चुनाव लड़ चुके थे और हर बार अपने प्रतिद्वन्द्वी को पचास हजार से ऊपर वोटों से हरा चुके थे। देखने में खूबसूरत, बहुत ही प्रभावशाली और लोकप्रिय ⋯

"वे एक राजनीतिक शक्ति हैं, कभी चुनाव नहीं हारते ⋯ आधुनिक विचारों के हैं और उम्र उनके फेवर में है। मुश्किल से पचास के होंगे ⋯ कोई उन्हें कब तक रोकेगा ⋯ रोकनेवाले रोकते-टोकते पस्त होकर मर जाएँगे," पृथ्वीसिंह पैनी हँसी हँसे और

एकाएक फिर गम्भीर हो गए, जैसे यही वक्त था राजबहादुर का काम बता देने का।

उन्होंने संक्षिप्त में उनका काम बताया और आगे कहा—"ये कागज हैं, आप इन्हें पढ़ लीजिए तो और ब्यौरे पता लग जाएँगे। यह काम होना है ⋯ जल्दी-से-जल्दी ⋯ कैसे यह आप जानें। मेरी आँख राजबहादुर के आगे नीची नहीं होनी चाहिए ⋯"

कहकर पृथ्वीसिंह उठ गया, हमेशा की तरह कुछ सोचते हुए। निरन्तर सोच, हर पल सोच ⋯ मोहन्ती सोचने लगे कि अगर किसी तरह पृथ्वीसिंह के सोचने की सामग्री कुछ उच्च स्तर की होती तो सोचने की वह आदत कितनी महत्त्वपूर्ण हो सकती थी। सोचना पृथ्वीसिंह को ऊँचा उठा सकता था ⋯ अफसोस कि जो-जो वह सोचता था वह उसे निरन्तर गिराता ही चला जाएगा।

जो काम वह थमा गया था उसकी गम्भीरता को जाँचने-परखने, कुछ कहने का मौका ही नहीं मिला मोहन्ती को। सरसरी तौर पर इतना जरूर दिख गया था कि वह काम बहुत मुश्किल नहीं था, दूसरे इस वक्त पृथ्वीसिंह को जरा भी खफा करने की स्थिति में वे नहीं थे; समरसिंह के स्तर पर उसने जो कराया था, उस अहसान से भी दबे थे।

"यह काम हो जाए तो मैं आपका राजबहादुर से परिचय भी करा दूँगा, उनके घर ले चलूँगा कभी ⋯ भावी प्रधानमन्त्री ! वह बहुत ही मदद करनेवाले आदमी हैं। एक बार उनसे सम्पर्क हो गया, तो ताजिन्दगी काम में आनेवाला।"

भविष्य के लिए सब्जबाग दिखाते हुए पृथ्वी चला गया। पीछे छूटे मोहन्ती सोच रहे थे—ताजिन्दगी सम्पर्क उनके किस काम का, उनकी नौकरी की जिन्दगी ही कुल जमा एक साल की बची थी ⋯ और बाकी जिन्दगी या कि जिन्दगी के अन्य पक्षों में राजबहादुर का सम्पर्क क्या काम आ सकता था ⋯ या कौन-सा फर्क ला सकता था !

बहरहाल, मोहन्ती ने सम्बन्धित अधिकारी को कह दिया, राजबहादुर का काम हो गया, उन्होंने पृथ्वीसिंह को फोन पर बता भी दिया। उस पार फिर वही प्रतिक्रिया ⋯ गम्भीर, सधी हुई। वह काम हो जाने पर खुलकर खुश क्यों नहीं होता था ⋯ इसलिए कि वह मानकर चलता था कि यह तो होना ही था।

"आपको राजबहादुर का साथ हमेशा काम आएगा। मैं मुलाकात कराऊँगा किसी दिन, मौका आने दीजिए," पृथ्वी ने इतना-भर कहा।

तीसरे दिन उसका फोन आया। पृथ्वीसिंह राजबहादुर के घर से बोल रहा था।

"राजबहादुरजी बहुत खुश हैं, आपको धन्यवाद देना चाहते हैं ⋯ लीजिए बात करिए ⋯"

और उसने फोन राजबहादुर को पकड़ा दिया। राजबहादुर और मोहन्ती में कुछ मीठी-मीठी औपचारिक बातें हुईं। मोहन्ती ने कहा—"कभी आकर आपके दर्शन करूँगा ⋯"। "कभी भी आइए," राजबहादुर ने खुशी से कहा। तारीफ उस पूरे प्रकरण में न राजबहादुर की थी (वे मन्त्री जरूर रहे थे, जब उनकी पार्टी सत्ता में थी। जब फिर आएगी तो फिर मन्त्री होंगे, पर फिलहाल तो मात्र संसद सदस्य थे) ⋯ और न ही मोहन्ती

की, जो मात्र एक साधारण अधिकारी थे। तारीफ पृथ्वी की थी जिसने उधर राजबहादुर को भी उतना ही बढ़ा-चढ़ाकर बताया था जितना इधर मोहन्ती को। मोहन्ती, मेरा अजीज, अध्यक्ष बननेवाला, हमेशा काम में आनेवाला आदमी ! अगर गुण हों तो बिचौलिया दोनों पार्टियों को और अपने को भी कैसे सितारों तक उठा सकता है।

अगले रोज पृथ्वीसिंह उसी तरह टहलते हुए फिर 'एक मिनट' को आया और बोला—"मैंने राजबहादुर को आपके मसले में ब्रीफ कर दिया है। वे आपके मन्त्री से बोलेंगे।"

"उसका कुछ असर पड़ेगा ? वे कांग्रेस में हैं और अभी दूसरी पार्टियों की मिली-जुली सरकार है। उनकी पार्टी पावर में होती तो बात और थी ..."

"अरे राजबहादुर ? उनकी बात का असर नहीं होगा ? आप उन्हें जब प्रधानमन्त्री देखना तब मेरी आज की बात याद करना। और यह बात सारे राजनेता जानते हैं ... वे राजनीति में राजबहादुर की कुंडली पढ़ चुके हैं।"

पृथ्वीसिंह को क्या वाकई विश्वास था ? वह ठोस जमीन पर रहता था ... लेकिन राजबहादुर की बात आने पर क्यों वह आसमान में चढ़ जाता था ? शायद वह ज्यादा कुछ नहीं ... मोहन्ती के काम कर देने के लिए धन्यवाद देने का उसका एक तरीका था। मोहन्ती को अब भी विश्वास नहीं था कि राजबहादुर के बोलने का असर विभागीय मन्त्री पर होगा। कभी वे दोनों एक ही पार्टी में थे। राजबहादुर अब भी उधर ही थे, विभागीय मन्त्री अवसर को देख नई पार्टी बनाकर निकल आया और गठबन्धन सरकार में मन्त्री हो गया था। कुछ तो रंजिश होगी ही दोनों के बीच, तो राजबहादुर कैसे कहेंगे ?

पृथ्वीसिंह समरसिंह के स्तर पर कुछ और, यहाँ कुछ और दिख रहा था। वहाँ ज्यादा ही आत्मविश्वास से भरा, यहाँ मोहन्ती और खुद में आत्मविश्वास-सा भरता हुआ। इसलिए कि यह स्तर पृथ्वीसिंह के लिए ऊँचा स्तर था ... उसके स्वप्नों का स्तर, जहाँ वह खुद होना चाहता था।

जैसे कि पृथ्वीसिंह को अपनी पहली मुलाकात में किया वायदा याद था कि वह कभी फिल्मी सितारे अविनाश कपूर को मोहन्ती के घर लेकर आएगा ... वह जिसकी एक झलक पाने, उसके साथ एक मिनट होने को लोग तरसते रहते हैं ... या वह मोहन्ती को दिखाना चाहता था कि अभी उसने विभागीय मन्त्री पर सोर्स पहुँचाने का काम छोड़ा नहीं है। एक रोज रात सवा-ग्यारह बजे पृथ्वीसिंह का फोन आया। मोहन्ती के घर की रोशनियाँ बुझ चुकी थीं और वे खुद नींद में उतर रहे थे। उस समय फोन बहुत खराब लगा :

"आप सो तो नहीं गए ?" पृथ्वीसिंह बोला—"मैंने आपसे कहा था कि अविनाशजी को कभी आपके घर लाऊँगा। वे मेरे साथ हैं। हम पाँच मिनट में आपके घर पहुँचते हैं।"

"इस वक्त ?"

"अब क्या करें ... मेरे मित्र इसी समय इधर-उधर जा सकते हैं, वर्ना तो लोग उन्हें

देखते ही घेर लेते हैं।''

''आइए।''

मोहन्ती और कुछ न कह सके। यह नहीं कि उन्हें या उनके परिवार में किसी को फिल्मी दुनिया के सुपर स्टार अविनाश कपूर को अपने घर में लाने का बहुत शौक था ... पर वे खुद में पृथ्वीसिंह को मना करने की हिम्मत नहीं पाते थे। कोसते रहे फिल्मी दुनिया के लोगों को ... इन्हें कहा जाता है 'सितारे', लेकिन हैं निशाचर–रात में चलनेवाले, दिन में ये टाँग फैलाए सोते रहते होंगे, रात को निकलते हैं। वैसे सितारे भी तो रात को ही निकलते हैं। मोहन्ती क्यों नहीं कह सके कि उन्हें किसी फिल्मी हस्ती में कोई दिलचस्पी नहीं है, कल के दिन यों ही किसी और को ले आएगा। पृथ्वीसिंह और मोहन्ती आवभगत के लिए तैयार हो जाएँगे ?

आधी रात को मोहन्ती के घर में फिर से रोशनियाँ जलीं। उन्होंने मुख्य दरवाजा खोला। वे दोनों पाँच मिनट में ही पहुँच गए, घर के पास से ही मोबाइल पर फोन कर रहे थे। अविनाश कपूर पीछे-पीछे, वैसे ही सकुचाता हुआ ... जैसे उस रोज होटल के पोर्च पर अपने हाथ पर हाथ घिसते हुए खड़ा रहा था, पर उसने या कि पृथ्वीसिंह ने ही उस गलत समय पर आने के लिए कोई औपचारिक माफी नहीं माँगी। अविनाश कपूर तो बोलता ही कम था, पृथ्वीसिंह अविनाश को दिखाना चाहता था कि उसका मोहन्ती के घर में बेधड़क और जिस वक्त चाहे प्रवेश है।

''ये मुम्बई से आए थे, सिर्फ आज के लिए। मैं पकड़ लाया। आप लोग तो जल्दी सो जाते हैं।''

''हमें रात में कहीं जाने की जरूरत ही नहीं पड़ती।''

''इन्हें तो जैसे हमेशा लाइट्स के सामने ही रहना है ... सिनेमा सेट की लाइट जहाँ नहीं, वहाँ लाइम लाइट ... उससे बचने के लिए रात की लाइट्स !''

पृथ्वीसिंह अपने किए गए मजाक पर खुद ही हँसा, अविनाश कपूर शरमाता बैठा रहा।

''बहरहाल ... मैं इनको इसलिए लाया हूँ कि आपका इनसे अच्छी तरह परिचय करा दूँ। अविनाशजी अपने मुँह से कभी नहीं कहेंगे ... और मैं इनके मुँह पर इनकी तारीफ भी नहीं कर रहा–बट ही इज ए मैन ऑफ कॉन्टेक्ट्स ... नेताओं में कइयों से इनके करीब के रिश्ते हैं।''

''आपका कार्ड ?''

अविनाश कपूर हिचकिचाते हुए जेबों को टटोलने लगा।

''आपको मालूम नहीं,'' पृथ्वीसिंह हँसा–''फिल्मी सितारों के नम्बर डायरेक्टरी में नहीं होते। वे सबको अपना नम्बर देते भी नहीं ... कार्ड-वार्ड तो हम जैसे धूल में सने लोगों के होते हैं।''

अविनाश ने बिना कुछ बोले अपने सफारी की जेब से डायरी निकाली, एक कागज फाड़ा और अपने घर के दो नम्बर लिखकर मोहन्ती को दिए ...

"माइंड मत करिएगा अगर फोन कनेक्ट होने में आपको कभी कुछ असुविधा हो। वैसे मैं आपको एक ट्रिक बताता हूँ। आप इस नम्बर पर फोन करिए और जो लड़की उठाए, उसे 'हलो रूबिन' कहकर बुलाइए। वह समझ जाएगी। यह हमारा कोड है। वह फट से मुझे मिला देगी या जैसा हो बता देगी।"

"मतलब इनके ही नम्बर पर अगर सीधा इनको माँगा जाए तो ये नहीं मिलेंगे, न आपको सही-सही खबर मिलेगी कि ये कहाँ हैं," पृथ्वीसिंह ने खुलासा किया।

"बहुत फोन आते होंगे—आपके फैंस के।"

"और क्या ''' आप कभी मुम्बई जाएँ तो इनके घर जाइए, देखिए इनका जलवा ''' "

"बहुत सिक्योरिटी होगी।"

"रखनी पड़ती है," अविनाश ने खुलासा किया—"पर आप जब आएँगे तो सबको कह दिया जाएगा, आपको परेशानी नहीं होगी।"

"आपके यहाँ इससे भी ज्यादा परेशानी पब्लिसिटी की होगी। मीडिया के लोग प्यासे खड़े रहते हैं। मैं भले ही आपके यहाँ निहायत व्यक्तिगत और प्राइवेट विजिट पर आऊँ ''' मीडिया मिर्च-मसाला लगाकर उसकी वह स्टोरी बनाएगा कि पूछिए मत ''' "

"इसीलिए तो मैं किसी को बुलाता नहीं ''' लेकिन हम किसी कॉमन जगह पर मिल सकते हैं।"

"जब मैं मुम्बई आया तो फोन करूँगा।"

"जरूर।"

"आपके भी फोन नम्बर इनको दे दूँगा," पृथ्वीसिंह ने कहा—"आप लोगों को मिला दिया। अब मैं हट जाता हूँ, आप लोग दोस्त हो गए और सीधी हॉट लाइन पर हैं।"

मोहन्ती को पृथ्वीसिंह की स्पीड थोड़ा तेज लगी। अविनाश कपूर और वे दोस्त इतनी जल्दी हो गए ? पिछली बार की खड़े-खड़े की मुलाकात और इस बार अभी दस मिनट भी नहीं हुए। पर फिल्मी सितारों की भागती दुनिया में शायद इतना ही बहुत था दोस्ती की प्रतीति देने के लिए। हॉट लाइन की जो घिचपिच पृथ्वीसिंह कर रहा था वह भी मोहन्ती की समझ के बाहर की चीज थी—हॉट लाइन होती है तो महाशक्तियों के बीच युद्ध जैसी कोई चीज रोकने के लिए ''' वे और अविनाश कहाँ से महाशक्ति थे ? शायद पृथ्वीसिंह का आशय था कि वे शक्ति तो थे ही और तकलीफ के समय एक दूसरे से सीधा सम्पर्क कर सकते थे।

मोहन्ती की पत्नी शर्बत ले आई थी, दोनों ने शर्बत खत्म किया और पृथ्वीसिंह चलने के लिए उठ गया।

"आप आराम करिए, बारह बज रहे हैं। हम लोग चलेंगे।"

पीछे-पीछे अविनाश भी उठा। मोहन्ती की पत्नी उससे अलग से बातें करने लगी ''' हीरो और उसके फैन की बातें। पृथ्वीसिंह ने मोहन्ती को थोड़ा अलग ले लिया और फुसफुसाया :

"आपके मन्त्री को अविनाश बोल सकता है। इसीलिए लाया हूँ उसे यहाँ। देश के सभी उद्योगपतियों से सम्पर्क हैं इसके—यह सभी जानते हैं, आपका मन्त्री भी। इसलिए असर पड़ेगा। रास्ते में इसे ब्रीफ करूँगा। आज तो देर हो गई। दो बजे की फ्लाइट से जा भी रहे हैं ··· पर वे मुम्बई से मन्त्री को फोन कर सकते हैं।"

कहकर पृथ्वीसिंह दरवाजे की ओर बढ़ गया, नमस्ते करके पीछे-पीछे अविनाश कपूर। थोड़ा खीझे से पीछे छूट गए मोहन्ती। हल्की कोफ्त थी कि पृथ्वीसिंह ने खामखाह इतनी रात गए उठाया। अगर अविनाश से मन्त्री को बुलवाना था तो वैसे भी बुलवा सकता था। मोहन्ती को नहीं लगता था कि अविनाश जो मोहन्ती जैसे एक अधिकारी से मिलने में ही इतना हिचकता है, वह मन्त्री से बोलने की हिम्मत करेगा। पृथ्वी अपना खेल खेल रहा था—जहाँ तक वह अविनाश को मोहन्ती से मिलवाने, इस तरह अपना रोब अविनाश पर गाफिल करने आया था—यह कि तुम्हारे मोहन्ती से सम्बन्ध बनवा देता हूँ, अब अपनी समस्याओं को लेकर तुम सीधा इनके पास आ-जा सकते हो। मोहन्ती के बहलाव के लिए उसने यह लगा दिया था कि अविनाश मन्त्री से बोल सकता है, बोलेगा। अविनाश को ठीक से मिलाने का काम पृथ्वी को करना था चाहे वह दिन को या आधी रात को, चाहे मोहन्ती को इसमें कितनी भी असुविधा हो। और वह उसने किया।

पृथ्वीसिंह जो ठान लेता था, वह कर गुजरता था—यह अगले दिनों के उसके एक और करिश्मे से साबित हो गया।

प्रधानमन्त्री ने गठबन्धन सरकार के मुखिया के रूप में शपथ तो ले ली थी, सरकार चलने भी लगी थी ··· लेकिन खींचातानी बनी रहती। जो पार्टियाँ गठबन्धन सरकार में शामिल हुई थीं, वे सहयोगी पार्टियों के रूप में कम 'प्रेशर ग्रुप' के रूप में ज्यादा काम करती थीं ··· सभी छोटी-छोटी पार्टियों के मुखिया और उनके दूसरे नेता प्रधानमन्त्री को आए दिन परोक्ष-अपरोक्ष रूप से धमकी देते रहते कि वे सरकार के बाहर चले जाएँगे, यानी कि उनकी पार्टी सरकार से सपोर्ट वापस ले लेगी, सरकार गिर जाएगी और उसके साथ ही प्रधानमन्त्री का ताज गया। इसकी काट प्रधानमन्त्री कब से सोच रहे थे। पृथ्वीसिंह को प्रधानमन्त्री के साथ हवाई जहाज में चलने का मौका मिला था, उस निकटता को उसने आगे आनेवाले दिनों में और गहराया। प्रधानमन्त्री से जब कभी मौका हुआ एक-दो मिनट को मिल लेता। उनसे अपनी निकटता वह और बढ़ाना चाहता था जिससे कि उसे राजनीतिक क्षेत्र में उछाल मिले, लोग उसे प्रधानमन्त्री का दायाँ हाथ मानने लगे। एक दिन एक कार्यक्रम में चाय के दौरान उसने प्रधानमन्त्री को एक कोने में लिया और उनकी दुखती रग पर हाथ रख दिया, राजनीति में जो हो रहा था उसे नजदीक से देख तो रहा ही था, पृथ्वीसिंह।

"सर ! आपकी परेशानियों से मैं वाकिफ हूँ। ये पिद्दी न पिद्दी के शोरबे ! कल तक जिन्हें कोई जानता नहीं था, जिन्होंने कल ही पार्टियाँ बनाईं ··· जिनके सिर्फ पाँच-पाँच

एम.पी. हैं—वे सरकार में शामिल हो गए। इनका दिमाग खराब हो गया है क्योंकि इन्हें पद मिल गया, जिसे मिलने की कल्पना ये अगले दस साल तक नहीं करते थे। ये अपने भाव बढ़ाते जा रहे हैं, सहयोग की कीमत माँगते हैं आपसे। किसी को अपनी पार्टी के तीन मन्त्री चाहिए, किसी को यह पोर्टफोलियो चाहिए, किसी को राज्य मन्त्री नहीं कैबिनेट मन्त्री होना है ⋯ आप थोड़ा समय दें अकेले में तो इस रोज-रोज की ब्लैकमेलिंग से छुट्टी पाने की कोई तरकीब सोची जाए ⋯''

प्रधानमन्त्री पृथ्वीसिंह की तरफ देखते रह गए—चौकन्नी आँखोंवाला यह आदमी तेज था, अब तक कभी अपनी कोई तिकड़म बैठाने या कोई सिफारिश लेकर उनके पास आया भी नहीं था। उसने शुभ मुहूर्त में शपथ लेने के लिए हवाई जहाज का इन्तजाम भी चुटकियों में करा दिया था, माने भरोसेमन्द था और उसके उर्वर मस्तिष्क में विचार और योजनाएँ उपजते रहते थे ⋯ शायद कोई अच्छी तरकीब सुझा दे ⋯ और प्रधानमन्त्री पृथ्वीसिंह को टाइम देने के लिए तैयार हो गए। पृथ्वी फोन कर ले, प्रधानमन्त्री व्यक्तिगत स्टाफ को कह देंगे।

नियत समय पर पृथ्वीसिंह अपने को सफारी में कसे, मोबाइल हाथ में थामे, लुढ़कता हुआ प्रधानमन्त्री निवास पहुँचा। प्रधानमन्त्री से वह अकेले में मिल रहा है—इसकी महत्ता उसने सारे सुरक्षाकर्मियों और दूसरे स्टाफ को जाहिर कर दी ⋯ ताकि आगे के लिए रोब पड़ जाए, प्रधानमन्त्री का स्टाफ समझ ले कि पृथ्वीसिंह साधारण आदमी नहीं है।

प्रधानमन्त्री ने मुलाकातवाले साधारण कक्ष में पृथ्वीसिंह का स्वागत किया जहाँ वे सबसे मिलते थे। वहाँ लोग आ-जा रहे थे, मुलाकाती तो नहीं पर स्टाफवाले ⋯ कभी यह पूछने कभी वह, बीच में वे पृथ्वीसिंह को भी घूरते थे।

''सर ! मैं सिर्फ पाँच मिनट लूँगा पर हम लोग बैठें कहीं क्योंकि जो हम बात करेंगे वह बेहद-बेहद सीक्रेट है ⋯ यहाँ की दीवारों के भी कान हैं—यह दिखाई देता है,'' अपनी पैनी निगाह की खुद को दाद देते हुए पृथ्वीसिंह ने कहा, थोड़ा मुस्कुराते हुए।

प्रधानमन्त्री उस सामान्य कक्ष से सटे एक छोटे कमरे में पृथ्वीसिंह को ले गए। पीछे से दरवाजा अपने आप बन्द हो गया।

''हाँ, यहाँ ठीक है। देखिए सर ! ये छोटी-छोटी पार्टियाँ आपकी नाक में दम करती रहेंगी। इन्होंने पावर कभी देखी नहीं, ये भूखी हैं।''

''मिली-जुली सरकार की कुछ सीमाएँ तो होती ही हैं भाई। मुझे सबको साथ लेकर चलना है। मेरी भी पार्टी तो छोटी ही है।''

''साथ लेकर चलना एक बात है ⋯ वह आप करें। मैं सिर्फ यह चाहता हूँ कि ये पार्टियाँ, इनके लोग आपका शोषण न करें, ब्लैकमेल न कर पाएँ। हमारी इन पर निर्भरता न रहे।''

''वह कैसे हो सकता है। हमारी सरकार ही इन सब छोटी पार्टियों के मेल से बनी है। किसी भी पार्टी पर निर्भरता से कैसे छुट्टी पाई जा सकती है।''

"पाई जा सकती है। इसके लिए मैंने एक तरकीब सोची है।"

प्रधानमन्त्री ने सवालिया निगाह से पृथ्वीसिंह की तरफ देखा। पृथ्वीसिंह ने अपनी तरकीब को खोलना शुरू किया :

"आपको पीछे से किसी बड़ी पार्टी का सहारा चाहिए। वह सामने न आए लेकिन आपसे उनका गुप्त समझौता रहे कि जब भी आपकी सरकार शक्ति-परीक्षण के लिए लोकसभा में उतरी, वे आपका साथ देंगे। इससे आप भीतर से पुख्ता महसूस करेंगे।"

प्रधानमन्त्री की आँखों में चमक उभरी पर वह फौरन गायब हो गई। "बड़ी पार्टियाँ तो दो ही हैं—एक भा.ज.पा., जिनसे हमारे वैचारिक मतभेद हैं—वे सैक्यूलर नहीं हैं ··· कांग्रेस ही हो सकती है लेकिन ···"

"कांग्रेस नहीं हो सकती, उस पर हम भरोसा नहीं कर सकते। आप यह न भूलिए कि हम कांग्रेस की जगह लेकर यहाँ हैं। आपके जाने पर सबसे ज्यादा चांस कांग्रेस का है, क्योंकि आपकी सरकार में शामिल पार्टियाँ ही एक के बाद एक कांग्रेस में चली जाएँगी—किसी तरह सरकारी ओहदा पाने के लिए। भा.ज.पा. को सरकार बनाने का कोई चांस नहीं, ये वे जानते हैं। ये छोटी पार्टियाँ उनसे नहीं मिलनेवाली। तो अगर हमें छिपी सपोर्ट ··· पक्की सपोर्ट तलाशना है तो भा.ज.पा. की तरफ ही देखना होगा।"

"वह कैसे हो सकता है, सैक्यूलर सैक्यूलर ··· हम गला फाड़कर चिल्ला रहे हैं, कब से। हम भा.ज.पा. के पास कैसे जा सकते हैं ? हमारा मोर्चा ही टूट जाएगा।"

"उनके पास जाना कहाँ है। लेकिन अगर वह अपनी मर्जी से लोकसभा में वोट आपके पक्ष में डालती है या किसी को वोट नहीं देती, एब्स्टेन करती है, तो आपका क्या दोष ? आप माँगने नहीं गए उनसे। हम उनके किसी नेता से मिलेंगे भी नहीं। किसी तीसरे आदमी से मिलकर बात की जाए, वह भा.ज.पा. के नेताओं को तैयार कर ले।"

"ऐसा कौन हो सकता है ?"

"शिवसेना का कोई कद्दावर नेता, कोई सितारा ! आप एक और छोटी पार्टी को अपनी तरफ मिलाने के ख्याल से उनसे मिल सकते हैं।"

"नहीं-नहीं, वे लोग तो और भी कट्टर माने जाते हैं, हमारे मोर्चा की पार्टियों में इसका जबर्दस्त विरोध होगा।"

"आप पार्टी के स्तर पर उनसे न मिलें, व्यक्तिगत स्तर पर मिलें क्योंकि आप अपने लिए सपोर्ट माँगेंगे, अपनी पार्टी या अपने मोर्चे के लिए नहीं।"

"मेरा व्यक्तिगत कुछ है क्या, यहाँ जो भी मिलने आता है सबको पता रहता है। मसलन आप आए हैं ··· यह भी सबको मालूम होगा। दस जगह दर्ज होता है। यह प्रधानमन्त्री-निवास नहीं, जेल है, जेल !"

"आप यहाँ नहीं बाहर, राजधानी से बाहर अपने किसी दौरे में मिलिए। आप तो सिर्फ यह बता दें कि आप शिवसेना के नेता से मिलना चाहेंगे या भा.ज.पा. के किसी नेता से ?"

"दोनों ही एक जैसे हैं, शिवसेना में थोड़ा पर्दा बना रहेगा ··· छोटी पार्टी है, क्षेत्रीय

…जैसे और हैं।"

"नहीं, वह भी नहीं। हम पार्टी को सामने लाएँगे ही नहीं। शिवसेना का कोई ऐसा नेता जिसकी कई कलाकारों से दोस्ती है… उससे आपकी अचानक मुलाकात हो जाए।"

"सार्वजनिक कार्यक्रमों में हम सभी से मिलते रहते हैं, पर वहाँ ये बातें नहीं हो सकतीं।"

"एकान्त तो चाहिए होगा। आपको ही जाना होगा कहीं।"

"क्या उस नेता से मिलने ?"

"न आप उनसे मिलने जाएँगे, न वे आपसे मिलने जाएँगे। मुम्बई जैसी भीड़भाड़ की नगरी में किसी तीसरी जगह आप दोनों की मुलाकात करा दी जाएगी… आपके सारे कार्यक्रमों के बाद, शायद आधी रात को। आप उस तीसरी जगह खाने पर आमन्त्रित होंगे… वे नहीं। वे वहाँ ऐसे ही टपक पड़ेंगे थोड़ी देर को।"

योजना ठीकठाक थी। जिसके यहाँ प्रधानमन्त्री खाने पर जाएँगे वह जगह किसी पार्टी की नहीं होनी चाहिए। बाकी, वहाँ कोई भी आ सकता है, किसी से भी मुलाकात हो सकती है… उसकी जिम्मेदारी अपनी होती है क्या ! पृथ्वीसिंह ने तीसरी जगह के लिए अविनाश कपूर का घर सुझाया। यह भी ठीक, अविनाश से प्रधानमन्त्री के भी सम्बन्ध हो सकते हैं, तब से जब वे प्रधानमन्त्री नहीं थे। वह किसी पार्टी का भी नहीं है।

"मैं कच्चा खेल नहीं खेलना चाहता। पहले मैं उस आदमी को टटोल लूँ। उसे इस योजना के लिए तैयार कर लूँ कि वह भा.ज.पा. के शीर्ष नेताओं को तैयार कर सकेगा या नहीं। सारी बातें करके ही आपको सामने लाऊँगा, वैसे नहीं। वैसे 'डिनर डिप्लोमैसी' एक आजमाया और कारगर तरीका है," पृथ्वीसिंह हँसते हुए उठा—"मैं सारी बातें करके एक बार फिर आपसे मिलूँगा… रिपोर्ट करने।"

"उनकी शर्तें क्या होंगी… ऐसे ही तो सपोर्ट दे न देंगे।"

"दे भी सकते हैं ! आप दोनों का दुश्मन एक है, इसलिए आप दोनों दोस्त हो सकते हैं।"

प्रधानमन्त्री ने योजना को स्वीकृति दे दी। वाकई अगर पीछे से भा.ज.पा. की सपोर्ट की दीवार हो तो फिर से छोटी पार्टियाँ बाहर-बाहर हल्ला मचाती रहेंगी, उनके मन में डर पैदा नहीं कर सकेंगी। पृथ्वीसिंह का विचार अच्छा है… शर्तें क्या होंगी उनकी… देखा जाए। मिलने के लिए क्या… रात को सब कार्यक्रम खत्म करके, किसी और की गाड़ी में जाया जा सकता है।

पृथ्वीसिंह ने अविनाश कपूर के सामने सारी योजना रखी, उसने शिवसेना के एक बड़े नेता से बात की—जिसने आगे भा.ज.पा. वालों से बात की। शर्तें टटोली गईं। बड़ी शर्तें कुछ भी नहीं थीं क्योंकि भा.ज.पा. का ध्येय किसी तरह कांग्रेस को बाहर रखना था—कांग्रेस सत्ता से बाहर ज्यादा देर रही तो अपने आप ही टूट जाएगी। शिवसेना का नेता अधिकृत रूप से प्रधानमन्त्री से मिल लेगा।

पृथ्वीसिंह ने प्रधानमन्त्री को ये सारी बातें उनके साथ अगली मुलाकात में बता

दीं। मुम्बई के उनके अगले दौरे में सदाबहार हीरो अविनाश कपूर के यहाँ सिर्फ उनका 'डिनर' होगा। अविनाश स्वयं आकर प्रधानमन्त्री को अपने यहाँ अपनी गाड़ी में ले जाएँगे। वैसे तो इन प्रधानमन्त्री की सुरक्षा की कोई समस्या नहीं थी, लेकिन सुरक्षाकर्मी चाहें तो अविनाश की कार को देख-दाख लें। वे जिद्द करें तो प्रधानमन्त्री की कार और उनका बॉडीगार्ड जा सकते हैं, और कोई नहीं। प्रधानमन्त्री इस दौरे में अपनी पत्नी और बच्चों को भी ले जाएँगे ताकि कहने को हो जाए कि वे अपनी बेटी का मन रखने के लिए सुपर हीरो के यहाँ जा रहे हैं। स्टाफ को हीरो के यहाँ जाना निहायत व्यक्तिगत दिखेगा। उधर अविनाश कपूर भी बहुत उल्लसित थे—कमाल का आदमी है पृथ्वी, कभी-कभार प्रधानमन्त्री से मिला देना—वह तो कोई भी कर सकता है। पृथ्वी तो उन्हें बाकायदे खाने पर ले आ रहा है उसके घर !

सारी योजना जैसी बनाई गई थी वैसी चली—ग्यारह बजे प्रधानमन्त्री अपनी पत्नी और बेटी के साथ अविनाश के घर को निकले ⋯ जैसे बेटी की उम्र भर की साध को पूरा करने जा रहे हों, अविनाश ने भी यों दिखाया कि बेटी के बहाने उसे प्रधानमन्त्री को घर बुलाने का आदर मिला। पृथ्वीसिंह चाहता तो इस मीटिंग से अलग रह सकता था, तब सारी चीज ज्यादा स्वाभाविक दिखती। वह प्रधानमन्त्री को लेने नहीं गया, अविनाश के घर पर ही रुका रहा ⋯ लेकिन उसके बिना अगर कोई राजनीतिक मीटिंग हो जाती है तो फिर पृथ्वीसिंह का महत्त्व ही क्या। वह ही तो क्लिक करानेवाला है, उसे पीछे रखनेवाला पैदा ही नहीं हुआ।

बारह बजे शिवसेना के नेता यों ही चले आए। थोड़ी देर तक सब ड्राइंगरूम में बैठे। बाद में वहाँ अविनाश कपूर, उसकी पत्नी, प्रधानमन्त्री की पत्नी और बेटी बैठे रहे, पृथ्वीसिंह प्रधानमन्त्री और शिवसेना के नेता को लेकर स्टडी में चला गया। वह बेहद गम्भीर था जैसे युद्ध में लिप्त दो देशों के बीच वार्ता कराने कोई बड़ी शक्ति जा रही हो। उसने ही बात शुरू की—"सारी बात आपको मालूम ही है। आप तो अगर कोई शर्तें हों या भा.ज.पा. ने रखी हों वह प्रधानमन्त्री को बता दीजिए सीधे-सीधे," उसने शिवसेना के नेता से कहा।

"आप तो जानते हैं भाई साहब, व्यक्तिगत रूप से हम सब भारतीय हैं और काफी कुछ आपकी विचारधारा में विश्वास करते हैं ⋯ बाहर-बाहर सैक्यूलर-सैक्यूलर चिल्लाते रहेंगे ⋯ हमारी सहयोगी पार्टियाँ भी ⋯ आप बुरा न मानें," प्रधानमन्त्री ने हँसते हुए जड़ दिया।

"हमें यह सब मालूम है। आप निश्चिन्त रहें। हम चाहते हैं कि जब चुनाव हो तो या आप पावर में रहें या हम, कांग्रेस नहीं। भा.ज.पा. के शीर्ष नेता सिर्फ यह चाहते हैं कि आप जब तक चले चलाएँ, वे आपके साथ हैं, पीछे से। जब न चले तो लोकसभा भंग करवाकर चुनाव कराएँ ⋯ कांग्रेस पावर में न आए, चुनाव में जीतकर आ जाती है वह दीगर बात है। हम नहीं चाहते कि चुनाव के समय कांग्रेस सत्ता में हो।"

"हमारे आपके इंट्रेस्ट कॉमन हैं। ऐसा ही होगा। और कोई बात ?"

"एक छोटी-सी चीज। हमारे और भा.ज.पा. के जो आदमी सरकार में हैं उनका

थोड़ा खयाल रखेंगे। हम नहीं चाहते कि आप उन्हें इनाम दें, लेकिन उनका हक उनसे छीनें भी नहीं।"

"मुझे क्या मालूम आपके कौन आदमी हैं।"

"पृथ्वीसिंह आपको लिस्ट दे देंगे। क्या करें, हमें अपने वफादार सिपाहियों का खयाल रखना पड़ता है।"

प्रधानमन्त्री हँसे, बोले—"और कुछ ?"

"बस ⋯ और क्या," दूसरी तरफ से जवाब आया। दोनों के साथ पृथ्वीसिंह भी हँसा ⋯ दोनों हाथ मिला रहे थे, बीच में पृथ्वीसिंह ⋯ प्रसन्न कि वह सिर्फ अपनी बुद्धि के बल पर आज इतनी बड़ी हस्ती हो गया कि प्रधानमन्त्री के साथ एक महत्त्वपूर्ण मीटिंग अपने सामने करवा रहा है, जिस मीटिंग पर देश का भविष्य निर्भर करता है।

उस मुलाकात से कोई एक माह बाद अखबार में प्रधानमन्त्री की शिवसेना के नेता के साथ मुलाकात की खबर छपी, यानी एक माह तक किसी को पता नहीं चला। खबर कुछ-कुछ वैसी ही निकली जैसे शपथ लेने के पहले प्राइवेट हवाई जहाज इस्तेमाल करनेवाली आई थी। छपा था कि प्रधानमन्त्री और शिवसेना के फलाँ नेता की मीटिंग फिल्मी सितारे अविनाश कपूर के घर हुई। मीटिंग में क्या बात हुई—यह कुछ नहीं था ⋯ लेकिन प्रधानमन्त्री के मोर्चेवाली पार्टियों ने उनकी खिंचाई की—वे कट्टर पार्टी के नेता से मिले ही क्यों। प्रधानमन्त्री ने अपना बचाव किया—वह फिल्मी सितारे से अपनी बेटी को मिलवाने गए थे। वहाँ अगर कोई अकस्मात् ही आ टपकता है तो वे क्या भाग जाएँ। यह फिल्मी सितारे से एक बहुत ही व्यक्तिगत मुलाकात थी, जो कतई पूर्वनियोजित नहीं थी। वहाँ उनकी किसी और से कोई बात भी नहीं हुई।

खबर के आखिर में एक छोटा-सा वाक्य था—कहा जाता है कि यह मुलाकात पृथ्वीसिंह ने कराई जो राजनीतिक हलकों में तेजी से ऊपर आ रहे हैं। उन्हें प्रधानमन्त्री का काफी करीबी बताया जाता है। प्रधानमन्त्री को पृथ्वीसिंह का फिर वही जवाब रहा होगा—"सर ! ये अखबारवाले !" प्रधानमन्त्री और शिवसेना के नेता की खबर महत्त्वपूर्ण नहीं थी, महत्त्वपूर्ण थी पृथ्वीसिंह वाली खबर ⋯ कम-से-कम पृथ्वी के लिए। खबर का वह हिस्सा कैसे दब सकता था, प्रधानमन्त्री को अच्छा लगे, न लगे।

दलदल

वह इत्मिनान ⋯ जिसमें मोहन्ती फुरफुराहट लेते हुए ऊपर बैठे तमाशा देखते रह सकते थे, उसी हफ्ते फुर्र हो गया। रंजन आया था और हमेशा मुस्कुराहट में रहनेवाला उसका चेहरा लटका हुआ था :

"सर ! खबर बुरी है—मौजूदा अध्यक्ष को छः महीने का एक्सटेंशन मिल रहा है। उनके लिए दो उद्योगपति तीन करोड़ रुपए लेकर निकले हैं, पहुँचनेवाले हैं ... "

"किनके पास ?"

"क्या पता ... सबसे ऊपर ही पहुँच रहे होंगे।"

"पर प्रधानमन्त्री की छवि तो अच्छी सुनी है।"

"बाहर से छवि सबकी अच्छी रहती है, उनकी अपनी निगाह में भी अच्छी है—कोई खुद कहाँ लेता है, पार्टी लेती है ! या अगल-बगल का कोई उनके नाम पर किसी बड़े काम के लिए लेता है। रुपए लेकर लोग निकले हैं—यह खबर पक्की है।"

"छोड़ो भाई ... अब इसका मुकाबला मैं कैसे कर सकता हूँ। तीन करोड़ की काट है चार करोड़। वह कहाँ से आएगा ... और अगर मेरी तरफ से कोई खड़ा होता है तो उधर से कोई खड़ा होकर साढ़े चार करोड़ कर देगा ... जैसे अध्यक्ष पद की नीलामी हो रही है ... और मैं भी बोली में शामिल हूँ। क्या मजेदार बात है। पुलिस थानों की बोली लगती है—यह तो सुना था, अब इन ऊँचे पदों की भी ... "

मोहन्ती हँसे पर बाहर से ही। जो हँसी थी वह दरअसल संजीदगी थी, तभी हँसी फट से सूख गई। दोनों के बीच खामोशी आ बैठी ... और बैठी ही रही, जितनी देर रंजन बैठा। थोड़ी देर वैसे सुस्त-सुस्त बैठे रहकर रंजन चला गया। जाते समय बोला—'वह कुछ करेगा।' वह क्या करेगा—मोहन्ती पीछे सोचते बैठे रहे—वह मोहित को फोन कर देगा और मोहित क्या करेगा जब उसके बाप-दादा, व्यापारी लोग ही तीन करोड़ लेकर उठे हैं, काले बादलों की तरह। वे कहीं बरसकर ही दम लेंगे। हो सकता है कि उन दो बड़े उद्योगपतियों में नवीनचन्द भी हो। नवीनचन्द तो मोहन्ती से साफ-साफ कह चुका है कि वह किसी और को 'बैक' नहीं करेगा पर उसके कहने से क्या ! ये लोग चाहे जो कहें, उनके बारे में यही कहा जाता है कि वे सिर्फ एक घोड़े पर दाँव लगाने का खतरा कभी मोल नहीं लेते। क्या नवीन को यह खबर बतलाई जाए, कहलवाया जाए, शायद वह साढ़े-तीन करोड़ लगाने को तैयार हो जाए ...

पार्टीफंड उम्दा नाम था रिश्वत का ... जिस नाम से कोई नेता एलानिया रकम ले सकता था। पार्टी के लिए कितना जाना है, कितना नहीं—यह देखनेवाला भी वही व्यक्ति है जिसे रुपए भेंट किए जाने हैं यह वह जिसका नाम मुख्य व्यक्ति बड़ी लापरवाही से सुझा देता था—उसके पास पहुँचा दो, मुझसे क्या मतलब ! रंजन के ताल्लुकात व्यापारी वर्ग से काफी और व्यापक थे, मोहित तो था ही उस वर्ग का ... तो खबर गलत नहीं होगी। फिलहाल मोहन्ती को अपने सहकर्मी अध्यक्ष पर गुस्सा आ रहा था—यह आदमी तो वाकई धूर्त निकला। अपना कैरियर चोटी पर पहुँचा लिया, चोटी के पद पर आप पूरा एक साल रह लिये, अब क्यों यह कि उस पर साल-छः महीना और रहना है ... और वह अगर अपने आप मिलता हो तो चलो फिर भी सही ... यह क्या कि कराया जाए, उसके लिए इतना नीचे गिरा जाए ! जरूर उसकी पहल से ही उद्योगपति रुपए लेकर उठे हैं। क्या एक साल बढ़ जाने के बाद फिर एक साल और ... इस तरह कितने साल

और रह लोगे आप, क्या आजीवन बने रह सकते हो, कभी-न-कभी तो उतरना ही होगा गद्दी पर से ! मोहन्ती तो अपनी मियाद से आगे एक दिन भी नहीं रहेंगे, क्यों किसी दूसरे का हक मारें। अगर अधिकारी/कर्मचारी स्वयं कायदे से चलें—नियमों के हिसाब से जब जो उन्हें मिलना है उसका इन्तजार करें, समय पूरा होने पर चुपचाप रिटायर होकर घर जाएँ—तो इन नेताओं को इस तरह के भ्रष्टाचार का मौका ही न मिले, लेकिन नहीं, अफसर लोग ही महत्त्वाकांक्षी बन बैठते हैं। महत्त्वाकांक्षा ··· और वह भी नौकरी में जहाँ इसकी कोई गुंजाइश ही नहीं है। हम छलाँग लगाकर अपने से ऊपर जो हैं उन्हें नाकते-फाँदते एकदम ऊपर पहुँच जाना चाहते हैं। अधिकारी वर्ग की इस कमजोरी का फायदा नेता लोग जमकर उठाते हैं—पैसे खाकर वे आपको पद पर बिठाएँगे और फिर आपका भरपूर इस्तेमाल भी करेंगे ··· नेता भी और वे भी जिन्होंने पैसा खिलाया है। क्या वे छोड़ देंगे इस अध्यक्ष के बच्चे को ? किस दलदल में फँसे हुए हैं मोहन्ती !

पर यह भी तो हो सकता है कि यह सब गप्पबाजी हो। एक छोटी-सी बात—अध्यक्ष पद पर सदस्यों में से एक की नियुक्ति—उसके इर्द-गिर्द कैसा ड्रामा रच डाला गया ? यह भी हो सकता है कि प्रधानमन्त्री की छवि धूमिल करने में जो लोग लगे हैं, वे बेवजह यह सब उड़ा रहे हैं, हर ऐसी नियुक्ति पर उड़ाते होंगे। प्रधानमन्त्री बेचारे को कुछ पता ही न हो।

क्रोध और घिन के बीच मोहन्ती को याद आया कुंडली-प्रसंग ··· क्या कहता था प्रमोद का ज्योतिषी ··· वह तो सीधा प्रधानमन्त्री से बोलनेवाला भी था। अब तक बोल भी दिया हो शायद ··· वह गुरु, प्रधानमन्त्री उसका चेला। पूजापाठ करानेवाला प्रधानमन्त्री रुपए की ऐसी लेन-देन करता तो न होगा ? पर क्यों नहीं। मोहन्ती के लिए यह गलत है, किसी पार्टी के नेता के लिए नहीं। पार्टी के लिए धन इकट्ठा करना उसका कर्म है ··· इसलिए धर्म भी ! मोहन्ती और उसकी भ्रष्टाचार की परिभाषाएँ अलग-अलग होंगी।

तीन करोड़वाली बात कोरी गप्प नहीं—यह तय हो गया जब रंजन के अलावा एक दूसरी जगह से भी मोहन्ती को खबर मिली कि मौजूदा अध्यक्ष की कार्यावधि बढ़ाने के लिए एक अलग फाइल चला दी गई है, तो दो समानान्तर फाइलें चल निकली थीं। एक वह थी जिसमें समरसिंहवाली सचिवों की समिति की सिफारिश मोहन्ती के लिए थी ··· वह पहले ही चल चुकी थी। उसे मिटाया तो नहीं जा सकता था, पर उसे भटकाया जा सकता था, कहीं अटकाया जा सकता था। वह कहीं अटक गई ··· इस बीच कार्यावधि बढ़ानेवाली दूसरी फाइल जो बाद में बनी और चली उस पर दस्तखत हो जाएँ तो पहली फाइल अपने आप ही बेकार हो जाएगी ··· निरस्त ! प्रधानमन्त्री को क्या पता कि सचिव समिति की बैठक हो चुकी है, या कि उन लोगों की सिफारिशवाली भी एक फाइल है, उन्हें तो किसी फाइल पर चिड़िया बैठाना था। एक चिड़िया बैठाने के अगर तीन करोड़ रुपए मिलते हैं तो वह एक मामूली पंडित का ख्याल करेंगे ? पर नहीं, यह प्रधानमन्त्री ऐसा नहीं है। और वह बात कहाँ गई—मोहन्ती की कुंडली में लक्षित वृहस्पति की महादशा !

स्थिति बड़ी पेचीदा थी ··· एकदम घिचपिच। मोहन्ती हड़बड़ाहट में कैबिनेट सचिव समरसिंह को फोन लगा बैठे। पृथ्वीसिंह के मार्फत इतना करीबी तो उनके साथ महसूस कर ही सकते थे। उन्होंने तो बधाइयाँ भी दे डाली थीं। उन्हें बताया जाए कि आप लोग जो बड़े-बड़े स्तरों की मीटिंग करते हो, उनका कार्यवृत्त बनाकर बड़ी गम्भीरता से उन पर सब सचिवों के दस्तखत कराते हो, उसे सरकार की सबसे बड़ी कमेटी की पुष्टि के लिए आगे बढ़ाते हो, वह सबकुछ नहीं है, बेकार की समय और कागज बरबादी है।

"सर ! अध्यक्ष पद के लिए तो मौजूदा सज्जन को एक्सटेंशन दिया जा रहा है।"

"इज इट ?" समरसिंह चौंके। ऐसी सारी चीजें उनके मार्फत होती थीं लेकिन उनका तजुर्बा था कि कभी-कभी शक्तिशाली मन्त्री सीधे अपना प्रस्ताव बनाकर प्रधानमन्त्री के पास ले जाता है और उनसे दस्तखत कराकर ले आता है, फिर समरसिंह के पास भेजता है—सिर्फ आदेश निकालने के लिए।

"ऐसे में क्या आपकी समिति की सिफारिश का कोई मतलब नहीं होगा ?"

"असली अप्वाइंटमेंट्स कमेटी तो मन्त्रियों की है। सचिवों की समिति की सिफारिश पर उनके दस्तखत हो जाते हैं, तभी फैसला होता है। उसके पहले तो वह सिफारिश है ··· पर ज्यादातर सिफारिश मानी जाती है।"

"मेरे केस में तो ··· "

"लेकिन मेरी नजर से ऐसा कोई प्रस्ताव गुजरा नहीं, ऐसा होना तो नहीं चाहिए।"

"हो गया तो ··· ?"

"बैड लक ··· "

"क्या वे ऐसा कर सकते हैं ?"

"सरकार कुछ भी कर सकती है, किसी को एक्सटेंशन देना तो बड़ा छोटा मैटर है।"

"तो मैं क्या करूँ अब ?"

"जस्ट वेट एंड वाच ··· ओ.के. ?"

अपनी तरफ से उन्होंने तसल्ली दी और फोन रख दिया। समरसिंह की किताब में हर स्थिति से निपटने के लिए स्मार्ट अंग्रेजी के कुछ टुकड़े थे जो उनकी जुबान पर इस आसानी से आ जाते जैसे सिगरेट पीनेवाले के होंठों पर सिगरेट एक खास मुलायमियत से आ चिपकती है।

हताश मोहन्ती को कुछ समझ में नहीं आ रहा था कि क्या करें। बेशक उन्हें खराब से खराब स्थिति के लिए तैयार रहना चाहिए और उससे निपटने के लिए पहले से ही कदम उठा लेना चाहिए। लेकिन कौन से कदम, किस दिशा में ··· ?

मोहन्ती को कुछ और नहीं सूझा तो उन्होंने फटाफट प्रमोद को बुला लिया। सुनकर प्रमोद चिन्तित हो उठा।

"तुम्हारे पंडितजी ने बात की प्रधानमन्त्री से ?" मोहन्ती ने पूछा।

"उनकी बात हुई थी और उन्होंने मुझे बताया भी था कि प्रधानमन्त्री ने आश्वासन

दिया है कि अगर फाइल पर मोहन्ती के लिए सिफारिश आती है तो वे ओ.के. कर देंगे।''

''यह फाइल की बात ··· यही तो मुश्किल है। इस फाइल को कोई डाल लेगा अपनी ड्रॉर में। वह पहुँचेगी प्रधानमन्त्री के पास, मगर बाद में ··· कहो तो पहुँचे ही न।''

''पहले ऐसा हो सकता था कि इस दूसरी फाइल पर प्रधानमन्त्री दस्तखत कर देते। अब ज्योतिषीजी उन्हें बता चुके हैं कि फाइल में आपके लिए सिफारिश है, तो दस्तखत करने के पहले वे एक बार सोचेंगे जरूर।''

''यह भी तो हो सकता है कि पंडितजी की कुछ बात ही न हुई हो, न होना हो। उन्होंने ऐसे ही प्रसंग चला दिया ··· तुम्हें—मुझे बहलाने को। एक साधारण ज्योतिषी की यह हैसियत होती है क्या कि वह प्रधानमन्त्री को कुछ बोल सके। कोई प्रधानमन्त्री उसे अपने मुँह लगने देगा ?''

''आप ज्योतिषीजी से मिले नहीं हैं, इसलिए ऐसा कहते हैं।''

''तुम्हें विश्वास है उनकी बातों पर ?''

''पूरा ··· ज्योतिषीजी की बात अगर प्रधानमन्त्री से नहीं हुई तो वह ऐसा कभी नहीं बोलेंगे। यह भी तो सोचिए कि उन्हें आपसे क्या मिलना है जो ऐसा करेंगे।''

''दूसरों को क्या मिलना है ··· वे भी तो भाग-दौड़ कर रहे हैं या करना जैसा दिखा रहे हैं।''

''उन्हें आपसे दर्जनों काम कराने होंगे ··· जैसे मैं ही चला आऊँगा आपके पास कि और नहीं किसी से कहकर पत्रिका के लिए कुछ विज्ञापन दिला दीजिए, लेकिन पंडितजी का आपसे कोई काम ही नहीं है ··· न आगे होनेवाला है। मुझे पंडितजी को लेकर नहीं, प्रधानमन्त्री को लेकर चिन्ता है। इन नेताओं की जाति ··· बड़ी अजीबोगरीब है। ये वे नहीं हैं जो अपने कहने पर अड़े रहें। ये हर दूसरे मिनट में बदल जाते हैं ··· जैसे गिरगिट अपना रंग बदलता है। इस काइयाँपन को ये राजनीतिक सूझ-बूझ, चतुराई कहते हैं। पंडितजी से प्रधानमन्त्री ने वायदा भी किया हो तो भी पलटते हुए वे एक मिनट भी नहीं सोचेंगे ··· वे राजनीति इसी को कहते हैं !''

मोहन्ती की कुछ समझ में नहीं आ रहा था। इतना जरूर था कि मौजूदा अध्यक्ष की कार्यावधि बढ़ाने को लेकर जो खबर थी वह कोई अफवाह नहीं थी। वह बन्दा चुप बैठनेवाला नहीं था। चुप तो मायाप्रसाद भी नहीं बैठा होगा ··· लेकिन उसके लिए अध्यक्ष बनना जरा मुश्किल काम था क्योंकि उसे मौजूदा अध्यक्ष, मोहन्ती, राममोहन और एक और ··· चार-चार को पार करना था। धाँधलेबाजी चल सकती है पर कहाँ तक ?

''ज्योतिषीजी अगर उस तरह के आदमी होते,'' प्रमोद कह रहा था—''तो वे स्पष्टवादी नहीं हो सकते थे कि प्रधानमन्त्री को बता दें कि आप आठ महीने ही रहोगे। वे प्रधानमन्त्री की तारीफ करते थे, कहते थे दूसरों जैसा एकदम गया-गुजरा नहीं है यह। भीतर कहीं 'नेकदिल' है ··· अपने लोगों के लिए। उसे देश और समाज की चिन्ता भी है लेकिन वह क्या करे, जब उसे रहना और काम करना है अगड़ू-झगड़ू के साथ और

उन सबको साथ लेकर चलना है। पंडितजी इसी बुनियादी नेकदिली के कारण प्रधानमन्त्री से वास्ता बनाए हुए हैं।''

दोनों अटककर रह गए थे। मोहन्ती हमेशा की तरह जल्दी ही पस्त होकर सोचने लगे थे कि भगवान भरोसे बैठा रहा जाए, जबकि प्रमोद सोचता था कि कुछ करना जरूर चाहिए। जहाँ हर पल, हर कोने से दाँवपेंची चलती हो, हर मिनट में हवा का रुख बदलता हो, वहाँ हाथ पर हाथ धरे बैठा नहीं रहा जा सकता। कुछ-न-कुछ करते चले जाना चाहिए, पता नहीं किस चीज से कब फर्क पड़ जाए। कुछ करेंगे नहीं तो बावजूद ज्योतिषीजी की भविष्यवाणी के, या कि उनके प्रधानमन्त्री से बोलने के मामला अपने पक्ष में आसानी से नहीं आएगा। उसे यही समझ में नहीं आ रहा था कि क्या किया जाए ···

एकाएक वह फोन लगाने लगा। एक-दो फोनों के बाद वह सही जगह पहुँच सका। वह अपनी पुरबिया बोली में बात कर रहा था, किसी से पूछ रहा था कि प्रधानमन्त्री से मुलाकात कैसे हो सकती है, मामला भी संक्षेप में उसने समझा दिया था। कुछ देर बात करने के बाद फोन पर जो था उससे प्रमोद ने कहा—''ठीक है, पहले उन्हीं से सही ··· कब पहुँच जाएँ हम लोग ?''

उधर से तारीख और समय पूछ, उसने फोन को दबाकर, मोहन्ती से पूछ लिया—''परसों शाम को सात बजे खाली हैं आप ?'' मोहन्ती के हलक से रुँधी हुई 'हाँ' निकल गई। वे अब पूरे फुटबाल थे—जितनी जोर से किक मारो, फुटबाल उतनी दूर जाएगा, जिस तरफ को मारो उस तरफ जाएगा, नहीं मारो एक जगह ही पड़ा रहेगा।

फोन हो जाने के बाद प्रमोद ने खुलासा किया। उसका भतीजा राहुल वर्मा आजकल प्रधानमन्त्री के लड़के का खासमखास है। दिखाता है कि प्रधानमन्त्री के कई पी.ए. में से एक है, लेकिन वह उनके लड़के के साथ लगा हुआ है। उसके सारे गोपनीय काम वही करता है, लोग तो कहते हैं—लेन-देन में भी वह शरीक है। प्रधानमन्त्री का लड़का रतनकुमार पिता से अलग रहता है, एक गेस्ट हाउस में। रतनकुमार को अपने लिए भी एक पर्दा-सा रखना पड़ता है तो उसने राहुल वर्मा जैसे लोग रख लिये हैं। बिजनिसवाली जितनी खिचखिच की बातें हैं, राहुल जैसे कर लेते हैं और रतनकुमार अपनी मुद्रा बनाए रखते हैं, लेकिन पीछे से लेन-देन, कामकाज की बातों पर अधिकार रतनकुमार का ही रहता है। आज की तारीख में वह सबसे पावरफुल व्यक्ति हैं—प्रधानमन्त्री कार्यालय से अगर कोई मुश्किल काम कराना हो, तो रास्ता रतनकुमार की तरफ से होकर ही जाता है। यह प्रधानमन्त्री को भी मालूम है। जहाँ तक यह बन्दोबस्त उनकी मर्जी से ही हुआ है। इसलिए वे खुद सम्बन्धित व्यक्तियों से कह देते हैं कि रतनकुमार से मिल लीजिए, वे डिटेल में देख लेंगे। जहाँ नीति सम्बन्धी मसले हों या यों ही बातचीतवाली चीजें हों, राजनीति की बातें हों ··· वे ही प्रधानमन्त्री के यहाँ होती रहती हैं। असली बातें, काम की बातें रतनकुमार के यहाँ। मोटा-मोटी यह कार्य विभाजन है बाप-बेटे के बीच। राहुल की प्रमोद को यही सलाह थी कि प्रधानमन्त्री को कुछ कहलवाने के लिए रतनकुमार

से बेहतर कोई और नहीं होगा, ज्योतिषीजी भी नहीं। राहुल मोहन्ती को रतनकुमार से मिलवा देगा। प्रमोद को राहुल की सलाह जँची। वैसे भी राहुल तन्त्र के इस हिस्से से बहुत करीब से सटा हुआ था, वह सबकुछ अपनी आँखों से देखता था—दिनोदिन, पल प्रतिपल। उसकी राय गलत नहीं होगी।

"तो हम प्रधानमन्त्री से नहीं, उनके बेटे से मिलेंगे ?"

"हाँ।"

"इसका फायदा ? जब ज्योतिषीजी प्रधानमन्त्री से बात कर चुके हैं तो बेटे से मिलने की जरूरत क्या। प्रधानमन्त्री से मिलना होता तो बात और थी," मोहन्ती उनके बेटे से मिलने के लिए बहुत उत्साहित नहीं थे।

"जहाँ किसी से कहलवाने-भर से काम न चलता दिखे, वहाँ मिलना पड़ेगा, आमने-सामने बात करनी होगी। ज्योतिषीजी का बात करना वहाँ तक चल सकता था जहाँ कोई और कोशिश नहीं कर रहा होता। अब तो आपके मौजूदा अध्यक्ष की कोशिश को काटने की बात है ⋯ तो हमें कोई 'हैवी वेट' पकड़ना होगा।"

एक और नया शब्द ! प्रमोद के मुँह से भी ये शब्द निकलने लगे, आखिर वहाँ की हवा में थे। मोहन्ती बेचारे ! जैसे अपने ही बुने जाल में मकड़ी फँस जाए। जो चीजें वे कभी करने की नहीं सोचते थे अब उनमें फिसलते चले आ रहे थे कदम-दर-कदम !

"छोड़ो भाई ! यह सब।"

"हमें छोड़ना ही तो नहीं है, क्यों छोड़ दें हम ⋯ जिस चीज पर हमारा हक बनता है, उसे क्यों छोड़ें, वाह," प्रमोद झुँझलाया।

मोहन्ती को लगा जैसे अब इस मसले को छोड़ने-न छोड़ने का निर्णय करनेवाले वे नहीं हैं। यह निर्णय करेंगे प्रमोद, राहुल या कि रंजन, मोहित, पृथ्वीसिंह या वे सभी। अपने हक के लिए न लड़ना कायरता है—यहाँ से लेकर गीता तक दौड़ लिया जाएगा। सब दार्शनिक भाषा में बात करते हैं। इस तरह झूठ, भ्रष्टाचार, फरेब को भी नैतिक बना देते हैं। यह क्यों नहीं सोचा जाता कि जो चीज न्यायिक रूप से किसी को मिलना चाहिए वह उसे अगर उस तरह नहीं मिलती तो वह त्याज्य है। क्यों ऐसी हाड़तोड़ दौड़ दौड़ना जरूरी हो ? अगर एक इस छोटी-सी चीज के लिए ही यह कशमकश मची हुई है तो समय के उस बिन्दु पर ऐसी सैकड़ों-हजारों यहाँ तक पूरे देश को लें तो लाखों चीजें होंगी ⋯ इसके मायने हमारा शासन तन्त्र और उसके मन्त्री, अधिकारी/कर्मचारी हर समय ऐसी ही चीजों की किचकिच में व्यस्त रहते हैं, असली चीजों के लिए समय ही कहाँ बचता होगा उनके पास। जहाँ तक मोहन्ती की अपनी जिन्दगी की बात है तो ऐसी हाय-हाय तो नौकरी पाने के लिए भी नहीं मची थी। अभी भी मोहन्ती बोर्ड के सदस्य हैं। अध्यक्ष होने पर सिर्फ इमारत दूसरी हो जाएगी—सचिवालय, बाकी करीब-करीब वैसे ही काम करना है। घर-मोटर, जो अब मिले हैं वे भी वही रहना है, एक पैसा तनख्वाह में बढ़ोतरी नहीं होना है, न ही सुख-सुविधा में दूसरा कोई इजाफा होना है। अध्यक्ष हो गए माने जहाँ बोर्ड के सदस्यों के मत अलग-अलग हों वहाँ अध्यक्ष का मत

चलेगा ··· मीटिंगें करते रहो। संसद सदस्यों की इस कमेटी या उस कमेटी के सामने जवाबदेही करते रहो—विभाग में उन कमियों के लिए जो किसी और की वजह से हैं, उन दोषों के लिए स्पष्टीकरण दो जो किसी और के कामों में हैं। नीचे दौरे पर जाओ तो यूनियनों की गगनचुम्बी आकांक्षाएँ सुनना, गालियाँ खाना ··· क्योंकि अध्यक्ष हो !

पर यह सब मोहन्ती को दिखाई देता था, रंजन, मोहित, दीनदयाल, पृथ्वीसिंह ··· यहाँ तक कि प्रमोद को भी नहीं। उनके लिए तो अध्यक्ष ··· माने प्रमुख, चीफ, सर्वेसर्वा। अध्यक्ष ··· सर्वेसर्वा की चमक उनकी मुट्ठी में ! लेकिन क्या था अध्यक्ष ! सर्वेसर्वा वह शायद कभी हुआ करता होगा—जब बोर्ड को पूर्ण स्वायत्तता थी ! अंग्रेजों के पास छोटी-छोटी बातों के लिए समय नहीं था। स्वतन्त्र भारत में इतने मन्त्री और सचिव होते चले गए कि क्या करें बेचारे ! तो पद पर आते ही पहला काम जो वे करते हैं वह यह कि अँगोटो—जो-जो अँगोट सकते हो, जितनी बड़ी दुनिया को अपने अधिकार क्षेत्र/कार्यक्षेत्र के अन्तर्गत कर सकते हो, करो। अपने काम बाँटकर, एक सीमित कार्यक्षेत्र में बढ़िया काम करने की बजाय उन्हें सबकुछ अपने अधीन कर लेने की हूक पहले सवार होती है ··· भले ही उस लम्बे-चौड़े क्षेत्र का प्रशासन इस वजह से सत्यानाश होता चला जाए, उनकी बला से। उनकी हुकूमत, उनका एकछत्र राज्य ··· यह ज्यादा महत्त्वपूर्ण था। तो धीरे-धीरे मोहन्ती के विभाग के अध्यक्ष के 'पर' कुतर डाले गए। वह सिलसिला आज भी जारी है ··· अब छोटी से छोटी चीज का फैसला भी अध्यक्ष के हाथ में नहीं, हर चीज के लिए ऊपर मन्त्री या सचिव से पूछो !

कभी-कभी मोहन्ती को लगता है कि सिर्फ चमक के आकर्षण के कारण ही ये लोग नहीं दौड़ रहे। दौड़ रहे हैं क्योंकि उन्हें दौड़ना है। मोहित, पृथ्वी आदि अपनी लाइन में तो दौड़ते ही रहते थे, जिस लाइन में वे नहीं दौड़ सकते थे जैसे मोहन्ती की लाइन, अध्यक्षवाली लाइन ··· वहाँ वे दूसरों को दौड़ाए बगैर नहीं रह सकते। उनके लिए मोहन्ती आदमी नहीं घोड़ा थे, उन्हें हाँककर, यहाँ तक कि हंटर लगाकर दौड़ाना था ··· घुड़दौड़ में दाँव लगाने की लत जो पड़ी हुई थी उनकी !

"परसों चलते हैं। प्रधानमन्त्री से हम रतनकुमार के मार्फत ही मिल सकते हैं। अगर रतनकुमार अपने पिता को जोर से बोल देंगे तो शायद प्रधानमन्त्री से मिलने की भी जरूरत न पड़े। इसलिए चलें," प्रमोद कह रहा था—"मैं यहाँ सवा-सात बजे आ जाऊँगा ··· साथ निकल लेंगे। छोड़ना नहीं है। कौन जाने वहाँ जाकर कुछ ऐसा नया रास्ता निकल आए जिसकी कल्पना ही हम-आप यहाँ बैठकर नहीं कर सकते।"

मोहन्ती 'न' नहीं कर सके। उनके लिए एक विवशता थी और वह भारी विवशता थी—समाज, जिसमें वह रहते थे वह बारी आने पर भी मोहन्ती अध्यक्ष नहीं बने—इसे कैसे देखेगा। सब जानते हैं कि इन पदों पर नियुक्तियाँ अब करीब-करीब राजनीतिक हो गई हैं, यों कि वे राजनेताओं द्वारा विशुद्ध व्यक्तिगत पसन्द-नापसन्द के आधार पर की जाती हैं, कोई मेरिट-वेरिट नहीं देखता। इन पदों को पा लेने में न तो सम्बन्धित व्यक्ति की कोई तारीफ थी, न खो देने में उसका कोई दोष या कमी ··· फिर भी अगर

मोहन्ती अध्यक्ष न हुए तो सब उन्हें थोड़ी दया, थोड़ी हिकारत की नजरों से तो देखेंगे ही। मोहन्ती बिना बात, तत्काल अयोग्य, नाकाबिल, नालायक और न जाने क्या-क्या घोषित कर दिए जाएँगे। शर्म की उस स्थिति को झेल सकेंगे क्या वे ? इस्तीफा देने के अलावा कोई दूसरा चारा नहीं बचेगा उनके पास। नौकरी छोड़ देने के बाद भी अपने घर-परिवार के सामने उनका मुँह लटका रहेगा, चेहरे पर शर्म चिपकी ही रहेगी। रोज-रोज सिर झुकाए वे अपने साथियों, सहकर्मियों के बीच कैसे उठ-बैठ सकेंगे ?

कमाल ''' कि आदमी को अपनी इज्जत बचाए रखने के लिए घोड़ा बनना जरूरी हो गया था। घोड़ा रेस में दौड़ेगा, किनारे खड़े लोग उसे उकसाएँगे, ललकारेंगे ''' कुछ लोग दाँव भी लगाएँगे। शुरू में मोहन्ती तटस्थ थे। अब ज्यों-ज्यों लड़ाई गहराती जा रही थी उन्हें पता नहीं क्या-क्या दिखाई देने लगा था, यह पद पाना जीवन-मरण का प्रश्न बनता जा रहा था।

मोहन्ती और प्रमोद नियत समय पर रतनकुमार के गेस्ट हाउस पहुँच गए ''' लेकिन न वहाँ रतनकुमार था, न ही राहुल वर्मा। पहचानवाला भी कोई नहीं था कि वे गेस्ट हाउस के अन्दर जा सकते। बाहर ही टहलते रहे जहाँ आठ-दस कारें लगी हुई थीं। उनमें से तीन एकदम नए मॉडल की बड़ी कारें थीं जो देश में खुली अर्थव्यवस्था के चलते अभी हाल ही में बनना शुरू हुई थीं। साफ दिखता था कि वे हाल ही में शौकिया खरीदी गई थीं। गेस्ट हाउस के चौकीदार से पता चला कि वे रतनकुमार के परिवार की थीं। थोड़ी देर में एक कार आई जिससे राहुल वर्मा कार रुकने के पहले ही, दरवाजा खोल कुछ-कुछ भागते हुए उतर पड़ा। लम्बा छरहरा लड़का। साधारण नाक-नक्श और मूँछें, पोशाक भी साधारण ही ''' लेकिन मोबाइल हाथ में लिये हर पल बौखलाया हुआ, उड़ा-उड़ा-सा, इधर-उधर भागता वह असाधारण दिखता था। उसने प्रमोद को दूर से देख लिया और भागता हुआ उनके पास आया :

''अरे भाई साहब ''' माफ करिएगा। सब उलट-पुलट हो जाता है। आपको जो समय दिया था, उसी में मुलाकात होनेवाली थी कि कोठी से फोन आ गया, प्रधानमन्त्री ने बुला लिया। पहुँचाकर आ रहा हूँ। रतनकुमारजी को आप लोगों का ख्याल था,'' उन्होंने ही कहा—''मैं जाकर आप लोगों को देखूँ। रतनकुमारजी आ जाएँगे, जल्दी ही ''' क्योंकि उधर प्रधानमन्त्री को आधा घंटे में एक उद्घाटन समारोह में पहुँचना है। आइए ''' अन्दर '''''

प्रमोद ने आते समय बताया था कि राहुल पर्यटन विभाग में सरकारी नौकर है। वहाँ क्या जाता होगा जब यहाँ इतनी भागदौड़ में लगा हुआ था, लगातार न जाने को उसका विभाग कैसे लेता होगा ? नौकरी वहाँ, काम प्रधानमन्त्री के लड़के का, प्राइवेट ! मोहन्ती ने कुरेदने की कोशिश की थी तो प्रमोद टाल गया था—या तो वह सही बात जानता नहीं था, या फिर बताना नहीं चाहता था, हो सकता है इस सब पचड़े में पड़ना ही न चाहता हो। इतना ही कहा उसने—''अरे साहब, इन लोगों का सब चलता है,

पन्द्रह-बीस दिनों में कभी जाकर हाजिरी लगा आता होगा, सबको मालूम है कि प्रधानमन्त्री के यहाँ काम करता है, फिर किसकी हिम्मत पूछाताछी करने की। या हो सकता है डेपुटेशन ले लिया हो।'' डेपुटेशन नहीं होगा क्योंकि अगर हाजिरी उधर लगाता है तो तनख्वाह भी अपने विभाग से ले रहा होगा।

राहुल दरअसल आज के उन औसत नौजवानों में से एक था, जिनकी लियाकत कम महत्त्वाकांक्षा ज्यादा होती है। उसकी काबिलियत एक क्लर्क की ही थी—यह वह जानता था, लेकिन अपने चारों तरफ जब देखता कि उससे भी कम काबिलियत के लोग दनादन सीढ़ियाँ चढ़े जा रहे हैं ··· बस सही सम्पर्क चाहिए और तेजी ··· स्मार्टनेस ··· तो मुश्किल क्या है। इसलिए अपना भाग्य आजमाने वह अपना विभाग छोड़ इधर आ गया। जब पिता प्रधानमन्त्री बने तो रतनकुमार भी पीछे-पीछे दिल्ली आ गए थे। अपने प्रदेश में जो उनका व्यापार था उसमें कमाई घिसघिस थी। यहाँ बहुत कुछ हो सकता था। न आते तो लोग उन्हें मूर्ख कहते। उन्हें यहाँ चाहिए था अपनी ही तरह का अस्थायी स्टाफ तो एक मित्र ने राहुल का नाम सुझा दिया। रतनकुमार ने देखा और पसन्द कर लिया—नौजवान, गोरा-चिट्टा, फुर्तीला ··· और कम पढ़ा-लिखा। जैसे रतनकुमार आ गए थे, ऐसा ही उन्होंने राहुल को सुझाया—एक पैर उधर, एक इधर। राहुल दोनों पैर इधर करना चाहता था, वहाँ क्लर्की में क्या रखा था। उसकी महत्त्वाकांक्षा थी कि कोई राजनीति में खींच ले, किसी पार्टी का जनरल सेक्रेटरी वगैरह बनवा दे—आजकल इतनी पार्टियाँ तो उगती चली आ रही हैं—तो वह रिजाइन मार देगा, लेकिन मिला पी.ए. का स्टार्ट जो कम्बख्त बड़ा नीचे का स्टार्ट था ··· और इधर यह सरकार किसी भी दिन जाती दिखती थी, जैसे रेत उड़ी जा रही हो सरसराती। वह यह सोचकर आ गया कि चलो धँसो तो, आने पर सोचा—और कुछ नहीं तो पैसे बना लो जितने बना सको। भागा-दौड़ी का कुछ तो मिलना चाहिए, और उसने रतनकुमार से थोड़ी आत्मीयता होते ही साफ-साफ कह भी दिया—''उधर नौकरी में दस से चार का काम, एक जगह बैठे रहने का ··· यहाँ न दिन देखा जाता है, न रात ··· भागा-दौड़ी अलग ··· तो इसका उसे क्या मिलेगा।'' रतनकुमार भाँप गए तो ऊपर से कुछ रकम राहुल को बतौर कमीशन देते या दिलवाते रहते। राहुल पैसों के ऊपर भी कुछ चाहता था ··· स्टेटस, पावर, कैरियर ! रतनकुमार के साथ ऐसा कोई मौका नहीं था। राहुल चाहता था कि वह किसी तरह प्रधानमन्त्री के साथ लग जाए, इसीलिए वह जब भी मौका मिलता 'कोठी' चला जाता और रतनकुमार थे कि जहाँ पता चला, उसे वापस गेस्ट हाउस की तरफ ढकेल देते ··· जैसे आज ढकेल दिया। प्रधानमन्त्री के व्यक्तिगत सहायकों में मँजे हुए लोग थे, राहुल जैसे नौसिखिए को वहाँ रखने का जोखिम नहीं उठाया जा सकता था। राहुल बेचारा असन्तुष्ट तो रहता लेकिन अपने काम में कोताही न करता, न दिखाता। भागता रहता था।

रतनकुमार का गेस्ट हाउस एक-दो कमरों का नहीं, खासी बड़ी, तिमंजिला इमारत में था। भीतर एक दीवार से दूसरी दीवार तक गलीचे खिंचे हुए, हर कमरे और ड्राइंग

रूम में आलीशान फर्नीचर, सजावट की एक से एक चीजें ! हर कमरे में ए.सी. ! पूरी इमारत बाहर से किसी आम घर जैसी सादी पर भीतर से किसी पाँचसितारा होटल जैसी सजी हुई थी।

मोहन्ती और प्रमोद को राहुल गेस्ट हाउस के बड़े कमरे में लाया जहाँ एक रमन्नाजी उनका इन्तजार पहले से ही कर रहे थे। वहाँ बिठाकर और रमन्ना से दोनों का परिचय कराकर राहुल गायब हो गया। रमन्ना—चिकनी काली चमड़ी पर सफेद सफारी सूट में, घर के भीतर भी धूप का चश्मा पहने और मिनट-मिनट पर मोबाइल फोन में बातें करते हुए—एक ताजा सफल व्यापारी की आम तस्वीर। परिचय होते ही उसने अपना कार्ड मोहन्ती को पकड़ा दिया—एम.एस. रमन्ना, चेयरमैन रमन्ना ग्रुप ऑफ कम्पनीज। हेड ऑफिस हैदराबाद में। कार्ड के पीछे कम्पनियों की लम्बी लिस्ट थी जिससे पता चलता था कि उसके सभी तरह के व्यापार और दफ्तर भारत के सभी मुख्य शहरों में थे, पर वह उद्योगपति नहीं मामूली दलाल ज्यादा लगता था। बहुत होगा तो कोई मामूली कामवाला, हाल ही बना कोई रईस जैसे कोई ठेकेदार एकाएक ज्यादा पैसा पा जाए और अपने को इस्टेट डैवलपर, कॉलोनाइजर कहने लगे।

प्रधानमन्त्री जब कुछ नहीं थे तब रमन्ना उनका साथी हुआ करता था। दोनों कभी एक व्यापार में बराबरी के हिस्सेदार थे ... वह व्यापार ज्यादा चला नहीं, पार्टनरशिप कागज पर पड़ी रह गई। रमन्ना दूसरे व्यापारों में लग गया और उसका पार्टनर राजनीति में उतर गया। एकाएक पार्टनर का सितारा चमका और प्रधानमन्त्री बन गया ... तो रमन्ना को अपने पुराने पार्टनर में कुछ ज्यादा ही प्रीति जागी और पीछे-पीछे वह भी राजधानी की तरफ भागा। वह प्रधानमन्त्री से बहुत सटने लगा तो प्रधानमन्त्री को खतरा दिखा। अब प्रधानमन्त्री दूरी बनाने की कोशिश करते थे और रमन्ना करीबी बनने की। प्रधानमन्त्री ने ऐसी व्यवस्था करा दी कि कोठी में उसकी आवन-जावन सीमित रहे, क्योंकि पता नहीं रमन्ना कब क्या कर बैठे। रतनकुमार के गेस्ट हाउस में वह ठीक था ... पर रमन्ना ने कोठी में अपने व्यवहार और रुपए-पैसे की चमक से प्रधानमन्त्री के स्टाफ से काफी मेलजोल बना लिया था इसलिए वह जब चाहे बेरोकटोक कोठी में आ-जा सकता था। कोठी के रिहायशी हिस्से में जरूर बहुत कम जाता, कोठी में भी प्रधानमन्त्री और रतनकुमार की नजरों से बचता था। ज्यादातर वह गेस्ट हाउस में घूमता रहता, जानता था कि असली लोग यहीं आते थे। रतनकुमार को भी आदमियों की जरूरत थी, रमन्ना पुराना और अपनी तरफ का आदमी था। उसका इस्तेमाल किया जा सकता था। रमन्ना की तमन्ना पैसे बनाने की उतनी नहीं जितनी सम्पर्क बनाने की थी ... जिनके रास्ते वह स्वतन्त्र रूप से आगे बढ़े। उसकी नजरें बड़ी ऊँचाई को ताक रही थीं। फिलहाल कम्पनियाँ जिनके नाम कार्ड में दर्ज थे वे फर्जी तो नहीं, पर उनमें अधिकांश ऐसी थीं जिनके दफ्तर एक कमरे में थे और जिनमें एक-दो कर्मचारी से ज्यादा काम नहीं करते थे। रमन्ना कम्पनियों का एक बड़ा साम्राज्य खड़ा करना चाहता था। उसे ऐसे सम्पर्क चाहिए थे जो इन कागज की कम्पनियों को काम दें।

रमन्ना बहुत गर्मजोशी से मोहन्ती से मिला, आलीशान प्रतीक्षा-कक्ष में ले गया। वह एक जुमले में दस-दस बार 'सर' कर रहा था।

"सर ! आप रिलेक्स करें ··· रतनकुमारजी की एक जरूरी मीटिंग आ गई। वे मुझे आपकी देखभाल करने को कह गए हैं, दस मिनट में आ जाएँगे। मीटिंग से फारिग होते ही मोबाइल पर मुझे खबर देंगे। आप ठंडा लेंगे या गरम ?"

"कुछ नहीं, थैंक यू।"

"नहीं सर ! कुछ तो लेना होगा ··· नहीं तो रतनजी मुझ पर बरसेंगे। कॉफी ?"

"चलिए मँगा लीजिए।"

प्रमोद और मोहन्ती बढ़िया सोफे में बैठ गए। रमन्ना कॉफी के लिए कहकर जल्दी ही आ गया और सामने बैठ गया।

"नेताजी से हमारा साथ कई सालों से है। हमारी तो एक बिजनिस में नेताजी ही पार्टनर थे। फिर राजनीति में उनका सारा समय जाने लगा तो अब मैं ही उस बिजनिस को देखता हूँ, उनकी तरफ से भी।"

"हाँ, अब उन्हें कहाँ फुर्सत मिलती होगी।"

"उन्होंने खुद को अपने दूसरे व्यापारों से भी अलग कर लिया हैं ··· क्यों विरोधियों को बेमतलब की बातें करने का मौका दें। आजकल तो लोगों को उल्टा-सीधा बोलने के लिए जरा-सा कुछ मिल जाए ··· फिर नेताजी का तो कैरियर ही राजनीति में है अब। उन्हें बहुत आगे जाना है। वे अपनी छवि साफ-सुथरी रखना चाहते हैं।"

"आप नेताजी के साथी हैं या रतनकुमार के ?"

"मैं तो नेताजी का ही साथी हूँ। वे बहुत मानते हैं मुझे ··· उधर राजनीतिवाले लोग रहते हैं और थोड़ा दिखाना भी पड़ता है न ··· लेकिन सारे गैर राजनीतिक मसले इधर ही देखे जाते हैं। नेताजी ने ही मुझे सलाह दी कि रतनकुमारजी की मदद करूँ। अब नेताजी या कि रतनकुमार साहब को कहाँ फुर्सत कि सब मसले वे देख सकें ··· "

"रतनकुमारजी नेताजी के साथ क्यों नहीं रहते ··· वहीं प्रधानमन्त्री के बँगले में ? उतनी बड़ी कोठी में सिर्फ दो लोग—नेताजी और उनकी पत्नी ?"

"आपसे क्या छिपाना ··· लोगों को दिखाना है कि दोनों अलग-अलग व्यक्ति हैं। कोई यह न कह सके कि प्रधानमन्त्री की तरफ से निर्णय उनका लड़का लेता है। तो ये जब चाहे कह सकते हैं—देख लो ··· हमारी तो पटती भी नहीं, हम अलग-अलग रहते हैं। कल के दिन कुछ उल्टा-सीधा काम हो गया और बदनामी गले लगी तो रतनकुमार झेल लेंगे। इनका क्या ये व्यापारी हैं, राजनीति में उस तरह से नहीं हैं। नेताजी तो राजनीति में चोटी पर हैं। उन्हें अपनी छवि का ख्याल रखना है, 'कैरियर' का सोचना है।"

मोहन्ती का मन हुआ कह दें कि छवि बनाने से बनती है क्या ··· अगर आपका चरित्र है तो वह अलग से बोलेगा। देश का दुर्भाग्य ही है यह कि हमारे नेता दिखाते और बोलते हैं कि वे स्वच्छ हैं जबकि उनके कारनामे बिल्कुल उलट होते हैं ··· जैसे कि अफसर मदद करने को कहते—दिखाते भी हैं पर करते उल्टा हैं। जिस देश में प्रशासन

की दोनों मुख्य संस्थाएँ ऐसी दिखावी और पाखंडी हों ··· उसका क्या होगा ! मोहन्ती सोच रहे थे कि अगर नेता अपने कैरियर की खातिर पाखंडी हैं तो राजनीति में कैरियर होता ही क्या है ! जैसे खटाखट चढ़ गए, फटाक से मन्त्री बन गए, वैसे ही एक दिन झटाक से कुलाटी खाकर नीचे आ जाएँगे ··· बाद में कौन जाने कोई याद भी न करे। राजनीति में तो यही है—थोड़ी देर की चमक ! फिर भी कुर्सी पर बैठकर वह सिर घूमता है लोगों का कि जैसे हमेशा यहीं बैठे रहना है, कुछ नहीं बदलनेवाला !

जहाँ तक इन राजनेताओं के लिए राजनीति कैरियर कम व्यवसाय अधिक था। कैरियर बनाना था ताकि व्यवसाय और चमके !

''दोनों की सोच में दो पीढ़ियों का फर्क होगा। वह सरकारी और पुराना बँगला है। यह एकदम आधुनिक है,'' मोहन्ती ने बात को हल्का करते हुए उतना ही कहा। वे समझदार (!) होते जा रहे थे।

रमन्ना हँसा ! इस बार उसने कुछ नहीं कहा। मोहन्ती ने गौर किया कि वह शख्स जब जरूरत हो चुप भी रह सकता है। बातचीत में वह नेताजी को बार-बार घसीट लाता था क्योंकि उस परिवेश में जो भी महत्त्वपूर्ण बनेगा प्रधानमन्त्री से स्वयं को जोड़कर ही ··· वर्ना आदमी वह रतनकुमार का ही दिखता था। उसकी मर्जी के बगैर क्या वह दो दिन भी यहाँ रह सकता था ? इस गेस्ट हाउस में रतनकुमार के लिए वह कितनी ऐश-ओ-आराम की चीजें मुहय्या कराता होगा जिनके लिए उनकी उम्र थी और जिनका उपभोग कुमार बाप की नाक के नीचे प्रधानमन्त्री के बँगले में नहीं कर सकते थे। रुपए कमाना ही कमाना क्या, अगर उसका भोग न हुआ। इतना बड़ा घर और करीब-करीब पूरा समय ही राजधानी में लगाना। रतनकुमार अपने परिवार को प्रान्त में ही छोड़कर आए थे। वे यहाँ गृहस्थ का जीवन बिताने नहीं आए थे, बिजनिस ट्रिप पर थे जिसमें पैसा कमाने के लिए साथ-साथ दूसरी चीजें भी चलनी थीं। प्राइवेट गेस्ट हाउस सब लिहाज से सुविधाजनक था !

कॉफी आ गई थी। रमन्ना ने आगे बढ़कर खुद कॉफी बनायी और मोहन्ती को पेश की, प्रमोद को स्वयं अपने आप बनाने का मौका दिया।

''हमारी कम्पनियों ने सभी क्षेत्रों में बढ़िया काम करके नाम कमाया है। आपके पास तो बड़े-बड़े लोग आते होंगे, आपके विभाग में भी काफी काम निकलते रहते होंगे, हमें मौका दें। कार्ड आपके पास है ही। बिल्डिंग के अलावा दूसरे एरिया में भी हम हैं।''

मोहन्ती चुप रहे। कुछ दिनों में ही इतना उन्होंने सीख लिया था—जब सच बोलने में मुश्किल हो रही हो तो चुप लगा जाओ, ··· हालाँकि यह भी कहीं से गलत तो था ही। तलुवे में थोड़ी कड़वाहट उतर आई थी। यह आदमी—रमन्ना, इसमें इतना भी धीरज नहीं कि एक-दो मुलाकातें तो हो लेने दे, पहली मुलाकात में भी थोड़ा वक्त तो गुजर जाने दे। कॉफी पकड़ाई—वह भी दूसरे की—और दूसरे हाथ से सामने कर दिया अपना काम। और अब मोहन्ती को देख उसके मुँह में जो पानी लगातार आता चला जा रहा था, उसे वह गुटक रहा था ··· गुटकता था और मोहन्ती को देखता था, उतना ही और

पानी मुँह में उतर आता था।

अब तक उन्हें आए हुए पैंतालीस मिनट तो हो ही गए थे। जब प्रधानमन्त्री का लड़का इतना इन्तजार कराता है तो प्रधानमन्त्री स्वयं ? ⋯ मोहन्ती अन्दाजा लगाने की कोशिश कर रहे थे। रमन्ना जैसा आदमी, जो जीवन में एक ही चीज समझता है—पैसा ⋯ क्या मोहन्ती उसके साथ इतना समय बिताते, अगर उनका काम न पड़ा होता ? वे अगर यह सब करने लगे हैं ⋯ तो अभी नहीं तो थोड़े दिनों में जरूर ही रमन्ना जैसे हो जाएँगे। अपने में आते जा रहे घिसाव को वे महसूस करते थे, फिर भी किए जा रहे थे वह सब। एक घंटा क्या ⋯ अगर पूरा दिन रमन्ना के साथ या इसके बिना ही रतनकुमार के इन्तजार में बैठे रहना हो तो वे यह भी करेंगे शायद !

खुदा की मेहरबानी कि ऐसा नहीं करना पड़ा। थोड़ी ही देर में राहुल फरफराता हुआ आया और खबर दी कि रतनकुमार कोठी से निकल पड़े हैं। भला हो मोबाइल का, उसका इस्तेमाल लोग अपना क्षण-दर-क्षण का हाल प्रस्तुत करने में करते हैं। एक महिला हवाई जहाज में चली तो मोबाइल पर खबर दी कि जहाज के अन्दर जा रही है, फिर जहाज उतरा तो उसकी खबर की। वह जहाज की सीढ़ियाँ उतरती जाती थी और मोबाइल पर बताती जाती थी ⋯ अब मैं सीढ़ियाँ उतर रही हूँ ! कहते हैं मोबाइल पर की गई एक काल भी खासी महँगी होती है पर इन लोगों के लिए सस्ता, महँगा—ये शब्द ही अर्थहीन हैं। उस महिला ने शायद यह भी फोन किया हो कि अब वह सारी सीढ़ियाँ सफलतापूर्वक उतर गई है !

खबर देकर राहुल धड़धड़ाता नीचे उतर गया। थोड़ी देर में फिर ऊपर आया और खबर दी कि कुमार साहब पहुँच चुके हैं, नीचे के कमरे में एक-दो जरूरी लोगों को निपटा कर खुद यहीं आ रहे हैं। क्या बदला ? ⋯ बादशाहों के जमाने में इसी तरह पग-पग की खबर आगे पहुँचानेवाले होते थे, आज भी हैं। कुमार मोहन्ती को यह आदर जरूर बख्श रहे थे कि वे स्वयं मोहन्ती से मिलने ऊपर आएँगे, नीचे के कमरे में जहाँ वे बैठते हैं, वहाँ भी बुला सकते थे ! राहुल जैसे आया वैसे ही चला गया। अब तक उसने अपने रिश्तेदार प्रमोद से भी ठहरकर बातचीत नहीं की थी, जबकि दोनों काफी दिनों बाद मिल रहे थे ⋯ जैसे कि उसने राजनेताओं की एक चीज गिरह बाँध ली थी—समय बहुत कीमती है, तेज चलो, भागते रहो ⋯ एक-एक मिनट को पकड़ते दिखो। बेचारों को यही नहीं पता था कि दौड़ना किस तरफ है या कि पकड़ना क्या है। इसकी भी तो तमीज चाहिए जीवन में। राहुल के हिसाब से उसका हर मिनट कीमती था क्योंकि उतने ही समय में उसे न केवल हर मिलनेवाले को जान लेना था, वह किस काम से आया है, कहाँ तक वह काम हुआ और उसमें कहाँ, क्या और कितना राहुल रतनकुमार के लिए और उसके मार्फत थोड़ा-बहुत अपने लिए भी घसीट सकता है—यह सब भी जान लेना था। फिर उस दिशा में उसे कुछ कदम उठाने थे। प्रमोद से बातचीत करके उसे क्या मिलनेवाला था ? मोहन्ती से जब कोई काम पड़ेगा तो रतनकुमार या प्रमोद का नाम लेकर ही उन तक पहुँचना होगा, अपना अलग से सम्पर्क तो चलेगा नहीं। राहुल इतना होशियार था

कि जानता था उसका जो भी महत्त्व था वह रतनकुमार की वजह से है ⋯ रतनकुमार का भी तब तक था जब तक उसके पिता प्रधानमन्त्री थे। राहुल को यह भी मालूम था कि यह समय हमेशा नहीं रहनेवाला ⋯ तो वह और भी कीमती था—इसलिए भागो, दौड़ो, जितना तेज दौड़ सको।

मोहन्ती को काफी देर रमन्ना को झेलना पड़ा। अब तक यह साफ दिखने लगा था कि उसे रतनकुमार ने मोहन्ती के साथ कुछ ज्यादा ही अकेले रहने का समय दिया था ताकि वह उनसे अपनी अच्छी जमा ले, मोहन्ती का नजदीकी बन जाए और आगे चलकर अपने या उन लोगों के जो रतनकुमार के पास आते हैं ⋯ सबके काम मोहन्ती से कराया करे।

दुर्भाग्यवश रमन्ना में सम्पर्क को दोस्ती में फटाक से परिवर्तित करने के गुण नहीं थे। लोगों को खींचनेवाली उसके पास दो ही चीजें थीं—एक रुपया (वह भी बहुत नहीं), दूसरे रतनकुमार का सम्पर्क। पहली चीज में मोहन्ती को क्या दिलचस्पी हो सकती थी, दूसरी के लिए प्रमोद और राहुल काफी थे। इसलिए मोहन्ती रमन्ना से थोड़ा कटे-कटे ही रहे।

मिलने का जो समय नियत था उसके पूरे सवा घंटे बाद रतनकुमार उस विशिष्ट कक्ष में पहुँचे, जहाँ मोहन्ती रमन्ना से हिलगे हुए थे। पीछे-पीछे बॉडी-गार्ड की तरह लगा हुआ राहुल। रतनकुमार नाटे कद का था ⋯ रंग काला, बाल काले। अजीब बात कि वह करीब-करीब काले रंग का ही बन्द गले का सूट भी पहने था। दोनों हाथों की कई उँगलियों में अलग-अलग रंगों की अँगूठियाँ, जिससे उसका सम्पन्न होना तो लक्षित होता ही था, साथ ही यह भी कि ज्योतिष में उसका विश्वास था और एक साथ कई ग्रह, उपग्रह शान्त करने के लिए यह नग या वह नग अँगूठियों में डाल इस उँगली या उस उँगली में पहन लिये गए थे। राजधानी आने के पहले वह एक छोटे व्यापार का मालिक था जिसे अब अपनी पत्नी और उसके भाई के हवाले कर उसने यहाँ हेडक्वार्टर्स बना लिया था। राजनीति के क्षेत्र में थोड़ी-बहुत अपनी हैसियत भी रहे इसके लिए वह पिता की पार्टी का एक पदाधिकारी बन गया था ⋯ वर्ना लोग कहते यह व्यापारी राजनीतिक क्षेत्र में सिर्फ पैसे कमाने के लिए बैठा हुआ है। राजनीति में कोई नौजवान अपना कैरियर बनाना चाहता है—इसको लेकर कोई आपत्ति नहीं की जा सकती थी। वैसे भी इन दिनों ऐसे नेता कम थे जो अपनी पत्नी, लड़का-लड़की या कि किसी अन्य करीबी रिश्तेदार को आगे लाने से चूकते हों। आगे की पीढ़ी के लिए कमाकर रख लेना भर काफी नहीं था, उन्हें आगे लाकर ऐसी जगह जमा देना जहाँ वे काफी समय तक कमा सकें। बेटे या किसी रिश्तेदार को इस तरह जमा देने में यह सुविधा थी कि मन्त्री उधर अपनी प्रतिष्ठा बनाए रखें, अपने पद की गरिमा के हिसाब से चलते हुए दिखाएँ, इधर बेटा या रिश्तेदार पद और समय का पूरा फायदा उठाए। इस समय को किसी आदर्शवादिता में जाया नहीं किया जा सकता था ⋯ कौन जाने (और इसकी सम्भावना ज्यादा थी) कि आगे कभी पिता मन्त्री बनें ही नहीं ⋯ तो वे उधर अपना काम करें, इधर यह ठोस काम

होता चले। जिसे भी मन्त्री से कुछ करवाना हो उसे पकड़कर पहले इधर लाओ, उसके काम और सामर्थ्य को देखकर जो कुछ उससे निकालना हो, निकालो क्योंकि यों ही किसी का काम हो जाने देना मूर्खता है। फिर नाश्ते के दौरान पिता से सिफारिश करके उसका काम करा दो। बेटे या रिश्तेदार का कहना माने इशारा था कि उस काम में जो गुंजाइश थी वह अच्छी तरह देख ली गई—रकम खड़ी करना, पार्टी के लिए धन इकट्ठा करना, ऐसी किसी संस्था को बड़ा दान दिला देना—जो बाहर से जनहित के किसी कार्य के लिए हो, पर भीतर से जिसके पैसे पर अधिकार अपने हाथों में हो। मामले में इस सबका मौका न हो तो सम्पर्क, प्रभाव ही बनाना या बढ़ाना ¨ मतलब जिस रूप में जो कुछ मामले से निकल सकता था, वह निकाल लिया गया ¨ वह अध्याय पूरा हो चुका। यह सबकुछ ऐसा व्यापार था जिसमें न कोई पूँजी लगानी थी, न कोई माल बेचना था। कुछ काम तो ऐसे होते थे जो यों भी होने ही होने थे ¨ बस ऊपर-ऊपर थोड़ा ड्रामा कर देना था—थोड़ा यहाँ, थोड़ा मन्त्री/प्रधानमन्त्री के यहाँ। अगर पार्टी व्यापारी वर्ग की हुई तो पार्टी के लिए चन्दा दे जाएगी। अगर अधिकारी वर्ग की हुई तो उस पर अनुग्रह का बोझ रख दिया, आगे चलकर किसी व्यापारी का काम उससे करा दिया और फिर व्यापारी से पार्टी फंड में डलवा लिया। बात एक ही हुई। मोहन्ती के जैसे मामले में यह आगे के लिए पैसा लगाना था ¨ एक बार वह अध्यक्ष बन गया तो जैसे दुधारू गाय घर पर बँध गई।

रतनकुमार के व्यवहार में गर्मजोशी नहीं, बल्कि एक अपनी तरह की गम्भीरता थी। या कहिए कि वह गम्भीरता पालने की कोशिश करता था। इस तरह मुलाकात करने आए के काम को जितना मुश्किल वह न हो उतना दिखाया जा सकता था और उतना ही ज्यादा उससे निकाला जा सकता था। दूसरे गम्भीरता की सतत मुद्रा राजनीति के लिए जरूरी थी—किसी ने समझा दिया था कि अब तुम व्यापारी नहीं राजनेता हो, तुम्हें ऐसा दिखना चाहिए कि देश और समाज की समस्याओं को लेकर तुम चिन्तित हो, वे समस्याएँ सचमुच गम्भीर हैं। राजनीति में हाल ही में उतरे थे, तो रतनकुमार जैसे पहला-पहला पाठ पढ़ रहे थे। वे मुस्कुराते भी थे तो ऐसे जैसे मुस्कुराहट छूटी जा रही हो बरबस ¨ बहुत ही महीन मुस्कुराहट जिसके पीछे तटस्थता बराबर रहती। थोड़ी देर वे सबके साथ बैठे, बाद में बोले चलिए वहाँ बैठते हैं ¨ फिर सिर्फ मोहन्ती से धीरे से बोले—"ये बातें सबके सामने नहीं की जा सकतीं।" मोहन्ती को थोड़ा अजीब लगा क्योंकि बाहर प्रमोद, राहुल, रमन्ना सभी को तो पता था कि मोहन्ती किस काम के लिए रतनकुमार से मिलने आए थे। रतनकुमार को भी पता था कि उन लोगों को पता है, फिर भी। पर मोहन्ती कुछ नहीं बोले, चुपचाप रतनकुमार के साथ उठकर अन्दर चले आए। वह कमरा चारों तरफ से बन्द था, कोई छोटी खिड़की भी नहीं ¨ सिर्फ ए.सी. की आवाज ¨ यह गुप्त मन्त्रणा-कक्ष था। वहाँ भी कुमार ने मोहन्ती को अपने बगल में ही बिठाया, जैसे कि दीवारों के भी कान होते हैं और यहाँ भी बातें धीमे-धीमे की जानी चाहिए ¨ और कहा—"अच्छा तो बताइए ¨ मामला क्या है।"

मोहन्ती ने संक्षेप में सब बताया, क्या प्रोसीड्यर है—फाइल अब कहाँ है, यह भी बताया। जब वे यह बता रहे थे कि दो और व्यक्ति कोशिश में लगे हैं तो रतनकुमार के कान खड़े हो गए, वे अतिरिक्त चौकन्ना होकर सुनने लगे।

"मैं प्रधानमन्त्री को सारा कुछ समझा दूँगा—" आखिर में रतनकुमार ने कहा—"मेरा इसीलिए विस्तार से जान लेना जरूरी था। आपकी बातों से लगता है कि मामला गम्भीर है और हमें जल्दी ही कुछ कदम उठाना चाहिए।"

मोहन्ती ने सिर हिलाया।

रतनकुमार ने वहीं बगल में रखे इंटरकॉम से प्रधानमन्त्री के पी.ए. से बात की, उनके कल के कार्यक्रम के बारे में जानकारी ली, जैसे बस उतना ही जानना लक्ष्य हो। फोन खत्म कर फिर मोहन्ती से बोले—"आगे के तीन दिन तो बहुत व्यस्तता के हैं ⋯ चौथे दिन ही हो सकेगा।"

मोहन्ती का चेहरा उदास हो गया। रतनकुमार भी गमगीन हो आए। थोड़ी देर दोनों कसमसाते-से बैठे रहे। आखिर में मोहन्ती के मुँह से धीमे से निकला—"समय कीमती है।" सुनकर रतनकुमार और गम्भीर हो गए। उन्होंने फिर पी.ए. को मिलाया, फिर प्रधानमन्त्री के प्रोग्राम के बारे में तफ्सील से पूछते रहे। लगता था मोहन्ती-जैसे हर मुलाकाती से बातचीत के बाद वे प्रधानमन्त्री के सचिव से बात करते थे और वह भी प्रधानमन्त्री के प्रोग्राम के बारे में। काफी देर तक हाँ-हाँ ⋯ हूँ-हूँ होता रहा। आखिर उन्होंने फोन रख दिया।

"दूसरे लोग कोशिश कर रहे हैं, तो इसकी काट के लिए आपको प्रधानमन्त्री से फौरन मिल लेना चाहिए। यों तो इन दिनों कोई गुंजाइश नहीं, प्रधानमन्त्री के और कोई अप्वाइंटमेंट्स नहीं रखे जा रहे पर मुझे एक साँस दिखी है ⋯ उसी में आपको लगा दूँगा। ऐसा करिए आप कल सवेरे नौ बजे कोठी पहुँच जाइए ⋯ दस बजे से केबिनेट मीटिंग है, उसके पहले मुलाकात हो जाएगी ⋯ उस समय जब प्रधानमन्त्री मीटिंग में पेश होनेवाले मसलों को देख रहे होंगे। मैं राहुल को समझा दूँगा। वह सब इन्तजाम करा देगा। कोई कागज देना है ?"

"कागज क्या ⋯ बात सिर्फ इतनी है कि ⋯ विभाग के अध्यक्ष पद पर नियुक्ति है और जो सबसे सीनियर है उसे बनाना है। किसी को एक्सटेंशन नहीं देना है।"

मोहन्ती मामले की नजाकत समझते थे, कागज या वैसा कुछ छोड़कर वे कोई सुबूत पीछे नहीं छोड़ना चाहते थे कि वे प्रधानमन्त्री से मिले, जैसा कि गीताकृष्णन के यहाँ कर आए थे।

"वैसे तो मैं आपसे मिल लिया, आप मेरी मार्फत उन तक जा रहे हैं, मैं उन्हें ब्रीफ भी कर दूँगा ⋯ वे समझ जाएँगे ⋯ फिर भी उनसे अपनी मुलाकात में आप यह जरूर बोल दीजिएगा कि मैं आपका ही आदमी हूँ," रतनकुमार ने अपना स्वर धीमा करते हुए कहा।

मोहन्ती किसके आदमी थे ? क्या उस प्रधानमन्त्री के जिससे वे अभी तक मिले

ही नहीं, आगे की छोटी-सी मुलाक़ात के बाद भी फिर शायद ही कभी मिलें। वे उनके आदमी कैसे हो सकते थे ? इन राजनेताओं में आजकल अच्छा यह चलन है। सबको 'अपना आदमी' चाहिए ⋯ पार्टी में, प्रशासन में। इन्दिरा गाँधी के समय शुरू हुई यह परम्परा आज राजनीतिक पार्टियों में तो यहाँ तक है कि स्वयं को 'आपका आदमी' साबित करने के लिए प्रान्त के मुख्यमन्त्री अपनी मन्त्रियों की सूची ओ.के. कराने के लिए दिल्ली दौड़े जाते हैं। दिल्ली में पार्टी के बड़े नेता ने इस्तीफे की पेशकश की तो मुख्यमन्त्रियों में अपना इस्तीफे देने की होड़ लग जाती है। वे अपना इस्तीफा राज्यपाल को नहीं, पार्टी अध्यक्ष को सौंपते हैं जो स्वयं इस्तीफा देने जा रहा है ! अपने इस्तीफे में रोते हुए वे कहते हैं—"हम आज जो हैं आपके बनाए हैं, आप नहीं होंगे तो हम भी नहीं रहेंगे, हम आपके साथ चलेंगे," ओ दूर के मुसाफिर ! हमको भी साथ ले ले। ऐसी मुद्रा तानी जाएगी कि हमेशा के लिए पार्टी अध्यक्ष के सामने साबित हो जाए कि हम आपके ही आदमी हैं। पुराने वक्त में लोग गाँधी को कह सकते थे कि बापू आप गलत हो, आज अपने बॉस को—वह चाहे प्रशासन में हो या राजनीतिक क्षेत्र में ⋯ उससे आप सीधे आमने-सामने साफ-साफ यह नहीं कह सकते। आपका मत भिन्न है ⋯ यह भी दिखाना हो तो बड़े सलीके से सँभल-सँभलकर ⋯ रुक-रुककर दिखाना होगा। राजनीतिक पार्टियों में चलो फिर भी मान लिया, प्रशासन में तो तटस्थ व्यक्ति होना चाहिए। ये लोग हर जगह अपना आदमी लगाना चाहते हैं, क्यों ⋯ शायद थमकर कभी न सोचते हों। बस एक बात गाँठ में बाँध ली—हमें हर जगह 'लॉयल', 'पूर्णतया लॉयल' आदमी चाहिए ⋯ जैसे कोई सहकर्मी न हुआ, नौकर हुआ ⋯ नौकर-भर नहीं, वफादार नौकर ! मोहन्ती को विभिन्न प्रशिक्षण कार्यक्रमों में पढ़ाया गया है कि अधिकारी की 'वफादारी' देश और संविधान के लिए होनी चाहिए, किसी राजनेता या किसी पार्टी के लिए नहीं। पढ़ाया कुछ भी गया हो, व्यवहार में आज का अधिकारी उल्टा करता है। वह नेताओं से समुचित दूरी बनाए रखने की बजाय किसी राजनेता के लिए इस हद तक वफादारी पालता है कि जीवन-भर के लिए वह 'उसका आदमी' बन जाए, पालतू कुत्ता ! अधिकारी जहाँ कहीं भी तैनात हो उस राजनेता का संरक्षण उसे मिले, बदले में अधिकारी उसके लिए हमेशा मुस्तैद, जिन्न की तरह लालटेन रगड़ते ही हाजिर। जो कुछ भी राजनेता कहें—गलत-सही—वह करने को तैयार। वह अपने घर में गाँधी, नेहरू की जगह अपने सर्वेसर्वा की तस्वीर टाँगकर रखेगा ⋯ जब तक कि वह किसी और वजहों से असुविधाजनक न हो जाए।

मोहन्ती का एक बार तो मन हुआ बता दें ⋯ जो उन्होंने प्रशिक्षण के दौरान पढ़ा था, फर्क जो पार्टी-कार्यकर्त्ताओं और प्रशासकों में होता है, होना चाहिए ⋯ लेकिन चुप लगा गए। चलने दो ⋯ जैसे चीजें चल रही हैं। किस-किस की समझ दुरुस्त करते फिरेंगे वे ?

रतनकुमार उठ खड़े हुए और मोहन्ती को लिये बाहर आ गए, जहाँ प्रमोद, रमन्ना और राहुल उनकी प्रतीक्षा कर रहे थे। राहुल को एक लाइन में बताकर कि कल

सवेरे नौ बजे मोहन्ती को कोठी पर लाना है और यह उसकी जिम्मेदारी है ··· वे गेस्ट हाउस के दूसरे कक्ष की तरफ चले गए जहाँ कोई दूसरी पार्टी उनकी प्रतीक्षा कर रही थी।

राहुल ने रमन्ना से अलग कुछ गुफ्तगू की। फिर यह तय हुआ कि सवेरे आठ बजे मोहन्ती होटल सम्राट पहुँच जाएँ, जहाँ से रमन्ना उन्हें लेकर प्रधानमन्त्री की कोठी पहुँच जाएगा, जहाँ फिर राहुल मिल जाएगा। पता नहीं रतनकुमार के इशारे पर, या कि राहुल अपने आप ही मोहन्ती को रमन्ना की तरफ ही ढकेल देता था, वर्ना वह स्वयं भी कहीं से सीधा कोठी पर ले जा सकता था। आशय शायद वही पुराना था कि रमन्ना को मोहन्ती के साथ अकेले होने का ज्यादा-से-ज्यादा वक्त दिया जाए, ताकि दोनों थोड़ा अन्तरंग हो सकें। रमन्ना मोहन्ती के लिए कुछ करने जैसा दिखाना चाहता था ··· मोहन्ती को उपकृत करना चाहता था ताकि आगे के लिए कुछ रास्ता खुले। हो सकता है रमन्ना ने खुद राहुल से इस सबके लिए कहा हो, और राहुल रमन्ना को—जो आखिर एक रईस आदमी था—खुश करने में लगा हुआ था।

मोहन्ती इन सबमें क्या दखल देते। चुपचाप पहले राहुल-रमन्ना की गुफ्तगू देखते रहे, फिर जो उनके लिए कहा गया वह सुनते रहे। वे अब तक बैल हो चुके थे जिसने जिस दिशा में हाँका, उसी दिशा में चल देंगे।

रमन्ना ने होटल सम्राट में अपना कमरा नं. बताया और सवेरे आठ बजे मोहन्ती को होटल आ जाने को कहा। वहाँ वे अपनी कार छोड़कर रमन्ना की कार में प्रधानमन्त्री की कोठी को चलेंगे। यह मोहन्ती के लिए भी अच्छा था कि उनकी कार प्रधानमन्त्री की कोठी के आसपास न देखी जाए।

मुलाकात

दूसरे दिन सवेरे मोहन्ती, काफी छिपते-छिपाते रमन्ना के होटल पहुँचे। हो सकता है रुतबे के लिए, अतिरिक्त सुरक्षा बरतने की खातिर या सिर्फ इसलिए कि हर महत्त्वपूर्ण व्यक्ति यह करता था—रमन्ना की होटलवालों को हिदायत थी कि जब कोई उससे मिलने के लिए आए तो पूरी पूछताछ कर ली जाए, तभी ऊपर भेजा जाए। होटलवालों ने मोहन्ती से नाम-ठिकाना पूछा, बताया कि रमन्ना साहब का आदेश है ··· मोहन्ती ने सिर्फ इतना कहा कि बता दो जिन्हें आठ बजे आने को कहा था, जिनके साथ आपको कहीं जाना है, वे आए हैं। होटलवालों ने मोहन्ती के बारे में विशेष जानने की बहुत कोशिश की, पर मोहन्ती ने कुछ नहीं बताया, उड़े-उड़े से जवाब देते हुए वे रहस्य को गहराते रहे। रमन्ना ने पूछताछ का जो इन्तजाम वहाँ बैठा रखा था और मोहन्ती भी जिसमें योगदान

कर रहे थे उससे लगता था कि भीतर रमन्ना की एक रहस्यमय गढ़ी थी ··· कुछ-कुछ तिलिस्म लिये हुए, जिसमें घुस पाना आसान नहीं था ! जिस वक्त मोहन्ती होटलवालों से वह सब बोल रहे थे ठीक उसी समय वे भीतर-भीतर अपने चलन को कोस भी रहे थे—क्या ड्रामाबाजी है कमबख्त ! क्या जरूरत है ऐसी चुप्पी या इस बातचीत की ··· सीधे-सीधे अपना नाम बता देते ··· लेकिन वह आदमी फिर पद पूछता, पता पूछता, किस सिलसिले में मिलना है—यह भी पूछता। बात सिर्फ नाम पर ही थमनेवाली थोड़े ही थी। कुछ हो, ड्रामाबाजी का असर अच्छा ही हुआ। होटलवाले समझे मोहन्ती सचमुच कोई महत्त्वपूर्ण व्यक्ति हैं और बात वहीं थम गई। रमन्ना को वही कहा गया जो मोहन्ती ने कहा था। तत्काल खबर आई कि मोहन्ती को ऊपर भेज दिया जाए। तैयार नहीं होगा, वर्ना रमन्ना होटल की लॉबी में इन्तजार करने को कह सकता था और मोहन्ती इन्तजार करते !

मोहन्ती ने सोचा था कि रमन्ना के कमरे में एकान्त होगा लेकिन यह क्या—कमरे के खुलते ही, जैसे वे एक सुनसान गली के एकाएक भीड़ भरे चौक में आ निकले। वह एक बड़े होटल का सजा-धजा कमरा कतई नहीं था। एक साधारण आकारवाले कमरे में कम-से-कम बारह-चौदह आदमी थे। मेज पर अभी भी रात का आलम बिखरा पड़ा था ··· अध-पिए गिलास, प्लेट में मांस-मछली के टुकड़े, शराब की खत्म की गई बोतलें जिनके तल में अब भी एकाध चम्मच द्रव्य शेष था। लोग ··· कुछ बेड पर आड़े-तिरछे सोए पड़े थे, कुछ सोफों पर लुढ़के हुए थे। रमन्ना जरूर तैयार था लेकिन कुछ लोग बाथरूम से निकल रहे थे, कुछ जाने के लिए लाइन-सी लगाए हुए थे जैसे वह होटल का कमरा नहीं, रेलवे प्रतीक्षालय था। कमरे में लगातार लोग बाहर से भीतर, भीतर से बाहर हो रहे थे।

"सब नेताजी के लोग हैं।"

मोहन्ती को चारों तरफ गौर से देखते हुए देख रमन्ना ने लापरवाही से कहा। वह खुद नीचे लॉबी में चला आता तो इस आलम को छिपा सकता था, लेकिन शायद वह मोहन्ती को दिखाना चाहता था कि वह नेताजी के इतने लोगों को अपने खर्चे से पालता है, माने नेताजी का कितना करीबी है। वे सब प्रधानमन्त्री के प्रान्त के लोग थे। हर कोई इस या उस काम के चक्कर में राजधानी आया दिखता था। जब तक उनका प्रधानमन्त्री है, करा लो जितने काम हो सकें। वे पड़े रहनेवाले थे, जब तक उनका काम नहीं हो जाता, आखिर इतनी दूर से आए थे। तो प्रधानमन्त्री या रतनकुमार ने रमन्ना से कहा होगा कि वह उनके ठहरने आदि का बन्दोबस्त कराए। रमन्ना भी तो कुछ खर्च करे ··· अगर वह प्रधानमन्त्री और रतनकुमार को दुह रहा था, तो वे भी उसे दुहें। जो आए थे वे अपने को प्रधानमन्त्री का मेहमान समझते थे, तो वे क्यों करें होटल आदि का खर्चा। प्रान्त में वे लोग नेताजी के लिए करते थे तो यहाँ नेताजी सँभालें। चाहे रमन्ना से करवाएँ, चाहें तो खर्चा होटल भुगते—आखिर वह सरकारी होटल था और सरकार उनके नेता की थी ! जिन दिनों के लिए प्रधानमन्त्री की जनता कुछ कमरों में

ठहरती, उन दिनों उन कमरों को कागज पर खाली दिखाया जाता होगा। कुछ कमरे हमेशा के लिए प्रधानमन्त्री के लिए आरक्षित हो सकते थे ··· यों ही बिना किसी लिखत-पढ़त के। इन्तजाम जो भी किया गया हो ··· प्रधानमन्त्री की तरफ से उन लोगों की देखभाल करने का काम रमन्ना को सौंप दिया गया था। अब होटल या कि रमन्ना कहाँ तक और कितनों के लिए अलग-अलग कमरे करवाते, तो एक कमरे में दस-दस थे। वे लोग रात को हंगामा करते, गन्दगी फैलाते। होटलवाले कुछ नहीं बोलते थे, क्योंकि वे सब प्रधानमन्त्री के लोग थे। जैसे बेखटके वे अगल-बगल के कमरों से रमन्ना के कमरों में आ रहे थे उससे जाहिर था कि आसपास के कम-से-कम पाँच-छः कमरों में यही जनता ठहरी हुई थी।

"सब अपने ही लोग हैं, भले लोग हैं ··· आइए आपकी मुलाकात करा दूँ।"

"मेरे ख्याल में यह ठीक नहीं होगा। प्रधानमन्त्री की प्रतिष्ठा की खातिर आप मुझे अपरिचित ही रहने दें।"

मोहन्ती ने धीमे लेकिन थोड़ा सख्त स्वर में रमन्ना को समझाया। रमन्ना को ताज्जुब हुआ—सरकारी अफसर कोई चोर-उचक्का नहीं, अगर वह प्रधानमन्त्री से मिलने जा रहा है तो क्या कोई चोरी की बात है। उसे हल्की निराशा हुई ··· अपने साथियों से एक महत्त्वपूर्ण व्यक्ति को मिलवाकर जो उसका रुतबा बननेवाला था वह बनते-बनते रह गया, पर वह मोहन्ती को नाराज नहीं करना चाहता था, अभी उनसे सम्बन्ध बनाने थे, गहराने थे। इसलिए चुपचाप उनको लिये बाहर निकल आया। उसके जागे हुए साथी मोहन्ती को थोड़ा कौतूहल, थोड़ा प्यासी नजरों से देखते रहे ··· यह आदमी उनके प्रान्त का नहीं था ··· कौन था, उनके कामों में मदद कर सकता था क्या ··· सुना है रमन्ना की राजधानी में बड़े लोगों से जान-पहचान है !

प्रधानमन्त्री की कोठी में रमन्ना के साथ होने का सचमुच बहुत फायदा हुआ। सबसे पहले स्वागत कक्ष के रजिस्टर में मोहन्ती का नाम-पता आदि जाने क्या-क्या लिखा जाना था। मोहन्ती का अध्यक्ष चुने जाने के पहले प्रधानमन्त्री से मिलना, मिलने का सुबूत छोड़ना न केवल अनुचित था, आगे के लिए खतरनाक भी साबित हो सकता था। कोई कह सकता था कि मोहन्ती ने लौबीइंग की सिफारिश पहुँचाई, प्रेशर डलवाया। उनका नाम रमन्ना के साथ विजिटर्स लिस्ट में हो—वह भी ठीक नहीं था। मोहन्ती जब अध्यक्ष बन जाएँगे तो रमन्ना जैसे साधारण व्यापारी के नाम के साथ उनके नाम को जोड़ा जा सकता था ··· पता नहीं रमन्ना किस चाल-चलन का आदमी हो, उसका कैसा नाम हो। स्वयं रमन्ना इस बात का इस्तेमाल कर मोहन्ती को ब्लैकमेल कर सकता था। रमन्ना चूँकि प्रधानमन्त्री के घर का अन्तरंग था ··· इसलिए सभी लोग उसे जानते थे। वह कुछ उन विशेष लोगों में से था जिन्हें अपने साथ एक आदमी को ले जाने की सुविधा मिली हुई थी। रजिस्टर में रमन्ना ने अपना नाम लिखवाया, उसके आगे लिखा प्लस वन, जिसकी सारी जवाबदारी रमन्ना की थी। प्लस वन में मोहन्ती चले गए। स्वागत कक्ष के बाद सुरक्षा दरवाजे से निकलवाया गया, तब दोनों की पूरी तलाशी ली

गई। उसके बाद फिर एक रजिस्टर, फिर रमन्ना और प्लस वन। काफी लोग रमन्ना से नमस्कार कर रहे थे। मोहन्ती ने देखा कि उसने अपना रुतबा अच्छा गाँठ रखा था, उसे करीब-करीब प्रधानमन्त्री के घर के सदस्यों जैसी इज्जत मिली हुई थी। वह आए दिन किसी-न-किसी के साथ आता होगा और सब प्लस वन ! जब से एक पूर्व प्रधानमन्त्री के यहाँ शेयरों के एक दलाल के बैग भरकर रुपए ले जाने की खबर का हल्ला मचा था और उस आदमी के मिलने के सुबूत रजिस्टर में पाए गए थे ··· शायद तभी से यह प्लस वन का सिस्टम ईजाद कर लिया गया था। उससे प्रधानमन्त्री को सुविधा होती थी, वर्ना तो सभी का रिकॉर्ड रजिस्टर में दर्ज हो जाएगा, उनका भी जिनका प्रधानमन्त्री नहीं चाहते हों। एक से एक भ्रष्ट भी यहाँ आते-जाते थे, आखिर प्रधानमन्त्री राजनीति में थे ! कल के दिन कोई मोटा आसामी आए तो क्या उसका भी सुबूत रजिस्टर में छोड़ा जाएगा ? तो कोई गुंजाइश तो होनी चाहिए !

नाम का स्वागत कक्ष, पर असल में तो तलाशी-कक्ष था, उससे गुजरने के बाद वे बाहर निकले लेकिन कोठी के अहाते के भीतर ही। जो कभी इधर के सर्किल से दूसरे गोल सर्किल तक करीब एक फर्लांग लम्बी सड़क हुआ करती थी, उसे प्रधानमन्त्री की सुरक्षा के नाम पर छेंक लिया गया था ··· उस सड़क पर मन्त्रियोंवाले जो दो और बँगले पड़ते थे, उन्हें भी प्रधानमन्त्री निवास में अँगोट लिया गया था। अब तीन थे। एक सरकारी बैठकों के लिए, दूसरा प्रतीक्षालय और प्रधानमन्त्री के दफ्तर के लिए, तीसरा रिहायशी। इस तरह सड़क के एक छोर से दूसरे छोर तक सारा इलाका प्रधानमन्त्री निवास था। उन तीनों बँगलों के चारों तरफ घने पेड़ थे जिनमें वे छिपे हुए थे। दिन में हरियाली के भीतर बँगलों का पीलापन खासा बदरंग दिखता। रात को अँधेरा और हरियाली एक हो जाते और अँधेरे के डर से छिपती-भागती रोशनियाँ नजर आतीं, थोड़े-थोड़े फासले पर खड़े ये तीन बँगले जंगल में छिपे खड़े तीन भूतों से दिखते। मोहन्ती को वह सारा कॉम्पलेक्स भुतहा और डरावना नजर आया।

स्वागत कक्ष के भीतरी निकास से एक सरकारी गाड़ी उन्हें उसी सड़क पर से जो छेंक ली गई थी, बीच की कोठी तक ले गई। वहाँ उन्हें राहुल और प्रमोद मिल गए। राहुल अपने साथ प्रमोद को पहले ही ले आया था। राहुल इत्मिनान से उस अहाते में इधर-से-उधर होता था, जैसे प्रधानमन्त्री की कोठी में ही रहता हो ··· यहाँ भी उतना ही एकरस और जमा हुआ जितना रतनकुमार के गेस्ट हाउसवाले घर में। रमन्ना मोहन्ती को राहुल के जिम्मे कर कहीं खिसक गया।

राहुल मोहन्ती और प्रमोद को प्रतीक्षालय में बिठाकर इधर-उधर हो गया। थोड़ी देर में आया और बोला—"रतनकुमार और प्रधानमन्त्री में मशविरा चल रहा है। आपका ही केस डिस्कस हो रहा है (उसे कैसे पता ? शायद इसी तरह वह जमाता था)। रतनकुमार बाहर आएँगे तब वे जैसा कहें। मैं बाहर उनका इन्तजार कर रहा हूँ। कभी-कभी वे बाहर-बाहर से ही निकल जाते हैं, उन्हें पकड़ना होगा। जब वे अन्दर गए थे तो मैंने उन्हें बता दिया था कि आप आ गए हैं और वे प्रधानमन्त्री से बात कर लें।

उन्होंने मुझसे कहा था कि आपका मसला पहला आइटम है (तो इससे उसने अन्दाजा लगा लिया कि मोहन्ती के मामले पर विचार चल रहा है पर कोई जरूरी नहीं था, पिता-पुत्र की कोई औपचारिक मीटिंग थी क्या कि पहला आइटम फिर दूसरा आइटम, उनके पास बात करने को ढेरों और चीजें हो सकती हैं ··· यों मोहन्ती के मसले में इतनी देर बात करने को था क्या)।

करीब आधा घंटा इन्तजार के बाद राहुल दौड़ता-हाँफता हुआ आया और उन्हें "आइए—जल्दी आइए ···" कहकर करीब-करीब घसीटता हुआ बाहर ले गया, जहाँ खुले में रतनकुमार दो-चार लोगों से घिरे खड़े थे। मोहन्ती, प्रमोद और राहुल भी उस वृत्त के बाहर चिपक लिये। रतनकुमार की नजर अपनी ओर पाकर मोहन्ती ने नमस्ते की, रतनकुमार ने सिर्फ देखा सिर तक नहीं हिलाया ··· अभिवादन का कोई जवाब नहीं। मोहन्ती ने अपने-आपको तब बहुत छोटा महसूस किया ··· वह शख्स जो चुनाव जीतकर नहीं आया, राज्यसभा का भी सदस्य नहीं है, सिर्फ पार्टी का पदाधिकारी है ··· वह भी अपने पिता के कारण, वह जो प्रधानमन्त्री का बेटा नहीं होता तो कुछ भी नहीं था ··· वह उन्हें ऐसे देख रहा था जैसे कोई बाँह में बैठी मक्खी को देखता है ··· और मोहन्ती जो अपनी काबिलियत और मेहनत से इतना ऊपर आए थे, सरकार के एक बड़े विभाग के वरिष्ठ सदस्य थे, अध्यक्ष बननेवाले थे ··· वे सड़क पर भीख माँगते-से खड़े थे। किसी के सामने चाहे जितनी जायज माँग के लिए हाथ पसारना ही आदमी को कितना नीचा ला देता है।

उन लोगों से फारिग होकर रतनकुमार अपनी कार में बैठने लगे, जैसे भूल ही गए थे कि वहाँ मोहन्ती प्रमोद वगैरह भी खड़े थे ··· तभी राहुल आगे बढ़ गया और जैसे रतनकुमार को कुछ याद आया, एक टाँग बाहर और एक कार की सीट में रखे-रखे वे राहुल से बोले :

"ले जाओ ··· मिलवा दो," फिर इशारे से मोहन्ती को अपने पास बुलाया और फुसफुसाकर बोले—"वह कहना न भूलिएगा जो मैंने बताया था।" उसके बाद उन्होंने दूसरी टाँग भी कार के भीतर कर ली। कार चल दी।

रतनकुमार ने कुछ नहीं बताया—बात क्या हुई, हुई भी क्या। कुछ पता नहीं कि प्रधानमन्त्री के सामने किस बिन्दु से मोहन्ती शुरू करेंगे। यह भी हो सकता था कि मोहन्ती को सिर्फ प्रधानमन्त्री से मिलवा देना था ! मोहन्ती मिलेंगे जैसे दूसरे कितने मिलते हैं। उसके बाद प्रधानमन्त्री जानें और मोहन्ती। या जो होना हो कायदे-कानून के मुताबिक ··· वह हो ही जाएगा। हर मामले में अगर रतनकुमार परेशान होने लगे या अपने पिता को परेशान करने लगे तो हो चुका।

लेकिन रतनकुमार से इशारा मिलते ही राहुल के शरीर में गजब की फुर्ती आ गई। रतनकुमार की कार के जाते ही प्रमोद और मोहन्ती वापस उस तरफ जाने लगे जहाँ बैठे थे कि राहुल ने कहा—"उधर कहाँ, अब इधर आइए ··· आपका प्रमोशन हो गया समझिए—अब उधर के प्रतीक्षालय में नहीं इधर के में ···" और वह मोहन्ती को

प्रधानमन्त्री के रिहायशी बँगले में ले आया। वहाँ बाहर का छोटा-सा कमरा एक और प्रतीक्षा-कक्ष था … उन लोगों के लिए जो फौरन ही प्रधानमन्त्री से मिलनेवाले थे। कक्ष में पाँच-छः लोग बैठे थे। जैसे ही प्रमोद और मोहन्ती भीतर घुसे और सोफे पर बैठे, सब उन्हें घूर-घूरकर देखने लगे। मोहन्ती अपना चेहरा इधर-उधर करते फिर एक अखबार उठाकर उसे पढ़ते-सा दिखाते हुए चेहरे को थोड़ा ओट कर लेते। फिर उन्होंने खुद को कनखियों से अखबार के पर्दे के बाहर प्रतीक्षा कर रहे लोगों को देखता पाया—एक-एक नजर … जैसे रात को किसी घर में घुसते हुए चोर के एक-एक कदम। वे डर रहे थे कि कहीं कोई जान-पहचानवाला न दिख जाए, नहीं तो पोल खुल जाएगी। जाननेवाला … कोई भी उन्हें देखते ही समझ जाएगा कि मोहन्ती किसलिए आए हैं, आजकल किस और काम से वे इधर-उधर होते हैं। सौभाग्य से वहाँ बैठे हुओं में कोई ऐसा नहीं था जिसे मोहन्ती जानते हों या जो मोहन्ती को जानता हो।

मोहन्ती को वहाँ बिठाकर राहुल बाहर आया और उस गैलरी में तैनात एक क्लर्क से बतियाने लगा जो लोगों को प्रधानमन्त्री से मिलाने का इंचार्ज था, एक तरह से। वही बाहर तैनात चपरासी को हिदायत देता कि अब इन्हें अन्दर भेजिए, अब इन्हें। राहुल ने उसे जोर देकर बताया कि मोहन्ती रतनकुमार के आदमी हैं, वे ही मिलाने को कह गए हैं। क्लर्क ने आपत्ति की कि कुमार साहब अभी-अभी तो गए हैं और उससे कुछ बोलकर नहीं गए, न ही मिलनेवालों की सूची में इनका नाम है।

राजधानी में हर आदमी पंगा लेने का अपना तरीका ढूँढ़ निकालता है। मतलब मोहन्ती उस उच्च श्रेणी के प्रतीक्षालय में बैठकर भी प्रधानमन्त्री से नहीं मिल सकते थे। ठीक बात—उनका अपॉइंटमेंट नहीं था … और जो रतनकुमार ने कहा था कि कैबिनेट मीटिंग के पहले मिला देंगे … तो उस तंग समय के लिए एक नहीं पाँच-पाँच बैठे थे। मंजिल के पास पहुँचकर … जैसे वे पीछे धकियाए जा रहे थे। राहुल उस आदमी को तरह-तरह से समझा-फुसला रहा था। उसने उसे मोहन्ती के पद का महत्त्व समझाया, आखिर कहा—"कहो तो मोबाइल पर रतनकुमार से बात करा देता हूँ। वे भूल गए होंगे आपसे कहना।" तब जाकर वह शख्स थोड़ा पिघला, बोला कि मोहन्ती स्लिप में अपना नाम लिख दें … वह भीतर प्रधानमन्त्री को दिखा देगा। आगे उनके ऊपर। राहुल ने सुन्दर लिखावट में मोहन्ती का नाम लिखकर स्लिप उसे पकड़वा दी।

इस बीच उस कक्ष के लोग मिलने भीतर जाते रहे, भीतर से निकल सीधा बँगले से बाहर जाते रहे … वह क्लर्क भी एक-दो बार भीतर-बाहर हुआ।

स्लिप भीतर जाने के कोई पन्द्रह मिनट बाद … एक चपरासी करीब-करीब दौड़ता हुआ मोहन्ती तक आया और अपना मुँह चौड़ाकर बोला—"आइए" … जैसे मोहन्ती की लाटरी निकल आई हो और उन्हें परम प्रसन्न हो जाना चाहिए। पीछे-पीछे राहुल भी दौड़ा आ रहा था कि मिलाने का पूरा श्रेय चपरासी न मार ले जाए। थोड़ा फासले पर खड़ा वह क्लर्क भी मुस्कुरा रहा था (वही, जो थोड़ी देर पहले पंगा ले रहा था) कि देख लो—सम्भावना कोई नहीं थी, फिर भी मैंने करा दिया। मोहन्ती और प्रमोद दोनों भीतर

जाने को हुए तो क्लर्क ने प्रमोद को रोक लिया—''सिर्फ ये, आप नहीं।''

मोहन्ती ने प्रधानमन्त्री के कक्ष में प्रवेश किया।

मोहन्ती सोचते थे कि भीतर प्रधानमन्त्री अकेले होंगे, मेज के उस पार वे और इस पार ये रहेंगे और इत्मिनान से उन्हें सभी बातें समझाई जा सकेंगी। उन्हें निराशा हुई जब उन्होंने प्रधानमन्त्री को एक सोफे पर कुछ कागज़ों पर नजर दौड़ाते देखा और सामने के सोफों पर चार-छः लोगों को बैठे हुए। मोहन्ती ने नमस्कार किया तो प्रधानमन्त्री ने कागजों से सिर उठाया, पढ़नेवाली ऐनक के ऊपर से मोहन्ती को देखा और देखते चले गए। थोड़ी देर के लिए मोहन्ती को लगा जैसे उन्हें देखते-देखते प्रधानमन्त्री सो जाएँगे। वैसे भी उनके बारे में कहा जाता था कि वे अठारह-अठारह घंटे काम करते हैं, उन्हें रात को नींद नहीं आती, देश की इतनी चिन्ताएँ उन्हें घेरे रहती हैं ! वे किसी भी कार्यक्रम में अपनी कुर्सी पर ही झोंके लेते, कभी-कभी तो खुर्राटे भरते देखे जाते। इस श्रेणी के लोगों में ऐसी कोई अनहोनी चीज होना असामान्य बात नहीं थी, जैसे कि एक मुख्यमन्त्री इतने भुलक्कड़ थे कि सवेरे का कहा हुआ दोपहर तक भूल जाते थे, एक दूसरे इतने खाऊ थे कि महमूद बघर्रा की याद दिलाते थे। उनके नाश्ते के लिए दो किलो मिठाई रखनी ही पड़ती थी। प्रधानमन्त्री सफेद फ्रेम का पतला चश्मा नाक पर हल्के से रखे थे; माथे पर भभूत की बिन्दी, दाढ़ी-मूँछ साफ, सिर की चिकनी चाँद ··· लगता था जैसे चेहरा ऊपर खोपड़ी के पीछे तक चला गया था। मोहन्ती को लगा कि बस वे नींद में लुढ़कने जा रहे हैं, अगर फौरन ही उन्हें न कुरेदा गया तो वे देखते-देखते नींद में उतर जाएँगे और पता नहीं फिर कब ऊपर आएँ।

मोहन्ती सबके सामने खुलना नहीं चाहते थे, लेकिन यही समय था ··· उतना ही। आगे समय कभी मिल पाए या नहीं, मिलने के लिए इतनी जेहमत भी नहीं झेली जाएगी मोहन्ती से। इसलिए जो, जितना, जिस तरह का मौका मिला है उसमें उगल डालो ··· शर्म-लिहाज, अपने उसूल ताख पर रखकर ···

''सर ! मेरा नाम मोहन्ती है। ··· विभाग के अध्यक्ष के लिए मेरे नाम का प्रस्ताव आपके पास पहुँचनेवाला है, सीनियर्टी में मैं सबसे ऊपर हूँ। मैं चाहता हूँ मेरे साथ अन्याय न हो।''

''मुझे मालूम है ···'' प्रधानमन्त्री ने चश्मा उतार लिया ! (वे अगल-बगल बैठे लोगों पर हमेशा की तरह यह प्रभाव छोड़ना चाहते थे कि वे बेहद जागरूक हैं, उन्हें पता रहता है ··· छोटे-से-छोटे मामले भी) ''आपसे सीनियर कौन हैं ?''

''जी ··· कोई नई ··· मैं सबसे सीनियर हूँ ···''

प्रधानमन्त्री कुछ कहे बगैर फिर मोहन्ती को देखने लगे ··· पहले तौलते-से, फिर थोड़ा मुग्ध, थोड़ा ऊँघते-से। एक बार फिर मोहन्ती को लगा जैसे वे मोहन्ती को देखते-देखते ही सो जाएँगे। मोहन्ती के भीतर धुकधुकी चल रही थी। यह अच्छा था कि प्रधानमन्त्री को पता था, लेकिन क्या वाकई ? वे यों ही हर मामले में कहते होंगे—मुझे पता है। अभी तक उन्होंने एक भी तो ऐसी चीज नहीं कही जिससे पता चले

कि उन्हें मामले की पूरी जानकारी थी। लेकिन उनका जोर देकर कहना 'मुझे मालूम है' ··· इसके मायने तो यही थे कि रतनकुमार उन्हें अभी-अभी समझाकर गए हैं। उन्हें रतनकुमार की बात याद आई—यह कह देना है कि मैं आपका ही आदमी हूँ। शब्द ही तो हैं, उछाल देने में क्या है ··· ये लोग भी तो कितनी चीजें कहते रहते हैं, क्या वे गम्भीर होते हैं उन सबके प्रति ? लेकिन मोहन्ती नेताओं की कौम के तो हैं नहीं कि भकर-भकर, इधर-उधर जो चाहे बोलते फिरें। आज के औसत आदमी से भी कुछ अलग तरह के बने हैं मोहन्ती—जब तक बात भीतर से न उठे उसे शब्द देना भारी पड़ता है उनके लिए, वह गले से बाहर आती ही नहीं। वे जानते हैं कि वे इनके क्या, किसी के आदमी नहीं हैं और न हो सकते हैं, वे या तो देश के आदमी हैं या फिर अपने ··· एक पद की खातिर क्या वे अपनी स्वतन्त्रता खो देंगे, गुलाम हो जाएँगे ··· वह भी इन लोगों के गुलाम, जिनके कोई विश्वास, कोई मूल्य हैं ही नहीं। वह कुछ कह देना-भर था क्या ··· उसमें निहित था नीचे गिरना, अपनी ही नजर में गिर जाना ··· लेकिन तभी दूसरी बात उठ बैठी, व्यावहारिकता। ऐसा कुछ बोलना जो सामनेवाले को अच्छा लगे—यह तो व्यावहारिकता में आता है, इससे आगे वह कुछ नहीं होता। मोहन्ती को न कोई गलत काम करना है, न ही कुछ लिखकर देना है ··· सिर्फ एक-दो शब्द कह देना है—जैसे किसी से नमस्कार करते समय हम मुस्कुराते हैं, यों ही मुस्कुरा देते हैं ··· उससे क्या कोई नीचा-ऊँचा हो जाता है। समय कम था अगर फैसला अपने पक्ष में कराना है तो बस यही एक-दो मिनट थे। इतनी घिसघिस की है तो फैसला कराना ही है अपने पक्ष में। प्रमोद कहता है—छोड़ना नहीं है ···

"मुझे अपना ही आदमी समझें," रुक-रुककर वे कह ही गए आखिर।

प्रधानमन्त्री जैसे जाग पड़े ··· मुस्कुराने लगे, मुस्कुराते हुए ऐनक लगा लिया और मोहन्ती को देखते चले गए। ऐसा लगता था जैसे उनके लिए वे शब्द मिसिरी के ढेले थे। उधर वे कान में पहुँचे, इधर मुँह में मिठास घुलने लगी। वे जैसे एकाएक मोहन्ती को पहचान गए, सारे मसले को समझ गए। उन्होंने फटाफट यह भी तय कर लिया कि उन्हें क्या करना है।

"न्याय ··· न्याय बिल्कुल होगा। मैंने यह पद इसीलिए सँभाला है कि जो उल्टी राह देश ने पकड़ रखी थी, उसे फिर से सीधा करें, कहीं अन्याय न होने दें," उन्होंने जो दूसरे बैठे थे उन्हें सुनाते हुए कहा। फिर मोहन्ती की तरफ मुखातिब होते हुए बोले—"आप सबसे सीनियर हैं न ?"

"जी ··· सचिवों की समिति ने भी मेरे नाम की सिफारिश की है।"

उधर कोई असर नहीं हुआ। प्रधानमन्त्री मोहन्ती की तरफ देखे जा रहे थे। मोहन्ती को उन्होंने पहले कभी देखा नहीं कि पहचानने की कोशिश कर रहे हों। जिस विषय को लेकर वे उपस्थित थे ··· उसकी कोई पहचान भी प्रधानमन्त्री में कहीं से उगती नहीं दिखाई दी। रतनकुमार के कहे का कोई अवशेष, ज्योतिषीजी के उल्लेख करने का कुछ ··· दूर-दूर तक चिकनी रेत के रेगिस्तान में कुछ भी पड़ा नहीं दिखाई दिया।

"सबसे सीनियर हैं आप। कोई और नहीं न ···"

"जी नहीं।"

धीरे-धीरे प्रधानमन्त्री ने अपनी नजरें मोहन्ती पर से हटा लीं। धीरे-धीरे ही क्योंकि वे कोशिश कर रहे थे कि उन्हें इस बात की याद रहे, जबकि यही था जिसका भरोसा उन्हें नहीं था। एक तो उम्र ··· उससे भी ज्यादा यह कि कितनी चीजें दिन-भर में उनसे टकराती हैं वे कैसे याद रख सकेंगे ··· पर एक मोटी चीज उन्होंने पकड़ ली थी—"सबसे सीनियर।" इसके अलावा कुछ और होने लगेगा तो चौंक उठेंगे। सबसे सीनियर के लिए कुछ भी करना हमेशा 'सेफ' रहता है—वह चाहे कन्फर्मेशन हो, प्रमोशन हो या मकान आवंटन, विदेश यात्रा या कोई और चीज।

उन्होंने पुराने कागज फिर उठा लिये और सामनेवालों को देखते-दिखाते उन कागजों को फिर पढ़ने लगे। जिस क्लर्क ने भीतर भेजा था, उसने पीछे से आकर मोहन्ती को कोंचा—'चलिए', जैसे कह रहा हो—'टाइम अप ··· खड़े क्यों हैं जनाब अब, कब तक खड़े रहेंगे।' मोहन्ती औपचारिक नमस्कार करना चाहते थे चलने से पहले, एक बार प्रधानमन्त्री की नजरें इधर हों तो नजरों से ही धन्यवाद कह देंगे ··· लेकिन नजरें फिर इधर नहीं हुईं। प्रधानमन्त्री अब पूरी तरह से बैठे हुओं की तरफ मुखातिब थे। हाथ के कागजों की कोई बात उठाकर वे उनसे पूछताछ करने लगे थे, छोटी-सी बहस चल निकली थी। उनके लिए मोहन्ती जैसे थे ही नहीं ··· मोहन्ती का मसला भी तो नाचीज था उसके सामने जिसे लेकर वे उलझे हुए थे।

न कोई धन्यवाद, न कोई अन्य औपचारिकता। वैसे मोहन्ती धन्यवाद किस चीज का देते, अभी तो कुछ हुआ नहीं। प्रधानमन्त्री ने सुना, कुछ कहा तो नहीं ··· हाँ, यह जरूर कहा—अन्याय नहीं होगा। आज के जमाने में कोई इतना ही कर दे कि न्यायपूर्ण जो कार्यवाही अपने आप होनी है, उसे हो जाने दे ··· एक इसी आश्वासन के लिए ही धन्यवाद दिया जा सकता था ··· लेकिन वह बन्दा पीछे से फिर कोंच रहा था ··· कितने और मिलनेवाले थे ! मोहन्ती बाहर निकल आए। चलने के पहले उन्होंने 'थैंक यू सर' कह ही डाला—आखिर प्रधानमन्त्री ने उनकी बातें इतनी देर तक सुनी थीं, लेकिन प्रधानमन्त्री तक वह फिकरा नहीं पहुँचा। वे सामनेवाले लोगों में उलझे हुए थे।

बाहर राहुल बेसबरी से मोहन्ती की प्रतीक्षा कर रहा था। मोहन्ती ने गैलरी के बाहर खुले में आकर उसे और प्रमोद को बातचीत का सारांश बताया, जैसे कभी सरकारी नौकरी में चयन के वक्त, यू.पी.एस.सी. की मौखिक परीक्षा के बाद बाहर इन्तजार करते दोस्तों को सवाल-जवाब का सारांश बताया था ··· एक इंटरव्यू वह, नौकरी के शुरू में, एक उसके अन्तिम पड़ाव पर ··· लेकिन दोनों में कितना फर्क। उस इंटरव्यू के लिए बुलाए जाने पर ही मन गर्व से भरा हुआ था, इस इंटरव्यू को सफलतापूर्वक पार कर लेने पर भी सिर शर्म से झुका हुआ था। मोहन्ती ने अपनी निराशा भी जताई कि प्रधानमन्त्री अकेले में नहीं मिले, कुछ खास बात नहीं हो सकी, धन्यवाद तक नहीं दे सके वे। रतनकुमार के कहने पर जो 'विशेष' वे प्रधानमन्त्री से कह आए थे उसे वे प्रमोद और

राहुल के सामने दबा गए, इज्जत का सवाल था ! लेकिन राहुल और प्रमोद दोनों ही बहुत खुश थे। राहुल उचकते हुए कह रहा था :

"वे इसी तरह मिलते हैं... सबसे अकेले में मिलने का समय उनके पास कहाँ। समय हो भी तो ये लोग अकेले में मिलने से कतराते हैं, अखबारवाले चट स्टोरी बना डालते हैं, तरह-तरह की बातें करने लगते हैं लोग... इतना ले लिया उससे। सर ! आपने अपना काम कर दिया। यह जरूरी था... अब समझिए आपका काम हो गया। आगे हम लोग सँभाल लेंगे। कुमार साहब हैं न !"

"रतनकुमार तो वहाँ गेस्ट हाउस में रहते हैं। फाइलें तो यहाँ आती-जाती हैं। तुम यहाँ किसी पी.ए. को भी समझा दो कि वह फाइल पर निगाह रखे रहे। फाइल पहुँचे तो तुम्हें खबर दे, तब तुम रतनकुमार को खबर कर देना। अगर जरूरी हुआ तो वे फिर से प्रधानमन्त्री को याद दिला देंगे," प्रमोद ने राहुल को सिखाया। वह इन सब मामलों में थोड़ा व्यावहारिक था, जबकि राहुल, रमन्ना हवाई घोड़े थे।

"ठीक है, प्रसाद अपना चेला है। उससे अभी कह देता हूँ—बाद में मैं भूल गया तो मुश्किल होगी। आप लोग मिलना चाहेंगे उससे ?"

प्रमोद मोहन्ती की तरफ देखने लगे। मोहन्ती के चेहरे पर कोई शौक नहीं उगा। दरअसल प्रधानमन्त्री से मिलने के बाद उनके चेहरे पर चहक नहीं, पस्ती थी। वे आए थे यहाँ मौजूदा अध्यक्ष की कार्यावधि बढ़ने को कटवाने के लिए और उस बाबत तो एक जुमला भी नहीं बोला गया। वे इसी में रह गए कि रतनकुमार ने प्रधानमन्त्री को वह सब बता दिया होगा। जहाँ तक नहीं बताया था, क्योंकि वह प्रधानमन्त्री की किसी बात से जाहिर नहीं हुआ। फिर क्या हासिल किया, उल्टे गिराया खुद को—मोहन्ती वह कह आए जो कभी नहीं कहना चाहते... जैसे वे अपने को मर्जी से गुलाम बना आए। वे अब किसी और से नहीं मिलना चाहते थे।

"मुलाकात करा ही दो लगे हाथ। वहाँ बहुत लोग घेरे बैठे हैं उसे। बात नहीं हो पाएगी। ऐसा करो तुम उसे यहीं खींच लाओ। हम इन्तजार करते हैं," प्रमोद ने मोहन्ती की तरफ से कह दिया।

राहुल चला गया। प्रमोद ने मोहन्ती की अचकचाहट देखकर उन्हें समझाया—"आपको जरूर अटपटा लग रहा होगा, लेकिन जब अपना काम पड़ा तो गधे को भी बाप बनाना पड़ता है।"

"मुझे अजीब यह लग रहा है कि जो चीज अपने-आप ही हो जाना है उसके लिए हम सबके आगे गिड़गिड़ाते फिर रहे हैं। अब यह प्रसाद भी। ये लोग भी जानते हैं कि यह काम अपने-आप हो जाना है। प्रधानमन्त्री भी एक ही सवाल पूछ रहे थे कि मैं वरिष्ठतम हूँ या नहीं, नहीं होता तो आज इस तरह मिलने के बाद भी कुछ नहीं होता। ये सारे लोग मुफ्त का एहसान मुझ पर लाद देंगे।"

"अपने आप आजकल अपने देश में कुछ भी नहीं होता—यह मान लीजिए। ये सब बड़े काइयाँ लोग हैं, मैं सालों से इनके बीच उठ-बैठ रहा हूँ, उनकी रग-रग पहचानता

हूँ। अक्सर तो जायज काम सिर्फ इसलिए नहीं करेंगे कि वह आदमी मिलने तो आया नहीं। आपका भाग्य अच्छा है कि सब चीजें ठीक-ठीक चली जा रही हैं—रतनकुमार से मुलाकात हो गई, दूसरे दिन ही प्रधानमन्त्री से हो गई, वर्ना कहो तो ये दोनों अगले कई दिनों तक राजधानी में ही न होते। लोग महीनों चक्कर काटते रहते हैं, तब जाकर ये मुलाकातें हो पाती हैं।''

सामने से राहुल और प्रसाद आ रहे थे। प्रसाद ने नमस्कार किया। राहुल ने परिचय कराया। प्रसाद साधारण नाक-नक्श का एक अधेड़ व्यक्ति था। साँवला रंग और झबरी मूँछें ⋯ काली-सफेद, सर के बाल भी अधपके। ऐनक लगाता था। धूल के रंग का पेंट, ऊपर सलेटी रंग की बुशर्ट। उसका सबकुछ साधारण था, भाव-भंगिमा में एकदम सरल। बिना किसी नखरे के सीधा उठकर चला आया था ⋯ कुछ राहुल की वजह से, कुछ इस वजह से कि मोहन्ती प्रधानमन्त्री से मिलकर आए थे। बीच में राहुल जैसा कोई न होता तो यह शख्स इतनी सीधाई से यों चला आता ? ⋯ मोहन्ती सोच रहे थे।

''आप चिन्ता न करें, सर ! राहुल ने सब समझा दिया है। मैं फाइल पर निगाह रखूँगा। मुझे ध्यान नहीं मैंने ऐसी कोई फाइल देखी है, जहाँ तक अभी आई नहीं।''

''सचिवों की समिति ने सिफारिश मेरे लिए की है, वह फाइल।''

''अभी नहीं आई।''

''इस पद पर किसी और के लिए एक्सटेंशन की फाइल ?''

''मुझे याद नहीं पड़ता, अब आगे ध्यान रखूँगा। नेताजी ने क्या कहा ?''

''उन्होंने तो कह दिया है कि आप सबसे सीनियर हैं तो आपका ही होगा। लेकिन जब तक फाइल पर आदेश न हो जाए ⋯ मौखिक कहने से क्या होता है,'' मोहन्ती ने प्रधानमन्त्री के कहने को उसके ध्वनि-अर्थ में लेते हुए एक हाथ आगे की बात कह दी ताकि एक इस वजह से ही सही यह शख्स कुछ ज्यादा दिलचस्पी ले।

''आप जब चाहें मुझे फोन कर लें ⋯ यहीं प्रधानमन्त्री के घर की ऑफिस के नम्बर पर।''

''ख्याल रखना भाई साहब। 'सर' का काम होना ही चाहिए ⋯ इनके हितों की रक्षा की जिम्मेदारी अब आप पर है,'' प्रमोद कह रहा था। प्रसाद मुस्कुराता हुआ मोहन्ती को देखता रहा।

राहुल और प्रसाद से विदा ले प्रमोद और मोहन्ती प्रधानमन्त्री निवास के बाहर निकले। इस बार स्वागत कक्ष से होकर नहीं गुजरना पड़ा जैसे भीतरी सड़क से कार उन्हें प्रधानमन्त्री के बँगले तक ले गई थी, वैसे ही बाहर तक छोड़ गई। शाम और रात को इस भीतरी सड़क की पीली रोशनियाँ मोहन्ती बाहर से देखते थे ⋯ जब भी बाहरवाली बड़ी सड़क से गुजरना होता था। वे पीली रोशनियाँ बीमार-सी लगतीं जैसे रात के समय किसी हस्पताल के बगल से गुजर रहे हों। भीतरी सड़क पर रोशनी कम होती ⋯ फासले पर लगे बिजली के खम्भों के बीच के गैप में अँधेरा उतराता रहता, कहीं-कहीं आदमियों की छायाएँ दिखाई देतीं ⋯ इधर-उधर भूतों-सी डोलती हुईं। जैसे वहाँ भीतर सबकुछ

मरा-मरा-सा हो, कुछ हो ही न रहा हो ··· लेकिन नहीं, वहाँ हरकत थी, जबर्दस्त हरकत ! वह बँगला हर क्षण क्रियाशील था। रस्साकशी, खींचातानी, साजिशें, षड्यन्त्र ··· इन सबके बीच सरकार का दैनन्दिन काम भी हौले-हौले सरकता रहता था। वहाँ बहुत सारी क्रियाएँ बेसबब, फालतू और सीमित उद्‌देश्यों के लिए होती थीं। उन्हीं के बीच कभी-कभार कुछ ऐसा भी हो गुजरता जिसका समाज के लिए दूरगामी प्रभाव होता था ··· हालाँकि वह अक्सर प्रधानमन्त्री या किसी की स्वेच्छा से नहीं, मजबूरन या इत्तफाकन होता था।

भीतर की सड़क का निकास सीधे मुख्य सड़क के छोर पर था। वहीं, बाहर गेट पर एक किनारे रमन्ना खड़ा था, रंगीन चश्मा लगाए हुए। रंगीन चश्मा वह आदतन लगाता था—या इसलिए कि पहचाना न जा सके। वह कहाँ गायब हो गया था और कहाँ से आ निकला था ··· मोहन्ती समझ न सके।

"मुलाकात हो गई न," उसने आगे बढ़कर कहा—"अच्छी रही होगी।"

प्रमोद के खिले चेहरे से वह अन्दाजा लगा रहा था।

"मैं जरा भीतर घर में मिलने चला गया था बहूजी से। नेताजी बाहर से उठकर आए थोड़ी देर को तो मैंने ऐसे ही चलते-चलते आपके मामले को उठा दिया। बता दिया कि मोहन्ती साहब का काम होने से नेताजी की प्रतिष्ठा बढ़ेगी कि वे इतनी अच्छी 'इमेज' वाले अधिकारी को अध्यक्ष बना रहे हैं। इनका नहीं हुआ तो कंट्रोवर्सी उठेगी। नेताजी को मेरी बात जँची थी। चलिए, मेरे होटल रूम में चलकर सैलेब्रेट करते हैं। अब तो हो ही गया।"

"नहीं, सरकारी कामकाज में जब तक कागज पर कुछ न हो जाए ··· समझो कुछ नहीं हुआ," मोहन्ती ने कहा, जो हर जगह कह देते थे।

"वह भी हो जाएगा ··· समय तो आने दीजिए।"

"आज रहने दीजिए, फिर कभी।"

"ठीक है, मैं आपसे सम्पर्क रखूँगा। आप रतनकुमारजी को तो धन्यवाद देने जाएँगे ही। वे गेस्ट हाउस में हैं," रमन्ना चिपकऊ था, छोड़ना ही नहीं चाहता था जैसे।

"चलिए दो मिनट को वहाँ होते हुए निकल जाएँगे," प्रमोद ने हालत की नजाकत को समझा और कार की तरफ बढ़ गया।

"मैं भी पहुँचता हूँ पीछे-पीछे अपनी गाड़ी में।"

रास्ते में मोहन्ती ने प्रमोद से कहा कि उन्हें तो यह रमन्ना हिन्दी फिल्मों के विलैन जैसा लगता है—"वह जबर्दस्ती क्रेडिट लेना चाहता है। मुझे लगता है—यह सब गप है कि उसने भीतर जाकर यह कहा, वह कहा। क्या प्रधानमन्त्री इन जैसों को इतनी स्वतन्त्रता देते होंगे ?"

"शक मुझे भी है कि यह भीतर गया होगा, या कि इसने कुछ कहा होगा। वैसे यह प्रधानमन्त्री से मिलता रहता हो यह कोई बड़ी बात नहीं है। उनके नगर का है, सालों से परिचित है," प्रमोद ने कहा।

"हम जैसों का तो प्रधानमन्त्री से मिलना ही इतना मुश्किल होता है।"

"हमारा मिलना मुश्किल होता है, पर रमन्ना जैसे उनके इर्द-गिर्द कभी भी मिल जाएँगे। ये बड़े नेता ऐसे ही लोगों से घिरे रहते हैं। सही लोग नेताओं के पास आ ही नहीं पाते, रमन्ना जैसे लोग नहीं आने देते। वे चाहते हैं सब उनके ही मार्फत जाएँ। यह भी अपनी तरह की 'पावर' है।"

"रमन्ना कहता था कि प्रधानमन्त्री और वह साथ-साथ व्यापार करते थे, कुछ सालों पहले तक। जब से वे राजनीति में आए व्यापार छोड़ दिया पर उनकी पार्टनरशिप अब भी है।"

"हो सकता है सही हो, लेकिन मुझे लगता है कि अब प्रधानमन्त्री इसे दूर ही रखते हैं।"

"तुम्हें कैसे मालूम ?"

"यह गेस्ट हाउस में रतनकुमार के साथ ज्यादा रहता है। दूसरे जब प्रधानमन्त्री से मिलने आप गए, यह बाहर ही रह गया। उधर नहीं आया कि प्रधानमन्त्री के सचिव वगैरह देख न लें। लगता है, इन दिनों प्रधानमन्त्री की हिदायत है कि यह आसपास न रहे। मन्त्री होने के बाद इन लोगों को बहुत सावधान रहना होता है इन बिचौलियों से—कब कौन कितना पैसा खा जाए उनके नाम ! लेकिन ये लोग हैं कि धँसे रहते हैं। इनके लिए भी तो यह ऐसा मौका है, जो बहुत दिनों तक नहीं रहनेवाला ''' गया तो वापस नहीं आनेवाला। उसे ऐसे कैसे छोड़ दें !"

"लेकिन रतनकुमार तो इसे अपने साथ रखते हैं।"

"उन्हें ऐसों की जरूरत है। फौरन कभी रुपयों की जरूरत पड़ गई, इनसे ले लिये। कहीं से रुपए उठवाने हुए इसे भेज दिया, सीधे-सीधे उन्हें सामने नहीं आना पड़ता। राहुल जैसे लोग थोड़े ही वह काम कर सकते हैं।"

गेस्ट हाउस में रतनकुमार नहीं थे। रमन्ना गलत निकला। उसने पता करके मुलम्मा चढ़ाते हुए बताया—कुमार साहब को अभी-अभी एक जरूरी कार्यक्रम में जाना पड़ा। रतनकुमार ने तो सवेरे से ही मोहन्ती को रमन्ना की जिम्मेदारी पर छोड़ दिया था, वे यह अपेक्षा ही न करते होंगे कि मोहन्ती और प्रमोद प्रधानमन्त्री से मिलकर उनके पास आएँगे। वह सब सिर्फ रमन्ना का फैलाया जाल था।

"आप लोग इन्तजार कर लें, थोड़ी देर में आ जाएँगे ''' मैं कॉफी मँगवा देता हूँ," फिर वही, जैसे मोहन्ती को कोई और काम ही नहीं था सिवाय रमन्ना के पास बैठे रहने के।

"आप और रतनकुमारजी में क्या फर्क है। आप उन्हें हमारी तरफ से धन्यवाद कह दीजिएगा। अभी हमें चलने की इजाजत दें," कहकर मोहन्ती ने विदा ली।

मोहन्ती की डायरी से

आज चलते समय मैं रमन्ना से जो बोला, उस पर और उस वक्त अपनी बोली के लचीलेपन पर ताज्जुब हो रहा है। मैं न केवल वह बोल रहा था जो कभी नहीं बोलता,

उसे अतिरिक्त लचीली जुबान में बोल रहा था। इतना फर्क आ गया मुझमें कुछ ही दिनों में, जब से मैं इस दुनिया में घूमने लगा या यह दुनिया मुझे अपने में घुमाने लगी। यों जुबान ··· या जो बोला जा रहा है ··· वह नितान्त बाहर का दिखता है, कहते भी हैं कि चमड़े की जुबान है, सरक गई ··· लेकिन क्या कहा हुआ भीतर का काफी कुछ जाहिर नहीं कर जाता ? बाहर के साधारण व्यवहार में नकली, सतही या कि झूठ बोलता हुआ व्यक्ति क्या भीतर से गहरा या ईमानदार बना रह सकता है ? आदमी सोच सकता है कि वह इतना होशियार है कि छोटे-मोटे मामलों में, बाहर की चीजों में वह कुछ भी कहता या करता रहे, उसका उसके व्यक्तित्व, उसके भीतरी जीव पर कुछ भी प्रभाव नहीं पड़ेगा ··· पर ऐसा क्या सचमुच होता है ?

परिवारवाली जितनी जिम्मेदारियाँ हैं, उन्हें मैं पूरा कर चुका। अब माँ-बाप, पत्नी और मैं हूँ। क्या फर्क पड़ेगा अगर मैं नौकरी न करूँ ? अभी नौकरी छोड़ दूँ तो भी पेंशन मिलेगी, पेंशन पेट पालने को काफी होगी। जीवन में नौकरी या पद कितना महत्त्वपूर्ण है और उसके लिए क्या-क्या, कहाँ तक किया जाना चाहिए ? पद तो नौकरी से भी छोटा है, यों कि वह नौकरी का एक हिस्सा है और नौकरी क्या है ··· पेट पालने, परिवार पालने का जरिया। अगर वे जरूरतें पूरी हो रही हों तो नौकरी ही क्यों की जाए ? लेकिन कमाल है आज के आदमी का—उसने न केवल इस निकृष्ट मजबूरीवाले कर्म को आदरणीय बना रखा है, आदरणीयता की सीढ़ी भी इस पर मुकर्रर कर दी कि कौन किस पद पर है, वह पद कितना ऊँचा है ! ऊँचा पद चाहिए, भले ही उस पर रहते हुए तुम और भ्रष्ट और निकृष्ट हो जाओ ··· जो तुम होगे ही। अपनी पूरी नैतिकता और निष्ठा से काम करता हुआ एक साधारण क्लर्क उतना आदरणीय नहीं है जितना एक भ्रष्ट उच्च पदाधिकारी ! एक पद पर रहते हुए जो साधारणतः करणीय है, जो उसमें आपकी ड्यूटी है, उसे भी पावर कहने लगे लोग और उस पावर का पैसे कमाने के लिए इस्तेमाल स्वाभाविक बात मानने लगे। मजाक यह कि इस सोच के आदमी को इज्जत से देखा जाता है। अपने देश में 'निम्न चाकरी' को ही जीवन का सबकुछ बना दिया गया है—वह है तो जीवन में सबकुछ है, वह नहीं है तो जीवन शून्य है।

उन्हें छोड़िए जो यह सब समझते नहीं; मैं तो समझता हूँ, फिर भी चला जा रहा हूँ उसी रास्ते। न केवल नौकरी कर रहा हूँ, उसके बाद और हासिल करने के लिए मरा-खपा जा रहा हूँ ··· इस तरह चला जा रहा हूँ नीचे और नीचे, पतन के रास्ते, अपने पतन को लगातार देखते, महसूस करते हुए ··· एक के बाद दूसरे, तीसरे, चौथे से भीख माँगते हुए। मुँह से भले ही कुछ कहना न होता हो, साफ-साफ कुछ न माँगा जाता हो ··· इससे क्या फर्क पड़ता है। कितने भिखारी ऐसे होते हैं जो बोरा फैलाए बैठे रहते हैं ··· माँगते कुछ नहीं, बोलते तक कुछ नहीं ··· पर उस तरह बैठना ही भिखारी हो जाना है। मैं तो बोलने भी लगा हूँ। प्रधानमन्त्री से क्या बोल आया !

इस मिलने-मिलाने का क्या किया जाए। जितना नियोजित ढंग से होता दिखता है, उतना होता नहीं। काफी कुछ इत्तफाक होता है, जिसके पीछे कोई अदृश्य शक्ति

होती होगी ··· अब जैसे प्रमोद से मुलाकात, या कि रमन्ना से या जैसे उस दिन खड़े-खड़े प्रसाद से मिलना। एक मामूली व्यक्ति से सड़क पर यों ही हुई एक छोटी-सी मुलाकात ! यह क्या है कि जिनसे मैं बाकायदे बनाई गई एक पूर्व योजना के तहत मिला, मतलब उन्हें मुझसे मिलवाया गया ··· वे मेरे लिए एक-एक चाल चलकर गायब हो गए—मोहित, पृथ्वी या कि दीनदयाल या कि उनके मार्फत दूसरे। जिससे मिलने की कोई योजना नहीं बनाई गई थी, जिसे मैंने किसी के मार्फत ढुँढ़वाया नहीं ··· जो अपनी तरफ से यों ही आ मिला ··· प्रमोद, वह है जो मामले के पीछे पड़ा हुआ है ! उसकी निष्ठा ने मेरे मन में उसे इतना स्थापित कर लिया है कि जो चाल वह सुझाता है, मैं वही चलता हूँ। क्या कभी सोचा था कि मैं इस तरह प्रधानमन्त्री से मिलने जाऊँगा। मोहित, पृथ्वी वगैरह सुझाते—तो शायद तब भी जाता क्योंकि इस बीच मैं बेहद लालची हो गया। लेकिन ज्यादा सही यह है कि न प्रमोद आता, न इन लोगों से मिलता जिनसे पिछले दिनों मिलना हुआ। जैसे एक छोटी-मोटी आँधी-सी आ गई और उड़ाती हुई ले गई। इसे क्या कहा जाएगा—प्रारब्ध। यानी, मेरा पतन होना ही था। नहीं, यह कैसे ? किसी का मिलना प्रारब्ध हो सकता है पर उसके आगे हर कदम, हर स्तर पर मुझे निर्णय लेने की छूट मिली हुई थी, मैं कहीं से भी लौट सकता था। जो सुझाया गया उस पर अमल करना या न करना, यह बोलना या न बोलना—यह सब मेरे हाथ में था। अपने इस पतन का जिम्मेदार मैं हूँ, कोई प्रारब्ध-आरब्ध नहीं। प्रधानमन्त्री से ही मिलना था तो पृथ्वीसिंह के मार्फत क्यों नहीं गया ? सूझा ही नहीं। उस रास्ते जाता तब भी शायद यही होता, आधा इंच इधर या उधर। जैसे एक सुरंग में से होकर गुजरना ही था। चलो, जाकर निकल आए। अब उस रास्ते नहीं जाऊँगा—न रमन्ना, न रतनकुमार, न प्रधानमन्त्री की तरफ ही। कितना घिनौना है यह सब कार्य-व्यापार, पर आगे न जाओगे इससे क्या फर्क पड़ता है अब। फिलहाल जैसे मैं इस सबका हिस्सा हो गया हूँ—इस बुनी हुई चादर का ··· जिसमें रमन्ना, रतनकुमार, राहुल, प्रमोद, पृथ्वीसिंह ··· सब हैं। मैं भी इन्हीं के जैसा, इन्हीं के बीच का ··· इनसे बेहतर तो सवाल नहीं, इनसे अलग भी नहीं, जो मैं कभी निश्चित था।

नाचीज

कुछ हो गया है मोहन्ती को कि वे अपनी सोच पर स्थिर नहीं हो पाते। उन्होंने सोचा था कि इस सिलसिले में अब आगे किसी से नहीं मिलेंगे, पर वैसा नहीं हो सका। प्रमोद ने हल्के से सुझा दिया—जैसी कि उसकी आदत थी—कि मोहन्ती रामचन्द्रन जो प्रधानमन्त्री के प्रधान सचिव हैं, उनके यहाँ 'कर्टसी-काल' कर आएँ। वे महत्त्वपूर्ण कड़ी

हैं क्योंकि फाइलों पर प्रधानमन्त्री से दस्तखत वे ही करवाते हैं। उनके लिए सोर्स ? प्रमोद ने पता लगाकर बता दिया—रामचन्द्रन सबसे मिल लेते हैं। कायदे-कानून के हिसाब से चलते हैं ... टेढ़ी चाल तभी चलते हैं जब प्रधानमन्त्री कहें ... अपनी तरफ से नहीं। इस मायने में प्रधानमन्त्री के पक्के वफादार हैं। उसके अलावा विशुद्ध अधिकारी हैं ... तटस्थ, भावहीन, लकीर पर काम करनेवाले। मोहन्ती को उस जैसे व्यक्ति से मिलने में कुछ भी गड़बड़ या अजीब नहीं दिखा। मोहन्ती स्वयं अधिकारी हैं और एक अधिकारी के यहाँ ही तो जा रहे हैं, वह भी 'कर्टसी काल' पर—यानी कि कुछ माँगने नहीं। रामचन्द्रन के यहाँ फौरन एपॉइंटमेंट भी मिल गया। लेकिन यह सिर्फ कर्टसी काल न रही। रामचन्द्रन होशियार आदमी थे। मोहन्ती के आते ही पूछ बैठे, कहिए कैसे आना हुआ। मोहन्ती को बताना पड़ा। रामचन्द्रन को ताज्जुब हुआ, बोले—"जब आप सबसे सीनियर हैं और सचिवों की कमेटी ने आपकी ही सिफारिश की है तो हो ही जाएगा ... इट्स रूटीन। आप क्यों परेशान होते फिर रहे हैं ? इत्मिनान से बैठिए।"

काश, ऐसा सब सोचते। मोहन्ती ही जानते थे जितना गैर रूटीन यह छोटा-सा मसला होता चला गया था। देश का दुर्भाग्य यह भी कि रामचन्द्रन जैसे अधिकारी—जो प्रधानमन्त्री के आँख-कान हैं उन्हें यह पता नहीं कि किस तरह की रस्साकशी/खींचातानी, जबर्दस्ती नीचे चलती है, या उन्हें सब पता है पर वे दिखाते यह हैं कि सबकुछ कायदे कानून के अनुसार ही चल रहा है, क्योंकि देश में उनके प्रधानमन्त्री यानी कि उनका ही शासन है। दो मिनट में ही रामचन्द्रन से मुलाकात खत्म हो गई। रामचन्द्रन को मोहन्ती को लटकाने, उन पर अहसान लादने, उनसे सम्बन्ध बनाने ... ऐसी चीजों में कतई दिलचस्पी नहीं थी। साफ था कि यह आदमी न किसी के लेने और न किसी के देने में था—चुपचाप अपना काम करते चले जाना, जो सामने आया। यह नहीं कि पहले तो इधर-उधर महत्त्वपूर्ण फाइलों का पता करना, फिर उन पर दूसरों से अपने मन माफिक सिफारिशें करवाना, वह न हो सके तो फाइल अपने पास घसीटकर मँगवाना, फिर उसे अपने नीचे रखकर बैठ जाना ... जब तक सम्बन्धित लोग चक्कर पर चक्कर न लगाएँ ... फिर बड़ी मुश्किल से—जैसी मुश्किल से बीमार आदमी के पेट से गैस निकले—वैसे फाइल को धीरे-धीरे छोड़ना ... यह सब रामचन्द्रन के पहले जो इस पद पर थे वे करते थे। इसको ही कहते हैं—हर पद पर पहुँचकर जो पहला काम करना चाहिए ... वह है काम पैदा करना। सामान्य काम करते रहो तो किसी सीट पर कुछ काम ही नहीं दिखेगा और आप भी हल्के-फुल्के दिखोगे। काम पैदा करो, तभी व्यस्त होगे, व्यस्त होगे तभी काम के आदमी होगे। इसलिए रामचन्द्रन के पहले जो थे वे पावरफुल प्रधान सचिव माने जाते थे, जबकि बेचारे रामचन्द्रन को कोई घास नहीं डालता था। रामचन्द्रन को इसकी परवाह नहीं थी, वे अपने आपमें बेहद सन्तुष्ट जीव दिखे। उनसे मिलकर मोहन्ती को ताज्जुब हुआ कि आज के जमाने में भी अधिकारियों की दुनिया में ऐसे लोग थे ... ये अजूबे और इक्का-दुक्का लोग ही थे। बाहर से मोहन्ती भी इसी बिरादरी के दिखते होंगे। प्रधानमन्त्री रामचन्द्रन को ढूँढ़कर लाए थे ... जो प्रधानमन्त्री

से सामान्य काम अपने आप ठीक-ठाक करवाता चले, जो अपनी सत्ता का एक अलग केन्द्र न बना ले, जो अपनी समानान्तर छवि बनाने में न लग जाए, पीछे बैठा चुपचाप काम करता रहे। रामचन्द्रन इसी तरह के अधिकारी थे। एकाध ऐसे काम जो प्रधानमन्त्री कहते, जिनमें थोड़ा लकीर से हटकर जाना होता था, उन्हें वे हनुमान की तरह कर देते। उनके अनुसार ⋯ यह प्रधानमन्त्री जैसी शख्सियत का विशेषाधिकार था, वह इतना भी नहीं करा सकता तो फिर कहाँ का प्रधानमन्त्री है, इसलिए उन्हें करने में रामचन्द्रन की आत्मा उन्हें नहीं कचोटती थी।

''आप जाइए, आराम कीजिए। आपका ही होगा ⋯ हाँ, अगर प्रधानमन्त्री का इस मामले में कुछ और सोचना है तो दूसरी बात ⋯ तब आप और हम क्या कर सकते हैं। प्राइम मिनिस्टर इज प्राइम मिनिस्टर आफ्टर ऑल !''

उन्होंने चलते समय कहा। पर उन्होंने यह नहीं सुझाया कि प्रधानमन्त्री से मिलें, क्योंकि वे जिस तरह के अनुशासनवाले थे, उस हिसाब से मोहन्ती किसी अफसर से तो मिल सकते थे, किसी राजनेता से मिलना उसूलन गलत था। मोहन्ती ने अपनी तरफ से बताया नहीं कि वे मिल चुके हैं।

रामचन्द्रन से मिलने के बाद भी बात वहीं की वहीं अटकी रह गई—अगर प्रधानमन्त्री कुछ और सोचते हैं ! वे क्या सोचते हैं ? उन्होंने मोहन्ती से साफ-साफ वायदा तो किया नहीं, कर भी देते तो उसकी क्या कीमत थी—राजनेता तो एक रोज में पन्द्रह मर्तबा पलटता है। तो क्या कुछ भी नहीं निकलेगा प्रधानमन्त्री से उस मुलाकात का जिसके लिए मोहन्ती ने खुद को एक के बाद दूसरी—दूसरी के बाद तीसरी जलालत में उतारा था, उतारते चले गए थे—हिनहिनाते हुए प्रधानमन्त्री से बोले थे—''मैं आपका आदमी, यानी आपका गुलाम, यानी आपका घोड़ा ! प्रधानमन्त्री से मिलने के पहले जिन लोगों से लाजमी तौर पर मिलना हुआ—क्या वह सब बेकार, जैसे कि रामचन्द्रन से यह मुलाकात बेकार। मोहन्ती बेकार ही भटकते फिर रहे हैं। मजाक यह कि मोहन्ती को यह भटकाव दिखता है, इन मुलाकातों में व्यर्थता का बोध होता है ⋯ जबकि राजधानी में सैकड़ों को यही सब महत्त्वपूर्ण पड़ाव दिखेंगे। जिस दिन कोई रामचन्द्रन-जैसे से मुलाकात कर आए उस रोज महत्त्वपूर्ण पड़ाव तक चलना हुआ—ऐसा लगता है। जिस दिन किसी फाइल का पीछा नहीं किया, काम के किसी आदमी से मुलाकात नहीं हुई ⋯ उस दिन लगता है कुछ किया ही नहीं। मोहन्ती इस संस्कृति के आदमी अब तक नहीं बन पाए, हालाँकि करते वही सब जा रहे हैं।

प्रधानमन्त्री से मुलाकात के कोई हफ्ता-भर बाद मोहन्ती ने प्रसाद को फोन लगाया। प्रसाद फोन पर मिला तो, लेकिन वह थोड़ा सकपकाया हुआ था, खुलकर नहीं बोला। इतना कहा कि मोहन्ती उसे रात को दस बजे के बाद घर पर फोन कर लें।

दस बजे के बाद मोहन्ती ने प्रसाद को फोन किया तो भी प्रसाद टालमटूल-सा करता रहा। फोन पर कुछ भी नहीं कह रहा था, मोहन्ती के साफ-साफ कई बार पूछने के बावजूद। आखिर वह इतना बोला कि सवेरे साढ़े-आठ बजे वह दफ्तर के लिए

निकलता है तब मोहन्ती के घर होता जाएगा।

सवेरे ठीक साढ़े-आठ बजे वह मोहन्ती के घर पहुँचा और इधर-उधर देखकर कि कोई सुन तो नहीं रहा बोला—"दफ्तर में लोगों से घिरा हुआ था, इसलिए कुछ बता नहीं सका। घर से भी फोन पर बताना ठीक नहीं लगा। बात यह है भाई साहब ! (यहाँ उसका स्वर बहुत धीमा हो गया) मामले ने एक खतरनाक मोड़ ले लिया है। फाइल तो आपके जाने के दूसरे ही दिन नीचे से आ गई थी, फाइल में आपके ही लिए सिफारिश है लेकिन नेताजी फाइलें देख ही नहीं रहे हैं ··· इसलिए दस्तखत नहीं हो सके। वे राजधानी में थे तो, पर फाइलों के लिए जरा भी वक्त नहीं था। इस बीच तीन बड़े उद्योगपति एक साथ प्रधानमन्त्री से मिलने के लिए समय चाहते थे। मैं उन्हें लटकाए रहा। उनकी तरफ से जब बार-बार माँग आई तो मैंने एक उद्योगपति के पी.ए. से टटोल ही लिया—किस बाबत मिलना चाहते हैं, क्यों जल्दी है ? क्या कोई नई बिजनिस की शुरुआत ? तो उसने उगल दिया—'नहीं-नहीं, किसी का अपना कोई काम नहीं है। ··· विभाग के अध्यक्ष के एक्सटेंशन की सिफारिश करनी है, देश के लिए वह बहुत जरूरी है ··· पब्लिक काज !' नेताजी से तीन उद्योगपति मिल रहे हैं और वह भी एक साथ ! उद्योगपति हैं तो तीन में से एक जरूर नेताजी के कान में फुसफुसा देगा ··· करोड़ से कम क्या होगा। उसके आगे सब नेता लाचार होते हैं क्योंकि सबकी जरूरतें इतनी बढ़ गई हैं, फिर उन्हें उस समय के लिए चाहिए जब वे पावर में नहीं होंगे, और वह समय कितना लम्बा खिंचेगा—ईश्वर ही जाने। पार्टी के लिए चाहिए, उन्हें खुद को राजनीति में भी चलाए रखना है, उसके लिए चाहिए ··· आजकल बिना पैसे के पार्टी नहीं चलती, वही पार्टी अध्यक्ष बन सकता है जिसके पास पैसा हो।"

मोहन्ती का चेहरा लटक गया। तो रंजन जो खबर लाया था वह सही थी। कैसे लोगों को पल-पल का पता चल जाता है। तब तीन उद्योगपतियों के यहाँ प्लान बनी होगी ··· अब वे प्रधानमन्त्री के यहाँ पहुँच रहे थे।

"क्या कोई दूसरी फाइल भी आई है ?"

"मेरी नजर में तो नहीं। अच्छा चलता हूँ। सीट पर ठीक नौ बजे बैंठ जाना होता है।"

दिन-भर मोहन्ती का मन इधर-उधर कलथता रहा ! वे कोसते रहे स्वयं को ··· किस सड़े पानी में वे पिछले करीब दो महीनों से कीड़े की तरह बुदबुद कर रहे हैं ! न डूबते हैं, न तैरते हैं, बस तिर रहे हैं ··· क्यों नहीं तैर कर किनारे आ लगते और फिर उस गटर को छोड़ ऊपर कहीं उड़ जाते ··· साफ हवा में। भाड़ में ज़ाने दो ··· मौजूदा अध्यक्ष को एक्सटेंशन मिलने से मोहन्ती की कोई बदनामी नहीं। उनकी बेइज्जती होती अगर नीचे का कोई बन्दा उनके ऊपर छलाँग लगाकर अध्यक्ष बन जाता। क्या पता वैसी भी कोई फाइल चल पड़ी हो। कुछ हो, अब सब किस्मत पर छोड़कर मुक्त हो जाएँगे वे, अब बिल्कुल कुछ नहीं करेंगे, प्रमोद के कहने पर भी नहीं ··· पर ऐसा उन्होंने कितनी बार सोचा है ··· और हर बार चल पड़े हैं इधर-उधर गिगियाने, भीख माँगने, अपनी बेइज्जती

कराने ...

क्या रखा है अध्यक्ष पद में जिसकी खातिर मोहन्ती हर तीसरे दिन अपनी मृत्यु से गुजरते हैं ?

आठ बजे रात को प्रसाद का फोन आया।

"आपके पास कोई है तो नहीं ?"

"नहीं।"

"कोई आनेवाला है, अगले आधे घंटे में ?"

"नहीं।"

"मैं आ रहा हूँ।"

फिर भँवर में डाल दिया, लेकिन अब अगर प्रसाद भी कुछ कहेगा कि इसके पास जाओ, यह करो या वह करो ... मोहन्ती कहीं नहीं जाएँगे। उन्हें नहीं चाहिए कुछ ... अब अगर मायाप्रसाद भी बनता है तो बन जाए ... मोहन्ती समय से पहले नौकरी छोड़ घर बैठ पेंशन खाएँगे। वह तो मिलेगी ही, वह भी अधिकतम क्योंकि नौकरी के पैंतीस वर्ष वे पूरे कर चुके हैं।

प्रसाद अपने स्कूटर से उतरा, इधर-उधर देखता हुआ भीतर आया। मोहन्ती अकेले थे। सोफे पर बैठकर उसने 'हेलमेट' बगल की मेज पर रखा। तब बोला—"भाई साहब ! आपका भाग्य अच्छा चल रहा है इन दिनों। मैं यहाँ से जाकर—रामचन्द्रनजी के कमरे में टपक गया यों ही। उनसे रुआँसा चेहरा बनाकर बोला—'सर ! नेताजी फाइलों के लिए समय नहीं निकाल रहे, उनसे कहिए ... अम्बार इकट्ठा हो गया है। आपके यहाँ नहीं भेज रहे हम लोग कि यहाँ क्यों ढेर लगे,' रामचन्द्रन चुस्त अधिकारी, तैयार कर लिया उन्होंने नेताजी को दोपहर आध घंटे बैठने के लिए और मुझसे कहा फाइलें भेज दो। मैंने ऐसी फाइलें जो नेताजी के मनमाफिक थीं उनके बीच में आपकी फाइल लगाकर पहले बैच में ही भेज दी ! वह दस्तखत होकर आ गई है। मैंने फाइल को नीचे पर्सनल सचिव के पास भेज दिया है ... आदेश निकालने के लिए। उद्योगपतियों को परसों का अपॉइंटमेंट देने का प्रस्ताव भेजूँगा प्रधानमन्त्री के पास ... लेकिन अभी आप इसको अपने तक ही रखें। आपके साथ जो उस दिन थे उन्हें भी न बताएँ, राहुल को भी नहीं।"

"क्या प्रधानमन्त्री फाइल मँगाकर अपने आदेश बदल सकते हैं ?"

"ऐसा करेंगे तो नहीं ... क्योंकि इससे बहुत भद्द होती है ... लेकिन जब तक पर्सनल सचिव लिखित आदेश निकाल नहीं देते, कुछ भी हो सकता है। वैसे तो प्रधानमन्त्री के दस्तखत के बाद यह सब औपचारिकता ही है, फिर भी सरकार के यहाँ जब तक लिखित में निकल न जाए ... आप तो जानते हैं। मैं चाहता हूँ कि उद्योगपतियों के मिलने के पहले नीचे आदेश निकल जाएँ, जल्द-से-जल्द ... बल्कि कल ही निकल जाएँ। उसके बाद मामला पब्लिस हो जाएगा। आप नीचे जल्दी करा लीजिए किसी तरह। फिलहाल बधाई, मेरी सबसे पहले ... "

''बहुत-बहुत धन्यवाद !'' मोहन्ती के बहुत भीतर कहीं से निकल रहा था—''आपने जो किया वह आप ही कर सकते थे। प्रधानमन्त्रीजी ने दस्तखत करने में मुश्किल की क्या।''

''नहीं, आठ-दस जो दूसरी फाइलें साथ में भेजी थीं उन्हें देखकर उनका मूड बढ़िया हो गया होगा। ऐसा करना पड़ता है ··· वर्ना कहो तो एक गड़बड़ फाइल में उलझ गए तो बाकी फाइलें देखें ही नहीं।''

''मैं नया पदभार सँभालते ही आपसे मिलूँगा। एक बार फिर बहुत-बहुत धन्यवाद ··· मैं कितना आभारी हूँ आपको बता नहीं सकता। कभी कोई काम हो तो निस्संकोच ··· ''

मोहन्ती कह गए ! मोहन्ती जो नौकरी ··· पद ··· पदोन्नति आदि को लेकर इतने तटस्थ होते थे ··· वे इस तरह भीगे हुए थे, प्रसाद की मदद की कीमत चुकाने को तैयार थे !

क्या कहा जाए इसे—बाद में वे सोचने लगे—अपना परिश्रम ··· भाग्य ··· ईश्वर या कि मात्र चांस, जैसे टेनिस का टाइब्रेकर, जिसमें एक-दो प्वाइंट्स में ही पाँसा पलट जाता है—इधर या उधर। दिग्गजों का सहारा मोहन्ती ने लिया था, उन्होंने जो किया ··· कुछ किया भी क्या या कि यों ही फूँ-फाँ करते रहे। बड़े लोगों का किया कुछ भी सामने नहीं आया। जो इस छोटे आदमी ने कर दिखाया—वह सामने था। तीन उद्योगपति अगर प्रधानमन्त्री से मिल लेते तो मोहन्ती का पत्ता पक्का साफ था। अपॉइंटमेंट बैठाने और फाइलें भेजने के अपने दैनन्दिन काम को इस आदमी ने किस लचक के साथ इस्तेमाल किया ··· लेकिन क्यों प्रसाद ऐसा कर गया ? उसकी मुट्ठी गरम नहीं की गई थी, वह पहले से मोहन्ती का या कि प्रमोद का, या कि राहुल का कोई दोस्त भी नहीं था, वह उद्योगपतियों से मिलकर कुछ कमा सकता था, और नहीं तो उनसे आगे के किसी फायदे के लिए सम्बन्ध बना सकता था ··· पर उसकी बुद्धि वैसी हो गई ··· यहाँ बिल्कुल ईश्वर आए।

बहुत दिनों बाद प्रसाद से एक अनौपचारिक मुलाकात में मोहन्ती ने जब पूछा तो प्रसाद ने सिर्फ उनसे राज खोला था—''साहब, हम बहुत छोटे लोग हैं, हमारे हाथ में है क्या ! सिर्फ तमाशा देखते रहते हैं ऊपर के लोगों, नेताओं, बड़े व्यापारियों, बड़े-बड़े अफसरों का, उनकी करतूतों का। आपको जब देखा तो लगा आप संस्कारी व्यक्ति हैं, आपके बारे में जिससे सुना अच्छा ही सुनने को मिला। मैंने सोचा ऐसे व्यक्ति भी अगर न रहेंगे तो हमारी शासन व्यवस्था में बचेगा क्या। आप जैसे होंगे तो लोगों का भला ही होगा। उद्योगपतियों का क्या ··· वे तो सिर्फ अपने स्वार्थ के लिए मनपसन्द अधिकारियों की नियुक्ति चाहते हैं ··· नेताओं के आगे पैसे फेंकते हैं ··· फिर नेता गुलामों की तरह उनका कहा करते हैं। वे जिनकी नियुक्ति कराते हैं, उनसे अपने उल्टे-सीधे काम भी करवाते होंगे। गलत काम तो अपने हाथों से रोज ही होते रहते हैं, एकाध कोई अच्छा काम हो जाता है तो भीतर कैसी ठंडक पहुँचती है, जब भी उसे याद करो ··· ''

मोहन्ती देखते रह गए थे। मामूली पद पर काम करता हुआ भी कोई कितना बड़ा आदमी हो सकता है !

आरोह

लाल इमारतें

फूल ही फूल, मोहन्ती के घर। एक से एक गुलदश्तों में सजे फूल। वहाँ भी होड़ कि कौन कितने-कितने रंगों के और कितने महँगे लाता है। जो शहर में थे वे खुद ला रहे थे, जो शहर के बाहर थे उनके फोन फूलवालों तक पहुँच गए थे कि उनकी तरफ से पहुँचा दिए जाएँ ⋯ उन लोगों के कार्ड लगे गुलदस्ते पहुँच रहे थे। मोहन्ती थोड़ा अनमने से हो आए। उन्हें फूलों की ताजगी और उजले रंगों के सामने दिखाई दे रहा था अपना मुर्झाया चेहरा और अपने भीतर की कालिख। जिस चीज के लिए उनके सामने ये फूल परोसे जा रहे थे, उसे पाने के लिए क्या-क्या हथकंडे अपनाए, मोहन्ती वह सब कैसे कर गए ! एक आजादी के लिए आन्दोलन का समय जब व्यक्तिगत स्तर पर भी निर्णय कुछ मूल्यों के आधार पर लिये जाते थे ⋯ और फिर उन पर अडिग रहा जाता था, मर-मिटने की हद तक ⋯ एक यह ⋯ व्यावहारिकता, आज के जमाने की। सरकते हुए हम कहाँ से कहाँ आ पहुँचे—आज आदमी अपने को सही ठहराने के लिए एक-से-एक तर्क तैयार कर लेता है, अपने गैर-जायज कामों को भी वह उन तर्कों के सहारे बड़े सशक्त ढंग से जायज ठहराता है, बार-बार ⋯ हर बार, नए-नए लोगों के सामने। फिर आसपास के लोग भी उन्हीं तर्कों को चलाते हैं, खूब चलाते हैं। धीरे-धीरे वे तर्क ही मूल्य जैसे बन लोगों के भीतर उतरने लगते हैं। मोहन्ती के साथ यही हुआ ⋯ जैसे अध्यक्ष पद पाने के लिए सबकुछ करना जायज था, खुद को यह बार-बार बताया कि वह पद पाना अपना हक था, उसे छोड़ना नहीं। छोड़ना कायरता, पलायनवाद होता, तो उसे पाने के लिए जो कुछ बन सके वह करना था। सब करना जायज था, इसलिए भी कि सब वह करते हैं, उन्हें किए बिना कुछ होता नहीं, वे चीजें भी नहीं मिलतीं जो अपने आप मिल जानी चाहिए।

फूलों को देख मोहन्ती सोचते कि ये फूल बगीचों में, डालियों पर ज्यादा शोभा पाते। उनके यहाँ आ गए मुर्झाने के लिए। फूलों की कितनी बरबादी ⋯ लेकिन यहाँ भी एक तर्क तैयार था—फूलों के इस तरह पहुँचाए जाने से कितनों की रोजी-रोटी चलती है ! इसी के लिए तो फूलों की बाकायदे खेती की जाती है, खाद डाल-डालकर ! इन गुलाबों में रंग हैं, बड़ा आकार है इनका, देखने में सुन्दर हैं ⋯ पर खुशबू नहीं है ! जो बात मोहन्ती को और ज्यादा उलझन में डाल रही थी वह यह कि उन्होंने ऐसा क्या पा लिया जिसके लिए लोग बधाइयाँ देते चले आ रहे हैं—जैसे पहले नौकरी थी, उसी तरह की यह भी है। क्या हो गया है हमारे मुल्क को—जहाँ कोई ऐसी नौकरी पर पहुँचा

जिसमें 'पावर' है, मतलब जिसमें पैसे बनाए जा सकते हैं, दूसरों को तकलीफ दी जा सकती है ''' वहाँ बधाई देनेवालों का ताँता लग जाएगा। जिस पद में यह सब नहीं, उसे पा लीजिए आप, कोई बड़ी तरक्की करके भी पाते रहिए बड़ी तनख्वाह, अपने हिसाब से करते रहिए समाज के लिए बहुत उपयोगी काम ''' कोई घास डालने नहीं आएगा। आपके आसपास अँधेरा-सा, मायूसी, मातम जैसा माहौल मँडराता रहेगा। पहली तरह की नौकरी हो तो देखिए हर पल क्या चहल-पहल है, दीवाली जैसा उजलापन है। क्यों हर पद एक से नहीं ''' पद की जगह दिखें सिर्फ वे काम जो देश-समाज के लिए करना है, जो उस पद के साथ जुड़े हुए हैं। स्वतन्त्रता के शुरू के सालों में अंग्रेजी हुकूमत और अपनी हुकूमत में फर्क करने की कोशिश की गई थी। सोचा गया कि पहले में शासन था तो इसमें सेवा होगी ''' लेकिन कितनी जल्दी वह कोशिश तिरोहित हो गई। पदों पर जो आए वे अंग्रेजों की ताकत ''' हुकूमत की नकल करने का सोचने लगे ''' उन्हें और लहकाया इन बन्दों की जाति ने जो आज फूल लेकर पहुँच रहे थे। दरअसल ये बन्दे बधाई या फूल देने नहीं, सम्पर्क साधने आ रहे थे। अध्यक्ष होने के पहले मोहन्ती ने उन्हें कभी देखा भी नहीं था। उस वक्त वे क्यों समय बरबाद करते ! ये सफल और व्यावहारिक लोग थे, उनकी नजरें हमेशा सीधा देखती थीं, सीधा अपना स्वार्थ ! वे वहीं जाते थे जहाँ से कुछ निकलनेवाला था ''' सुदूर भविष्य में नहीं, तत्काल, कल ही।

कहाँ होंगे ये लोग जब मोहन्ती इस पद पर नहीं रहेंगे ''' और वह समय कभी-न-कभी तो आएगा। जैसे जो पैदा होता है वह मरता भी है, उसी तरह जो किसी कुर्सी पर बैठता है वह आज नहीं तो कल, कल नहीं तो परसों उस कुर्सी से उतरता भी है ''' फिर क्यों कुर्सी के पाते ही आदमी का माथा घूम जाता है। माथा घुमानेवाले ये ही लोग थे, जो फूल लेकर धड़ाधड़ पहुँच रहे थे। जो अभी बड़े हितैषी की तरह स्वयं को प्रस्तुत कर रहे थे, ये ही मोहन्ती का सबसे ज्यादा अहित करनेवाले लोग थे। वे खीसें निपोर, चापलूसी कर-कर मोहन्ती को मस्खा लगाएँगे। अब मस्खा की खासियत यह है कि जिसे लगाया जा रहा है वह जानता तो है कि यह मस्खा है, उसे उल्लू बनाया जा रहा है ''' पर क्या करे, वह सब सुनने में अच्छा लगता है; मन करता है कि जो यह सब कर रहा था वह और आए, करीब बैठे ''' और कहे वह सब ! जिसे मोहन्ती के पास जितनी देर बैठने को मिलता, वे मोहन्ती की तारीफों के पुल बाँधते रहते ''' कुछ की बातों से तो ऐसा लगता जैसे भारतीय इतिहास में पहली बार अध्यक्ष पद पर मोहन्ती जैसा काबिल, कुशल और ईमानदार आदमी बैठा है। आगे भी कोई ऐसा आदमी आएगा—इसमें शक है। सब घूम-फिरकर एक बात जरूर कहते—'हम तो जानते थे, आप जैसे व्यक्ति का कैसे नहीं होता।' क्या वाकई ऐसा था ? जिन छोटी-बड़ी सुरंगों में से होकर मोहन्ती गुजरे थे, अगर न गुजरे होते ''' जो छोटी-मोटी चालें उन्होंने चाहे-अनचाहे चली थीं, अगर न चली होतीं ''' बिना उनके अगर यहाँ पहुँच गए होते तो मोहन्ती को शायद इस 'सिस्टम' पर विश्वास उपजता ! वे ही जानते थे कि एक-एक क्षण मामला कैसा 'मिला या गया' वाला रहा था। अगर उनकी फाइल उद्योगपतियों के प्रधानमन्त्री से मिलने के

पहले न निकल गई होती तो भी काम तमाम था। प्रधानमन्त्री के लिए क्या ⋯ यह हो अध्यक्ष या वह ! अगर वे इस छोटी-सी चीज के लिए इतने बड़े सेठों पर अहसान लाद सकते हैं तो क्यों न करते। जब वे लोग मिले होंगे, तब प्रधानमन्त्री बेचारे अपने हाथ काट चुके थे। बड़ा अफसोस हुआ होगा उन्हें। सोचे होंगे कि जो लोग फाइल दबाकर बैठ जाते हैं, महीनों कोई फैसला नहीं करते—वे ज्यादा समझदार हैं ! फाइल रखी रहे, पकती रहे ⋯ इस बीच पता नहीं कौन-सी नई बात हो जाए, घटनाक्रम कोई नया मोड़ ले ले ⋯ फिर वे चाहे जिस करवट बैठ सकते हैं। जल्दी निर्णय लेने में निश्चित ही नुकसान है ! भविष्य में शायद प्रधानमन्त्री अपना तौर-तरीका बदल दें ! या कौन जाने अध्यक्ष पद के लिए मोहन्ती के आदेश हो जाने के बाद उद्योगपति प्रधानमन्त्री से मिले ही न हों, मिले हों तो कोई दूसरी ही चर्चा की हो।

इत्तफाक कि मोहन्ती अध्यक्ष बन गए। इत्तफाक के अलावा किसको श्रेय दिया जाए ? खुद को तो मोहन्ती कतई नहीं दे पाते थे। जिन लोगों के हाथ में बनाना-बिगाड़ना था, उनके लिए वे करते क्या थे जो वे मोहन्ती को ही बनाते। एक इत्तफाक इत्तफाकन हो गया ⋯ उन लोगों को लगा कि मोहन्ती ने पहले उनके लिए भले ही कुछ न किया हो, आगे जरूर करेंगे। ऐसे इत्तफाक भारतीयों की अपने सिस्टम में आस्था बनाए रखने का काम जरूर करते हैं। अगर नियुक्तियाँ, तबादले जिस भी स्तर पर उन्हें होना है, उसी पर हो, नियमों के अनुसार वे होते रहें, मशीनी निस्संगता से ⋯ तो अधिकारियों का इतना पहले से दौड़ना और कभी-कभी तो अपने पूरे कैरियर में ही चमचागिरी करते-फिरते रहना, सम्पर्क बनाते हुए इधर-उधर दौड़ते रहना ⋯ यह सब खत्म हो जाएगा। उनका व्यक्ति, मूल्यों में उनका विश्वास ⋯ ये सब विकसित हो सकेंगे। वे जो फैसले लेंगे, देश का उसमें हित होगा। उनकी सोच किसी विशेष व्यक्ति या पार्टी के लिए न होकर देश के लिए होगी।

पहले कभी ऐसा ही होता था—जिसका जो काम हो वही उसे करे, दूसरे उसके काम में टाँग न अड़ाएँ। धीरे-धीरे कैसे खराब हो गया ⋯ मोहन्ती सोच रहे थे ⋯ पर सबके लिए खराब कहाँ। मोहन्ती के पहले जो अध्यक्ष थे ⋯ जिनकी कार्यावधि बढ़ते-बढ़ते रह गई, उन्हें सरकार ने एक दूसरे पद पर अध्यक्ष बना दिया। पूरे पाँच साल के लिए। देना है तो देना है। अवकाशप्राप्ति के बाद पाँच साल और ⋯ किसी अफसर को और क्या चाहिए ! सरकार कभी विफल नहीं होती—मोहन्तीवाले पद पर न सही तो दूसरे कितने पद हैं जिन्हें सरकार अपने पास रखती ही इसलिए है कि उनमें मनचाहों, या उन्हें जिनकी तगड़ी सिफारिश है या जिन्हें किसी तीसरे कारण से कुछ देना ही है ⋯ उन्हें तैनात किया जा सके, भले ही उनकी काम करने की उम्र खत्म हो गई हो। सरकारी अधिकारी का कार्यकाल बना रहे साठ की उम्र तक का, सत्तर के पार होने पर भी उसे सरकार कोई नई नियुक्ति दे सकती है—सरकार ठहरी !

दिल्ली में अंग्रेजों के जमाने में बनीं, तभी से चली आ रहीं, खम्भों-सी गड़ीं, पत्थर की

दो लाल-लाल इमारतें, पहाड़ी जैसी ऊँचाई के लालफीताशाही का बाहर ऐलान-सा करती हैं—यही सचिवालय है। इनमें से एक में अब मोहन्ती को बैठना था। दोनों ऐसी तिलस्मी इमारतें कि यहाँ घुसते ही आदमी क्या का क्या हो जाता है। आदमी की दो जातियाँ तो ऐसी हैं जिनका कद यहाँ प्रवेश करते ही फूल जाता है ··· शायद इसलिए कि वे यहाँ थोड़ी देर के लिए आते हैं। एक मन्त्री ··· जिनका सपना पूरा हुआ, जिन्हें ताबड़तोड़ अपने समय का इस्तेमाल कर लेना है, कब कोई टाँग खींच ले, सरकार गिर जाए और वे मन्त्री न रहें। दूसरे, सबसे बड़े अफसर, यहाँ प्रवेश पाते ही जिनके दिमाग में घुस जाता है वे हिन्दुस्तान के बादशाह हो गए। बड़े उद्योगपति जो मन्त्रियों/बड़े अफसरों से मिलने यहाँ आते हैं, वे उन मन्त्रियों/अफसरों को अपनी कम्पनियों के कर्मचारी ही समझते हैं। बड़े उद्योगपतियों के लिए ये इमारतें अपरोक्ष रूप से उनके अपने ही कार्यालय हैं ··· जहाँ वे स्वयं भले न बैठते हों पर उनके आदमी बैठते हैं, हुकूमत उनकी ही चलती है। ये सदाबहार लोग हैं ··· मन्त्री आएँ-जाएँ, बड़े अफसर तैनात हों, बदल जाएँ, रिटायर हो जाएँ ··· जो भी होंगे वे इन्हीं उद्योगपतियों से सटने की कोशिश करेंगे, जाएँगे कहाँ। बाहरी दिखावे के लिए जरूर ऐसा होगा कि उद्योगपति लोग मन्त्रियों और आला अफसरों को 'सर ··· सर ··· ' करेंगे। इतना उन लोगों के अहं की तुष्टि के लिए जरूरी है ··· उसके बाद जो चलना है, उद्योगपतियों का ही। उन्हें सिर्फ 'सर सर' करते हुए बहुत मीठे से सुझा-भर देना है। कहिए कि शहद चटाना है ··· लेकिन वह कौन-सी शहद होगी, उस शहद में लिपटा क्या होगा—यह उद्योगपति ही तय करेंगे। अन्य जातियाँ यहाँ आकर बौनी हो जाती हैं ··· भुनगे, ऊँची-ऊँची पत्थर की दीवारों के बीच, इर्दगिर्द बेमकसद उड़ते भुनगे ··· जिनकी भन-भन तो सुनाई पड़ती है, पर वह किसी काम की नहीं। हर कर्मचारी या छोटा अफसर यहाँ सवेरे सज-धजकर आता है, दिन-भर फटे लत्ते की तरह इधर-उधर उड़ता रहता है और शाम को पराजित योद्धा की तरह घर लौट जाता है। बीच के अफसर—मोहन्ती जैसे—जो जब यहाँ प्रवेश पाते हैं, अपने को थोड़ा तीसमारखाँ समझने लगते हैं ··· उन्हें इमारत के बड़े-बड़े पत्थरों के बीच कहीं किसी कोने में बिठा दिया जाता है। वे अब अपने कमरे और उसके बढ़िया फर्नीचर को देख-देखकर खुश होते रहें, रहेंगे वे पत्थरों के बीच ही, पत्थर उनकी मज्जा और सत्व लगातार सोखते हुए ··· जल्दी ही सिकुड़कर वे कुछ का कुछ हो जाएँगे। तीन-चार साल बाद छुट्टी पाकर वे जब बाहर की खुली हवा में निकलते हैं तो खुद को पहचान नहीं पाते ··· क्या यही उनकी शख्सियत थी ?

मोहन्ती सोच रहे थे कि अगर दोनों में से किसी भी इमारत का ढकना खोल दिया जाए तो नजारा खुदाई में मिली किसी प्राचीन सभ्यता के अवशेषों जैसा होगा ··· इधर-उधर फैली अधटूटी चीजें जिन्हें तरतीब से लगाने की लगातार कोशिश की जाती हो पर जो संख्या में इतनी ज्यादा हों कि फिर इधर-उधर गलत-सलत जगह फैल जाती हों ! असंख्य पत्थर ··· टूटे दरवाजे, दीवारों के कटे हिस्से, बरतन-भाँडों के असंख्य टुकड़े ··· इधर-उधर बेतरतीब पड़े हुए। जो आज इन इमारतों में बैठे हैं, (साबुत व्यक्ति उनमें कोई नहीं मिलेगा) वे बर्तन-भाँड़ों के टूटे टुकड़ों की तरह इस या उस कमरे में पड़े हैं ··· लेकिन

क्या है कि उन्हें न आज का अपना कटा-छँटा वुजूद दिखता है न आगे का, सिर्फ वह पावर दिखती है जो आज उनकी है या उनके द्वारा हथिया ली गई है। इसीलिए पत्थर की ये मनहूस इमारतें 'पावर-सेंटर' भी कही जाती हैं।

जिस इमारत में मोहन्ती को बैठना था वहाँ लोगों के आगे-पीछे, इर्द-गिर्द बन्दर बराबर घूमते रहते हैं। ये बन्दर बड़े ही निडर, बेधड़क हैं… उनकी नजरों में यहाँ बैठे लोगों के लिए एक अजीब तिरस्कार का भाव होता है। बड़े-से-बड़े सचिव/मन्त्री जा रहे हों, सामने से बन्दरों का छोटा-बड़ा काफिला इस शान से गुजरता है जैसे पुराने जमाने के गवर्नर जनरल की सवारी फौजफाटे के साथ निकल रही हो। बेचारे मन्त्री/सचिव डर कर एक किनारे हो जाते हैं। इन बन्दरों की हरकतें अजीबोगरीब होती हैं… कभी किसी सेक्शन अफसर के दफ्तर में घुस उसके हाथ से फाइल छीनकर सबके सामने फाइल को ऐसे फाड़ डालते हैं जैसे कह रहे हों—'यह क्या बकवास है।' कभी कोई मोटा बन्दर किसी सचिव के कमरे में घुसकर उसकी बड़ी मेज पर चढ़कर बैठ जाता और उसकी आँखों में घूरकर देखने लगता—'क्यों बेटा, खूब धाँधलेबाजी मचा रखी है…' सचिव महोदय बाहर की तरफ भागते, बन्दर पीछे से पकड़ लेता। अब उनकी एक टाँग दरवाजे के बाहर, एक भीतर बन्दर के हाथ में। सचिव बेचारे गोहारी मारते, गैलरी में बैठा कोई चपरासी डंडा लेकर उन्हें बचाने दौड़ता। उसके बाद वह सचिव उस चपरासी पर विशेष स्नेह बरसाता, उसे अपना अंगरक्षक बनाकर रखता, खासतौर से शाम के समय। चपरासी उनका बैग लेकर उन्हें नीचे कार तक पहुँचाकर आता। कभी कोई बन्दर गैलरी से गुजरते किसी बाबू के हाथ का टिफिन-बॉक्स छीन लेता, उसे खोलकर देखता और खुदा-न-खास्ता अगर वह खाली निकला तो उछलकर बाबू के गाल पर वह थप्पड़ रसीद करता कि उसे नानी याद आ जाती। अगर टिफिन में कुछ मिला तो उसे जल्दी से खाकर टिफिन को एक तरफ फेंक देता, हिकारत से टिफिन के मालिक की तरफ देखता—'इस टुच्चे खाने के लिए तुम अपनी जिन्दगी इन गलियारों में गला रहे हो, शर्म नहीं आती ?' दिन में बन्दर अधिकतर बाहर के बड़े-बड़े पेड़ों पर रहते, लेकिन शाम होते ही वे इस इमारत में उसी तरह घुसने लगते जैसे सवेरे इसमें काम करनेवाले आते थे। कुछ लोगों का मानना था कि ये बन्दर पिछले जन्म के सेक्रेटरी, अंडर सेक्रेटरी आदि थे। उन बेचारों की आत्माएँ सचिवालय, यहाँ की फाइलों, फाइलों पर पूर्वजन्म में लिखी गई उनकी टिप्पणियों… इन सबसे इस कदर बँधी हुई थीं कि वे इस जन्म में भी सचिवालय के इर्द-गिर्द डोलते रहते। नशा है भी वह जबर्दस्त। सचिवालय में काम करनेवाला जब किसी फाइल पर कोई नोटिंग करता है… यानी कोई नोट, टिप्पणी लिखता है तो उसे सालों बखानता है। एक संयुक्त सचिव की आदत ऐसी थी कि वे पन्द्रह-बीस पेज से कम कोई नोट लिखते ही नहीं थे। लिखने के बाद वह मुग्ध होकर देखते और बड़ी मिठास से अपनी पीठ थपथपाते हुए कहते—'यह नोट थोड़े ही है, पूरा उपन्यास है।' सचिवालय में काम करनेवालों के जीवन की सारी प्राप्तियाँ इन फाइलों में कैद होती हैं तो बिल्कुल हो सकता है कि ये मरते वक्त भी इन फाइलों, उनमें लिखे अपने नोटों

को उसाँस भर-भरकर याद करते हों और अगले जन्म में यहाँ के बन्दर हो जाएँ और सचिवालय में फाइलों के इर्द-गिर्द भटका करें। सचिवालय में घूमते बन्दरों की आँखें जो सामने पड़ गया जैसे उनसे कहती होती हैं—तुम क्या करोगे जो पिछले जन्म में हमने इन कुर्सियों पर बैठकर किया ''' हम बन्दर हो गए। तुम पता नहीं क्या बनोगे ?

बड़े अफसरों को इन बन्दरों से बड़ी नफरत थी ''' पर ज्यादातर अफसर इमारत को बन्दरों से खाली करवाने का काम नीचे श्रेणी के किसी अफसर का मानते हुए गलियारों से गुजर जाते, रोज गुजरते रहते। कभी किसी खर दिमाग अफसर को धुन चढ़ गई, उसने फटाफट फोन कराकर बन्दरों को पकड़वाया और जंगल में छुड़वा दिया ''' मुश्किल से आधा महीना गलियारे खाली रहते, धीरे-धीरे बन्दर फिर प्रकट होने लगते, उनकी संख्या तेजी से बढ़ने लगती। वे उतनी ही तेजी से बढ़ते थे जैसे कि सचिवालय की फाइलें। बन्दर नए-नए तरीकों से अफसरों को डराते थे। अफसर उनके डर से अपने कमरों की खिड़कियाँ-दरवाजे बराबर बन्द रखते। इधर कोई मोटा बन्दर बाहर ढिली किसी सुन्दर कार को चुनकर उस पर ऊपर के पेड़ से धम्म से कूदता, शाम को कार ऊपर से पिचकी मिलती।

बन्दर सब जगह घूमते-फिरते, बाथरूमों को छोड़कर क्योंकि वे इतने गन्दे होते थे। जिस तरफ मन्त्री और बड़े अफसरों की कतार थी उधर एकाध बाथरूम पाँचसितारा होटल शैली के बनावा लिये गए थे ''' उनमें एक साफ तौलिया भी पड़ा होता जो रोज बदला जाता, लेकिन बाकी बाथरूमों में बदबू, बीड़ी के टुकड़े, खखार भी होती। इन बाथरूमों के कारण इन इमारतों से और वितृष्णा होती। नया आगन्तुक अपने आपसे एक सवाल पूछता होता—देश के कर्णधार यहाँ बैठते हैं, जब वे अपनी ही दो इमारतों को साफ बाथरूम मुहय्या नहीं करा सकते तो पूरे देश को शौचालय कैसे दे पाएँगे ? वैसे कर्णधार इसका वायदा भी नहीं करते थे ''' क्या करना, पूरा देश ही खुला शौचालय है ! मन्त्री अफसरों के लिए अलग हैं ही। अच्छे बाथरूमों के अलावा मन्त्री और बड़े अफसरोंवाले इलाके के गलियारों में नारियल का लाल कार्पेट बिछा होता, बाकी जगह गलियारों में उखड़े पत्थर और धूल होती थी। निचली मंजिल पर साधारण अफसर, पहली पर मन्त्री समेत महत्त्वपूर्ण अफसर और ऊपरी मंजिल पर क्लर्क और सेक्शन अफसर बैठते थे। रख-रखाव पहली मंजिल का ही ठीक-ठाक होता था, वह भी उन हिस्सों का जहाँ मन्त्री और आला अफसर बैठते थे।

लम्बे ''' छोटी-मोटी सड़क की माफिक फैले गलियारे अपने आपमें भूल-भुलैया थे। एक बार वहाँ कोई घुसा तो कहाँ-से-कहाँ चलता हुआ कहाँ पहुँचेगा—कुछ कहा नहीं जा सकता था। कुछ-कुछ ऐसी ही चाल थी फाइलों की जो कहाँ से चलतीं कहाँ आ निकलतीं या कि कहाँ गायब हो जातीं—यह अच्छे-अच्छे नहीं बता पाते थे। लम्बे गलियारे, उनमें जहाँ-तहाँ उगे मोटे खम्भे ''' दूर से आतंकित करते थे, जैसे ऐलान करते होते कि एक बार भीतर घुसोगे तो इमारत तुम्हें दबोच लेगी, तुम मारे जाओगे।

उन दो विशाल इमारतों के इर्द-गिर्द बड़े दरख्त और हरे मैदान थे। गर्मियों में पेड़ों

के नीचे ताश की बाजियाँ बिछी होतीं, जाड़े की धूप में हरे मैदान आदमी-औरतों से पटे रहते। ताश खेलते लोग, मूँगफली खाते लोग, गपियाते और नहीं तो धूप खाते लोग ··· ये सचिवालय के कर्मचारी थे जिन्हें जितनी ज्यादा देर बाहर रहने को मिलता, वे बाहर ही रहना चाहते थे।

इमारतों में महत्त्वपूर्ण काम होते थे, तो वे वहाँ की सुरक्षा भी महत्त्वपूर्ण थी। सचिवालय में आने-जाने का नियन्त्रण रखने के लिए बाकायदे स्वागत कक्ष, रजिस्टर, गेटों पर सन्तरी, पास का सिस्टम ··· यह सब थे। यह बात दीगर थी कि जिसे बिना इस सबके चक्कर में पड़े सचिवालय में टहल आने का मन होता, वह आराम से हो आ सकता था, कोई किसी फाइल का जो कागज चाहे उठा ले जा सकता था। पर नया विभाग बनाना था तो आवन-जावन की देख-रेख के लिए एक पूरा-का-पूरा सुरक्षा विभाग बना दिया गया था। तब आनेवालों को रजिस्टर में नाम, पता, किससे मिलना आदि लिखना होता, जबकि मोहन्ती जैसे बड़े-बड़े अफसरों को एक पास मिल जाता था—लाल कार्ड। कार्ड हर वक्त कार्डधारी लिये रहे, वह घर में या कहीं छूट न जाए इस ख्याल से कार्ड को गले से लटकाने के लिए एक जंजीर भी दी जाती थी। इसे लोग गले में लटकाए रहते। इसलिए और भी कि जिसके गले में वह लटका हो, उसे सुरक्षा विभाग का सन्तरी सलाम ठोंकता, जबकि दूसरों पर वह गुर्राता था। मोहन्ती ने पास को पहली बार गले में लटकाया तो ऐसा लगा जैसे कुत्ते के गले में पट्टा कस दिया गया हो। शायद अब तक वे फिर भी आदमी थे, इस इमारत में आते ही पालतू कुत्ता हो गए थे।

साँचा

दीनदयाल जो कब से गायब था, जैसे अंडरग्राउंड हो,—मोहन्ती की पदोन्नति की खबर अखबार में निकलते ही सहसा प्रकट हो गया। बालों को झटका देता, चहकता हुआ चला आया मोहन्ती के घर, जैसे उस खबर से संसार में सबसे ज्यादा खुश अगर कोई था तो वही। इत्तफाक से वह भी मोहन्ती की ही जाति का था, तो निकटता जो वह मोहन्ती से बिठा रहा था उसमें वह रंग भी मिला लिया उसने ···

"मैंने कहा था न ··· आपको बनवाकर दम लूँगा। साले, अपनी जाति को आगे ही नहीं आने देते, दस तरह के अड़ंगे लगाते हैं।"

"कहाँ थे इतने दिनों ?" मोहन्ती ने हल्की चुटकी ली।

"भई, मैं उन लोगों में से नहीं हूँ जो करें तो कुछ नहीं और बाजा दुनिया-भर का बजाते फिरें। मैंने लोगों को लगा दिया था और जहाँ भी जाता जायजा लेता रहता। चन्द दिनों में ही वह हवा बँधी कि पूछिए मत। हर जगह बस एक ही नाम था—आपका।

उसके बाद क्या ... होना ही था। मन्त्री हो या प्रधानमन्त्री ... फिर ऐसे लोगों को इग्नोर करने में डरने लगते हैं जिनकी हर जगह उम्मीद की जा रही हो। लोग क्या कहेंगे ? उन्हें इस बात का बड़ा ख्याल रहता है।

"इस तरह देखें तो कुछ भी बन जाना बड़ा आसान है, है न ?"

"दिखता है ... लेकिन मैं तो नब्ज पकड़ता हूँ इन सालों की ! यों किसी से प्रधानमन्त्री या किसी और को सिफारिश करने के लिए कहो, तो दस तरह का मुँह बनाएँगे। तो मेरी स्ट्रेटेजी है कि महत्त्वपूर्ण लोग अपने आप, यों ही कहें ... जगह-जगह कहें, ऐसे जैसे उन्हें बहुत मतलब नहीं, कहकर गुजर जाएँ।"

"लेकिन जिन लोगों को कहना है और जिन्हें करना है, वे क्या यह खेल समझते नहीं ?"

"समझते होंगे ... लेकिन कहनेवालों को लगता है कि उनका कुछ जाता नहीं। नाम अच्छा है, उसका होना ही है तो चलो बहती गंगा में आप भी हाथ धो लो। नाम उछालने में क्या। उधर करनेवाले न करने से हिचकने लगते हैं फिर।"

"अलग-अलग लोग यों बोलें ... इससे ज्यादा आसान क्या यह नहीं है कि अखबारों में किसी व्यक्ति के बारे में अच्छा-अच्छा निकाल दिया जाए ?"

"नहीं, अखबार में नाम उछलने पर लोग चौकन्ने हो जाते हैं। वे वह कतई नहीं करना चाहते जो अखबार में आ रहा है ... तो हमें उल्टा चलना पड़ता है। जो काम न कराना हो उसे अखबारों में उछलवा दीजिए। आपने देखा मैंने अखबारों का सहारा नहीं लिया। अखबारवाली स्टेज तो अब आई है।"

इस बीच एक फोन आया, मोहन्ती उठकर चले गए और बात करने लगे। थोड़ी देर में वापस आए तो दीनदयाल गम्भीरता से बोला :

"अब आप फोन 'अटेंड' करनेवाला एक रख लीजिए ... उसे अच्छी ट्रेनिंग दीजिए। यों फोन पर सीधे आपका आना ठीक नहीं, तमाम तरह के लोग फोन करेंगे ... जाता क्या है उनका, तीन रुपए से भी कम। एक आदमी रहेगा तो जिनसे बात नहीं करना हुआ उससे कहलवा दिया—'नहीं हैं।' आप उन्हीं से बात करेंगे जिनसे बात करना चाहते हैं, उन सबसे नहीं जो आपसे बात करना चाहते हैं।"

"पर मैं सरकारी नौकर हूँ, फोन भी सरकार का है ... इसलिए कि जो कोई भी कुछ कहना चाहता है, मैं उसकी बात सुनूँ।"

"तो फिर आपको समय ही नहीं मिलेगा। फोन और अपने बीच एक को रखना पड़ेगा। सब यह करते हैं, इसी तरह मेन गेट के बाहर एक चौकी बनवा लें चौकीदार के लिए ... जो आए उसकी खबर भीतर लाने को—वह उसका नाम पूछे और 'देखते हैं कि साहब हैं कि नहीं' कहकर आए और बताए। नहीं मिलना तो कहलवा दिया कि कोठी में नहीं हैं। सब बड़े अफसर गेट पर चौकी बनवाते हैं।"

"फिर आप कहेंगे एक रजिस्टर रखवा लें जिसमें आनेवाला नाम, पता और ... " मोहन्ती ने हँसते हुए कहा।

"नहीं, वह हरगिज नहीं ... कभी नहीं, किसी मिलनेवाले का नामोनिशान नहीं छूटना चाहिए।"

मोहन्ती ने बहस आगे नहीं बढ़ाई। एक तो वैसे ही अफसरी जिन्दगी में नकलीपन कितना भरा होता है, ऊपर से यह सब पाल लो ! वे कुछ नहीं करेंगे ... जीवन में सहज चलना ठीक। फोन खुद ही उठा लिया तो क्या बड़ी बात हो गई।

"तो मैं वह अखबारवाली स्टेज की बात कर रहा था कि वह अब आई है। आप एक भारी-भरकम वक्तव्य तैयार कर लीजिए ... और धड़ से दे डालिए अखबार में कि आप यह करेंगे, वह करेंगे। बड़ी-बड़ी बातें, बड़े इरादे ... "

"अभी तो मैंने ठीक से काम भी नहीं समझा," मोहन्ती हँसे—"कि जान सकूँ क्या किया जा सकता है, क्या नहीं।"

"अरे, भाई ! करने को कौन कह रहा है। मैं तो कहने को कह रहा हूँ ... कहिए, सिर्फ कहिए। करता कौन है यहाँ और जो किया गया, उसे देखता कौन है। सुनते सब हैं—बड़ी-बड़ी बातें सबके कानों में जाती हैं।"

"यह तो गलत होगा कि मैं बड़ी-बड़ी चीजों का कहूँ और अच्छी तरह जानता होऊँ कि उनमें से एक भी न हो पाएँगी।"

"अजी जनाब ! सब यही करते हैं। उसके लिए बड़ा-बड़ा बोलना जरूरी है, बराबर। उससे पता लगेगा कि आप कितने कल्पनाशील, उत्साही, पहल करनेवाले पदाधिकारी हैं। आपको चर्चा में बने रहना है। 'हाई प्रोफाइल' चाहिए आजकल ... काम भले ही इतना-सा किया जाए, उसका प्रचार इतना ज्यादा हो कि लगे काम ही काम हो रहा है। आज जो कुछ दिखता है हमारे बल से, मीडिया के मार्फत ही। तो उसमें झोंकिए, झोंकते जाइए।"

"लेकिन मैं एक छोटा आदमी हूँ, भाई, कोई मुख्यमन्त्री या प्रधानमन्त्री नहीं हूँ। मीडिया की मुझमें दिलचस्पी क्यों हो। आप लोग उठाएँ गिराएँ राजनेताओं को, अधिकारियों को अपना काम करने दें ... वर्ना देश के लिए फिर काम कौन करेगा। फिर मेरे स्वभाव में भी यह नहीं है कि मैं चर्चा में स्वयं को बनाए रखूँ। जो पद मुझे दिया गया उसे विनम्रता से स्वीकारा और अपना काम पूरी नैतिकता और मेहनत से किया ... चुपचाप। यही मेरा स्वभाव रहा है।

"आप लो-प्रोफाइल हैं, आपको अपने आपको बदलना होगा।"

"अब मैं कौन फाइल हूँ, यह नहीं जानता। लेकिन फाइल नहीं, आदमी हूँ। अच्छा एक बात आप बताइए—क्या इस उम्र में पहुँचकर कोई अपने आपको बहुत बदल सकता है ?"

"फिर वही बात ! नहीं बदल सकते तो न बदलिए। जो चाहे बने रहिए, लेकिन दिखाइए वह, जो लोग देखना चाहते हैं—हाई प्रोफाइल !"

"हम खुद को वह दिखा भी नहीं सकते जो हम नहीं हैं। थोड़ी-बहुत कोशिश करके अपने को ढाँप लेंगे, लेकिन धीरे-धीरे वह खुल ही जाता है जो असल में हम हैं। और

जो हम नहीं हैं वह दिखाना गलत भी है।''

''सही-गलत में जाने की जरूरत ही नहीं है। सफल व्यक्ति की एक ही तस्वीर है हमारे समय में। आपको वह दिखना है, कुछ दूसरा नहीं। आप तो सफल व्यक्ति के साँचे में गीली मिट्टी की तरह खुद को डाल दीजिए ''

''मैं गीली मिट्टी हूँ क्या ? इस उम्र में कोई रह सकता है ?''

''तो साँचे के बाहर जो निकलेगा वह साफ न सही, थोड़ा धुँधला सही। वहाँ तस्वीर कौन है—यह दिखाने के लिए हम हैं न। लोगों को वही दिखेगा जो हम दिखाएँगे। आप क्या हैं, क्या नहीं क्या हो सकते हैं, क्या नहीं इस सबसे क्या ! आप वही होंगे जो हम लोगों को दिखाएँगे। आप न हुआ करें 'हाइ प्रोफाइल', हम आपको बना देंगे।''

''मैं चुप बैठा रहूँ तब भी ''

''आप चुप बने रहिए, अगर चुप रहना चाहते हैं।''

'' .... ''

''कहिए किसी और से लिखवा दूँ। वह ऐसे दिखाएगा कि वह आपसे पूछने आया और आपने यह कहा पर वहाँ गलतियाँ हो सकती हैं, वह आपके विभाग के बारे में क्या जाने। इसीलिए मैं कह रहा था कि आप लिखकर दे दीजिए। हम पेश यों करेंगे जैसे आपने चलते-चलते कुछ कहा—वही इतना ठोस और गहरा है देखकर लोग चौंक जाएँगे। तो लिख दीजिए, चार लाइनें ही तो लिखना है। आपसे शाम को ले जाऊँगा '' दीनदयाल ने उठते हुए कहा—''सिर्फ एक पैरा, जिसमें बढ़ा-चढ़ाकर कहा जाए कि आप ये-ये करने की सोच रहे हैं, आपके लक्ष्य ये हैं, इरादे ये हैं उसे टी. वी. के सभी चैनल्स और खास-खास अखबारों में आपकी तस्वीर के साथ फ्लैश कर दिया जाएगा। कुछ दिनों अखबारों में रुक-रुककर यह चलेगा, उस पर प्रतिक्रिया, बातचीत फिर आपका एक डिटेल्ड इंटरव्यू लिया जाएगा—उसे बड़ी पत्रिका या किसी बड़े अखबार की संडे मैगजीन में दिया जाएगा, आपकी फोटो के साथ। आपको भी अच्छा लगेगा देखिएगा।''

''क्या कोई और मैटर नहीं आप लोगों के पास छापने को ? किसी अफसर की पदोन्नति जो एक निहायत रूटीन घटना है, उसे इतने विस्तार से महीनों छापते रहेंगे ?''

''मैटर क्यों नहीं, कई हैं, ढेरों सामग्री है लेकिन यह तो हम तय करेंगे न कि अखबार या मीडिया का क्या इस्तेमाल करें। कितने अफसरों की नियुक्तियाँ-पदोन्नतियाँ रोज होती रहती हैं लेकिन सब तो इस तरह फ्लैश नहीं की जातीं। यह हम तय करते हैं कि किसे फ्लैश करना है किसे नहीं किसे कहाँ तक करना है। अच्छा मैं चलूँगा, मुझे एक-दो वी.आई.पी. से मिलना है। शाम को आता हूँ। आप बहुत सोचिए नहीं, आपको कुछ नहीं करना है बस एक वक्तव्य देना है, सब देते हैं। बाकी मैं हूँ न। उसके बाद आप इत्मिनान से अपना इंटरव्यू बनाने में लग जाइए—आप ही सवाल लिखिए, आप ही जवाब ''

मोहन्ती चौंके—"यह क्या इंटरव्यू हुआ। वे सवाल जो मैं ही अपने आपसे पूछने के लिए बनाऊँगा—उन्हें दूसरा आदमी जो अखबार में इंटरव्यू लेता दिखाया जाएगा ... वह उसे कैसे स्वीकारेगा।"

"आदमी एक नहीं हजारों मिल जाएँगे," दीनदयाल हँसा—"चलिए इंटरव्यू लेनेवाला मैं हूँगा, बस। आपके लिखे सवाल मैं पूछता दिखूँगा। थोड़ा विश्वसनीय बनाने के लिए कुछ ऐसे सवाल भी डाल दीजिएगा जो असुविधाजनक दिखें, आलोचनात्मक हों ... जिससे लगे मामला बना-बनाया नहीं है।"

दीनदयाल ने अपने घने बालों को फिर झटका दिया, ऊपर की तरफ सँवारा और अपना 'मोबाइल' थाम चल दिया। मोहन्ती सोचते हुए पीछे छूट गए—इस आदमी ने कुछ तो नहीं किया उनके लिए अब तक, लेकिन कैसा महत्त्वपूर्ण स्वयं को बनाए हुए है ... हवा में ही। ऐसे ही नहीं वह हवा बाँधने की बात करता है। इंटरव्यू लेनेवाला भी वही होगा तो संसार को यह जता देगा कि वह अध्यक्ष के कितना करीब है ... आओ मेरे पास, काम लेकर आओ ... मैं मोहन्ती से करवा दूँगा। मोहन्ती ये चालें समझते थे, लेकिन उस सबको रोकने के लिए कुछ कर नहीं पाते थे।

मोहन्ती की डायरी से : सुबह

कल शाम दीनदयाल आकर वक्तव्य ले गया। इस बार वह गायब नहीं हुआ क्योंकि अखबारों में जल्दी देना था। जब जहाँ मुस्तैद होना होता है, वह हो लेता है। जैसा उसने कहा था मैंने वैसा ही बना दिया, बढ़ा-चढ़ाकर ... लिखा कि ये-ये काम करने की मैं सोचता हूँ ... सोचता भले होऊँ—यहाँ तक सच था लेकिन वे खोखले वायदे थे—यह भी सच था; मैं जानता हूँ मैं वह सब नहीं करूँगा क्योंकि वे काम आज की परिस्थिति में हो ही नहीं सकते, किसी के द्वारा नहीं किए जा सकते। जैसा दीनदयाल ने कहा था, मैं मशीनवत वैसा करता चला गया। अन्तरात्मा ने कहीं कुरेदा कि गलत वक्तव्य दे रहा हूँ तो वह आवाज मैंने ही दबा दी, सोचा कि सब ऐसा करते हैं, किसी महत्त्वपूर्ण पद पर नियुक्त होते ही।

वह ले गया तब मुझे लगा—गलत हो गया। अखबारवाले मेरी जो छवि बनाएँगे वह झूठी होगी, जिस तरह बनाते हैं वह झूठ। एक झूठ के ऊपर दूसरा झूठ, दूसरे के ऊपर तीसरा। इस तरह झूठ की ईंट पर ईंट जमाते हुए एक पूरी की पूरी इमारत खड़ी कर दी जाती है। जहाँ सबकुछ झूठ पर चल रहा हो या चलाया जा रहा हो, वहाँ समाज के लिए क्या हो सकेगा ? जिसे जो काम मिला, जिससे समाज का कुछ फायदा होनेवाला है, वह करने की चिन्ता न उसे है, न किसी को है ... अपनी इमेज बनाने की चिन्ता सभी को है ताकि आपकी छवि अपने से बड़ी दिखाई दे, आप इस पद के लिए तो जरूरत से ज्यादा उपयुक्त दिखें ही और भी बड़े पदों के लायक आपको माना जाए। आपकी छवि बनाने की चिन्ता आपके हितैषियों (?) को भी होगी ... ताकि उनका लाभ होता रहे, बड़े पदाधिकारी का करीबी होने का विज्ञापन होता रहे, उनका स्टेटस उठ

जाए। यह है भाइयों की सोच ··· जो आज मेरा भी बन गया है, मैं किस आसानी से समाज में जो व्यापक स्तर पर झूठ का व्यापार चल रहा है, उसका हिस्सा बन गया !

कितनी अजीब बात कि मीडिया, जो चीजों के निष्पक्ष आकलन के लिए है—जनता के सामने चीजों का सही जायजा प्रस्तुत करना—वह पहले से ही तय कर लेता है, बाकायदे एक सोची-समझी गई साजिश के तहत—इसे गिराना है उसे उठाना है ··· और इस तरह झूठ को सच बनाने में लगातार लगा हुआ है। दरअसल सभी अपनी तरफ 'पावर' घसीटने में लगे हैं। मीडिया ने देखा कि नेता और अफसर अपने पावर गेम्स खेलते रहते हैं तो वह पीछे क्यों रहे, उसने भी पावर को अपनी तरफ खींचना शुरू किया। रामेश्वर कहता था कि अखबारवाले इसे उठाएँ, उसे गिराएँ ये तो बड़ी छोटी चीजें हैं। वे आजकल बहुत बड़े गेम्स खेलते हैं। अन्तर्राष्ट्रीय स्तर पर उन्हें पैसा मिलता है कि फलाँ देश की फलाँ सरकार को गिराना है ··· और ये लोग पिल पड़ते हैं। एकाएक उस सरकार के खिलाफ धुआँधार निकलना शुरू हो जाएगा ··· एक से एक सनसनीखेज खबरें, कहाँ तक इनकार करेंगे लोग और कैसे। एक पर एक झूठ निकालते चले जाओ, आखिर में वही सच दिखने लगेगा। हिटलर के गोइबल्स की तो थू-थू हुई थी, आज की मीडिया के इस हथकंडे को लोग बड़े स्वाभाविक ढंग से लेते हैं ··· जैसे कि उनका काम ही यह हो। अन्तर्राष्ट्रीय और राष्ट्रीय माफिया हैं ये। तटस्थ होकर सिर्फ सच को प्रस्तुत करें ··· जिसके लिए प्रेस नाम की संस्था शुरू हुई थी, जनतन्त्र में जिसके लिए उसका महत्त्व गाया जाता है ··· वह तो कब का गया। अब तो डाकू हैं ये सब, वैसे ही आक्रामक, खूँखार !

कितनी आसानी से सरक जाते हैं लोग गलत कामों में, जैसे संस्था के स्तर पर मीडिया सरक गया, व्यक्तिगत स्तर पर मुझ जैसे लोग सरक रहे हैं, रोज-ब-रोज—यह जानते हुए कि झूठ में, गलत में गिर रहे हैं। और भी वहीं जा पड़ेंगे, क्योंकि सब गिर रहे हैं। दीनदयाल जो अपने गलत तौर-तरीकों का अलानिया बखान करता है, उनकी वाहवाही करता है ··· जिसका अपना कोई व्यक्तित्व नहीं जो सिर्फ मीडिया-मशीन का एक पुर्जा है, वह मुझे ··· एक साबुत आदमी, जो अपने गुणों-दुर्गुणों से परिचित है, उनके स्पन्दन महसूस करता है ··· उसको वह यों चलाता है, जैसे मैं कोई स्कूल का बच्चा हूँ—जो-जो वह बताता है, मैं चुपचाप करता चला जाता हूँ। कितना गिर गया हूँ मैं ··· बिना रीढ़ की हड्डी का आदमी ! मेरे अपने कोई विश्वास नहीं, मूल्य नहीं, अपनी कोई सोच नहीं ··· हवा जिधर को बहा ले जाए, बह चले। एक साधारण-सा दीनदयाल जैसा आदमी जो पढ़ाई-लिखाई में, सोच-विचार में ··· सब मामले में मुझसे कम है, वह मुझे हुक्म देता है और मैं सबकुछ करता जाता हूँ ··· एक इस बिना पर कि सब ऐसा करते हैं। मैं अब किसलिए यह सब करता हूँ ? चलो पहले तो अध्यक्ष बनना था, अब क्या बनना है, अब कौन-सा लालच है ? कोई अज्ञात लालच या शायद सिर्फ आदत ··· जो पिछले दिनों पड़ गई है—कुछ फायदा ही होगा इससे, यह सोचकर मैं कुछ भी करता चला जाऊँगा। मुझे यह बदलना होगा। मोहन्ती ! रोको खुद को।

मोहन्ती की डायरी से : रात

आज पहली बार दफ्तर में नौ बजे रात तक बैठना हुआ। मन्त्रीजी से कल दस बजे कोई मिलने आनेवाले हैं। उनके मामले पर मन्त्री महोदय ने एक 'डिटेल्ड नोट' माँगा। बताते हैं कि इस मन्त्री के पहले जो मन्त्री थे वे आनेवाले की दरख्वास्त रख लेते थे और फिर उसे नीचे टिप्पणी के लिए भेज देते थे। इस तरह वह आफत नहीं मचती थी जैसी आज मची। साढ़े-पाँच बजे जब दफ्तर बन्द होता है तब मन्त्रीजी ने बताया कि फलाँ आदमी का जो मामला पड़ा हुआ है उस पर नोट चाहिए। तब तक स्टाफ के लोग जा चुके थे ⋯ और इस सचिव के बच्चे को तो देखो, उससे मन्त्री ने कहा और वह फट से मान गया। 'जी-हुजूरी' की आदत जो पड़ी है। क्यों इनमें सच बोलने की हिम्मत नहीं पनप पाती ? क्यों नहीं वह कह सका कि इस वक्त सब लोग जा चुके हैं, जिसके पास फाइल होगी वह भी निकल गया होगा, वह सवेरे दस के पहले आएगा भी नहीं, ऐसे में विस्तृत नोट कब और कैसे तैयार किया जा सकता है ⋯ कि ऐसी प्राइवेट पार्टियाँ रोज अपने अनाप-शनाप कामों के लिए आवेदन लेकर आएँगी, सबके लिए अगर 'डिटेल्ड नोट' बनवाएँगे तो कितना फिजूल का काम बढ़ेगा। अगर मन्त्रीजी फिर भी जरूरी समझते हैं तो कल बन जाएगा नोट। सचिव का क्या ⋯ मैं ही क्यों नहीं मन्त्री के पास सीधे चला गया और बोल आया। नया हूँ ⋯ फिर मेरे और मन्त्री के बीच एक अधिकारी है—सचिव। मैंने सचिव से जरूर वह सब प्रतिरोध में कह डाला। उस पर कोई असर नहीं हुआ। "क्या फर्क पड़ता है," वह बोला—"थोड़ा तकलीफ उठाकर उनके 'इगो' को सन्तुष्ट कर दिया, एक से एक झक्कवाले मन्त्री आते हैं ⋯ ये तो कुछ नहीं है, ब्रीफ ही तो माँग रहे हैं !"

मैं हैरान रह गया ⋯ इस स्तर के अफसरों की सोच यह हो गई कि काम और काम में फर्क नहीं पहचानते—एक मन्त्री का प्राइवेट जैसा काम एक समाज के लिए किया जाता काम !

सचिव ने मन्त्री से एक बार भी कुछ नहीं कहा, उनका आदेश सिर-माथे पर लगा सीधा मेरे कमरे में आ गया था ⋯ इत्तफाक कि मैं घर के लिए निकला नहीं, दफ्तर में था, नहीं होता तो भी क्या, घर से बुला लिया जाता। जब यह पता चल गया कि सम्बन्धित क्लर्क जा चुका है तो सचिव ने एक तरकीब सुझाई, बोला—"मामला मुम्बई का है, वहाँ फोन लगाकर फैक्ट्स ले लो। मुम्बई के दफ्तर सवा-छः बजे बन्द होते हैं, तो वहाँ लोग मिल जाएँगे," अपनी इस सूझ पर वह बेहद खुश हुआ। फिर स्टेनो और मैं बैठे ⋯ फोन पर फोन लगाए गए ⋯ फोन पर ही तथ्य इकट्ठे किए गए—कोई चिन्ता नहीं कितनी लम्बी बात, कितने फोन, कितना खर्च। नोट डिक्टेट किया, टाइप हो गया, कल के लिए सारी तैयारी करके निकलना हुआ।

सचिव का क्या ⋯ उसे तो आदत है—जब तक मन्त्री बैठा है, वह भी बैठा रहेगा। मन्त्री ज्यादा देर को बैठा तो सचिव अपने पी.ए. को यह बताकर कि राउंड पर जा रहा हूँ, टहलाव के लिए निकल पड़ता है। जिस किसी के कमरे में लाइट देखी, वहाँ

बैठ गए गप्प लगाने। गप्पें क्या ... अपनी तारीफें—मैंने यह नोट लिखा, मैंने मन्त्रीजी को यह समझाया, मन्त्री को मेरी बात माननी पड़ी। थोड़ी देर बाद वापस अपनी जगह। इस बीच मन्त्री ने पुछवाया तो 'राउंड पर गए हैं', बाद में मन्त्री बुलवा लें तो ठीक ... वर्ना खुद ही किसी बहाने उसे प्रभावित करने के ख्याल से कोई फाइल लिये उसके पास पहुँच गया और ऊटपटाँग कुछ बातचीत करके चला आया। सिक्का जम गया अपने देर तक बैठने का, काम के प्रति बेहद गम्भीर होने का। सचिव ... सरकार का सबसे बड़ा पद, उस स्तर पर भी ये बचकानी हरकतें ! ताज्जुब होता है इन अधिकारियों को देखकर। कितना उथला व्यक्तित्व लगता है इनका। कभी अच्छे विद्यार्थी थे ये। शिक्षा ने इनका चरित्र क्यों नहीं बनाया ?

सब जानते हैं, मन्त्री फाइल से अलग यह नोट क्यों चाहता है ... इसलिए कि वह सबकुछ जान ले, यह खासतौर से कि इस काम के होने की गुंजाइश है तो कितनी ... कहाँ तक ... उस हिसाब से काम हो जाने की बात करे, तय-तवा करे। हम अफसर लोग क्या इसी के लिए रह गए हैं कि मन्त्री के ऐसे काम आसान कराएँ। यह कौन-सी देश-सेवा हो रही है। मन्त्री अपनी सेवा कर रहा है, हम मन्त्री की सेवा कर रहे हैं ... बस।

निकलते-निकलते नौ बज गए। पीली रोशनी में लिपटे बड़े-बड़े खम्भोंवाले गलियारे ... खाली, मनहूस लग रहे थे। जहाँ-तहाँ बन्दर घूम रहे थे। एक सँकरे रास्ते जहाँ से हमें निकलना था वहीं चार-पाँच पसरे हुए थे ... मेरे साथ मेरा स्टेनो था जिसने नोट टाइप किया था। उसने बताया—"साहब, ये बन्दर यहीं रहते हैं, आप इनकी आँखों में मत देखिएगा, लौटिए नहीं, इधर-उधर भी कतई नहीं होइए वर्ना ये समझेंगे कि आप डर गए और आप पर सवार हो जाएँगे। सीधे चलते चले जाइए," हम जब उस रास्ते से गुजरे तो बन्दर जरा भी टस से मस नहीं हुए ... ऐसे ढीठ ! मेरा पैंट तो एक को छूते हुए निकल गया। भीतर धुकधुकी चल रही थी। किसी तरह पार हुए। गुस्सा आया इस वाहियात मन्त्री पर। अगर कोई बन्दर मुझे या मेरे स्टेनो को काट ले तो कौन हरजाना भरेगा ? क्या हर काम इतना जरूरी है कि देर रात बैठना ही है ! यह काम कहाँ से इतना महत्त्वपूर्ण था ? सिर्फ एक व्यापारी ... उसका कई मामलों में से कोई एक मामला ... वह अपने काम से मन्त्री से मिलेगा ... उसके लिए इतनी तैयारी। इन मन्त्रियों ने अपने सामने कौन-सा वरीयताक्रम रखा है ? क्या फायदा इनकी बुद्धि का जो अपना वरीयता-क्रम मूल्यों के आधार पर नहीं बिठा सकते। उनकी वरीयता-क्रम में व्यक्तिगत लाभ सबसे पहले है !

यह इमारत हस्पताल से गई-गुजरी है ! हस्पताल तो आदमी ठीक होने जाता है, सचिवालय में बीमार पड़ने आता है। यहाँ बड़ी मनहूसियत है ... दहशत महसूस करने लगा हूँ।

लोग कहते हैं ये इधर-उधर डोलते हुए बन्दर नहीं हैं ... भूत-चुड़ैल हैं, प्रेतात्माएँ ! ये क्या ढूँढ़ती फिरती हैं इस इमारत में ?

यह दफ्तर है या कि श्मशान। उन प्रेतात्माओं और हममें फर्क क्या है ? यह जगह थी, जहाँ पहुँचने के लिए इतनी मेहनत की थी मैंने ?

गोलियों का खेल

मोहित अब तक नहीं पहुँचा था तो इस वजह से कि मुम्बई में था लेकिन बधाई उसने फौरन ही और बहुत गर्मजोशी से दी थी। उसके स्वर में उसका उत्साह फटा पड़ रहा था। अब बिना नागा रोज सवेरे उसके फोन आते, समय भी करीब-करीब तय ··· सात बजे, जैसे एक खास वक्त पूजा पर बैठना ही बैठना है। रोज-रोज वह फोन इसलिए करता था ताकि मोहन्ती के पास से कुछ मसाला बटोर ले जिसे उन लोगों के सामने परोसा जा सके जिन पर मोहित को अपना रोब बैठाना था—'कल अध्यक्ष के कार्यालय में यह हुआ, अध्यक्ष परसों कलकत्ता जा रहे हैं, तबादले के लिए नामों की लिस्ट बनना शुरू हो गई है, आदेश निकलने में तो अभी समय लगेगा, मोहन्ती आज फलाँ से मिलने जा रहे हैं ··· सवेरे ही तो बात हुई उनसे ···' मोहित से जो ऐसी बातें सुनते उनके मुँह खुले रह जाते, उन्हें यह जानकर हैरत होती कि मोहित अध्यक्ष का इतना करीबी है। रोज फोन करना इसलिए भी जरूरी था ताकि मोहित अपनी सूचनाओं में 'अप टू डेट' रहे। यहाँ बासी खबरों से काम चलनेवाला नहीं था। मोहन्ती से अपनी बातचीत वह 'अरे बाबू' करके शुरू करता। उनके अध्यक्ष बनने में उसे जबर्दस्त खुशी थी और इसको टुकड़ों में वह हर बार जाहिर करता, उस बात का जिक्र ला-लाकर बताता कि कैसे उसने समय रहते दूसरों की चालें नाकाम कर दीं और मोहन्ती की गोटी फिट कर डाली। मायाप्रसाद की चालें वह विस्तार से बताता ··· ज्यादातर अपने मन से गढ़ लेता और फिर उन चालों की अपनी काट बताता। मोहन्ती को अध्यक्ष बनवाने में मोहित का सीधा हस्तक्षेप भले ही कहीं न रहा हो, लेकिन जिन-जिन लोगों से उसने मोहन्ती की मुलाकात कराई थी उनका योगदान किसी न किसी रूप में हुआ था और इस बात का पूरा श्रेय मोहन्ती मोहित को देते थे, उसके आगे की उसकी बातों को जरूर मन ही मन खारिज करते चले जाते।

"मैंने कच्ची गोलियाँ नहीं खेलीं, बाबू। अपने पास आदमी चुन-चुनकर रखता हूँ। ये दीनदयाल, पृथ्वीसिंह ये कोई साधारण आदमी नहीं हैं ···" वह आँखें निकालकर पूर्ण मुग्ध मुद्रा में यों कहता जैसे ऐसे लोग संसार में न पहले कभी पैदा हुए थे, न होंगे ··· और मोहन्ती सोचने लग जाते कि ये लोग वही तो हैं जिन्हें गँवई-गाँव की भाषा में 'चमचे' और सभ्य शहराती भाषा में 'लायजाँ अफसर' कहा जाएगा। मोहित को उन लोगों का व्यक्तित्व इतना बड़ा कैसे दिखता है ? जो काम फूहड़ ढंग से राहुल करता

है, वही थोड़ा सभ्य तरीके से दीनदयाल और पृथ्वी करते थे। फर्क कहाँ है ? दोष मोहित का भी नहीं था क्योंकि उसका स्तर ही यही था। आखिर वह क्या था—एक व्यापारी। जहाँ पैसा ही सर्वोपरि मूल्य हो वहाँ आदमी आँकेगा तो किस आधार पर, किन निकषों पर ? किसी को राजनेताओं और अफसरों के तबके में आते-जाते देखा, मुग्ध हो गया ⋯ मान लिया कि उस आदमी ने तरक्की की है, वह जीवन में आगे बढ़ा है। अगर वह आदमी आगे आया भी है तो किस तरह और किन चीजों के लिए—वहाँ मोहित की सोच जाती ही नहीं थी।

मोहित जल्दी ही राजधानी आया और फिर जैसा कि तय था शाम को ही मोहन्ती के घर पहुँच गया ! उसके हाथ में एक बड़ा गुलदस्ता था, हालाँकि मोहित के यहाँ से फूल पहुँच चुके थे और मोहन्ती के यहाँ भी गुलदस्तों का मौसम अब करीब-करीब जा चुका था। वैसे गुलदस्ता क्या—जब जाओ लिए जाओ। गुलदस्ता पकड़ाने के बाद मोहित अपनी आम मुद्रा में आ गया, हाथ में मोबाइल और डेढ़ आँख से सबको सामने देखता हुआ। उसका चेहरा पिघलकर शरबत हुआ जा रहा था। उस समय कमरे में चार और लोग थे। मोहन्ती ने जान-बूझकर किसी का परिचय किसी से नहीं कराया। मोहित टटोलता रहा, खुद को जनाने की भी बड़ी बेचैनी थी उसमें। आखिर मोहन्ती के यहाँ आना-जाना ही काफी नहीं था, लोगों को पता भी तो चले ! यह क्या जंगल में मोर नाचा किसी ने न देखा ! लोग जानें तो कि वह मोहन्ती को जानता था। यहाँ जो मिलें, उनसे परिचय हो, उन पर प्रभाव पड़े कि वह मोहन्ती का करीबी है, कुछ नए सम्पर्क बनें बड़े लोगों से ⋯ यह सब भी तो होना चाहिए। इसलिए वह उन व्यक्तियों को, जो मोहन्ती के पास बैठे थे ⋯ उनकी आँखों में आँख डालकर देखने की कोशिश कर रहा था, जैसे कि पहचानने की कोशिश कर रहा हो या पहचान स्थापित करने के लिए आमन्त्रित कर रहा हो ⋯ कि देखो तुमसे ज्यादा घनिष्ठ मोहन्ती का मैं हूँ।

एक बात की तारीफ़ करनी होगी। दूसरों की उपस्थिति में मोहित मोहन्ती से इतना बेतकल्लुफ नहीं होता था जितने का खतरा था और जिस हद के सम्बन्ध उसके बन गए थे। यह बात मोहन्ती को अच्छी लगती थी। ऐसा नहीं था कि मोहित यह किसी लिहाज के कारण करता हो। उसका तजुर्बा था कि बड़े अफसर एक इस बात से बहुत तुनक जाते हैं। दूसरों के सामने उनसे करीने से पेश आओ, उनकी इज्जत करो, सामनेवाले से उनके औपचारिक सम्बन्ध ही हैं—ऐसा दुनिया को दिखाना अफसरों को अच्छा लगता है। अकेले में चाहे उनसे जितनी बेतकल्लुफी कर लो, दूसरों के सामने छूट लेने की कोशिश की तो कहो तो सम्बन्ध ही खत्म हो जाएँ। इसलिए मोहित बहुत सँभलकर रहता था ⋯ छुरे की धार पर चलना था यह कि सामनेवालों को जता भी दो कि तुम उस अफसर के करीबी हो और अफसर को कहीं यह न लगे कि तुम उस घनिष्ठता को जता रहे हो।

जैसे ही एकान्त हुआ, मोहित बेतकल्लुफी पर उतर आया।

"भाभी कहाँ है ?"

"क्यों कोई खास बात।"

"यह मेरे और उनके बीच की बात है, आपकी दखल की जरूरत नहीं है।"

और उसने हाल से ही आवाज लगाई—"भाभी !" श्रीमती मोहन्ती उधर से आईं तो वह स्वयं ही उठकर दाहिनी टेबल की तरफ चला गया। उन दोनों के बीच कुछ फुसफुसाहट चल निकली। मोहन्ती ने देखा कि मोहित अपनी जेब से कानों के टॉप्स का पैकेट निकालकर दिखा रहा है और दोनों की कुछ मन्त्रणा चल रही है। श्रीमती मोहन्ती उस डिजाइन से बहुत सन्तुष्ट नहीं थीं इसलिए अपनी तरफ से कुछ बता रही थीं। मोहित उन्हें इस बात के लिए राजी करने की कोशिश कर रहा था कि वे इस सेट को रख लें, उनके मन की डिजाइन के हिसाब से दूसरा सेट बनकर आ जाएगा।

श्रीमती मोहन्ती ने हल्का प्रतिवाद किया कि वे दो का क्या करेंगी। मोहित ने अपनी कोमल गोरी-गोरी उँगलियों से सेट को श्रीमती मोहन्ती की हथेली में एक तरह से धकेल दिया और खुश-खुश उस तरफ को चला आया। मोहन्ती बेचारे को दखल देने की मनाही पहले ही की जा चुकी थी। वे क्या कहते। मोहित से सम्बन्ध कोई आज के नहीं हैं, वह घर के आदमी जैसा हो भी गया है और उसने एक बार नहीं कई बार यह साफ किया है कि उसका कोई काम मोहन्ती के यहाँ न है, न पड़नेवाला है। किसी बड़े पद पर पहुँचने के यह मायने तो नहीं होते कि आपके सम्बन्ध ही लोगों से खत्म हो जाएँ या उन्हें निबाहा न जाए। मोहित उनके घर में खाना खा चुका था, होटल की बजाय वह यहाँ ठहर भी सकता था। अब अगर टॉप्स लौटाकर कोई सूखापन दिखाया जाता तो अभद्रता होती। मोहन्ती सिर्फ मुस्कुराते रहे।

जल्दी ही मोहित वापस आकर अपने सोफे पर बैठ गया, फर्श पर अपने काले जूतों की चमक और बिखेरता हुआ।

"अब साहब धमाके से एक चीज होनी चाहिए। अच्छे और बढ़िया लोगों को सही-सही जगह फिट कर डालिए।"

"सब होगा, धीरे-धीरे," मोहन्ती ने कहा—"मुझे थोड़ा समय सोचने और सभी लोगों को जानने के लिए चाहिए। वो अभी मिला ही कहाँ।"

"चुन-चुनके ऐसे लोगों को महत्त्वपूर्ण जगह पर बैठाया जाए जो रिटायर होने के बाद भी अपना ख्याल करनेवाले हों ... माने 'लॉयल' अफसर ... "

यहाँ भी वही—'लॉयल'। इन्दिरा गाँधी ने लॉयलिस्ट की नई जाति विकसित की तो कांग्रेस उसे चलाए चली जाए—यह समझ में आता है। दूसरी राजनीतिक पार्टियाँ उस संस्कृति को अपनाने लगें ... वह भी समझ में आता है, लेकिन सभी क्षेत्रों में वह एक मूल्य की तरह सामने रखा जाए—वह वैसी ही फूहड़ बात थी जैसे सिनेमा के गानों की अन्ताक्षरी या कि सिनेमा के गानों को अच्छा गा लेने से किसी को मान लिया जाए कि वह बढ़िया गायक है ... या कि फलाँ फिल्म में हीरो या हीरोइन यह करते हैं इसलिए जीवन में वैसी स्थिति उत्पन्न होने पर वही किया जाए ...

"मैं विभाग में अभी बहुत लोगों को नहीं जानता। बाद में ख्याल करनेवाले ... यह

सोचना ही बेकार है, क्योंकि तब कोई ख्याल-वाल नहीं करता," मोहन्ती ने कहा।

"ऐसा नहीं है बाबू ! मैं आपको आधा दर्जन नाम अभी इसी वक्त दे सकता हूँ जिन्होंने अपने सीनियर्स का ख्याल उनके रिटायर होने के बाद भी किया ⋯ और खूब किया। आप नहीं जानते विभाग के बारे में लेकिन मैं तो घूमता ही रहता हूँ इन लोगों के बीच। एक बात और ⋯" मोहित ने धीमे से कहा और उठकर उस दीवान पर चला आया जहाँ मोहन्ती बैठे हुए थे। करीब-करीब सटकर, मोहन्ती के हाथ को दबाते हुए उनके कान में फुसफुसाते हुए बोला :

"बाबू ! यह समय हमेशा नहीं रहनेवाला इसलिए तेजी से इसका इस्तेमाल जरूरी है। आप बाकायदे प्रोजेक्ट बना लीजिए। आपके पास 12 महीने हैं, तो माने 12 करोड़, हर महीने एक करोड़। यह रकम रिटायरमेंट के बाद काम आएगी, वक्त जरूरत के लिए वक्त के रहते रकम खड़ी कर लेना चाहिए। बाकायदे प्लान करके टारगेट बनाइए और उसे पूरा करने के लिए अपने चेलों में बाँट दीजिए। बताइए मेरे लिए कितना हुक्म है। कब से लाना शुरू करूँ लोगों को ?"

मोहन्ती हक्के-बक्के रह गए। यह तो एक समानान्तर दफ्तर खोल देने जैसा हुआ—मोहित लोगों से रकम तय करेंगे, मोहन्ती से मिलाएँगे, लोग अपना काम मोहन्ती को बताएँगे, मोहन्ती काम कर देंगे या करवा देंगे, मोहित पहले एडवांस और बाद में शेष रकम की वसूली करेंगे। यह तो बना बनाया ⋯ सेट धन्धा था, जिसमें एक आदमी के किसी महत्त्वपूर्ण पद पर पहुँचते ही बिचौलिए अपना और उस अधिकारी—दोनों का काम जमवाने के लिए आनन-फानन आसपास उग आते थे।

मोहन्ती ने अपना हाथ धीरे से मोहित की गिरफ्त से छुड़ाना चाहा लेकिन मोहित ने छोड़ा नहीं। आखिर मोहन्ती ने थोड़ा जोर लगाकर हाथ खींचा और दीवान पर थोड़ा दूर बैठ गए। मोहित और उनकी तरफ खिसक गया।

"आपने बताया नहीं ?"

"मैं यह सोच रहा हूँ कि इतना रुपया मैंने इकट्ठा कर भी लिया तो उसका करूँगा क्या, चलो वह तो बाद की बात है फिलहाल उसे रखूँगा कहाँ।"

"मैं हूँ न ⋯"

"और रिटायर होने के बाद मैंने माँगा और आप मुकर गए तो ?"

"क्या मजाक करते हैं ⋯" मोहित हँसता गया, फीकी हँसी।

"मजाक की बात नहीं, ऐसा हुआ है लोगों के साथ। अक्सर ऐसा ही होता है। अच्छा चलो मान लिया कि तुम दूसरी तरह के आदमी हो, ऐसा नहीं करोगे ⋯ लेकिन इसकी तो कोई गारंटी नहीं कि जीवित ही रहोगे ⋯ अगर स्वर्ग चले गए तो उन रुपयों का क्या होगा ?"

मोहित मुँह खोलकर मोहन्ती की तरफ ताकने लगा ! कभी वह संसार में नहीं होगा ⋯ यह बात उसके गले के नीचे नहीं उतर रही थी। ऐसा हो सकता है क्या !

"देखिए श्रीमान् मोहितजी," मोहन्ती ने इस बार दृढ़ता से कहा—"मुझे इस सबमें

कोई दिलचस्पी नहीं है और न ही मैं इसके लिए इस पद पर आया हूँ।"

"अरे बाबू, मैंने बहुत लोगों को ऐसी ही बातें करते देखा है जब वे कुर्सी पर होते हैं, लेकिन बाद में उन्हें अफसोस करना पड़ा है।"

"ये बात नहीं, मोहित। मुझे रुपयों में इसलिए दिलचस्पी नहीं है कि मेरी समझ में नहीं आता कि एक सीमा के आगे हम रुपयों से क्या पा सकते हैं। क्या है रुपया।"

मोहित आश्चर्य से मोहन्ती की तरफ देखने लगा—"अरे !" उसने कहा—"रुपया ? मनी इज पावर।"

"ताकत का भी एक समय के बाद क्या करना।"

"अरे बाबू ! हमारे समाज में जिन्दा रहने के लिए ताकत की जरूरत है। लोग जीने नहीं देते अगर आपके पास पैसा न हो या अगर आप किसी प्रभावशाली पद पर न हों। ऐसा मूर्ख समाज है हमारा। ये कोई पढ़े-लिखों का देश नहीं है, इसलिए कहता हूँ कि इस बहस में न पड़िए और सीधे-सीधे अपनी टारगेट फिक्स करके उसे चुनिन्दा लोगों में बाँट दीजिए।"

"मोहित ! मेरे ख्याल में यह विषय हम रहने ही दें। आप मुझे समझ नहीं सकेंगे और इससे हमारी दोस्ती पर भी असर पड़ेगा।" कहते हुए मोहन्ती दीवान से उठ गए और पास पड़े एक कुर्सीवाले सोफे पर बैठ गए। मोहित वहाँ अब एकदम उनकी बगल में आकर नहीं बैठ सकता था।

मोहित भौंचक मोहन्ती को देखता रहा। उसके चेहरे का रंग थोड़ा उड़ गया था। भीतर कई तरह के बवाल उठ रहे थे—सभी जब पद पर होते हैं तो इसी भाषा में बोलते हैं—बात करते हैं इसके या उसके पृथ्वी से उठ जाने की, कल की जब हम नहीं होंगे, पर अपने लिए यही सोचते हैं कि वे हमेशा उस पद पर बने रहनेवाले हैं ! घोड़े पर चढ़े होते हैं। रिटायर होकर जब जमीन पर आना पड़ेगा तो मोहित की बात याद आएगी। क्या फायदा हुआ इस आदमी के लिए मगजमारी करके। अभी वह चढ़ान पर है, उसके नशे में है तो अभी उसे छेड़ना ठीक नहीं। मोहित आता-जाता रहे तो उसकी हवा बाहर बँधी रहेगी कि उसकी अध्यक्ष के घर पर सीधी पहुँच है। इसी जानकारी का इशारा देकर लोगों से कितनी चीजें करवाई जा सकती हैं।

"ठीक है, मैंने दुनियादारी की बात समझा दी। अब आप जैसा ठीक समझें। आपके जितना पढ़ा-लिखा नहीं हूँ लेकिन पढ़े-लिखे होने की जो बुराई है वह आपमें दिखाई दे रही है," और मोहित मामले को हल्का बनाने के लिए हँसने लगा। मोहन्ती भी हँस दिए। बात आई-गई हो गई।

"तो रात का खाना उसी जगह ताज में ?"

"आज तो नहीं," मोहन्ती ने जवाब दिया।

"अरे बाबू ! यह नहीं चलेगा। मैं शहर में दो दिन के लिए आऊँ और हम लोग साथ खाने पर न बैठें। आपके इस ओहदे का ये नुकसान तो मुझे नहीं मिलना चाहिए। अपना कार्यक्रम पहले जैसा ही चलना चाहिए। माना कि अब आप बड़े आदमी हो गए

हैं पर भाभी और आपसे तो हमारे रिश्ते वही रहेंगे जो पहले थे। इसके बाद भी रहेंगे।''

कुल मिलाकर मोहित अच्छा आदमी था ··· मोहन्ती सोचने लगे ··· अब इसका क्या किया जाए कि वह जिस माहौल में, जिन लोगों के बीच रहता है, उन्हीं जैसा सोचेगा। पैसों के अलावा उसकी सोच कहीं और जा ही कैसे सकती है क्योंकि वह दूसरी चीजों के सम्पर्क में आया ही नहीं ··· न ही ऊँची पढ़ाई-लिखाई के और न ही उस तरह के लोगों के। वैसे कम पढ़े-लिखे लोग, सिर्फ रुपए और व्यापार का ही सोचनेवाले लोग ··· वे भी अच्छे आदमी हो सकते हैं।

दूसरे दिन के लिए खाने की बात मोहन्ती ने मान ली। उस रोज खाने पर कोई उस तरह की बात नहीं हुई जिस पर तीखी बहस चल पड़े। हल्की-फुल्की बातें, छुटपुट मजाक, सरकार और देश की बातें। बीच-बीच में मोहित रेस्तराँ की परिचारिकाओं को बुला-बुलाकर उनसे हँसी-मजाक कर लेता जिससे माहौल और भी हल्का हो जाता। पिछले दिन जो गरमा-गरम बातचीत उन दोनों के दरमियान हुई थी वह जमीन में कहीं बैठ गई थी जैसे बारिश के बाद धूल बैठ जाती है।

अगले दिन मोहित मोहन्ती के दफ्तर पहुँच गया। पी.ए. के मार्फत खबर भिजवाई तो मोहन्ती ने खाली होते ही भीतर बुला लिया।

''मैंने सोचा 'सर' को उनके नए दफ्तर और कमरे में जाकर भी बधाई दे आऊँ,'' मोहित कमरे में चारों तरफ निगाहें फेरता हुआ, हँसते हुए बोला—''एक बार फिर बधाइयाँ। कमरा तो आपका बढ़िया है।''

''ये मेरा नहीं है, भारत सरकार का कमरा है जिसमें कुछ दिनों के लिए आया हूँ। ये लिस्ट देख रहे हो।''

मोहन्ती ने कमरे में लटके बोर्ड की ओर इशारा किया। वहाँ दो तख्तियाँ थीं जिन पर नाम ही नाम लिखे हुए थे।

''मुझसे पहले ये सारे लोग यहाँ से गुजर चुके! मैं भी गुजरने के लिए ही आया हूँ।''

''ईश्वर की क्या माया है। जिन लोगों को दिलचस्पी नहीं उन्हें बिठा दिया जाता है। अरे बाबू ! मुझे मिल जाए यह कुर्सी एक बार बैठने को ··· तो कसम से तहलका मचा दूँ, तहलका।''

''तहलका मचाकर क्या मिल जाएगा तुम्हें ··· ''

''अरे बाबू ! वही तो मजा है। पावर ··· हाय क्या चीज है जालिम !''

''तुम्हें नहीं मालूम इस पावर के पीछे क्या है, कितनी गुलामी है। तुम तो सिर्फ बाहर की चमक-दमक देखते हो। अरे इससे बढ़िया जगह वह छोटा-मोटा व्यापार है जिसमें तुम हो। अपनी जगह, अपने छोटे से कारोबार में तुम अपनी मर्जी के बादशाह हो जो इन इमारतों में बैठा बड़े से बड़ा आदमी भी नहीं है।''

''सो तो है बाबू—हम अपनी मर्जी के बादशाह हैं ··· लेकिन आप गुलामी को क्यों देखें, आप तो नजर अपनी 'पावर' पर गड़ाए रखिए ··· चाय-आय नहीं पिलवाइएगा ?''

चाय का शौकीन मोहित एकदम नहीं था। वह वहाँ जितनी ज्यादा देर सम्भव हो बैठना चाहता था। सहज कौतूहलवश ... देखें मोहन्ती के दफ्तर में बैठने में कैसा लगता है ! परिचय न हो तो बाहर से भीतर आने में ही, बैठने में ... हल्का आतंक-सा महसूस होता है, धुकधुकी चलती होती है। मोहित एक और कारण से वहाँ हिलगा रहना चाहता था ... जिससे कि मोहन्ती का स्टाफ, उनके विभाग और बाहर के जो लोग इस बीच आते-जाते हैं वे उसे मोहन्ती के साथ देख लें। मोहन्ती भी इन लोगों की यह कमजोरी समझते थे इसलिए वे दफ्तर में किसी के साथ बहुत देर बैठने से बचते थे।

"मैं चाय तुम्हारे लिए मँगा सकता हूँ। तुम सोफे पर बैठकर आराम से पीना ... लेकिन मुझे तो निकलना होगा एक मीटिंग के लिए--" और वे उठ खड़े हुए।

"तब रहने दीजिए। मैं इस बीच अपने कुछ और काम निपटा लूँगा। मुम्बई पहुँचकर फोन करूँगा।"

दोनों साथ-साथ उठ खड़े हुए। मोहित ने अपनी जेब से एक लिस्ट निकालकर मोहन्ती को पकड़ाई।

"ये उन कुछ अच्छे लोगों की लिस्ट है जिनकी बाबत हम लोग परसों चर्चा कर रहे थे। 'लॉयल' ... एकदम अपने लोग। इनके आगे पोस्ट का नाम भी लिखा है। इन्हें इन-इन जगहों पर लगाना है।"

"तो मोहित ! मैं नहीं, तुम ट्रांसफर-पोस्टिंग करोगे ?"

मोहन्ती थोड़ा बिगड़ गए। मोहित हँसकर रह गया। मुग्ध भाव में अपनी डेढ़ आँख से मोहन्ती की तरफ देखने लगा और उनका हाथ पकड़कर दबाता रहा, जैसे कह रहा हो ... और नहीं तो किसलिए आपके अध्यक्ष बनने में मुझे दिलचस्पी थी। इतना भी मुझे नहीं करने देंगे कि कुछ अपने लोगों को कायदे की जगह फिट करा लूँ ... लेकिन मोहन्ती का रुख देखकर एकदम सँभल गया।

"अरे नहीं बाबू। ये तो सिर्फ आपकी जानकारी के लिए। आपको जल्दी करना है और अभी आप लोगों को जानते नहीं। देख लीजिए, हाँ, मुम्बई के लिए जो नाम इसमें हैं अगर उनका हो जाए तो थोड़ा मेरी इज्जत में इजाफा हो जाएगा। दोस्त की खातिर इतना तो कर ही दें।"

"मैं वायदा नहीं कर सकता। तुम विभाग के भीतर की चीजें नहीं समझते। ये मेरी या किसी की मर्जी की बात थोड़े ही है कि जब चाहे किसी को इधर से उठाकर उधर लगा दो, किसी को किसी जगह पटक दो। पब्लिक ऑफिस है यह—सब चीजें देखनी होती हैं—कौन कहाँ कितने दिनों से है, नियमों के हिसाब से चलना होता है। आखिर किसी को हटाया जाए तो क्यों हटाया जाए। कोई वजह होनी चाहिए। पावर है तो जिम्मेदारी भी है। जो एक बड़ी जगह बैठा है उसे निष्पक्ष और जिम्मेदार दिखना चाहिए ... कोई आपकी प्राइवेट कम्पनी है यह कि जिसे जब चाहे जहाँ लगा दिया, चाहे जहाँ फेंक दिया।"

मोहित ताज्जुब में था कि यह कौन-सी अध्यक्षी हुई जहाँ आप अपनी मनमर्जी से

जब चाहें किसी को इधर से उठाकर उधर नहीं रख सकते। फिर क्या फायदा ! कहाँ है वह ··· पावर।

अपने सवालों को लिये हुए मोहित बाहर के लिए सीढ़ियाँ उतर गया और मोहन्ती अपने सहकर्मी के कमरे की तरफ बढ़ गए। इंसान के रूप में मोहित उन्हें पसन्द था, उससे दोस्ती भी रखी जा सकती थी, लेकिन उसे विभाग के काम में दखल नहीं करने दिया जा सकता था। वह बाहर का आदमी है पर उसके दिमाग में यही यह ··· विभाग की राजनीति, खिचपिच ··· ये सब भरा हुआ था। वह था एक साधारण हीरे का व्यापारी ··· लेकिन लगी थी उसे पावर की बीमारी। मोहन्ती के मार्फत जितना हो सके ··· पावर का सुख वह भी भोग लेना चाहता था। ईश्वर ने नहीं बनाया उसे किसी पावरवाले पद के लिए, तो वह इस तरह किसी वैसी गद्दी के पीछे ही खड़ा हो जाना चाहता था। मोहन्ती को एक कैद-सी महसूस हो रही थी। ये इन पदों की कैसी लाचारी है कि आप अपने मन चाहे लोगों के बीच उतना नहीं हो पाते जितना होना चाहते हैं और आप घिरे रहते हैं उनसे जो आपके मन-चाहे नहीं हो सकते, जो इस तरह या उस तरह से दलाल ही हैं। वह हो सकता अगर कोई मोहन्ती तक—मोहन्ती एक व्यक्ति के रूप में, साधारण आदमी के रूप में भी गुण-दुर्गुण उनमें हैं, उन्हें देखकर उन तक पहुँचता, उस कुर्सी को देखकर नहीं जिस पर वे बैठे हुए हैं। अभी जो हैं वहाँ मिलनेवाला तेजी से मोहन्ती को अपनी गिरफ्त में लेने की कोशिश करता है, और वे बचाव में इधर-उधर भागते होते हैं। एक दूसरे के लिए सहज ही प्रस्तुत हो जाना, स्वयं को उसके स्नेह में घुल जाने देना, घुलकर उस जीव में मिल जाना ··· दोस्ती की ये बातें कहाँ। ताज्जुब है कि जहाँ आदमी की बुनियादी स्वतन्त्रता—दूसरे व्यक्तियों से मेलमिलाप, सौहार्द, दोस्ती, प्रेम—ये सब नसीब न हो, उल्टे इनके लिए पद के कारण ही पाबन्दी लगी हो ··· उस पद पर होने के लिए बधाइयाँ दी जाती हैं। सहानुभूति जताना चाहिए कि भाई अफसोस ! तुम इस पद पर बैठकर मनुष्य नहीं रह पाओगे ··· पद हो जाओगे, कुर्सी हो जाओगे, माने अच्छे-खासे चलते-फिरते जानदार मनुष्य की जगह फर्नीचर हो जाओगे ··· काठ !

मौसम बरसात का था लेकिन बरसात नहीं हो रही थी। एक बार ही थोड़ी-बहुत हुई ··· और उसके बाद वातावरण में उमस ही उमस। पेड़ झार छोड़ते होते ! उनके नीचे चलते हुए भी मोहन्ती को खुली हवा में साँस लेने की फड़फड़ाहट महसूस होती। मन होता कि खूब जमकर बरसात आए और वे बाहर खुले में निकलकर बच्चों की टोली में घूमें ··· नंग धड़ंग, खूब भीगें, पानी में छपछप करते घूमें ··· जैसे बचपन में करते थे ··· लेकिन बरसात कहाँ थी ··· और बचपन ··· ? वह तो कब का जा चुका था। वह उम्र जब गोलियाँ खेलते थे, जब चलते-चलते दोस्त बन जाते थे ··· कहाँ अब कि लोग दोस्ती करने बढ़ते तो चले आते हैं, दूसरे दिन ही गाढ़ी दोस्ती जैसा दिखाने लगते हैं ··· पर दोस्ती कहाँ। ज्यों-ज्यों उम्र बढ़ती जाती है, मुश्किल होता जाता है दोस्त बनाना ··· हम कुछ-के-कुछ जो बन चुके होते हैं इस बीच !

जब से मोहन्ती अध्यक्ष बने थे रंजन बिना नागा हफ्ते में एक बार मीनू के साथ उनके घर आ आता। आने के पहले वह फोन करके मोहन्ती की सुविधा पूछ लेता। इतना वह समझता था कि अब जब कि मोहन्ती की व्यस्तता बढ़ गई है, वह जबर्दस्ती यूँ ही कभी भी जाकर उनकी प्रायवेसी में दखल ही करेगा, तब किसी को, मोहन्ती को भी लग सकता है कि वह खुफियागिरी कर रहा है। पहले जैसी बेतकल्लुफी अब नहीं चल सकती थी, लेकिन आना जरूर था, हाजिरी लगाने। आना ··· और अपनी तोंद पर हाथ रखे बैठे रहना, मुस्कुराते हुए। मीनू सीधे माताजी और 'भाभीजी' के पास भीतर चली जाती ··· जैसे उसे ड्राइंगरूम में चल रही मर्दों की व्यवहारी बातों से कुछ लेना-देना नहीं था, उसका तो माताजी और भाभीजी से पूर्वजन्म का स्नेह बन्धन था। उसके पति रंजन अगर अपने अध्यक्ष से कुछ दफ्तरी बातें करते हैं तो यह उन दोनों के बीच की बात थी। रंजन का तबादला दिल्ली हो ही चुका था, बच्चों का दाखिला उसके भी पहले। मकान जो मिला था वह अच्छा नहीं था ··· तो रंजन और मीनू दोनों को बराबर यह लगता कि लानत उन पर कि अध्यक्ष से घर जैसे सम्बन्ध हैं और एक अच्छा मकान नहीं ले सकते। विभागीय मकान चीफ कमिश्नर आवंटित करता था लेकिन अध्यक्ष तो जब चाहे चीफ कमिश्नर के कान उमेठ दे, मकान उसका बाप भी देगा।

गिनकर पाँच बार रंजन और मीनू आए और मीठी-मीठी मुलाकात करके चले गए। अब ठोस आधार बन चुका था, मोहन्ती यह नहीं समझेंगे कि रंजन को अपने काम से ही मतलब रहता है। छठी 'कर्टसी काल' थी, मामला उठाया जा सकता था। हमेशा की तरह मीनू अन्दर जाकर बैठ गई थी और हालाँकि रंजन मोहन्ती के साथ ड्राइंगरूम में अकेला ही था, बात उठाने की उसकी हिम्मत नहीं पड़ रही थी। वापस जाने का समय आ रहा था, मीनू भीतर से उठकर आई तो देखा रंजन मोहन्ती की बात पर हैं-हैं किए जा रहा है, कभी-कभी अपने दफ्तर के हालचाल बताने लगता जिसे मोहन्ती अपनी जानकारी बढ़ाने के ख्याल से सुनते, मतलबवाली बात उठाने का कोई मौका-औका नहीं, रंजन का चेहरा देखकर लगता नहीं था कि वह उठाएगा भी। आज भी फाँका। जब-जब मीनू ने घर पर बात छेड़ी थी, रंजन टाल गया था। बहुत कुरेदने पर उसने मीनू को बताया कि जाने क्यों अब मोहन्ती के साथ वह पहले जैसा 'फ्री' महसूस नहीं करता ··· पीछे से उनके अध्यक्ष का पद उसे आतंकित करता है।

"क्यों ··· आदमी तो वे वही हैं, फिर तुमने कम मदद तो नहीं की उन्हें यह पद दिलवाने में ··· " मीनू ने झिड़का।

"पता नहीं ··· मैं जैसे पहले उनसे बेखटके कुछ भी माँग लिया करता था, अब हिचकता हूँ।"

"तुम खामखाह संकोची हो ··· लोग इसी के लिए तो किसी को इस या उस पद पर बिठाते हैं।"

"नहीं, सोचता हूँ क्या मकान की छोटी-सी बात उनके सामने कहूँ ··· कोई बड़ी बात होगी तो देखा जाएगा।"

"बड़ी बात का इन्तजार करते बैठे रहो ··· इस बीच साल बीत जाएगा ··· वे रिटायर भी हो जाएँगे।"

मीनू ने देखा—रंजन आज भी हिचका बैठा था। वह नहीं कह पाएगा ··· ये दुम हिलाते अफसर ! मीनू को आया देख रंजन पेंट ऊपर खिसकाता हुआ जाने के लिए उठ खड़ा हुआ, पर मीनू एक खाली सोफे के किनारे पर बैठ गई और जहाँ उन लोगों की बात में विराम आया, वह फट से बीच में टपक पड़ी :

"भाई साहब ! मेरा बड़ा मन था अम्माजी, भाभीजी ··· सबको अपने घर खाना खिलाने का लेकिन इन्हें देखिए ··· इतना कहती हूँ ये कुछ नहीं करते घर के लिए। जब से आए दो बच्चे और दो हम चार लोग ट्रांजिट के दो कमरों में पड़े हुए हैं ··· एक साल होने को आ रहा है। मेरे टोके जाने का तो कुछ असर होता नहीं इन पर, आप ही इन्हें डाँटिए।"

"क्यों भाई रंजन ··· " मोहन्ती ने रंजन की तरफ देखा !

"नौवाँ नम्बर है सर ··· टर्न आने पर घर मिल जाएगा। यह दिल्ली है।"

धत्तेरे की ··· एकदम सड़िल्ला ! मीनू भीतर-भीतर मिसमिसाकर रह गई, बाहर शालीनता को ख़ींचते हुए उसने फिर बात के लिए जगह खोली :

"और विभागीय मकानों के बारे में जो तुम कहते थे ? चीफ कमिश्नर किसी को भी दे सकता है।"

"वे उन्हें देंगे जिन्हें ठीक समझेंगे।"

"मैंने कितनी बार कहा कि भाई साहब को कहो ··· तो कहते हैं कि इतनी छोटी बात के लिए मैं आपको परेशान नहीं करूँगा। आप ही बताइए—यह छोटी बात है कि न मेहमानों के लिए कमरा है, न बच्चों के लिए ··· न ठीक से बैठने-उठने के लिए। एक साल हो जाएगा, भूसा से पड़े हुए ··· इन्हें क्या ··· ये तो सवेरे दफ्तर निकल गए, शाम को आए ··· तब भी कार उठाई और निकल गए कहीं को। मुझे तो चौबीसों घंटे उस दरबे में रहना पड़ता है।"

"चलो-चलो ··· मैं बात करूँगा उनसे," मोहन्ती के मुँह से निकल गया, आखिर एक महिला माँग रही थी !

"हाँ भाई साहब ! इनके करे तो कुछ नहीं होगा।"

अगले महीने रंजन-मीनू नए घर में चले गए। पहुँचते ही 'भाई साहब' के यहाँ धन्यवाद देने के बहाने पहुँचे और उन्हें दावत के लिए निमन्त्रण दिया, जैसे कि वह एक हाथ ले दूसरे हाथ दे वाली बात थी—इधर घर मिला, उधर खाना होना ही होना है। मोहन्ती तो व्यस्तता का बहाना करके कन्नी काट गए ··· 'माँजी' और 'भाभीजी' को मीनू ने फिर भी नहीं छोड़ा। तय करके एक दिन उन्हें अपनी कार से खाना खिलाने ले ही गई। उस दौरान मीनू मिसरी के ढेले की तरह घुल-घुल जाती हुई, उलिड़-उड़िल पड़ती हुई ··· रंजन हमेशा की तरह अपनी तोंद पर दोनों बँधे हाथ रखे, मुस्कुराते हुए ··· अपनी पत्नी से खुश, अपने से खुश, संसार से खुश। माँजी जल्दी सोती थीं, लहसुन, प्याज

नहीं खाती थीं ··· वह सब ध्यान रखते हुए सारा कुछ। बीच-बीच में—माँजी, यह मैंने खास आपके लिए बनाया है, भाभीजी ! अगर एक कचौड़ी और नहीं ली तो मैं समझूँगी आपको खाना अच्छा नहीं लगा ··· जैसे लच्छे छोड़ते हुए।

रात दस बजे वे उन्हें घर छोड़ गए। माताजी को एक उम्दा शाल उढ़ा दिया और भाभी के लिए चुपचाप सोने के टॉप्स का एक छोटा-सा पैकेट उनकी हथेली में प्यार से दबा दिया ··· जो कभी मोहित ने मीनू को दिया था।

पर जल्दी ही घर ··· जो मोहन्ती के रिटायर होने के पहले ले लेने का सोच डाला गया था ··· छोटी चीज लगने लगी। अध्यक्ष के जितने करीबी वे हैं उसमें सिर्फ एक घर ··· वह भी सरकारी, जिसे जहाँ तबादला हुआ छूट जाना है ? जब हवा में उड़ती हुई यह खबर मीनू तक पहुँची कि रंजन के साथियों की बीवियाँ विदेश जाने की तैयारियाँ कर रही हैं, तो वह बौखला गई। उसके ही कुछ साथिनों के पति कोई इस ट्रेनिंग कोई उस ट्रेनिंग पर विदेश जा रहे थे। वे ठस्से से कहतीं—पति जा रहे होंगे कि वे अधिकारी थे, वे भी तो उनकी बीवियाँ हैं ··· जहाँ पति जाएगा वे जाएँगी। सरकार दे अफसरों का खर्चा तो सरकारी अफसर इन्तजाम करें अपनी बीवियों के खर्चे का ! सिर्फ किराए-भर की तो बात है ··· रहने और घूमने के लिए हर देश में कोई मेजबान मिल ही जाता है। वे न जानते-पहचानते हों तो यहाँ के व्यापारी ढूँढ़ लाएँगे मेजबानों को। समय की जरूर किल्लत थी—दिन-भर वे लोग उनके पतियों को ट्रेनिंग देंगे ··· तो क्या हुआ ! पति पढ़ेंगे, वे मेजबानों के साथ घूमेंगी या ट्रेनिंग-कोर्स पूरा होने के बाद कुछ दिनों की छुट्टियाँ ले लेगा उनका पति।

मीनू ने उकसाया तो रंजन सोच में पड़ गए—तुरुप का पत्ता जो हाथ में था, उसे तो उन्होंने घर लेने के लिए खर्च कर दिया था ··· अब ? बार-बार, हर चीज के लिए कैसे कहा जाए। मोहन्ती झिड़क सकते हैं ··· क्या हमेशा चले आते हो, कभी इस चीज के लिए, कभी उस चीज के लिए। मोहित से कहलवाया जाए तो वे भड़क सकते हैं कि रंजन के क्या मुँह नहीं है, उसे वे मोहित के पहले से जानते हैं, रंजन उससे कहलवा रहा है जिसका परिचय कराने वह स्वयं उनके घर लेकर गया था। नहीं, सीधा कहना ही ठीक होगा। अब कैसे ··· कब। सोचते ही संकोच दाब लेता था रंजन को। इतना संकोची वह कब से हो गया ··· शायद स्वभाव में पहले से ही था, मीनू उसे ठेल देती थी और वह भड़भड़ाकर उगल आता था—जो भी वह कहती, जिससे भी कहने को कहती ··· लेकिन इस बार उसके कहने पर भी रंजन की हिम्मत न पड़ी। मीनू ने कोंचा तो उसने साफ जवाब दे दिया—"अभी कल ही तो मकान के लिए फेवर लिया है, थोड़े दिन बाद देखेंगे, विदेश के लिए स्कीमें तो आती रहती हैं ··· " लेकिन मीनू को चैन कहाँ। फायदे की बात को टालना पड़े तो उसे जैसे भीतर-भीतर कीड़े काटते रहते, हर वक्त ऐसा लगता कि यह मौका जो गया वह दोबारा हाथ नहीं आनेवाला। उसके स्वभाव की दूसरी खासियत थी कि आज जो उसने किया उसे कल ही भुँजाना चाहती। किस दिन के लिए उसने मोहन्ती की पत्नी और उनकी माँ को मस्खा लगाया है ! इन दो का फायदा वह

कब उठाएगी ··· बीवियां पर भरोसा नहीं किया जा सकता, वे खुर्राट होती हैं, कहो तो उल्टा पंगा लेने लगें, चक्कर कटवाने लगें। माँ के रास्ते जाना ठीक रहेगा ··· वैसे भी मोहन्ती की पत्नी के मुकाबले उनकी माँ ज्यादा निश्छल थीं। एक रोज रंजन को बिना बताए ··· दोपहर के समय, जब मोहन्ती दफ्तर में हों, मीनू उनके घर पहुँची और माताजी के पास जा बैठी। जब वे अकेली थीं तो बातों-बातों में उसने बोल दिया—"माँजी ! मेरी सभी साथिनों के पति विदेश जा रहे हैं ··· सब हँसती हैं कि तुम तो बड़े साहब के घर जैसी ही हो, तुम्हारे पति को वे कैसे भूल गए।" माताजी को लगा कि संसार में वे भी कुछ हैं, उनके कुछ कहने से भी इधर का उधर हो सकता है। उनका महत्त्व था। उन्होंने अपने आप कहा कि वे मोहन्ती से कहेंगी और उसी शाम उन्होंने मोहन्ती से कहा। मोहन्ती को अटपटा या वैसा कुछ लगे—यह सोचने की फुरसत ही उन्हें नहीं थी। जो सामने आए, करते चलो। दूसरे दिन ही उन्होंने रंजन को भी विदेश की स्कीम में शामिल करने के लिए कह दिया। उसकी श्रेणी के अधिकारी भेजे ही जा रहे थे। रंजन का भी कर दिया तो क्या ! माँ भी खुश।

अब मीनू को छोड़कर रंजन कैसे जा सकता था—सब उसका ही किया कराया। एक हफ्ते के लिए दोनों विदेश घूमकर आए, बच्चों को भी लेते गए। बच्चों को वहाँ क्या घूमना या देखना ··· पर कहने को बिल्कुल हो गया कि हमारे बच्चे जब इतने छोटे थे तभी विदेश हो आए थे ··· उनके जीवन के इतिहास में हमेशा के लिए दर्ज हो गया।

आदमी और लिपस्टिक

अध्यक्ष बनने के बाद मोहन्ती का जिस आदमी के साथ सबसे करीबी कामकाजी रिश्ता हुआ, वह भारत सरकार का सचिव था—उनके विभाग के लिए सरकार का नुमाइन्दा सबसे बड़ा अफसर—दिग्विजय सिंह। उस दिन मन्त्री के काम से देर तक बैठने पर उससे पहला थोड़ा लम्बा सम्पर्क हुआ, तब भी सिर्फ उसकी अफसरवाली जाति ही दिखाई दी—वैसे जैसे ये सभी लोग होते थे। दिग्विजय सिंह नाम का आदमी अभी ओट था। कभी नाम के पहले वह ठाकुर लिखता था लेकिन पिछले कुछ वर्षों से देश में जैसे ही सवर्णों के खिलाफ और निचली जाति के पक्ष में हवा चली उसने 'ठाकुर' ड्राप कर दिया था। सिंह रखा, क्योंकि वह आजकल खूब चलता है—कई निम्न जाति के लोग धड़ाधड़ सिंह लिखने लगे हैं—वे खुद को ठाकुर की जाति का दिखाना चाहते हैं ताकि फायदे सारे निचली जाति के ले लें और समाज में अपनी इज्जत भी बढ़ा लें। दिग्विजय सिंह ने उल्टा खेल खेला ··· पैदाइशी और मिजाज से वह बड़ी जाति का बना रहे, पर बाहर उनका दिखे जिनकी हवा चल रही थी। हाल ही में जब नई सरकार आई तो मन्त्री एक अंग्रेजदाँ

आ गए, ऑक्सफर्ड में पढ़े ''' तो उसे खुश करने के लिए ठाकुर दिग्विजय सिंह ने अपना नाम—स्मार्ट सा—'डी.वी.' चला दिया। डी.वी. खुद भी स्मार्ट था। हवाई जहाज में बैठा ऊँघता रहेगा लेकिन जैसे ही एयरपोर्ट पर उतरा, उसे लगता कि लोग उसकी तरफ़ देख रहे हैं और वह तेज चाल से चलना शुरू कर देता, चेहरे पर व्यस्तता की छाप ओढ़े हुए। भले ही साथ में एक छोटा-सा बैग हो, हवाई जहाज चाहे आधी रात में आता हो ''' किसी-न-किसी को एयरपोर्ट पर उसे लेने, उसका बैग उठाने आना ही चाहिए। जमींदार खानदान से था डी.वी.। पिता ने बदलते समय को पहचाना और अपने बेटे को आई.ए.एस. परीक्षा के लिए तैयार करवाया। वे जानते थे हिन्दुस्तान आजाद होने-भर से आजाद नहीं हो जाएगा। अंग्रेजों के बाद भी हुकूमत चलेगी—विदेशी चमड़ी की, उस वर्ग की जो अंग्रेजी बोलते हों, या क्लास वन सरकारी नौकरी में हों। दूसरी नौकरियों के मुकाबले देश में आई.ए.एस. की स्थिति विशेष थी। इस सर्विस में नीचे के पदों पर कम, ऊपर के पदों पर ज्यादा काम करना था। ज्यादातर विभागों के ऊपर के पद इस सर्विस के लिए थे ''' भले ही आप तार, टेलीफोन, सिंचाई, कृषि, शिक्षा जैसे विभागों में कभी काम न किए हों, उनके बारे में कुछ न जानते हों, पर आप इन विभागों के सर्वोच्च पदों पर सीधे पहुँच सकते थे, उन विभागों के बड़े-बड़े अफसरों को निर्देश दे सकते थे। इस सर्विस के लोग स्वयं को 'जर्नलिस्ट' कहते थे—'स्पेशलिस्ट' के बरक्स। उन्होंने इसी बात को अपनी खासियत बनाकर चला लिया था—ऐसे लोग जो थोड़ा-थोड़ा सब विषयों को जानते हैं और किसी एक विषय की तंग-दिमागी में कैद नहीं हैं ''' वे ही 'ओवर व्यू' रख सकते हैं, किसी विभाग की ऊपर से निगरानी के लिए वे ही उपयुक्त हैं। वे जर्नलिस्ट थे या स्पेशलिस्ट—यह नहीं मालूम पर विशिष्ट जरूर थे। ट्रेनिंग से निकलकर पोस्टिंग पर आते ही पहली चीज जो वे अमल में लाते वह यह कि उनके सारे प्राइवेट बिलों का भुगतान उनके मातहत करें। वे अपनी विशिष्टता के बारे में खुलकर कहते भी—हजारों करोड़ की आबादीवाले मुल्क में आई.ए.एस. जिनकी संख्या सिर्फ लगभग पाँच हजार हो वे विशिष्ट नहीं तो और क्या हैं। उन्हें मालूम था कि एक बार ये तीन अक्षर—आई.ए.एस.—आपके साथ जुड़ गया तो फिर आप कत्ल भी कर डालिए, आप साफ बरी निकल जाएँगे। आई.ए.एस. की जो नस्ल भारत में स्वतन्त्रता के बाद विकसित हुई, पता नहीं कैसे उसकी खासियतों में मन्त्रियों की चमचागिरी करना, उनके आदेशों को आँख मूँदकर मानना और किसी मातहत के कन्धे पर बन्दूक रखकर गलत-सही कामों को बेधड़क करवा डालना ''' ये भी आ गए। शायद ये सब चीजें राजनेताओं के साथ चलने की मजबूरी के कारण आई होंगी ''' ये न सीखते तो राजनेता के साथ जीवित कैसे रहते। इस सर्विस के वे लोग जो मन्त्री के पास काम करते थे, उनमें एक अपनी तरह की नफासत पाई जाती थी—मन्त्री के महीन-से-महीन इशारे को वे फड़ से पकड़ लेते, जैसे घड़ीसाज एक आँख में गोल-गोल-सी चश्मानुमा चीज लगाकर छोटी चमची से किसी महीन-से-महीन पेंच को उठा लेता है। मन्त्री का चाहा असम्भव-से असम्भव, गलत-से-गलत, छोटा-से-छोटा काम भी करना है ''' न करना तो वे जानते ही

नहीं थे, इसलिए असम्भव को करवा डालने के लिए मशहूर थे। पदभार सँभालते ही उनका पहला काम होता मन्त्री को अपने वश में करना। वे मन्त्री के आसपास किसी दूसरे पदाधिकारी को फटकने ही नहीं देते, ताकि मन्त्री को कोई काम कराना हो, वह किसी और व्यक्ति से सीधे न कराने लगे। हर चीज के लिए मन्त्री को उनके मार्फत जाना चाहिए। मन्त्री को लेकर वे उतने ही 'पजेसिव' होते जितना कि कुत्ता अपने मालिक को लेकर होता है। एक बार डी.वी. ने एक पार्टी दी जिसमें मन्त्री को भी बुलाया। वह और उसकी पत्नी दोनों भाग-भागकर इन्तजाम कर रहे थे। पार्टी में मन्त्री थे इसलिए दोनों अपनी सादगी, उसके पीछे झलकती अपनी ईमानदारी दिखा रहे थे। इन्तजामात में फँसे होने के कारण वह मन्त्री के पास कम बैठ रहा था ... कि तभी उसने देखा कि उसके नीचे के कुछ अफसर मन्त्री को घेरे हुए हैं, कोई गम्भीर बात चल रही है, उसके मातहत अफसर मन्त्री को प्रभावित किए जा रहे हैं ... उसके कान खड़े हो गए, एकदम कुत्ते की तरह, जैसे उसकी गली में कोई दूसरा कुत्ता घुस आया हो। इन्तजाम का काम वहीं छोड़कर वह सरपट भागा और धीरे-धीरे सबको पीछे ढकेलते हुए आगे बढ़-बढ़कर मन्त्री को पुनर्प्रभावित करने में लग गया।

ये लोग मन्त्री के इर्द-गिर्द एक रहस्य-सा बनाए रखते थे। मन्त्री चाहे पल्ले नम्बर का गधा हो, उसका मुँहलगा बनने की महत्त्वाकांक्षा इनकी जीभ में बराबर लिसलिसाती रहती। तब ये भूल जाते कि आई.ए.एस. होने के पहले ये यूनिवर्सिटी-कॉलेजों में अपने जमाने के टॉपर या गोल्डमेडलिस्ट थे। मोहन्ती सोचते कि मेधावी होने का क्या यह अपमान नहीं था कि वह काम कर रहे थे जो पुराने जमींदारों के मुंशी लोग किया करते थे, जो पुरानी हिन्दी फिल्मों में कन्हैयालाल करते थे, वही बोलना जो मन्त्री को भाए, जो मन्त्री कहे उसके लिए 'गुलाम हाजिर' है वाला अन्दाज बनाए रखकर प्रस्तुत रहना।

डी.वी. में ढेरों खासियतें थीं। एक तो उसकी नौकरी अव्वल थी, दूसरे, अपनी नौकरीवालों में भी चलता-पुर्जा होने की वजह से डी.वी. आगे था। वह हमेशा बढ़िया पोशाक और चमकदार जूतों में दिखता। ड्रेस की एक-एक चीज पर उसकी नजर रहती ... जैसे अगर सूट पहना है तो ऊपरवाली जेब में रंगीन रेशमी रुमाल—ज्यादातर लाल—तिकोना बनाकर, एक खास अदा से खोंसना वह न भूलता। वह बाकायदे प्लान करके चलता था—फलाँ पद पर उसे पहुँचना है तो इसके लिए किसे पकड़ना है, क्या करना है ... यह सब सोचना। दूसरे वह अपनी हवा खुद बाँधता, प्रेम से फाँकी मारता—पूरी गम्भीरता से बताता कि जब वह जर्मनी गया तो एयरपोर्ट पर वहाँ का चांसलर स्वागत करने आया ... सड़क के दोनों ओर लोग कतार में खड़े थे। कभी बताता—जब उसके संयुक्त सचिव बनने की बारी आई तो सौ एम.पी. उसकी सिफारिश करने को बेताब थे, तीन मन्त्री उसे अपने मन्त्रालय में लेने को तैयार थे ... इस कदर खींचातानी मची हुई थी उनके बीच कि मुश्किल हो गई कि वह इधर जाए या उधर, इसके मन्त्रालय जाता हूँ तो दूसरे दो मन्त्री खफा होते हैं ... ऐसे न जाने कितने किस्से उसकी जेब में भरे होते जिन्हें जब चाहे निकाल वह हवा में फेंकता होता। डी.वी. की तीसरी खासियत

थी—वह अपनी नजर सिर्फ आज पर नहीं रखता था ! कल जो-जो लोग सरकार में आ सकते हैं, उन्हें भी वह पटाए रखता ... जब कि उसके मूर्ख सहकर्मी सिर्फ उन्हीं का ख्याल करते जो आज 'पावर' में थे। इसलिए डी.वी. सदाबहार था ... कैसी भी सरकार बने, वह महत्त्वपूर्ण पद पर ही रहेगा। अगर 'क' पार्टी की सरकार 'ख' पार्टी की सपोर्ट से चल रही है तो वह 'ख' पार्टी में अपनी घुसपैठ के कारण 'क' पार्टी के लिए अतिरिक्त महत्त्व का व्यक्ति बन जाता। कभी-कभी दोनों पार्टियों के बीच एक पुल का भी काम कर देता था वह ! इस पार्टी का कोई डी.वी. उखाड़ने चले तो वह फट से सपोर्टिंग पार्टी के पास पहुँचकर उनसे इनके कान खिंचवा देता—"हमारी सपोर्ट से अगर सरकार बनाए रखनी है तो हमारे आदमियों को मत छेड़ो ... डी.वी. हमारा आदमी है।" सबको यह भ्रम देते हुए कि वह उनका आदमी है, डी.वी. किसी का आदमी नहीं था ... वह सिर्फ खुद का था। वह कभी किसी अमहत्त्वपूर्ण पद पर रहकर अपनी जिन्दगी का कीमती समय बर्बाद नहीं करना चाहता था। नए पद पर पहुँचते ही वह उसके सारे महत्त्वपूर्ण काम अपने हाथ में लेता, माने वहाँ पावर का केन्द्र हो जाता। फिर 'पावर फार पावर्स सेक'—यह तो मूर्खता है, तो पावर को भुँजाना भी बेहद जरूरी था। वह उसके नए-से-नए तौर-तरीके सोचता। कहते थे उसके कई नजदीकी रिश्तेदारों के नाम फर्जी कम्पनियाँ खुली थीं, सब महत्त्वपूर्ण हस्तियों की तरह उसके भी खाते स्विटजरलैंड में थे और रिटायर होने के पहले वह भारत में दो-तीन जगहों पर बड़े होटल खोल डालने की फिराक में था ... माने, था सर्विस में लेकिन दिमाग उसका दौड़ता था व्यापार फैलाने में। सर्विस में तो अब कुछ मिलने को नहीं था, उसके अनुसार, अब वह पठार पर आ गया था जहाँ ऊपर चढ़ने को कुछ नहीं बचा था। सबसे ऊँचे पद पर वह अभी ही पहुँच गया था। चतुर था डी.वी., लेकिन चतुर भी गच्चा खा जाते हैं ... तो हमारे डी.वी. भाई इमरजेंसी के दौरान इतना आगे बढ़ गए कि फँस गए। जनता पार्टी के आते ही घर पर छापा पड़ गया। कोई दूसरा होता तो उसका कैरियर खत्म था, सजा भी हो जाती ... लेकिन यहाँ डी.वी. था। उसने जनता पार्टी के एक बड़े नेता को पकड़ लिया ... ऊँचे स्तर पर सिफारिश पहुँचाई। दिखाया गया कि छापे में कुछ नहीं मिला, मामला औपचारिक तहकीकात के बाद रफा-दफा कर दिया गया। थोड़े दिन वह एक किनारे पड़ा रहा, लेकिन फिर धीरे-धीरे मीडिया की मदद से खुद को 'लाइम लाइट' में ले आया और छापे के तीन सालों के भीतर-भीतर वह फिर महत्त्वपूर्ण पद पर था। ये तीन साल ... यही एकमात्र ऐसा समय था जब डी.वी. उपेक्षा के अँधेरे में रहा। तब से वह मीडिया के महत्त्व को भी समझने लगा था, इसलिए वह किसी पद पर हो मीडिया के नुमाइन्दे उसके दफ्तर में बेरोकटोक आते-जाते देखे जाते। उन लोगों के माध्यम से डी.वी. 'पावर्स दैट वी' और 'पावर्स दैट वुड बी' के पास पहुँचने में लगा रहता। वह इस मामले में बेहद साफ था कि आज के जमाने में किसी महत्त्वपूर्ण पद पर पहुँचने से ज्यादा मुश्किल काम है उस पर बने रहना—तब जब ढेरों आपसे जलनेवाले लोग थे, उसकी अपनी चमचम सर्विस के लोग ही। इसलिए मौजूदा पद का काम करने से ज्यादा जरूरी है, वह करना

जिससे उस पद पर बना रहा जा सके—अपना पावर-बेस बनाना, सुरक्षा घेरे को बनाए रखना ⋯ ताकि ऐसा न हो कि किसी ने फूँक मारी और आप ढह गए !

शुरू में डी.वी. के व्यक्तित्व में कई खासियतें रही होंगी—वह पुराने वक्त के एक अच्छे कॉलेज का पढ़ा था, अच्छे खानदान का था। उस समय इस आला सर्विस के चुनाव में इन दोनों बातों को तरजीह दी जाती थी। इस चमकीली सर्विस में आने पर ज्यों-ज्यों उसमें महत्त्वाकांक्षा, चालबाजी, पैंतरेबाजी जुड़ते गए, खानदानी चीजें धूमिल पड़ती गईं। जैसा कइयों के साथ होता है, नौकरी में आने के बाद डी.वी. ने अपना व्यक्तित्व, निजता ⋯ सबकुछ अपने कैरियर में दफन कर दी। दूसरों का क्या, जब वह स्वयं ही अपने से ज्यादा अपने पद को लगाता था उसे खुद में डी.वी. कहीं नहीं, सिर्फ उसका पद ही दिखता था। जब वह महत्त्वपूर्ण पद पर होता तो उसे अपना व्यक्तित्व भी वजनी दिखता, जब वह (कुछ दिनों के लिए सही) ऐसे-वैसे पद पर हुआ, जैसे जिन दिनों उसके खिलाफ जाँच चली थी ⋯ तो वह स्वयं को हवा में धूल के साथ उड़ते किसी फटे कपड़े जैसा दिखता। उसके व्यक्तित्व में नीचे ⋯ बहुत नीचे, महीन-सी एक लालसा जरूर दिखाई देती थी—कुछ होने की ⋯ वह चित्रकारी करने लगा था, लेकिन यहाँ भी वही—वह अपने पद को न भूल सका। एक वार उसने मुम्बई में अपने चित्रों की नुमाइश रखी। अपने मातहतों को कहकर अपने पद के प्रभाव से अपने कुछ चित्र बिकवा डाले और देश के कुछ मशहूर चित्रकारों को बुलवाकर, उनकी वाहवाही भी लूट ली। वह सब चूँकि उसके पद के प्रभाव के कारण था, हवा में उड़ गया। डी.वी. कभी चित्रकार न बन सका, अफसर ही रहा, क्योंकि अपनी निगाह में ही वह सबसे पहले और सबसे बाद में अफसर ही था। डी.वी. को यह सुनना अच्छा लगता था कि वह 'विटी' है, उसके नाक-नक्श दिलीपकुमार से मिलते-जुलते हैं, और लड़कियाँ उसकी कम्पनी पसन्द करती हैं। यह सब उसे उसके पद के कारण सुनाया जाता है—यह जानते हुए भी डी. वी. वह सुनकर कम खुश नहीं होता था ⋯ आखिर पद भी तो उसकी खूबसूरती का एक हिस्सा था। कब से उसका ऐसा सोचना रहा था, तो अब जब कि उसकी नौकरी के तीस से भी ज्यादा साल हो गए थे, तो डी.वी. का 'व्यक्ति' करीब-करीब गायब हो चुका था—चलता-फिरता वह आदमी सिर्फ पद था, जिस पद पर भी वह उस वक्त वह 'स्थ' हो ⋯ पदस्थ ! उसकी भाव-भंगिमा को देखकर अगर पद से अलग किसी शख्सियत का ध्यान आता तो वह तवाइफ का था। डी.वी. क्या ज्यादातर अफसर, अफसर कम तवायफें ज्यादा लगते थे। पुराने मन्त्री की खुशामद में जिन्दगी बीती पर इन्हें देखिए जब सत्ता परिवर्तन होता है और नया मन्त्री पहले रोज विभाग सँभालने आ रहा हो। इस मौके पर अपने ढले हुए चेहरों/शरीरों को खूब सजाए हुए, उम्दा कपड़े पहने, हाथ में माला, गुलदस्ते लिये ये स्वागत में खड़े होते। नए मन्त्री को देखते ही उनके चेहरे पर मुस्कान धीरे-धीरे ऐसे फैलती जैसे तवायफों के लिपस्टिक से रँगे होंठ नए ग्राहकों को देखकर फैलते हैं। इनके शरीर के पिछले हिस्से हिलते होते ⋯ जैसे कह रहे हों—''सर ! आइए ⋯ हम तो नेताओं ⋯ किसिम-किसिम के नेताओं के विलास के सामान हैं। आपके

पहले के नेताओं ने हमें भोगा, आइए अब आप हमें भोगिए। हमारा अपना कोई अलग व्यक्तित्व, कोई निजता नहीं ··· हम तो जो भी सत्ता में हैं, उनके काम में आनेवाली चीज हैं। उनके काम आए, अब आपके काम आएँगे।'' नए मन्त्री के आगे अफसरों में यह दिखाने की होड़ चल पड़ती कि उनमें से कौन मन्त्री के लिए ज्यादा काम की चीज है, चापलूसी के एक-से-एक फिकरे उनके मुँह से निकलते। इसमें डी.वी. का कोई मुकाबला ही नहीं था। मौजूदा मन्त्री अपेक्षाकृत जवान थे तो डी.वी. ने उनके आते ही जड़ दिया था—''सर, मैं आपका सचिव हूँ, आपके जैसे जवान, लचीले और नए-नए ख्यालोंवाले मन्त्री के साथ मुझे चलना नहीं, दौड़ना पड़ेगा। मैं जानता हूँ,'' मन्त्री बाग-बाग !

डी.वी. ने मोहन्ती को बड़े प्रेम से लिया। सरकार में कौन कैसा है—बीच-बीच में उन्हें समझाता रहता—मन्त्रालय के तौर-तरीके, सिस्टम-प्रोसीजर आदि विस्तार से बताता। उसने यह भी बताया कि यह मन्त्री किस मिजाज का है। कुछ होते हैं जिन्हें फाइल पर पूरे ब्यौरे दो और निर्णय उन पर छोड़ दो, कुछ चाहते हैं कि ब्यौरों के साथ निर्णय का प्रस्ताव भी रख दो, जिस पर मन्त्री अपनी टीप बिठा दे ··· लेकिन यह मन्त्री चाहता है कि लिखने से पहले उसके पास सारे तथ्य लेकर पहुँचो, बातचीत करो ··· तब जैसा वह निर्णय ले उसके अनुसार और वैसी ही सिफ़ारिश करते हुए नीचे से नोटिंग जाए। मोहन्ती को इसी से पता चल गया कि यह मन्त्री शातिर था ··· वह फाइल पर अपने मन की संस्तुति करवा लेता था। कल के दिन कोई बात उठे, तो लांछन नीचेवालों पर जिन्होंने प्रस्ताव भेजा, संस्तुति की ! मन्त्री ने तो उनकी बात की पुष्टि में सिर्फ दस्तखत बिठाए ! मन्त्री के नीचे डी.वी. भी उन्हीं की तरह खुद को सुरक्षित रखनेवाला था क्योंकि वह भी अधिकतर अपने प्रस्तावों को नीचे बनवाता था और उन पर अपनी टीप मारता था। इस व्यवस्था में मारे जाएँगे मोहन्ती, या उनके ठीक नीचेवाला जिसने फाइल पर लिखित प्रस्ताव की शुरुआत की। होना तो यह चाहिए कि मोहन्ती अपनी बात फाइल पर लिखें, सचिव डी.वी. अपनी बात लिखें ··· ताकि सुबूत रहे कि किसने क्या मत व्यक्त किया ··· फिर जो भी निर्णय मन्त्री ले, वह अपना निर्णय लिखे। यह दिखाई देना चाहिए कि क्या निर्णय किस स्तर पर और कौन कारणों से लिया गया। फाइल-सिस्टम भी यही है ··· लेकिन इन शातिर मन्त्रियों ने उसे अपने लिए कैसा तोड़-मरोड़ डाला। बहरहाल, डी.वी. मोहन्ती को ऐसे ले रहा था जैसे वे कोई प्रशिक्षणार्थी थे और डी.वी. को उन्हें प्रशिक्षित करना था। डी.वी. बार-बार मोहन्ती की पीठ थपथपाता, उनकी तारीफ भी करता, विश्वास दिलाता कि डी.वी. उनके भाई जैसा है, और मोहन्ती बोर्ड के दूसरे सदस्यों के मुकाबले डी.वी. के ज्यादा करीब है। दूसरे सदस्यों की कमजोरियाँ, उनकी लुकी-छिपी बातें, उनके खिलाफ शिकायतें भी डी.वी. मोहन्ती को ऐसे बताता कि लगे वे दो एक तरफ थे, बाकी सदस्य दूसरी तरफ ··· जब कि मोहन्ती का सारा कैरियर उन सदस्यों के साथ गुजरा था, डी.वी. से परिचय तो अभी कल से ही था। डी.वी. ने पढ़ रखी थी अंग्रेजों की 'डिवाइड एंड रूल' की पॉलिसी। वह उस पर चलने की कोशिश कर रहा था, ताकि विभाग के बोर्ड में एकता न रहे। जिस दिन वह प्रधानमन्त्री के घर

हुई किसी बैठक से होकर आता उस दिन कम-से-कम एक घंटे तक बैठक के ब्यौरे बढ़ा-चढ़ाकर, विस्तार से मोहन्ती और दूसरों को बताता—कैसे प्रधानमन्त्री ने सबको छोड़ उसकी राय खासतौर से माँगी, या कैसे प्रधानमन्त्री उसका हाथ पकड़ एक तरफ ले गए, या कैसे उन्होंने एक खास काम डी.वी. को गुप्त रूप से सौंप दिया। बड़े आदमियों के यहाँ हमारी कितनी पूछ है—यह बराबर दिखाना और जो काम आपने किया उसे गा-गाकर, पचास गुना बढ़ा-बढ़ाकर बताना—इसे कहते थे—स्वयं को 'प्रोजेक्ट' करना—जो ब्यूरोक्रेसी के शास्त्र में एक विशिष्ट शैली थी और जिसे आज के जमाने में बेहद जरूरी माना जाता है। मन्त्री के साथ मीटिंग के दौरान डी.वी. मोहन्ती को यह प्वाइंट या वह प्वाइंट पेश करने के लिए उकसाता, संरक्षक के-से अन्दाज में। डी.वी. इस बात का खास ख्याल रखता कि मोहन्ती मन्त्री के साथ अकेले में न रहे और ऐसा तो कभी न हो कि डी.वी. को नाक कर मोहन्ती मन्त्री से मिले, कहीं मोहन्ती और मन्त्री अपना एक अलग ग्रुप न बना बैठें। मन्त्री को मोहन्ती से कोई जानकारी चाहिए, तो वह डी.वी. को बताएँ ⋯ फिर डी.वी. मोहन्ती को साथ लिये मन्त्री के पास जाता, ऊँची हील के जूतों में अपने नाटे कद को थोड़ा लम्बा करता, उचक-उचक चाल चलता हुआ। अगर डी.वी. को ऐसी भनक पड़ गई कि मन्त्रीजी यह काम कराना चाहते हैं तो उसकी वहीं लार चूने लगती, वह खखोरकर मन्त्रीजी से उगलवा ही लेता और लपककर उसे करवाने में जुट जाता—काम गलत हो या सही। करवाता वह मोहन्ती या किसी और से ही था ⋯ लेकिन इस तरह कि उसका सारा श्रेय खुद ले जाए। काम हो जाने पर मन्त्री को अकेले में बताने जाता। इस वक्त चाहे जितना झूठ बोलने के लिए वह स्वयं को पूरा स्वतन्त्र पाता ⋯ बताएगा कि मोहन्ती या कि किसने क्या-क्या अड़चनें डालीं और वह किस तरह काम को करवाकर ही माना। झूठ की मात्रा, उसका कोण ⋯ ये सब इस पर निर्भर करते थे कि डी.वी. मन्त्री की नजरों में किसे उठाना, किसे गिराना चाहता था। इस तरह मन्त्री का काम करने के साथ-साथ अपना काम भी करता चलता और मन्त्री का और ज्यादा विश्वासपात्र तो बन ही जाता था।

मोहन्ती से पटरी बैठाने के बाद डी.वी. ने उसे उकसाना शुरू किया कि वह उसे विभाग के अलग-अलग शहरों के केन्द्रों, उप-केन्द्रों में ले चले ⋯ डी.वी. वहाँ मोहन्ती के विभागीय अधिकारियों को सम्बोधित करेगा। उसका इरादा विभाग के फील्ड स्टाफ के सामने स्वयं को सर्वेसर्वा और मोहन्ती को नाम का, शोभामात्र का दिखाना था। उस दौरान विभाग के अधिकारियों से सीधी जान-पहचान हो जाए जिससे कि वे लोग भविष्य में मोहन्ती के पास न जाकर उसके पास आया करें। मोहन्ती डी.वी. का इरादा भाँप गए थे। डी.वी. ने कई बार इशारा किया, मोहन्ती टालते रहे। सवाल उनके अपने अहं का नहीं था, सवाल विभाग की, और उनकी सर्विस की प्रतिष्ठा का था। विभाग के अधिकारी क्यों किसी बाहरी आदमी की चापलूसी/गुलामी करते फिरें जब कि उनका ही एक सीनियर उनकी शिकायतें दूर करने, उनके जायज काम करवाने के लिए था ⋯ मोहन्ती का अध्यक्ष पद इसीलिए है, उन्हें तनख्वाह इसी के लिए मिलती है। विभाग

के अध्यक्ष का किसी के साथ, उसका पिछलग्गू बनकर घूमते फिरना, विभाग के अधिकारियों के सामने गलत मिसाल रखना था। एक बार मोहन्ती ने सूखे-सूखे कह भी दिया—"आपको जहाँ जब जाना हो, बता दें, इन्तजाम कर दिया जाएगा—अच्छा स्वागत, उम्दा फंक्शन हो जाएगा ... लेकिन दोनों का साथ-साथ जाना, बेकार का खर्च करना है।" डी.वी. को अच्छा नहीं लगा—मोहन्ती जैसा सीनियर अफसर सरकार के खर्च के बारे में सोचता है ? बड़े अफसर इस पर कभी नहीं सोचते, डी.वी. के कमरे के फर्नीचर में ही ढाई-तीन लाख का खर्च हो गया ... तो ? मोहन्ती यह भी सोचते कि दो अफसरों का एक ही कार्यक्रम में जाना वक्त-बरबादी है। करीब-करीब एक जैसे ओहदे के दो लोग ... वहाँ एक तरह की ही बातें करेंगे। मोहन्ती और बोर्ड के अन्य सदस्य प्रशासन देख ही रहे हैं, डी.वी. की फील्ड में जाने की जरूरत क्या है ! अगर डी.वी. को कोई बात नीचे पहुँचानी है तो मोहन्ती या बोर्ड के सदस्यों के मार्फत पहुँचाई जा सकती है। सही तरीका तो यह है कि डी.वी. को नीचे के अधिकारियों से कहना है ... उसके जो मुद्दे हैं उन पर पहले बोर्ड की मीटिंग में गहन चर्चा कर ली जाए, फिर बोर्ड के पत्र या आदेश द्वारा विभाग में सब जगह पहुँचाया जाए। डी.वी. की विभाग के अधिकारियों से अनौपचारिक बातचीत किसलिए ? विभाग के प्रशासन में रोज-ब-रोज, सचिव का हस्तक्षेप भविष्य के लिए अच्छी परम्परा डालना नहीं था, क्योंकि डी.वी. उस विभाग का नहीं था, विभाग के बारे में बहुत जानता भी नहीं था। विभाग के लोगों को भी यह नागवार होता। मोहन्ती और बोर्ड के सदस्यों को अपने-अपने क्षेत्रों में काम करने दिया जाए क्योंकि वे विभाग को अच्छी तरह जानते थे, वे विभाग के ही थे, वहीं तरक्की करके यहाँ तक पहुँचे थे। कार्य-विभाजन के नियमों के अनुसार भी सिर्फ नीति सम्बन्धी मसले ही सरकार के प्रतिनिधि को देखना चाहिए, दैनन्दिन प्रशासन को बोर्ड पर छोड़ना चाहिए ... लेकिन डी.वी. सोचता था—प्रशासन खुद न किया तो क्या किया ... सरकार का नुमाइन्दा क्या मेज पर टोप की तरह पड़ा रहेगा ? माल खाएँ मोहन्ती और बोर्ड के सदस्य और सरकार का नुमाइन्दा नीति को लिए एक किनारे पड़ा रहे ! नहीं, उसका सिक्का चलना चाहिए और वही चलता है और कुछ नहीं—यह विभाग में सबको दिखाना भी चाहिए।

जब मोहन्ती एक दौरे पर बिना डी.वी. को लिये अकेले चले गए, वहाँ वह कह आए जो डी.वी. कहना चाहता था, उनसे मिल आए जिनसे मिलने की इच्छा डी.वी. ने जाहिर की थी और जिसमें ऐसे लोग थे जिनसे डी.वी. को कुछ ऊँचा लाभ मिलने की उम्मीद बँधती थी तो डी.वी. को और भी खराब लगा। उन लोगों से तो खैर डी.वी. मिल ही लेगा, आज नहीं तो कल, लेकिन वह मोहन्ती को भी आदेश दे सकता है—विभाग के अधिकारियों के सामने यह जो हवा फैलानी थी, वह नहीं हो सका। डी.वी. ने कुछ कहा नहीं, इस बार भी चुपचाप पीकर रह गया। लेकिन एक तरह से मोहन्ती की सोच को रौंदने के लिए कुछ ही दिनों बाद डी.वी. एक मुख्य आयुक्त के चार्ज में दौरे पर गया। मुख्य आयुक्त ने अच्छी आवभगत की, डी.वी. ने अधिकारियों

और कर्मचारी की एक बड़ी बैठक को सम्बोधित किया। सम्बोधन में क्या कहना था ⋯ सामान्य बातें ही कि लोग दत्तचित्त होकर अपना काम करें, जनता के सामने अच्छा उदाहरण रखें ⋯ वगैरह-वगैरह। अधिकारियों से जान-पहचान करने के लिए उसने अलग से अधिकारियों की एक बैठक भी ली। वहाँ उसे एक खूबसूरत महिला अधिकारी दिखी। डी.वी. ने सचिवालय पहुँचकर आने का आदेश पारित करवा दिया। ओ.एस.डी. (ऑफिसर ऑन स्पेशल ड्यूटी) बनाकर राजधानी आने का आदेश पारित करवा दिया। ओ.एस.डी. का काम—मोहन्ती के विभाग की जो फाइलें आनी हैं, वे उस महिला अधिकारी के मार्फत आएँ, हालाँकि पहले भी उसके पास विभाग की फाइलें विभाग के अध्यक्ष के मार्फत ही आती थीं। अब अध्यक्ष भेजे फाइलें ओ.एस.डी. के यहाँ ⋯ जो उसके ही विभाग की और अध्यक्ष से पाँच श्रेणी नीचे की अधिकारी थी। इसमें जो अपमान निहित था वह सबने महसूस किया, उस महिला अधिकारी को भी अटपटा लगता था यह नया प्रोसीजर ⋯ लेकिन क्या किया जाए। डी.वी. बनी-बनाई, अच्छी, स्वस्थ परम्पराओं को तोड़ने में अपनी बड़ाई समझता था। ऊटपटाँग कुछ भी हो जाए, अगर वह सचिव का किया है तो सही है। नई ओ.एस.डी., महिला अधिकारी ही उसके सामने विभाग की फाइलें रखेगी, डी.वी. उससे विभागीय सलाह लेगा, उसके साथ चर्चा किया करेगा। सुन्दर लड़की के दिन-भर पास रहने से तबीयत भी उचकी-उचकी रहा करेगी।

मोहन्ती का मन्त्री

मोहन्ती का मन्त्री ⋯ उम्र अड़तालीस के करीब लेकिन जैसे अभी तक वह किशोरावस्था में ही कैद था। मन्त्री होने के अलावा वह खूबसूरत भी दिखना चाहता था—लम्बी छरहरी काया, दाढ़ी-मूँछ साफ, चिकना-चुपड़ा चेहरा, काले किए गए बाल और चेहरे पर बिछी सतत मुस्कान जिसके पीछे झलकती शुभ्र दन्तपंक्ति, गोल-गोल लहराती चाल से धीरे-धीरे चलना ⋯ जैसे कि खूबसूरती की एक-एक चीज पर उसका ध्यान था। फोटो खिंचने को हुआ तो वह फट से आँखें चौकस खोल मुस्कुराहटी मुद्रा में आ जाता। कन्वैंटी उच्चारण से मीठे-मीठे अंग्रेजी बोलता, तब उसकी दाहिनी हथेली हवा में अर्द्धवृत्त-सा बनाती चलती, उस समय वह अपने आपको कोई बड़ा बौद्धिक महसूस करता। यह अदा क्या, अपनी हर चीज उसे बहुत हसीन लगती थी। पार्टियों में महिलाओं से घिरा होना उसे भाता ⋯ तब उसे यह अहसास सुख देता कि महिलाएँ उसके रूप और बुद्धि दोनों से प्रभावित हैं। किसी बात पर एक-से-एक तर्क देते चले जाने को ही वह बुद्धि समझता था।

मोहन्ती का किसी मन्त्री के साथ इतना नजदीक से काम करने का यह पहला मौका था। डी.वी. की सर्विस में मन्त्रियों का सम्पर्क शुरू से ही हो जाता था इसलिए इस मामले

में वह अनुभवी था। मोहन्ती जिस नौकरी में थे उसमें मन्त्री बहुत दूर, बहुत ऊपर की चीज था। थोड़ा सम्पर्क होता था बोर्ड के सदस्य होने पर ही, अध्यक्ष होने पर एकदम से ज्यादा सम्पर्क आ जाता था। तो मोहन्ती मन्त्री के साथ कैसे सम्बन्ध बनाएँ, कैसे रखें, इस सबके बारे में वे नौसिखिया थे। उनकी कल्पना थी कि देश का इतना बड़ा मन्त्री बहुत गम्भीर, दूरदर्शी, देश के बारे में सोचनेवाला होगा ! उसे तो सुनना ज्यादा चाहिए, लोगों को उकसा-उकसाकर उन्हें बोलने देना चाहिए ताकि उनके विचार जाने जा सकें, लेकिन इस मन्त्री का सीमित उद्देश्य तो जैसे वाद-विवाद प्रतियोगिता में सामनेवाले को तर्क से परास्त करना दिखता था, जबकि सामनेवाला बेचारा तो आपके मन्त्री होने के कारण ''' आपके पद की वजह से पहले ही परास्त था। मन्त्री के सामने कोई वैसे भी क्या बोले, यह मन्त्री स्वयं बोल-बोलकर उसे और ध्वस्त कर देता, सामनेवाला सिकुड़कर रह जाता।

भले ही वह स्वयं को बुद्धिमान कुछ ज्यादा ही लगाता हो, मोहन्ती का मन्त्री पैने दिमाग का तो था। इस मायने में वह बिल्कुल साफ था कि सफलता ही है जो है। वह हर जगह सफल होना चाहता था—अपने धन्धे में खूब कमाऊ ''' और राजनीति में आया था तो यहाँ मन्त्री, फिर और बड़ा मन्त्री, धीरे-धीरे चलकर एक वक्त प्रधानमन्त्री भी (क्यों नहीं, अभी उसकी उम्र ही क्या थी) भारत में वह जब रहता तो अपने को जनता का आदमी दिखाने के लिए अपने प्रदेश की खास पोशाक पहनता, जैसे ही विदेश पहुँचा कि टाई-सूट में आ जाता ''' जबकि उन्हीं के बीच भारत का प्रतिनिधित्व करने के लिए उसे अपनी देशी पोशाक पहननी चाहिए थी। वह सोचता था कि विदेशियों से उनकी बराबरी पर उन्हीं की तरह व्यवहार करना है, तो उनके जैसा ही पहनावा, उम्दा उच्चारण में अंग्रेजी बोलना, मीटिंग-पार्टियों में उनके जैसे ही मैनर्स ''' ये जरूरी थे। वह चतुर था—आपको एक खास वक्त उस राजनीतिक पार्टी में ही होना चाहिए जो सत्ता में हो और जिसमें मन्त्री-पद मिले। बड़ी होशियारी से वह राजनीतिक पार्टियों में इधर-से-उधर होता रहता, इधर-से-उधर जाने को एक-से-एक तर्कों के सहारे सही साबित कर डालता, यहाँ तक कि उसे नैतिक दायित्व बता मारता। सारा कुछ इतनी होशियारी से करता कि कोई उसे दलबदलू नहीं कह सकता। राजनीति में अपने हर कदम को वह अपनी अक्ल के बल से देश-प्रेम से जोड़ देता ''' जबकि देशभक्ति की भावना उसे कहीं छू तक नहीं गई थी। इस बार दल बदलते-बदलते उसने अपने आपको एक छोटी-सी पार्टी में पाया तो उसने छोटी और क्षेत्रीय पार्टियों को एकत्र कर तीसरा मोर्चा खोलने, फिर उसकी सरकार बनवाने में महत्त्वपूर्ण भूमिका अदा की। जिन पार्टियों के संसद सदस्यों की संख्या कहीं ज्यादा थी, वे देखती रह गईं। नतीजा ''' उसकी पार्टी के मात्र तीन संसद सदस्य थे पर गठबन्धन सरकार में वह एक महत्त्वपूर्ण विभाग का मन्त्री बन बैठा। उसकी खूबी यह थी कि इस सारी उठापटक को उसने इस तरह प्रस्तुत किया कि सबको लगे यह विचारधारा के तहत किया जा रहा है। राजनीति में जो खुर्राट थे, वे जरूर सब समझते थे लेकिन लोगों के सामने, मीडिया के मार्फत यह मन्त्री जिस नफासत से चीजों को

रखता, वे झुँझलाकर रह जाते कि देखो किस सफाई से जनता को उल्लू बना रहा है। उन नेताओं के मुकाबले इसके तरीकों में 'फिनिश' ज्यादा थी। वह पद या पावर के लिए भूखा नहीं दिखाई देता था, न यह कि रुपए कमाने के पीछे था ⋯ आखिर उसकी अपनी खासी बिजनिस थी ⋯ कई एजेंसियाँ थीं जिनमें बैठे-बैठे कमाई होती थी ! नंगी राजनीति से मतलब रखते हुए भी वह अपनी छवि एक बौद्धिक की बनाए रखता। नेताओं के बीच वह बौद्धिक की तरह चलता और बौद्धिकों के बीच नेता की तरह।

अवसरवादिता के चलते वह किसी एक पार्टी का कभी नहीं हो पाया। आगे छोटी पार्टियों का ही दौर-दौरा बना रहे ⋯ इसलिए वह अपने पैने दिमाग से इतिहास का विश्लेषण करता और कहता—"हम अब प्रादेशिक पार्टियों के दौर में प्रवेश कर गए हैं, इसलिए कि ये पार्टियाँ ही स्थानीय आकांक्षाओं का प्रतिनिधित्व कर सकती हैं।" इतिहास में अपने समय की यह व्याख्या उसे प्रधानमन्त्री के पद पर ले जानेवाली दिखती थी इसलिए उसे वह बड़े ही बौद्धिक तरीके से संसद समेत सभी फोरमों में लोगों के सामने रखता। तब वह इस बात को बिल्कुल ओट कर देता कि स्थानीयता का यह आग्रह एक बिन्दु पर पहुँचकर देश के टुकड़े-टुकड़े भी कर सकता है। ऐसा नहीं कि वह यह समझता नहीं था, अपनी व्याख्या की उस परिणति में नहीं जाता था क्योंकि यह उसकी महत्त्वाकांक्षा की माफिक नहीं बैठता था।

ये वे दिन थे जब देश की आर्थिक हालत नाजुक थी। मोहन्ती के मन्त्री ने राजनीतिक जादूगरी दिखाते हुए रक्षा विभाग को दी जानेवाली राशि में काफी कटौती करवाकर देश की आर्थिक हालत अच्छी दिखाकर बता दी। कटौती पर लोगों ने आपत्ति की तो उसने चतुराई से समझाया कि अगले कई सालों तक युद्ध की कोई आशंका नहीं है कि शस्त्रों के आधुनिकीकरण पर बेकार का खर्चा किया जाए, गरीब देश शस्त्रों पर रुपए बरबाद नहीं कर सकता ⋯ और जब भी सेना को रुपयों की जरूरत पड़ेगी, उनकी माँग आएगी तो जितना वे माँगेंगे उसकी व्यवस्था तत्काल करा दी जाएगी। अखबारों में लिखवाया गया कि बड़ी सूझ-बूझवाला मन्त्री है, आर्थिक प्रबन्ध कितना अच्छा करता है ⋯ लेकिन उसकी यह बौद्धिक करवट देश को महँगी पड़ी—आगे चलकर जब देश को युद्ध करना पड़ा तो सेना में शस्त्रों, विशेषकर आधुनिक शस्त्रों की भयंकर कमी महसूस की गई। वह चतुर था पर दूरदर्शी नहीं—यह नहीं सोच सका कि युद्ध की तैयारी शान्ति के समय ही होती है और भारत जैसा राष्ट्र कभी यह मानकर नहीं चल सकता कि एकाएक युद्ध के सामने आ नहीं खड़ा होगा।

इधर मन्त्री के विरोधी एक और बौद्धिक राजनेता (यह नस्ल आजकल बढ़ान पर है !) ने मोहन्ती के मन्त्री के कैरियर ग्राफ को भीतर से पूरे ब्यौरों के साथ विश्लेषित करते हुए एक पत्रिका में उस पर लगातार पाँच लेख लिखे थे और यह साबित किया था कि बौद्धिक होना इस आदमी का सिर्फ मुखौटा है, दरअसल वह शुद्ध अवसरवादी है। जब उसे दक्षिणपन्थी होना होता है तो भारतीयता, देश, अखंडता की बातें करने लगता है, जब बाईं तरफ झुकना होता है तो देश में आर्थिक विषमता, गरीबी, बेरोजगारी

आदि की बातें उठा लेता है।

इन दिनों मोहन्ती का मन्त्री न दक्षिणपन्थी था, न वामपन्थी। वह आधुनिकतावादी था और आधुनिकतावाद को जब चाहे तोड़-मरोड़कर अपने हिसाब से पेश कर डालता। आजकल वह अन्तर्राष्ट्रीय व्यापार, ग्लोबलाइजेशन विदेशी कम्पनियों को भारत में व्यापार करने के लिए बुलाना जैसी बातें करता था। ऐसी ही बातें करते-करते देश के कुछ उन धनाढ्य वर्गों का फायदा करा डाला ⋯ जिनसे उसकी अपनी एजेंसियों का भी फायदा था ⋯ आज का और कल का भी। उसने कहा कि देश के कुछ व्यापारों को बाजार में खड़े रहने के लिए 'सपोर्ट' की जरूरत है। दरअसल उसका असली झुकाव इन्हीं धनाढ्य वर्गों के लिए था जिसे वह बौद्धिकता की पर्तों में छिपाए रखता और जिसे या तो उसके बड़े करीबी या दुश्मन ही जान पाते थे।

भाषण वह बहुत अच्छा देता था। अंग्रेजी, उम्दा एक्सेंट में बोलता तो हिन्दी बोलनेवाले नेता उसके सामने सिकुड़ जाते और पढ़े-लिखे अफसरों, नेताओं पर रौब पड़ जाता। उसके पास सबकुछ था ⋯ सिर्फ आस्था, विश्वास नहीं थे। कई बार यह बात उसके व्यवहार में खुलकर सामने आ जाती थी। वह विदेशी कम्पनियों को भारत में निवेश करने, व्यापार करने के लिए प्रेरित करने इंग्लैंड गया। वहाँ उनकी एक बैठक में बोलते-बोलते बोल गया—"आप लोग दो सौ साल पहले हमारे देश में व्यापार करने आए थे, तब आपको लौटना पड़ा था। इस बार आइए ⋯ आपको लौटना नहीं पड़ेगा।" विपक्षी पार्टियों ने पकड़ लिया और संसद में इसकी जमकर धुनाई हुई—"एक मन्त्री यह बोलता है, देश को गुलाम बनाने के लिए विदेशियों को न्यौता देता है !" इसने कहा कि वह 'स्लिप ऑफ टंग' थी तो एक तेज-तर्रार सांसद ने गुस्से से कहा—"ऐसी बातें 'स्लिप ऑफ टंग' से नहीं होतीं जनाब, ये रीढ़ की हड्डी न होने से निकलती हैं।" हुआ यह कि मोहन्ती का मन्त्री थोड़ा काला था (हालाँकि खूबसूरत काला) और उस वक्त वह गोरी चमड़ियों के बीच में था। उन्हें खुश करने की अतिरिक्त कोशिश में पट्ठा वह कह गया ⋯ 'विटी' बन रहा था, जुबान सचमुच खिसक गई। इसी तरह जब वह भारत के प्रतिनिधि मंडल के साथ अमेरिका गया तो भूल ही गया कि वह एक स्वतन्त्र गणराज्य का प्रतिनिधि है। अमेरिका ⋯ सुपर पावर की प्रभामंडल में वह चौंधिया गया तो बैठकों में, मौके-बेमौके, बेवजह, लेखा-जोखा देने लग जाता उन कामों का जो वह अपने मन्त्रालय में करवा रहा था, जो अपने देश में हो रहे थे ⋯ जैसे कोई अपने सुपर बॉस के सामने बैठा हो और उसे अपने कामों के बारे में बताकर उसे सन्तुष्ट करने में लगा हो। इसकी जुबान पर बार-बार 'सर' आ जाता ⋯ वह किसी-किसी तरह खुद को सँभालता। देश में भी—हालाँकि यहाँ गठबन्धन की सरकार थी और हर मन्त्री की अपनी हैसियत थी, इसकी तो और भी ज्यादा—प्रधानमन्त्री के साथ बैठकों में यह उन्हें दस बार सर करता, आदतन !

कुछ मन्त्री होते हैं जो छोटी-छोटी चीजों के लिए परेशान नहीं किया जाना चाहते, लेकिन कुछ छोटी-से-छोटी चीज में भी दखल चाहते हैं। मोहन्ती के मन्त्री ने फाइलों

पर लगाई जानेवाली तीन तरह की स्लिपें चला रखी थीं—लाल स्लिप माने एक महीने के अन्दर फाइल मन्त्री की जानकारी के लिए प्रस्तुत की जाएँ, पीली स्लिप माने फाइल पर जो प्वाइंट्स मन्त्री ने उठाए हैं उनके बारे में लिखकर मन्त्रीजी को फाइल पन्द्रह दिनों के भीतर जाए और हरी स्लिप माने अति तत्काल—मन्त्री द्वारा पूछी बातों का जवाब लिये फाइल तत्काल रेलगाड़ी की तरह वापस मन्त्री के पास आना चाहिए। स्लिपों के ये मायने हैं—यह हर स्लिप पर छपा होता था। जो फाइलें मन्त्री के यहाँ जातीं उनमें से कम बिना स्लिपों के लौटती थीं ⋯ किसी-न-किसी क्वैरी (मन्त्री का प्रश्न) के कारण उन्हें मन्त्री के पास फिर पहुँचना ही था। इसके अलावा मन्त्री को जो आवेदन-पत्र आदि दिए जाते वे भी इन स्लिपों में से किसी-न-किसी के साथ नीचे आते। माने मन्त्री ने यह पूरा इन्तजाम किया था कि न केवल वह अपने लिए काम पैदा करे, नीचे के विभागों को भी व्यस्त रखे, वह स्वयं तो एक-एक मिनट व्यस्त रहता ही था, (सोचने का वक्त कब मिलता होगा उसे ?) विभागों की शिकायत थी कि वे मन्त्री के सवालों के जवाब देने का ही काम करते रहते हैं, उनका अपना जो काम, काम के बँटवारे के तहत है—सामान्य प्रशासनिक काम जैसे आदेश आदि निकालना, नियम बनाना, नियुक्तियाँ, पदोन्नति आदि करना—उस सबके लिए समय ही नहीं बचता था।

यह सिस्टम किसी और मन्त्रालय में नहीं था। यहाँ इसलिए ईजाद किया गया था कि ज्यादा-से-ज्यादा फाइलें मन्त्री के पास आएँ—यह न हो कि मन्त्री ऊपर बैठा टापता रहे और नीचेवाले अपनी मर्जी का करें। जब फाइल मन्त्री के पास वापस पहुँचती तो वह स्वयं स्लिप हटाता, कोई स्लिप दोबारा लगाता। स्लिपें थीं तो फाइल के अन्दर यह लिखने से बच लिया जाता था कि कोई खास फाइल मन्त्री फौरन देखना चाहते हैं ⋯ कोई सुबूत नहीं कि फाइल मँगवाई गई या नीचेवालों ने अपने आप भेजी। ऐसी सतर्कता रखना जरूरी था क्योंकि दूसरी पार्टीवाले जब मन्त्री होकर आएँगे तो वे छोटी-छोटी चीज देखेंगे—फलाँ फाइल देखने के लिए मन्त्री ने अतिरिक्त दिलचस्पी क्यों दिखाई ?

एक पी.ए. लाल, पीली, हरी स्लिपों का हिसाब रखता था जिससे कि ऐसा न हो कोई स्लिप निकालकर फेंक दे और फाइल मन्त्री के पास भेजी ही न जाए। ऊपर से यह हवा भी बाँधी गई थी कि मन्त्री स्वयं स्लिपों को उनकी कैटेगरी के अनुसार कम्प्यूटर में रखता है और समय-समय पर 'चेक' करता रहता है।

कुल मिलाकर वह नेता कम, किसी कम्पनी का मैनेजर ज्यादा लगता था। बड़े नेताओं की तरह दूर तक देख सकना, अपने हित के परे देखना ⋯ वह तो खैर आज के किस नेता में था, मोहन्ती का मन्त्री आम नेताओंवाली राजनीति में भी बहुत दिलचस्पी नहीं रखता था। किसी मीटिंग में बढ़िया उच्चारण से अंग्रेजी में अपनी बात कह लेना, मातहतों के बीच अपनी होशियारी स्थापित कर लेना, संसद में बढ़िया बोल जाना, अपनी बात मनवाकर अपने मन्त्रालय के लिए कुछ ग्रांट घसीट लेना, किसी कार्यक्रम में अपनी जमा ले जाना—ऐसे छोटे-मोटे लक्ष्य होते थे उसके ! वह आधुनिक मन्त्री था, जो मैनेजर शैली की बाजारू मुस्कान बराबर अपने चेहरे पर ओढ़े रहता है,

अपनी 'मार्किटिंग' खुद करता है और—मौके के अनुसार व्यवहार करता है। मोहन्ती को उसके बारे में अजीब चीज यही लगी थी कि यह आदमी हमेशा मुस्कुराता रहता है, चेहरे पर दूसरा कोई भाव ही नहीं होता।

थोड़े-थोड़े समय पर मन्त्री सरकार की तरफ से प्रेसवालों को लंच या डिनर देता। कोई प्रेस कान्फ्रेंस हो तो स्कॉच व्हिस्की भी चलती ''' जबकि नियमों के अनुसार विदेशी प्रतिनिधि मंडल के अलावा किसी को भी शराब पिलाने की मनाही थी। कागज पर शराब दिखाई भी न जाती, खाने के लिए बुलाए गए मेहमानों की फेहरिस्त तिगुनी-चौगुनी दिखाकर सरकार से वह खर्च निकाल लिया जाता था। उन खानपीनों में मोहन्ती का मन्त्री एक-एक के पास जाकर आत्मीयता दिखाता हुआ बातें करता, खूब मीठे-मीठे। किसी पत्रकार को कोई आदर या पुरस्कार मिले तो जहाँ मौका मिला वह अतिरिक्त गरमाहट दिखाता हुआ उसे अपने से चिपका लेता। यह व्यवहार वह सम्पादकों, मुख्य सम्पादकों के साथ ऐसी स्वाभाविकता के साथ करता था जैसे कि वे लोग उसके हमेशा रहनेवाले मित्र हों, जैसे वह भी उन्हीं की तरह बुद्धिजीवी वर्ग का था और वह अपने वर्ग से पुरानी मधुरता के साथ मिल रहा हो। थोड़े दिनों के लिए वह मन्त्री बन गया तो अपने समाज को थोड़े ही भूल जाएगा ! साधारण पत्रकारों से मेल-मुलाकात और सम्पादकों, प्रधान सम्पादकों से मित्रों जैसी आत्मीयता ''' ये सब वह बाकायदा योजना बनाकर करता था और इसी का यह सुपरिणाम था कि अखबारों में बाकी मन्त्रियों-नेताओं के खिलाफ एक-से-एक चीजें छपती रहतीं ''' मोहन्ती के मन्त्री के खिलाफ कभी कुछ नहीं निकलता था। जहाँ देखो तारीफ ही तारीफ। उस विरोधी नेता का लेख एकमात्र अपवाद था ''' प्रेस मोहन्ती के मन्त्री की तारीफ ही करती थी।

मन्त्री के साथ मोहन्ती की पहली मीटिंग ही कड़वी गई। होना ही था क्योंकि दोनों विपरीत स्वभाव के थे। मन्त्री जगह-जगह अपनी जमाने की कोशिश करता रहता था, मोहन्ती को वे हरकतें बचकाना लगती थीं। मोहन्ती के मुँह से 'सर' शब्द आसानी से नहीं निकलता था, वे किसी को खुश करने, प्रभावित करने के लिए भी जरा-सी कोशिश नहीं करते थे—सोचते थे साठ साल के होने को आ रहे हैं। अब जो वे हैं, बन चुके ''' और उन्हें वही दिखना चाहिए जो वे हैं, कुछ दूसरा नहीं। सामनेवाले की बुद्धि पर उन्हें भरोसा था कि वह बाहरी आडम्बर के पार मोहन्ती के भीतर बैठे अच्छे व्यक्ति को पहचान ही लेगा, यह भी जान लेगा कि असल चीज जो है वह यह है, वह रंगीन लिबास नहीं, जिसे कोई भी अपने ऊपर डाल सकता है।

मन्त्री से मिलने मोहन्ती यों ही हाथ हिलाते हुए पहुँच गए थे, सोचते थे पहली मुलाकात है ''' 'कर्टसी-काल' ! इसमें तो हल्की-फुल्की, कुछ व्यक्तिगत किस्म की बातें होंगी, शिष्टाचारवाली। मन्त्री मोहन्ती के बारे में, उनके परिवार, समाज आदि के बारे में, उनके भीतर बैठे व्यक्ति के बारे में जानना चाहेंगे, कुछ वे अपने बारे में बताएँगे ''' लेकिन सामने जो शख्स बैठा हुआ था उसे मोहन्ती के भीतर बैठे आदमी में कतई दिलचस्पी नहीं थी। वह तो सिर्फ एक विभाग के 'अध्यक्ष' को जानता था और

उसके अलावा कुछ और जानना नहीं चाहता था। वहाँ भी उसके हिसाब से जो मसला सामने है उसके अलावा किसी और पर बात करना वक्त की बरबादी है, दिमाग के ढीले होने का द्योतक है। यह उस समय मोहन्ती के विभाग से ही सम्बन्धित किसी समस्या के कानूनी पक्ष से उलझा हुआ था ⋯ एक फाइल जो मोहन्ती के पहले अध्यक्ष थे उन्होंने भेजी थी और मोहन्ती ने उसे देखी तक नहीं थी।

"सर, मैं ⋯ विभाग का नया अध्यक्ष, मैंने आज ही कार्यभार सँभाला है।"

"ओ.के., सिट डाउन ⋯" और मोहन्ती के बैठते ही मन्त्री ने उस फाइल का सवाल मोहन्ती की तरफ उछाल दिया। उसे यह ख्याल ही नहीं आया कि मोहन्ती नया है, तो कर्टसी-काल के लिए आया होगा। ख्याल आता भी तो काल-वाल जैसी फिजूल बातों के लिए उसके पास समय नहीं था, उसे अपनी 'नो नॉनसेंसवाली' इमेज अच्छी लगती थी।

मोहन्ती ने फाइलवाले विषय पर सामान्य बातें प्रस्तुत करना शुरू कीं, मन्त्री बार-बार एक खास प्वाइंट पर और उस पर जो उसकी अपनी राय थी उस पर आ रहा था। मोहन्ती फाइल को बिना पढ़े मन्त्री की बात को सही या गलत कैसे कहते। मन्त्रीजी के भीतर बैठा मैनेजर झुँझला पड़ा—"एक्ट देखकर बात करिए, आपका 'एक्ट' कहाँ है, उसे हमेशा साथ लेकर चला करिए" ⋯

मोहन्ती क्या कहते, हर जगह अपना एक्ट—कानून की मोटी किताब को सीने से चिपकाए चलना, बाथरूम में भी लिये रहना ⋯ सोचकर ही अजीब लग रहा था। फिर यह तो पहली मुलाकात थी, क्या यहाँ भी उसे साथ लिये आते ?

"आपके लीगल एक्सपर्ट्स ⋯ वे कहाँ हैं ?"

"सर ! मैंने आज ही ज्वाइन किया है।"

"आई नो ⋯ फोरनून में किया है न ⋯ इस समय तीन बज रहे हैं, कितने घंटे गुजर गए। अब तक तो सभी कुछ से फैमिलियराइज हो चुकना चाहिए था। मैं तो इस कुर्सी पर बैठते ही चल पड़ा था ⋯ व्हेयर इज द टाइम टु वेस्ट ! जाइए और अपने लीगल एक्सपर्ट्स को लेकर आइए !"

मोहन्ती चौंके ⋯ क्या मन्त्रीजी वकीलों को लाने की बात कर रहे हैं ? मोहन्ती को क्या मालूम, पूछ भी नहीं सकते थे कि महोदय आपका लीगल एक्सपर्ट्स से तात्पर्य ? चुपचाप चले आए। मन्त्री का अहं इतना जबर्दस्त था कि उन्होंने मार्गनिर्देशन के बतौर दो शब्द कहना भी ठीक नहीं समझा। मोहन्ती अटकलें लगाते रहे ⋯ अपने विभाग के लोगों से मिलने के दौरान उन्हें इल्म हुआ कि विभाग के कानून अनुभाग में जो अधिकारी काम करते थे, उन्हें लीगल एक्सपर्ट्स कहता था मन्त्री। उनसे ही उस फाइल का पता चला जिससे मन्त्री उलझा हुआ था। मन्त्री उन अधिकारियों को लाने की बात कर रहे थे। अब पहले ही दिन मोहन्ती को कैसे अन्दाज होता कि मन्त्रीजी नीचे के अधिकारियों से मुखातिब होना पसन्द करते हैं ⋯ कुछ मन्त्री तो इसे अपनी तौहीन मानते हैं। मोहन्ती को मन्त्री के काम करने के तरीकों के बारे में मन्त्री के पी.ए. वगैरह से

पता कर लेना चाहिए था। डी.वी. ने थोड़ा-बहुत बताया, पर बाद में। यहाँ तक मोहन्ती से गलती हुई पर यह कैसे सोचा जा सकता था कि जिस वक्त मोहन्ती पहली बार मिलने जा रहे हैं, मन्त्री फलाँ फाइल पर विचार कर रहा है। मन्त्री को कुछ जानना था तो पहले से खबर भेज देना चाहिए ⋯ कि इस मुद्दे पर बात करना है और फलाँ-फलाँ को लेकर आइए।

दो मिनट की सख्त-सख्त बात ⋯ और बस, पहली मुलाकात खत्म ! दरअसल उस मन्त्री का वह एक पैंतरा था—पहली ही मुलाकात में अधिकारी को उसकी जगह दिखा दो, बता दो कि मन्त्री चुस्ती पसन्द करते हैं, उन्हें गम्भीरता से लेना होगा, बहुत मेहनत करनी होगी, हमेशा पूरी जानकारी रखनी होगी वगैरह, वगैरह ⋯ मोहन्ती सोचते थे कि यह हथकंडा तो बहुत नीचे के स्तर पर अपनाया जाता है। उच्च श्रेणी के स्तर पर जरूरत थी कि हर व्यक्ति जो लम्बे तजुर्बे के बाद वहाँ पहुँचा है, उसका श्रेष्ठ निकाला जाए, उससे एक मित्र की तरह बरताव किया जाए, ताकि उसमें इतना आत्मविश्वास आ जाए कि वह निर्भीक होकर मन्त्री के सामने अपने विचार रखे, खुलकर सलाह दे। इस तरह और दूसरे लोगों से सुनकर जो विचार उभरें उन पर मन्त्री विचार करे ⋯ देश के लिए, समाज के लिए—क्या अच्छा है, क्या बुरा, क्या किया जा सकता है, क्या नहीं ⋯ एक पूरे का पूरा सोच विकसित किया जाए जिसके आधार पर नीति निर्धारण हो, कार्यक्रमों की रूपरेखा तैयार हो। यह क्या कि फुटकर मुद्दे जब जैसे सामने आए, उन पर उचकते चले, अपनी पेलते, सामनेवाले को रौंदते हुए। वह आदमी चाहते हुए भी फिर क्या अपनी जुबान खोलेगा ? पर इस मन्त्री को उस लम्बी-चौड़ी प्रक्रिया से क्या लेना-देना था। वह तो अपनी जानकारी, ज्ञान, वाक्चातुर्य आदि दिखाकर प्रसन्न था। खुश, कि लोग उसे स्ट्रिक्ट आदमी समझते हैं, वह बड़े-बड़े अफसरों को डाँट देता है, एक वही है जो विचारवान है ⋯

इसके बाद आई मन्त्री से प्राइवेट पार्टी की मुलाकात के लिए उस नोट की ताबड़तोड़ तैयारी ⋯ और फिर वे लाल, पीली, हरी स्लिपें ⋯ जिनसे मोहन्ती का मन्त्री उन्हें अजीब तौर तरीकेवाला आदमी लगा।

ऐसे ही मोहन्ती का मन्त्री एक दिन उनसे बोला कि आपके विभाग का एक्ट आज के जमाने से बिल्कुल मेल नहीं खाता, बाबा आदम के जमाने का है ⋯ मैं एक कमेटी बनाऊँगा जो एक्ट को जल्द-से-जल्द नए सिरे से लिख डाले। एक्ट में सीधी बातें हों जो जनता की समझ में आएँ।

मोहन्ती सोचने लगे ⋯ पचीसेक साल के दौरान सीढ़ी-दर-सीढ़ी तैयार किया गया एक्ट जिसमें उनके विभाग से ताल्लुक रखनेवाले कानून थे, जिस पर एक जमाने में संसद में खूब बहस हुई होगी तब कहीं जाकर 'बिल' 'एक्ट' बना होगा ⋯ उसके बाद कभी किसी हाईकोर्ट का कोई फैसला आया, उससे निपटने के लिए संसद ने एक और कानून बनाया, समाज के किसी वर्ग ने कुछ समस्याएँ रखीं, उनके निदान के लिए कुछ और कानून बनाए गए, किसी प्रावधान का गलत इस्तेमाल हुआ, उसे रोकने के लिए

नए कानून बनाए गए ··· ये सब उस पुराने एक्ट में शामिल किए गए। उन सबसे मिलकर वर्षों में यह एक्ट इस शक्ल में आया ··· उसे यह मन्त्री पूरा-का-पूरा बदल डालने की सोचता है, ऐसे ही चुटकियों में ?

"एक्ट की जो चीजें ठीक नहीं हैं, उन पर अलग से अगर हम विचार कर लें तो ?" मोहन्ती ने धीमे से कहा।

"नहीं, सारे का सारा कूड़ा है, देखते नहीं किस वाहियात भाषा में है ··· " मन्त्री ने एक जगह से पढ़कर सुनाया भी।

"कानून की भाषा थोड़ा पेचीदा हो ही जाती है, सर !"

"ऐसा क्या कि कुछ समझ में ही नहीं आए। इस एक्ट को अरब सागर में फेंक देना चाहिए।"

अब यह कौन कहे कि जो है, वह संसद का बनाया हुआ है। मन हुआ कि कहें—"तो फेंक दो।" क्या कर सकेगा वह, संसद बैठी है, अरब सागर में फेंकने के लिए भी उसकी मंजूरी चाहिए होगी और तुम छोटी-छोटी पार्टियों के चार-चार लोग क्या बहुमत जुटा सकोगे ? दो दिनों के लिए भी पावर में आ जाने का क्या नशा होता है।

"नए एक्ट का प्रारूप तैयार करने में बहुत समय लगेगा," मोहन्ती ने सिर्फ इतना कहा।

"क्यों लगेगा ··· मैं इंटेलीजेंट लोगों की एक कमेटी बनाऊँगा जो तीन महीने के भीतर संसद में पेश करने लायक बिल तैयार कर देगी। अपने देश में बुद्धिमान लोगों की कमी नहीं है। मैं आज ही कमेटी घोषित कर देता हूँ। लिखिए नाम ··· और अपने कमरे में जाकर अभी प्रप्रोजल भेज दीजिए।"

मन्त्रीजी ने नाम बोल दिए, मोहन्ती ने लिख लिये। शाम तक आदेश निकल गए—"विभागाध्यक्ष यानी कि मोहन्ती की राय पर सरकार ने यह तय किया है कि विभाग के एक्ट को नए सिरे से तैयार करने के लिए एक कमेटी बनाई जाए। कमेटी अपना काम तीन महीने में पूरा करेगी। अध्यक्ष मोहन्ती समिति के सदस्य सचिव होंगे और इस कमेटी में ये-ये सदस्य होंगे।"

समिति के सदस्य देश के कोने-कोने से थे। तीन महीने तो उन्हें एक जगह बुलाने-बैठाने में ही लग जाएँगे ··· मोहन्ती सोच रहे थे ··· गड़बड़ी किसी किताब में नहीं, उसके प्रावधानों के कार्यान्वयन में होती है, उसे दुरुस्त करना चाहिए। यह मन्त्री क्या सोचता है—क्या हमेशा बना रहेगा ··· इन्होंने एक्ट का नया प्रारूप बना भी दिया, संसद से पास भी करा लिया तो नई जो सरकार आएगी वह क्या उसे उसी रूप में रखेगी ? उसे नहीं भाया तो वह क्या एक और कमेटी बिठाएगी ? यह सिलसिला कब तक चलेगा। क्या कोई अपनी निहायत व्यक्तिगत रायों-जिदों को इस तरह सरकार के किसी विभाग, सरकार या समाज पर लाद सकता है ··· क्या यह हक है उसे।

लेकिन वहाँ 'न' नहीं कहा जा सकता था। मूर्ख मोहन्ती ! उन्हें यह समझ में क्यों नहीं आता कि एक्ट वगैरह किसी को नहीं बदलना था ! मन्त्री भी जानता था कि यह

काम इतना आसान नहीं, वह तो दिखाना चाहता था कि वह इतना क्रान्तिकारी परिवर्तन सोचनेवाला मन्त्री है ··· इमेज बिल्डिंग ! या कौन जाने इन बड़ी-बड़ी चीजों का हल्ला मचाकर वह लोगों का ध्यान दूसरी तरफ करना चाहता था—दिखाओ कि हम क्रान्तिकारी परिवर्तन करने की सोचते हैं और नीचे-नीचे वही करते रहो जो सब करते हैं ··· स्वार्थसिद्धि, इस दुर्लभ समय का भरपूर फायदा उठाते हुए। फिलहाल हकीकत यह थी कि मन्त्री अपने कुछ लोगों को 'ओहदा' देना चाहता था। कमेटी के काम के बहाने लोग सरकारी खर्चे पर वायुयानों में यात्रा करेंगे, बड़े-बड़े होटलों में ठहरेंगे, लोगों की राय लेने के नाम पर पूरा हिन्दुस्तान घूमेंगे, दैनिक भत्ता लेंगे। जल्दी ही मोहन्ती की समझ में आ गया। एक बात फिर भी खीझ उत्पन्न करती थी—कि ये लोग इतना झूठ क्यों बोलते हैं। अरे ! अपने कुछ लोगों को फायदा पहुँचाना है—यह साफ-साफ क्यों नहीं कहते। कहेंगे—अध्यक्ष की राय पर यह फैसला किया गया कि ··· ! मन्त्री सीधा-सीधा क्यों नहीं लिख सकता कि उसके विचार से ··· या मन्त्री ने यह महसूस किया ··· वह इसलिए नहीं कि कल के दिन कोई आलोचना करे तो कहा जा सके मन्त्रीजी ने तो सिर्फ नीचे के प्रस्ताव को माना है ! काम व्यावहारिक था या अव्यावहारिक, जल्दी होना था या देर में, हो भी सकता था या नहीं ··· यह सब तो नीचे विभाग के स्तर पर देखा जाना चाहिए था ! कमेटी के सभी सदस्य मन्त्री के बन्दे थे ··· लेकिन प्रस्ताव को नीचे से आता दिखाने के लिए फाइल चलाई गई। मोहन्ती को नाम पकड़वा दिए गए ··· नामों का प्रस्ताव शुरू हुआ फाइल पर मोहन्ती के नोट से, सचिव और मन्त्री ने अपनी चिड़िया बैठा दी। यानी वहाँ भी जो दिखाया गया वह यह कि मोहन्ती ने ही इन नामों की सिफारिश की थी, मन्त्रीजी ने तो नामों का सिर्फ अनुमोदन किया।

प्रोफेशनल जानकारी में पक्का बढ़िया, उच्चारण में अंग्रेजी बोलनेवाला, दर्शनीय ··· कुल मिलाकर मोहक व्यक्तित्व था मोहन्ती के मन्त्री का। नदारत थी तो व्यक्तित्व की आत्मा जिसके बिना सबकुछ खोखला था। जब-जब मोहन्ती अपने मन्त्री को देखते, उन्हें साफ दिखाई देता कि आखिर एक चीज चरित्र नाम की होती है और उसी से किसी व्यक्तित्व में प्राण-संचार होता है। और वह यहाँ नहीं थी। वहाँ सिर्फ एक आधुनिक स्मार्ट ढाँचा था। दूसरी बात जो मोहन्ती को बराबर लगती कि एक बुद्धिमान, पढ़ा-लिखा व्यक्ति भी किस कदर भ्रष्ट हो सकता है। भ्रष्टाचार माने सिर्फ पैसा लेना नहीं होता। अपनी होशियारी का इस्तेमाल करके जान-बूझकर ऐसे फैसले करना जो छोटे-छोटे फायदों, स्वार्थ-सिद्धियों के लिए हों ··· जिनके दूरगामी प्रभाव समाज के खिलाफ जाते हों ··· यह भी भ्रष्टाचार है। पढ़ा-लिखा, समाज-देश-विश्व की सोचनेवाला व्यक्ति जब भ्रष्ट होता है तो वह सामान्य भ्रष्ट से बहुत ज्यादा खतरनाक भ्रष्ट होता है। इसीलिए पढ़े-लिखे व्यक्ति में नैतिकता, मूल्यों में आस्था—ये चीजें बहुत जरूरी हैं। मोहन्ती के मन्त्री के यहाँ ये चीजें दकियानूसी की निशानी थीं। उनका जिक्र आते ही वह फच्च से हँस देता था, तिरस्कार में।

उठाईगीर, दुकान और 'मॉडल'

वह मन्त्री क्या जो रेवड़ियाँ न बाँटे ··· अपने लोगों को सरकार को चूसने का मौका न दे।

उसी क्रम में मोहन्ती का मन्त्री एक नौजवान को अपने आर्थिक सलाहकार के रूप में ले आया। रमेशकुमार ··· टी.वी. चैनल्स में लोगों के इंटरव्यू लेता, परिचर्चाओं में भाग लेता दिखाई देता था। प्रतिभा द्वितीय श्रेणी की ··· लेकिन उसकी दो विशेषताएँ थीं—एक तो वह देश के उसी हिस्से का था जिसके मन्त्रीजी थे, उन्हीं की जुबान बोलता था, दूसरे वह बेहद व्यवहार-कुशल था—बड़ी जल्दी लोगों के करीब आ जाता, उनसे अनौपचारिक व्यवहार बिठा लेता। मन्त्रीजी ने उसे जो काम सौंपा, वह था—अखबारों को पढ़ना, पढ़कर उपयुक्त हिस्सों की कटिंग रखना—एक, वे खबरें जो मन्त्रीजी की वाहवाही में अखबारों में निकलती थीं, जिन्हें पढ़कर मन्त्री पुनः-पुनः गदगदायमान हो सकते थे, दूसरे, प्रबुद्ध लोगों के बढ़िया-बढ़िया विचार उन्हें मन्त्रीजी के सामने लाना था ··· इसलिए नहीं कि उन विचारों पर गम्भीरता से कुछ सोचना है बल्कि इसलिए कि उनमें से कुछ को कोई जामा पहनाकर किसी कान्फ्रेंस में बोलकर मन्त्री लोगों को प्रभावित कर सकते थे। मोहन्ती का मन्त्री होशियार था लेकिन मौलिकता में 'जीरो'। तो कहीं से तो विचार या विचार-बिन्दु उठाने ही थे। रमेशकुमार उनकी तरफ से उठाईगीर था। उसका एक और काम था—उद्योगपतियों के जो डेलीगेशन मन्त्री से मिलना चाहते, रमेशकुमार उन्हें अपॉइंटमेंट दिलाता, उन्हें लेकर मन्त्री के पास जाता, उन बैठकों में भी बराबर बैठा रहता। मन्त्रीजी डेलीगेशन के सदस्यों को हर तरह से यह जाहिर कर देते कि रमेशकुमार उनका खास आदमी है, लायजन अफसर ! फिर उद्योगपतियों से रमेशकुमार सम्पर्क बैठाता और आगे मन्त्री और उनके बीच पुल का काम करता था। कुछ लोगों का कहना था कि वह उन लोगों से रकम और दूसरे फायदे घसीटता है—मन्त्री के लिए या मन्त्री को अज्ञान में रखकर अपने लिए ··· ठीक-ठीक कुछ कहा नहीं जा सकता, दोनों तरह की अफवाहें थीं। अगर उस बात में थोड़ी-सी दम थी तो रमेशकुमार को लेकर सच भी हो सकती थी क्योंकि वह बड़ा महीन काम था और किसी विश्वासपात्र से ही कराया जा सकता था। मन्त्री को अपनी ईमानदार छवि बनाए रखनी थी और राजनीति का खेल खेलने के लिए रुपया चाहिए। एक 'बैलेंस' बनाना था ··· अक्ल हो तो क्या नहीं किया जा सकता ! मीडिया से जुड़े होने का यह फायदा तो रमेशकुमार को था ही कि वह मन्त्री पर अच्छा ही अच्छा लिखवाता रहे, प्राइवेट टी.वी. चैनल्स में उनके बढ़िया प्रोग्राम करवाता रहे। रमेशकुमार अच्छा 'मैनेज' करता था, मन्त्रीजी छोटी-छोटी बातों (!) से अछूते बने ऊँचाई पर बैठे रहते।

रमेशकुमार ने मोहन्ती को एक दिन फोन किया कि एक उद्योगपति उनसे मिलने आएँगे, मन्त्रीजी चाहते हैं कि उनकी मदद के लिए कोई रास्ता निकाला जाए। वे अपनी समस्या आपको बता देंगे। मोहन्ती को अजीब लगा। अव्वल तो यह उनका काम नहीं

था। नीचे फील्ड में कमिश्नर, चीफ कमिश्नर आदि थे ''' उनका काम था देखना कि किसने कानून का पालन किया, किसने नहीं। दूसरे अगर आशय यह था कि मोहन्ती नीचे के अफसरों से किसी के पक्ष में बोलें तो मन्त्री ने मोहन्ती से सीधा क्यों नहीं कहा। अब यह कैसे पता चले कि वह उद्योगपति वाकई मन्त्री का आदमी है या कि मन्त्री के नाम पर रमेशकुमार अपना उल्लू सीधा कर रहा है। अक्ल की बात यह थी कि मोहन्ती कम-से-कम रमेशकुमार को अपनी गर्मजोशी दिखा देते—''हाँ, हाँ, जरूर भेजिए,'' सचिवालय का वह चलताऊ जुमला इस्तेमाल करते—''मैं पूरी कोशिश करूँगा,'' या ''जो भी सम्भव हुआ मैं जरूर करूँगा'' ''' ऐसा कुछ भी, क्योंकि कुछ हो रमेशकुमार मंत्री का मुँहलगा तो था ही। जो हो गया वह यह कि मोहन्ती ने रमेशकुमार से कहा कि बेहतर हो कि ये लोग जिन अधिकारियों के पास उनके मामले अटके हैं उनसे, या फिर उनसे एक या दो स्तर ऊपर के लोगों से मिलें। अगर वहाँ काम न हो तब मोहन्ती के पास आएँ। मोहन्ती, सचिव या मन्त्री के स्तर पर तो व्यक्तिगत मसले सुलझाए नहीं जाते ''' फिर भी अगर उन्हें मोहन्ती से ही मिलना है तो उनका स्वागत है।

मोहन्ती को डर था कि एक बार रमेशकुमार को छूट दी तो वह तो सिर पर सवार हो जाएगा, सुपर मन्त्री बनकर बोलेगा, रोज उनके पास कभी इसे कभी उसे भेजा करेगा। मोहन्ती अध्यक्ष थे, उसे देखते हुए उचित तो यही था कि मन्त्री को अगर कहीं किसी में दिलचस्पी है तो सीधे मोहन्ती से कहें। आखिर सभी के कुछ ऐसे नजदीकी होते हैं जिनके काम कराने होते हैं ''' व्यवहार के कारण। तो मन्त्री साफ-साफ वह क्यों नहीं बोलता, खेल क्यों खेलता है ! अगर मन्त्री ने रमेशकुमार को अपना काम हल्का करने के लिए रखा है ''' तो कुछ काम वह जूनियर मन्त्री को क्यों नहीं सौंपता ? वह बेचारा काम के लिए प्यासा घूमता रहता है, बराबर यह शिकायत लिये कि मन्त्री उसे कोई महत्त्वपूर्ण काम देता ही नहीं। उस काम के लिए मोहन्ती से सीधा कहा जाता तो शायद वे किसी तरह खुद को नीचे बोलने के लिए तैयार कर लेते। अभी तो मोहन्ती को एक ही बात दिखाई देती थी—रमेशकुमार उस उद्योगपति का काम करवाकर उससे रुपए ऐंठेगा। भ्रष्टाचार की कड़ी का हिस्सा मोहन्ती क्यों बनें ? अगर सबकुछ ऊपर से नीचे तक साफ होता तो मोहन्ती के मन में यह बात आती ही नहीं ''' पर दुर्भाग्य से ऐसा नहीं था। मोहन्ती साफ-सुथरी व्यवस्था बनाने की दिशा में कार्य करना चाहते थे ''' पर उसमें उनके अलावा किसी को क्या दिलचस्पी हो सकती थी, उन्हें तो कतई नहीं, जो कुछ समय के लिए ही मन्त्री या मन्त्री के सलाहकार बने थे। टी.वी. चैनेल्स का एक मामूली कार्यकर्ता जिसके पास सिर्फ मामूली गुण थे, जैसे—बढ़िया उच्चारण में अंग्रेजी बोल लेना, और मन्त्री की ही तरह हर हालत में एक व्यावहारिक मुस्कान चेहरे पर चिपकाए रखना—वह मोहन्ती को हुक्म देगा—मोहन्तीजी पैंतीस वर्षों की नौकरी करके यहाँ तक पहुँचे हैं, एक पूरे जीवन के संघर्ष और प्राप्ति के बाद ? व्यक्तित्व छोड़ भी दें तो उम्र, तजुर्बा, लियाकत, पद ''' सबमें कहाँ मोहन्ती और कहाँ यह रमेशकुमार जिसने कभी इस अखबार, कभी उस अखबार, इस टी.वी., उस टी.वी. में कुल-मिलाकर पाँच-छः

साल काम किया होगा ! मोहन्ती का सोचना सही था, लेकिन आज की हवा के हिसाब से गलत ... जो मन्त्री के कान के करीब हों उनका तो खास ख्याल किया जाता है, अपने अहं को ताक में रखकर। अगर मोहन्ती की चिन्ता यह थी कि रमेशकुमार मन्त्री के नाम पर पैसा बनाता है तो यह मन्त्री और वह जाने ... अगर मन्त्री बनाएगा तो बीच में वह थोड़ी-बहुत अपनी कटौती करेगा ही। बहरहाल मोहन्ती को जो कहना था, सो कह गए। रमेशकुमार को नागवार गुजरा। फिर भी उसने अपने उस उद्योगपति को तो मोहन्ती के पास भेज ही दिया, पहले ही बढ़-बढ़कर बोल चुका होगा—"अध्यक्ष को मैं बोल दूँगा, मेरे कहने को वे कैसे टालेंगे ... " वगैरह, वगैरह। अब अपनी पोजीशन तो बनाए ही रखनी थी। मोहन्ती उद्योगपति से मिले, नम्रता से मिले ... उनकी समस्या नोट की, उन्हें सम्बन्धित अधिकारी के पास भेज दिया, निर्देश देते हुए कि कानून और प्रावधानों के अनुसार उनका काम जल्द-से-जल्द निपटाया जाए। उद्योगपति बहुत सन्तुष्ट नहीं हुए—अगर कानून और नियमों के तहत ही काम होना था तो यहाँ तक वे आए ही क्यों ! उन्हें तो कुछ अतिरिक्त चाहिए था—अपने हक में काम कराना, जो नीचे का अधिकारी नियमों के बाहर जाकर भी करे।

रमेशकुमार अपने सलाहकार के पदवाला फायदा उठाने चला था। उद्योगपति के लिए मन्त्री ने नहीं कहा था ... लेकिन उससे क्या, वह मन्त्री का खास आदमी है, उसके आदमी मन्त्री के आदमी, मन्त्री के आदमी उसके आदमी। वह जो कुछ, जहाँ भी कहेगा मन्त्री की तरफ से ही कहेगा। उसका पद ही ऐसा है। मोहन्ती से सूखा-सा जवाब मिलने के बाद फिर रमेशकुमार ने कोई आदमी मोहन्ती के पास नहीं भेजा, किसी काम के लिए उनसे कहने की हिम्मत भी वह कभी नहीं बटोर सका, लेकिन इसका एक परिणाम यह जरूर हुआ कि वह जब मौका लगा तब धीमे, जोर से या इशारा देते हुए ही मन्त्री से मोहन्ती के बारे में उल्टा-सीधा जरूर बोल देता। यही नहीं, बल्कि वह सब बोलने के मौके तलाशता रहता, और नहीं तो उनका नाम लेकर व्यंग्य-बाण ही चला देता।

इसी तरह की एक और गलती मोहन्ती से शुरू में ही हो गई—जिस कस्बे के मन्त्रीजी थे उसी कस्बे का, बिल्कुल मन्त्री जैसी देशी वेशभूषा में ही रहनेवाला, एक करीब-करीब अपढ़ आदमी उनके घर आने लगा था ... अध्यक्ष पद पर चुनाव होने के पहले से ही। उसने मोहन्ती को कई तरीके से कई बार बता दिया कि मन्त्रीजी से उसके घरेलू सम्बन्ध हैं। वह एक नाटा, काला-कलूटा आदमी था। पूजा का तिलक माथे पर लगा होने के बावजूद घृणा उपजाता था। ऐसे निकृष्ट स्तर की चापलूसी शुरू करता कि घिन छूटने लगती। अध्यक्ष बनने के दूसरे दिन ही वह अंगवस्त्र, नारियल, मिठाई आदि थाली में सजाए मोहन्ती के घर पहुँच गया और मोहन्ती की बाकायदा पूजा करने लगा। जरूर कुछ लोग आरती उतरवाने में सुख पाते होंगे, तभी तो इस आदमी की आदत पड़ गई थी। मोहन्ती के गले के नीचे यह नहीं उतर सका—आदमी की आरती कैसे उतारी जा सकती है, उसकी पूजा करना, वह भी नौकरी जैसी गई-गुजरी चीज के लिए, उसमें भी एक तरक्की के लिए जो कल नहीं तो परसों जरूर धुल-पुँछ जाना है।

भीतर खीझ में भुनभुनाते हुए मोहन्ती से उन सज्जन को झिड़के बिना न रहा गया, उससे कहा कि ऐसी पूजा एकान्त में बैठकर ईश्वर की करो तो परलोक बने ··· पर वह बन्दा तो इहलोक बनाने में लगा हुआ था। वह आश्चर्य से मोहन्ती की तरफ देखने लगा, कि यह कैसा आदमी है जिसे सामने आई इतनी बड़ी चीज—अध्यक्षता—नहीं दिखाई दे रही। जो दिखता नहीं, है भी या नहीं ··· वह दूसरा लोक दिखाई देता है। नारायणस्वामी (नाम था उनका) हार माननेवाले नहीं थे। तिलक लगाकर, उत्तरीय पहनाकर ही माने। वे आरती उतारनेवाले थे, तैयारी करके आए थे ··· कि वहाँ मोहन्ती अड़ गए और नारायणस्वामी को दुत्कार लगा दी। तीसरे दिन नारायणस्वामी मोहन्ती के दफ्तर पहुँचकर, निहायत बेतकल्लुफी से सोफे पर धँस गए और सरकारी फोन अपनी तरफ घसीटकर एक पर एक करने लगे, ज्यादातर दिल्ली से बाहर को फोन। फोन पर बात करते हुए बीच में कहीं धीरे से बोल देते—मैं अध्यक्ष के कमरे से बोल रहा हूँ, उनके फोन से बात कर रहा हूँ। मोहन्ती ने उस रोज बर्दाश्त किया कि वह मन्त्री का आदमी है ··· पर नारायणस्वामी तो हर तीसरे-चौथे दिन आने लगे। चपरासी पर मन्त्री के सम्बन्धी होने का वह रोब जमा रखा था कि चपरासी बेचारा चूँ नहीं करता, मोहन्ती के कमरे में इसे बेरोकटोक जाने देता। उसके बाद फिर वही सोफे पर पसरकर फोन पर फोन ··· देश के किसी कोने में फोन। मोहन्ती को लगा कि वह आदमी तो उनके कमरे में अपना छोटा-मोटा दफ्तर खोलकर बैठने लगा था। मोहन्ती बर्दाश्त कर रहे थे तो इसलिए कि जिस दिन नारायणस्वामी आता, वह यह जरूर फुसफुसा देता कि वह उसी कस्बे का है जहाँ के मन्त्री हैं, उनके पारिवारिक सम्बन्ध हैं, मोहन्ती को कोई परेशानी हो तो बताएँ, पिछले अध्यक्ष से नारायणस्वामी के गहरे सम्बन्ध रहे हैं, मन्त्री से कहकर नारायणस्वामी ने उनके कई काम करवाए हैं।

अब या तो मोहन्ती सरकार का यह नुकसान होने दें कि नारायणस्वामी की दुकान, ठीक उनके कमरे में ··· सचिवालय में खुली हुई है; मोहन्ती से निकटता दिखाकर जो-जो फायदा उठाया जा सकता है, वह नारायणस्वामी का बच्चा उठा रहा है, अगर वह पैसे भी मोहन्ती के नाम बना रहा है, तो वह भी बनाने दें ··· सबकुछ इसलिए कि वह मन्त्री का आदमी है—या फिर उसे निकाल बाहर करें। वे दिन तनाव के थे। जैसे ही नारायणस्वामी प्रकट होते, मोहन्ती की शिराएँ खिंचने लगतीं। वे कुछ काम करते जाते तो भी तनाव में होते, सोफे पर बैठे नारायणस्वामी पर नजर जाती तो भीतर से भड़भड़ा उठते। आखिर मोहन्ती मन्त्री द्वारा नियुक्त किए गए सरकार के कोई दैनिक वेतनभोगी तो हैं नहीं, कि नारायणस्वामी के कहने से, अगले दिन से ही हटा दिए जाएँगे। वे अपने बल पर यहाँ तक आए हैं ··· अपनी प्रतिष्ठा इस दलाल द्वारा यों कलुषित हो जाने दें ? सवाल मोहन्ती जैसे एक व्यक्ति की प्रतिष्ठा का भी नहीं था, सरकार की प्रतिष्ठा का था। सरकार के किसी दफ्तर का उपयोग वही तो कर सकता है जो संविधान या उसके किसी नियम के तहत उस पद पर नियुक्त किया गया हो—या कोई भी ऐरा-गैरा किसी सरकारी कमरे में बैठकर अपना अच्छा या खराब काम चालू कर देगा ? जो सरकारी

कर्मचारी यह करने देते हैं वे ज्यादा दोषी हैं, कि ऐसी दुकानें सरकारी जगहों पर खोलने देते हैं। मोहन्ती जानते थे कि उनके पहले जो अध्यक्ष थे, वे नारायणस्वामी को बेरोकटोक अपने कमरे में बैठने देते थे। नीचे के अफसरों का कहना था कि अध्यक्ष से अकेले में बात ही नहीं हो पाती, नारायणस्वामी घंटों उनके कमरे में धँसा रहता है। वह दिखाता तो यह था कि अपने काम कर रहा है, पर उसके कान अध्यक्ष की अपनी मातहत अफसरों से बातचीत में लगे रहते। बातचीत या बातचीत के टुकड़े पकड़कर नारायणस्वामी जरूर बाहर लोगों के बीच उछालता होगा, और नहीं तो उनके आधार पर अपनी पोजीशन बनाता होगा कि लोग काम कराने उसके पास आएँ ! मोहन्ती सब समझ रहे हैं ··· फिर भी सबकुछ होने दे रहे हैं ··· सिर्फ इसलिए कि वह मन्त्री का आदमी है और पिछले अध्यक्ष ने ऐसा अपने पूरे कार्यकाल में होने दिया था। फिर क्या फर्क हुआ उस अध्यक्ष में और मोहन्ती में। मोहन्ती ने नारायणस्वामी को पूरे दो हफ्ते बर्दाश्त किया। तीसरे हफ्ते जब श्री नारायणस्वामी प्रकट हुए तो मोहन्ती से न रहा गया, उन्होंने साफ-साफ, (इशारे की भाषा समझनेवाले नारायणस्वामी थे ही नहीं) सख्ती से कहा :

''देखिए नारायणस्वामीजी ··· सरकारी मशीनरी ··· फोन आदि का उपयोग उन्हीं के द्वारा ठीक लगता है जो सरकार के आदमी हों। मैं जब इस पद पर नहीं रहूँगा तो एक दिन के लिए भी न इस कमरे में आऊँगा, न ही फोन आदि का उपयोग करूँगा। किसी और के द्वारा इन चीजों का इस्तेमाल ठीक नहीं। आपका यहाँ बैठना, फोन आदि करना अच्छा नहीं लगता।''

''अरे सर ! मैं कोई गैर हूँ, मैं भी तो सरकार का ही काम करता हूँ, कोई अपना तो कर नहीं रहा ?''

मोहन्ती भौंचक से उसे देखते रहे, तो नारायणस्वामी ने आगे खुलासा किया।

''सरकार का काम है जनता की तकलीफें दूर करना ··· मैं उन तकलीफों का पता लगाकर उन्हें आपके दफ्तर के मार्फत दूर कराने की कोशिश करता हूँ। आपका असिस्टेंट हूँ, सर !'' नारायणस्वामी हल्के-हल्के मुस्कुरा रहे थे।

अपढ़ व्यक्ति की तर्कबाजी तो देखिए ··· दलाली को सरकारी काम कहता है, जिसे एक गैरसरकारी व्यक्ति किए जा रहा है। अपने आप उसने खुद को अध्यक्ष का सहायक भी नियुक्त कर लिया था।

''मुझे इस काम के लिए तैनात किया गया है, इसलिए करता हूँ। आपको किस सरकार ने तैनात किया है ?'' मोहन्ती ने कहा।

''आपकी तैनाती होनी थी, क्योंकि आपको तनख्वाह मिलना है,'' उसने हँसते हुए कहा—''मैं आपकी सेवा में हूँ। आपके पहले जो थे उनकी सेवा में था।''

''आपको क्या मिलता है इस सेवा से ?''

''आपकी कृपा से कुछ हो ही जाता है, आप भी नुकसान में नहीं रहेंगे, सर,'' वह साफ-साफ सामने आ गया।

''नारायणस्वामीजी ! आपने मेरे बारे में बाहर क्या यही सुना है,'' मोहन्ती ने बड़ी

शालीनता से कहा।

"सर, कुछ पोस्टों पर सिर्फ तनख्वाह होती है, कुछ पर बोनस भी। आपकी पोस्ट पर बोनस है।"

"मुझे नहीं चाहिए यह फोकट की कमाई।"

"लेकिन यह तो आपका अधिकार है, सर ! आप लोगों से कोई मुफ्त लेंगे ? उनका काम करेंगे तब।"

"नारायणस्वामीजी ! क्या नई नैतिकता निकाल ली है आप लोगों ने। अन्तरात्मा जो थोड़ा-बहुत कचोटती है, उसे चुप करने के लिए क्या एक-से-एक तर्क ईजाद किए चले जा रहे हैं, आप लोग। कृपा कर बाहर जाइए ⋯ इसी वक्त और आइन्दा यहाँ न आएँ। प्लीज गो अवे ⋯ प्लीज ⋯ "

मोहन्ती गुस्से को जब्त न कर सके। उनके माथे पर पसीना ही पसीना था—साला दो पैसे का भँडुवा, दलाल, अपढ़, गँवार ⋯ उन्हें शिक्षा दे रहा है ! कैसे कॉकरोच ही कॉकरोच चारों तरफ, पग-पग पर फैले हुए हैं। इनकी बिरादरी को खत्म करना तो बहुत मुश्किल है ही, खुद को कॉकरोच होने से कैसे बचाया जाए—यह भी कम मुश्किल नहीं है। नारायणस्वामी कहता था वह मन्त्री का आदमी था, मोहन्ती ने उसे एकाध मर्तबा मन्त्री के कमरे से बाहर निकलते देखा भी था। उतना धँसकर मन्त्री के यहाँ नहीं बैठता होगा जितना मोहन्ती के यहाँ बैठने लगा था ⋯ लेकिन उसका जो स्तर था तो कौन जाने वह मन्त्री को भी यही सब समझाता हो जो मोहन्ती को समझा रहा था, उसकी भाषा ही यही थी। हो सकता है वह मन्त्री की तरफ से या वह न सही तो उसके नाम से रकम बटोरने में लगा हो। यह भी हो सकता है कि जो काम यह मन्त्री से कराता हो, उसकी कमाई मन्त्री तक पहुँचाने आता-जाता हो। पर इस मूर्ख को कम-से-कम यह काम तो मन्त्री नहीं सौंपता होगा। तो मन्त्री क्यों इसे अपने यहाँ आने-जाने देता है ? कुछ होगा जरूर ⋯ वर्ना इतना होशियार मन्त्री ऐसे मूर्ख को कैसे बर्दाश्त करता था ? उस चतुर मन्त्री के काम करने का यही तरीका था—अपने आप किसी अधिकारी से कुछ न कहो, यही छवि बनाए रखो कि तुम तो किसी के काम में कोई दखल देते ही नहीं। अन्दर-अन्दर बड़े आसामियों के काम वह चुपचाप रमेशकुमार को सौंप देता था, अपने प्रान्त के छोटे-मोटे काम नारायणस्वामी को। रमेशकुमार समझदारी से मन्त्री का नाम बड़े स्तर पर ले सकता था, नारायणस्वामी को बिना मन्त्री का नाम लिये अपने स्तर पर काम कराने थे। हर बार फेहरिस्त वह मन्त्री से ले जाता होगा, मन्त्री को रिपोर्ट करता होगा ⋯ कौन काम हो गया, कौन किस स्तर पर अटका हुआ है। अब यह नारायणस्वामी की अपनी चतुराई थी कि इसी में उसने अपने खाने-पीने का जरिया निकाल लिया था—मन्त्री के कामों की फेहरिस्त में अपनी भी लगा देता, रुपए जहाँ झटक सके झटक लिए लेकिन, मन्त्री के सामने अपनी 'गुडविल' बनाए रखने के लिए, मन्त्री के चुनाव क्षेत्र के सभी काम वह बिना पैसा लिये कराता था ⋯ जैसे कि चुनाव क्षेत्र के लिए वह मन्त्री का राजनीतिक एजेंट हो। आगे आनेवाले दिनों में मन्त्री के इलाके के कुछ लोगों

ने इस बात की पुष्टि की कि नारायणस्वामी कस्बे में मन्त्री के छोटे-मोटे काम कराते घूमता देखा जाता था। जहाँ तक वह मन्त्री की किसी कम्पनी का छोटा कर्मचारी था, उसका नाम कम्पनी में लिखित रूप से जरूर कहीं नहीं था, शायद जान-बूझकर नहीं रखा गया था। पिछले अध्यक्ष को वह जरूर कामों की फेहरिस्त पकड़ा देता होगा—काम ये करो ··· वे नहीं जो तुम सोचते हो तुम्हें करना चाहिए, या जो विभाग को चुस्त-दुरुस्त करने के लिए जरूरी हैं ···

निकाल तो दिया, लेकिन तभी मोहन्ती को डर लगा ··· इतनी जल्दी उन्होंने मन्त्री के दो करीबी आदमियों को छेड़ दिया था। रमेशकुमार और नारायणस्वामी दोनों ही मन्त्रालय की प्रशासन व्यवस्था में गहरे तक धँसे हुए थे। दोनों ही अब मन्त्री के कान भरेंगे ··· लेकिन इस तरह मोहन्ती कितनों की लल्लो-चप्पो करते रहें। यह तो वेश्याओं का काम हो गया,—हर के सामने कपड़े उतारने को तैयार रहना। मोहन्ती का अपना व्यक्तित्व फिर कहाँ रहा ? ये लोग, और कदम-कदम पर उगते कुछ नए लोग भी ··· वे जो-जो कहेंगे मोहन्ती वह-वह करते चले जाएँ ? एक मन्त्री की जगह उसके हजार रूप, मोहन्ती के हजार बॉस ··· कुछ असली, कुछ जबर्दस्ती बने हुए !

मोहन्ती को नौकरी में अब कुछ पाना नहीं। इसके आगे जो है वह है—कहीं उपराज्यपाल, किसी विभाग का सचिव, किसी छोटे देश का राजदूत वगैरह। वह सब बनने का मटीरियल वे हैं नहीं—यह अहसास मोहन्ती को है। इनके लिए तो किसी नेता, किसी पार्टी के सबसे महत्त्वपूर्ण लोगों के वृत्त में होना चाहिए और वहाँ भी लगे रहिए, लगे रहिए साल-दर-साल ··· तब कहीं जाकर किसी तरह कहीं लग पाना। किस्सा वहीं खत्म नहीं होता। वहाँ से जिस तरीके से हटाया जाता है वह कितना जलालत भरा होता है ··· और जो लगा है वह हटाया भी जाएगा कभी-न-कभी। एक ईमानदार और कुशल अधिकारी था। रिटायर होते समय उसके हाथों एक बड़े नेता के एक-दो काम हो गए। बड़े नेता को अधिकारी की सादगी भा गई तो उसे दिल्ली का उपराज्यपाल बनवा दिया। वह सीधे-सीधे अपने काम करता, किसी के झगड़ों में कभी न पड़ता। कुछ महीने ठीक-ठाक गुजर गए। एक मर्तबा वह गोवा में परिवार के साथ छुट्टी मना रहा था कि कार्यभार वहीं छोड़ देने का आदेश पहुँच गया, यों ही एकाएक ··· अकारण ! अकारण तो नहीं ··· क्योंकि इस बीच एक चापलूस अफसर ने तत्कालीन प्रधानमन्त्री से अपनी गोटी फिट कर ली थी। वह अफसर रिटायर हुआ था तो उसके लिए कोई जगह बनानी थी ··· तो इस उपराज्यपाल से खाली कराओ जो अब किसी का आदमी नहीं रहा था। उपराज्यपाली छोड़ने के आदेश ··· उस एक कागज द्वारा ईमानदार व्यक्ति को अपदस्थ करके चापलूस अफसर मनचाही जगह पदस्थ हो गया ! पुराना बन्दा जो कभी सादर उपराज्यपाल बनाया गया था, एक साल से कम रहा। उसका गोवा से वापस आने, आकर नए व्यक्ति को चार्ज देने का इन्तजार तक नहीं किया जा सका। इतनी-सी भी शालीनता नहीं बरती गई ··· इसलिए कि नया बन्दा कोई खतरा नहीं उठाना चाहता था—समय मिला तो कौन जाने पुराना उपराज्यपाल किसी को पकड़ ले, ज्यादा तगड़ी

चापलूसी कर मारे, इसलिए जब बाहर है तभी। उसे हटाए जाने की फाइल दिल्ली में चलेगी तो उसे खबर ही नहीं होगी इसलिए वह हाथ-पैर नहीं मार सकेगा। बेचारे को गोवा में ही चार्ज छोड़ना पड़ा, दिल्ली अपने खर्चे पर आना पड़ा। वह जिसने यों तड़ाक-फड़ाक सब मैनेज किया ··· उसके यहाँ फूल, बधाइयाँ, मिठाइयाँ ··· खूब बरसात हुई ··· लेकिन दस महीनों में उसका भी क्या हुआ ! ज्यों ही सरकार बदली, उसके यहाँ खबर आई कि अपने आप इस्तीफा देकर खिसक लो। वह जानता था इस्तीफा नहीं दिया तो बरखास्तगी, बेइज्जती से निकाले जाओगे तो रातोरात चुपचाप इस्तीफा दे दिया। अब इसके घर में मातम था और किसी नए 'मैनेजर' (!) के यहाँ फूल-बधाइयाँ !

मोहन्ती ने यह सब देखा है। वे महत्त्वाकांक्षी नहीं हैं, वह स्वभाव नहीं कि वे ऐसे पद पा जाएँ या पाकर ही खुश हो सकें। जब वे किसी से यह कहते हैं तो लोग आश्चर्यभरी नजरों से देखते हैं, विश्वास नहीं करते—गवर्नर होकर क्यों नहीं होंगे खुश, भाई ? माने जरूर कुछ खराबी है आपमें, वर्ना जी-हुजूरी कराना किसे पसन्द नहीं, (कोई इनसे यह पूछे कि जी-हुजूरी कराने की स्थिति में पहुँचने के लिए ही कितनी जी-हुजूरी करनी पड़ती है।) इसी तरह कोई बड़ा पद पाने के बाद भी अगर आप बड़े नेताओं के यहाँ चक्कर लगाते न घूमें तो कुछ गड़बड़ है आपमें। आगे का इन्तजाम करना चाहिए, कौन अपने घर में खाली बैठना चाहेगा ! मोहन्ती को लोग यही समझाते थे—इतने ऊपर, यानी अध्यक्ष पद तक पहुँच गए हो तो आगे भी सरकार को दोहने की तैयारी करो। मोहन्ती के लिए शायद अंगूर खट्टे वाली बात थी—वे जानते थे कि उन्हें इन पदों के लिए कभी नहीं चुना जाएगा। क्या करते हैं वे किसी नेता या पार्टी के लिए ··· जो उन्हें ये पद दिए जाएँगे, मोहन्ती की मुश्किल यह है कि वे चाहें भी तो वह सब नहीं कर सकते जो किया जाना चाहिए—मतलब हर इतवार और छुट्टी के दिन कभी इस नेता, कभी उस नेता के यहाँ बारी-बारी से, बदस्तूर 'काल ऑन' करना, उनके पास बिना सोफे पर टिके बैठना, बात-बात में 'हैं-हैं-हैं-हैं। ··· ' करना और उनके मुँह में कोई काम आया, उन्होंने कहा भी नहीं तो उसे अपने लिए उगलवा लेना, लपककर उसे करने में जुट जाना, अगली बार आकर उसकी रिपोर्ट देना इस टोन में कि सरकार ! वह हो गया, अब आगे ··· नेता के किसी भी सम्बन्धी के आगे आँखें नीची रखना, उसके सामने मन्द-मन्द मुस्कुराना और जीभ से उसके पैरों की धूल चाटने के लिए उतावला दिखना ··· आदि, आदि !

डी.वी. कर सकते थे यह सब, मोहन्ती नहीं। भगवान के यहाँ से ऐसा स्वभाव ही नहीं मिला उन्हें। यही तो चीज है जो प्रकृति ने अपने हाथ में रखी हुई है—हर व्यक्ति को एक ही तरह का नहीं बनाया, वह लाख अपनी बुद्धि और तर्क से खुद को बदलता चला जाए, खुद को सफलता के हिसाब से ढालता चला जाए, एक सीमा के आगे वह अपने स्वभाव के विपरीत व्यवहार कर ही नहीं सकता।

अब तो हो गया, जो होना था। आगे जो होगा देखा जाएगा। चाहे जितने बड़े फायदे के लिए ··· रमेशकुमार और नारायणस्वामी जैसों को पीठ पर लादे हुए चलना

मोहन्ती के बस की बात नहीं थी। ये लोग वे थे जिनका मुँह सुरसा की तरह बड़ा ही होता चला जाता। थोड़ा डर जो लगता था वह स्वाभाविक था ··· क्योंकि ये लोग ऐसे ही तो नहीं कहते होंगे कि वे मन्त्री के आदमी थे, न ही मन्त्री खुलेआम कहेगा कि ये हमारे आदमी हैं, जो यह कहें, समझो हम ही कह रहे हैं। मन्त्री खुद हर काम के लिए कहाँ तक कहता फिरेगा और उसके काम हैं ढेरों, वह छोटे-बड़े, उल्टे-सीधे अपने सब काम करवाना चाहता है।

विभाग के प्रशिक्षण संस्थान में मन्त्री को ले जाने का कार्यक्रम बना था। संस्थान राजधानी की आपाधापी से दूर एक कस्बे के सुरम्य वातावरण में था। मन्त्री को वहाँ ले जाते थे ताकि वह विभाग के नौजवान अधिकारियों से मिले, उनकी बातें सुने और विभाग की समस्याओं के प्रति कुछ सहानुभूतिपूर्ण नजरिया अपनाए। कभी-कभी तो जो प्रस्ताव मन्त्री से मनवाने होते थे, वे संस्थान में ही नए भर्ती किए गए अधिकारियों के माध्यम से मन्त्री के सामने कहलवाए जाते। मन्त्रियों का नए अधिकारियों के प्रति रवैया कुछ नरम होता था। वे ध्यानपूर्वक सुनते और नवयुवकों की प्रसंशा पाने के लिए मानने योग्य प्रस्तावों की स्वीकृति वहीं ऐलान कर देते।

मोहन्ती के लिए यह एक मौका था अपने मन्त्री के नजदीक आने का। मन्त्री से थोड़ा अनौपचारिक रिश्ता बन जाए—जैसा डी.वी. और उसके दूसरे साथी फटाक से बना लेते थे—तो फाइलें वगैरह निकलवाने में सुविधा हो जाती, मन्त्री बेवजह मोहन्ती को दौड़ाते नहीं, परेशान न करते जो वे कर सकते थे। व्यावहारिक बुद्धि का आदमी—मायाप्रसाद की शतांश बुद्धिवाला भी—मन्त्री का यह जो साथ मिल रहा था, उस मौके का पूरा फायदा उठाता और संस्था के दो दिनों में ही मन्त्री के आसपास अपनी माया का जाल फैला लेता। मोहन्ती यह जानते थे, कोशिश करने जा रहे थे।

वे मन्त्री के पहुँचने के एक दिन पहले संस्थान में पहुँच गए ताकि उनके रहने का इन्तजाम, कार्यक्रमों की रूपरेखा आदि को पहले से देख लें। किसी ने सुझाया था कि मन्त्रियों को सीधे-सादे उद्घाटन जैसे कार्यक्रमों में उतना आनन्द नहीं आता जितना शिलालेख में अपना नाम लिखा देखने में। जितनी थोड़ी देर के लिए मन्त्री, अमरत्व के लिए उतनी ही गहरी प्यास ··· उद्घाटन जैसे कार्यक्रम, जो हवा में उड़ जाते हैं, उनकी बजाय किसी पत्थर पर नाम लिख जाए ! पत्थर बना रहेगा ··· आते-जाते लोग देखेंगे, याद करेंगे कि यह आदमी कभी मन्त्री था। कितनी और चीजों की तरह यह भी भ्रम ही था ··· क्योंकि वर्षों बाद जब दूसरे प्रदेश के, दूसरे समय के लोग ऐसे किसी पत्थर के सामने खड़े होते, उस पर जो लिखा उसे पढ़ते भी—तो उद्घाटनकर्ता के नाम पर से उनकी नजरें फिसलकर चली जातीं, उस नाम से कोई तस्वीर न उभरती ··· जब तक कि वह कोई बहुत बड़ा नाम न हो। किया होगा किसी ने उद्घाटन, डाली होगी नींव ··· राजनेता तो यही करते ही रहते हैं ! अधिकांश शिलान्यासवाले पत्थरों की दुर्दशा बड़ी

अजीबोगरीब होती है—किसी भवन के लिए नींव डाली गई, पत्थर में नींव डालनेवाले का नाम, तिथि ... सब लिख-लिखाकर उसे खड़ा कर दिया गया। कुछ समय बीता, भवन के लिए फंड्स नहीं मिले या वह योजना ही खत्म कर दी गई। अब पड़ा है मैदान में पत्थर का वह टुकड़ा ... लावारिस, लम्बी घास के बीच तन्हा ... इर्द-गिर्द घूमते सुअर, टट्टी करते बच्चे। किसी दिन इस पत्थर को यहाँ लगाने के रोज कैसी जमघट रही होगी, क्या चकाचौंध रही होगी। धीरे-धीरे वह छोटा-सा दीवार खंड जिसमें वह पत्थर शिलालेख-सा जड़ा गया होता है, वह भी ढह जाता है ... या फिर बाकायदे योजनाबद्ध तरीके से एक दिन अँधेरे में तोड़ दिया जाता है। कभी शिलान्यासवाले पत्थर किसी मन्त्री या बड़े अफसर को प्रसन्न करने के लिए लगाए जाते हैं, भव्य कार्यक्रम के दौरान। वह मन्त्री गया या अफसर रिटायर हुए तो चुपचाप उसे तोड़कर हटा दिया जाता है। अब उसी भवन का शिलान्यास नए मन्त्री या अफसर द्वारा। इस तरह एक इमारत की नींव दस-दस बार डाली जाती है, इमारत है कि कभी खड़ी ही नहीं होती।

चूँकि ऐसे कार्यक्रमों से मन्त्री प्रसन्न होते हैं तो मोहन्ती को भी सलाह दी गई कि नींव डलवा डालो। संस्थानवाले नगर में पहले पहुँचकर मोहन्ती ने अपने अधिकारियों के साथ सोच-विचार कर इसके लिए रास्ता निकाला। मान लिया गया कि संस्थान में एक 'आमोद-प्रमोद' हाल की जरूरत कब से महसूस की जा रही है। एक छोटा भूखंड तलाशा गया, झाड़-झंखाड़ हटाकर उसे जल्दी-जल्दी समतल किया गया, बराबरी से उद्घाटन के लिए पत्थर बनवाया गया ... उसमें मन्त्रीजी का नाम आदि लिखवाया गया ... और मन्त्रीजी के कार्यक्रमों में जोड़ दिया गया—प्रशिक्षण-संस्थान के आमोद-प्रमोद हाल की नींव रखना। मन्त्रीजी नींव रखेंगे तो दिल्ली जाकर भवन निर्माण के लिए राशि की भी मंजूरी दे देंगे, और नहीं तो यह सोचकर कि वह पत्थर जिसमें उनका नाम खुदा है, वह यों ही लावारिस न पड़ा रहे।

मन्त्रीजी हवाई अड्डे पर उतरे तो मोहन्ती ने अपने साथियों के साथ उन्हें गुलदस्ता भेंट किया। राज्य सरकार की तरफ से आई कार में मन्त्रीजी बैठे, मोहन्ती को अपने बगल में बैठने को कहा (वे बगल में वरिष्ठतम अधिकारी को ही बिठाते थे)। जहाँ ठहरने की व्यवस्था थी, वह एक खुला हुआ छोटे-छोटे बँगलों का झुरमुट था। अलग-अलग बँगले थे मन्त्रियों के ठहरने के लिए। चारों तरफ पेड़, हरियाली ... सुरम्य वातावरण। घूमने के लिए एक लम्बी पगडंडी जो बँगलों के इधर-उधर से, पेड़ों के नीचे से गुजरती थी। चारों तरफ शान्ति जिसे वहाँ की खुली और साफ हवा की तरह बाकायदे पिया जा सकता था। मोहन्ती के ठहरने का इन्तजाम यहाँ से दूर प्रशिक्षण-संस्थान के कैम्पस के अन्दर ही एक कमरे में किया गया था। मोहन्ती ने मन्त्रीजी के लिए चाय मँगवाई, अपने दूसरे साथियों का परिचय कराया, उन्हें भी चाय में शामिल किया। चाय के बाद वे मन्त्रीजी से बोले :

"सर, अब आप आराम करें। शाम को साढ़े-सात बजे संस्थान कैम्पस में सांस्कृतिक कार्यक्रम है। संस्थान के निदेशक आपको लेने के लिए नियत समय पर पहुँच जाएँगे।"

साढ़े-सात ··· मन्त्रीजी ने घड़ी देखी—अभी बजा था पाँच। ढाई घंटे वे क्या करेंगे ··· वे जो राजधानी में मीटिंग्स, एपॉइंटमेंट्स—एक के बाद एक रखते थे, उनमें खुद को एक-एक मिनट व्यस्त रखते थे। मोहन्ती सोचते थे कि मन्त्रीजी दिल्ली की उस तंग रूटीन से दो दिनों के लिए निजात पाकर अच्छा महसूस करेंगे, वे यहाँ की शान्ति को जीना चाहेंगे लेकिन मन्त्रीजी न शान्ति समझते थे, न प्रकृति। दो घंटे अकेले बिताने के ख्याल से ही वे घबरा गए। जो खुद को बहुत व्यस्त रखते हैं, वे अकेलेपन, खालीपन से बहुत घबराते हैं। मन्त्रीजी के अकेलेपन को भरने के लिए अगर मोहन्ती उनके साथ बैठते तो दो घंटे वे बातें क्या करते—वही दफ्तर की बातें। ऐसा सुरम्य और शान्त वातावरण हो जैसा इस छोटे कस्बे और संस्थान के कैम्पस में था तो मोहन्ती अकेले डोलने का लोभ संवरण न कर पाते। ऐसे में टहलने के दौरान जीवन के कितने प्रश्न मस्तिष्क में आलस्यपूर्ण अन्दाज में कुलबुलाते हैं ··· उसी के बीच कभी कौंध जाता है बड़ा कुछ ··· कोई राह ··· जो खूब सचेत होकर प्रयत्न करके सोचने में नहीं दीख पड़ती। मन्त्रीजी के पास बैठे हुए दिल्ली की बातें करना उस प्राकृतिक वातावरण का अपमान करना था जो सामने बिखरा पड़ा था ··· ज्यो-ज्यों धूप उतरती जाती, उस प्राकृतिक परिवेश की रेखाएँ और स्पष्ट और प्रीतिकर होती जातीं। मोहन्ती को वह बुलाता होता।

"आराम क्या करना ··· जहाज में आराम ही तो करता आया हूँ," मन्त्रीजी बोले।

"यहाँ पास में एक सुन्दर प्रपात है ··· आप वह देखना चाहेंगे ?"

"झरना ··· वह क्या देखना जब मैं अमेरिका में नियागरा फाल्स देख चुका हूँ। यहीं बैठते हैं।"

"मैं सांस्कृतिक कार्यक्रम के पहले थोड़ा तैयार हो लेता हूँ," मोहन्ती ने ऐसे कह दिया जैसे किसी दोस्त से कह रहे हों। मन्त्रीजी एक क्षण को देखते रहे—अच्छी खासी ड्रेस में हैं, तरोताजा दिख रहा है, यह तो यात्रा करके आज पहुँचा नहीं ··· अब और क्या तैयार होना है। दिल्ली में मन्त्री के साथ होने को लोग—यह शख्स भी—लाइन लगाए खड़े रहते हैं। उन्हें छोड़कर तैयार होने ···

मन्त्रीजी की आज्ञा का इन्तजार किए बगैर, मोहन्ती ने दो वरिष्ठ अधिकारियों को वहीं—मन्त्रीजी साथ बैठने की इच्छा करें तो अन्दर, वर्ना बाहर रहने की हिदायतें दीं और संस्थान के कैम्पस में आ गए। पहुँचते ही कपड़े के जूते डाल घूमने निकल गए, शुद्ध वायु अपने फेफड़ों में भरने के लिए, कैम्पस में फैली प्रकृति में खुद को डाल देने के लिए। भीतर हल्का कुछ कचोट रहा था—उन्हें मन्त्री के पास बैठना चाहिए था, उन्हें कम्पनी देनी चाहिए थी, मन्त्री की अपेक्षा जरूर यह रही होगी। अब, वे वह देखें या जीवन के एक दिन का थोड़ा-सा हिस्सा उस तरह गुजरने दें जैसा वे चाहते हैं। यह दिन जो आज है, फिर नहीं वापस आनेवाला। दिल्ली में न ऐसा मौका मिलता है, न ही यह परिवेश। नौकरी की व्यस्तताओं के बाद जितना समय अपने लिए बचता है वह तो आदमी जिए ··· अपनी तरह ··· या कि उसे भी दिन के बाकी हिस्से की तरह बरबाद कर दे ··· तब तो पूरी जिन्दगी ही बर्बाद निकल जाएगी। ये बचाए हुए क्षण, छीने हुए

क्षण ही तो हैं जो कोई अपने लिए जीता है। एक बड़ी मुश्किल मोहन्ती के साथ यह थी कि भीतर जो झोंक उठी वे उस रास्ते फटाफट चल देते, आगा-पीछा सोचते ही न ··· इतनी बलवती होती थी भीतर की इच्छा। अगर सोचते तो शायद मन्त्री को दूसरे अधिकारियों के लिए छोड़ टहलाव के लिए न निकल आए होते ···

अब तो जो होना था हो चुका था। मजा यह कि गलती का अहसास होने के बाद भी मोहन्ती कुछ कर न पाते। सांस्कृतिक कार्यक्रम के बाद ही मन्त्रीजी को उनके बँगले तक छोड़कर आते ? नहीं, उसके लिए भी उन्होंने संस्थान के प्रमुख को लगा दिया। सोचते थे, मोहन्ती, माने विभाग के प्रमुख को यों मन्त्री के आगे-आगे बिछते हुए नहीं दिखना चाहिए। इससे विभाग के अधिकारी/कर्मचारी के आगे गलत उदाहरण प्रस्तुत होता है।

दूसरे दिन का कार्यक्रम अच्छी तरह निपट गया। मन्त्रीजी शिलान्यास करके प्रसन्न थे। उनकी मुद्रा से यह कहीं नहीं लगता था कि संस्थान के प्रमुख के जिम्मे छोड़ दिए जाने से वे अप्रसन्न थे कहीं से, आखिर वह भी एक वरिष्ठ अधिकारी था। उन्हें अगर कहीं से खराब लगा भी होगा तो वे इतने मँजे हुए थे कि प्रकट नहीं करते ··· वैसे भी शिलान्यास की सुखद अनुभूति ने सबकुछ दाब दिया होगा।

संस्थान का कार्यक्रम खत्म होने के बाद मन्त्रीजी ने इच्छा जाहिर की कि वे अब अपनी पार्टी के लोगों से मिलेंगे, उन्हीं के साथ रहेंगे। मोहन्ती और उनके कुछ दूसरे अधिकारियों ने मुक्ति महसूस की। जो थोड़ी देर के लिए भी अपने साथ न रहता हो, जिसे हमेशा बाहर का कुछ—या तो कोई कार्यक्रम या किसी का साथ टिकने के लिए चाहिए ··· उस मन्त्री का कोई कहाँ तक ख्याल करता। मोहन्ती तीखे होकर कभी तो यहाँ तक सोच जाते कि वे क्या रंडी हैं जो मन्त्री का मन बहलाते फिरें या उसके बारे में ही सोचते रहें। मन्त्री भी उन्हीं की तरह जनता का नौकर है ··· तो जहाँ तक सरकारी कार्यक्रम के आयोजन आदि का सम्बन्ध है, वहाँ तक ठीक, उसके बाद मन्त्री को अपने आप पर होना चाहिए। जो समय मोहन्ती मन्त्री के साथ हीं-हीं करने में बरबाद करते, उसमें प्रशिक्षण संस्थान के अधिकारियों से मुलाकात करके यहाँ के काम का जायजा ले सकते थे और यह उन्होंने किया। इस काम के लिए अब निकट भविष्य में दोबारा नहीं आना पड़ेगा।

मन्त्री अपने राजनीतिक दोस्तों से मिल-मिलाकर हवाई अड्डा सीधे पहुँचे। उनसे मोहन्ती ने साफ-साफ पूछ लिया था कि क्या एक अधिकारी उनके साथ कर दिया जाए तो उन्होंने मना कर दिया था। बोले थे—वहाँ वे और उनके राजनीतिवाले साथी रहेंगे, सरकारी अधिकारी का वहाँ क्या काम। इत्तफाक कि मोहन्ती को भी उसी उड़ान से वापस जाना था ··· तो हवाई अड्डे पर मोहन्ती को भेजने संस्थान के अधिकारी आए, मन्त्री को भेजने कस्बे के कुछ छुटपुट राजनेता लोग। कल यहीं मन्त्री का स्वागत मोहन्ती और उनके विभागवालों ने किया था क्योंकि राजनीति के क्षेत्र के लोग वहीं नहीं थे ··· आज मन्त्रीजी ने राजनीति के लोगों का साथ चुना था। उन लोगों ने ही मन्त्रीजी

का चैकइन आदि कराया और उन्हें रिजर्व लाउंज में ले गए, जहाँ मोहन्ती अपने अधिकारियों से घिरे पहले ही बैठे हुए थे। गड़बड़ यह हो गई कि मन्त्री को जो भेजने आए थे वे कम थे, मोहन्ती को भेजने जो आए थे वे ज्यादा थे। मोहन्ती को लाउंज में दरबार लगाए देख मन्त्री कुछ बिचक से गए ··· और एक दूसरी तरफ कोने के खाली सोफों की तरफ बढ़ गए। शिष्टाचार का तकाजा था तो मोहन्ती तत्काल उठकर मन्त्रीजी के पास गए :

"गुड इवनिंग, सर ! आपके राजनीतिक कार्यक्रम ठीक से हो गए ?"

"यस यस ··· वहाँ क्या ··· "

"चेकइन करवा दूँ ?"

"नहीं-नहीं ··· ये लोग हैं न, इनके लोग गए हैं।"

और मन्त्रीजी एकाएक अपने साथियों के साथ बातें करने लगे, जैसे मोहन्ती वहाँ थे ही नहीं। मोहन्ती कुछ पल वहाँ फालतू से हिलगे रहे, फिर अपनी मंडली में वापस आ गए। उसी लाउंज में बैठे रहते तो मन्त्रीजी और वे दोनों इत्मिनान से न बैठ पाते ··· इसलिए वे अपने साथियों को लेकर बाहर खुले में आ गए। राजनेताओं से थोड़ी दूरी पर ही रहना मोहन्ती को भाता था, कुछ इस बात के लिए भी वे अतिरिक्त सचेत रहते थे कि राजनेताओं से सटने का अधिकारियों के सामने उदाहरण न पेश करें, कोई यह न समझे कि वे मन्त्री की लल्लो-चप्पो में लगे रहते हैं, अपने बड़े पद की गरिमा का ध्यान नहीं रखते। सभ्यता का भी तकाजा था कि मन्त्री और उनके साथियों की प्राइवेसी में दखल न डाली जाए।

हवाई जहाज में मोहन्ती पहले जाकर जान-बूझकर पीछे की सीट पर बैठे ··· मन्त्री के पिछाड़ी रहना ही बेहतर ! मन्त्रीजी जब जहाज में आए तो यहाँ-वहाँ एक-एक सीटें खाली थीं। दूसरी पंक्ति की एक खाली सीट पर वे बैठ गए। पीछे से मोहन्ती उन्हें देख सकते थे, वे मोहन्ती को नहीं। एकदम पहली पंक्ति में लोकसभा के अध्यक्ष थे। मोहन्ती के मन्त्री को थोड़ा नागवार गुजर रहा होगा कि वे पहली पंक्ति में नहीं हैं ··· लेकिन इसका इन्तजाम उनके राजनीतिक साथियों को कराना चाहिए था जिनके पास मोहन्ती के मन्त्री चले गए थे। वैसे यह बहुत छोटी बात थी कि और आगे अगर लोकसभा अध्यक्ष थे तो ठीक ही था—उनका ओहदा मन्त्री से ऊपर का था। कल वे उसी उड़ान से आए थे जिससे मन्त्री आए थे, हवाई अड्डे पर भीड़ थी, उनके लिए नारे लग रहे थे। मोहन्ती के मन्त्री के स्वागत के लिए सिर्फ मोहन्ती और उनके चन्द साथी थे। मोहन्ती को ऐसा लगा था कि मन्त्री लोकसभा अध्यक्ष के लिए हो रही नारेबाजी से रश्क कर रहे हैं क्योंकि वे तेजी से मोहन्ती के साथ बाहर निकले और कार में बैठकर निकल गए थे। आज फिर वे थोड़ा छोटा महसूस कर रहे होंगे।

मोहन्ती मन्त्री की तकलीफ समझ रहे थे ··· लेकिन क्या करते। मन्त्री ने स्वयं हवाई जहाज में चढ़ाने आदि का काम मोहन्ती के साथियों से लेकर राजनेताओं को दे दिया था। अगर मोहन्ती के साथियों के भी हाथ में होता तो इसमें शक था कि इस उड़ान

में वे मन्त्री के लिए आगे की सीट मुहय्या करा पाते। स्पीकर के काफिले ने आगे की पंक्ति की सभी सीटें अँगोट ली थीं। जो पहले आए और बैठ गए, उन्हें हटाया नहीं जा सकता था क्योंकि इस जहाज में सीट नम्बर नहीं दिए जाते थे—जो जहाँ जगह मिले बैठ जाओ। मन्त्रीजी या कि मोहन्ती भी अगर जहाज में देर से चढ़े तो जो खाली सीटें थीं उन्हीं में से किसी में बैठना था। मोहन्ती ने पूरी कोशिश की थी कि वे मन्त्री को न दिखाई दें ⋯ लेकिन दिल्ली पहुँचकर जहाज से उतरने पर जब बस में बैठने लगे तो मन्त्री सामने एक कोने में बैठे दिख ही गए। उन्होंने मोहन्ती को बस में चढ़ते हुए देख लिया, मोहन्ती ने मुस्कुराकर अभिवादन किया। मन्त्रीजी जवाब में सिर्फ चकपकाए। बस रुकी तो मन्त्री इन्तजार करते बैठे रहे—दिख रहे थे कि वे पहले दूसरों को उतरने देते हैं पर शायद वे मोहन्ती से उम्मीद करते थे कि वे आएँगे, उनका ब्रीफकेस ले लेंगे और साथ-साथ चलेंगे ⋯ पहले उन्हें कार में बिठाएँगे, बाद में खुद जाएँगे। मोहन्ती के पास उनकी अपनी अटैची थी, वे उम्र में मन्त्री से बड़े थे ⋯ वे क्यों मन्त्री का ब्रीफकेस उठाएँ ? अगर मोहन्ती ने उनकी अटैची उठाने के लिए पूछा और मन्त्री ने स्वीकृति में सिर हिला दिया ⋯ तो कैसी तौहीनी होगी। मन्त्री कोई अपंग नहीं था, न ही वयोवृद्ध कि उसकी मदद करना मानवता लगती। यहाँ अगर मोहन्ती यह करते तो अपनी नजरों में कितना गिर जाते ! इसलिए ज्यादा सोचे बिना मोहन्ती भी भीड़ के साथ उतरकर अलग चले गए। फिर वही, भड़-भड़ में कर डालना ⋯ आगा-पीछा न सोचना ! मोहन्ती सोच-समझकर चलनेवाले होते तो वे आज की उड़ान से आते, क्योंकि मन्त्री इससे जा रहे थे। मोहन्ती साथ हैं जानकर मन्त्री की अपेक्षाएँ सहज ही बढ़ गई होंगी ! मोहन्ती ने मन्त्री को हवाई जहाज में दूसरी पंक्ति में बैठे हुए, अपना सूटकेस स्वयं ढोते हुए देखा है ⋯ यह सोचकर मन्त्री निश्चित थोड़ा अपमानित महसूस कर रहे थे। लेकिन जब इसी उड़ान के आने की गलती मोहन्ती से हो ही गई तो अब क्या किया जा सकता था। मोहन्ती अगर ब्रीफकेस उठाकर मन्त्रीजी की कार तक चलने की पूरी प्रक्रिया से गुजरने को तैयार नहीं थे तो यही बेहतर था कि चुपचाप भीड़ के साथ गुजर जाएँ। वह मन्त्री है, कार आई ही होगी, लेने भी कोई-न-कोई आया होगा।

घर पहुँचकर, रात जब मोहन्ती लेटे तो आँखों के सामने मन्त्री का हवाई अड्डे की बस में बैठे हुए चकचकाता चेहरा घूम गया। लोगों का और उनका भी ख्याल था कि संस्थान की यात्रा के दौरान, वहाँ के प्राकृतिक और शान्त वातावरण में मन्त्री और उनके बीच एक तारतम्य, एक स्नेहिल-सा सम्बन्ध बन सकेगा। हो गया उल्टा। जरूर इसके लिए मोहन्ती जिम्मेदार थे ⋯ लेकिन क्या वाकई ? निर्णय कुछ करने का, क्या हम लेते हैं ⋯ या वह हमारे भीतर घटित होता है, धीरे-धीरे—जब हमें कुछ करने के लिए वे नैतिक कारण मिल जाते हैं जिनमें हमें विश्वास है। यात्रा या इत्मिनानवाली जगह ⋯ इन सबसे क्या हासिल जब मोहन्ती के व्यक्तित्व की बुनावट ही कुछ और थी। मन्त्री उनसे उसी व्यवहार की अपेक्षा करते होंगे जो उन्हें दूसरे सैकड़ों लोगों से मिलता है, जैसा व्यवहार डी.वी. करता था। वही मॉडल वे हर जगह तलाशते होंगे। मोहन्ती उस तरह

के बने ही नहीं थे, कोशिश करके बन भी नहीं सकते थे। यह भी कैसे कहा जाए कि वे क्यों वैसे नहीं बने थे, उनके हाथ में वह था क्या ! मोहन्ती सोचते थे—क्यों हमारे देश में पश्चिमी देशों की तरह नहीं हो सकता कि ऊँचे-नीचे पदों पर काम करनेवाले ¨ सब एक-दूसरे से दोस्ताना व्यवहार करें। वहाँ नीचे पदवाला भी ऊपरवाले को पहले नाम से बुलाता है, क्योंकि सभी तो देश के लिए काम कर रहे हैं। क्यों हम स्वतन्त्र देश के नागरिकों की तरह व्यवहार नहीं कर सकते ? ऊँचे पदवाले का व्यवहार सहज ही ऐसा हो कि वह नीचेवालों में साहचर्य पैदा करे। अभी उल्टा है। ऊपरवाला जान-बूझकर एक खास तरह का व्यवहार अपनाता है—सूखा, सख्त, खिंचा हुआ, जमींदाराना जिससे कि नीचेवाले को लाजिमी तौर पर गुलामीवाली मुद्रा अपनाना है। वही है जिससे फायदा होता है, दूसरी किसी मुद्रा में नुकसान ही नुकसान है ! क्यों नहीं हम सब यह महसूस करते और उसके हिसाब से व्यवहार करते कि देश के लिए ही काम हो, किसी मन्त्री या अफसर के लिए नहीं या व्यवहार में सहजता रहे जिससे कि किसी कर्मचारी/अधिकारी की ऊर्जा बेकार ही वह सब सोचने में खर्च न हो जो मोहन्ती अभी सोच रहे थे। कुछ गड़बड़ी है हमारी मानसिकता में कि हर जगह मालिक-नौकर के सम्बन्ध बन बैठते हैं या इनकी अपेक्षा रहती है ¨ यहाँ तक कि राजनीतिक पार्टियों में भी जैसे कि नेहरू परिवार के लिए राजनेताओं का एक खास जी-हुजूरीवाला आचरण दिखाई देता है। क्या यह हमारे इतने सालों तक गुलाम होने की वजह से है, क्या यह मानसिकता कभी छूटेगी नहीं हमसे—स्वतन्त्र हुए अर्द्धशती बीत गई, हमारे व्यवहार में गुलामी और बढ़ती जा रही है !

एक खराब फाइल

कुछ ही दिनों में मोहन्ती को मन्त्री के ही प्रान्त की एक महिला अधिकारी की फाइल मन्त्री के पास भेजनी पड़ी। महिला अधिकारी के खिलाफ भ्रष्टाचार के गम्भीर आरोप थे और फाइल में उसे अभियोजन भेजने का प्रस्ताव था। अभियोजनपत्र मन्त्री के अनुमोदन से ही भेजा जा सकता था। महिला अधिकारी ने संगीन घपले किए थे। जो भी तथ्यों को देखता वह यही कहता कि उसे अभियोगपत्र दिया जाना चाहिए, गहरी जाँच की जानी चाहिए, उसके बाद उस पर मुकदमा चलाया जाना चाहिए। सुबूत इतने ठोस थे कि महिला अधिकारी को कठोर दंड मिलने की पूरी सम्भावना थी, उसकी नौकरी न भी जाती, तो उसे नीचे स्तर के पद पर ढकेल दिए जाने का दंड तो मिलना ही मिलना था। एहतियातन मोहन्ती ने विजिलेंस कमीशन (भ्रष्टाचार के मामलों की सर्वोच्च संस्था) की भी राय ले ली थी। उसके बाद सरकार के पास कोई विकल्प ही

नहीं बचता था, भ्रष्टाचार के जुर्म में आवश्यक कार्यवाही शुरू करनी ही करनी थी। विजिलेंस कमीशन से फाइल आने के तुरन्त बाद मोहन्ती ने अभियोगपत्र जारी करने का प्रस्ताव मन्त्रीजी को भेज दिया ··· क्योंकि महिला अधिकारी और उसके साथियों की पदोन्नति जल्दी होनेवाली थी और जिनके खिलाफ अभियोगपत्र जारी हो चुका हो, उसकी पदोन्नति नहीं हो सकती थी। यह नियम सभी सरकारी नौकरियों के लिए खूब सोचकर बनाया गया था ताकि इतना तो कम-से-कम हो ही कि भ्रष्ट लोगों की पदोन्नति फौरन रोकी जा सके। अगर अधिकारी या कर्मचारी भ्रष्ट है, दंड का भागी है, तो उसी समय उसे पदोन्नति का पुरस्कार कैसे दिया जा सकता है। वह कौन-सी सीमा रेखा होगी जब उसे इतना भ्रष्ट मान लिया जाए और पदोन्नति रोकी जा सके—यह उच्चतम न्यायालय ने तय कर दिया था। अधिकारी/कर्मचारी को सरकार की तरफ से अभियोगपत्र मिलते ही उसकी पदोन्नति रोकी जा सकती थी। सिर्फ शिकायतें या विभाग की राय ··· ये काफी नहीं थे। अगर अधिकारी को अभियोगपत्र दे दिया गया तो उसे 'विजिलेंस क्लियरेंस' नहीं दिया जा सकता जो पदोन्नति के लिए जरूरी होता था। इस तरह पदोन्नति रुक जाती थी। महिला अधिकारी और उसके दूसरे साथियों की पदोन्नति के लिए प्रमोशन कमेटी की बैठक बुलाने का प्रस्ताव जा चुका था और जो अधिकारी पदोन्नति के क्षेत्र में आते थे उनके 'विजिलेंस क्लियरेंस' मँगाने शुरू हो गए थे। अब अगर इस महिला अधिकारी की पदोन्नति रोकना है तो उसका 'विजिलेंस क्लियरेंस' रोकना होगा, उसके लिए उसे तत्काल अभियोगपत्र देना जरूरी था। नियमों के अनुसार इसके लिए मन्त्री की आज्ञा चाहिए थी।

मन्त्रीजी के यहाँ से फाइलें लाल, पीली, हरी स्लिपें लगीं, तड़ाक-फड़ाक लौट आती थीं। दरअसल इस बात को वे जल्दी निर्णय करने की अपनी क्षमता से जोड़ते भी थे और अक्सर खुद की तारीफ भी किया करते कि वे अपने यहाँ फाइलों को चौबीस घंटे से ज्यादा नहीं रोकते ··· लेकिन उस महिला अधिकारी की फाइल लौटकर नहीं आई। यों वह एक साधारण फाइल थी क्योंकि जितने संगीन सुबूत थे, विजिलेंस कमीशन की जो सिफारिश थी उन्हें देखते हुए मन्त्रीजी कोई दूसरा निर्णय ले ही नहीं सकते थे। महिला अधिकारी को अभियोगपत्र देना ही होगा, तो स्वीकृति देते हुए फाइल पर दस्तखत-भर कर देना था। मोहन्ती अपने भोंदूपने में यह सोचते थे कि हर मन्त्री देश को साफ शासन देने की जिम्मेदारी महसूस करता होगा और भ्रष्ट लोगों को पदोन्नति दिलवाने का काम नहीं करेगा। वे यह भी सोचते थे कि मान लो अगर किसी कारण मन्त्री किसी व्यक्ति में दिलचस्पी रखते हैं, तो उन्हें मोहन्ती को उसके बारे में बता देना चाहिए। वे यह मानकर क्यों चलें कि मोहन्ती या कि कोई भी मातहत अधिकारी उनका कहना नहीं करेगा।

मन्त्रीजी महिला अधिकारीवाली फाइल देखते ही चौंक गए। वे महिला अधिकारी से व्यक्तिगत रूप से परिचित थे। हल्का गुस्सा मोहन्ती पर आया कि पदोन्नति के समय ही अभियोगपत्र जारी करवा रहा है, कुछ दिनों के लिए फाइल रोक लेता तो क्या परेशानी थी ! महिला अधिकारी की पदोन्नति हो जाती ··· फिर जारी करो, अभियोगपत्र,

चलाओ मुकदमा ··· चलता रहेगा जिन्दगी-भर ··· वह रिटायर होकर निकल भी जाएगी ··· लेकिन यह 'रास्कल' अभी भेज रहा है फाइल, उस बेचारी की पदोन्नति मारना चाहता है। मन्त्री ने फाइल एक तरफ डाल दी ··· दो दिन रैक के दूसरे खाने में पड़ी रही, फिर सबसे नीचे खाने में चली गई, हफ्ते-भर वहाँ पड़ी रही, फिर घर चली गई, दस दिनों से वहाँ पड़ी थी। मन्त्री सोच नहीं पा रहे थे कि उस महिला को किस तरह बचाया जाए। उधर मोहन्ती परेशान ··· वे यह नहीं सोच सकते थे कि फाइल पर इतने पुष्ट प्रमाण होने के बावजूद मन्त्री उस अधिकारी को भ्रष्टाचार की जाँच से बचाना चाहेंगे। महिला अधिकारी की विजिलेंस क्लियरेंस वाली चिट्ठी—क्लियरेंस दी गई या रोकी गई—वह नहीं जा पा रही थी, तो कागज पूरे नहीं थे और मोहन्ती पदोन्नति समिति की बैठक नहीं बुला पा रहे थे, कितने अधिकारियों की पदोन्नति रुकी पड़ी थी। आखिर जब उनका धीरज जवाब दे गया, तो वे मन्त्रीजी को याद दिलाने पहुँचे। "कौन फाइल—" मन्त्री लापरवाही के अन्दाज में बोले—"मैं तो सब फाइलें फौरन वापस कर देता हूँ, कहाँ गई ··· जरूर किसी फाइल में मिल गई, खो गई क्या ?" वे अपने रैक पर रखी फाइलों को उठा-पटक करते हुए ढूँढ़ने जैसा दिखाने लगे। "मिल जाएगी, गलती से किसी फाइल में जुड़कर किसी विभाग, पहुँच गई होगी, वह विभाग उसे वापस भेज देगा !"

"काम रुक गया है, सर !"

"क्यों ? काम बिल्कुल और कभी नहीं रुकना चाहिए।"

"इस अधिकारी की विजिलेंस क्लियरेंस न जाने के कारण पदोन्नति समिति की बैठक ही रुक गई है। एक भी अधिकारी के भ्रष्टाचारवाले पक्ष पर हमारी टिप्पणी न जाए तो सभी अधिकारियों की पदोन्नति पर विचार करना लटक जाता है।"

"तो इस अधिकारी के बारे में भी टिप्पणी भेज दीजिए।"

"जब तक अभियोगपत्र जारी न हो जाए, हम उसका विजिलेंस क्लियरेंस नहीं रोक सकते।"

"तो मत रोकिए, भेज दीजिए क्लियरेंस।"

"बहुत संगीन आरोप हैं, सर ! उनके होते हुए, हम कैसे कह दें कि वह ईमानदार है। हमें अपनी सर्टीफिकेट में वह लिखना पड़ेगा।"

"मि. मोहन्ती ··· मैंने कोर्ट-कचहरी देखी है। वकीलों के साथ बराबर उठता-बैठता रहा हूँ अपने मुकदमों को लेकर। आपको मालूम होना चाहिए कि साबित करना कितना मुश्किल होता है। आरोपों से क्या होता है। चूँकि आज की तारीख तक इस अधिकारी को कोई अभियोगपत्र नहीं दिया गया है, आरोप साबित करना तो दूर ··· इसलिए उसकी 'विजलेंस क्लियरेंस' आप रोक नहीं सकते।"

"लेकिन यह बड़ा क्लियर केस है, सर ··· बिजिलेंस कमीशन ने सिफारिश की है। हम कार्यवाही न करेंगे तो कमीशन हम पर आरोप लगाएगा। फील्ड में इस अधिकारी का नाम बहुत खराब है।"

"किसका नाम अच्छा है आज के समय में, बताइए ?"

"सर, फाइल पर सुबूत इतने ठोस हैं कि देखकर आप भी अभियोगपत्र जारी करने के प्रस्ताव को मंजूरी ही देंगे।"

"यह आप कैसे कह सकते हैं। मैंने तो फाइल देखी ही नहीं। आप जो आज की तारीख में पोजीशन है उसके अनुसार रिपोर्ट कर दीजिए।"

"फिर तो हमें एक निहायत ही भ्रष्ट अफसर के लिए लिखना पड़ेगा कि उसका चरित्र ठीक है, और उसे पदोन्नति भी मिल जाएगी।"

"आप और हम होते कौन हैं उसे पदोन्नति देनेवाले या रोकनेवाले। यह तो आखिर में कोर्ट तय करेगी कि कौन भ्रष्ट है, कौन नहीं ¨ अभियोगपत्र दे देने-भर से क्या कोई भ्रष्ट हो जाएगा।"

"नियम है कि अभियोगपत्र अगर दे दिया जाए तो हम 'विजिलेंस क्लियरेंस' रोक सकते हैं, उसकी तरक्की रुकी रहेगी।"

"मुझे मालूम है नियम। मैं तो यह कह रहा था कि अभियोगपत्र दे देना भी, माने यह नहीं है कि वह आदमी भ्रष्ट ही है। इसलिए आप अपने काम रोकिए नहीं। चूँकि आज की तारीख में उसे कोई अभियोगपत्र नहीं दिया गया है ¨ तो उसे क्लियरेंस देकर बाकी लोगों की भी रुकी पदोन्नति को होने दीजिए।"

मोहन्ती मुँह लटकाकर चले आए। गलत काम हो रहा था और वे कुछ नहीं कर पा रहे थे। एक बेईमान अफसर की पदोन्नति हुई जा रही थी। पदोन्नति पाकर, ऊँचे पद पर जाकर एक महिला अधिकारी और पैसे बनाएगी, और रकम खड़ा करेगी। कितने गलत काम होंगे इसके हाथों। अगर इसकी तरक्की न हो तो नीचे के किसी ईमानदार अधिकारी का नम्बर आ सकता है। इसका हो जाने से उस बेचारे का नम्बर कटा। मतलब, कुल मिलाकर यह हुआ कि एक ईमानदार अधिकारी को दंड मिला और एक भ्रष्ट अधिकारी इनाम पा गया। मन्त्री ने साफ-साफ कह दिया था कि महिला अधिकारी को विजिलेंस-क्लियरेंस दे दिया जाए, बिना कहीं कुछ लिखे उनके आदेश हो गए थे।

गलत सर्टीफिकेट देना पड़ा कि उस महिला अधिकारी के खिलाफ भ्रष्टाचार का कोई मामला नहीं, न देते तो सभी अधिकारियों की पदोन्नति रुकी रहती। दूसरे अधिकारियों के साथ उस महिला अधिकारी की भी पदोन्नति हो गई। विजिलेंस क्लियरेंस जाने के एक हफ्ते बाद फाइल वापस आई माने मन्त्री को महिला अधिकारी से पता चल गया कि क्लियरेंस जा चुकी है। मन्त्रीजी ने मोहन्ती को बुलाए बगैर ही फाइल नीचे भेज दी। जिस तारीख से फाइल गई तब से अब तक एक महीना का अन्तराल पड़ा था, उसको मन्त्रीजी ने बड़ी चतुराई से ढक दिया था। फाइल पर लिखा था—"मामले पर अध्यक्ष से बातचीत करनी थी। बातचीत के लिए अध्यक्ष आज ही उपलब्ध हो सके। बातचीत हुई। बातचीत के बाद यह सहमति बनी कि अभियोगपत्र देने के पहले अधिकारी का स्पष्टीकरण माँग लिया जाए, ताकि उसका पक्ष भी सामने आ सके।" नियमों में स्पष्टीकरण पहले माँगा जाना जरूरी नहीं था। अभियोगपत्र का जवाब आना माने उस पार्टी का पक्ष आ गया और यह स्टेज अभियोगपत्र देने के बाद आती थी। लेकिन मन्त्रीजी

को कोई वजह तो देनी ही थी। अभी अगर मन्त्री अभियोगपत्र देने के प्रस्ताव पर सीधे-सीधे अपनी चिड़िया बैठा देते तो सवाल यह पैदा हो सकता था कि जिस तारीख को फाइल मन्त्री के कार्यालय में आई, उस तारीख को तथ्यों और विजिलेंस कमीशन की राय पर महिला अधिकारी भ्रष्ट थी—यह मन्त्री को भी पता था ⋯ फिर उसे विजिलेंस क्लियरेंस क्यों दी गई। उनके अधिकारियों ने दी तो भी मन्त्री की जिम्मेदारी बनती थी। शक के घेरे में मन्त्री आ सकते थे ⋯ इसलिए उन्होंने गलत या सही एक कमी ढूँढ़ निकाली कि अधिकारी का पक्ष तो सामने आया ही नहीं ! और उसे भी सिर्फ अपने फैसले की वजाय मन्त्री और अध्यक्ष का संयुक्त फैसला दिखाया गया।

बहरहाल, मन्त्रीजी ने भ्रष्ट अधिकारी को पदोन्नति दिला दी और उसके खिलाफ कार्यवाही को भी कम-से-कम थोड़े और समय के लिए टलवा दिया। अध्यक्ष से बातचीत करने की बात न कभी थी, न हुई ⋯ फिर भी लिख दिया। महिला अधिकारी जो साफ-साफ भ्रष्ट दीखती थी उसे विजिलेंस क्लियरेंस देने और फाइल में हुई देरी दोनों के लिए दोष मोहन्ती की तरफ फेंक दिया गया। मोहन्ती को खून का घूँट पीकर रह जाना पड़ा ⋯ बहुत चालाक था यह आदमी तो ⋯ मोहन्ती एक झटके में ही समझ गए।

महिला अधिकारी को किसी तरह फिलहाल बचा ले गए मोहन्ती के मन्त्री ⋯ उनकी होशियारी ! पर अपनी तमाम होशियारी के बावजूद, वे मोहन्ती का पक्ष नहीं समझ सके, समझना चाहते ही नहीं थे। वे यही सोचते कि मोहन्ती के बच्चे ने बेचारी का कैरियर करीब-करीब खत्म कर दिया था। जिस तरह वह बार-बार आकर, फाइल के बारे में पूछता था—उससे जाहिर था कि मोहन्ती हाथ धोकर महिला अधिकारी के पीछे पड़ा था। एक क्षण को भी मन्त्री यह न सोच पाए कि मोहन्ती तो अपना काम कर रहे थे, उन्हें उन पचासेक अधिकारियों की पदोन्नति करनी थी, उसे हाथ में न उठाते तो सभी अधिकारी, उनका यूनियन उन्हें पकड़ता। एक बार पदोन्नति को हाथ में उठाया तो जितने अधिकारियों की तरक्की पर विचार होना था, उनके विजिलेंस पक्ष को उठाना ही पड़ा। उन्होंने अगर अलग से महिला अधिकारी की फाइल मँगाकर उसके खिलाफ कार्यवाही शुरू कराई होती तब यह सोचा जा सकता था कि वे उसके पीछे पड़े थे। वे तो उस महिला को जानते ही नहीं थे ! मोहन्ती ने फाइल के लिए याद कराने के दौरान मन्त्री को सन्दर्भ भी बताया था कि इन अधिकारियों की तरक्की का मामला विचाराधीन है। अब मन्त्री कहाँ अपनी कल्पनाशक्ति पर जोर डालते और सोचते कि मोहन्ती के हाथों वैसा हुआ होगा जैसा कि हुआ था—उन्होंने सिर्फ महिला अधिकारी की फाइल को अलग से नहीं उठाया था। मन्त्री को बस यही फाइल दिखी, इस फाइल के लिए मोहन्ती का बार-बार कुरेदना दिखा ⋯ और यह दिखा कि महिला अधिकारी मन्त्री की परिचिता थी। उसके नाम से मोहन्ती को प्रान्त का अन्दाज हो जाना चाहिए था, और जब तक ये मन्त्री हैं मोहन्ती को उस प्रान्तवालों के लिए पक्षपात न सही, थोड़ा नरम रुख अपनाना ही चाहिए। मन्त्री ने मोहन्ती का रवैया उल्टा ही देखा है—विदेश जाने के लिए, दूसरे विभागों/मन्त्रालयों में भेजने के लिए, रिवार्ड के लिए, किसी भी फायदे के लिए

जब मोहन्ती के यहाँ से फाइलें आती हैं, तो प्रस्तावों में मन्त्री के प्रान्तवालों के नाम नहीं के बराबर होते हैं। एकाध बार तो मन्त्री को फाइल लौटानी पड़ी यह लिखकर कि जो प्रस्ताव भेजे गए हैं उनमें देश के सभी क्षेत्रों का सन्तुलन नहीं रखा गया है। उसके बाद मोहन्ती को इशारा मिल गया था—अगर चाहते हो कि फाइल मन्त्रीजी की स्वीकृति/दस्तखत के साथ फौरन वापस आ जाए तो जब भी कुछ अधिकारियों को कुछ देने की बात फाइल में हो ''' दो-तीन नाम मन्त्री के प्रान्त के होने चाहिए। मोहन्ती यह करने भी लगे थे।

उनकी बदकिस्मती कि जब मौजूदा मन्त्री थे तभी अधिकारियों की तरक्की का यह काम सामने आया और उसमें उस महिला अधिकारी का गन्दा केस निकल आया ''' वर्ना वे क्या इतना नहीं समझते थे कि जिस फाइल के भीतर ऐसा कुछ हो जो मन्त्री को नहीं भाएगा, उसे मन्त्री के सामने नहीं लाया जाना चाहिए। मोहन्ती को रुकना चाहिए था जब तक दूसरे प्रान्त का मन्त्री नहीं आ जाता ''' पर वे क्या रुक सकते थे, क्या अधिकारियों की पदोन्नति का मामला स्थगित किया जा सकता था ? उनके कार्यकाल तक तो कोई दूसरा मन्त्री आनेवाला नहीं था, क्या तब तक सबकी पदोन्नति रोकी जा सकती थी ? जो बात मोहन्ती को चुभ रही थी वह यह कि ये मन्त्री लोग क्यों देश को स्वच्छ प्रशासन देने का नहीं सोचते ? तरफदारी ही करनी है तो किसी ईमानदार अधिकारी/कर्मचारी की क्यों नहीं ''' या ऐसे किसी की जिसके भ्रष्टाचार के मामले तो कम-से-कम आपके सामने न हों !

बगावत की बू

विभाग में ऊपर के कुछ महत्त्वपूर्ण पद भी खाली पड़े हुए थे। उन्हें भरने की प्रक्रिया शुरू करने के लिए काफी समय से सोचा नहीं गया था। मामला ऐसे ही जिसे सचिवालय की भाषा में कहते थे—ठंडे बस्ते में पड़ा था। अब जब कि एक स्तर के अधिकारियों की पदोन्नति से मोहन्ती फारिग हुए थे, वे उसी क्रम में ये पदोन्नतियाँ भी उठा लेना चाहते थे ''' जिससे कि ये महत्त्वपूर्ण पद भी भरे जा सकें। उन पदों को भर दिया जाता तो नीचे के कुछ और अधिकारियों की पदोन्नति हो सकती थी, पदों के भर जाने से विभाग का काम भी बेहतर ढंग से चल सकता था। मोहन्ती सोचते थे कि जैसे उनके अपने लिए पदोन्नति महत्त्वपूर्ण थी, वैसे ही दूसरों के लिए होती है। कितना पहले से लोग आनेवाली पदोन्नति की तरफ आँख लगाए देखने लगते हैं, न केवल वे लोग बल्कि उनके परिवार के लोग भी। तो सबको उनकी पदोन्नति समय से मिलनी चाहिए। इसलिए जैसे ही समय मिला, मोहन्ती ने वह काम भी हाथ में ले लिया। व्यक्तिगत स्तर

पर जाकर यू.पी.एस.सी. से सम्पर्क किया। उन्हें जल्दी ही पदोन्नति समिति की बैठक बुलाने को राजी किया। समिति की बैठक के बाद जहाँ-जहाँ फाइल जानी थी मोहन्ती वहाँ-वहाँ खुद गए और फाइल को आगे बढ़वाया। अब सिर्फ मन्त्रीजी के दस्तखत की जरूरत थी—मात्र एक औपचारिकता और मन्त्रीजी विदेश गए हुए थे। मोहन्ती चाहते थे कि वे आते ही इस फाइल पर दस्तखत कर दें ताकि प्रतीक्षारत अधिकारियों को राहत मिले। प्रतीक्षा में बैठे हुए वे अपने मौजूदा पदों पर उस उत्साह से काम नहीं करते थे, जैसे कि अपनी नई जगह करेंगे। तो जल्दी-से-जल्दी पदोन्नति के आदेश निकल जाएँ तो अच्छा। यह भी था कि मन्त्रीजी जिस दिन आनेवाले थे उसके दस दिनों के बाद मोहन्ती भी दो हफ्ते विदेश जानेवाले थे। मतलब अगर फाइल पर फौरन हस्ताक्षर नहीं हुए तो मामला एक-दो महीनों को और पड़ा रहेगा, यों ही।

जिस दिन मन्त्रीजी विदेश यात्रा से लौटे, वे हवाई अड्डे से सीधा दफ्तर आए, जरूरी फाइलें निपटाने के लिए। मोहन्ती को यह फाइल जरूरी लगी, इसलिए वे यह फाइल लेकर पहुँच गए।

मन्त्री से मिलना आसान काम नहीं होता था। उनके बड़े कमरे के बगल में उनके व्यक्तिगत सहायक का कमरा था। मन्त्रीजी ने बुलाया हो या आपको मिलना हो तो इसी कमरे में इन्तजार करना होता था। कभी-कभी उस कमरे में बैठे, झींकते दो-दो घंटे गुजर जाते। खुद मिलना हो तो आपको वापस चले जाने की छूट थी, मन्त्रीजी ने बुलाया हो तो आप जा भी नहीं सकते थे। वहीं लटके रहिए ··· इस बीच मन्त्रीजी अपने प्रोग्राम के हिसाब से चलते रहेंगे—यह मीटिंग, यह डेलीगेशन, बीच में आ टपकता कोई नेता तो सारे प्रोग्राम एक तरफ कर दिए जाते। अब वह कितना टाइम ले—किसे मालूम। अन्दर राजनीति, दाँवपेंची पर बात हो रही है, जिसके लिए मन्त्रीजी को जिनसे मिलना था और दूसरे जरूरी काम एक तरफ सरका दिए जाते। इस कमरे में घंटों इन्तजार करना मोहन्ती को अपनी नौकरी का सबसे गन्दा, उबाऊ और घृणित काम लगता था। कभी-कभी मन भीतर से रो देता, कहता छोड़ दो यह नौकरी, किस चीज के लिए अब नौकरी के शिखर पर आकर खुद को यों जलील कर रहे हो ··· लेकिन यहाँ कितने अधिकारियों की पदोन्नति का सवाल था—एक-एक दिन उनके लिए महत्त्वपूर्ण था, इसलिए मोहन्ती जलालत उठाकर भी मन्त्रीजी के दस्तखत करा लेना चाहते थे। मन्त्रीजी विदेश से आए थे तो उनके दूसरे कार्यक्रम नहीं थे, इसलिए मोहन्ती को प्रवेश जल्दी मिल गया।

"क्या बात है," मन्त्री ने अपने बीच की उँगली से चश्मे को अपनी खास स्मार्ट अदा से ऊपर चढ़ाते हुए कहा।

"कुछ अधिकारियों की पदोन्नति का मामला है, सर ! सिर्फ आपके दस्तखत होने हैं।"

"क्या कोई अर्जेंसी है ··· ?"

"अर्जेंसी तो कुछ नहीं, सर ! लेकिन बहुत दिनों से ये पद खाली पड़े हुए हैं।"

"कितने दिनों से ?"

''पन्द्रह महीने तो हो ही गए होंगे।''

''जब इतने दिनों खाली रहने से कुछ नहीं हुआ, तो कुछ दिन और खाली पड़े रहते हैं तो क्या हो जाएगा ?'' अपने तर्क से गद्‌गद मन्त्रीजी के चेहरे की चिरस्थित मुस्कान थोड़ा कुटिल हो गई थी, स्वर में कटुता थी, हल्के व्यंग्य का पुट भी कि मोहन्ती को यह तमीज भी नहीं कि तय कर सकें कि कौन फाइल सचमुच जरूरी है, कौन नहीं।

''हमारी कोशिश है कि खाली जगहें जल्द-से-जल्द भरी जाएँ ताकि विभाग का काम ढंग से चलता रहे।''

''पन्द्रह महीनों से ये पद खाली पड़े हैं। मेरे ख्याल से तो ये पद ही खत्म कर दिए जाने चाहिए क्योंकि ये साबित हो चुका है कि इनके बगैर भी विभाग का काम चल सकता है।''

मन्त्रीजी मुस्कुराने लगे, जिस तरह से उन्होंने मोहन्ती की दलील को उन्हीं के खिलाफ कर दिया था। मोहन्ती का चेहरा फक्क था। उन्हें ताज्जुब हुआ कि अपने फायदे की छोटी-से-छोटी चीज के लिए लड़नेवाले ये नेता लोग, विभाग के अधिकारियों की पदोन्नति जो उनका एक तरह से अधिकार है ¨ जिसकी तरफ ताकते हुए वे जीवन का खासा बड़ा हिस्सा निकाल देते हैं उसे देने में कैसा हीला-हवाला करते हैं। मन्त्रीजी ऐसे व्यक्ति लगे जो दूसरों को सताने में खुशी महसूस करते हैं।

''खैर, आप ये फाइल छोड़ जाइए, अभी तो मुझे फुरसत नहीं है,'' मन्त्रीजी ने आगे कहा।

''सर, दस दिन बाद मैं बाहर जा रहा हूँ। मैं चाहता था कि जाने से पहले आदेश निकल जाएँ ताकि जल्दी लोग नई जगह पहुँचकर काम सँभाल लें और जनता को तकलीफ न हो।''

''ठीक है ! ठीक है ! ! आप सात-आठ दिन बाद पता कर लीजिएगा,'' मन्त्रीजी ने ऐसी लापरवाही से कहा कि मोहन्ती को जता दिया कि वे समझते होंगे वह फाइल महत्त्वपूर्ण, मन्त्रीजी के लिए उसकी कोई बड़ी अहमियत नहीं थी।

आठ दिन बाद मोहन्ती ने डरते-डरते मन्त्रीजी को याद दिलाया तो वह फाइल ही उनके दफ्तर में नहीं थी। मोहन्ती इतना तो समझने लगे थे कि लोग जान-बूझकर फाइलों को अपने स्तर पर लटकाते हैं ताकि उस बीच लोग उनके पास दौड़ें, सिफारिशें पहुँचे, वे पंगा लें, कहीं उस तरह का मौका हो तो रकम भी लें। जल्दी ही दस्तखत करके फाइल वापस भेजना माने इन सब मजों पर पानी फेर देना था। मन्त्रीजी थोड़ी देर इधर-उधर फाइल को ढूँढ़ने की कोशिश करते रहे फिर बोले कि शायद घर पर रह गई है। कल याद दिलाइए। कल लेते आएँगे।

मोहन्ती मुँह लटकाए वापस लौट आए। इतनी परेशानी इस फाइल की यात्रा के किसी पड़ाव पर नहीं हुई थी जब कि उन जगहों पर इस फाइल पर महत्त्वपूर्ण फैसले होने थे। यहाँ ¨ मन्त्री के स्तर पर सिर्फ एक दस्तखत के लिए यह भागादौड़ी हो रही थी। अगले दिन सुबह मन्त्रीजी को फिर याद दिलाया, करीब-करीब गिड़गिड़ाते हुए—''सर !

आज मुझे दस दिन के लिए बाहर जाना है ... वह फाइल प्रमोशनवाली ... ''

''आपकी फ्लाइट कितने बजे है।''

''रात नौ बजे।''

''तो ठीक है आप सात बजे आ जाइए। लंच में मैं फाइल घर से लेता आऊँगा।''

मोहन्ती कुछ न कह सके ... क्या मजाक है, दस दिन के लिए विदेश जाना है और मन्त्रीजी यह नहीं सोच पाते कि जानेवाले को कोई तैयारी करनी होगी ... घर से इतने दिनों बाहर रहना है तो घर का कुछ इन्तजाम करना होगा ... या कि बस दफ्तर का ही काम करता रहे आदमी ... और यह क्या काम था—मन्त्रीजी को याद दिलाते रहना, उनके एक दस्तखत पाने के लिए दौड़ते रहना ... सात बजे बुलाया है तो माने दफ्तर से सीधा एयरपोर्ट भागना होगा, मोहन्ती ने उस हिसाब से तैयारी की। घर से निकले तो अटैची गाड़ी में रख ली। मन्त्रीजी समय के आखिरी बिन्दु तक फाइल रोककर रखना चाहते थे। मोहन्ती ने अपने आपको समझा लिया था ... लोगों को तरक्की समय से मिले, इसमें मोहन्ती की वजह से कोई देर नहीं होनी चाहिए, वे जो भी कर सकते हैं करेंगे। उसके बाद भी अगर कुछ नहीं होता तो फिर वे क्या कर सकते हैं। गनीमत कि सात बजकर दस मिनट पर मन्त्रीजी के यहाँ से दस्तखत के लिए बुलावा आ गया और दो-चार प्रश्न पूछकर मन्त्रीजी ने फाइल पर दस्तखत कर दिए। इतनी-सी बात ... यह दस दिन पहले भी किया जा सकता था, पर नहीं करना था, क्योंकि फाइल को आखिरी क्षण तक रोकना था ... कब कौन आ जाए ! बहरहाल मोहन्ती खुश-खुश फाइल लिये अपने कमरे आए और जो जगहें ये लोग खाली करनेवाले थे उनकी जगह तैनाती का आदेश बैठकर बनाने लगे। वे चाहते थे कि उनके विदेश रहने के दौरान कामकाज पुरानी गति से चलता रहे। चूँकि तीस लोग पदोन्नति पाकर ऊपर की जगहों पर जानेवाले थे इसलिए लाजमी था कि जो जगह वे खाली करनेवाले थे उन्हें भी तत्काल भर दिया जाए। एक ही जगह पर एक पोस्ट से दूसरे में स्थानान्तरण के आदेश कोई बड़ी चीज नहीं थी, क्योंकि इनमें किसी का एक शहर से दूसरे शहर जाना निहित नहीं था। उतने भर के लिए मोहन्ती ने बोर्ड के दूसरे सदस्यों को बुलाकर सबसे सलाह-मशविरा किया, फाइल पर दस्तखत किए, और आदेश निकालने के लिए नीचे के अधिकारी को फाइल सौंप विदेश निकल गए।

उन्हें क्या मालूम कि यह मामूली-सी घटना जो सिर्फ इस प्रेरणा से हुई कि मोहन्ती की नामौजूदगी से विभाग के काम का हर्जा न हो, लोगों को जल्दी ही निश्चित तौर पर मालूम हो जाए कि उन्हें कहाँ काम करना है, वे अनिश्चितता में न झूलते रहें ... दस-बारह अधिकारियों का उन्हीं कस्बों में जहाँ वे थे, सिर्फ एक कमरे से दूसरे में जाने का एक छोटा-सा आदेश जिसके पीछे सदिच्छाएँ ही थीं ... यह एक हंगामा खड़ा कर देगी। इत्तफाक कि डी.वी. उन दिनों विदेश में थे। अगर देश में होते तो जैसे बोर्ड के सदस्यों से पूछा था मोहन्ती उनसे भी पूछ लेते, क्या फर्क पड़ता था। वह नहीं हुआ तो डी.वी. आते ही तिलमिला गए! मोहन्ती भूल गए थे कि आज के मन्त्री, सचिव

नीचे-से-नीचे के उस काम को अपने अधिकार-क्षेत्र में लेना चाहते हैं जिसमें पावर है, पूरी तरह लेना सम्भव नहीं तो उस काम में दखल ही मिले। स्थानान्तरण आदेश ऐसा ही एक क्षेत्र था जिसमें खींचातानी चलनी ही थी। कोई बड़े सोच या बड़े मनवाला सचिव होता तो सोचता उसका काम तो नीति निर्धारण जैसा बड़ा काम है, इन नियुक्तियों के पचड़े में क्या पड़ना, कोई दूसरा शायद बात टाल जाता और जब मोहन्ती लौटकर आते तो उन्हें समझा देता कि भाई, इन आदेशों को भी सचिव और मन्त्री को दिखा लिया करो, हमें भी एकाध आदमी इधर-उधर करने हो सकते हैं। लेकिन डी.वी ... .उसने देखा—यह क्या ! जिस मोहन्ती को वे लिखा-पढ़ा रहे थे, वह अपना सिक्का जमाए जा रहा है ! वहाँ प्रशासन व्यवस्था में कोई योगदान की भी बात नहीं थी, बाजार को यह दिखाना था कि असली पावर किसके पास है, ताकि लोग उसके पास आएँ। पावर इसलिए दिखाना है कि पावर का मजा लूटना है, मौके-बेमौके पैसा भी बनाना है। बाजार के मुद्दे के अलावा एक और दबाव था जो डी.वी. अपने ऊपर महसूस करता था—अपने स्वभाव का दबाव। वह दो ही हैसियत से काम करना जानता था—गुलामी करो, गुलामी कराओ। मन्त्री पहली तरह के काम के लिए ... बाकी सारा मैदान दूसरी तरह के लिए। बराबरी के स्तर पर काम करना तो वह जानता ही नहीं था। एक बार उसकी पत्नी काफी तीखी पड़कर बोली थी—“मैंने तुम्हें और तुम्हारे साथियों को खूब देखा है। तुम दो तरीकों का ही चलना जानते हो—मन्त्री नहीं हुआ, तो कन्धे पीछे सीना आगे की तरफ फुलाए हुए; मन्त्री आ गया तो कन्धे आगे को, सीना भीतर की तरफ पिचका हुआ। पहली शेरवाली चाल, दूसरी रियारवाली ... खोखली मुस्कान चेहरे से चिपकाए मन्त्री की एक-एक नजर देखकर फूँक-फूँक कदम रखते हुए। तीसरे तरीके का चलना तुम्हें आता ही नहीं।” डी.वी. भी उतना ही तैश में काम कर जाता था ... जैसे मोहन्ती जल्दी-जल्दी आदेश निकाल गए। फर्क सिर्फ यह था कि मोहन्ती जनहित ध्यान में रखकर ही तैश में आते थे, डी.वी. के यहाँ उसका अहं मुख्य होता था। वह कुछ-कुछ मोहम्मद बिन तुगलक की झकवाला व्यक्ति था। विदेश से लौटने पर जैसे ही उसने मोहन्ती के वे आदेश देखे ... तिलमिला उठा—“मुझे बिना दिखाए ... पब्लिक क्या सोचेगी कि डी.वी. कुछ नहीं ... ” और आव देखा न ताव उसने दो-चार यूँ ही ऊटपटाँग के स्थानान्तरण आदेश निकाल देने को कहा। नीचे के लोगों ने थोड़ी विनम्रता से समझाने की कोशिश की—यह काम अध्यक्ष के आने पर कर देंगे क्योंकि उनके विभाग का मामला है, वे बोर्ड के सदस्यों से चर्चा भी कर लेंगे।

“क्यों, क्या जैसे तुम्हारा अध्यक्ष मेरी नामौजूदगी में आदेश निकाल सकता है, मैं नहीं निकाल सकता ? बोर्ड के सदस्यों से बातचीत क्या। अध्यक्ष बात कर सकता है तो क्या मैं नहीं कर सकता ? बातचीत कर ली गई है, ये आदेश शाम तक निकल जाने चाहिए।”

प्रजातान्त्रिक प्रशासन या प्रजातन्त्र में प्रशासन का आशय यह होना चाहिए कि हर विभाग अपने मसले खुद देखे तो मोहन्ती और उसके बोर्ड द्वारा किए गए आदेश गलत

कहाँ थे। उनमें सीनियर्टी का ख्याल रखते हुए एक ही शहर में अधिकारियों को यहाँ से वहाँ किया गया था। सही मायने में वे स्थानान्तरण के आदेश भी नहीं थे, अधिकारियों का उनके क्षेत्र में एडजस्टमेंट था। जो गलत था वह यह—डी.वी., एक व्यक्ति की तानाशाही ! मोहन्ती द्वारा किए गए आदेशों की तह में जाना नहीं, सिर्फ इस जिद पर कि मुझसे पूछा क्यों नहीं गया, कुछ गैरजरूरी स्थानान्तरण आदेश निकाल देना ··· एक उस व्यक्ति द्वारा जो विभाग के बाहर का था। परम्परा कि सचिव दैनन्दिन प्रशासन में न पड़े, बड़ी चीजों को सोचे, वह तो कब की भूली जा चुकी थी। सिर्फ यह साबित करने के लिए कि असली व्यक्ति मैं हूँ ··· ये गैरजरूरी आदेश निकाले गए। मोहन्ती को विदेश में ही जब पता चला तो उन्होंने सोचा कि एक-जरा-सी गलतफहमी जो आमने-सामने बैठकर दूर की जा सकती थी उसने खामख्वाह की दरार हमेशा-हमेशा के लिए डी.वी. और मोहन्ती के बीच पैदा कर दी। दोनों को एक दूसरे पर शक रहने लगा कि दूसरा खुद को ज्यादा बड़े पावर-सेंटर के रूप में देखना चाहता है, जबकि मोहन्ती के स्वभाव में यह बात ही नहीं थी। कोई उनके स्वभाव के बारे में जानकर उस बात पर सोचता ··· तो शायद किसी और नतीजे पर पहुँचता ··· पर वहाँ तो एक ही तरह का, एक ही लीक पर सोचना आता था कि मोहन्ती या कि कोई अपना रोब गाफिल करने के लिए ही इस तरह आदेश निकालेगा। मोहन्ती के स्वभाव के बारे में सोचने का धीरज और कल्पनाशक्ति दोनों ही नहीं थे डी.वी. के पास। एक बात और थी। अहं पर चोट आँखों पर अँधेरे की एक पर्त चढ़ा देती है और अफसरशाही में तो अहं ऐसा आहत होता है कि फिर फुफकारकर उठ बैठता है, चोट मारने को। मोहन्ती यह देखकर हैरान थे कि ये सचिव स्तर के लोग जो मन्त्रियों से और कमेटियों की बैठकों में संसद-सदस्यों और विधायकों के द्वारा तरह-तरह से अपमानित किए जाते थे ··· ये ही बाहर जहाँ उन्हें मौका मिला, अपनी ऐसी चमक दिखाना चाहते हैं कि जैसे कि एक वे ही हैं जो हैं, सर्वेसर्वा।

मोहन्ती विदेश से लौटे तो डी.वी. के अहं की जलाँध उन तक भी पहुँची। जैसे कहीं रबड़ जल रहा हो, आप भागते फिरें फिर भी दुर्गन्ध पीछा करती रहती है। दस लोग यह कहते हुए आए कि अध्यक्ष की नामौजूदगी में कुछ तबादले कर दिए गए। मोहन्ती ने सोचा क्या फर्क पड़ता है—ये तो सरकारी कामकाज हैं, मोहन्ती नहीं थे तो भी चलते रहने थे। तबादले भी पाँच-छः लोगों के थे, जिनसे पूरी व्यवस्था पर ज्यादा कुछ असर नहीं पड़ता था लेकिन एक परम्परा जो अब तक चली आ रही थी उसे जरूर झिंझोड़ दिया गया था, बेवजह। दरअसल इसकी नींव पुराना सचिव डाल गया था। डी.वी. को वह अच्छी तरह समझा गया था कि विभाग के लोगों की लगाम खींचकर रखनी होगी, इनको ढील दी तो ये आप पर चढ़ बैठेंगे। इसलिए डी.वी. मोहन्ती की अध्यक्षी की शुरुआत में ही वह अपमान पीकर नहीं रह जाना चाहता था कि उसकी नामौजूदगी में मोहन्ती ने तबादले किए। मोहन्ती ने सोचा कि छोटी-सी गलतफहमी हुई है और उसे वे दोनों लोग मिल-बैठकर, बात करके खत्म कर लेंगे। आखिर वे

करीब-करीब एक ही स्तर के पदों पर तैनात दो लोग थे। मोहन्ती की ताकत यह थी कि वे इतने बड़े विभाग के सबसे बड़े अधिकारी थे और उन्हें ही विभाग का शासन चलाना था। डी.वी. की ताकत यह थी कि वह सरकार था ! मोहन्ती का विभाग उसके 'अंडर' था ··· भले ही उसकी अन्दरूनी चीजों में दखल न देने की परम्परा रही हो।

मोहन्ती ने ही अपनी तरफ से बात उठाई, जब डी.वी. और वह अकेले हुए।

"मुझे ऐसा पता लगा कि जो कुछ अधिकारियों के तबादले मैं जाने के पहले कर गया था उसको लेकर आपको ठेस पहुँची है। अगर ऐसा है तो मुझे अफसोस है ! मेरा इरादा सिर्फ यह था कि क्यों अनिश्चितता का वातावरण बनाए रखा जाए, लोग जाकर अपनी जगह काम करें, फटाफट। आप देखेंगे कि ज्यादातर आदेश स्थानीय हैं और इस तरह के आदेश पहले भी अध्यक्ष के स्तर पर होते रहे हैं।"

"आप क्या सोचते हैं ये इतनी छोटी चीज है। उस समय जब भारत सरकार का सचिव देश के बाहर हो तब आदेश कर दिए गए। सचिव की अथॉरिटी को कम करने की एक बेहद गम्भीर कोशिश की गई है। एक गहरी, प्लांड कंसपिरेशी है ··· सोच-समझकर की गई साजिश !"

षड्यन्त्र ! डी.वी. जैसे मुगलों का इतिहास पढ़ रहा था जहाँ जब बादशाह 'डैकेन' के दौरे पर गया होता था तो तख्त पलटने की साजिशें बनाई जातीं, अमल में लाई जातीं और वहीं से या लौटकर बादशाह सलामत उन्हें कुचलकर रख देता।

सचिवालय के ये बन्दर ··· सूटेट-बूटेड ये बाबू कैसे पढ़े-लिखे बेवकूफ थे !

"इसीलिए मैंने कहा," डी.वी. आगे कह रहा था—"कि अध्यक्ष अगर बिना मेरे आदेश निकाल सकता है तो मैं भी बिना उसके निकाल सकता हूँ।"

फिर डी.वी. अपनी भड़ाँस निकालने लगा। उसने बताया कि उसने मोहन्ती को अध्यक्ष बनवाने के लिए क्या-क्या किया, मन्त्री के आगे मोहन्ती की तस्वीर और उभारने के लिए उसने क्या-क्या नहीं किया ··· (सब मनगढ़न्त और बढ़ा-चढ़ाकर बताया जा रहा था) उस दोस्ती और विश्वास का यह प्रतिदान कि उसकी पीठ पर छुरा भोंक दिया गया।

डी.वी. के नथुने फूल-फूल उठते थे, वह आँख इधर-उधर किए अपना गुस्सा निकाल रहा था, मोहन्ती की तरफ सामने नहीं देखता था, पर उन पर आक्षेप पर आक्षेप किए जा रहा था। ताज्जुब की बात यह थी कि इतनी छोटी-सी चीज के लिए इतनी बड़ी-बड़ी बातें, इतने बड़े शब्द, इतने बड़े-बड़े सवाल उठाए जा रहे थे—साजिश, पीठ में छुरा, विश्वासघात, षड्यन्त्र, बगावत, सचिव की अथॉरिटी 'इरोड' करने की सीरियस अटेम्प्ट ··· वगैरह-वगैरह ··· बड़े और गहरे रिश्तों में जब तनाव आते हैं, तब वहाँ भी ऐसी बड़ी-बड़ी बातें नहीं उठाई जातीं। दफ्तर की नकली दुनिया में ! एक मामूली दफ्तर की, मामूली-सी एक क्रिया—एक तबादले का आदेश, इस पर वे बड़ी-बड़ी बातें उस शिद्दत से उठाई जा रही थीं ··· जैसे भूखा आदमी धूल के ढेर को चावल की बोरी समझ उसे छाती से लगाए बैठा हो, किसी ने उसे छुआ नहीं कि बौखला पड़ता हो ! इससे पता चलता था कि डी.वी. नौकरी को कितनी गम्भीरता से लेता था।

गरमागरम बातचीत के बाद युद्ध-विराम हो गया, लेकिन उस वातावरण में जहाँ चाहे राजनीतिक पार्टी के भीतर नेताओं के आपसी सम्बन्ध हों या मन्त्री अधिकारी, अधिकारी और अधिकारी के सम्बन्ध ··· उनमें पूर्ण निष्ठा, पूरी वफादारी का ही आग्रह किया जाता हो ··· वहाँ एक गड्ढा तो डी.वी. और मोहन्ती के सम्बन्धों के बीच पड़ ही गया। मोहन्ती सोच रहे थे कि एक तो यह संसार ही नश्वर है, जहाँ जो कुछ होता है वह मिट जाता है ··· उस संसार के चौखटे के भीतर एक और नकली दुनिया—दफ्तर की, जिसे हम असली, असल से ज्यादा असली मानकर कैसी उठापटक, कैसी जद्दोजहद, कैसी रोआ-पीटी मचाते हैं। जो सारी उम्र दफ्तर की इस घोर नकली दुनिया को ही असली मानकर उछलकूद करते रहते हैं ··· उनके हाथ क्या आया दिखेगा जीवन की शाम में ?

मोहन्ती के भीतर बैठी नौकरी के लिए वितृष्णा और गहरा गई थी।

खटिया खड़ी कर देंगे !

विदेश से लौटने के कुछ ही दिनों बाद मोहन्ती के विभाग के लिए बनी संसद-समिति की बैठक हुई। समिति के सदस्य सांसद होते थे और कोई वरिष्ठ नेता उसका अध्यक्ष। ऐसी समितियाँ हर मन्त्रालय के काम की देख-रेख के लिए बनी हुई थीं। मोहन्ती दौरे पर गए हुए थे, उनके क्षेत्र में जरूरी काम आ पड़ा था। उन्होंने डी.वी. को बता दिया था, यह भी कि उन्हें शायद एक दिन की देरी हो सकती है। चूँकि संसद-समिति की बैठक तीन दिन चलनेवाली है तो मोहन्ती दो दिन तो बैठक में शामिल हो ही लेंगे, पहला दिन बोर्ड के वरिष्ठतम सदस्य सँभाल लेंगे। डी.वी. ने इस इन्तजाम पर अपनी सहमति जताई थी। मोहन्ती सोचते थे काम महत्त्वपूर्ण है, व्यक्ति नहीं। उनमें और वरिष्ठतम सदस्य में फर्क ही क्या था, कल के दिन वह भी अध्यक्ष होगा। समिति की बैठक में मोहन्ती के विभाग जैसे कई विभागों के प्रतिनिधि थे ··· पूरे मन्त्रालय के मामले उठने थे, मोहन्ती के विभाग से सम्बन्धित दो-चार मसले ही थे ··· इसलिए एक दिन उनके न होने से कोई फर्क पड़नेवाला नहीं था ' बैठक में ज्यादातर मन्त्रालय के सचिव ही जवाब देते थे क्योंकि वही सबसे बड़ा अफसर होता था, उस दृष्टि से भी मोहन्ती के एक दिन न रहने से समिति के काम में कोई अड़चन नहीं पड़नी थी। बोर्ड के वरिष्ठतम सदस्य डी.वी. को जानकारी दे देंगे और डी.वी. समिति को जवाब दे देगा ··· लेकिन मोहन्ती सचिव स्तर के नहीं थे, तो भी उनकी ढूँढ़ बैठक के पहले दिन ही शुरू हो गई। डी.वी. ने समिति को बताया कि अध्यक्ष एक जरूरी काम से एक दिन के लिए राजधानी से बाहर गए हैं, वे कल इस बैठक में हाजिर रहेंगे। इस पर कुछ संसद-सदस्य भड़क गए :

"समिति की बैठक से ज्यादा जरूरी और कौन काम हो सकता है। अध्यक्ष ने

जान-बूझकर समिति का अपमान किया है, उन्हें जाने क्यों दिया गया ··· उन्हें फौरन बुलाया जाए।''

मोहन्ती के स्तर के अधिकारी उस बैठक में एक नहीं, अनेक थे। एक मोहन्ती की गैरहाजिरी को लेकर कुछ संसद-सदस्य यों आहत हो जाएँगे—इसका अन्दाजा मोहन्ती नहीं लगा सके थे। वे सोचते थे कि उस वक्त राजधानी से बाहर जाकर वे सरकार का एक नुकसान बचा रहे हैं जबकि समिति की बैठक में अभी सिर्फ बहस ही होनी थी, समिति की सिफारिशें आखिर उसकी रिपोर्ट में आएँगी जिसे पढ़कर सीख ली जा सकती थी। होता जरूर उल्टा था ··· बैठक के पहले खूब तैयारी की जाती थी और आखिर में जब रिपोर्ट आती थी तो उस पर ध्यान नहीं के बराबर दिया जाता था ! इसी तरह यह भी एक आम बात थी कि बैठक में समिति के सदस्य विभाग के अधिकारियों पर जमकर बरसते थे। राजनेताओं में स्वतन्त्रता के बाद पनपती चली गई कुंठा का प्रकटीकरण ही था यहाँ—अधिकारियों के हाथ में इतना कुछ है, सांसदों के हाथ में सिर्फ बोलना, जितनी पूछ अधिकारियों की है उतनी उनकी क्यों नहीं ? इसलिए सार्वजनिक कार्यक्रमों में जहाँ भी मौका मिलता राजनेता अधिकारियों को लताड़कर अपना महत्त्व गाँसते। अकेले में जब अधिकारियों से मिलना होता वे ही सांसद बड़ी शालीनता से मिलते थे क्योंकि इन्हीं अधिकारियों से उन्हें दसियों काम करवाने होते थे।

शाम को शहर पहुँचते ही मोहन्ती ने जब डी.वी. को फोन किया तो उधर से डी.वी. करीब-करीब चिल्लाया—''अरे आप कहाँ हैं ?''

मोहन्ती को ताज्जुब हुआ क्योंकि डी.वी. को ही तो सबकुछ बताकर, एक तरह से उससे पूछकर मोहन्ती गए थे। उसे यह भी मालूम था कि मोहन्ती किस जगह गए हैं।

''कमेटी ने आपको सम्मन किया है, वे लोग बहुत नाराज हैं। कल कमेटी के सामने आपकी बाकायदा पेशी होगी। आपको नहीं जाना चाहिए था।''

मोहन्ती को खराब लगा। डी.वी. ने ही बड़ी आश्वस्ति से उन्हें जाने को कह दिया था कि वह सब सँभाल लेगा। अब वही यह जता रहा था जैसे मोहन्ती ने बगैर उससे पूछे जबर्दस्त खता की है। कौन जाने डी.वी. ने मोहन्ती को दौरे पर जाने देकर, जान-बूझकर उन्हें इस साँसत में फँसाया हो। मोहन्ती ने धीरज से सुन लिया। वे डरे नहीं क्योंकि उन्हें संसद समितियों का कोई तजुर्बा नहीं था, अगर होता तो शायद डरते। एक चीज जो हमेशा उनकी मदद करती थी, वह यह कि वे खराब-से-खराब हालात के लिए तैयार हो जाते, कम-से-कम मानसिक रूप से। उन्होंने भीतर से अपने को विश्वास दिलाया कि कोई नौकरी से तो निकाल नहीं देंगे, ज्यादा-से-ज्यादा डाँट-फटकार करेंगे, तो सुन लेंगे।

दूसरे दिन सुबह मोहन्ती उस बैठक में गए तो कार्यवाही शुरू होने के पहले ही वे सीधे समिति के अध्यक्ष से जाकर मिल लिये। उन्होंने माफी माँगी कि उन्हें एक जरूरी दफ्तरी काम के कारण जाना पड़ा और उनका इरादा समिति की अवमानना का कतई

नहीं था। संसद समिति के अध्यक्ष कांग्रेस के एक वरिष्ठ नेता थे, सालों एक प्रान्त के मुख्यमन्त्री रह चुके थे। राजनीति के मँजे हुए खिलाड़ी, पुराने नेता ··· नेहरूजी के ठीक बाद की पीढ़ीवाले, जिनके लोग अब कम ही बचे थे। उन्होंने मुस्कुराकर बात को टाल दिया और मोहन्ती के बारे में पूछते रहे—वे कहाँ के हैं, यहाँ कहाँ रहते हैं आदि-आदि। दो मिनट की छोटी-सी बातचीत में ही उन्होंने मोहन्ती के साथ अनौपचारिकता बिठा ली। चूँकि मीटिंग शुरू होने जा रही थी इसलिए उन्होंने इशारा कर दिया कि वे यहाँ ठहरे हैं, चार-पाँच दिनों के लिए राजधानी में हैं और मोहन्ती से बात करना उन्हें अच्छा लगेगा। मोहन्ती उनके घर आ सकते हैं।

समिति के अध्यक्ष से मिलने के पहले जैसे ही मोहन्ती बैठकवाले हॉल में दाखिल हुए थे, उन्हीं बोर्ड के सदस्य जिन्होंने बीते कल कमान सँभाली थी ··· वे घबराए हुए मोहन्ती की तरफ आए थे ··· बोले—"संसद सदस्य पूरनमल कल मिले थे, गुस्से में थे ··· पूछ रहे थे—तुम्हारे अध्यक्ष महोदय कहाँ हैं, उन्होंने दिल्ली से श्रीमती सब्बरवाल का ट्रांसफर करके अच्छा नहीं किया, उनसे कहना कि आदेश को इस बैठक के दौरान ही रद्द कर दें वर्ना ठीक नहीं होगा ··· खटिया खड़ी कर देंगे। इस समिति के अलावा वे कई और समितियों के सदस्य हैं, बैठकों में मोहन्ती की वह खोज-खबर लेंगे कि मोहन्ती को अपनी नानी याद आ जाएगी ··· "

मोहन्ती के सहकर्मी, बोर्ड के सदस्य घटा-बढ़ाकर बोलनेवालों में से नहीं थे। वह सब बोलते हुए उनका शरीर हिल रहा था, सुनते वक्त कैसे सँभाला होगा उन्होंने खुद को—"साब, यह आदमी तो पूरा गुंडा लगता है, सिर्फ जान से मारने की धमकी नहीं दी उसने ··· बाकी तो कुछ उठा नहीं रखा। किस भाषा में बात कर रहा था, कहता खटिया खड़ी कर दूँगा ··· "

"अपनी खटिया तो पहले से ही खड़ी है, मैंने ही खड़ी कर रखी है ··· नौकरी कर रहा हूँ न," मोहन्ती ने हँसते हुए कहा। उन्होंने सोच लिया था—नौकरी ले लेंगे, इससे ज्यादा क्या कर सकते हैं ··· और नौकरी ? दिनोदिन एक बात साफ होती जा रही है कि यह नौकरी किसी काम की नहीं है ···

और वे समिति के अध्यक्ष की तरफ बढ़ गए थे।

उन्हें धक्का सांसद की धमकी से नहीं लगा था, जितना देश के उस कर्णधार की भाषा से ··· वो तो कुछ दिनों के ही अनुभवों ने उनकी चमड़ी थोड़ा सख्त कर दी थी। उन्हें भीतर-भीतर यह लगने लगा था कि अध्यक्ष पद खोने के डर से अगर वे गलत काम करते चले गए, वह करने लगे जो उनकी अन्तरात्मा गवारा नहीं करती तो वे मनुष्य ही नहीं बचेंगे। जब मनुष्य ही न रहे तो यह पद या वह पद क्या। एक या दो गलत कामों की बात नहीं थी—वे तो किसी से अनजाने में भी हो सकते हैं ··· वहाँ तो उस रास्ते चलने की बात थी जो ढलान थी ··· खाई की तरफ जाती थी। मजाक यह कि जो मोहन्ती के समर्थक रहे थे, जिन्होंने उनकी यहाँ पहुँचने में मदद की थी वे भी उन्हें उसी ढलान की तरफ ढकेल रहे थे और मोहन्ती सिर्फ इसलिए उनके विरोधी बनते जा रहे

थे कि वे ढलान के रास्ते नहीं जा रहे थे।

पूरनमल अपढ़ या गँवई गाँव के नहीं थे, पढ़े-लिखे थे और पेशे से एडवोकेट थे। जिन्दगी में कभी कोई चुनाव नहीं लड़ा और हमेशा पीछे रास्ते माने राज्य सभा से संसद में आते रहे। उनकी लम्पटता उनकी पार्टी में भी विख्यात थी इसलिए जब उनकी पार्टी पावर में रही तब भी वे कभी मन्त्री नहीं बन पाए, हालाँकि पार्टी के बड़े नेता की चापलूसी में वे किसी से पीछे नहीं रहते थे। साधारण कद-काठी, गोलमटोल चेहरे पर हल्के चेचक के दाग, फासले से टँगे हुए दाँत कि कभी-कभी लगता कि बत्तीस की जगह पन्द्रह-बीस ही होंगे। जैसे देखने में वैसे ही अपने व्यवहार-बर्ताव में। गुंडई, धौंस, धमकी ··· या फिर जी-हुजूरी, चापलूसी। दो ही छोर। उनकी बदनसीबी कि दोनों का ही जो फायदा उनको अपने लिए मिलना चाहिए वह नहीं मिल पाता था, अलबत्ता धौंस-धमकी से वह अपने चेले-चपाटों के छोटे-मोटे काम जरूर करा लेते थे। यही उनकी कामयाबी थी। वे जानते थे उनका महत्त्व देश, समाज, पार्टी या किसी के लिए सकारात्मक रूप में नहीं है। तो जिसे कहते हैं 'न्यूसैंस वैल्यू' ··· वह उन्होंने पकड़ ली थी। किसी के खिलाफ कुछ उगलवाना हो, उन्हें बता दो, ··· वे वह-वह कह जाएँगे जिसे कोई शरीफ आदमी अपने मुँह में लाने में भी कतराएगा। शायद उनकी जो यह असभ्यता थी—उसी के कारण उनकी उम्र जो अभी बयालीस के आसपास थी, साठ के ऊपर की दिखने लगी थी। खोपड़ी पर से बाल गायब हो रहे थे जैसे मुँह से दाँत। उन्हें जरूर प्रकृति से शिकायत होगी कि उन्हें जितना दिया नहीं, उससे ज्यादा उनसे ले लिया था, लेती जा रही थी, तेजी से। या तो इस ग्रन्थि के कारण या फिर आदत कि वे हमेशा छोटी-छोटी चीजों में उलझ जाते थे ··· वे वैसा व्यवहार करते थे। पावर को उसके पूरे नंगेपन में इस्तेमाल करना और उसे इस्तेमाल करते हुए देखना भी—यह उनके व्यक्तित्व से, उनकी एक-एक हरकत से हर क्षण झलकता होता।

फिलहाल डी.वी. ने जो कहा था और मोहन्ती को जो व्यवहार समिति के अध्यक्ष से मिला उनमें कितना फर्क था। बैठक की शुरुआत में भी कोई मोहन्ती के आ जाने पर बौखलाहट में उन पर नहीं बरसे। समिति की बैठक जिस बिन्दु पर कल खत्म हुई थी, वहीं से शुरू हुई। बेशक जब मोहन्ती के विभाग के प्रश्न आए तो यह याद किया गया कि आज अध्यक्ष आ गए हैं तो उनसे वे सवाल भी पूछ लिये जाएँ जो कल मुल्तवी कर दिए गए थे ··· निहायत शालीनता के साथ। सवालों और जवाबों के बाद के सवालों में जरूर पैनापन था। तथ्यों की तह में जाने की कोशिश, उनको लेकर थोड़ी डाँट-फटकार ··· यह सब थी लेकिन कोई अतिरिक्त आक्रोश इस बात को लेकर नहीं था कि मोहन्ती कल क्यों नहीं थे—जिसकी कि मोहन्ती को आशंका थी। डी.वी. कुछ ज्यादा ही चीजों को बढ़ा-चढ़ाकर, कुछ आतंक-सा पैदा करता हुआ रखा करता है।

एक सवाल का जवाब मोहन्ती ठीक-ठाक देते चले जा रहे थे कि उधर से एकाएक पूरनमल फट पड़ा—"आप लोग जब छापा डालने जाते हैं तो भूल जाते हैं कि आप नौकर हो। आप लोग गुंडे हैं, डाकू हैं, एकदम डाकुओं जैसा बर्ताव करते हैं। औरतों

के गलों से मंगलसूत्र खींच लेते हो, लोगों को घेरकर रखते हो ··· उन्हें पानी पीने के लिए भी नहीं छोड़ते ··· मत भूलो कि आप किसी दूसरे मुल्क के नहीं हो, इसी देश के हो पर जनता से आपका व्यवहार दुश्मन देश की तरह होता है ··· आप लोग खूँखार भेड़िए हैं ··· हम यहाँ जनतन्त्र की बातें करते हैं, आपने जंगलराज फैला रखा है ··· ''

वह चला जा रहा था। दरअसल उसके रिश्तेदारों की कुछ कम्पनियों पर छापा पड़ा था इसलिए वह छापों के विषय को घूम-फिरकर उठा रहा था—छापों में विभाग के लोगों की अमानवीयता, क्रूरता, यहाँ तक कि गुंडागर्दी साबित करने में लगा था। मोहन्ती और उनके विभाग के दूसरे अधिकारी चुपचाप सुन रहे थे। मोहन्ती सोच रहे थे कि कितना बड़ा बनाकर देखते हैं लोग उनके पद को, जबकि वे स्वयं को सिर्फ डाँट खाते हुए ही देखते हैं। वे अपने नीचेवालों को नहीं डाँट सकते, जो मन में आए वह नहीं कह सकते ··· वहाँ जागरूकता है, उनके यूनियन हैं ··· लेकिन ये राजनेता कुछ भी कहने को स्वतन्त्र हैं, मोहन्ती जैसों के पास अपनी सुरक्षा के लिए कुछ नहीं ! इन बैठकों में वे कोई भी अपमान झेलने, कुछ भी सुनने के लिए तैयार होकर आते हैं ··· कुछ-कुछ उस विद्यार्थी की तरह जो जानता है कि उसे मार खाना ही खाना है तो वह कक्षा में आते ही अपनी पीठ नंगी कर देता है, खड़ा हो जाता है अध्यापक की छड़ी के सामने। पूरनमल थोड़ी देर में मोहन्ती पर आक्षेप करने लगा—''और यह अध्यक्ष ··· इन्हें कोई परवाह नहीं, जिस इत्मिनान से यह कल बैठक में नहीं आए, उसी इत्मिनान से ये बैठे रहते हैं ··· उधर छापों के दौरान तरह-तरह की ज्यादतियाँ होती रहती हैं। इनके आदमी चाहे जितना राक्षसी बर्ताव करते रहें, इनके पास शिकायतें की जाती हैं, ये उन्हें फाड़कर कूड़ादानी में फेंक देते हैं—''

उस बिन्दु पर एक शालीन से सदस्य ने कहा—''छापों के दौरान ज्यादतियाँ होती हैं तो कुछ अधिकारियों के गलत व्यवहार के कारण। उसके लिए पूरे विभाग को दोषी नहीं ठहराया जा सकता। हाँ, इस क्षेत्र में सुधार की जरूरत है,'' तभी समिति के अध्यक्ष ने बड़े कायदे से बीच में आकर दूसरे विषय को उठा लिया, दूसरे सांसद को बोलने को कह दिया। मोहन्ती का उनसे शुरू-शुरू में मिल लेना काम कर गया था। वे बचाव को न आते, उसी विषय को चलने देते तो पूरनमल पता नहीं और क्या-क्या बोलता।

लंच के दौरान पूरनमल मोहन्ती के विभाग के अधिकारियों के घावों पर मरहमपट्टी लगाता घूम रहा था। वह मोहन्ती की तरफ भी बढ़ता हुआ आया और बोला—''श्रीमती सब्बरवाल को यहीं रहने दो, वह बहुत अच्छी अधिकारी है। और इस पर्ची में जो अधिकारियों के नाम लिखे हैं उनके खिलाफ बड़ी शिकायते हैं ··· इनका यहाँ से तबादला कर दो।''

''श्रीमती सब्बरवाल दिल्ली शहर में ही तेईस वर्षों से हैं—जब कि इतने सालों में विभाग के दूसरे अधिकारियों का पाँच-पाँच बार तबादला हो चुका होता है,'' मोहन्ती ने अपने बचाव में धीरे से कहा।

''उसकी पारिवारिक समस्याएँ हैं ··· वर्ना दिल्ली में लड्डू हैं क्या,'' पूरनमल खीखयाया।

मोहन्ती कुछ नहीं बोले इस बीच, कुछ और लोग उनके पास आ गए। बात वहीं रह गई। पूरनमल अध्यक्ष से दोस्ती चाहता था—लेकिन दोस्ती या मोहब्बत का हाथ बढ़ाकर नहीं, आक्रामक होकर ... गाली-गलौज से, आतंकित कर, डरा-धमकाकर। उसके लिए दोस्ती के मायने यह नहीं थे कि एक-दूसरे की दिक्कतें, सीमाएँ समझी जाएँ, जो जिस तरीके से काम कर रहा है उसे समझा जाए, उसका आदर किया जाए। उसके लिए दोस्ती के मायने यह थे कि दूसरा आँख बन्द कर वह करता चला जाए जो पूरनमल कहता है। जिन अफसरों की फेहरिस्त लिये वह घूमता था उनमें दो तरह के लोग और उनके लिए दो तरह की पूरनमल की सिफारिशें थीं—जो अफसर उसके माफिक नहीं आते, उसके कहने से नहीं चलते ... उन्हें उखाड़ फेंका जाए और जो उसके माफिक हैं उन्हें वहीं जमा रहने दिया जाए चाहे वे एक ही जगह रहते-रहते अपना पूरा कैरियर ही क्यों न निकाल चुके हों ... करीब-करीब। पूरनमल एडवोकेट था और उस हैसियत से उसका काम इन अफसरों से पड़ता रहता था। यह साफ था कि अफसरों के लिए सिफारिश में अपनी राजनीतिक हैसियत का इस्तेमाल वह बड़े भोंडे ढंग से करता था। मोहन्ती ने जो तबादले किए थे उनमें एक जगह पर किसने कितने साल लगाए हैं इस बात का खास ख्याल रखा था, जो नियम थे उन्हें सब पर निष्पक्षता से लागू किया था। चूँकि कोई व्यक्तिगत दुर्भावना नहीं थी इसलिए उन्हें भीतर से डर नहीं था, विश्वास था कि कोई भी पढ़ा-लिखा व्यक्ति तबादलों के पीछे के तर्क को समझेगा, विभाग के ज्यादातर अधिकारियों ने समझा भी था ... लेकिन ये बाहर के लोग, पूरनमल जैसे, समझने को तैयार ही नहीं थे। चलते-चलाते वह मोहन्ती से फुसफुसाकर यहाँ तक कह गया—"आपको अपनी जगह पर रहना है तो, मीटिंगों में और दूसरी जगह अपनी बेइज्जती नहीं कराना है तो स्लिपवाले ये तबादले कर दीजिए और मिसेज सब्बरवाल का कैंसिल कर दीजिए ..."

हद है—यह तो तानाशाही हो गई, उस आदमी की जो मोहन्ती का बॉस नहीं था। पूरनमल जैसों के पास नफासत या थोड़ी सभ्यता से कुछ कहने का न समय था, न ही धीरज। वह यह भी सोचता था कि वह है जनता का प्रतिनिधि माने मालिक और सामने जो था वह नौकर था। इसलिए उसे तो हुक्म देना ही देना था।

मोहन्ती चुपचाप सुनते रहे। जब बोर्ड के सदस्य ने बताया था तभी उन्होंने भीतर से तय कर लिया था कि वे जुबान खोलेंगे ही नहीं ... वह अपनी तरह का विरोध होगा, और उनके धैर्य की परीक्षा भी। पूरनमल मोहन्ती को एक किनारे ले वह सब बोलता रहा ... और मोहन्ती कुछ न बोले पर उनके कुछ न कहने से और चेहरे पर उछल आई लकीरों से यह जाहिर हो गया था कि वे पूरनमल का कहा करनेवाले नहीं थे, भले ही उनकी नौकरी रहे या जाए। पूरनमल को लगा कि वे तो काठ से बातें कर रहे हैं। वे मोहन्ती को छोड़कर इधर-उधर चले गए। मोहन्ती ने सोचा छुटकारा मिला लेकिन थोड़ी ही देर में देखा डी.वी. और पूरनमल एक दूसरे की हथेली से हथेली उलझाए, खिलखिलाते हुए इधर चले आ रहे हैं। तो संसद सदस्य यह भी दिखाना चाहते थे कि वे मोहन्ती

के सचिव से इतने अन्तरंग हैं और मीटिंग के बाहर भी कुछ कर सकते हैं :

"अरे भाई मोहन्ती ! अपने पूरनमलजी की कुछ सिफारिशें हैं," डी.वी. ने हँसते हुए कहा।

"हाँ बताईं आपने।"

"पूरनमलजी हमेशा मीटिंग में हमारी मदद करते रहे हैं। हम लोग भी इनकी सिफारिशों को बहुत गम्भीरता से लेते रहे हैं।"

"मैं पूरी गम्भीरता से गौर करूँगा।"

"अरे !" डी.वी. जोर से हँसा—"और पूरनमलजी को ऐसा लगा जैसे आपने उनकी बात न मानने की जिद ठान रखी है। लीजिए पूरनमलजी, आपका काम हो गया, आपका ख्याल गलत निकला। मैंने कहा न, अपने मोहन्ती उस तरह के नहीं हैं, बहुत ही रीजनेबल और फेयर हैं।"

"मैं वह रहूँगा ··· विश्वास दिलाता हूँ। मुश्किल यह है कि किसी के मन का जरा भी न हुआ तो वह दूसरे व्यक्ति को खराब समझने लगता है।"

"अरे नहीं ··· देख लेना भाई। पूरनमलजी आदरणीय सांसद हैं, इनकी मदद हम अक्सर लेते रहते हैं।"

कौन-सी मदद, कैसी मदद ··· मोहन्ती समझ न पाए। डी.वी. लेता होगा अपनी तैनाती इधर या उधर कराने में, मोहन्ती भी ले सकते हैं मदद ··· मगर फिर अन्याय होने दें ··· जिन बेचारे अधिकारियों के पास सोर्स नहीं है या जो सोर्स ढूँढ़ते नहीं, सीधे-सीधे चलते हैं ··· उनके तबादले करके उन्हें बेवजह दंडित करें और जिनके पास पूरनमल जैसे लोग हैं उन्हें जब तक वे चाहें हिलने ही न दें ! अगर मोहन्ती ऐसा करते हैं तो क्या रहेगी उनकी छवि अपने विभाग के अधिकारियों के सामने ? क्या यह भी एक तरह की बेईमानी नहीं है, क्या रुपए लेना ही बेईमानी होती है ?

"चलिए, हम लोग पूरनमलजी के प्रस्तावों पर गम्भीरता से विचार करेंगे," कहते हुए डी.वी. ने मामला रफा-दफा किया, बात वहाँ आई-गई हो गई। डी.वी. खुश-खुश पूरनमल को लिये दूसरी तरफ चला गया। कितने खुश हैं डी.वी. जैसे लोग ··· जबकि मोहन्ती जैसों के लिए पग-पग पर काँटे, तकलीफें। जब से वे अध्यक्ष हुए, खुलकर कभी हँस भी नहीं पाए। डी.वी. को कभी रुआँसा चेहरा लिये नहीं देखा गया। क्या मोहन्ती में बुनियादी कोई कमी है ?

मोहन्ती की डायरी से

आज बहुत अपमानित महसूस किया। पूरनमल मुझ पर तोहमत पर तोहमत लगाए चला जा रहा था, मुझे उन सारे कृत्यों के लिए जिम्मेदार ठहरा रहा था जिनसे मेरा सिर्फ दूर का रिश्ता है, सिर्फ इतना कि मैं भी उस विभाग का हूँ जिसमें कुछ ऐसे लोग हैं जो छापों के दौरान अमानवीय व्यवहार करते हैं, उसी तानाशाही से पेश आते हैं जो पूरनमल के तौर-तरीकों में भी है। मैं जानता था कि पूरनमल किन वजहों से भभक रहा है। उसके

मन के तबादले नहीं हुए, इसलिए। मैं चुपचाप सहता रहा और कुछ नहीं कर सकता था। बाहर से जो ये बड़े पद, इन पर आसीन चहकते फिरते अधिकारी दिखते हैं ⋯ कोई देखे कि इन्हें कैसे-कैसे अपमान पीने पड़ते हैं। कुछ तो अपनी खुन्दस निकालने के लिए अपने मातहतों के साथ वैसा ही व्यवहार करने लगते हैं। एक प्रान्त के मुख्यमन्त्री ने मुख्य सचिव से अपना पीकदान उठवाया, दो कौड़ी के एक नेता ने एक निगम के अध्यक्ष को सबके सामने झापड़ मार दिया ⋯ ऐसी घटनाएँ अखबारों में आती रहती हैं। समझ में आता है अगर आपके किसी वक्तव्य या कोई प्रशासनिक चूक पर गाली-गलौज की जाए। यहाँ गालियाँ इसलिए दी जा रही हैं क्योंकि एक अधिकारी ने कायदे-कानून के हिसाब से तबादले करने की जुर्रत की। पूरनमल मुझे हमेशा हर जगह अपमानित करता रहेगा और मैं कुछ नहीं कर पाऊँगा क्योंकि उसके पास संसद सदस्यता का कवच है और मैं एक नौकर हूँ ⋯ मामूली नौकर ⋯ गुलाम। यह भी माना कि नौकरी नौकरी होती है लेकिन गुलामी ⋯ कोई आपसे पुराने वक्त के गुलाम जैसा बर्ताव करे तो ? वह भी यहाँ पहुँचकर ⋯ अपनी सर्विस के उच्चतम पद पर ?

मुझे क्या अधिकार है अपने को बेवजह इस तरह जलील होने देने का, क्यों नहीं समय से पहले रिटायरमेंट ले लेता जो कि मैं कर सकता हूँ ? कितनी बार सोचा भी है लेकिन बस वही कायरता ⋯ कायरता भी नहीं, एक किस्म की काहलियत कि ढर्रे में चला जा रहा हूँ तो चला जा रहा हूँ, जैसे दिन में गोंचे गए, मार खाए बैल रात को गाड़ीवान के सो जाने पर भी बने-बनाए रास्ते पर आँख मूँदे चलते चले जाते हैं। वे तो फिर भी कोई गाड़ी को किसी गन्तव्य की ओर ले जा रहे होते हैं, मैं किस गाड़ी को कहाँ लिये जा रहा हूँ ? मुझे नौकरी की वह जरूरत नहीं जो किसी नौजवान को जिसका जीवन खुल रहा होता है या कि किसी शादीशुदा को जिसे बच्चों की परवरिश और अपनी घर-गृहस्थी चलाने के लिए निश्चित आय की जरूरत होती है। मेरा काम सरकार से अपने पैसे वापस लेकर उसे बैंक में रखकर उसके ब्याज और अपनी पेंशन से आराम से चल सकता है, फिर भी मैं चला जा रहा हूँ, चला जा रहा हूँ, जलालत झेलते हुए। पैंतीस वर्षों की नौकरी करते रहने का फायदा यह कि मैं चलता चला जाता हूँ, गालियाँ और अपमान सहने के लिए प्रस्तुत हूँ। जहाँ मैं हूँ वहाँ पहुँचकर अफसर लोग जैसे यही कहते होते हैं—''मुझ पर चाबुक पर चाबुक बरसाते चले जाओ पर हाय ! नौकरी पर बने रहने दो। पैंतीस सालों से मैं इसका आदी हो गया हूँ, अब और किसी काम के लायक नहीं। नौकरी मुझसे छिन गई तो क्या बचूँगा मैं। तुम जो कुछ कहोगे वह करता चलूँगा, कहोगे तो कुछ नहीं करूँगा ? चुपचाप अपने एयरकंडीशंड केबिन में बैठा रहूँगा ⋯ उसे, अपनी कार, सरकारी बँगले को ताकते हुए। तुम लोग करते रहो जो तुम्हें करना है, मैं कुछ नहीं बोलूँगा ⋯ भले ही जनता बड़े अफसरों पर लानत तोहमत फेंकती रहे। मुझे क्या चाहिए, सिर्फ अपनी सुविधाएँ।''

मोहन्ती ! क्या तुम धार में बहते हुए इसी तरह नौकरी करते रहना चाहते हो ?

नहीं-नहीं, दिनोदिन मेरे सामने यह और-और साफ होता चला जा रहा है। पूरनमल

हों या डी.वी.—स्थानान्तरण के वे आदेश जो नियमानुसार और पूरी निस्संगता से किए गए हैं, नहीं बदले जाएँगे। मैंने अपमान और जलालत झेल लिये ¨ यही बहुत है। मेरे काम वही होंगे जो होने चाहिए।

समिति की बैठक खत्म होने के दूसरे दिन मोहन्ती ने समिति के अध्यक्ष को फोन किया और उनसे वक्त लेकर उस बँगले पहुँचे जहाँ वे टिके हुए थे। मोहन्ती अतिरिक्त चुस्ती इसलिए भी दिखाना चाहते थे कि कम-से-कम लिखित रिपोर्ट जो आए उसमें समिति उनके विभाग की कटु आलोचना न करे। अगर कुछ सदस्य पहले दिन मोहन्ती के न होने से या किसी प्रश्न के जवाब से असन्तुष्ट रहने से उन पर आक्षेप कर भी गए हैं, तो कम-से-कम लिखित रिपोर्ट में वह सब नहीं आए। अध्यक्ष ने एक पल भी इन्तजार नहीं कराया। वे उस वक्त के राजनेताओं में से थे जो अधिकारियों को पूरी इज्जत देते थे। एक छोटे से कमरे में सिर्फ मोहन्ती और वे। उन्होंने मोहन्ती से पूछा—क्या लेंगे। उनके लिए चाय मँगाई और हल्के-हल्के उन तमाम विषयों की बातचीत करते रहे जो समिति की बैठक में उठी थीं। अध्यक्ष बोलते कुछ ज्यादा ही थे, बुजुर्ग थे इसलिए। उम्र अस्सी को तो छू ही रही होगी। उनके जुमलों का अन्त अक्सर मोहन्ती को समझ नहीं पड़ता, फिर भी वे बराबर मुस्कान अपने चेहरे पर बिठाए सुनते रहते। सामान्य विषयों पर बातचीत करते-करते अध्यक्ष अपने राजनीतिक कैरियर पर सरक गए, अपने और नेहरूजी के संस्मरण सुनाए और अन्त में अपनी एक बड़ी फैक्टरी और मोहन्ती के विभाग के छः साल से चल रहे मुकदमों के ब्यौरे देने लगे। उन्होंने बताया कि इस तरह की मुकदमेबाजी से नागरिकों का समय जाया होता है जिसे वे देश के लिए उद्योग बढ़ाने में लगा सकते हैं, सरकार का भी व्यर्थ का पैसा मुकदमेबाजी में जाता है। सालों तक फैसला न होने से चीजें वहीं की वहीं पड़ी रहती हैं, कुछ हल नहीं निकलता। उन्होंने हल्का-सा इशारा दिया कि ऐसे मसलों को बातचीत के जरिए हल कर लेना अच्छा है। अगर ऐसा हो जाए तो सरकार या कि वह पार्टी मुकदमा वापस ले सकती है। उस बात से भला असहमत कहाँ हुआ जा सकता था ¨ लेकिन हर मुकदमे के अपने अलग तथ्य होते हैं, कुछ होगा कि यह मसला बातचीत से हल नहीं हो सका, मुकदमेबाजी की नौबत आई और मुकदमेबाजी ले रही है। मोहन्ती ने कहा कि वे फाइल मँगाकर जरूर ध्यान से देख लेंगे और जितनी गुंजाइश होगी कम-से-कम उतने के लिए पार्टी के प्रतिनिधियों से बातचीत कर लेंगे। करीब एक घंटे की बैठक के बाद मोहन्ती अध्यक्षजी से विदा लेकर बाहर निकले। उन्हें हल्का लग रहा था, बावजूद इसके कि अध्यक्ष ने अपने काम की बात मोहन्ती से की थी, साधारणतः जिसे सुनते ही मोहन्ती तुनक जाते। कहने-कहने के ढंग में फर्क होता है। अध्यक्ष ने एक बार भी सीधे यह नहीं कहा कि मोहन्ती यह करें या वह करें, वे सिर्फ जिक्र कर गए, वह भी चलते-चलते। सलाह भी इस तरह दे गए कि चाहो तो मानो या मत मानो। बड़े नेता ये होते हैं और

ऐसा शालीन व्यवहार करते हैं। एक और बात साफ हुई थी कि ऐसी बैठकों में वे ही अधिकारी ज्यादा रगड़े जाते हैं जो महत्त्वपूर्ण पदों पर होते हैं और जिनसे बैठक के बाहर कुछ मसले सलटवाने होते हैं। वह जो महत्त्वपूर्ण पदों पर नहीं हैं उन्हें बड़ी सफाई से उपेक्षित कर दिया जाता है। कहो तो कभी कोई उनसे एक सवाल भी न पूछे और तीन दिन की बैठक के दौरान उन्हें एक बार भी अपना मुँह न खोलना पड़े। जबकि मोहन्ती को दस-दस प्रश्नों का जवाब देना पड़ा था और कहीं-कहीं पर तो लम्बी, तीखी व्यंग्यभरी बहस भी चली थी।

काम दोनों को ही थे—पूरनमल को और समिति के अध्यक्ष को। दोनों ही राजनेता थे, इस दुनिया के लोग—अपने कामों को करवाने के लिए बेताब ⋯ लेकिन दोनों के तरीके अलग-अलग थे। एक जैसे अपने काम को मोहन्ती के मुँह में डंडे से ठूँस रहा था और दूसरा ⋯ जैसे कुछ कहा ही नहीं उन्होंने ⋯ जबकि काम—उनका नितान्त अपना था। यह दूसरा व्यक्ति जनता में अपनी छवि से बँधा था, आँख नीची रहती थीं। पहला जानता था कि उसकी कोई छवि-अवि नहीं थी—जो कभी बनती भी रही होगी उसे लात मारकर वह लथेड़ देता था। कितना फर्क ⋯ यह वह फर्क था जो कल के और आज के नेताओं में आ गया था।

चूहा-बिल्ली

दीनदयाल हमेशा की तरह फिर गायब था और फिर एकाएक प्रकट भी हो गया। मोहन्ती के दफ्तर आया, अपने घने बालों को झटका देता, इधर-उधर देखता हुआ ⋯ जैसे सतत् चौकन्ने रहना और सही मायने में आँख और कान खुले रखना, उसकी चुस्त-दुरुस्त आदत हो।

वह आया तो थोड़ी ताजी हवा लाता हुआ जरूर आया। बहुत दिनों बाद बरसात हुई थी और जमकर हुई थी। दीनदयाल गर्मी में अपने दड़बे में घुसा रहा होगा, मौसम बदला और वह बाहर निकल पड़ा था।

''कमरा तो अच्छा है। लोग बताते हैं, एक जमाने में इस कमरे में कोई बड़ा अंग्रेज अफसर बैठा करता था,'' मोहन्ती के सामने बैठते हुए उसने कहा।

''सभी कमरों में कोई न कोई अंग्रेज बैठता होगा और अब उनके पिछलग्गू हम बैठते हैं। देश जैसे आज भी गुलाम है। कभी-कभी तो मुझे लगता है कि हम और गुलाम हो गए हैं। जी-हुजूरी, चापलूसी बहुत बढ़ गई है।''

''आप तो मारिए गोली इन सबको। मैंने सब जगह आपका सिक्का जमा दिया है कि अपने मोहन्ती भाई दबंग आदमी हैं। निर्णय करने में देर जरूर होती है लेकिन

एक बार जो कर लिया उस पर अड़े रहते हैं। आप तो किसी गुलामी-वुलामी को महसूस किए बगैर अपनी अन्तरात्मा की आवाज पर काम करिए और धड़ल्ले से करिए।"

किसी बीते या आगे आनेवाले जमाने की बात कर रहा था दीनदयाल ! पत्रकार था, शब्दों से वास्ता था उसका तो कभी-न-कभी, कहीं-न-कहीं आदर्श की बात उठ ही जाती थी। इसीलिए बीच-बीच में वह इस तरह की बातें सोच सकता होगा, वरना मोहन्ती ही जानते थे कि वहाँ और सबकुछ किया जा सकता था ⋯ अन्तरात्मा की आवाज से, या जो सही है वह नहीं किया जा सकता था।

"मैंने डी.वी. के यहाँ भी आपका जिक्र उठाया था। वे कह रहे थे कि ठीक हैं लेकिन मेरी स्पीड के बराबर आने में उन्हें थोड़ा समय लगेगा।"

मोहन्ती भीतर-ही-भीतर हँसकर रह गए। या तो डी.वी. पेशेवर झूठ बोलनेवाला आदमी है या उसका समय का अन्दाज कुछ उलट-पलट गया है। उसके साथ मोहन्ती के ताजा अनुभव गवाह थे कि मामला उल्टा ही था ⋯ स्पीड को लेकर ही तो शिकायत थी—मोहन्ती ने फटाफट स्थानान्तरण के आदेश निकाल दिए और डी.वी. को परेशानी हो गई ! मोहन्ती कुछ ज्यादा ही जल्दी निर्णय कर लेते हैं, उसे कर भी डालते हैं लेकिन नहीं, डी.वी. वह सब दीनदयाल को नहीं बोलेगा। वह तो कुछ ऐसी बात बोलेगा जिसमें उसकी अपनी हवा बँधती हो ⋯ स्पीडवाली बात बिल्कुल डी.वी. की कही लगती थी। दूसरी तरफ जिस दबंगता, अन्तरात्मा आदि की अपेक्षा दीनदयाल करता था, उसी को आधार बनाकर तो स्थानान्तरण आदेश निकाले थे मोहन्ती ने ⋯ कि तहलका मच गया था।

वैसे भी दीनदयाल झूठ नहीं बोल रहा होगा। वह जिस तरह मोहन्ती के यहाँ आता-जाता था, ठीक उसी तरह डी.वी. के यहाँ भी, ऐसे कइयों के यहाँ आता-जाता था। यह तो उसका पेशा ही था। हो सकता है कि वह डी.वी. से काफी पहले मिला हो और तब डी.वी. ने स्पीड की बात की हो, उस वक्त तक डी.वी. को मोहन्ती की अधिक स्पीड से परेशानी न हुई हो ⋯ सोचकर मोहन्ती को हँसी आई। यह भी हो सकता है कि तबादले की घटना के बाद दीनदयाल डी.वी. से मिला ⋯ तब भी उसने 'स्पीड' वाली बात की हो, क्योंकि ये फिकरे थे, जो अपनी धाक जमाने के लिए यों ही उछाल दिए जाते थे, सभी बोलते थे ⋯ कभी-कभी तो बगैर मतलब समझे हुए। डी.वी. से पूछा जा सकता था कि वह किस स्पीड की बात कर रहा है—क्या वह स्पीड जो उसकी थी—मन्त्रालय और उसके भी बाहर विभाग में तेजी से अपना सिक्का जमाने के लिए ⋯ ताकि लोग जल्दी से समझ लें कि सर्वेसर्वा वही है। दूसरे शब्दों में, सिर्फ अपनी महत्ता साबित करने के लिए तेजी। अगर प्रशासन में तेजी की बात थी तो विदेश जाने के पहले जो आदेश मोहन्ती कर गए थे और जिनमें से एक को भी गलत नहीं ठहराया जा सकता था और इसलिए बदला भी नहीं जा सका था ⋯ उसे लेकर आपत्ति क्यों की गई ? मोहन्ती के सुनने में आया था कि बावजूद डी.वी. और मोहन्ती की उस दिन की आपसी बैठक के, डी.वी. ने मोहन्ती की 'स्पीड' और 'हेस्ट' को लेकर ही मन्त्री के भी कान भरे थे। कहा था—यह जल्दबाजी करता है, मौज में जो आया वह कर देता है।

जो आदेश मन्त्री से पूछकर निकाले जाने चाहिए थे वे अपने स्तर पर ही निकाल दिए, मन्त्री को अँधेरे में रखा :

"मैंने उनसे कहा," दीनदयाल आगे कह रहा था—"अभी नए हैं। जैसें-जैसे विश्वास आएगा, वे चलने क्या दौड़ने लगेंगे।"

"ये सब बेकार की बातें हैं," मोहन्ती ने कहा—"मेरे ख्याल से यह भाषा ही गलत है। आप क्या घोड़े हैं जो रेस में दौड़ रहे हैं ? अगर दौड़ भी रहे हैं तो किस दिशा में। अगर वह गलत दिशा है तो बेहतर है कि धीरे ही चलें ताकि जो आपके बाद आनेवाला है वह आपकी गलतियाँ सुधार सके। मुझे तो लगता है कि सरकार जो इतना बड़ा संसार है, वहाँ या उसके किसी बड़े विभाग में तब्दीलियाँ या नए विचार बहुत सोच-समझकर लाए जाने चाहिए क्योंकि एक छोटी-सी चीज का भी इतना व्यापक असर होता है। इसलिए कुल मिलाकर यहाँ धीरे चलना ही ठीक है, हाँ, प्रशासन के रोजमर्रा के मामलों में तेजी होनी चाहिए ¨ खैर, वह सब छोड़ो, बताओ कैसे आना हुआ।"

"—बस, इधर से गुजर रहा था—सोचा बहुत दिनों से मुलाकात नहीं हुई। अच्छा एक बात है। एक प्रोजेक्ट को लेकर एक टी.वी. चैनल से बहुत दिनों से मेरी बातचीत चल रही है। उनके कुछ मामले आपके विभाग में फँसे हुए हैं। मैं उन्हें आपके पास लाना चाहता हूँ ताकि उन पर कुछ मेरा सिक्का जम जाए। आप करिएगा कुछ नहीं, सिर्फ सुन लीजिएगा उनकी।"

दीनदयाल ने इस ख्याल से कतई नहीं कहा था कि वह मोहन्ती को कोई गलत काम करने से बचाना चाहता था। दीनदयाल का तो खेल यह था कि वह जिसे मोहन्ती के पास लाएँ, उसकी मदद करते दिखें मोहन्ती, सिर्फ दिखें। यह प्रक्रिया चलती रहे, चलती रहे। उस आदमी का काम कभी पूरा नहीं होना चाहिए, पूरा हो गया तो फिर वह आएगा ही क्यों। दीनदयाल काम के लिए आई पार्टी को भटकते देने और बीच-बीच में उसके साथ थोड़ा स्वयं भटकने में विश्वास करता था। मिलने और सुनने में मोहन्ती को क्या आपत्ति हो सकती थी, उन्होंने हाँ कर दी।

अगले दिन दीनदयाल अपने साथ सूट-बूटधारी, सफल व्यापारी जैसे दिखते जिन सज्जन को लाया वे जरूर थोड़ा-सा घबराए हुए थे, लेकिन दीनदयाल अतिरिक्त आत्मविश्वास में था, अपने घने बालों को बार-बार झटका देता हुआ, घनी मूँछों के नीचे सफेद दाँत बार-बार झलकाता हुआ।

"आपसे जिक्र किया था इनके बारे में—ये हैं मिस्टर नवानी, बेवजह बेचारे परेशान किए जा रहे हैं। दरअसल जब से दूरदर्शन के लिए नए चैनलों का खतरा पैदा हुआ है तब से सरकार के लोग उलटे-सीधे ढंग से प्राइवेट चैनलवालों को परेशान करते रहते हैं। यह फेयर गेम तो नहीं है।"

"आपकी समस्या क्या है ?" मोहन्ती ने सीधा नवानी से पूछा।

नवानी अपनी समस्या विस्तार से बताने लगा जिससे सबसे पहले वोर होना शुरू हुआ दीनदयाल स्वयं। मोहन्ती ध्यान से सुन रहे थे, मामले की तह तक जाने की

कोशिश कर रहे थे लेकिन उन्हें भी अपनी कोशिश फालतू लगी यूँ कि दीनदयाल स्वयं नहीं चाहता था कि नवानी की मदद की जाए और मोहन्ती को नवानी की नहीं दीनदयाल की मदद करनी थी। उन्हें तो सिर्फ सुनना था ⋯ तो वे सुनते रहे, सुनते रहे। आखिर काफी देर तक जब नवानी अपना किस्सा बताता चला गया तो दीनदयाल ने स्वयं बीच में टोक दिया।

"मेरा ख्याल है कि ये अगर अपने मामले को लिखकर दे दें तो आपको उसे प्रोसेस करने में अच्छा रहेगा। सरकार के यहाँ लिखित जब तक कुछ न हो तब तक गाड़ी आगे नहीं बढ़ती, क्यों ठीक है न ?" उसने नवानी की तरफ देखकर, उसकी 'हाँ' को पहले से ही मानते हुए मोहन्ती की तरफ देखा और अपनी रौ में आगे बढ़ गया।

"मैं इनसे विस्तार में लिखवाकर आपके पास दे दूँगा। कब आऊँ।"

"कभी भी। मैं पूरी कोशिश करूँगा," मोहन्ती ने नवानी से कहा। वे सचिवालय में आम चलते इस फिकरे का इस्तेमाल करने लगे थे ⋯ लेकिन दीनदयाल उनके इस वाक्य पर हल्का उखड़-सा गया। वह नहीं चाहता था कि मोहन्ती पूरी आश्वस्ति दें।

"ये रहा मेरा कार्ड। मेरे लिए कोई काम हो तो ⋯ "

"अरे! इसकी जरूरत नहीं है, भाई," दीनदयाल ने बीच में ही टपककर कार्ड लपक लिया और उसे वापस नवानी की कोट की जेब के हवाले कर दिया। नवानी और मोहन्ती दोनों सीधे एक-दूसरे के सम्पर्क में आ गए तो दीनदयाल का क्या होगा ? आजकल लोग यह चीज फट से करते हैं ⋯ किसी से उन्हें मिलवाने ले जाओ, एक ही मुलाकात में वे अपनी सीधी साँठ-गाँठ बिठा लेंगे ⋯ बीचवाले का पत्ता साफ और यह खतरनाक काम करता है यह छोटा-सा कागज का टुकड़ा ⋯ कार्ड, जिसे देने के लिए मिलनेवाला लपलपाता ही रहता है।

"और सब ठीक है न ?" मोहन्ती की तरफ देखकर निहायत अनौपचारिक अन्दाज में दीनदयाल ने कहा, "मैंने उस मामले में सचिव से बात कर ली थी।"

किस मामले में ? मोहन्ती सोचते रह गए लेकिन उस समय अगर खुलासा करवाते तो पता नहीं दीनदयाल स्वयं को मोहन्ती का घनिष्ठ दिखाने के लिए और क्या अनाप-शनाप बोल डालता। इसलिए बात को वहीं छोड़ देना ही ठीक लगा। दोनों से हाथ मिलाकर मोहन्ती ने उन्हें विदा किया।

कुछ ही दिनों बाद दीनदयाल ने एक मशहूर एक्टर को मिलाने की पेशकश की। मोहन्ती सोचने लगे—माना कि दीनदयाल ने उनके लिए हमेशा शुभकामनाएँ रखी हैं, थोड़ा कुछ किया भी होगा लेकिन यह तो एक सिलसिला बनता चला जा रहा है। जब तक मोहन्ती इस पद पर रहेंगे, दीनदयाल लोगों को इसी तरह लाता-मिलाता रहेगा—पार्टी को यह भ्रम देते हुए कि वह काम होनेवाला है और मोहन्ती को उसे करने से रोकते हुए। झूठ की एक तनती हुई स्थिति में जीना था यह। इससे तो अच्छा होता कि दीनदयाल अपने किसी सचमुच के मित्र को लेकर आता जो किसी तकलीफ में होता और पूरी संजीदगी से यह उस तकलीफ का निवारण करने के लिए कहता। मोहन्ती

को कुछ करके अच्छा लगता। दीनदयाल को भी सचमुच का सुकून पहुँचता लेकिन वह तो पुराने समय की बात थी, अब दूसरा ही समय था जिसमें वे थे। यहाँ उस किस्म की दोस्ती ही महसूस नहीं की जाती थी। दोस्त शब्द का इस्तेमाल जरूर बार-बार किया जाता था, हर किसी को मिलते वक्त दोस्त ही बताया जाता था ⋯ पर बीच में लगातार चलती सौदेबाजी और धन्धेबाजी थी। कभी-कभी मोहन्ती का दम घुटने लगता था। इतने लोगों से वे मिलते हैं, लेकिन कहीं ऐसा नहीं जहाँ वे ईमानदारी का कोई सम्बन्ध स्थापित कर सकें, उनसे भी नहीं, जिनका काम वे सचमुच करा देते हैं। जिसका काम हो गया, वह भागता है, जान बचाकर ⋯ डरता है कि मोहन्ती कहीं यह या वह न माँग बैठें, उसे इस या उस तरह इस्तेमाल न कर डालें। जहाँ दीनदयाल जैसा कोई बीच का आदमी किसी को लेकर आता था वहाँ यह तय नहीं था कि जो दो आ रहे हैं वे ही आपस में एक-दूसरे के प्रति ईमानदार हैं क्या, वाकई एक-दूसरे के लिए कुछ महसूस करते हैं। अजीब दुनिया थी जहाँ किसी सम्बन्ध में आँख मूँदकर विश्वास करने, सिर टिका सकने की जगह तेज-तर्रार ढंग से सतत चौकन्ने रहने की बात थी ⋯ आपका हित मारकर कहीं दूसरा अपनी गोटी तो नहीं फिट किए जा रहा। बेवजह नहीं आज की दुनिया में हाइपरटेंशन और हार्ट अटैक ज्यादा हो रहे हैं। इन बीमारियों की जड़ शायद कहीं इसी सतत चौकन्नेपन में थी।

दीनदयाल इस बार दफ्तर में आने की बजाय घर पर आना चाह रहा था। उसका कहना था कि एक्टर लोगों का मामला है, दफ्तर में बेवजह भीड़ लग जाती है, घर ले आएगा रात दस बजे के बाद, थोड़ी असुविधा तो होगी।

''आप उनसे कह दें कि वे कभी भी फोन करके आ जाएँ।''

कह गए मोहन्ती, शायद भीतर से निकल गया क्योंकि दीनदयाल से मिलकर उन्हें कोई बहुत खुशी नहीं होती थी। जो आदमी चौबीसों घंटे इसी में रहता हो—जिसे मोहन्ती या किसी मन्त्री/अधिकारी से मिलाने ले जाओ, उसे ही बेवकूफ बनाओ ⋯ उसमें आदमीयता का कोई अंश होगा क्या ⋯ लेकिन दीनदयाल क्या करता। यह उसका पेशा था, इससे उसकी रोजी-रोटी चलती थी। मुश्किल यह थी कि वह चौबीसों घंटे धन्धेबाज था। इसी कारण उसके पास बैठकर कोई सुकून नहीं मिलता था, जैसा कि प्रमोद के पास ही मिलता था।

''नहीं-नहीं,'' दीनदयाल चौंका—यह क्या। मोहन्ती तो उसका पत्ता काटे दे रहे हैं, दीनदयाल के पेट पर लात मार रहे हैं, ''मेरा आना ठीक रहेगा। जरा हम लोगों का भी महत्त्व रहने दीजिए।''

ईमानदारी का क्षीण अंश ⋯ या कि यों साफ कहकर वह अपनी बात मनवा लेता था। मोहन्ती ने कहा—''ठीक है, आ जाइए कभी।''

और एक रोज दस बजे रात, पहले से बिना फोन-ओन किए दीनदयाल एक्टर महोदय को लेकर मोहन्ती के घर आ टपका। पहले खुद उतरकर देखदाख लिया कि कोई और मुलाकाती तो नहीं बैठा है, फिर वापस आकर कार से एक्टर को उतार ले

गया। वह अपने जमाने का एक मशहूर हीरो था। अब ढलती उम्र और नए पर नए हीरो आने की वजह से उसका बाजार मन्दा पड़ गया था, फिर जैसा इन दिनों लोग करते हैं उसने राजनीति की तरफ़ रुख किया। एक चुनाव जीता भी लेकिन बदकिस्मती कि सरकार बहुत दिनों तक नहीं चली और जल्दी चुनाव फिर आ गए। इस बार उसे टिकट मिला तो, लेकिन विपक्ष की पार्टी के एक महारथी के खिलाफ, घर से दूर एक दूसरे प्रान्त में। वह चुनाव लड़ने जा रहा था। वह सोचता था कि वह जमाना जब वह हर दिल में राज करता था, अब भी है ··· वापस आ जाता है जहाँ लोगों ने उसे याद किया। कुछ अच्छे भविष्य की उम्मीद में और कुछ जैसे मुम्बइया हीरो के तौर-तरीके होते हैं, वह ढलती उम्र के बावजूद बेहद स्मार्ट था। अपनी पारिवारिक जिन्दगी जरूर उसने चौपट कर ली थी लेकिन वह चलती रकम अब भी था—चुनाव के लिए टिकट पा सकता था, अपना काम कराने के लिए मोहन्ती जैसों तक पहुँच सकता था।

अन्दर पहुँचते ही हीरो ने मुम्बइया स्टाइल में मोहन्ती की माताजी के चरणों में अपना सिर रख दिया।

''माताजी आशीर्वाद दीजिए, चुनाव लड़ने जा रहा हूँ।''

माताजी ने आशीर्वाद दिया। उसके बाद वह मोहन्ती की पत्नी की तरफ मुखातिब हुआ और बड़ी आत्मीयता से भाभी-भाभी करके बात करने लगा ··· लेकिन वे खिंची-खिंची रहीं। कोई छः वर्ष पहले जब मोहन्ती मुम्बई में तैनात थे तब यही आदमी अपने किसी काम से (बिना काम तो वह चलता ही न था) घर आया था, मोहन्ती की पत्नी ने अपने हाथ से खाना बनाकर खिलाया था, घर के सभी सदस्यों ने मुम्बई के इस मशहूर हीरो के साथ बैठकर खाना खाने का मजा लिया था। बैठकी रात को बारह बजे तक चली थी। उसके बाद हीरो ने अपने घर का व्यक्तिगत फोन नम्बर भी उन्हें दिया था, वह कृपा अमूमन ये लोग सब पर नहीं करते थे। जो काम वह लेकर तब आया था, उसके लिए मोहन्ती को किसी से बोलने की जरूरत नहीं पड़ी थी। वह उस किस्म का काम था जो अपने आप ही हो जानेवाला था और मोहन्ती ने यह बता भी दिया। उनकी जगह कोई दूसरा होता तो दस तरह की लपेटों में हीरो महाशय को उलझाता और मुफ्त का श्रेय लेते हुए हीरो से कुछ वसूला-वसूली भी कर लेता लेकिन मोहन्ती ठहरे साफ दिल, साफ मिजाज, उन्होंने साफ-साफ बता दिया कि यह अपने आप ही हो जाएगा। हीरो महोदय खुश-खुश अपने घर गए थे।

उसके बाद एक-दो बार मोहन्ती ने पत्नी, परिवार के दबाव में आकर कुछ मेहमानों को हीरो से मिलवाने के लिए फोन किए थे। न केवल फोन पर हीरो साहब नहीं आए, उनके सेक्रेटरी के पास मोहन्ती ने अपने फोन नम्बर आदि छोड़े तो भी पलटकर उनका फोन कभी नहीं आया। जाहिर था कि हीरो महोदय अपने काम से काम रखनेवाले स्वभाव के थे। जब तक काम तब तक याद रखना, उसके बाद विस्मृति के कूड़ेदान में डाल देना। उसका दुर्भाग्य कि उसे फिर मोहन्ती से काम आन पड़ा था।

मोहन्ती ने तो नहीं लेकिन उनकी पत्नी ने जरूर हीरो से शिकायत कर दी कि अब

आप 'भाभीजी', 'भाभीजी' कर रहे हो ··· लेकिन उस रोज, मुम्बई में खाने के बाद कभी याद भी नहीं की। हीरो इस पर बिफर पड़े।

"ऐसा हो सकता है कभी भाभी ? मुझसे ये गलती जरूर हुई कि मैंने अपने आप फोन नहीं किया ··· सौ चक्करों में रहता हूँ, क्या करूँ ··· " हीरो दीन स्वर में बोले।

"पर हमने फोन किया एक बार नहीं दो-दो बार, आपके यहाँ मैसेज छोड़ा। आपके सेक्रेटरी के पास," मोहन्ती ने कहा।

"भाई साहब ! मुझे सचमुच कोई मैसेज नहीं मिला। दरअसल उन दिनों मेरा सेक्रेटरी मुझसे चूहा-बिल्ली खेल रहा था।"

वह जिस तरह बोल रहा था उससे साफ दिखता था कि झूठ बोल रहा है। फिर वह फिल्मी डायलॉग पर उतर आया।

"मैसेज मिला होता और मैं भला फोन न करता। अरे भाभी ! आपके यहाँ खाना खाकर आया था ··· नमकहराम नहीं हूँ मैं कि जिसका नमक खा लूँ उसको एक फोन भी न करूँ। मुझमें और कई दोष हैं जिन्हें मैं जानता हूँ पर नमकहरामी उनमें कतई नहीं है।"

मोहन्ती ने उस प्रसंग को आगे न बढ़ाना ही ठीक समझा। सभी जानते थे कि व्यापारी लोग, जिनमें फिल्मी लोग तो खासतौर से, बेहद मतलबी होते हैं। उन्हें क्या दोष दिया जाए ··· बेचारों के पास समय ही नहीं होता, अपना काम सल्टाने में ही सारा समय खप जाता है, जो है वही कम पड़ता है।

"चलिए छोड़िए पुरानी बातें, बताइए अब किस तकलीफ में फँस गए हैं आप।"

हीरो उठकर एकदम मोहन्ती की बगल में आकर बैठ गए और अपनी परेशानियाँ बताने लगे।

"आप जानते हैं हम एक्टर लोगों को काम से फुरसत नहीं मिलती। उससे मिली तो जिस नकली दुनिया में हम रहते हैं उससे नहीं मिलती। मुझे मेरे सेक्रेटरी ने बताया नहीं, समय पर चेताया नहीं वर्ना मैं जो सरकार का बनता था उसे बिल्कुल समय पर जमा कर देता। मुझे पता ही नहीं चला और वह पड़ा रहा ··· उस पर ब्याज चढ़ता रहा। अब चढ़ते-चढ़ते वह इतना ज्यादा हो गया है कि मैं चाहूँ भी तो पूरा भरने की मेरे पास रकम ही नहीं है। अब तो फिल्मों में भी काम नहीं करता, आप जानते ही हैं। यहाँ मूल से ज्यादा ब्याज और पेनाल्टी हो गई है। विभाग को पावर्स हैं कि वो पेनाल्टी और सूद माफ कर सकते हैं। आप बस इतना करा दें। मूल मैं अपना घर बेचकर जमा कर दूँगा।"

दीनदयाल थोड़ा बेचैन-सा मोहन्ती की तरफ देख रहा था। उसे डर था कि घर बेचने की बात पर दया में आकर मोहन्ती कहीं 'हाँ' न कर दें और जो हीरो अभी दीनदयाल के चक्कर पर चक्कर लगाता रहता है—जिसकी वजह से दस जगह दीनदयाल अपनी शेखी बघार लेते हैं—वह आना ही बन्द कर दे। मोहन्ती को खुद हीरो के मामले में कुछ करना होता तो शायद वे वहीं कुछ कह भी देते। करना दूसरों को था और ऐसे मामलों में मोहन्ती अधिकारियों को किसी किस्म के निर्देश देना गलत समझते थे। उनका सोचना था कि

सम्बन्धित अधिकारी ही मामले के सारे ब्यौरे जानता है इसलिए वही सही निर्णय ले सकता है। हम उसे इधर या उधर प्रभावित करके अनैतिक काम करते हैं। वह पैसे लेकर हो या बिना पैसे लिये—उससे कोई फर्क नहीं पड़ता। कोई और समय होता तो वे सीधे-सीधे मना कर देते कि वे इस मामले में किसी को कुछ नहीं बोलेंगे लेकिन दीनदयाल का हमेशा की तरह कहना था कि आप बस सुन लीजिएगा ⋯ बहुत हुआ तो मामले को दिखवाने को कह दीजिएगा। कराइएगा कुछ नहीं, लेकिन न भी नहीं करिएगा।

क्या जमाना है—सीधा साफ बोलने को बेवकूफी कहा जाता है और बेवजह हाँ-हाँ करते रहना, टालमटूल या लटकेल भाषा में बात करना—मामले की जाँच करवाऊँगा, दिखवाऊँगा, समुचित कार्यवाही करूँगा या आजकल का आम फिकरा ⋯ मैं देखूँगा ⋯ आई विल हैव द मैटर लुक्ड इन टू ⋯ जबकि हकीकत में आपने पहले ही तय कर रखा है कि आप कुछ भी नहीं करनेवाले ⋯ इस बेईमान रवैए की तारीफ की जाती है। कहते हैं कि भाषा 'डिप्लोमेटिक' ही होनी चाहिए, जो ऐसी भाषा का इस्तेमाल करता है उसे 'टैक्टफुल' कहते हैं। मोहन्ती बेचारे, एकदम उल्टे, बदनाम इसके लिए थे कि वे सामने ही कह देते जो भीतर से उठता। मोहन्ती का कहना था कि वे क्यों किसी को बेकार की आशा में लटकाए रखें, क्यों झूठ बोलें, झूठ बोलने की जरूरत ही नहीं है, क्यों नहीं साफ सच बोल दें ⋯ भले ही उस वक्त सुननेवाले को खराब लगेगा लेकिन कम-से-कम उसे मालूम तो होगा कि वह कहाँ खड़ा है, झूठी आशा के हिंडोले में तो नहीं झूलता रहेगा। लेकिन ऐसा आचरण एक अधिकारी की अयोग्यता माना जाता है। मोहन्ती के लिए लोग कहने भी लगे थे कि वे 'डायनैमिक' नहीं हैं, 'टैक्टफुल' नहीं हैं, मुँहफट हैं।

मोहन्ती जब्त करके रह गए, क्योंकि दीनदयाल के उन पर एहसान थे और दीनदयाल ने बार-बार कहा था कि वे सिर्फ उम्मीद बनी रहने दें, जिसमें हीरो पानी पर छिलके की तरह इधर-से-उधर तिरता रहे।

कम-से-कम इतना तो वे दीनदयाल के लिए कर ही सकते थे कि कुछ न बोलें।

"अब देखिए सिर पर हैं चुनाव। फिल्मों के चक्करों से छुट्टी मिली तो मैं आ फँसा राजनीति में। इसी सबसे तो गड़बड़ियाँ होती चली जा रही हैं कि जो काम समय से होना चाहिए नहीं हो पाता। हम लोग जिस तरह पागल हुए इधर-से-उधर घूमते हैं इसका ही ख्याल करके, माफी दिलवा दीजिए। जो मूल है वह मैं पूरा-का-पूरा भर दूँगा।"

जो जुमले, जुमलों के टुकड़े, अधटुकड़े मोहन्ती के कानों में रोज पड़ते रहते थे ⋯ उनके मुँह से वे ही निकलते चले गए—"मैं बात करूँगा, पता लगाऊँगा कि फैक्ट्स क्या है, फिर देखता हूँ कि क्या कर सकता हूँ।"

"मैं आपसे फोन करके पूछ लूँगा," दीनदयाल बीच में उचक पड़ा। बस, वह इतना ही चाहता था।

"नहीं, ये ही फोन कर सकते हैं हफ्ता-दस दिन के बाद।"

"ये बेचारे कहाँ से फोन करेंगे, ये तो चुनाव लड़ रहे होंगे।"

दीनदयाल भीतर-ही-भीतर खुन्दक खाए जा रहा था कि मोहन्ती हर बार ही उसे

काट देने के चक्कर में बैठे रहते हैं जबकि उसे बीच में पड़ा रहना चाहिए। आहत होने का भाव उस क्षण दीनदयाल के चेहरे पर बड़े पैनेपन से उभर आया था।

मोहन्ती ने आगे कुछ नहीं कहा। जब वे लोग चले गए तो सोचने लगे कि क्यों ऐसा है कि वे सबको नाराज कर डालते हैं, अनचाहे ही। वे साफ-सुथरे इंसान हैं ... बाहर से, भीतर से भी। इसे मोहन्ती स्वयं और दुनिया के लोग—सभी जानते हैं। इसके बावजूद ... ? उनका साफ बोलना ही लोगों के गले के नीचे नहीं उतरता। कुछ हमारे इस समय में गड़बड़ी है कि लोग झूठ ही सुनना चाहते हैं, झूठ में ही रहना चाहते हैं। कितना आसान हो जाए सबकुछ अगर हर कोई सामनेवाले व्यक्ति को सीधी-साफ बात बता दे, लेकिन नहीं उसे झूठ में उलझाया जाएगा क्योंकि इसी उलझाव के क्रम में सीढ़ी-दर-सीढ़ी जाने कितने ऐसे धन्धे हैं जो पनप रहे हैं। हम दूसरे को बेवकूफ बनाने का खा रहे हैं, जैसे दीनदयाल ही।

आपका आदमी

बहुत दिनों से प्रमोद का सुझाव था कि आभार प्रकट करने के बहाने रतनकुमार को कम-से-कम एक बार खाने पर बुला लिया जाए। मोहन्ती भी इस बात से सहमत थे क्योंकि कुल मिलाकर उन्हें कुमार का व्यक्तित्व काफी सरल और विनयशील लगता था ... जो आज के जमाने में विरल है। मोहन्ती के अध्यक्ष बनने के बाद रतनकुमार ने काम से या वैसे ही कभी मोहन्ती को फोन नहीं किया था। राहुल जरूर हफ्ते में दो-तीन बार फोन करता था—कभी किसी की सिफारिश कभी किसी की। कभी कुछ लोगों को भेज देता, कहता ये रतनकुमार के आदमी हैं, दाँवपेंची बताने लगता—उन लोगों की बातें, पीछे की खींचातानी ... मोहन्ती कभी सुनते, कभी टालते, कभी भेजे हुए लोगों से मिल लेते लेकिन हर बार महसूस होता जैसे कोई रेशम की बारीक डोर के फेंटे पर फेंटे मोहन्ती के गले में डालता चला जा रहा हो। कभी-कभी तो उनका गला सचमुच बन्द जैसा होने लगता, मन करता कि इन डोरों को निकाल फेंकें, राहुल को चीखकर कह दें ... कोई जरूरत नहीं फोन करने की या आदमियों को भेजने की। लेकिन हर बार मोहन्ती उन लोगों से मिल लेते, उसके आगे उनकी मदद करने जैसी कोई चीज जरूर उनके मुँह से नहीं निकलती। अगर वे लोग रतनकुमार के आदमी थे तो रतनकुमार को सीधे मोहन्ती से बोलना चाहिए। राजधानी में जो यह चलन था, वह बड़ा अजीब था—बात कराए तो बीच का आदमी, कोई सन्देशा भेजे तो बीच का आदमी, सन्देशा ले तो बीच का आदमी। कुछ स्टेटस जैसा बन गया है बीच का आदमी ! अब बीच में उचकते हुए यह बीच का आदमी न जाने क्या का क्या पका सकता है। कौन जाने

राहुल ही अपना खेल खेल रहा हो ··· रतनकुमार से मिल लेना ठीक होगा। अध्यक्ष बनने के बाद उनसे मुलाकात भी नहीं हुई थी। इस बहाने मुलाकात भी हो जाएगी और वे हकीकत भी जान लेंगे कि राहुल के कहने को कितना वजन दिया जाना है। मोहन्ती रतनकुमार से सम्बन्ध रखना चाहते थे क्योंकि वह काम का आदमी था ··· अरे, यह क्या ! यह सोच मोहन्ती की कब से हो गयी। मोहन्ती देख रहे हैं कि इधर बीच-बीच में वे ताल्लुकात बनाने, बनाए रखने, नए सम्पर्क बनाने ··· इस सबकी दिशा में चल पड़ते हैं। यह रौ कुछ-कुछ उसी तरह आती थी जैसे गहरी बहती नदी बहते-बहते कहीं इतनी उथली हो जाती है कि एकदम रेत से सटकर बहने लगती है।

प्रमोद, राहुल ने सब तय किया—किस तारीख, कितने बजे मोहन्ती के घर पर खाने के लिए रतनकुमार आएँगे। मोहन्ती का कहना था कि रतनकुमार अपनी पत्नी के साथ आएँ और एक अनौपचारिक, घरेलू किस्म की बैठकी हो। वे यह भी चाहते थे कि बहुत लोग नहीं रहें क्योंकि उसमें हो-हल्ला ज्यादा होता है और अन्तरंग सम्बन्ध जो बनने चाहिए वे नहीं बन पाते। एक-दूसरे के बारे में हम तभी तो गहराई से जान सकते हैं उसके साथ अकेले बैठें, लेकिन आजकल का जमाना ऐसा है कि लोग भीड़ इकट्ठा करने, भीड़ में घूमने और हैलो-हैलो, हाय-बाय करते हुए चक्करों में सबसे औपचारिक रूप से मिलते हुए शाम गुजारना ज्यादा बड़ी चीज समझते हैं। लोग सोचते हैं कि जिस व्यापारिक मुस्कान को चेहरे पर चिपकाए वे पार्टियों में चक्कर लगाते हुए सबसे मिल रहे हैं, उससे उनका दायरा बढ़ रहा है। दायरा तो बढ़ता है लेकिन हम एक-दूसरे को जान कम पाते हैं, कम क्या बिल्कुल ही नहीं जान पाते। शायद आज के व्यस्त आदमी की यह मंशा भी नहीं होती कि वह किसी को गहराई से जाने, उसकी तकलीफों में हिस्सेदारी करे या कि उसके साथ से अपनी जीवन-यात्रा में बल पाए। उसका लक्ष्य है सफल होना। इसलिए चलताऊ मुलाकातें ही।

मोहन्ती को रतनकुमार अच्छे आदमी लगे थे पर जहाँ वे गलती कर गए वह यह कि रतनकुमार जो देखते थे, उसी को असली रतनकुमार समझ बैठे। उनसे एक-दो ही तो मुलाकातें हुई थीं, वे भी कामकाजी। उनमें किसी को कितना जाना जा सकता है। रतनकुमार राजनीति में नए-नए आए थे और घाघ नहीं हुए थे ··· लेकिन इसके ये माने नहीं कि वे दूध के धुले थे। उन्हें यह इल्म था कि राजनीति में कैरियर की बात लम्बी और दूर तक चलनेवाली यात्रा की बात होती है। वे राजनीति में कैरियर बनाने नहीं आए थे, क्योंकि इतना लम्बा चलने का धीरज उनके पास नहीं था। उनके पिता के लिए यह सब ठीक था जो सत्तर को छूनेवाले थे। कुमार जैसों के लिए पूरी जिन्दगी अनिश्चितता, उतार-चढ़ाव में, जैसी कि राजनीति में होती है—उसमें झोंक देना अक्लमन्दी की बात नहीं थी। उनका परिवार था, उसके भरण-पोषण के लिए एक छोटा सा व्यापार था। रतनकुमार का लक्ष्य इसी व्यापार को बड़ा करने का था ··· यहाँ जो कुछ होगा उसके मालिक वे खुद होंगे, हमेशा के लिए होंगे। राजनीति में तो जो आज हाथ आता है वह कल झर जाता है। उनके पिता की सरकार ही क्या पता कितने दिनों चले! इसलिए यहाँ तो जैसे अंग्रेजी

का मुहावरा है 'मेक हे व्हाइल द सन शाइंस !'—खुले मौसम में भूसा बना लो ! खराब मौसम ज्यादा दिनों रहनेवाला है, तब अभी बनाया गया भूसा काम आएगा। तो बाहर से सरल और गरम दिखनेवाला वह शख़्स, भीतर ठोस व्यावहारिक और ठंडा था।

रतनकुमार आए मगर पत्नी के साथ नहीं, अपने बेटे के साथ। राहुल और प्रमोद साथ थे ही। पर जो मुसीबत मोहन्ती के सिर पर एकाएक आते ही गिरी वह यह कि इनके पीछे-पीछे कोई सात लोग और चले आ रहे थे। सबको बिठाने के लिए तो मोहन्ती के यहाँ कुर्सियाँ भी नहीं थीं। राहुल घबराया-सा दिख रहा था, लेकिन वह उसकी चिर-परिचित मुद्रा थी। जब उसे किसी का काम कराना होता था तो वह अपनी तिकड़म और विवशता एक साथ जाहिर करने के लिए इस तरह की घबराहट चेहरे पर ओढ़ लेता था। प्रमोद का जरूर मुँह लटका हुआ था क्योंकि उसी की मार्फत मोहन्ती ने यह कहलवाया था कि केवल रतनकुमार, उनकी पत्नी और राहुल-प्रमोद हों तो अच्छा रहेगा। मोहन्ती के परिवार के सदस्य भी एकाएक दहशत में आ गए कि वे कैसे इतनी बड़ी पार्टी को खाना खिलाएँगे। तभी राहुल मोहन्ती को एक तरफ ले जाकर फुसफुसाने लगा।

"साहब क्या करें ! नेताओं के साथ यही चक्कर है। कितना समझाया इन लोगों को, ये साथ छोड़ते नहीं ! पीछे चले आए और अपने रतनकुमार साहब आप जानते ही हैं, जोर से बोल तक नहीं पाते। बहुत सीधे हैं बेचारे।"

गलत ... सब गलत—वह सीधा होगा ... जो एक साधारण-सी घरेलू मुलाकात भी नहीं कर सकता ? इन लोगों का तो एक-एक दिन कीमती था। मोहन्ती के यहाँ शाम है तो उसे ही भुना लें, जिस किसी तरह !

"मैं इन सबको खाना नहीं खिला सकता। हमने इन्हें नहीं बुलाया था," मोहन्ती ने साफ़-साफ कह दिया, यों कि रतनकुमार भी सुन लें। रतनकुमार सोफे पर बैठे अपने बच्चे का सिर सहलाए जा रहे थे—निर्लिप्त ! लड़ते-झगड़ते रहें सब, उन्हें क्या लेना-देना। राहुल ने ही मोहन्ती को एक तरफ ले जाकर धीरे से समझाया—"नहीं-नहीं, खाना खिलाने का सवाल ही नहीं है। मैंने एकदम साफ कर दिया है। उनको आप थोड़ा-सा चाय-शरबत करके छुट्टी कर दीजिए। मैंने कह दिया है कि वे ज्यादा नहीं बैठेंगे। कुछ काम है उन्हें आपसे। जाने कहाँ से पता लग गया कि हम लोग इधर आ रहे हैं और वे पीछे लग गए। आप सुन लीजिए और बस।"

तो यह था। यहाँ भी वही सुन लीजिए ... मोहन्ती झुँझला आए। एक बार तो मन में आया कि नहीं सुनते, नहीं खोलते वे यहाँ दफ्तर ... कर लें ये लोग क्या करते हैं, आखिर उन्होंने तो इन लोगों को बुलाया नहीं था ... लेकिन उन लोगों को रुखसत करने का यही तरीका था कि मोहन्ती न भी चाहें तो सुनें। दफ्तर की बातें घर पर करना और वह भी ऐसे मौके पर जब वे एक अनौपचारिक शाम बनाने जा रहे थे—यह मोहन्ती के मिजाज के एकदम खिलाफ था ... पर क्या किया जा सकता था। नेताओं की तो आदत है—चौबीसों घंटे कीचड़ लपेटे रहो। मोहन्ती यह मानकर धीरज रख रहे थे कि उन्होंने राजनीति के एक आदमी को अपने यहाँ खाने पर बुलाया था तो हर चीज करीने

से कहाँ हो सकती है।

मोहन्ती सोचते थे कि जो राहुल ने कहा था वह रतनकुमार कहते तो उनके गले के नीचे ज्यादा चिकनाई से उतरता लेकिन यहाँ भी वही था ··· पी.ए. के मार्फत ··· एक बार तो मोहन्ती कड़वाहट में सोच गए कि राहुल भी क्यों नहीं अपने और मोहन्ती के बीच में किसी पी.ए. को रख लेता, देश में बेरोजगारी वैसे ही है ! रतनकुमार बहुत ही निर्विकार बने बैठे अपने बच्चे के साथ खेले जा रहे थे जैसे उन्हें न तो मोहन्ती और उनके परिवार की छटपटाहट का पता था और न ही इन सात लोगों की कसमसाहट का। दरअसल वे सब लोग रतनकुमार के पीछे-पीछे आए इसी मकसद से होंगे कि उनके सामने ही रतनकुमार मोहन्ती को कह देंगे ··· या जो भी उनका रतनकुमार से तय हुआ हो। वे अपने सामने देखना चाहते होंगे कि कुमार कितना पुख्ता ढंग से मोहन्ती को उनका काम करने को कहते हैं ··· लेकिन रतनकुमार थे कि गुप्पा बने बैठे थे।

थोड़ी देर मोहन्ती ने इन्तजार किया कि रतनकुमार बोलें। इस बीच भीतर से उस छोटी-सी बारात के लिए तरह-तरह के गिलासों में शरबत आया (एक डिजाइन के इतने गिलास भी नहीं थे)। तत्काल समस्या यह थी कि उन सात लोगों को किस तरह रुखसत किया जाए, कोई उन लोगों से कहने की हिम्मत नहीं जुटा पा रहा था ··· रतनकुमार, राहुल भी नहीं। इसलिए मोहन्ती खुद ही उठकर उनके मुखिया को लेकर बाहर चले आए और उसको अपनी समस्या बताने को कहा। वे लोग एक ग्रुप-कम्पनी के लोग थे। उनकी व्यापारिक कम्पनियाँ हिन्दुस्तान में चारों तरफ फैली हुई थीं और उन सबके घर पर एक छापा पड़ा था। मुखिया ने मोहन्ती को एक लिस्ट पकड़ा दी—उन-उन अधिकारियों के नाम जिनसे मोहन्ती को बोलना था। उस फेहरिस्त में पहली नजर में ही करीब पन्द्रह नाम दिखाई दिए। मोहन्ती हिसाब लगाने लगे कि वे कितने ऐसे लोगों से बोलेंगे। मोहन्ती के चेहरे पर उतर आई झुँझलाइट को मुखिया ने पढ़ लिया था और उसकी आवाज में अब थोड़ी कड़वाहट आ गई ··· जिससे लगता था कि इस काम के लिए जरूर कुछ लेन-देन हुई है। उन लोगों को भरोसा दिलाने के लिए रतनकुमार ने ही पीछे-पीछे उन सबको मोहन्ती के घर आने दिया था। कौन जाने मोहन्ती को देने के नाम से भी कुछ रकम इधर-उधर हुई हो ··· तभी तो उन लोगों को हैरत हो रही थी कि इतनी सारी कम्पनियों के लिए बोलना है, इतने लोगों से बोलना है—तो इसे लेकर मोहन्ती को परेशानी क्यों हो रही है।

"हम परसों आपसे मिल लेंगे। आप इन लोगों को फोन कर दें और हमें बता दें कि हमें इन लोगों से कब मिलना है," मुखिया अधिकार से बातें कर रहा था ··· वही नहीं, बल्कि मोहन्ती को हुक्म दे रहा था। वह मामले को यों ही हवा में नहीं छोड़ना चाहता था कि मोहन्ती फोन पर उन अधिकारियों से कहेंगे और वह यों ही विश्वास कर लेगा। मोहन्ती के फोन के बाद वह उन अधिकारियों से मिलना भी माँग रहा था।

मोहन्ती जैसा साफ व्यक्ति ! उन्हें लगा जैसे उन्हें बाजार में खड़ा कर दिया गया था, उन पर बाकायदे दाम लगाए गए थे। जो उन्होंने अपनी पैंतीस वर्षों की नौकरी

के दौरान नहीं होने दिया ⋯ वह ये चालाक नेता, इनके पिट्ठू किस आसानी से कर गए थे और ये कम्पनीवाले ⋯ ये भी कम्बख्त इतने मूर्ख कि मोहन्ती किस तबीयत के व्यक्ति हैं—यह भी पता लगाने की जरूरत नहीं समझी। मामला फँसा है तो बस झोंक दिया पैसा कहीं भी। सोचते होंगे कि प्रधानमन्त्री का बेटा कह रहा है तो मोहन्ती जैसा साधारण अधिकारी मना कैसे करेगा ! मोहन्ती को जो बराबर नागवार गुजर रहा था वह यह कि वे लोग वाकई यह सोच रहे थे कि लेन-देन में मोहन्ती भी शामिल हैं। उस बात को साफ कर देना मोहन्ती को बेहद जरूरी लगा।

"देखिए, मैं इन सबको नहीं बोलूँगा। इनके जो चीफ हैं उनसे इतना कह दूँगा कि इस मामले में कोई ज्यादती न की जाए, हो गई है तो उसे सुधारा जाए और कानूनन जो उचित है वह किया जाए।"

मोहन्ती साफ-साफ कह गए पर फौरन ही उन्हें कमी महसूस हुई—उन्होंने वह नहीं कहा जिसकी उम्मीद वे लोग—रतनकुमार, राहुल या कि प्रमोद ही कर रहे होंगे। उनसे ये उम्मीद थी कि वे कुछ मीठी-मीठी बातें करके उस पार्टी को विदा करेंगे, भले ही फिर करते कुछ न।

कम्पनी के मुखिया ने एक बार फिर जोर से वही आग्रह किया और मोहन्ती ने उतनी ही जोर से फिर उसको नकार दिया। जब दोनों भीतर आए तो दोनों के चेहरे खिंचे हुए थे, जिसे रतनकुमार ने भी गौर किया लेकिन वे निर्विकार बने पहले की ही तरह अपने लड़के से खेलते रहे। राहुल बहुत घबराया हुआ दिख रहा था और प्रमोद तो इतना दुखी था जैसे कि बस रोने ही वाला हो। जो खाने-पीने की एक छोटी-सी बड़ी अन्तरंग, मीठी और आत्मीय किस्म की बैठक सोची गई थी, उसकी शुरुआत ही इतनी वाहियात होगी—इसकी उम्मीद प्रमोद को भी नहीं थी, मोहन्ती को तो खैर दूर-दूर तक नहीं थी। उन्होंने किसी तरह खुद को सँभाला—सोचा कि राजनेता का चरित्र या कि जीवन आज कुछ इस किस्म का हो गया है, वह अच्छे-से-अच्छे मौके या अच्छी-से-अच्छी बातों पर भी गोबर बिखेर देता है। इन लोगों की जिन्दगी इतनी गन्दी हो चुकी है कि जो थोड़े-बहुत साफ-सुथरे क्षण इनके जीवन में आते भी हैं, वे भी आते ही गन्दे हो जाते हैं। रतनकुमार से एक लम्बा रिश्ता बनाने की बात भी खत्म हो गई थी—मोहन्ती ने तय कर लिया था कि रतनकुमार से यह उनकी अन्तिम मुलाकात होगी।

कम्पनीवाले लोग बहुत कसमसा रहे थे कि वे जाने से पहले रतनकुमार से कुछ बात कर लें लेकिन रतनकुमार उस तरफ ध्यान ही नहीं दे रहे थे। वे बड़े निर्दोष, मासूम भाव से अपने बच्चे के साथ बात करने, छोटी-मोटी क्रीड़ा करने में व्यस्त थे ⋯ जैसे उन्हें बाहर किन्हीं लोगों ⋯ किसी चीज से मतलब ही नहीं था। राहुल रतनकुमार की निर्विकारता को भरने की कोशिश करता था। वह बहुत परेशान दिख रहा था पता नहीं कितना अपने स्वभाव के कारण, कितना इस वजह से कि मोहन्ती ने वह नहीं कहा जो कहना चाहिए था। वह उन सब लोगों को बाहर विदा करने के लिए उठा, उनके मुखिया को उठाकर बाहर ले गया, उसे जाने क्या-क्या समझाता रहा, मुखिया के चेहरे से ऐसा

लग रहा था कि वह बस गाली देनेवाला ही है, जैसे आँखों-आँखों से वह रतनकुमार और मोहन्ती को ललकार रहा था कि वे बाहर आएँ तो वह खुलकर गाली-गलौज या मारपीट कर डाले। उसकी मुद्रा बिल्कुल उस आदमी की थी जिससे रुपए ऐंठ लिये गए हों पर एवज में उसका जो काम किया जाना था वह नहीं किया गया हो।

आखिर कड़वाहट चेहरे पर पोते हुए ही उसने अपने साथियों को बाहर आने को कहा। उसने रतनकुमार या कि मोहन्ती से औपचारिक विदा लेने की शिष्टता भी नहीं बरती। जिस तरह वे लोग व्यवहार कर रहे थे, जिस तरह बौखलाए हुए थे, मोहन्ती की बातों और कुमार की चुप्पी से नाखुश थे ⋯ उससे ऐसा लगता था कि वे महसूस कर रहे हैं कि उनके साथ जबर्दस्त धोखा किया गया है। राहुल ने लीपापोती की होगी, समझाया होगा कि आप लोग चलिए अब। वह और रतनकुमार खाने के दौरान मोहन्ती को समझाने की कोशिश करेंगे। मोहन्ती सबको फोन करेंगे ⋯ वे रतनकुमार के ही आदमी हैं। उन्होंने उनको अध्यक्ष बनवाया है। कम्पनी के लोग बड़े बेमन से खीझा हुआ चेहरा लेकर गए। उन्हें बाहर से भेजकर, जैसे हाथ झाड़ते हुए राहुल अन्दर आया :

"उफ—साले हाथ धोकर पीछे पड़ जाते हैं, आज ही हो जाना चाहिए। अरे! कुछ रूल्स प्रोसीजर भी तो हैं ? क्या आफत है जनता का प्रतिनिधि होना ! देखिए कैसे-कैसे लोगों को झेलना पड़ता है," राहुल कह रहा था।

"वे चाहते थे कि मैं अभी ⋯ इसी वक्त, उनके सामने फोन कर दूँ। कमाल है ⋯ शाम मेरी है, मैंने कुछ लोगों को घर पर बुलाया हुआ है। मेरी भी प्राइवेसी है कुछ।"

मोहन्ती की झुँझलाहट उनके सिर पर चढ़कर बोल रही थी। वे यह एकदम भूल गए थे कि वे लोग रतनकुमार के साथ आए थे तो उनके आदमी होंगे, वह लिहाज तो करना ही चाहिए था मोहन्ती को। रतनकुमार अब भी इन सब बातों से दूर अपने बच्चे के बाल सहलाए जा रहे थे, बीच-बीच में उससे हँस-बोल लेते। राहुल अब एकदम हल्का हो गया था, जबकि मोहन्ती सोचते थे कि लोगों के जाने के बाद भी थोड़ा-बहुत तनाव रहेगा। कुछ कहो राजनीति के लोगों की एक खासियत तो होती है—वे चिकने घड़े होते हैं, अपने ऊपर कुछ ठहरने ही नहीं देते। रतनकुमार राजनीति में रहे तो बहुत आगे जाएँगे, जबकि पल-पल में उत्तेजित होनेवाला, लगातार तनाव में रहनेवाला राहुल या कि फौरन उचक पड़ने और फौरन मायूस हो जानेवाला प्रमोद, या कि अपनी ही धुन का करनेवाले मोहन्ती ⋯ वे इस क्षेत्र के लायक एकदम नहीं थे। मोहन्ती अपने बारे में सोचने लगे कि कुछ स्थितियाँ ⋯ एक जैसी, घूम-घूमकर उनके सामने आती हैं, उन्हें लपेट में ले लेती हैं, उन्हें भयंकर दुविधा में डाल देती हैं—वे क्या करें ? आज अगर वे जरा भी मिठास से बातें करते तो कम्पनीवालों को पक्का हो जाता कि उस सौदेबाजी में हिस्सेदारी मोहन्ती की भी है। फिर यह भी होता कि आनेवाले दिनों में वे लोग मोहन्ती के पास आते, बार-बार आते और ज्यादा लम्पटता से बातें करते। नहीं तो वह, जो सामने था—रतनकुमार भले ही प्रकट न करें उन्हें अच्छा तो नहीं ही लगा होगा।

मोहन्ती फिर सामान्य न हो सके। उन्होंने खाना जल्दी लगवाने को कह दिया।

रतनकुमार ने जी खोलकर खाया और उससे भी ज्यादा खाया उसके लड़के ने। अभी से मुटंग-सा वह लड़का और इतना खाता हुआ ··· जिसे देखकर बराबर प्रमुदित हो रहे थे कुमार। वह लड़का क्या बनेगा ? क्या बनना, क्या करना ··· जब माँ-बाप ही सन्तानों के लिए इतना इकट्ठा कर जाते हैं !

फिलहाल उतना लम्बा सोचने की फुरसत रतनकुमार जैसे लोगों को नहीं थी। उनके लिए समय बड़ा कीमती था और तेजी से भाग रहा था। जल्दी से खाना खत्म कर, औपचारिकता निभाने के बाद वे अपनी माँद में चले गए जहाँ कोई दूसरा शिकार इनका इन्तजार कर रहा था। ताज्जुब कि सारे नाटकीय प्रसंग के दौरान या कि पहले और बाद में रतनकुमार ने कम्पनीवालों के बारे में कोई भी बात नहीं की थी। उन सबके लिए राहुल काफी था। सबको विदा कर जैसे खाली हाथ लौट आए मोहन्ती। चले थे एक वी.आई.पी. से सम्बन्ध बनाने, उससे अन्तरंग होने ताकि वह वक्त जरूरत पर उनकी मदद के लिए खड़ा हो सके और हो गया यह ! मोहन्ती को शिक्षा मिली कि इन लोगों से दोस्ती काफी महँगी पड़ेगी और कोई आपकी मदद को क्यों खड़ा होगा, अगर आप उसके काम में नहीं हैं। मोहन्ती को याद आया वह जुमला जो रतनकुमार ने प्रधानमन्त्री से बोलने के लिए बार-बार कहा था—"सर ! मैं आपका ही आदमी हूँ।" वह कितना भरा हुआ जुमला था। उसके मायने वही तो थे जो आज होने जा रहा था। रतनकुमार ने जरूर महसूस किया होगा कि मोहन्ती ने उस जुमले के साथ न्याय नहीं किया, मोहन्ती ने धोखा किया।

अगर कोई इन लोगों के काम करे भी तो कहाँ तक ! कोई अपने को पूरा बेच भी देगा तो क्या इन लोगों के पेट भर सकेगा ?

राजनीति का अपच

पृथ्वीसिंह से मुलाकात नहीं हो सकी थी। दूसरे लोगों ने जहाँ फोन पर बधाइयाँ दी थीं, पृथ्वीसिंह ने वह भी नहीं किया था। इसे वह अपने स्तर के नीचे की बात समझता था, उल्टे यह उम्मीद करता था कि मोहन्ती को खुद अपनी तरफ से उसे फोन करना चाहिए क्योंकि पृथ्वी ने ही उन्हें अध्यक्ष बनवाया था। एक चीज यह भी थी कि इन दिनों पृथ्वी का व्यक्तित्व तेजी से फैलता चला जा रहा था—कहाँ वह नाटा-सा, चश्मे के पार तेज-तर्रार दिखता आदमी जो उस शाम फुटबाल की तरह लुढ़कते हुए ताज के चाइनीज रेस्तराँ आया था, कहाँ अब यह आदमी जो एक मिनट की फोन की बात में ही दस ऐसे प्रसंगों की तरफ इशारा कर देता था जहाँ वह किसी-न-किसी वी.आई.पी. के साथ था। गुरूर उसमें पहले से ही था, लेकिन इतनी जल्दी वह एक साधारण आदमी से

बढ़कर वी.आई.पी. जैसा हो जाएगा—यह सोचा नहीं जा सकता था। पिछले कुछेक महीनों में ही ऐसा हो गया ··· तो किसी भी आदमी का माथा घूम जाना स्वाभाविक था। ताज की उस मुलाकात के बाद जब एक दिन वह मोहन्ती के घर आया था, तो बहुत विनम्र था।

"भाई साहब !" वह कह रहा था—"आप जानते हैं कि मैं जिस पेशे में हूँ उसमें जलनेवाले बहुत हैं। मैं उनको बार-बार समझाता हूँ कि मैं तो एक साधारण व्यापारी हूँ, नेता नहीं, लेकिन इधर जब से ये प्रेसवालों ने लिख मारा कि मैं प्रधानमन्त्री के नजदीक हूँ तब से लोग मुझसे बहुत जलने लगे हैं। मुझे खबर मिली है कि मेरे व्यापार को कुचल देने की तैयारी हो रही है। वे मेरे यहाँ छापा पड़वाना चाहते हैं। आपके रहते कोई अनुचित बात नहीं होनी चाहिए।"

बड़ा ही सीधा आग्रह था उसका। मोहन्ती को उसकी बात वाजिब लगी थी और उन्होंने अपनी तरफ से पूरा आश्वासन दिया था। जिन अन्तर्विरोधों में पृथ्वी उन दिनों झूल रहा था वे उसके उस आग्रह में दिखाई दे गए थे। वह तब भी एक व्यापारी ही था, यों कि उसकी चिन्ता अपने व्यापार को बचाने की ही थी ··· लेकिन ऐसे मौकों को छोड़ वह खुद को राजनेता ही मानता था, व्यापारी नहीं। वह राजनेता के रूप में आक्रान्त दिखता था। अगर सीधे-सीधे वह यह मानकर चलता कि वह एक मध्यम श्रेणी का व्यापारी है जो थोड़ा-बहुत राजनीति में इधर-उधर इसलिए कर रहा है कि व्यापार में उसे फायदा हो ··· तो कुछ गड़बड़ी नहीं होनेवाली थी, पर जब से वह प्रधानमन्त्री के सम्पर्क में आया था, पृथ्वीसिंह जमीन से दो इंच ऊपर चलने लगा था। उसके उत्तरप्रदेशी नेता देसी थे, शहरी मंजाव से बहुत दूर, अंग्रेजी नहीं बोल पाते थे, इसलिए उन्हें अपनी पार्टी में कुछ खास मौकों और खास लोगों से दोस्ती गाँठने के लिए एक सभ्य से व्यक्ति की जरूरत थी जो अंग्रेजी बोल सके और अपने शहरी तौर-तरीकों से लोगों को अपनी तरफ खींच सके, अपनी पार्टी, अपने नेता से जोड़ सके। उन्हें पृथ्वीसिंह में ये सब गुण दिखाई दिए थे और उन्होंने पृथ्वी को अपनी तरफ ले लिया था लेकिन अब पृथ्वी अपनी उस स्थिति से ऊब आया था—बहुत हो चुका राजनेताओं के सन्देश इधर-से-उधर ले जाने, उन्हें मिलवाने के काम ··· अब उसे अपनी व्यक्तिगत हैसियत में नेता होना चाहिए। प्रधानमन्त्री की शिवसेना के नेता से मुलाकात कराने के बाद पृथ्वीसिंह का एक तरह से माथा ही घूम गया था और सचमुच एक दिन करीब-करीब दिग्भ्रमित होने की अवस्था में मोहन्ती ने पृथ्वी को ताज के एक कमरे में एक ज्योतिषी से मुखातिब पाया। मुम्बई से मोहित आया हुआ था। वे दोनों हमेशा की तरह चाइनीज़ रेस्तराँ में खाना खा रहे थे ··· कि मोहित अपनी डेढ़ आँख से मुस्कुराया और बोला :

"पृथ्वीसिंह से मिलना चाहेंगे ?"

"उसे बुलाया है क्या ?"

"उसे इन दिनों हमारे जैसे छोटे लंच-डिनर के लिए फुर्सत नहीं मिलती। वह बहुत व्यस्त रहता है। पर इस वक्त वह इसी होटल में है और हम चाहें तो थोड़ी देर के लिए

उससे मिल सकते हैं।''

''क्या हो गया उसे एकाएक ... ''

''वह राजनीति में बहुत महत्त्वपूर्ण हो गया है।''

इधर पृथ्वीसिंह की कुछ खबरें अखबार में निकली थीं। एकाध पत्रिकाओं में उससे लिए गए साक्षात्कार भी मोहन्ती ने देखे थे। उसे लेकर उत्सुकता तो थी—देखें ... एक साधारण आदमी एक कोने से उठकर एकाएक यों सबकी नजर में चढ़ गया ... तो कैसा दिखता है।

''चलो, मिल आते हैं ... ''

मोहन्ती मोहित के साथ पृथ्वी से मिलने के लिए ताज के उस कमरे में गए जहाँ पृथ्वी ज्योतिषी से अपना भविष्य पूछने में व्यस्त था। कुंडली देखी जा चुकी थी और उसके बाद कौन से नग की अँगूठियाँ किस उँगली में पहनना है इस पर विचार चल रहा था ... वह जो करीब-करीब हर छोटे से बड़ा होता हुआ नेता या बड़े से नीचे की तरफ खिसकता हुआ नेता करता है। ताज्जुब यह था कि ज्योतिषी ज्यादा बोले और पृथ्वी चुपचाप सुने, इसकी जगह उलटा हो रहा था। पृथ्वी बोले चला जा रहा था। मोहन्ती और मोहित के लिए जूस का ऑर्डर देकर वह फिर व्यस्त हो गया—वहीं से आगे बोलने लगा जहाँ इनके आने पर छोड़ा था। वह बिना रुके बोले जा रहा था। उसके बोलने से मोहन्ती को थकान आ रही थी, थोड़ा-सा डर भी लगने लगा था पृथ्वी को लेकर। पृथ्वी काफी भारी शरीर का था और उसे शुगर का रोग था। जो बातचीत चल रही थी, इससे पता चला कि उसे बीच-बीच में घबराहट भी होने लगती है और रात को नींद मुश्किल से आती है। उससे भी बड़ी बात जो दिखाई दी वह यह कि पिछली मुलाकात से अब के दरमियान पृथ्वी के भीतर राजनीति इतनी घुस चुकी थी कि जैसे उसका पेट फटा पड़ रहा था। उस वक्त दिमाग से वह उचक रहा था—उछलता था, भागता था, डरकर सहम जाता था, बहुत बड़े नेता हो जाने के सपनों में झूलने लगता, झूलता चला जाता। अभी वह संसद सदस्य भी नहीं था, लेकिन एक बार नहीं कई बार बोल गया कि उसे मन्त्री बनने का आफर दिया गया है। उसने मना कर दिया है क्योंकि वह छोटा मन्त्री नहीं बनना चाहता। मोहन्ती को ऐसा लगा जैसे कि पृथ्वी राजनीति इतनी खा चुका है कि अब उसे पच नहीं रही थी।

बीच में पृथ्वी ने मोहन्ती से दो-चार औपचारिक बातें कीं। अध्यक्ष होने के बाबत उसने कहा—''मुझे मालूम था, वह तो होना ही था। चलिए कांग्रेचुलेशंस, एक दिन बैठेंगे ... '' तब तक जूस आ गया ... और पृथ्वी ने सोचा कि उसे जो भी मोहन्ती के लिए करना था वह कर चुका। मोहित और मोहन्ती जूस सुड़कते रहे। उनसे करीब-करीब बेखबर पृथ्वी ज्योतिषी से भिड़ा रहा—वह कह रहा था—''मैं अपनी तरफ से पूरी कोशिश करता हूँ कि दस बजे सो जाऊँ लेकिन रात डेढ़ बजे तक फोन आते रहते हैं। अब साधारण लोगों के फोन हों तो टाल दिए जाएँ—कभी रक्षा मन्त्री तो कभी रेल मन्त्री ... और नहीं तो कभी-कभी प्रधानमन्त्री सीधे ही। वे रैक्स की एक लाइन मेरे

घर लगवा देना चाहते हैं—हॉट लाइन ! मैंने ही मना कर दिया। विपक्ष ताक में बैठा रहता है ··· बेवजह आलोचना होगी ! मैंने कहा ये मोबाइल किसलिए है। तो उससे काम चलता है, ऑफ करके रखने से डरता हूँ कि कहीं कोई बहुत अर्जेंट चीज न हो ··· देश, समाज के हित में लोग बहुत कुछ गँवाते हैं। मैं तो नींद ही गँवा रहा हूँ। अब ये लोग दिन-भर तो कामधाम में फँसे रहते हैं, राजनीति के लिए रात का ही समय मिलता है। और नहीं तो अपने नेताजी अर्जेंट मीटिंग के लिए बुला लेते हैं। अब यह जो राजनीतिक भागमभाग चल रही है—मेरी माँगी हुई नहीं है। मुझ पर आ गिरी ··· तो ज्योतिषीजी ! यह मुझे किधर ले जानेवाली है ··· ''

पृथ्वी बोलता चला जा रहा था, जैसे झकर-झकर इंजन चला जा रहा हो। मोहन्ती को भीतर से लगा कि ऐसे ही बोलते-बोलते किसी दिन यह लुढ़क जाएगा या कि जिस तरीके से सपने देखने का वह आदी हो चला है, तो एकाएक मानसिक झटका खा जाएगा। ज्योतिषी को जब जजमान ने समय दिया तो उसने बताया कि पृथ्वीसिंह का भविष्य उज्ज्वल है, अच्छा समय चल रहा है, बड़े लोगों से सम्पर्क होंगे। तीन महीने बाद ··· यानी कि फलाँ तारीख से आपका बहुत अच्छा समय आरम्भ हो रहा है, यह फलाँ तारीख तक रहेगा। इस बीच कोई बड़ी प्राप्ति होगी ···

''कैबिनेट मन्त्री बना देंगे ये लोग और क्या ··· '' पृथ्वी लापरवाही से बोला, जैसे कि यह तो बहुत छोटी चीज थी जो होना ही था। ''इशारे तो अभी ही दिए जा रहे हैं। मैं टालता हूँ कि मेरा जो मौजूदा काम है वह तो रहनेवाला ही है, ऊपर से मन्त्रीवाला काम ··· ''

मोहन्ती सोच रहे थे--पृथ्वी को राजनीति में आए दो साल भी नहीं हुए होंगे। वैसे सियासत में किसी को फौरन ही कुछ बनाया जा सकता है, किसी अज्ञात कोने से किसी को उठाकर प्रधानमन्त्री भी बनाया जा सकता है, एकदम नए को आज पार्टी में लिया कल मन्त्री बनाया जा सकता है, भले ही वह आज कुछ भी न हो ··· लड़ता-जीतता रहेगा चुनाव बाद में। लोगों का ऐसे उत्थान होता है जैसे सुदामा की कुटिया देखते-देखते महल बन गई थी ··· फिर भी पृथ्वी जैसे बीमार आदमी को सपने नहीं देखना चाहिए, यहाँ सितारे भी टूटते हैं ··· उल्कापात ! कभी झटका खाकर, नीचे गिरना होगा तो यह उसे नहीं झेल पाएगा। मोहन्ती को वह सीधा-सीधा पृथ्वी नहीं दिख रहा था जो पहली मुलाकात में ··· अभी चन्द महीने पहले ही दिखा था। इतनी जल्दी क्या से क्या हो गया यह ··· जैसे उसके भीतर कोई घुस गया था ··· कोई जिन्न और वह झकझका रहा था पृथ्वी को ··· पृथ्वी का चोला खड़खड़-खड़खड़ बज उठता था।

जब ज्योतिषी चला गया तो एक अच्छे मित्र के नाते मोहन्ती ने पृथ्वी को सलाह दी।

''पृथ्वी भाई, मैं आपको अपना दोस्त समझता हूँ और उसी भावना से यह कह रहा हूँ। आप सोचते हैं कि आपके लिए राजनीति सबसे महत्त्वपूर्ण चीज है, मेरे ख्याल से वह आपका स्वास्थ्य होना चाहिए। थोड़ा रफ्तार धीमी करिए क्योंकि आप पहले से

ही अस्वस्थ हैं, आपको शुगर है।"

मोहन्ती अपने दिल से बोल रहे थे। कई बार ऐसा हुआ था जब उन्होंने साढ़े-छः बजे सुबह पृथ्वी को फोन लगाया और पता लगा वह जा चुका था। बड़े नेताओं और अफसरों से अकेले में बहुत सवेरे ही मिला जा सकता था। सारे बड़े नेताओं और अफसरों की शैली में पृथ्वी ने भी अपने घर पर एक पी.ए. बैठा रखा था जो फोन लेता था, नोट करता था, फिर मोबाइल पर पृथ्वी को खबर देता था। पृथ्वी रास्ते से उनमें से जरूरी लोगों से बात कर लेता। अगर वह उतना सवेरे ही निकल जाता था और रात ग्यारह-बारह पर घर पहुँचता था तो यह वाकई चिन्ता की बात थी, कम-से-कम शुगर के रोगी के लिए। मोहन्ती की उससे बात मोबाइल पर ही ज्यादा होती थी। आज ताज के उस कमरे में पृथ्वी को भड़भड़ बोलते देखा तो मोहन्ती को भीतर से लगा कि यह व्यक्ति जितनी तेजी से दौड़ रहा है, गिर पड़ेगा। कहीं ऐसा न हो कि कुछ बनने से पहले ही स्वर्ग सिधार जाए। वह न व्यापार में बहुत आगे बढ़ पाएगा और न ही राजनीति में। वह कोई काम नहीं कर सकेगा, बस अपने स्वास्थ्य को चौपट कर डालेगा। मोहन्ती को पृथ्वीसिंह आत्महत्या की तरफ तेजी से दौड़ता हुआ नजर आया।

पृथ्वी ने मोहन्ती की बात ध्यान से सुनी और गम्भीर हो गया। उसके पीछे जो पृथ्वी के हित की भावना झलक रही थी उसने पृथ्वी को कहीं से छुआ। उसने कहा—"भाई साहब, मैं समझता हूँ। इस पूरे शहर में जहाँ मेरी दोस्ती ढेरों लोगों से है, जान-पहचान लाखों से है—वहाँ एक आप ही ऐसे व्यक्ति हैं जो जब फोन करते हैं सबसे पहले मेरे स्वास्थ्य के बारे में पूछते हैं। वरना इस साली दिल्ली में किसी को फुरसत नहीं इस बारे में पूछने की। मैं स्वास्थ्य का पूरा ख्याल रखूँगा, आपकी बात को हमेशा सामने रखूँगा।"

पर वह बात आई-गई हो गई। महत्त्वाकांक्षा पृथ्वी को इतना आगे ले आई थी कि अब उसके हाथ में भी यह नहीं था कि वह थोड़ा धीमे चल सके। आगे आनेवाले दिनों में पृथ्वी को मोहन्ती के यहाँ क्या, उसके किसी हितैषी, किसी नजदीकी, किसी सचमुच के दोस्त के पास जाने का समय ही नहीं मिल पाता था। कितनी बार प्रोग्राम मिलने के बने और टले। कभी-कभी पृथ्वी लाचार स्वर में कहता भी—"क्या करूँ भाई साहब, बुरी तरह फँसा हूँ। अभी नेताजी के घर एक जरूरी मीटिंग में जा रहा हूँ," कभी कहता मुम्बई के वह फिल्मी मित्र जिसे आपसे मिलाया था उनका एक बड़ा प्रोजेक्ट है, उसे निकलवाने प्रधानमन्त्री के यहाँ जाना है। बीच-बीच में उसका नाम अखबारों में किसी सनसनीखेज घटना के साथ उछलता रहता।

एक दिन मोहन्ती को फोन आया कि पृथ्वी अपने उत्तरप्रदेशीय नेता के खास काम से उनके भाई को लेकर मोहन्ती के घर पहुँच रहा है ··· थोड़ी ही देर में। मोहन्ती थोड़ा आजिज आने लगे थे पृथ्वी से—काम, हर वक्त काम ! पृथ्वी से कोई सम्बन्ध बनता तो मोहन्ती को अच्छा लगता क्योंकि कुछ कहें, पृथ्वी उन्हें पसन्द था ! उसके साथ बैठा जा सकता था, बातें की जा सकती थीं। उससे धीरे-धीरे एक रिश्ता बनता जिसमें काम की

कोई बात अगर उठती भी तो कभी-कभी, इत्तफाकन और वे काम ⋯ उनमें जो वाजिब थे, वे हो भी जाते—जैसे अभी हो गए थे। बुनियादी तौर पर वह एक-दूसरे के साथ का सुख लेने, जिन्दगी में हिस्सेदारी करने का सम्बन्ध बन सकता था। शुरू-शुरू में ऐसा लगा था जैसे पृथ्वी की भी कशिश वही थी। अब भी वह जब कभी हल्की दुख-भरी आवाज में कहता—"भाई साहब ! एक आप ही हैं जिसे मेरे स्वास्थ्य का ख्याल है," तो ये उम्मीद बनती थी कि वे कभी उस सम्बन्ध की जमीन पर बैठ सकेंगे। मोहन्ती की तरफ से समय और मानसिक झुकाव—दोनों ही थे, लेकिन पृथ्वी की तरफ से ऐसे सम्बन्ध की इच्छा-भर थी, अधूरी इच्छा ⋯ वह भी कभी-कभार। वह चाहता भी मोहन्ती के साथ उस तरह से बैठना, तो भी नहीं बैठ सकता था क्योंकि सचमुच अब उसके पास समय नहीं रहा था। उसके पास काम ही काम थे, जिन्हें एक के बाद एक, कभी-कभी तो एक साथ छः-छः लिये वह दौड़ता रहता था। वह राजनीति में बहुत जल्दी बहुत ऊपर जाना चाहता था, इसके लिए कुछ भी करने को तैयार था, बेतहाशा दौड़ रहा था।

पृथ्वी, उसके नेता के भाई और मोहन्ती बाहर लॉन पर बैठे। छुट्टी का दिन था। बरसात की वजह से घास अच्छी उग आई थी, लॉन में बैठकर अच्छा लगता था। उस वक्त मोहन्ती सिर्फ पृथ्वी के साथ बेतकल्लुफी से बैठना चाहते, थोड़ा ऊँघते, थोड़ा जागते-से। पृथ्वी के साथ इत्मिनान से दीन-दुनिया की बातें होतीं, उसका राजनीति में कैरियर कैसा चल रहा है—इस बाबत भी हल्की-फुल्की बातें होतीं लेकिन उन्हें नेता के भाई के काम की वजह से पूरा चुस्त होकर बैठना पड़ा, जैसे दफ्तर में बैठना पड़ता है और जैसे घर पर छुट्टी के दिन बैठना वे कतई पसन्द नहीं करते थे। पृथ्वी के नेता के भाई के काम से सम्बन्धित सारे कागजात ध्यान से पढ़ना, नेताजी के भाई से उनकी समस्या के ब्यौरों को गौर से सुनना, उनसे बातचीत करना, फिर कोई ऐसा रास्ता निकालना जिसमें उनकी मदद हो सके ⋯ उस सबकी उम्मीद लेकर पृथ्वी आया था ⋯ माने पूरे का पूरा प्रोफेशनल काम, जिसे करने के लिए कोई कंसल्टेंट पृथ्वी या उसके नेता से एक मोटी रकम फीस के रूप में ऐंठ सकता था, जिसे देने के लिए पृथ्वी या उसके साथ जो थे, वे समर्थ भी थे। यही नहीं ⋯ सलाह-मशविरे के ऊपर वे मोहन्ती की सरकारी हैसियत का उपयोग भी चाहते थे जो प्रोफेशनल कंसल्टेंट के पास नहीं होती। कोई ट्रस्ट बनाया जा रहा था जिसके लिए वे कर से मुक्ति चाहते थे जबकि जो शर्तें उसके लिए चाहिए वे पूरी नहीं होती थीं। आजकल ऐसे ट्रस्टों का बनाना फैशन की चीज हो गई थी, सब अपने काले धन से ट्रस्ट बना रहे थे। कागज पर ट्रस्ट का रुपया जनहित के कामों पर खर्च होने के लिए, पर हकीकत में उस पर ट्रस्टवालों का ही एकाधिकार था, जिसे जब चाहें व्यक्तिगत खर्चों के लिए भी वे निकाल सकते थे। मोहन्ती का मन खिन्न था क्योंकि पृथ्वी के नेता की छवि कोई बहुत अच्छी नहीं थी। ट्रस्ट की आड़ में वह अपनी काली कमाई को सफेद करनेवाला था, उसे आनेवाले दिनों के लिए सुरक्षित रखना चाहता था। पृथ्वी के मुख्य नेता का मामला था, पृथ्वी साथ आया था ⋯ तो मोहन्ती के आगे मदद करने के अलावा कोई विकल्प नहीं था। नेताजी

के भाई का कहना था कि कुछ वर्षों पहले इस ट्रस्ट को कर-मुक्ति मिली थी। उन्हें यह आदेश नहीं मिल सका, क्योंकि कमिश्नर के यहाँ से वह कागज नीचे भेजा ही नहीं गया। मोहन्ती को इसमें एक रास्ता दिखाई दिया।

"आपको पक्का मालूम है कि कमिश्नर के स्तर पर कर-मुक्ति का आदेश हुआ था ?" मोहन्ती ने नेता के भाई से पूछा।

"एकदम पक्का ! उनके पास पेशी में मैं ही गया था। बातचीत में उन्होंने आश्वस्त किया था और उसके बाद वह आदेश भी हुआ।"

"वह आदेश देखा था आपने ?"

"देखा था। बाकायदे कमिश्नर का दस्तखत किया हुआ आदेश जिसे नीचे भेज़ा ज़ाना था। फिर क्या हुआ कि वह भेजा ही नहीं गया। हमें आदेश की कॉपी नहीं दी गई, नीचे किसी ने घपला कर दिया। राजनीति में हम लोगों के दुश्मन भी हैं न।"

दफ्तर और राजनीति से क्या मतलब ! "मैं दिखवाऊँगा," मोहन्ती ने कहा—"और अगर आपका आदेश पिछले साल के लिए हुआ है तो उसका फायदा आपको इस साल भी मिले—यह कोशिश करूँगा।"

पृथ्वीसिंह खुश था कि उसके सबसे करीबी नेता का काम हो गया—हुआ ही समझिए क्योंकि पृथ्वी को उसकी आदत पड़ चुकी थी—जिससे जिस काम के लिए कहा, वह होना ही है। जाने के पहले 'एक मिनट' कहकर पृथ्वी मोहन्ती को एक किनारे ले गया और फुसफसाया—"वो अपना जो अविनाश कपूर है न, उसके खिलाफ मुम्बई में लोग ब्यौरे इकट्ठे कर रहे हैं ताकि कोई संगीन मामला बनाया जा सके। ये चक्कर तब से शुरू हुआ जब से मैंने उसके घर पर प्रधानमन्त्री की मुलाकात उनके विरोधी नेता से करा दी। ये राजनीतिवाले साले इतना जलते हैं ⋯ अब वे अविनाश के पीछे पड़ गए हैं और आपके विभाग का इस्तेमाल किया जा रहा है। आप मुम्बई के चीफ को आदेश दे दें कि जाँच की कार्यवाही फौरन बन्द कर दी जाए," और मोहन्ती का कन्धा थपथपा कर पृथ्वी नेता के भाई के साथ निकल गया।

मोहन्ती खून का घूँट पीकर रह गए। यह शख्स न केवल एक पर एक काम दिए चला जा रहा है, बाकायदे आदेश देता है जैसे कि वह मोहन्ती के ऊपर का अफसर हो और जैसे कि यह मोहन्ती के घर की खेती हो कि वे जिसे चाहें जो कुछ करने को कहें, जो कोई कानूनन कुछ कर रहा हो उसे वह करने से रोक दें। क्या सिर्फ एक आदमी के कहने पर वे काम रोक दिए जाने चाहिए जो नीचे के अधिकारी अपनी ड्यूटियों के तहत किए जा रहे हैं। उनके पास कुछ ठोस सूचना होगी जिसके आधार पर ही तो वे तहकीकात करने निकले होंगे। पृथ्वीसिंह का यह सोचना कि राजनीति की वजह से ऐसा किया जा रहा है ⋯ एक राजनेता के सोचने जैसा ही था जिसके मगज में राजनीति के अलावा और कुछ घुसता ही नहीं ⋯ जो यह सोचता है कि जो भी, जब भी उसके खिलाफ कुछ होता है वह विरोधियों का ही कराया होता है ⋯ गोया कि अपने आप सरकारी मशीनरी चलती ही नहीं, कुछ करती ही नहीं, न उसे करना चाहिए। मोहन्ती अपने

विभाग के कामकाज से परिचित थे—जब तक कोई ठोस सुबूत नहीं होता और उसे फाइल पर लिखकर किसी उच्च अधिकारी की स्वीकृति नहीं ले ली जाती—ऐसी तहकीकात शुरू ही नहीं की जा सकती थी। मोहन्ती यह भी जानते थे कि हीरो अविनाश कपूर के खिलाफ एक नहीं दसियों चीजें थीं, वह किसी तरह अपने राजनीतिक सम्बन्धों का इस्तेमाल कर तहकीकात दबाए रखता था।

पृथ्वी से जो कहा था, उसे ईमानदारी से निबाहते हुए मोहन्ती ने दोनों मामलों में पूछताछ की। नेताजी के भाई के मामले में यह पता चला कि न केवल ऐसा कोई आदेश नहीं हुआ था, उनकी तरफ से कभी कोई दरख्वास्त तक नहीं आई। अधिकारियों का कहना था कि उन पर नेता के भाई के लोग जबर्दस्ती का दबाव बना रहे थे ताकि ट्रस्ट को इस साल के लिए कर-मुक्ति के आदेश बिना तहकीकात किए दे दिए जाएँ ··· क्योंकि पिछले साल ऐसा आदेश हुआ ही है। सम्बन्धित अधिकारी मामले की निष्पक्ष जाँच-पड़ताल कर रहा था और इस बात से कतई प्रभावित नहीं था कि पहले ऐसे आदेश दिए गए थे या नहीं, क्योंकि आदेश की कोई प्रति उसे दिखाई ही नहीं गई थी। मोहन्ती ने अपने हाथ खींच लिये। दूसरे मामले में भी पूछताछ करने पर पता लगा कि अविनाश कपूर ने लम्बी धनराशि खड़ी करने के लिए एक मेगा शो किया था जिसके बारे में दसियों जगहों से शिकायतें/सूचनाएँ आई थीं ··· उन्हें इकट्ठा किया जा रहा था—जो शुरुआती जाँच की बड़ी ही सामान्य कार्यवाही थी। अगर सूचनाओं के आधार पर आगे कोई कार्यवाही बनेगी तो की जाएगी वरना मामले को छोड़ दिया जाएगा। अभी से यह सोच लेना कि अविनाश के खिलाफ कार्यवाही होगी ही—यह गलत था। इसमें अविनाश कपूर की अपराध-भावना झलकती थी।

पृथ्वी का कुछ दिनों बाद ही फोन आया। उसका स्वर थोड़ा सख्त था। इस बीच उसने ऊँचाई की तरफ कुछ और छलाँगें लगा ली होंगी क्योंकि उसका व्यक्तित्व कुछ और फूल आया था। वह उस किस्म का व्यक्ति था जिसे हर एक बड़े नेता से मुलाकात एक इंच और ऊपर चढ़ा देने का काम करती थी। जो वह नहीं सोच पाता था वह यह कि ये बड़े नेता घाघ थे जो पृथ्वी जैसी छोटी मछली को सटाक से गुटक जानेवाले थे। वे लोग सिर्फ पृथ्वी का इस्तेमाल कर रहे थे, जिसे पृथ्वी अपनी प्राप्तियाँ, ऊँचाई की तरफ बढ़ते हुए अपने तेज कदम समझकर झूम रहा था।

"वो दो काम आपको बताए थे, वे हो गए ?" उसने सीधा-सीधा जवाब माँगा, ऐसे जैसे अपने मातहत से पूछ रहा हो। मोहन्ती को बड़ा नागवार गुजरा। सिर्फ इसलिए कि उसने कभी मोहन्ती की मदद की, उस तरक्की के लिए जो मोहन्ती का हक था, जो होना ही था और जो दरअसल कुछ नहीं था ··· वह इतना बड़ा कर्ज हो गया ?

"भाई साहब, आपके नेताजी के भाई का काम अभी नहीं हो सकेगा। पिछले साल के जिस आदेश के होने की बात वे कर रहे थे, वहाँ कभी दरख्वास्त तक नहीं लगाई गई थी, आदेश होने का प्रश्न ही नहीं उठता।"

"ऐसा कैसे हो सकता है, नेताजी के भाई ने आपके सामने कहा।"

"उनके कहने से क्या होता है। अगर आदेश हुए तो उनके पास आदेश की प्रति तो होनी चाहिए, वह कहाँ है।"

"वह तो वे भी कह रहे थे नहीं मिली, तभी तो आपकी जरूरत है।"

"आदेश हुए ही नहीं ⋯।"

"पर वे कह रहे थे ⋯ इतना बड़ा आदमी कह रहा है।"

पृथ्वी की यही दिक्कत थी–जो सचमुच दो कौड़ी के लोग थे, उन्हें वह युधिष्ठिर समझता था।

"रिकॉर्ड होता है ⋯ जब कोई आदेश होता है तो दफ्तर में उसका रिकॉर्ड होना चाहिए ⋯ वह नहीं है, आपकी प्रति भी नहीं है तो कैसे माना जाए।"

"रिकॉर्ड गायब हो सकता है, गायब किया जा सकता है।"

"ऐसा मानकर कैसे चला जा सकता है। दफ्तर के लोगों को अगर यह करना होता तो कोई आदेश ही क्यों करता। बहरहाल ⋯ अगर पुराने आदेश होते तो उसकी मदद नहीं मिल सकती थी। अब वह नहीं मिल पाएगी।"

"तो अब क्या होगा ?"

"मामले को नए सिरे से देखा जाएगा और वह हो ही रहा है।"

"तो माने वो नहीं हो सकेगा," पृथ्वीसिंह का स्वर और सख्त हो गया।

"नीचेवाला अधिकारी देखेगा, जाँच करेगा कि शर्तें पूरी होती हैं या नहीं लेकिन जो मुझे उस दिन बताया गया था कि पिछले साल आदेश हुए थे ⋯ वह गलत था।"

"तो मतलब नहीं हो सकता।"

"ये मैं कहाँ कहता हूँ, न कह सकता हूँ। यह तो सम्बन्धित अधिकारी जो कानून के हिसाब से न्याय करने के लिए बैठा है, वह देखेगा और उसका फैसला करेगा। हो सकता है उनके पक्ष में ही हो जाए। हम ये क्यों मानकर चलें कि फैसला खिलाफ ही जाएगा।"

इस स्वर में 'सलाह' की उम्मीद पृथ्वी ने नहीं की थी, वह अपने फूले हुए व्यक्तित्व से पीड़ित जो था। प्रधानमन्त्री के साथ अकेले में बात करनेवाला, उन्हें सलाह देनेवाला मोहन्ती जैसे छोटे अधिकारी से इस भाषा की उम्मीद कतई नहीं करता था। दूसरे यह विशुद्ध नमकहरामी थी–मोहन्ती जो उसका बनाया हुआ है ⋯ वह यह सब बोलने लगा ? मोहन्ती क्या करते। अगर रोक न लगाते तो पृथ्वी का क्या–वह हर जगह मोहन्ती का नाम फेंक देता–"मैं अध्यक्ष से बोल दूँगा ⋯" उसके कितने काम मोहन्ती करेंगे, क्या पृथ्वीसिंह के ही काम करते रहेंगे ?

पृथ्वी को झटका लगा। वह सोचता था कि मोहन्ती को क्या है, नीचेवाले को आदेश दे देना है और नीचेवाला चांहे जो भी तथ्य हों, वह करे। अगर ऐसा नहीं होता तो मोहन्ती के इतना ऊँचा अफसर बनने से क्या हुआ। और काम ⋯ काम अगर पृथ्वी नहीं बताएँगे और कराएँगे तो मोहन्ती को अध्यक्ष बनाया ही किसलिए था ! मोहन्ती उस संस्कृति के थे कि जो भी मामले इधर-उधर कहीं उठें, चाहे ऊँचे स्तर की सिफारिश

के साथ लाए जाएँ ··· उन पर उसी व्यक्ति को निर्णय लेना चाहिए जो कानूनन उसके लिए तैनात किया गया है और उस व्यक्ति को भी निर्णय निष्पक्ष होकर तथ्यों के आधार पर लेना चाहिए। पृथ्वीसिंह उस संस्कृति के थे जो इस देश में आनेवाली थी, शायद काफी कुछ आ चुकी थी—हर हाल में अपना काम होना है, सरकार को ऐसे चलाना जैसे अपनी प्राइवेट लिमिटेड कम्पनी हो, सारे कानून-नियम एक बड़े रूल के मातहत हों। बड़ा रूल यह कि अपना फायदा ही होना, सरकार वही करे।

"और वो दूसरा मामला ?" पृथ्वी ने उधर से पूछा। चूँकि उसका स्वर अब भी वही चल रहा था, इसलिए मोहन्ती ने इस सम्बन्ध में बहस बढ़ाना ठीक नहीं समझा हालाँकि उन्होंने पता कर लिया था कि जो नीचे के अधिकारी कर रहे हैं, वह उनके काम का ही हिस्सा है और इसके यह कतई माने नहीं कि किसी को परेशान किया जा रहा है, अगर वह सब बताते तो पृथ्वीसिंह को समझ में नहीं आता, इसलिए टाल गए।

"पता लगा रहा हूँ, आपको बताऊँगा फिर।"

मोहन्ती को लगा पृथ्वी पूरा बीमार हो चुका है, वरना हर मामले में थोड़ा अपनी समझ इस्तेमाल करता कि एक काम होने लायक है या नहीं, कौन काम जायज है, कौन नाजायज ··· कौन किस तरीके से होगा ··· किसमें कितना समय लगेगा। वह तो जैसे आँख पर पट्टी बाँधकर चलता है। उसके आका—उस प्रदेश के नेता ने जैसे कहा वैसे ही उसने मोहन्ती से कहा और वैसे ही मोहन्ती नीचेवाले से कहें ··· जंगल का राज, जहाँ दिमाग का कुछ इस्तेमाल ही नहीं होना था !

"एक बात कहूँ आपसे ···" मोहन्ती ने झिझकते हुए आगे कहा क्योंकि पृथ्वीसिंह जिस दबंगता से हुकुम देता था वहाँ यह सुनना उसके लिए भारी पड़ सकता था लेकिन मोहन्ती को कहना ही था ··· आगे के लिए—"लोग आपके पास जो काम लाएँ उन्हें जाँच-परख लिया करें ··· कि यह हो सकता है या नहीं। थोड़ा फिल्टर करना जरूरी है, फिल्टर करके ही मुझसे कहें।"

फोन के पार सन्नाटा छा गया ··· वह सन्नाटा इतना बोल रहा था कि मोहन्ती को भी सुनाई दिया। जाने कितनी देर वे उस सन्नाटे पर टँगे रहे, हाथ में फोन का चोंगा पकड़े हुए।

उधर फोन रख दिया गया।

धमाका

उस रोज एक छोटा-मोटा धमाका हो गया। पुराने समय के एक मन्त्री ने अपने मन्त्रित्व काल में खासे घपले करके खूब पैसे बटोरे थे, जिनके चर्चे भी आए-दिन अखबारों में

निकलते रहते थे ··· उनके और उनके रिश्तेदारों के घर छापा पड़ा था। छापा मारनेवाले मोहन्ती के विभाग के ही अधिकारी थे। उन अधिकारियों ने अपनी इकट्ठी की गई सूचना के आधार पर वह कार्यवाही की थी जिसका कानूनन उन्हें अधिकार था और जो एक तरह से बहुत ही सामान्य और रोजमर्रावाली कार्यवाही थी। लेकिन एक राजनेता के यहाँ यह हो गया ! वह राजनेता चाहे जितना भ्रष्ट रहा हो, उसका कार्यक्षेत्र तो मोटे तौर पर वही था जो मोहन्ती के मन्त्री का था—राजनीति ! इस तरह वह उनकी ही बिरादरी का था। मन्त्री के ही एक विभाग ने यह कार्यवाही की और मन्त्रीजी को इसकी खबर भी नहीं ··· देखकर मन्त्रीजी बौखला गए। या क्या पता वह सिर्फ एक मुद्रा थी ! वे पढ़े-लिखे, समझदार आदमी थे और यह मोटी-सी बात जरूर समझते होंगे कि छापे की कार्यवाही बहुत नीचे—एक तरह के दरोगावाले स्तर पर—की जानेवाली कार्यवाही थी। मोहन्ती, सचिव, मन्त्री वगैरह तो बहुत ऊँचे स्तर पर थे जिनके सोचने के लिए देश की समस्याएँ, उनके अन्तर्राष्ट्रीय आयाम, उनके निदान आदि थे न कि छोटे-मोटे वारदात, जो रोज होते रहते थे। जहाँ तक मोहन्ती के मन्त्री के लिए वह एक बहाना था जो वे कब से ढूँढ़ रहे थे—छापों के तौर-तरीके, उनकी प्रक्रिया आदि का अपना असन्तोष प्रकट करने के लिए और किसी तरह उस काम में दखल हासिल करने के लिए !

सुबह साढ़े-चार बजे छापे की कार्यवाही शुरू हुई थी। उसके पहले एक और घपला हो गया। छापेवालों की वह टोली जिसे राजनेता के घर जाना था वह गलती से एक बड़े सचिव के यहाँ पहुँच गई, यह समझकर कि वही सम्बन्धित राजनेता का बँगला है। जिस टोली से यह गलती हुई उसमें क्लर्क थे; उनके लिए भूल बहुत मामूली थी क्योंकि उन राजनेता और इन बड़े सचिव के बँगले एक जैसे और अगल-बगल थे। अच्छा होता अगर एक दिन पहले चुपचाप यह पता कर लिया जाता कि छापे की उस टीम को ठीक किस जगह पहुँचना है। खबर फैल न जाए इसके लिए शायद ज्यादा सावधानी बरती गई और राजनेता का मकान जहाँ था, उसके अन्दाज पर भरोसा रखा गया। जिन बड़े सचिव के यहाँ गलती से छापा-टोली पहुँच गई, वहाँ थोड़ी घबराहट मचा बैठी—इतनी सुबह, इतने लोग, इतने सारे पुलिसकर्मियों के साथ ? थोड़ी देर के लिए तो बड़े सचिव भी घबरा गए कि कहीं ऊँचे स्तर पर आज्ञा लेकर उनके घर पर ही तो छापा नहीं डाला जा रहा, आसपास के बँगलों में भी फुसफुसाहट फैलने लगी। यह किसे पता ··· और कौन पता लगाए कि छापा किस विभाग का था। बड़े सचिव ने कुछ घपले किए होंगे, सरकारी कागजात इधर-से-उधर किए होंगे या ऊपर की कमाई घर में इकट्ठा करके रखी होगी। बात सिर्फ चन्द मिनटों की थी। जैसे ही टोली के नेता ने हल्की-सी तहकीकात की, उसे गलती समझ में आ गई। उसने गलती के लिए माफी माँगी और अपनी टोली को राजनेता के बँगले ले गया, जहाँ उन्हें जाना था। लेकिन बड़े सचिव के अहं को आहत करने के लिए उतने लोगों का उनके घर पर इकट्ठा होना ही काफी था। छापा-टोली के विदा होते ही बड़े सचिव ने डी.वी. को फोन किया। बड़ा सचिव डी.वी. से सीनियर

था, लेकिन सीनियर तो जाने कितने और अधिकारी थे। डी.वी. के लिए वह सचिव बड़ा था क्योंकि बड़े पद पर तैनात था, कभी डी.वी. को आगे बढ़ाने में मदद कर सकता था। डी.वी. ने मामले को बहुत गम्भीरता से लिया और दफ्तर पहुँचते ही मोहन्ती को तलब किया।

"देश के बड़े अफसरों के यहाँ भी आपके विभाग के लोग पुलिस लेकर पहुँच जाते हैं।"

"मैं समझा नहीं," मोहन्ती ने कहा। उन्हें सचमुच कुछ नहीं मालूम था।

डी.वी. ने सारा किस्सा सुनाया, बताया कि बड़े सचिव कितने आहत थे। डी.वी. क्योंकि मोहन्ती के विभाग का सचिव था इसलिए उसे विभाग की गलती अपने ऊपर लेनी पड़ी। डी.वी. कह रहा था—"बड़े सचिव ने जब सवेरे फोन किया तो उनकी आवाज में कितना दर्द था ! आपके विभाग में दो कौड़ी के कर्मचारी भारत सरकार के बड़े सचिव की तौहीन कर डालते हैं, उसे सरेआम जलील कर देते हैं और आपको पता भी नहीं," डी.वी. सख्ती दिखाने की कोशिश कर रहा था।

मोहन्ती ने प्रोसीजर समझाया कि ये मामले काफी नीचे के स्तर पर होते हैं और कानून के अनुसार सिर्फ उन्हीं को छापे मारने का फैसला करने और छापे की कार्यवाही करने का अधिकार है। ऊपरवाले किसी अधिकारी से यह अपेक्षा नहीं की जाती कि वह इसमें दखल दे। अगर देता है तो वह गैरकानूनी है। हाँ, कार्यान्वयन में यह जरूर भूल हुई कि टोली राजनेता के घर न पहुँचकर बड़े सचिव के घर पहुँच गई। इसके लिए वे सम्बन्धित अधिकारी से जवाब तलब करेंगे।

मगर डी.वी. को चैन कहाँ। वह ऐसे मौकों पर अपना रौब जमाने और दिखाने से नहीं चूकता था।

"कौन है सम्बन्धित अधिकारी। मैं जरा उसकी खोज-खबर लूँ," डी.वी. ने सम्बन्धित अधिकारी का नाम पी.ए. को देकर उसको फौरन अपने यहाँ आने को कहलवाया। वैसे फोन पर भी डाँटा-डूँटी की जा सकती थी लेकिन उससे डी.वी. का वह रुतबा नहीं वनता था जैसा कि इससे कि अधिकारी भागा-भागा इतनी दूर आए, डी.वी. अपनी महत्ता बताने के लिए उसे अपने क्लर्कों के पास बिठाकर इन्तजार करवाए, काफी देर बाद उसे केबिन में बुलाकर, समाने बिठाकर झाड़-झूड़ कर, फिर जैसे इस 'सीरियस लैप्स' पर भी उसे छोड़ रहा है—यह दिखाते हुए उसे जीवन-भर के लिए उपकृत कर दे—"बेटा, अनुगृहीत महसूस करो और जब डी.वी. को जरूरत हो तब उसके काम आओ !" डी.वी. इस विभाग में मोहन्ती से थोड़ा पहले ही आया था और अब भी अपनी जड़ें जमाने में लगा हुआ था। दिल्ली में छापे डलवानेवाला अधिकारी मोहन्ती के विभाग का महत्त्वपूर्ण अधिकारी था। वह अपने आप ही किसी के यहाँ छापा मारने का फैसला कर सकता था। डी.वी. को उसे जानना चाहिए ताकि कभी-कभी डी.वी. उसे सीधे हुक्म दे सके—जिस आदमी से नाराज हो उसके यहाँ छापा डलवा सके, जिसे बचाना हो उसके यहाँ छापा रुकवा सके। डी.वी. को बोर्ड के किसी सदस्य के मार्फत

जाने की जरूरत न पड़े। उस अधिकारी को जानने का इससे अच्छा मौका और कौन हो सकता था।

मोहन्ती ने छापा-अधिकारी से फोन कर तथ्य मालूम कर लिये ¨ पर डी.वी. को कहाँ चैन, वह दूसरे फोन से विभाग में बोर्ड के सम्बन्धित सदस्य मायाप्रसाद से बात करने लगा, वही राग—"इतने बड़े अधिकारी के यहाँ बड़े सुबह ये लोग पहुँच गए। बड़े सचिव बेचारे बहुत आहत हुए हैं। हमें उनके घर चलकर माफी माँगना चाहिए। आप फौरन मेरे कमरे में आ जाइए।"

"मैंने पता किया," मोहन्ती ने डी.वी. को बताया—"छापा-टीम बड़े सचिव के अहाते में जरूर गलती से चली गई, पर कोई आदमी उनके घर में नहीं घुसा ¨ और वह अलस्सुबह का समय था। आसपास के लोग जागे भी नहीं होंगे कि उन्हें कुछ पता चलता।"

"क्या बात करते हैं, आप," डी.वी. झुँझलाया—"इतने लोग, पुलिस के साथ किसी के बँगले के बाहर इकट्ठा हो जाएँ, हल्ला मच जाता है। बड़े सचिव का रुस्वा होना एकदम जायज है, हम तीनों को चलकर उनसे माफी माँगना चाहिए, उनके घर चलकर।"

डी.वी. ने तय किया कि अध्यक्ष मोहन्ती, बोर्ड के सदस्य मायाप्रसाद और डी.वी. स्वयं अभी इसी वक्त बड़े सचिव के घर चलें और माफी माँगें, जिससे लगे कि पूरा विभाग अपने किए पर शर्मिन्दा है। मोहन्ती सोच रहे थे कि फोन पर ही सबकुछ निपटाया जा सकता था क्योंकि घटना हो चुकी थी लेकिन डी.वी. तो ऐसी ही चीजों में व्यस्त रहता था। यहाँ उसका एक मकसद और था। इतने बड़े स्तर के तीन-तीन अधिकारी जब बड़े सचिव के यहाँ माफी माँगने पहुँचेंगे तो बड़ा सचिव फूलकर कुप्पा हो जाएगा, डी.वी. कम आहत नहीं हुआ—यह देखकर डी.वी. अपना वफादार समझने लगेगा। मस्खा लगाने के ये नफासत भरे तरीके थे जिन्हें डी.वी. कभी हाथ से नहीं जाने देता था।

मायाप्रसाद के आते ही वे चल दिए। जाने से पहले डी.वी. ने अपने पी.ए. को यह भी हिदायत नहीं दी कि मोहन्ती के विभाग का छापा-अधिकारी आए तो उसे बिठाए, चाय-पानी पिलाए। जितना आदमी को कूड़ा-करकट समझो, उससे उस तरह का व्यवहार करो, उतना ही वह तुम्हारे पैरों की धूल चाटता है—डी.वी. की सोच यही थी, हालाँकि दिखाता वह ऐसे था जैसे व्यस्तता के कारण भूल गया !

तीनों बड़े सचिव के घर पहुँचे। अपने कमरे में डी.वी. ऐसे जता रहा था जैसे बड़े सचिव के घर पर मातम छाया होगा लेकिन वहाँ तो बँगले के बाहर नौजवान हँसते, मस्तियाते घूम रहे थे। बड़े सचिव का लड़का और बाहर से आए मेहमान रिश्तेदारों के कुछ लड़के थे। मोहन्ती ने चलते-चलते—"आप लोग कौन ?" करके बड़े सचिव के लड़के से पहचान की और उससे ऐसे ही पूछ लिया कि बड़े सवेरे जो कुछ लोग आ गए थे उन्होंने कुछ असभ्यता की क्या ? लड़के ने बेहिचक कहा कि कतई नहीं। बगल के घर में जाने के बजाय वे पहले हमारे यहाँ चले आए थे, हमने उन्हें बताया कि राजनेता

का घर नहीं, उनका घर बगलवाला है, उन लोगों ने माफी माँगी और आगे चले गए। ये सब बड़ी सभ्यता से पेश आए।

जो चीज इतनी मामूली थी उसे डी.वी. किस तरह चित्रित कर रहा था और इसके लिए अपना और दो और अधिकारियों का समय बर्बाद कर रहा था ⋯ तीसरे एक उस अधिकारी का भी जिसे अपने अहं की तुष्टि के लिए डी.वी. ने तलब किया था और जो इस वक्त उसके पी.ए. के कमरे में बैठा इन्तजार कर रहा होगा। जो बड़े सचिव थे उनका भी समय कॉफी वगैरह की औपचारिकताओं और इस पूरे नाटक में बर्बाद किया जाएगा। क्या इन बड़े अधिकारियों के पास समय-ही-समय होता है ? बाहर तो ये यही दिखाते हैं कि उनके पास समय नहीं है, इतने व्यस्त हैं बेचारे ⋯ लेकिन आज सवेरे से मोहन्ती स्वयं को डी.वी. और इस बड़े सचिव को देख रहे थे ! एक फालतू के काम में, सब लगे हुए हैं, बोर्ड के एक सदस्य को भी लपेट लिया गया था। बाहर लोग अन्दाज लगाते रहें कि डी.वी. अपने अधिकारियों के साथ कुछ महत्त्वपूर्ण बातें बड़े सचिव से करने गए हैं !

बड़े सचिव का मूड सामान्य था। उन्होंने तीनों को आदर से बैठाया, कॉफी पिलाई। वे छापावालों की गलती पर आहत कतई नहीं दिखते थे बल्कि उस पर हँस रहे थे। बाद में इतना जरूर बोले कि छापों की प्लानिंग जरा ज्यादा पुख्ता ढंग से होनी चाहिए, जो बात मोहन्ती ने स्वीकार की। मोहन्ती ने बताया कि जिस जगह छापा मारा जा रहा है उसके बारे में कार्यवाही के लीडर भर को पता रहता है, अगर सबको बताया जाए तो खबर उड़ जाएगी और छापा कामयाब नहीं होगा। इसलिए एक टोली को सिर्फ मोटा-मोटी बताया जाता है कि इस जगह के आसपास इकट्ठा होना है या कार्यवाही का लीडर उतने सुबह पहुँच न पाया होगा या वे लोग अँधेरे में नेमप्लेट ठीक से नहीं देख पाए ⋯ और यह भूल हो बैठी। वैसे जैसे ही उन्हें यह पता चला कि यह वह घर नहीं है, वे चले गए ⋯ बाहर से ही। बात रफा-दफा हो गई। करीब एक घंटा, चाय और दीगर बातों पर बिताकर वे तीनों जब वापस लौटे तो दिल्ली में छापा कार्यवाही का डायरेक्टर क्लर्कों के बीच एक साधारण कुर्सी पर बैठा हुआ इन्तजार कर रहा था। उसे आए एक घंटा तो हो ही गया होगा। मोहन्ती को यह बात फिर गड़ी—वे अधिकारी जो फील्ड में काम कर रहे हैं और जिनका एक-एक मिनट कीमती है, उन बेचारों का भी कितना समय ये ऊपर के अधिकारी जाया करते हैं। छापा-अधिकारी/डायरेक्टर के सामने इस समय पता नहीं कितने महत्त्वपूर्ण मसले गौर करने के लिए पड़े होंगे। उन्हें छोड़कर बेचारा सचिव के पास भागा गया होगा। इसी तरह बड़े मसले अपनी मेजों पर छोड़कर देश के तीन बड़े अधिकारी बड़े सचिव के यहाँ माफी और कॉफी के लिए गए थे ⋯ उस वक्त, जब उन्हें काम करते हुए अपने दफ्तर में होना चाहिए था।

डायरेक्टर के साथ वही हुआ जो मोहन्ती ने सोचा था। उसे थोड़ी देर और इन्तजार कराने के बाद डी.वी. ने अन्दर बुलाया और मोहन्ती और मायाप्रसाद के सामने उसको झाड़ा :

"ये छोटी-मोटी लैप्स नहीं है, जनाब ! आपने तो कह दिया कि हर छापे का एक लीडर होता है जिसके नीचे कई टोलियाँ होती हैं, और उन कई टोलियों में से एक की भूल है यह। नहीं, यह गलती आपकी है, विभाग की है…" डी.वी. अनाप-शनाप न जाने क्या-क्या बोले जा रहा था। न उसे यह पता था कि जब छापा डालते हैं तो लोगों को किस तरीके से टोलियों में बाँटा जाता है, उनमें किस-किस स्तर के लोग होते हैं… न ही वह यह सब जानना चाहता था। अब यह उसे कौन बताए कि कितनी टोलियाँ हैं, किसे कहाँ जाना है, किस टोली में कौन-कौन लोग हैं—ये चीजें डायरेक्टर को भी मालूम नहीं रहतीं। छापे के बारे में तारीख, समय, जगह के बारे में डायरेक्टर जरूर निर्णय लेता है पर टोलियाँ आदि बनाने का काम उसका मातहत डिप्टी डायरेक्टर करता था… लेकिन डायरेक्टर को डाँट पिलाने के पीछे उस महत्त्वपूर्ण अधिकारी से पहचान बनाने का जो मकसद था वह डी.वी. ने पूरा कर लिया था।

डी.वी. के तरफ की चोंचबाजी खत्म हुई तब तक मन्त्री के यहाँ से बुलावा आ गया। मन्त्री इस बात से विचलित थे कि इतनी बड़ी घटना हो गई और उन्हें अखबारों के माध्यम से पता चलना था ? वे रैक्स फोन पर सचिव से अपनी टिप्पणी कर रहे थे कि डी.वी. को मौका मिल गया मन्त्री पर अपनी पकड़ गहराने का। बोला—"सर ! मैं बोर्ड के अध्यक्ष और सदस्य से यही डिस्कस कर रहा था, यह सीरियस मैटर है। आप कहें तो मैं उन्हें लेकर अभी आता हूँ।" मन्त्री ने स्वीकृति दे दी। डी.वी. खुश था कि जिस गम्भीरता से उसने बात को लिया था उसकी पुष्टि मन्त्री के यहाँ से हो गई थी। डी.वी. मामूली से मामूली मसले को भी बेहद गम्भीर बना लेता था।

मन्त्रीजी अपनी चिरपरिचित मुस्कान लिये बैठे थे।

"विभाग का मन्त्री मैं, देश का मन्त्री, पूरा मन्त्री, छोटा या आधा नहीं…" उन्होंने हँसते हुए कहा, "और एक पूर्व मन्त्री के यहाँ छापा पड़ जाए और मुझे अखबार में पढ़कर पता चले।"

"सर !" मोहन्ती ने कहा—"जो प्रोसीजर बना हुआ है वह ऐसा ही है। ये खबरें डायरेक्टर के ऊपर किसी को पता नहीं रहतीं, उसके बॉस डायरेक्टर जनरल, बोर्ड के सदस्य को भी नहीं। मुझे भी नहीं और न मैं जानने की कोशिश करता हूँ।"

"पर यह गलत है। आपको अगर दिलचस्पी नहीं है और आप जानने की कोशिश नहीं करते तो इसके ये मायने नहीं कि वो किसी को मालूम नहीं होना चाहिए। बाहर तो लोग यही समझते हैं कि यह मुझे मालूम होगी ही। कुछ तो यहाँ तक सोचते हैं कि उसके यहाँ छापा मैंने पड़वाया होगा।"

"सर ! छापे की ये कार्यवाहियाँ कब से चालू हैं। सब जानते हैं कि ये विभाग के नीचे स्तर पर की जानेवाली रूटीन कार्यवाही है, मन्त्रालय से इसका कोई सम्बन्ध नहीं। ये फील्ड अफसरों के काम हैं।"

"ये छोटी कार्यवाही नहीं है, मिस्टर मोहन्ती। आपको मालूम है कि आज जिनके यहाँ आपने छापा डाला है उन्होंने और मैंने अपना राजनीतिक कैरियर एक साथ शुरू

किया था। हम एक ही मन्त्रालय में साथ-साथ मन्त्री थे और आज मेरा विभाग यहाँ यह कार्यवाही कर डालता है ? वह यह नहीं सोचेगा कि छापा मैंने पड़वाया है ?''

''सर, सब पढ़े-लिखे लोग हैं ! उन्हें मालूम रहता है कि छापे की कार्यवाही नीचे स्तर के अधिकारियों का काम है। आप और हम इसमें कहाँ आते हैं ...''

''आप नहीं समझेंगे,'' मन्त्री झुँझलाया—''डी.वी. इन्हें समझाइए ...''

डी.वी. चुस्त होकर कुर्सी पर आगे की तरफ सरक आया। मोहन्ती चुप हो गए—फिर वही बात ... सार्वजनिक कामों में हम व्यक्तिगत बातों को क्यों घसीट लाते हैं। जब सारी दुनिया को मालूम है कि वह राजनेता जिसके यहाँ छापा पड़ा भ्रष्ट था, सारी दुनिया उस कार्यवाही को जायज मान रही है तो मन्त्री सिर्फ इसलिए प्रश्नचिह्न लगा रहे हैं कि कभी उन दोनों ने साथ काम किया था। क्या ये फैसले इन आधारों पर किए जाएँगे ? तब तो अच्छा ही था कि वे फैसले नीचे के स्तर पर हो रहे थे, जहाँ ये व्यक्तिगत बातें ध्यान में नहीं लाई जा सकतीं।

''डी.वी. ! आगे के लिए कुछ करिए,'' मन्त्री ने कहा—''मैं इग्नोरेंट मन्त्री नहीं कहलाया जाना चाहता।''

''लेकिन प्रोसीजर सर। पूरी लिखित मैनुअल है छापे की कार्यवाही पर—किस स्तर से कार्यवाही शुरू होगी, कहाँ तक के स्तर के लोगों को मालूम होगा ... सब सोच-समझकर मैनुअल में लिखा हुआ है। ये मेरी चलाई चीजें नहीं हैं,'' मोहन्ती ने हिचकते हुए कहा।

''मुझे यह सब न बताइए। कितनी ऐसी पुरानी सड़ी चीजें हमारे यहाँ पड़ी हुई हैं,'' मन्त्री भन्नाते हुए बोले।

डी.वी. ने हमेशा की तरह उचककर मामले को पकड़ लिया। ''मेरा ख्याल है,'' वह बोला—''छापे का फैसला बेशक डायरेक्टर या डायरेक्टर जनरल या जो भी हो वह करे लेकिन कार्यवाही शुरू करने के पहले सचिव से पूछ लिया जाए। वह जरूरी मामलों में मन्त्रीजी को ब्रीफ कर देगा।''

''मैं इससे सहमत नहीं हूँ,'' मोहन्ती के स्वर में पता नहीं कहाँ से अतिरिक्त दृढ़ता आ गई थी—''कितने केसेस में रोज ये कार्यवाही होती है। कहाँ तक आप अनुमोदन करेंगे और उस दौरान हर स्तर पर सूचना लीक होगी तो बाद में जब छापा पड़ेगा भी तब किसी-न-किसी स्तर से जिसके यहाँ छापा पड़ना है उसे खबर लग चुकी होगी और छापा नाकाम होगा।''

''ठीक है,'' डी.वी. ने कहा—''सब केसेस में न सही, तो जो केस सेंसटिव हैं कम-से-कम उनमें तो यह नया प्रोसीजर शुरू किया जा सकता है।''

''ये कौन तय करेगा कि कौन से मामले सेंसटिव हैं, कौन नहीं। किसी भी केस को सेंसटिव माना जा सकता है। इससे बहुत ही गलत परम्परा विकसित होगी।''

बहस चल निकली थी। इतनी तेजी से मोहन्ती पहले मन्त्रीजी के सामने कभी नहीं बोले थे। उन्हें लग रहा था कि एक व्यक्ति के यहाँ छापे के कारण हम गलत परम्परा डालने जा रहे हैं। अगर यह नया प्रोसीजर बन गया तो इसके लिए उनका विभाग उन्हें

कभी नहीं माफ करेगा। मोहन्ती सोचते थे कि इस काम के जो सदस्य इंचार्ज थे—मायाप्रसाद—वे भी उन्हीं के विभाग के हैं, वे मोहन्ती की तरफ कुछ बोलेंगे और मामले पर वजन आएगा लेकिन नहीं, वहाँ तो मायाप्रसाद इस तरह से मुस्कुराकर डी.वी. और मन्त्री की तरफ देख रहे थे जैसे कह रहे हों कि सर ! आप हुकुम करें ! जिस किस्म का प्रोसीजर आप कहेंगे वैसा शुरू कर दिया जाएगा। मायाप्रसाद को तो यह दिखाना था कि मोहन्ती एक अड़ियल, पुराने कायदे-कानूनों से बँधे रहनेवाले अधिकारी हैं जबकि वे परिवर्तनशील और लचीले हैं। बेशक पुरानी चीजों को बदला जा सकता है, अगर मन्त्रीजी चाहें तो क्यों नहीं !

"सर, ये कायदे-कानून जो मैनुअल में हैं, वे कभी बहुत ऊँचे स्तर पर सोचे गए होंगे, तब के मन्त्री ने उनकी पुष्टि भी की होगी और तब ये किताब के रूप में आए। पूरे देश में इस तरह से कई सालों से लागू हैं तो यह कैसे हो सकता है कि उनमें कोई मेरिट न हो।"

"मैं कब कहता हूँ मिस्टर मोहन्ती, मेरिट नहीं है," मन्त्री मुस्कुरा रहे थे। अपनी चिरपरिचित मुस्कान जिस पर वे स्वयं मुग्ध होते रहते थे। "मेरिट रही होगी लेकिन वक्त के साथ-साथ चीजों को बदलना चाहिए।"

"सर, भ्रष्ट लोग तो जिस तरह पहले थे आज भी हैं, उल्टे तादात में बढ़ गए हैं। तो हमें प्रोसीजर को और सख्त करना चाहिए।"

"आप यहीं गलत हैं, मिस्टर मोहन्ती। आज अखबार जितना जोरों से प्रचारित कर देते हैं कि एक व्यक्ति भ्रष्ट है, पुराने वक्त नहीं किया जाता था जब आपकी यह मैनुअल बनी थी। इसलिए जहाँ जबर्दस्ती बकरा बनाया जा रहा हो वहाँ मन्त्री को हस्तक्षेप करके कार्यवाही को रोकना चाहिए। नहीं तो वह कर क्या रहा है। नीचेवाले चाहे जो करते रहें, मन्त्री सिर्फ देखता रहे ?"

"सर, सिर्फ अखबारों के आधार पर ये कार्यवाहियाँ नहीं की जातीं। बाकायदे ठोस तथ्य इकट्ठे किए जाते हैं, उन्हें फाइलों पर जो तथ्य हैं उनसे मिलाया जाता है। महीनों पहले से जाँच की प्रक्रिया शुरू होती है। और उसके बाद जिस स्तर पर यह फैसला किया जाता है कि छापा डालना है या नहीं—डायरेक्टर का स्तर—उस अधिकारी को बाकायदे फाइल पर अपना 'सैटिस्फेक्शन-नोट' लिखना पड़ता है। अगर वह गलत जगह इतनी गम्भीर कार्यवाही करता है तो इसके लिए वह जवाबदेह है। हम लोग प्रशासनिक तौर पर यह तो कर सकते हैं कि अगर किसी केस में ज्यादती हुई दिखती है तो फाइल मँगाकर यह सैटिस्फेक्शन-नोट देखें। अगर निर्णय गलत था तो उस अधिकारी पर कार्यवाही की जा सकती है लेकिन जो काम उस अधिकारी का है, कानून ने जो काम उसे सौंपा है, उसे हम नहीं छीन सकते।"

"हम छीन कहाँ रहे हैं !" मन्त्रीजी फिर हँसते हुए बोले। इस बार उनकी मुस्कान में व्यंग्य का पुट आ गया था—"हम तो सिर्फ एक प्रशासनिक व्यवस्था बना रहे हैं जिससे कि यह ध्यान रखा जा सके कि निर्दोष व्यक्ति पर ज्यादती नहीं हो रही, किसी

और कारणों से उस पर छापा नहीं डाला जा रहा।''

मोहन्ती झुँझलाकर रह गए। भीतर-भीतर सोच रहे थे कि ज्यादती करने का उपाय तो ये बन्दे अब करने जा रहे हैं—जहाँ राजनीतिक कारणों से अगर किसी से दुश्मनी है तो उसके यहाँ छापा पड़वा दीजिए, वह आपकी पार्टी का है तो रोक दीजिए। हम लोग सब चीजें अपने हाथ में लेते जा रहे हैं—सब पावर्स, इसलिए कि अपने विरोधियों को पिटवाएँ और अपने मित्रों को इनाम बाँटें। क्या प्रशासन का इतना ही आशय रह गया है। यह संसद द्वारा पारित कानून है कि छापा मारने का अधिकार डायरेक्टर को दिया जाए, किसी दूसरे अधिकारी या मन्त्री को नहीं ''' उस अधिकार को अपनी तरफ खींचकर (भले ही प्रशासनिक व्यवस्था के तहत) क्या ये लोग संसद की अवमानना नहीं कर रहे ? वे ही लोग जो सांसद और जनप्रतिनिधि हैं ? काफी देर मोहन्ती के भीतर उमड़-घुमड़ चलती रही। बाहर बहस चलती रही। आखिर बहुत आहत स्वर में मोहन्ती के मुँह से निकला—

''सर, हम सब लोग यहाँ कुछ दिनों के लिए हैं। मेरी तो आप सबसे यही प्रार्थना है कि जो तौर-तरीके, जो कायदे-कानून वर्षों से चले आ रहे हैं उन्हें यों ही, इतनी आसानी से नहीं बदला जाना चाहिए। हम सिस्टम से छेड़खानी न करें। अगर हर कोई इस तरह करने लगा तो एक समय आएगा जब व्यवस्था चरमरा जाएगी या कि व्यवस्था नाम की चीज ही नहीं रहेगी।''

मोहन्ती की आत्मा से निकली थी वह बात। बाहर सन्नाटा छा गया ''' ये अदना-सा अफसर यह बता रहा है कि वे लोग रहनेवाले नहीं हैं ! दरअसल मोहन्ती को स्वयं कहने के फौरन बाद ही अपनी गलती महसूस हुई—कोई नेता या बड़ा अफसर यह कैसे सहन कर सकता है ! मन्त्रीजी को यह बतानेवाला एक नौकरशाह कि वे थोड़े समय ही के लिए है ? कुछ देर तक कोई नहीं बोला। मन्त्रीजी का चेहरा एकाएक बहुत संजीदा निकल आया था और वे अपनी बगल में पड़ी फाइलों को उलट-पुलट करने लगे थे, जैसे झुँझलाकर कह रहे हैं कि इस आदमी से बहस करना बेकार है। डी.वी. ने मन्त्रीजी का मूड भाँप लिया और स्थिति को लपककर पकड़ लिया।

''सर, इस मसले पर हम लोग और बातचीत कर लेंगे। मैनुअल या रूल्स को बदलने की जरूरत नहीं पड़ेगी। वे वैसे ही बने रहें, सिर्फ प्रैक्टिस में कुछ ऐसा प्रशासनिक इन्तजाम कर लेंगे जिससे कि आगे इस तरह की शिकायत न हो। क्यों भाई मायाप्रसाद।''

''जी हाँ, सेंसटिव केसेस की एक अलग केटेगरी बनाई जा सकती है,'' मायाप्रसाद ने जड़ दिया। वह बहस में हिस्सा लिये बगैर चुपचाप देख रहा था कि ऊँट किस करवट बैठता है, मन्त्री किस बात से प्रसन्न होंगे। डी.वी. ने मोहन्ती को छोड़ उनके ही विभाग के मायाप्रसाद को अपनी तरफ खींचकर अपना दृष्टिकोण वजनी कर लिया था।

बैठक समाप्त हो गई। मायाप्रसाद और डी.वी. खुश थे कि मोहन्ती ने आज काफी अनाप-शनाप बातें बक दीं जिसकी वजह से मन्त्रीजी नाराज हो गए और उन दोनों ने

जो कहा उससे मन्त्रीजी खुश हुए। यह साबित हो गया कि मोहन्ती मन्त्री के मन का करनेवाला नहीं, जब कि वे दोनों मन्त्री के मन के अनुसार कायदे-कानूनों में भी तब्दीली लाने को तैयार थे। मोहन्ती जड़ हैं ··· 'स्टिफ', जबकि डी.वी. और मायाप्रसाद लचीले हैं ··· 'डायनैमिक' ! डी.वी. सोच रहा था कि मन्त्री के नाम पर मोहन्ती के विभाग में वह ऐसी प्रैक्टिस डलवा देगा जिसमें 'सेंसिटिव केसेस में' डायरेक्टर सचिव से पूछेगा। सचिव के हाथ में यह पावर आ जाएगी। कुल मिलाकर फायदा डी.वी. का होने जा रहा था ··· और वह भी बिना अतिरिक्त जोश दिखाए।

जब विपरीत समय आता है तो गलतियों पर गलतियाँ होती जाती हैं। राजनेता जिनके घर छापा पड़ा था, जब उनके यहाँ से पकड़े गए सामान का ब्यौरा आया तो मन्त्री को यह बताने के लिए कि उनके विभाग के अधिकारियों ने गलत निर्णय नहीं लिया था, मोहन्ती मन्त्रीजी के सामने ब्यौरे ले गए। वह तो और जले में नमक छिड़कना हो गया। मन्त्री ने एक जुमले में मोहन्ती से छुट्टी पा ली—"मुझे इस सबमें कोई दिलचस्पी नहीं है।" उस दिन मन्त्रीजी से मुलाकात के बाद लौटते हुए मोहन्ती अपने बारे में सोच रहे थे कि उन्हें बहुत मोटी-मोटी चीज़ें भी समझ में नहीं आतीं—साफ है कि इस विभाग की सबसे बड़ी पावर है छापा डालना और वहीं से सारा पैसा बनता है या बनाया जाता है इसलिए उसे इस या उस बहाने नीचे से अपने स्तर पर ले आना है। सारा खेल यह था और मोहन्ती थोड़ा-बहुत समझते हुए भी उसके हिसाब से लोगों के बारे में ये राय नहीं बनाते थे। एक और बेवकूफी की बात उनके मन में धँसी हुई थी। वे सोचते थे कि अगर इस बड़े स्तर पर आकर भी अधिकारी निर्भीक होकर, बिना अपने फायदा-नुकसान का सोचे हुए जो सही बात है, उसे मन्त्री, सचिव आदि के सामने नहीं रखेगा, तो कब और कौन रखेगा लेकिन दुर्भाग्य से जो वातावरण था उसमें वैसा नहीं था। सफल उच्च अधिकारी हवा के साथ बहते थे। वे मन्त्री के मन का करते, उनके ही मन का कहते।

उस शाम मोहन्ती दफ्तर से थोड़ा जल्दी उठ लिये। शाम को घर लौटते हुए बहुत दिनों बाद मोहन्ती ने आसमान, धरती और पेड़ों की तरफ ध्यान दिया। लानत है ऐसी नौकरी पर या ऐसी ड्यूटियों पर जो हमें प्रकृति की उन शक्तियों से भी दूर ले जाती हैं जो हमारे आसपास हैं, हमारे इतने करीब कि हम उन्हें हमेशा देख सकते हैं, छू सकते हैं। मोहन्ती को यह सोचकर अजीब लगा कि महीनों से वे इस रास्ते से रोज निकल रहे हैं और उन्होंने यहाँ के पेड़ों को कभी ठीक से नहीं देखा—वे कैसे हैं, उनकी बुनावट कैसी है, पत्तियाँ नई हैं या कि पुरानी, बासी या कि धुली हुई ··· उन पेड़ों में थोड़ी देर को खो जाना तो दूर रहा। मोहन्ती ज्यादातर अँधेरे में घर लौटते थे। सुबह जब जाते थे, दफ्तर की उधेड़बुनें खोपड़े में भरी होती थीं।

आसमान और जमीन के बीच आँधी-सी भरी हुई थी। राजपथ पर पेड़ धुन्ध में डूबे खड़े थे ··· पर दिख रहे थे। ऐसा लगता था कि जल्दी बरसात आएगी, पत्तियों पर से धूल बह जाएगी, पेड़ नहाकर फिर खड़े होंगे, तरोताजा ··· हरियाली में चमकते हुए।

सबको नाराज करने के बावजूद मोहन्ती को खराब नहीं लग रहा था। उन्होंने जान-बूझकर किसी को नाराज नहीं किया ⋯ सही बात कहने का जो सुकून होता है, वह था भीतर। अगर इन लोगों के हाथ की कठपुतली बनकर उन्होंने गलत-सलत काम किए, जो व्यवस्था देश के हित में है उसे बिगाड़ने के काम किए तो उससे क्या वे अपनी नजरों में हमेशा के लिए नहीं गिर जाएँगे ? बेशक उनके ऐसे रवैए से तंग आकर उनकी तौहीनी ही की जाएगी, वे लोगों की नजरों में गिरेंगे लेकिन क्या किया जाए उस परिवेश का जहाँ सही बात करनेवाले को नजरों से गिराया जाता है और उसे यों गिरा देखकर उस पर हँसा जाता है। क्या होना चाहिए—दूसरों की नजरों में गिरना या अपनी नजरों में गिरना ? अगर ऐसी स्थिति हो जहाँ दो में से एक ही आपके हाथ लगनेवाला है, तो किसे चुनना चाहिए। ऐसा क्या हो गया हमारे देश में कि अब सही बात कही ही नहीं जाती, कही जाती है तो कड़वी ही लगती है।

सहसा पक्षियों का एक झुंड सामने से उड़ता हुआ गुजर गया। मोहन्ती मुग्ध पक्षियों का जाना देखते रहे। रश्क करते रहे पक्षियों की जिन्दगी से जिनमें वे पेचीदगियाँ, वह गन्दगी, कलुष नहीं है जो आदमियों की जिन्दगी में है।

पक्षी उसी दिशा में जाते हैं जिधर वे जाना चाहते हैं।

शह ⋯

''मोहन्ती तुम्हारे पास कोई है तो नहीं ?''

डी.वी. था। उसकी आवाज भारी तो नहीं जैसी कि दुखी होने पर हो जाती है, खुनक भरी भी नहीं जैसी कि खुशी के मौकों पर होती है, बीच कहीं की थी। अपने पद को लेकर वह चौबीसों घंटे ही जिम्मेदारी की गुरुता ढोता था ⋯ गर्व और खुनक के साथ, लेकिन जिम्मेदारी निभाने का वह एक गम्भीर और विशेष क्षण था।

''नहीं,'' मोहन्ती ने सीधे-सीधे कहा।

''मैं जो बात करने जा रहा हूँ वह काफी 'सीरियस' है। तुम्हारे लिए एक प्रस्ताव है—तुम्हें एस.सी. कमीशन का अध्यक्ष बनाकर भेजने का। शाम को तुम्हारे यहाँ खाने पर ये बातें नहीं हो सकतीं इसलिए तुम्हें बता रहा हूँ।''

आज शाम को मोहन्ती ने एक-दो दोस्तों के साथ डी.वी. और उसकी पत्नी को भी अपने घर आमन्त्रित किया हुआ था। कुछ-कुछ वैसी आधी कोशिशों में से एक, जैसी बीच-बीच में मोहन्ती करने लगते थे—कोशिशें सम्बन्ध बनाने की, पुराने सम्बन्धों को ठीक करने की, अपना जन-सम्पर्क सुधारने की ताकि जो झटके अध्यक्ष बनते ही लग रहे थे, वे न लगें, कुछ सुधार हो जाए। उसी कड़ी में आज रात अपने घर पर खाना रखा था।

एक हूक-सी मोहन्ती के भीतर उतरती चली गई जिसने उनके भीतर को खाली कर दिया ¨ पूरा-का-पूरा। अपने व्यक्तित्व के खिलाफ जाकर, कितनी जोड़-तोड़ करके मौजूदा पद हासिल किया था, जो उनके विभाग का ही था, जिस पर वरीयता के आधार पर उनका ही हक था। मोहन्ती ने सोचा था कि उसके बाद अब इत्मिनान है, वे अपने ढंग से विभाग के लिए और उसके मार्फत समाज के लिए कुछ कर सकेंगे लेकिन यहाँ तो बैठ ही पाए कि जिस पद पर वे अपनी नौकरी का बचा समय बिताने की सोच रहे थे वहाँ से उठाकर दूसरे विभाग में भेजने का प्रस्ताव आ गया ! इसकी क्या तुक है जब उनकी नौकरी के ही सिर्फ छः महीने बचे हैं। इन महीनों में नए विभाग को ठीक से जान तक न पाएँगे, जबकि पुरानी जगह रहकर, काम से परिचित होने के कारण वे दैनन्दिन काम के साथ-साथ कुछ विशेष भी विभाग को दे सकते थे। जाहिर है कि ऊपर के लोगों, खासतौर पर मन्त्री को मोहन्ती बहुत माफिक नहीं आ रहे थे। वे लोग छः महीने का इन्तजार नहीं कर सकते थे क्योंकि उनको सरकार का भरोसा नहीं था कि वह कब तक टिके। वे लोग जल्दी में थे।

आखिर मोहन्ती कब तक इन लोगों के सामने गिड़गिड़ाते रहेंगे, अपने स्वभाव के खिलाफ भीख माँगते रहेंगे ? उनके लिए अब जिस विभाग में अध्यक्ष-पद प्रस्तावित था, वहाँ कुछ लोग मोहन्ती की ही सर्विस के थे, उनसे सीनियर ¨ वे सब वहाँ उपाध्यक्ष या सदस्य हैं और मोहन्ती को सीधा अध्यक्ष बनाकर उनके ऊपर बिठाया जा रहा था। वे सब लोग मोहन्ती को कोसेंगे, उनमें सब नहीं तो कुछ तो इस्तीफा भी दे देंगे—उन्हें मोहन्ती जैसे जो आजीवन नौकरी में उनसे जूनियर रहे, उनके नीचे काम करना मंजूर नहीं होगा। डी.वी. ने जो प्रस्ताव बनाया था उसमें दो तौहीनियाँ छिपी हुई थीं—एक तो यह कि अभी के बहुत महत्त्वपूर्ण पद से उन्हें हटाया जा रहा है, दूसरे वे इतने गए-गुजरे हैं कि अध्यक्ष पद से हटाए जाने के बाद भी नौकरी से चिपके हुए हैं ¨ जो दे दी जाए वह ले लेंगे यहाँ तक कि उसकी खातिर वे अपने सीनियर लोगों के इस्तीफों का कारण बनेंगे। किस मुँह से वे उस पद पर बैठकर, लोगों का सामना करेंगे ?

''अगर मैं इसे स्वीकार न करूँ तो ?'' मोहन्ती ने अपने स्वर को डी.वी. के बराबरी पर लाते हुए कहा।

''मेरी राय है कि स्वीकार कर लो, वर्ना ¨ परिणाम गम्भीर होंगे।''

वह धमकी थी ¨ डी.वी. के मार्फत मन्त्री की, जिसका वफादार वह था। डी.वी. अपनी शान इसी में समझता था कि मन्त्री और वह एक दिखें। इसलिए वह इस बात को भी घपले में रख रहा था कि यह प्रस्ताव मन्त्री का था या कि उसका, या कि दोनों का।

मामला प्रशासनिक, और धमकी एकदम फिल्माना अन्दाज में ! और धमकी भी ठीक उस दिन जब वह मोहन्ती के यहाँ खाने पर आ रहा था। हमारे समाज में क्या घालमेल हो गया है ! ये दोमुँहा चरित्र डी.वी. का अपने जीवन के शुरू में तो नहीं रहा होगा। इसे उसने अपने कैरियर के दौरान हासिल किया। डी.वी. क्यों नहीं कह सका

कि भाई मोहन्ती मैं क्या करूँ, ये मन्त्री का फैसला है ··· मुझे अफसोस है। मुझे उसी दिन तुमसे कहना पड़ रहा है जब मुझे तुम्हारे यहाँ खाना खाना है ··· यह मेरे लिए और भी अफसोस की बात है। नहीं ··· आदमी होने, दिखने की खातिर वह अपने पद, उसकी हैसियत को कम नहीं दिखा सकता। पद सर्वोपरि है। खाना भी नहीं छोड़ सकता—नहीं कह सकता कि भाई यह खबर आज तुम्हें देनी पड़ी तो ऐसे में खाना तो नहीं खाया जाएगा। डी.वी. दोनों ही चीजें नहीं कर सकता था क्योंकि उसके भीतर आदमी बचा ही नहीं था, वह तो इधर-उधर घूमता पद था ··· सिर्फ पद।

मोहन्ती को इस पद से हटाने की कार्यवाही अगर मन्त्री कर रहा था तो डी.वी. को मन्त्री से मोहन्ती के पक्ष में बोलना चाहिए था, खासतौर से तब जब वह खुद को मोहन्ती के इतना करीब समझने लगा था कि उनके घर खाने पर आ सकता था। मन्त्री से बोलने के बाद उसे मोहन्ती को भी बताना चाहिए था कि उसने मन्त्री के सामने इतनी दलीलें पेश कीं, मन्त्री फिर भी नहीं माने ··· वगैरह-वगैरह लेकिन ये सफल लोगों की दुनिया थी। डी.वी. खुद को असफल नहीं दिखा सकता था, एक शाम की खुशी भी बर्बाद नहीं की जा सकती थी—कम-से-कम अपनी, मोहन्ती जैसे दूसरों की बर्बाद हो जाए तो हो जाए। फिलहाल मोहन्ती अजीब स्थिति में थे—जो व्यक्ति उनकी जड़ें काट रहा है, उसको खाने पर बुलाया हुआ है और जिस दिन वो करीब-करीब काट चुका है उसी दिन उसका गर्मजोशी से घर पर स्वागत करना है।

खाने के दौरान खूब हा-हा, हू-हू होता रहा। डी.वी. और मोहन्ती के अलावा वैसे भी किसी को कुछ पता नहीं था। डी.वी. ने किसी को भनक भी नहीं पड़ने दी। मोहन्ती जरूर थोड़ा पस्त-पस्त थे, उदास। अभी तक सारी बातें भीतर ही उमड़-घुमड़ रही थीं, उन्होंने अपनी पत्नी से भी कुछ नहीं बताया था क्योंकि पहले वे अपने भीतर, अपने साथ सारे प्रश्नों को सुलझा लेना चाहते थे।

खाने के दौरान एक जगह जहाँ मोहन्ती की पुरानी फोटो लगी हुई थी उस पर डी.वी. ठिठका। फोटो काफी देर देखता रहा :

"तो ये आपकी स्वप्निल आँखें उस वक्त से हैं। यू लुक ए पोएट।"

"अच्छा ?" मोहन्ती ने बहुत दिलचस्पी न दिखाते हुए कहा।

"हाँ, सचमुच ··· जैसे आँखें सामने न देखकर कहीं और देख रही हों ··· दूर।"

"पर यह तो आपके समाज के लिए एक अयोग्यता है, दूर देखना। आप ऐसे आदमी को फट से अव्यावहारिक करार देंगे।"

डी.वी. उसके दूसरे अर्थ के बारे में सोचने लगा तभी मोहन्ती ने दूसरी पहेली छोड़ दी :

"वैसे दूर देखते रहने से आँखों की नजर ठीक रहती है। यह भी तो हो सकता है कि जो सामने-सामने का ही देखने के आदी होते हैं, उन्हें दूर की चीजें दिखती ही नहीं।"

"भाई ! एक बात तो है, तुम एक फिलॉसफर अफसर हो।"

"मेरा ख्याल है जिन्दगी को समझना है तो थोड़ा-बहुत फिलॉसफर तो होना ही

पड़ेगा ⋯ नहीं समझना तो दूसरी बात ⋯ तो हमारा पढ़ा-लिखा होना भी बेकार है।"

डी.वी. का चेहरा एकाएक संजीदा हो आया। अपने समय का वह तेज विद्यार्थी था ⋯ अब सिर्फ छोटे-मोटे, उथले मजाकों पर हँसते हुए इधर-से-उधर होते रहना, गम्भीर होना तो सिर्फ यह सोचने में कि किस राजनेता को क्या करके कैसे अपनी तरफ घसीट लाना है ⋯ यह रह गया था। जब ऐसी बातें सुनता जैसी मोहन्ती से अब सुन रहा था तो एकाएक उसे अपनी प्राप्तियाँ खोखली लगने लगती थीं ⋯ पर बहुत थोड़ी देर को। डी.वी. अपने बालों को उँगलियों से ऊपर की तरफ सँवारता हुआ आगे बढ़ गया। उसे संजीदगी जरा भी पसन्द नहीं थी। पीछे छूटे मोहन्ती सोच रहे थे कि बिना संजीदा हुए जीवन के बारे में कैसे सोचा जा सकता है, उसे कैसे समझा जा सकता है।

वैसे एक बात है—अफसरों और मन्त्रियों को किसी आदमी की किसी दूसरे क्षेत्र में कोई उपलब्धि रास नहीं आती। उसे देखना, उसका जिक्र तक पसन्द नहीं करते वे क्योंकि इससे उनकी उस मान्यता को ठेस पहुँचती है कि उनकी दुनिया ही असली दुनिया है, तिकड़में और दाँवपेचियाँ ही श्लाघनीय चेष्टाएँ हैं, फाइलों पर कुछ करा ले जाना ही महान कर्म है और वे लोग ही समाज में सबसे अधिक महत्त्व के हैं। उन क्षणों में जहाँ उन्हें कोई कुछ दूसरा दिखा देता है ⋯ उन्हें घबराहट होने लगती है—जैसे बातूनी व्यक्ति को चुप रहते समय, हमेशा लोगों से घिरे रहनेवाले व्यक्ति को अकेले होने में और कोलाहल-भरी बस्ती में रहनेवाले को घने जंगल में होती है।

मोहन्ती की डायरी से

कल रात ग्यारह बजे लोगों को खाने के बाद विदा किया। एक-एक को कार पर जाकर आभार व्यक्त किया, आने के लिए। औपचारिकताएँ इतनी खोखली कि अब इनसे दुर्गन्ध फूटने लगी है लेकिन हम अफसरों की दुनिया में यही यह तो है—खोखली हँसी, खोखली दोस्ती, दोमुँहापन। खाना-पीना होना चाहिए उनके साथ जिनके साथ आप बैठकर जीवन की चुनौतियों के बारे में बातचीत कर सकें, जो आपके जीवन में हिस्सेदारी करें, जो आपके दुखों के दिनों में आपके कन्धे पर हाथ रखने को तत्पर हों ⋯ लेकिन मैं खिला-पिला रहा था उन्हें जिन्हें मेरे भीतरी ऊहापोहों से कुछ लेना-देना नहीं, अगर मैं कभी उन चीजों पर बात भी करता तो वे टालते, जम्हाई लेने लगते या विषय बदलने को कहते। मैं खिला रहा था उसे जो उसी वक्त मुझे शह दे रहा था ⋯ बचो, किसी की अर्दब में पहुँचो, नहीं तो मारे जाओगे। मैं खिला रहा था उसे जो मुझे हिला रहा था—अकेले न सही ⋯ उन लोगों के साथ जो मुझे हिलाने में लगे थे।

लेकिन कोई हिला कैसे सकता है अगर हम ही अपनी जड़ों से उखड़ नहीं गए हैं। मेरे साथ शायद यह हुआ है। अध्यक्ष बनने के कुछ दिनों पहले से ही एक नकली उलझाव, उलझाव पर उलझाव ने जैसे मेरा परिप्रेक्ष्य ही मुझसे छीन लिया है। जैसे मैं भूल गया हूँ कि मुझे हर चीज पूरे जीवन के, वह भी अपने जीवन के, न किसी और के जीवन के परिप्रेक्ष्य में देखना चाहिए। वही सवाल—मेरे जीवन में या कि जैसा मैं बना

हूँ उसमें नौकरी, वह भी इस नौकरी की कितनी अहमियत है, समय के इस बिन्दु पर जहाँ कि मैं खड़ा हूँ! छोटा और सीधा-सा सवाल यह है। अब मुझे उस मायने में नौकरी की जरूरत नहीं जिस मायने में दूसरों को होती है। मेरे जीवन में नौकरी के क्षेत्र में जो होना था वह हो चुका, विशेष सचिव के स्तर पर काम कर रहा हूँ, इसके ऊपर का पद बस सचिव का होता है। अब दो इंच इधर या उधर-भर की बात है ⋯ उसके लिए मैं क्यों अपमान झेलता फिरूँ ? क्या सिर्फ इसलिए कि सब ऐसा करते हैं या कि नौकरी में कामयाबी ही सबसे बड़ी चीज है ⋯ और कामयाबी क्या ? कुछ काबिले-गौर कर गुजरना नहीं, सिर्फ जिस पद पर हो उस पर डटे रहना ⋯ किसी तरह घिसटना—क्या यही कामयाबी है ?

नौकरी, जो सिर्फ पैसा कमाने, घर चलाने का साधन मात्र है उसे व्यक्ति की, उसके पूरे जीवन का पर्याय, उसकी परिभाषा क्यों मान लिया जाए ? दूसरे अगर ऐसा करते भी हैं तो मेरे जैसा भी क्यों सबकी तरह सोचने लगता है। क्या जीवन में नौकरी के अलावा कुछ नहीं हो सकता ? क्यों नहीं ⋯ पढ़ना हो सकता है—वह पढ़ना जो सभ्यता के इतिहास में अच्छे-अच्छे विचारकों ने लिखा और जिसे पढ़े बगैर संसार से गुजर जाना अपढ़ रह जाना ही है; कितनी जगहें घूमने की हो सकती हैं जहाँ प्रकृति की लीलाएँ देखने को मिलें जिसके लिए जीवन ने समय नहीं दिया; कितने उन लोगों से आत्मीय होना हो सकता है जो आपके व्यक्तिगत गुणों के कारण आप पर प्रेम बरसाने को तैयार हैं लेकिन आपको उनके लिए समय ही नहीं मिलता क्योंकि आपको चाटुकार, मतलबी, स्वार्थी और दो कौड़ी के लोगों ने घेर रखा था, वे जो आपको पसन्द भी नहीं थे; स्वतन्त्र होकर सोचना जो एक मनुष्य के रूप में पैदा होने के कारण आपका जन्मसिद्ध अधिकार है लेकिन जो नौकरी की वजह से आप नहीं कर पाते ⋯

उस नौकरी को बचाने में तुम लगे हुए हो जो तुम्हें ऐसे कितने महत्त्वपूर्ण कामों से दूर रखे हुए है। क्या मृत्यु-पर्यन्त नौकरी ही करते रहना चाहते हो या थोड़ा समय इन चीजों के लिए भी निकालोगे ?

ढेर सारे सवाल भीतर उठने लगे हैं। रह-रहकर एक ही आवाज आती है कि जितना मैंने इस पद को पाने के लिए किया, उसे बचाए रखने के लिए उतना नहीं करना चाहिए, बल्कि कुछ भी नहीं करना चाहिए। वे गलतियाँ थीं जो मैंने कीं—यह समझ लेने के बाद फिर से उन्हें करना ⋯ ?

मुझे बहुत नैतिक बल जुटाने की भी जरूरत नहीं है। यह कोई बहुत गम्भीर घटना नहीं है जैसे कि अगर सहसा किसी को यह कहा जाए कि उसे जेल जाना है—अभी, इसी वक्त ⋯ या कि अदालत से पति या पत्नी से अलग होने का आदेश मिले, या कि आकस्मिक कोई बड़ी आपदा जैसे कि किसी बहुत करीबी का निधन ⋯ ऐसा कुछ भी तो नहीं है यह। एक मामूली-सा तबादला है, बेशक दुनिया की नजरों में एक महत्त्वपूर्ण पद से दूसरे कम महत्त्वपूर्ण पद पर। उसके लिए क्या रोना-बिलखना ?

अगले रोज दफ्तर में मोहन्ती ने डी.वी. से सीधे-सीधे बातचीत की। डी.वी. बात को इधर-उधर करता रहा।

"पता नहीं क्यों मन्त्रीजी शुरू से ही तुम्हारे खिलाफ हैं," आखिर उसने सारी बात मन्त्रीजी की तरफ फेंक दी, जिससे कि जवाबदेही से बचा जा सके।

कुछ लोग ऐसे होते हैं जिनकी कही एक भी बात पर एतबार नहीं होता। घिस-घिसकर वे ऐसे निकल आते हैं। डी.वी. की किसी बात पर उसकी पत्नी भी शायद ही एतबार कर पाती हो !

वैसे मन्त्रीजी क्यों खफा थे यह मोहन्ती जानते थे—लेकिन मोहन्ती ने वह सब डी.वी. से नहीं कहा, वह भी नहीं जो कहे जाने के लिए मुँह पर आए जा रहा था कि मन्त्री अगर खिलाफ है तो क्या, डी.वी. को मोहन्ती के पक्ष में बोलना चाहिए। वह सचिव है, विभाग का सबसे बड़ा अधिकारी--कहे कि मोहन्ती जैसे वरिष्ठ अधिकारियों को इतनी जल्दी एक पद से दूसरे में भेजना प्रशासन के हित में नहीं है। लेकिन ये लोग मन्त्री से वही बातें करेंगे जो मन्त्री को भाए, पहले से टटोल लेते हैं।

"मैं मन्त्री से मिल लूँ क्या ?"

"हाँ, मिल लो, ..." डी.वी. अब भी मोहन्ती की तरफ से नहीं बोल रहा था ... जैसे अपने को अलग करते हुए कह रहा हो कि जाओ मिल लो ... मेरा क्या ! शायद उसके मन में शुरू में किए गए तबादलों को लेकर जो रंजिश थी वह अब भी पूरी तरह घुली नहीं थी। मोहन्ती का स्थानान्तरण हो रहा है ... इसको लेकर कुल मिलाकर वह खुश ही था। उसे लग रहा होगा कि मोहन्ती का अब भी क्या भरोसा—कब जाने कौन आदेश अकेले निकाल दे। मोहन्ती ने डी.वी. के महत्त्व को बढ़ाने के लिए कुछ नहीं किया था, उल्टे अपना महत्त्व जमाने में ही लगा रहा। डी.वी. मोहन्ती को स्वयं दंड नहीं दे सकता था, उन्हें दंडित देखना तो चाहता था। यह न भी चाहता हो तो अपना रुतबा तो जरूर गाँसना चाहता था--देखो, जो अध्यक्ष डी.वी. से मिलकर, उससे दबकर नहीं चलेगा ... उसकी यह दशा होगी। नौकरशाहों के लिए यह तिलमिला देनेवाली चीज है कि उन्हें अमहत्त्वपूर्ण पद पर भेज दिया जाए ... डी.वी. अपने लिए उसकी कल्पना ही नहीं कर पाता था। अच्छा था कि डी.वी. के पद की गरिमा कम करने की कोशिश करनेवाले को हटाया जा रहा था, दूसरे इससे सबक लेंगे। मोहन्ती की जगह अब जो कोई आएगा वह हर काम डी.वी. से पूछकर करेगा।

मन्त्री अपनी चिर-मुस्कानवाली मुद्रा में मिले। किशोर जैसी मुस्कान ... लेकिन नहीं किशोर की मुस्कान तो प्राकृतिक होती है ... निश्छल। मन्त्री की थी व्यावहारिक, बाजारू मुस्कान। जूलियस सीजर ने कैशियस के लिए कहा था कि "वह दुबला-पतला भूखा दिखता आदमी ! ऐसे लोग खतरनाक होते हैं।" मोहन्ती सोच रहे थे कि आज के वक्त में जो आदमी हमेशा बेवजह ही मुस्कुराता रहे, वह खतरनाक होता है।

"सर ! मुझसे आपको क्या परेशानी है या मुझमें क्या खामी नजर आती है। एक सीनियर के रूप में आपका बताना फर्ज भी है और मेरा सुनना और उस पर चलना

फर्ज है,'' मोहन्ती ने सीधे-सीधे बेधड़क कहा।

''नहीं, ऐसा तो कुछ नहीं। आपको कैसे ऐसा लगा,'' मन्त्रीजी चश्मे के पार से मुस्कुरा रहे थे।

''आप मुझे हटाना चाहते हैं।''

''मेरा रिकॉर्ड है, मैंने जिन्दगी में कभी अपने ऑफिसर्स या स्टाफ नहीं बदले। जो हैं, मैं उन्हीं से अपना काम चलाता हूँ।''

''तो फिर यह एस.सी. कमीशन के अध्यक्ष के लिए प्रस्ताव जो सचिव महोदय ने मुझे दिया है, क्या आपकी रजामन्दी से नहीं है ?''

''ओह, वो ⋯ वो तो मैंने सोचा कि वहाँ आपको रिटायरमेंट से भी आगे दो साल मिल जाएँगे। वह आपके लिए ज्यादा फायदे की चीज रहेगी। इट्स ए रिवार्ड ! इनाम है।''

''आपको शायद नहीं मालूम। जहाँ मुझे भेजने का प्रस्ताव है वहाँ मेरे ही विभाग के कुछ लोग हैं जो यहाँ मुझसे हमेशा सीनियर रहे। वहाँ मैं उनके ऊपर जाकर बैठ जाऊँ। यह ठीक नहीं दिखता ⋯ ''

''क्यों ? वे किसी और पद से वहाँ गए थे, आप सीधा अध्यक्ष पद से जा रहे हैं। अध्यक्ष पद से जा रहे हैं तो अध्यक्ष ही तो होकर जाएँगे।''

''उनमें से कुछ मेरे जाते ही इस्तीफा दे देंगे।''

''कोई नहीं देता इस्तीफा-विस्तीफा आजकल,'' मन्त्री हल्के से हँसे। उनके चेहरे पर तब वह भाव था जिससे लगता था कि वे अफसरों की औकात समझते हैं—इन नाचीजों को हर हाल में नौकरी चाहिए ⋯ पद, जैसे कुत्ते को चूसने के लिए हड्डी जिससे वह अपना ही खून निकाल-निकालकर खुद को भ्रम देता रहे कि हड्डी में गोश्त है।

''आपको क्यों उसकी चिन्ता है ? यह उनकी प्रॉबलम है,'' मन्त्रीजी ने आधुनिक मुहावरे में कहा—''आप तो सिर्फ अपना सोचिए।''

''मेरे सीनियर्स वहाँ न होते तो मैं चला जाता ⋯ लेकिन किसी को चोट पहुँचाकर मैं वहाँ नहीं जाना चाहता ⋯ फिर वहाँ तो एक नहीं, तीन-तीन ऐसे लोग हैं जिन्हें मैं आहत करूँगा।''

''सोच लीजिए, दो साल ज्यादा मिलते हैं।''

''मुझे साठ साल के आगे नौकरी करने में कतई दिलचस्पी नहीं है।''

''अच्छा ? क्या थक गए हैं ?'' मन्त्रीजी के चेहरे पर शरारत-भरी मुस्कान थी। वे अपने को शाबासी दे रहे थे कि इस थके हुए घोड़े से छुट्टी पाने का उनका जो फैसला था वह सही था।

''नहीं, वह बात नहीं। एक वक्त होता है जब नौकरी की जाए, एक वक्त वह भी होता है जब न की जाए ?''

''तो आप क्या करेंगे ⋯ मैमोयर्स लिखेंगे ?'' ज्यादातर अफसर रिटायर होने के बाद सहसा बौद्धिक हो जाते हैं—मैमोयर्स लिखते हैं !'' मन्त्रीजी के स्वर में व्यंग्य का पुट था।

"हाँ, वह भी क्यों नहीं, कोई खराब चीज तो नहीं है लिखना, लेकिन दुनिया में और भी बहुत-सी चीजें करने को हैं। अपने ढंग से जीना—यह भी है। छोटी-छोटी चीजें करना जैसे बाजार जाकर अपने लिए सामान लाना, अपने छोटे-छोटे काम करना।"

मन्त्री चटखारा लेते हुए मोहन्ती को सुन रहे थे। मोहन्ती रुके तो उन्होंने देखा कि मन्त्री अब भी मुस्कुराए जा रहे थे।

एक ये बराबर मुस्कुरानेवाले, दूसरे पढ़े-लिखे तथाकथित बौद्धिक, इंटलैक्चुअल्स—जिनकी बौद्धिकता समकालीन मसलों पर अखबारों में लिखने, लिखकर रुपए कमाने तक सीमित होती है—तीसरे अंग्रेजी बोलनेवाले ··· ये खासी खतरनाक चीज होते हैं। फिर जहाँ तीनों गुणों का सम्मिश्रण हो जैसा कि इस मन्त्री में था—तो समझ लीजिए कि आपका साबका पहुँचे हुए शातिर से पड़ा है। मन्त्री के चेहरे पर हल्की-सी परेशान होने की मुद्रा भी उभरकर नहीं आई थी। वे यह सोच रहे थे कि यह जो मोहन्ती नाम का शख्स सामने बैठा था वह सिरफिरा भी है, साठ के बाद नौकरी नहीं करना चाहता। मोहन्ती को लगा कि जो फ्रेम एक खास तबके के आदमी के लिए बना हुआ है उसमें अगर आप फिट नहीं होते या अगर आप अपने व्यक्तित्व के अनुसार जीवन तलाशने और जीने निकल पड़ते हैं तो यह माना जाएगा कि आप पूरे नहीं तो कम-से-कम आधा पागल जरूर हैं। मन्त्रीजी क्या सोच रहे थे, उन्होंने कुछ भी नहीं बताया। वे अपनी होशियारी के भीतर रहे। मोहन्ती जरूर गलत या सही यह भ्रम लेकर बाहर आए कि गलतफहमियाँ पूरी नहीं तो काफी कुछ दूर हो चुकी हैं। अगर उस आदमी के मन में कुछ होता तो वह साफ-साफ बताता, जितना साफ़-साफ उन्होंने पूछा था। आखिर मन्त्री सरकार है, वे सीधे-सीधे किसी को क्यों नहीं कह सकते कि मैं कोई अपनी पसन्द का व्यक्ति लाना चाहता हूँ, जबकि उन्होंने उल्टा ही कहा कि वे अपने स्टाफ को बदलते नहीं हैं, और काफी जोर देकर कहा कि कोई चाहे तो उनका पुराना रिकॉर्ड देख ले। मोहन्ती आश्वस्त थे कि मन्त्री के मन में कोई झोंका उठा होगा जिसे डी.वी. ने बहुत खतरनाक बनाकर पेश किया। अब वह झोंका गुजर चुका था। मोहन्ती अगर मन्त्री के चम-चम नहीं जैसे कि डी.वी. हैं तो कम-से-कम उनके दुश्मन या घृणा के पात्र भी नहीं। बिल्कुल हो सकता है कि वे मोहन्ती को छः महीने और बर्दाश्त करने की सोचें। फिर तो कोई नया आना ही है।

कुछ दिनों के लिए मामला ठंडा रहा। मोहन्ती को भारत सरकार की तरफ से एक विदेशी सरकार से बातचीत करने के लिए जाना था। उन्होंने मन्त्रीजी के निर्देश लिये कि किस हद तक, किन मुद्दों पर दबाव डालना है। कौन-सी चीज मानना है, कौन-सी बिल्कुल नहीं मानना है। मसला थोड़ा टेढ़ा और संवेदनशील था क्योंकि उस देश में अन्य देशों के लोग कम्पनियाँ खोलकर अनुचित लाभ उठा रहे थे और मोहन्ती के विभाग का काफी माली नुकसान कर रहे थे। एक तरफ मोहन्ती के विभाग का और मन्त्रालय का आग्रह

था कि देश के आर्थिक हितों को बचाने की कोशिश की जानी चाहिए जिसके लिए जरूरी था कि उस देश को साफ-साफ शब्दों में बता दिया जाए, कि आपकी भूमि को कुछ विदेशी कम्पनियाँ हमारा नुकसान करने के लिए इस्तेमाल कर रहे हैं, यह बन्द होना चाहिए। दूसरी तरफ विदेश मन्त्रालय का आग्रह था कि उस देश से हमारे सम्बन्ध हमेशा से अच्छे रहे हैं, उसने अन्तर्राष्ट्रीय फोरम में भारत की तरफदारी की है, उससे अच्छे सम्बन्ध बनाए रखना है। दो विपरीत दृष्टिकोणों के बीच एक सँकरे रास्ते से गुजरना था।

मोहन्ती को हवाई हवाज मुम्बई से पकड़ना था। मुम्बई में जब वे यात्रा सम्बन्धी कुछ जरूरी सामान ले रहे थे कि बड़े ही नाटकीय ढंग से खबर मिली कि एक फोन पर दिल्ली सम्पर्क करें। पहले तो मोहन्ती को लगा कि उन्हें वापस आने को कहा जा रहा है लेकिन फोन दफ्तर का नहीं बल्कि विभाग के ही उनके एक शुभचिन्तक का था। उसने खबर दी कि आपके जाते ही एक फाइल चलाई गई है जिसमें, आपको एक दूसरे पद पर भेजने का प्रस्ताव है। यह पद वह नहीं था जिसके बारे में पहले डी.वी. और मन्त्री से बातचीत हुई थी। जिस स्तर पर मोहन्ती अब थे–विशेष सचिव–उसी स्तर का एक और पद। पदनाम भारी भरकम, लेकिन काम कुछ नहीं। एक कमरा जिसमें सोफे पड़े हैं, दो फोन, दो ए.सी. और दो स्टेनो ... जो इस पद के लोगों को हर जगह दिया जाता था। शुभचिन्तकों का कहना था कि इन लोगों की योजना यह है कि मोहन्ती जितने दिनों विदेश रहें, उस दौरान ही उन्हें मौजूदा पद से इस नए पद पर भेजने की सारी कार्यवाही पूरी कर ली जाए, उनके विदेश से आते ही आदेश थमा दिया जाए। फिर वही ड्रामाबाजी ! ऐसा अवसर चुनेंगे, इस तरह चलेंगे जैसे फौज तख्ता पलटते वक्त करती है। शुभचिन्तक की सलाह थी कि इन दिनों मोहन्ती का विदेश में नहीं राजधानी में रहना ज्यादा जरूरी था, क्योंकि राजधानी में रहकर वे अपने पद को बचाने के लिए कुछ दौड़-धूप कर सकते थे।

यह कैसे हो सकता है–मोहन्ती सोचने लगे–वे एक काम पर निकले हैं। एक बहुत ही जिम्मेदारी का काम, जहाँ देश का प्रतिनिधित्व दूसरे देश में जाकर करना है, उस देश की सरकार को खबर भी की जा चुकी है ... और वे अपने स्वार्थ, अपनी नियुक्ति, एक पद पर बने रहने के लिए कोशिश ... इसके लिए लौट जाएँ ? लौटा जा सकता था क्योंकि बातचीत अधिकारियों के स्तर पर ही होनी थी और ऐसे अवसरों पर अगर कोई बीमार पड़ जाता है या वैसा कोई दूसरा हादसा हो जाता है तो बातचीत की तारीखें आगे को खिसकाई जा सकती थीं। मोहन्ती सहसा बीमार होने का बहाना कर लौट सकते थे, दूसरे देश को फोन करके बताया जा सकता था। मोहन्ती भयंकर तनाव में आ गए–एक तरफ देश का प्रतिनिधित्व करने दूसरे देश जाना, उसी वक्त पीठ-पीछे साजिश कि यहाँ जिस पद पर हैं, जिस पद की हैसियत से आपको ऊपर के लोग दूसरे देश से बात करने के लिए भेज रहे हैं, वे ही चतुर खेल से आपको उस पद से हटा दें–यह अपने देश में ही हो सकता है ! मोहन्ती काम की माँग देखें या कि अपने पद

को बचाएँ। एकाएक मीटिंग रद्द कर देने से देश की छवि धूमिल होती है कि एक तरफ तो अपना देश महीनों से इस मीटिंग की माँग कर रहा था क्योंकि रोज-रोज का आर्थिक नुकसान हो रहा है ⋯ बात करके उसका फौरन हल निकालना जरूरी है, दूसरी तरफ मोहन्ती अपने व्यक्तिगत स्वार्थ के लिए मीटिंग रद्द करवा दें। मामला फिर पता नहीं कितने दिनों को टल जाएगा और इस बीच कितना और नुकसान हो देश का। जिसने फोन किया था, उसकी दी हुई खबर गलत नहीं होगी क्योंकि ये मन्त्री, डी.वी. वगैरह सब शातिर लोग थे जिनके लिए देश के हित-अहित का सोचना आदर्शवादी बातें थीं, मुख्य बात थी अपनी शतरंज खेलना, चालें चलना ⋯ और सबसे बढ़िया चाल थी जब मोहन्ती विदेश में हों, वे अपनी तरफ से काट की कोई चाल ही न चल सकें तब अपनी चाल चली जाए ⋯ सोचते हुए मोहन्ती का पूरा शरीर पसीने से नहा गया। किसी तरह सुस्थिर किया मोहन्ती ने खुद को, तरस आया अपने देश पर। कोई जिस वक्त देश के लिए जिम्मेदाराना काम पर जा रहा है, उसी समय हमारे मन्त्री और बड़े अफसर साजिश रचते हैं ⋯ जो काम पर जा रहा है उसका सारा आत्मविश्वास ही खींच लो, देश में उसकी निष्ठा को सोख लो। एक तरफ अमेरिका जहाँ का राष्ट्रपति अपने एक साधारण जहाज चालक जिसका जहाज देश का काम करते हुए कहीं जा गिरा ⋯ उससे फोन पर खुद बात करता है ⋯ दूसरी तरफ हमारे ये मन्त्री, जो यों हताश करते हैं। लानत ऐसी नौकरी पर जिसमें इस मजबूरी से गुजरना था, लेकिन अगर वे सब ये हरकतें करते हैं तो क्या मोहन्ती भी अपने धर्म से डिग जाए ? नहीं, बीमारी का बहाना बनाकर वे आधे रास्ते से लौटेंगे नहीं, जिस काम के लिए निकले हैं उसे पूरा करके लौटेंगे। पीठ-पीछे जो होता है होता रहे। लौटकर देखेंगे, और जो हो सकेगा करेंगे।

कि तभी मन में आया—क्यों न समरसिंह से बात की जाए और उन्हें इन सब चालों से अवगत करा दिया जाए। समर मन्त्री भले न हों, अधिकारियों में सबसे ऊपर थे और मोहन्ती के स्तरवाले अधिकारियों की नियुक्तियाँ और तबादलों के आदेश उनके ही दफ्तर से निकलते थे। वे प्रधानमन्त्री के करीबी थे—इसलिए मन्त्री भी उनका ख्याल रखते थे। मोहन्ती उनसे मिलते अगर मन्त्री से मिलने के बाद उन्हें यह विश्वास न हो गया होता कि मन्त्री अब कोई चाल नहीं चलेगा ⋯ आखिर उसने दो-टूक शब्दों में कहा था कि वह अपना स्टाफ नहीं बदलता। इतना बड़ा मन्त्री अपनी बात से यों ही तो नहीं पलट जाएगा। इसीलिए अपने शुभचिन्तक की खबर पर उन्हें अब भी विश्वास न हो रहा था।

मोहन्ती ने मुम्बई से समर को फोन मिलाया और बताया कि ऐसी-ऐसी चाल चली जा रही है :

"इज इट ?" समर अपने चिरपरिचित अन्दाज में चौंकते जैसा दिखाने लगे।

"सर ! अगर मुझे कहीं और भेजने का प्रस्ताव है तो वह आपके पास तो आना चाहिए।"

"पर मैंने तो ऐसा कोई कागज देखा नहीं।"

"क्या वह आपके पास न भेजकर भी आदेश निकलवा सकते हैं।"

"करना तो नहीं चाहिए—पर कर सकते हैं। जो कैबिनेट कमेटी (विभाग का मन्त्री, गृहमन्त्री और प्रधानमन्त्री) आपको अप्वाइंट करती है, वही आपका तबादला भी कर सकती है।"

"मैं सरकारी काम से देश के बाहर जा रहा हूँ, आते ही आपसे मिलूँगा। तब तक आपसे प्रार्थना थी कि इस तरह का कोई प्रस्ताव आए तो उसे रोक रखें।"

"मैं क्या कर सकता हूँ अगर आपके मन्त्री ही आपके खिलाफ हैं। सब अपने मन्त्री को पटाकर रखते हैं ..."

समरसिंह के बर्ताव में पहले जैसी गरमाहट नहीं थी। मोहन्ती अध्यक्ष बनने का पदभार सँभालने के फौरन बाद तो मिल आए थे लेकिन उसके बाद जरूर फिर मुलाकात नहीं हुई थी। यह भी हो सकता है कि अध्यक्ष के लिए जो कार्यवाही समर के स्तर पर हुई थी वह उनके पद की एक आम कार्यवाही थी। उन्होंने वह करके, मोहन्ती को फोन पर बता-अता कर वाहवाही लूट ली थी ... शायद तब भी वे अपनी सामान्य कार्यवाही से बाहर जाकर मोहन्ती के लिए कुछ न करते—ब्यूरोक्रेट का आम स्वभाव ! सूखापन ! उसी स्वभाव के चलते वे मोहन्ती क्या किसी के लिए कुछ खास महसूस नहीं करते थे। हो सकता है मोहन्ती उन्हें अपनी बराबरी के न लगते हों कि उनसे दोस्ती जैसी चीज बनाई या महसूस की जा सके ! जो हो, मोहन्ती को उस समय समर के व्यवहार में फर्क पृथ्वीसिंह से हुई चकचक की वजह से लग रहा था ... लेकिन क्या पृथ्वीसिंह जाकर समर को बताएगा वह सब—वे छोटी-छोटी बातें। वैसे सब बताने की जरूरत भी नहीं थी। चलते-चलते अगर पृथ्वीसिंह ने इतना भी कह दिया कि—यह आदमी, मोहन्ती तो एकदम बकवास निकला, प्रभावहीन ... उतना ही समरसिंह के रवैए को बदलने के लिए काफी था।

अब फोन पर, समर को क्या बताया जाए कि मन्त्री क्यों खफा हैं। मोहन्ती ने—"मैं लौटकर आपसे मिलता हूँ," कहकर बन्द किया। उधर से एक सूखा औपचारिक फिकरा "हैव ए नाइस ट्रिप !" क्या नाइस ट्रिप होगी, जब यह तनाव खोपड़े में भरकर ले जा रहे हैं मोहन्ती। समर के व्यवहार से वे निराश हुए थे ... समरसिंह से जो उनकी जान-पहचान थी—किसके भी मार्फत—वह एक तरफ, देश के सबसे बड़े अफसर होने के नाते समर की कार्यसूची में यह भी था कि वे अधिकारियों को संरक्षण दें, उनके हितों की रक्षा करें और इस तरह ब्यूरोक्रेसी की स्वतन्त्रता को बनाए रखें। जब कैबिनेट सचिव का पद बनाया गया था तो यही सोचकर कि अगर कोई मन्त्री किसी अधिकारी पर ज्यादती करता है तो अधिकारी का पक्ष लेने के लिए एक बड़ा अधिकारी हो। उनके पद की जिम्मेदारी थी यह कि वे मोहन्ती के मन्त्री, जरूरी हुआ तो प्रधानमन्त्री को भी सलाह देते कि "सर ! यह अनुचित है, जिसे हमने चन्द महीनों पहले ही एक पद के लिए उपयुक्त पाया था, जिसकी चयन प्रक्रिया में आप लोग ही थे—उसे आप लोग ही इतनी जल्दी बदल दें ? इससे ब्यूरोक्रेटिक मशीनरी पर अच्छा प्रभाव नहीं पड़ता ... लेकिन यहाँ तो उल्टे समर मोहन्ती को खींच रहे थे कि वे अपने मन्त्री से बनाकर क्यों नहीं

चले, अगर नहीं चले या चल सके—चाहे जिस वजह से—तो उन्हें जाना ही होगा। वह सलाह जो कोई अनपढ़ भी दे देता। मोहन्ती को ताज्जुब इस बात का था कि इतना बड़ा अधिकारी और उसका अपना व्यक्तित्व, अपनी सोच कुछ भी नहीं। शायद इतने सालों की नौकरी, नौकरी के साथ चलती आकांक्षाओं ने कुछ बनने नहीं दिया। मन्त्री की खिलाफत समर नहीं करेंगे ··· क्योंकि उन्हें भी कुछ पाना था अभी। जो अपनी व्यक्तिगत आकांक्षाएँ ताख पर रख दे, वही दबंग हो सकता है। और समरसिंह क्यों हो वह ··· उन्होंने देश में स्वतन्त्र ब्यूरोक्रेसी बनाए रखने का ठेका ले रखा है क्या ··· खासतौर से तब जब उनकी ही सर्विस के सब उच्च अधिकारी मन्त्रियों से साँठ-गाँठ करके अपने-अपने उल्लू सीधा करने में लगे हुए हैं। समझदारी इसी में थी कि वे भी अपना हित साधते, जो वे कर रहे थे।

मोहन्ती का मन बुझ गया था। एक खूबसूरत देश की यात्रा पर जाने के उत्साह की जगह मन और शरीर लत्ता-लत्ता था, जबकि अभी पूरे सात दिन सामने खड़े थे और इसी तरह गुजारने थे। उस देश में उनसे बातचीत के लिए दूसरी तरफ थे एक सचिव स्तर के अधिकारी जिन्हें अपने देश की सरकार का इतना विश्वास प्राप्त था कि वे एक तरह से अपने विभाग की धुरी माने जाते थे, उन्हें वहाँ के मन्त्री लोग भी अपनी बराबरी का मानते थे, हालाँकि थे वे एक अफसर ही। वे चहकते रहते और इस तरफ मोहन्ती का मुँह बार-बार खुश्क हो आता था, एक अज्ञात हताशा तलुवे में आ चिपकती ··· उन्हें यही चिन्ता खाए जाती थी कि वे जब लौटेंगे तो कौन जाने तब तक अध्यक्ष पद के लिए किसी दूसरे के आदेश हो चुके हों, उन्हें पता नहीं कहाँ भेजा जाए, पता नहीं कौन-सा अपमान उन्हें झेलना पड़े। हाय री राजनीति ! जो अपने योद्धा को जंग पर भेजने के पहले ही आधा मार देती है। बेवजह नहीं है कि हमारा इतना बड़ा देश और अन्तर्राष्ट्रीय स्तर पर हम किसी खेल में कहीं नहीं हैं। हम अपने खिलाड़ियों से कैसा बर्ताव करते हैं ! बहुत पहले जब एक ट्रेनिंग के सिलसिले में मोहन्ती विदेश गए थे तो उसी ट्रेनिंग में एक दूसरे देश से आए प्रतिनिधि ने मोहन्ती से कहा था कि आपके यहाँ सबकुछ है पर आप लोगों में देश-भक्ति की भावना नहीं है, आप अपनी सारी ऊर्जा आपस में लड़ने, अपनों को काटने-मारने में ही खर्च कर देते हो। मोहन्ती का सिर शर्म से झुक गया था। आज फिर अपने सरकारी कर्मचारी होने की घिन छूट रही थी, भारत का होने में शर्म आ रही थी। अपने देश की खासियत है यह कि जहाँ कोई व्यक्ति जरा ऊपर के पद पर गया ··· चाहे वह मोहन्ती के जैसा एक विभागाध्यक्ष हो, या देश का प्रधानमन्त्री ··· चारों ओर से लोग उसे उखाड़ने में लग जाते हैं ··· दे साजिश पर साजिश ··· कि उस आदमी की पूरी ताकत अपने को जमाए रखने में ही लगी रहे, बेचारे को देश के लिए कुछ करने का समय ही कहाँ देते हैं हम लोग। अजीब बात कि लोग उखाड़ने में तब भी लगे होते हैं जब तत्काल कोई विकल्प भी पास में न हो। कोई नई सरकार बन सकती है या नहीं—यह बाद में सोचेंगे, पहले इस सरकार को गिराना है, गिराना ही गिराना है। अजीब बात यह कि बड़े पदों पर जो हैं वे सब एक-न-एक दिन पतंग की तरह कटकर चले जाने वाले

हैं, लेकिन वे सोचते यही हैं कि दूसरे गए होंगे, वे हमेशा रहनेवाले हैं।

मोहन्ती अपने जूनियर सहकर्मी के साथ विदेश में मीटिंग्स के लिए सवेरे से तैयारी करते ⋯ उस वक्त उन्हें लगता कि उस सहकर्मी के अलावा कोई उनकी मेहनत, देश के लिए उनकी निष्ठा को देखनेवाला नहीं, न ही कोई अन्दाजा लगाने की कोशिश करेगा, कद्र करना तो दूर। क्यों किए जा रहे हैं वे इतनी मेहनत जब कि पुरस्कार जो मिलना है ⋯ वे जानते हैं पर काम सिर से ऊपर था, उससे भाग कैसे सकते थे ⋯ इसलिए भिड़े रहते। सिर्फ कहीं खाने बैठते ⋯ या शाम-रात कहीं घूमने ले जाया जाता तो मोहन्ती का जी उचाट हो जाता—बार-बार यह सवाल कोंचता होता कि जब मन्त्री आदि को उन पर विश्वास ही नहीं है, तो उन्हें एक महत्त्वपूर्ण बातचीत में हिस्सा लेने के लिए भेजा ही क्यों गया। वे साफ-साफ क्यों नहीं कह सकते थे ⋯ कि मि. मोहन्ती, आप अध्यक्ष नहीं रहेंगे, आपकी जगह जो आएगा ⋯ वह जाएगा इस बातचीत में हिस्सा लेने। इसे कुछ दिनों को स्थगित कर दीजिए। वे लोग ऐसा नहीं करते क्योंकि उन्हें डर होता है कि कहीं मोहन्ती अपना घोड़ा न ढाई घर उचकाने लगें और उन लोगों की चालें विफल हो जाएँ।

विदेश यात्रा से लौटने पर मोहन्ती मंत्रीजी को बताने गए कि उस देश के लोग तो इस मसले पर बातचीत के लिए राजी ही नहीं थे, कहते थे यह उनका आन्तरिक मामला है। मोहन्ती की बातचीत के बाद उस देश की सरकार इस बात के लिए राजी हो गई है कि वे जब भी किसी कम्पनी को उनकी जमीन से ऐसा व्यापार करते देखेंगे जो मोहन्ती के देश के हित में नहीं है तो उनका लाइसेंस रद्द कर देंगे। अपना देश भी उन्हें ऐसी कम्पनियों के बारे में सूचना दे सकता है। उस देश को इस बात के लिए भी राजी कर लिया गया कि अगली बैठक में इस बात के प्रावधान बनाए जाएँ जिससे कि दोनों देशों में से किसी के राजस्व का नुकसान न हो। उस देश की सरकार तो अपने प्रावधानों में तब्दीली लाने के पक्ष में कतई नहीं थी, वह अगर इस बात के लिए तैयार हो जाए कि ऐसे प्रावधान बनाने के लिए बैठक होगी ⋯ मोहन्ती के अनुसार यह एक बड़ी प्राप्ति थी, खासतौर से इस बात के मद्देनजर कि सम्बन्ध खराब होने के डर से न तो उस देश के साथ हमारे जो पिछले करार थे उन्हें तोड़ने की धमकी दी जा सकती थी, न कोई दूसरी कड़वाहट पैदा की जा सकती थी। विभाग के जिन लोगों ने भी सुना कि मोहन्ती उस देश को इन-इन चीजों के लिए मनवा सके, उसे बड़ी प्राप्ति बताया था लेकिन मन्त्रीजी ने एक पंक्ति में ही उस प्राप्ति को खारिज कर दिया। उनका कहना था कि कुछ नहीं हुआ, सिवा हफ्ते-भर की बेकार बातचीत के, जैसे कि उस बातचीत में वे स्वयं मौजूद रहे हों। मोहन्ती सोचने लगे कि जहाँ दूसरे देश के साथ अच्छे सम्बन्ध बनाए रखना और उस देश द्वारा की जाती गलत बातों पर ध्यान दिलाना—ऐसी दो विरोधी चीजों को एक साथ लेकर एक पतली रस्सी पर चलना हो, वहाँ इससे बेहतर और क्या किया जा सकता था। मन्त्री को वह पसन्द नहीं आया क्योंकि उन्हें मोहन्ती पसन्द नहीं थे और मोहन्ती किसलिए पसन्द नहीं थे ⋯ यह मोहन्ती जानते थे, मन्त्री तो अच्छी तरह जानते ही थे।

सवाल ... और सवाल

अपने बारे में जो अफवाह मोहन्ती ने विदेश जाते समय सुनी थी, वह सही थी। एक पद जो मोहन्ती के पद की बराबरी का ही था उसके लिए प्रस्ताव चलाया गया था। यह पद उस पद के नीचे स्तर का था जिसके लिए मोहन्ती मना कर चुके थे। मोहन्ती क्या करें ... फिर वही प्रमोद के रास्ते राहुल, राहुल के रास्ते रतनकुमार और कुमार के रास्ते प्रधानमन्त्री। वहीं इस प्रस्ताव पर रोक लगाई जा सकती थी। मोहन्ती की पुरानी आदत—मन न होते हुए भी कोशिश करने निकल पड़े। पहले रतनकुमार से मिलने का तय हुआ। ठीक वक्त पर प्रमोद और मोहन्ती गेस्ट हाउस पहुँच गए। भीतर के कमरे में ले जाकर कुमार ने मोहन्ती से सारी बात समझी। जिस प्रान्त के मोहन्ती के मन्त्री थे, उससे अलग प्रान्त के रतनकुमार थे इसलिए भी वे उस मन्त्री से चिढ़ते थे। भीतर-भीतर यह खुन्नस काम करती थी कि गठबन्धन के दबाव में आकर इस मन्त्री को यह महत्त्वपूर्ण मन्त्रालय देना पड़ा जहाँ खूब पैसा बनता था ... वर्ना यह अपने किसी आदमी को जा सकता था। यह मन्त्री का बच्चा किसी की सुनता नहीं, अकेले खाए चला जा रहा है। मोहन्ती की बात सुनकर रतनकुमार चिन्तित हो गए। पता नहीं नया अध्यक्ष कौन और कैसा आए ... मोहन्ती फिर भी जाने-पहचाने थे। सारी बात सुनने-समझने के बाद रतनकुमार सोचने के लिए थोड़ी देर तक अँगूठियाँ उँगलियों में घुमाते रहे, आखिर में बोले—"प्रधानमन्त्री से मिल लीजिए ... मैं उन्हें ब्रीफ कर दूँगा।" सबकुछ बिल्कुल पहले जैसा ही। कुमार कहीं से भी यह आभास नहीं दे रहे थे कि मोहन्ती के लिए उनके व्यवहार में कोई फर्क आया है। हाँ, इस बार रमन्ना जरूर कहीं नहीं दिखाई दिया, शायद शहर में नहीं होगा।

प्रधानमन्त्री से मुलाकात की तारीख उनके पी.ए. से टटोलकर तय कर ली गई। इस बार उन्हें भीतर राहुल ले जाएगा। शाम सात बजे का तय हुआ। नियत समय पर प्रमोद और मोहन्ती प्रधानमन्त्री निवास पहुँच गए। सुरक्षा-जाँच के बाद राहुल ने उन्हें साधारण प्रतीक्षालय वाली इमारत में बिठा दिया। वहाँ मुलाकात के लिए इन्तजार करते हुए एक घंटा से ज्यादा हो गया। रतनकुमार और प्रधानमन्त्री लगातार भीतर थे ... अब एक मोहन्ती का यही मसला तो उन लोगों को बात करने के लिए था नहीं ! उस इन्तजार के दौरान मोहन्ती को अपने से नफरत होने लगी—वे फिर माँगने चले आए, किस चीज के लिए और किन लोगों के आगे वे हाथ फैलाने जा रहे हैं। यह कोई वह पद तो निश्चित नहीं था जिसके लिए मोहन्ती के मन में कभी भी जबर्दस्त आकर्षण रहा हो। सिर्फ यह था कि उस वक्त इस पर आना उनके स्वाभिमान और अपनी इज्जत से जुड़ गया था। अब वे इसलिए आए थे कि इस पद पर बने रहें, किसलिए ? मोहन्ती को पावर का चस्का लग गया था ... या वे ऊपर की कमाई करना चाहते हैं ? अगर ये दोनों बातें नहीं थीं तो इस पद या और किसी पद में फर्क ही क्या था। सरकार की नौकरी की है तो ये सरकार का अधिकार है कि वह आपको कैसे इस्तेमाल करे, कहाँ

नियुक्त करे। अगर आपको यह व्यवस्था पसन्द नहीं तो आप नौकरी छोड़ने के लिए स्वतन्त्र हैं। एक बहुत साफ सा करार है दो के बीच। इसमें इतनी हाय-तौबा, दौड़-भाग, होड़, एक-दूसरे को मिटाते हुए आगे बढ़ने की कोशिश ··· यह सब आने की जरूरत ही क्यों हो। मोहन्ती जहाँ भेजे जाएँगे वहाँ भी इतनी तनख्वाह होगी, यही सुविधाएँ। फिर किस चीज से बचने के लिए या कि किस चीज को बचाने के लिए वे यहाँ यूँ बैठे इन्तजार कर रहे हैं। पूछ या पूँछ ··· शायद दूसरी जगह वह पूछ नहीं जो अध्यक्ष पद पर रहकर होती है ··· यहाँ लोग आगे-पीछे होते रहते हैं आपके पावर्स की वजह से। पूँछ बन्दरों के पीछे होती है, मनुष्य के पीछे नहीं। अगर उग रही है तो क्या उसे बचाए रखने के लिए मोहन्ती यहाँ बैठे हैं ? इसे तो झड़ ही जाना चाहिए ··· मोहन्ती को हँसी आ गई।

ऊबकर वे प्रतीक्षावाले हॉल से निकलकर बाहर आ गए। घने पेड़ों और सजे लांस की हरियाली के पार वह इमारत थी जहाँ इस वक्त प्रधानमन्त्री और उनके पुत्र थे, वहीं वह छोटा विशेष प्रतीक्षालय था जहाँ वे पिछली बार बैठे थे, वहाँ भीतर के कमरे में प्रधानमन्त्री लोगों से मिल रहे होंगे। मोहन्ती फिलहाल आसपास की फिजाँ में खो गए। ऊपर साफ आसमान में आधे से थोड़ा छोटा चाँद नीचे शीतलता और अपनी रोशनी फेंक रहा था। पास के पेड़ों और बड़े पौधों में सजावट के लिए बिजली की रोशनियाँ लगाई गई थीं। पीछे, थोड़ी दूरी पर वे दरख्त और पौधे भी थे जहाँ ये रोशनियाँ नहीं थीं, उन पर सिर्फ चाँदनी पड़ रही थी। बिजली की रोशनी से दीप्त पेड़ों की फुनगियों पर कीड़ों का जमावड़ा था जो बिजली के लट्टुओं पर मँडरा रहे थे। उधर देखने की तबीयत नहीं होती थी। नजरें बार-बार उन पेड़-पौधों की तरफ जाती थीं जो बिजली की चकाचौंधी रोशनी से दूर चांदनी में नहाए-से खड़े थे।

प्राकृतिक व्यवस्था में आदमी क्यों नहीं रह सकता ! हम क्यों भागें लट्टुओं की तरफ ? मोहन्ती खूब देख रहे हैं—यह जो भाग-दौड़ है, वह आत्मा को कैसा कलुषित करती है ! नुकसान जानते हुए भी, मोहन्ती जैसा शख्स दौड़ रहा है, दौड़े जा रहा है जबकि भलाई थम जाने में है, इस दौड़ से अलग हट जाने में है। मोहन्ती जैसे भी दौड़ते हैं तो इसलिए कि दूसरों की नजर में सांसारिक दृष्टि से महत्त्वपूर्ण बने रहना बड़ी चीज है। मोहन्ती का अपना नजरिया क्या है ? पिछले वर्षों की तमाम घिस्सम-घिस्स के बाद ऐसी कोई चीज बची भी है क्या जिसे वे अपना दृष्टिकोण कह सकें ? जो सब लोगों की सोच है उसी तरफ बहा दिया है उन्होंने खुद को।

आत्मा तो आत्मा, शरीर भी कलुषित होता जा रहा है ··· इस पद की जिम्मेदारियाँ सँभालते हुए नहीं, इसके इर्द-गिर्द जो काइँयापन है, जो मक्कारियाँ हैं उन्हें ढोते हुए। अध्यक्ष बनने के कुछ दिनों बाद मोहन्ती के पिताजी ने उनको भाग-दौड़ करते हुए देख एक दिन पूछा था :

"क्यों भाई, तुम तो कहते थे तुम्हारी तरक्की हुई है ?"

"हाँ हुई तो है ?" मोहन्ती ने कहा था।

"क्या हो गए हो ?"

"अध्यक्ष बन गया हूँ ?"

"कितनी तनख्वाह बढ़ गई ?"

"इस स्तर पर तनख्वाहें नहीं बढ़तीं, सिर्फ पद बड़ा होता है।"

"पहले तुम्हारी चाल और दूसरे काम करने में इत्मिनान था। अब मैं देखता हूँ तुम भागते रहते हो। अपने घर और शहर में भी लगकर नहीं रह पाते। कभी देर रात आते हो। खाने-पीने का कोई समय नहीं। लपर-लपर खाकर जल्दी भाग जाते हो। तनख्वाह भी नहीं बढ़ी। यह कौन-सी तरक्की हुई !"

"ऊँचे पद पर जिम्मेदारियाँ बढ़ जाती हैं। वहाँ ऐसा सबके साथ होता है।"

"तो तुम कह दो कि तुम्हें नहीं चाहिए ये तरक्की। आखिर आदमी नौकरी करता किसलिए है कि समय से खाना-पीना हो, सोना-जागना कायदे से चले। जब वही नहीं तो तुम कह दो तुम्हें किसी दूसरी नौकरी पर भेज दिया जाए।"

तब मोहन्ती हँसकर रह गए थे लेकिन आज पिता की वह बात याद आ रही थी। साधारण ढंग से जीवन को देखते हुए कैसे नजर बुनियादी चीजों पर रहती थी, भटकती नहीं थी। वे अपने बेटे का हित चाहते थे क्योंकि पिता थे, इसलिए शायद उनके कहने में कोई भविष्यवाणी जैसी चीज भी छिपी हुई थी। यह कैसे हुआ कि अध्यक्ष पद सँभालने के कुछ दिनों में ही चीजें ऐसे चलने लगीं कि मोहन्ती का दूसरी जगह भेजे जाने का सिलसिला बनने लगा ? कौन जाने इसमें ही उनका हित हो। आदमी क्या सबकुछ ठीक से आँक पाता है ? क्या जो सबकी जरूरतें हैं, वे ही मोहन्ती की भी हैं कि जो सब लोग करते हैं वही मोहन्ती भी करें। जो लोग मोहन्ती के यहाँ आते-जाते रहते थे, उनमें ज्यादातर मोहन्ती के अध्यक्ष बने रहने में अपने-अपने स्वार्थों की वजह से दिलचस्पी रखते थे। जो व्यक्ति निःस्वार्थ होकर उनके पद को देख रहा था, वह एक था—उनका पिता, करीब-करीब एक अपढ़ व्यक्ति जिसकी नजर को आज की सभ्यता धुँधला नहीं कर सकी थी, जहाँ कुछ पाने की बजाय, जीवन को जीने की प्राथमिकता थी।

काश, कुछ ऐसा हो जाए कि प्रधानमन्त्री से मुलाकात न हो ¨ मोहन्ती के मन में आया—अगर कुमार ने अपॉइंटमेंट दिलाया है, बात भीतर जा चुकी है तो वे भाग भी नहीं सकते थे। उन्हें मिलना ही होगा। अपनी बात कहनी ही होगी। क्यों नहीं वे सब प्रकृति पर छोड़ दें और आज के बाद इस मामले में न कोई कोशिश करें, न किसी से मिलें। दरअसल, ये प्राप्तियाँ, ये पद, उनके ये तनाव, भटकाव, ये सब इस लायक हैं ही नहीं कि इसके लिए जरा भी कोशिश की जाए। सोचना चाहिए कि वे साल जो जीवन के बचे हैं, उनमें मोहन्ती को कुछ करना है या कि उनको यों ही व्यर्थ की तनावबाजी में भटकते-लुढ़कते गँवा देना है, जैसे अब तक किया। पदों से जुड़े बेकार के वे लुत्फ, अहम की ऐंठ, कितने लोग आपके चक्कर काटते हैं, उनका आप कितना बिगाड़ सकते हैं—ऐसी चीजों से तृप्ति ! क्या शेष जीवन भी इन्हीं सब चीजों में निकाल देना है। उन्हें सिन्थेटिक नींद चाहिए या कि वह नींद जो प्राकृतिक हो ? वे बिजली

की रोशनी में भुनगों से ढँके पेड़ होना चाहते हैं या चाँदनी में चमकते वे दरख्त ··· बेशक उन्हें कोई नहीं देखता लेकिन देखो वे शुभ्र शीतलता में नहाए खड़े हैं ··· अपने आपमें पूर्ण तृप्त।

तभी राहुल थोड़ा घबराया-सा बाहर आया। ऐसा चेहरा मोहन्ती ने एक बार बस्तर के अन्दरवाले इलाके में एक आदिवासी का देखा था जब उसने अपने जंगल में आए एक अजनबी आदमी--मोहन्ती को देखा था ··· बौखलाया, बेचैन पशु की तरह मुँह और आँखें तिलमिलाहट में इधर-से-उधर करता हुआ।

''आज आप लोग जाएँ। आज कुछ नहीं हो सकेगा,'' वह घबराया हुआ कह रहा था।

''क्या मुलाकात नहीं हो सकेगी ?'' प्रमोद ने पूछा।

''नहीं, एक बड़ी कम्पनी का मैटर था उसको लेकर बाप-बेटे में झगड़ा हो रहा है, जबर्दस्त झगड़ा चल रहा है।''

राहुल घबराया हुआ इधर-उधर भाग रहा था जैसे एकाएक महायुद्ध छिड़ गया हो।

''क्या इनके मामले पर कुमार साहब की बात हो सकी ?'' प्रमोद ने पूछा।

''कहाँ, कम्पनी के मसले पर पहले ही बाप-बेटे भिड़ गए। जोर-जोर से आवाजें बाहर तक आ रही हैं। बहुत मूड खराब है। आज आप न ही मिलें तो अच्छा है।''

''क्या प्रधानमन्त्री के अपॉइंटमेंट रजिस्टर में मेरा नाम दर्ज किया गया है,'' मोहन्ती ने गम्भीरता से पूछा।

''नहीं, वह तो नहीं है। पिछली बार भी नहीं था। कुमार की बात हो जाती तो आपको दो मिनट के लिए अन्दर सरका दिया जाता, ऊपर-ऊपर।''

नाम नहीं है—यह बहुत अच्छा हुआ। मोहन्ती ने राहत की साँस ली और प्रमोद से कहा—''चलो अब चलते हैं और आगे अब इस सिलसिले में न तो कुमार और न ही प्रधानमन्त्री से मिलने की जरूरत है।''

''आप नाराज मत होइए। ये बड़े लोग हैं। इनके चोंचले बड़े होते हैं। आप कल या परसों फिर आ जाएँ, कौन दूर है। मैं जब चाहे मिलवा दूँगा, इतना तो मैं कर ही सकता हूँ,'' समझाता हुआ राहुल अनमना-सा इधर-उधर देखने लगा, वैसी ही घूमती हुई उसकी नजरें उधर गईं। जिधर से वह आया था, विशेष प्रतीक्षालय ··· पार प्रधानमन्त्री का कमरा जिसमें प्रधानमन्त्री और कुमार बैठे बताए जाते थे। सहसा जाने क्या हुआ, राहुल 'एक मिनट' कहकर तेजी से फिर उधर को चला गया। प्रमोद और मोहन्ती इधर लटके रहे, न बाहर जा सकते थे, न उधर को जिधर प्रधानमन्त्री थे।

''चलो चलें प्रमोद, मिलने की जरूरत नहीं है,'' मोहन्ती ने कहा।

''जरूरत है। हमें छोड़ना नहीं है।''

''क्यों नहीं छोड़ना है ? क्योंकि दूसरे नहीं छोड़ते, क्योंकि मैं दूसरों से अलग कुछ नहीं सोच सकता ? दूसरों से अलग होने, सोचने की सुविधा तुम मुझे नहीं दोगे क्योंकि तुम्हारी दृष्टि में दूसरे जो सोचते हैं वही ठीक होता है, हमेशा।''

"नहीं, यह बात नहीं। इस मन्त्री को बच्चे की अपने घर की खेती है कि जो चाहे करता चले। हमें उसे सबक सिखाना है," प्रमोद झुँझलाया हुआ था।

"किस-किसको सबक सिखाएँगे हम लोग। मन्त्री सरकार है। मेरी स्थिति एक नौकर की है, वे चाहें तो रखें या न रखें। चाहे यह काम लें, चाहे वह।"

"एक माने में अच्छा है कि आज मुलाकात नहीं हुई, होती तो काम बिल्कुल नहीं होना था," प्रमोद मोहन्ती की बात बिना सुने जैसे अपने आपसे कह रहा था।

"चलो प्रमोद, अभी चलते हैं।"

"बताए बिना जाना ठीक नहीं, रतनकुमार इधर से निकले तो उन्हें बता दें।"

"फोन पर कह देंगे।"

"अशिष्टता होगी ⋯ थोड़ा रुक लेते हैं। कम-से-कम राहुल को तो बता ही दें।"

मोहन्ती अनमने से रुके रहे। मन बहलाने के लिए वे कभी चहलकदमी करते, कभी पेड़ों पर भिनभिनाते भुनगों को देखते ⋯ कभी दूर के चाँदी में नहाए पेड़ों को। अब आ गए थे तो प्रमोद और राहुल के कहने से ही तो चलना होगा ⋯ पर क्या ये दोनों भी उसी समाज के अंग नहीं जो उसी दिशा में चलता है जिस दिशा में आज लोगों की सोच चल रही है, गलत या सही—"छोड़ना नहीं है !"

एकाएक राहुल भागता हुआ इधर आया और मोहन्ती का हाथ पकड़कर करीब-करीब उन्हें घसीटता हुआ उधर ले गया ⋯ "आइए आइए ⋯ !" मोहन्ती घिसटते चले गए। इस बार विशिष्ट प्रतीक्षालय में नहीं, उसने सीधा प्रधानमन्त्री के कमरे के बाहर बैठे भृत्य से फुसफुसाकर कहा—"कुमार साहब ने बुलाया है, उनके आदमी हैं।" भृत्य ने दरवाजा थोड़ा-सा खोलकर अन्दर झाँका, राहुल ने धक्का देकर मोहन्ती को अन्दर खुलका दिया। दरवाजा पीछे से बन्द हो गया।

अन्दर वह बड़ा कमरा खाली था। प्रधानमन्त्री कहीं नहीं थे। रतनकुमार अकेले थे ⋯ ठीक उस जगह बैठे हुए जहाँ पिछली बार प्रधानमन्त्री बैठे मिले थे। प्रधानमन्त्री आज कहीं और बैठे होंगे, अभी-अभी चले गए होंगे, शायद बाथरूम गए हों ⋯ थोड़ी देर में लौटकर आ जाएँ ⋯ या वे थे ही नहीं, शहर में भी थे क्या ! कमरे में एक रहस्य तैर रहा था जिसमें प्रधानमन्त्री, उनकी चाँद, उनकी झपक-झपक पड़ती आँखें, बाप-बेटे का झगड़ा, मोहन्ती का भीख माँगता दीन चेहरा ⋯ सबकुछ उलट-पलट हो रहा था।

"आइए-आइए ⋯ बैठिए ⋯ एक मिनट ⋯ आपकी बात ही करा देता हूँ।"

क्या प्रधानमन्त्री मोहन्ती से फोन पर बात करेंगे ? मोहन्ती अचकचाहट में डूबे हुए थे ⋯ जैसे कुमार की उँगलियाँ रैक्स के तीन-चार नम्बरों को घुमा रही थीं—रैक्स फोन जो मन्त्रियों, बड़े अधिकारियों के बीच एक अन्दरूनी टेलीफोन था।

"हलो !" ⋯ फोन के पार जो थे उनसे कुमार ने कहा—"आपसे जिन सज्जन के बारे में बात हुई थी ⋯ वे यहाँ हैं, लीजिए उनसे बात कर लीजिए।"

और रतनकुमार ने रैक्स फोन मोहन्ती को पकड़ा दिया—"मैं प्रधानमन्त्री का विशेष सहायक गुप्ता बोल रहा हूँ, बताइए क्या तकलीफ है आपको," उधर से आवाज थी।

कहाँ प्रधानमन्त्री, कहाँ यह विशेष सहायक जो मोहन्ती से तीन श्रेणी नीचे का अफसर था। गनीमत कि उसने पहले बता दिया, वर्ना उधर प्रधानमन्त्री हैं ··· यह सोच मोहन्ती 'सर' 'सर' करने लगते। इस गुप्ता से प्रधानमन्त्री ने कहा या कि उनके लड़के ने ? मोहन्ती का मन तो नहीं हुआ पर क्या करते ··· गाड़ी ही उस रास्ते चल पड़ी थी। संक्षेप में उन्हें बताया।

"आपको कैसे मालूम ? हमारे यहाँ तो आपके तबादले का कोई प्रस्ताव नहीं आया है। मुझे तो लगता है आप बेवजह असुरक्षित महसूस कर रहे हैं। एक बार अपने मन्त्रीजी से खुलकर बात कर लीजिए न ? आप तो बहुत सीनियर हैं।"

मोहन्ती ने कुछ नहीं कहा। यह तो उन्हें भी मालूम था ··· इसके लिए यहाँ तक आए ? कुमार, राहुल आदि के हाथों में खेलो तो यही होगा—पता नहीं कैसी-कैसी बेशर्मिन्दगी से गुजरवाएँगे ये लोग।

फोन पर बात खत्म हुई तो कुमार इधर-उधर कहीं भी नहीं दिखे। जैसे अपने हाथ झाड़ मोहन्ती को हवा में छोड़ खिसक लिये थे वे। मोहन्ती और वह खाली कमरा ··· जो जब पिछली बार प्रधानमन्त्री से मिलने आए थे तब कितना भरा, वजनदार ··· यहाँ तक कि आतंकित करनेवाला लगा था। अब वहाँ सिर्फ खालीपन और शून्य में उतराते मोहन्ती थे। मोहन्ती किसी से पूछ भी नहीं सकते थे कि रुकें या जाएँ। जिस दिन कुमार अपनी फौज-फाटा के साथ मोहन्ती के यहाँ खाना खाने आए थे तब उनके लोगों को मोहन्ती ने भी तो ऐसे ही हवा में छोड़ दिया था, करीब-करीब !

मोहन्ती चुपचाप बाहर निकल आए, मरी-मरी-सी चाल से उधर पहुँचे जहाँ प्रमोद खड़ा इन्तजार कर रहा था। राहुल भी कहीं नहीं दिखा। शायद राहुल और कुमार अगले किसी कार्यक्रम के लिए उधर से ही बाहर निकल गए थे।

"चलो चलें," मोहन्ती ने प्रमोद से कहा।

"भेंट हुई ?"

"हाँ, हो गई, प्रधानमन्त्री से नहीं, कुमार से।"

प्रमोद का चेहरा बुझ गया। उसने बाहर जाने के लिए कार बुलवाई। सफेद कार उन्हें प्रधानमन्त्री निवास के बाहर सड़क पर छोड़कर लौट गई। बाहर प्रमोद की कार खड़ी थी ··· धूल खाई, अंजर-पंजर ढीले। दोनों बैठ गए ··· बीच में खामोशी।

"मुझे लगता है कि रतनकुमार प्रधानमन्त्री से बोला ही न होगा। आपने उस पार्टी का काम नहीं किया था न, ··· उसकी रंजिश होगी, हालाँकि यह होना नहीं चाहिए क्योंकि एक काम क्या, आगे आपसे कितने और काम कराने होंगे, आपसे इतना परिचय है, आपके घर खाना खा चुके हैं।"

मोहन्ती सुन रहे थे, सुनने के लिए। आँखें सामने सड़क पर टिकी थीं। प्रमोद बोलता जा रहा था, जैसे बोलते हुए सोचता जा रहा था—"पर हम प्रधानमन्त्री से मिलेंगे, हर हाल में मिलेंगे। आज कौन दिन है ··· शुक्रवार ! रविवार को ज्योतिषीजी उनके यहाँ जाते हैं। हम उनके साथ चलेंगे। वे कुमार से भी ज्यादा करीब हैं प्रधानमन्त्री के। कुमार

से तो झगड़ा होता है। अभी ज्योतिषी घर पर ही मिलेंगे, लगे हाथ उनसे मिलते चलते हैं ··· ड्राइवर ··· ''

''मेरे घर चलो, मेरा सोचना कुछ और हो रहा है।''

मोहन्ती के मुँह से सख्ती से तो नहीं, लेकिन दृढ़ता से निकला। कब तक वे दूसरों की सोच से चलते रहेंगे और अपनी सोच को दबाते चले जाएँगे। प्रमोद उनका शुभचिन्तक है, उसके सम्बन्ध ज्योतिषीजी से प्रगाढ़ हैं, ज्योतिषीजी जरूर प्रधानमन्त्री से मिलवाने ले जा सकते हैं ··· लेकिन क्या यही है जो मोहन्ती चाहते हैं ? कुछ दूसरी तरह की बातें क्यों दिमाग में आने लगी हैं ? उन्हें शान्ति से बैठकर अपनी सोच को साफ कर लेना होगा ···

वे घर पहुँचे, ठंडा पानी पिया और बैठ गए, आमने-सामने। रास्ते में जो प्रमोद को शंका थी, मोहन्ती ने वहीं से शुरू किया :

''रतनकुमार मेरा काम तब कराए जब मैं उनका कराता ··· सात-आठ आदमियों की फौज जिसे लेकर वह हमारे घर आया था—वह फौज मुझे पूरी एक लिस्ट दे गई थी ··· उन सब अधिकारियों के नाम जिनसे उन-उन कम्पनियों के लिए बोलना था। क्या हो सकता था वह ? लोग यह भी भूल जाते हैं कि ऐसे कामों के लिए अगर अध्यक्ष बोलता है तो उसकी पोजीशन कितनी खराब होती है। यह पद सिर्फ पद नहीं, एक संस्था है। अगर अध्यक्ष रोज इस काम या उस काम के लिए नीचे के अधिकारियों को बोलता रहा तो वह अध्यक्ष कहाँ रहा, दलाल हो गया ··· इसका या उसका। क्या मुझे इस संस्था को खत्म करने का अधिकार है ?''

''जो लोग इन दिनों चुनकर आ रहे हैं ··· वे क्या समझेंगे ये सब बातें।''

''जो चुनकर आ रहे हैं वे लोग, गठबन्धन की वजह से जिन्हें मन्त्री भी बनाना पड़ता है, वे बहुत भूखे होते हैं और उनकी सरकार थोड़े समय के लिए टिकनेवाली है ··· तो उतनी थोड़ी देर में ज्यादा-से-ज्यादा रकम खड़ी कर लो। देखा नहीं सत्ता में आने के लिए ये क्या-क्या और कैसी बेशर्मी से करते हैं। सरकार को हर तरह से दोहने को ही चतुराई मानना, देश की सोचने या बात करनेवाला पागल नहीं तो सिरफिरा समझा जाता है, अफसर राजनेता की नकल करता है ··· मुझे तो अपनी इस पूरी व्यवस्था से सड़ाँध की दुर्गन्ध आती है।''

''क्या इस बरबादी को रोकने का कोई उपाय नहीं ?'' प्रमोद के चेहरे पर उदासी की झाईं थी।

''प्रमोद ! जाने क्या हुआ है कि इन दिनों मैं अजीब तरह के सवालों से घिरा पाता हूँ खुद को। जब मुझ जैसा सोचने-समझनेवाला व्यक्ति भी इन लोगों के तलुवे चाटने में लग गया तो साधारण अफसर की क्या बिसात, वह तो इस चक्कर में चौबीसों घंटे रहता होगा।''

''अरे! आपने तो कुछ नहीं किया। मैंने देखा है अफसरों को ··· जो-जो वे करते हैं।''

''फिर ? अफसरों का यह सब बन्द करना होगा। जो कायदा-कानून से मिले वही ठीक है। जब हम भाग-दौड़, इसे पकड़, उसे पकड़ ⋯ यह सब बन्द कर देंगे, जब सब नहीं, फिर भी अधिकांश अफसर ऐसा करना बन्द कर देंगे, तब नेताओं को मजबूरन किताब के अनुसार चलना होगा। हमारी अफसरी का राजनीतीकरण हो चुका है। हमें इस प्रक्रिया को उलटना होगा और इसकी शुरुआत मैं अपने आपसे, अभी इसी वक्त से करना चाहता हूँ। बरबाद होने के बाद भी आदमी सुधरने की तरफ चल सकता है।''

''और ये नेता लोग ? इनमें बदलाव कैसे आएगा ?''

''पहल अफसरों को ही करनी होगी ⋯ खासतौर से उच्च श्रेणी के अफसरों को जिन्हें नीचेवाले भी देखते हैं ⋯ हमें करना होगी क्योंकि हम पढ़े-लिखे, चिन्तनशील लोग हैं। हमने संविधान का वफादार होने की शपथ ली थी, नेताओं के वफादार होने की नहीं। काफी कुछ हो सकता है अगर सब अफसर अपने छोटे-छोटे लालचों को छोड़ इन नेताओं की मनमानी करने, उसका माध्यम बनने से मना कर दें। मुश्किल यह है कि अफसर एक-न-एक नेता को अपनी तरक्की, मनपसन्द तैनातियों के लिए पकड़ लेता है ⋯ अगर एक यही चीज छोड़ दी जाए तो इससे ही बहुत कुछ हो सकता है।''

''लालच ऐसी आसानी से छूट जाएगा ?''

''हम अपने जमाने के अच्छे विद्यार्थी थे, पढ़ने में तेज, टॉपर्स। हमारी समझ में क्या एक मोटी-सी बात नहीं आ सकती कि क्या है जो हमें मिल सकता है, कौन-सा स्वर्ग ? मुझे अध्यक्ष होकर क्या मिल गया और अगर मैं इस पद पर बना रहता हूँ तो क्या है जो मिल जानेवाला है ?''

''अफसर ही सबकुछ करें, नेता कुछ नहीं ?''

''नेताओं के बदलने की बात काफी मुश्किल है। चुनाव लड़ने के लिए शिक्षा के एक स्तर होने का प्रावधान होना चाहिए, व्यक्ति का रिकॉर्ड क्रिमनल न हो ⋯ ऐसे प्रावधानों को वे लोग आने नहीं देंगे। उनका स्तर तो और गिरते ही चले जाना है। सवाल है कि क्या उनकी बराबरी से नौकरशाही भी गिरती जाए ⋯ तो पहल तो नौकरशाही को ही करनी होगी ⋯ मैं क्यों इसका या उसका आदमी बनूँ, मैं सिर्फ संविधान का आदमी होऊँगा। जिस पहल की बात मैं कर रहा हूँ, वह मैं अपने आपसे शुरू करूँगा ⋯ अभी समझ में आया तो अभी से।''

''एक व्यक्ति के करने से क्या होगा ?''

''यही तो हम गलत सोचते हैं। हमें नहीं मालूम कि एक व्यक्ति दूसरे को प्रेरित कर सकता है ⋯ दो व्यक्ति पाँच-छः को कर सकते हैं। बदलाव का सिलसिला इसी तरह शुरू होगा, जब हर व्यक्ति सोचेगा और अपना आचरण उस सोच के अनुसार करेगा। हमें देश और समाज की बात ईमानदारी से करते देख, कुछ उसूलों पर अड़ते देख नेताओं पर भी कुछ असर पड़ेगा। वे हमारे जैसा बनने की सोच सकते हैं, जैसे कि आज हम उनके जैसा बनने में लगे हुए हैं।

''आपका ऐसे मौके पर छोड़ देना, माने अपने कर्तव्य को न करना है।''

"यही तो ⋯ हम कितने भ्रष्ट हो गए हैं इसका अन्दाजा इससे लगाओ कि जो नहीं किया जाना चाहिए उसे हम कर्तव्य मानने लगे हैं, तुम्हारी नजरों में ही नहीं ⋯ सबकी नजरों में।"

"मतलब अपने अधिकार को हासिल करने के लिए कुछ न करना चाहिए ?"

"मैंने एक जगह रिश्वत के लिए यह भाषा सुनी—'यह काम करने के लिए इतना रुपया ⋯ आपका यह हक है, आपका अधिकार बनता है यह।' तो क्या उस अधिकार के लिए काम करना कर्तव्य हो गया ? सवाल छोटा-सा है—मैं सरकार का नौकर हूँ, सरकार के ऊपर है कि मुझसे यह काम ले या वह। मुझे नहीं पसन्द तो मैं नौकरी छोड़ सकता हूँ। इसमें अधिकार कहाँ आता है, आए भी तो उसे पाने या बचाए रखने के लिए क्या कुछ भी करना जायज है ⋯ उसके लिए रिश्वत देना भी जायज है ?"

"लोग दे ही रहे हैं आजकल ⋯ चलिए वह नहीं लेकिन जो अपने हाथ में है वह तो करना ही चाहिए।"

"आखिर हम कहीं तो लाइन खींचते हैं न ! तुमने भी खींची कि रिश्वत नहीं देंगे। मुझे अब यह समझ में आ गया है कि भीख माँगने नहीं जाना है। नेताओं से भीख माँगने में एक सौदेबाजी भी निहित है—आप हमें बचाए रखिए, हम आपके काम करेंगे। यह किस रिश्वत से कम है ! तो मैं उसमें नहीं पड़ूँगा अब ! कुछ मुझ जैसे मूर्ख होते हैं जिन्हें सीख अपने अनुभव से आती है। मैं इस सबसे गुजरा ⋯ तब अक्ल आई।"

"इस वक्त छोड़ देना ⋯ मेरे ख्याल से ठीक नहीं है। ज्योतिषीजी जरूर हमारे साथ चलेंगे और एक बार प्रधानमन्त्री अपनी तरफ आ गए तो ⋯ "

"तो मैं बना रहूँगा ⋯ यही तो लालच है। मैं जानता हूँ अपनी कामयाबी के ज्यादा नहीं तो सत्तर प्रतिशत चांस हैं ⋯ पर अब जब सद्‌बुद्धि आ गई है, मैं उसका दामन नहीं छोड़ना चाहता।"

"आपको कैसे इतना विश्वास है कि आप सही हैं और बाकी सब गलत हैं।"

"ये सवाल ⋯ इस तरह के सवाल देर-सवेर हरेक के जीवन में इस या उस मुकाम पर उठते हैं, हर अफसर के भी कैरियर में कहीं-न-कहीं उठते हैं। भीतर से जो जवाब आते होंगे वे भी ज्यादातर यही होते हैं। पर बाहर की हवा के प्रभाव में आकर हम इन जवाबों को दबा देते हैं। मैं दबा न दूँ इसलिए तुम्हारे सामने कह रहा हूँ। इन जवाबों से मुझे बल मिलता है।"

"सोच लीजिएगा। अभी कल का दिन है, ज्योतिषीजी से कल भी मिला जा सकता है," कहकर प्रमोद उठ गया।

मोहन्ती की डायरी से

मेरा प्रोफाइल रापचन्द्रन जैसा है ⋯ फिर भी रामचन्द्रन प्रधानमन्त्री का इतना विश्वासपात्र बना, इतना उपयोगी कि वे उसे लाए और मैं बेकार का साबित हुआ। गौर से देखा जाए तो रामचन्द्रन रामचन्द्रन है क्योंकि वह प्रधानमन्त्री का आदमी है, मैं किसी का

नहीं इसलिए कुछ नहीं। वह, वह बन सका क्योंकि प्रधानमन्त्री के मन का करने में आगा-पीछा नहीं देखता, भले ही सिर्फ एक का करने में ... मोहन्ती मियाँ में किसी के लिए वह अन्धी भक्ति नहीं है ... इसलिए उनका सफर कूड़ेदान की तरफ जाता है।

फिर भी हल्का महसूस कर रहा हूँ। ऐसा लगता है कि ऐन वक्त पर प्रकृति ने आकर मेरी मदद की वर्ना कौन जाने, प्रधानमन्त्री अगर मिल जाते तो उन्हें सामने पाकर मैं गिड़गिड़ाता, भीख माँगता। उस पर भी जो होता वह यह कि कुल-मिलाकर मिलता कुछ नहीं, उल्टे गँवाकर आता। पीछे देखता हूँ तो लगता है कि जब से इस पद के लिए दौड़ शुरू हुई, मैं सिलसिलेवार तरीके से अपने आत्मिक पतन में लगा रहा हूँ। नीचे और नीचे ... कब तक, कहाँ तक ? नैतिकता की छोटी-बड़ी परिभाषाएँ छोड़ भी दी जाएँ, मेरे लिए अब एक मोटी-सी बात है—मुझे वह नहीं करना है जो मेरे स्वभाव के खिलाफ है। दूसरों की तरह बनने में आदमी का अपना स्वभाव ही जाता रहता है। मेरा भी काफी कुछ चला ही गया होगा लेकिन जितना बचा है उसे तो अब बचाऊँ, इस उम्र में पहुँचकर जहाँ थोड़े दिनों में यह भी सोचना शुरू करना होगा कि आप पृथ्वी पर कितने और वर्ष रहनेवाले हैं। जो स्वभाव प्रकृति ने दिया वही आत्मा है। मैं उसकी आवाज साफ-साफ सुन सकता हूँ—सुनाई देता है कि अपने को और जलील मत करो। बाहर जो चकाचौंध है उसके लिए दौड़ पागलपन है। नौकरी सिर्फ देहधारण के लिए है इसलिए इस बात में पड़ना ही नहीं चाहिए कि ये नौकरी है कि वो। जो भी है उसे सच्चे रास्ते चलते निबाहना। छः महीने बाद तुम्हारा रिटायरमेंट है ... तब यह पद या वह पद, जिस पर भी तुम होगे उसे छोड़ना होगा ... तो फर्क क्या पड़ता है—छः महीनों की खातिर—किस चीज के लिए, मैं स्वयं को जलालत में डाल रहा हूँ ? वह जो मैंने राजधानी आने के पहले कभी नहीं किया था।

यह सारी मारामारी क्यों ? अगर पद है तो कद नाम की चीज भी कोई है ... कद वह, जो आदमी का दिखता है जब वह पद छोड़कर सड़क पर खड़ा होता है। तुम्हारा अपना कोई कद है ? मेरी और किसी क्षेत्र में कोई प्राप्ति हो, न हो ... मेरा कद यह तो है कि मैं महसूस कर सकता हूँ। जलालत क्या है, कीचड़ कहाँ है—यह देख सकता हूँ, ऐन वक्त पर स्वयं को लालच में पड़ने से रोक सकता हूँ, अन्धे की तरह भागते फिरने से बचा सकता हूँ खुद को । भीतर कुछ तो है जिसके बल पर ये चीजें हैं ... जिसके बल पर मैं यह सब महसूस करता हूँ। आज जो मैं महसूस करता हूँ कि मैं अपनी जमीन पर खड़ा हूँ—वही मेरा कद है। दूसरों को दिखे या न दिखे, मुझे दिखता है और मुझे लगता है कि मेरा कद इस पद से बहुत बड़ा है।

मुझे उस कद को सँभालने की कोशिश करनी चाहिए।

अर्द्धरात्रि के आदेश

दिल्ली की सर्द रातें जब शाम से ही लोग घरों में घुस जाते हैं और आठ बजे ही बिस्तर के अन्दर। सड़कें ऐसी जैसे शहर में कर्फ्यू लगा हो। पैदल चलनेवाले नदारत और कुछ गाड़ियाँ ही इधर-से-उधर घूमती हुईं, जैसे गश्त में हों कि कहीं कोई गड़बड़ी तो नहीं हो रही। सबके घर-खिड़कियाँ बन्द। खिड़कियों से निकलती रोशनियाँ बाहर फैले कोहरे और धुन्ध में और पीली और मरियल हो जाती हैं। वैसे ही मोहन्ती का घर ऐसा था जहाँ सिर्फ एक कमरे में धूप आती थी, वह भी सिर्फ सुबह के वक्त। वह कमरा पिताजी के लिए था, क्योंकि उन्हें धूप की जरूरत थी।

रात के दस बजने में कुछ मिनट रह गए थे कि फोन की घंटी बजी। मोहन्ती नींद की पहली सीढ़ियाँ उतर रहे थे, ऊपर से जाड़ा। रैक्स फोन था ⋯ सामान्य फोन होता तो मोहन्ती शायद टाल जाते। उठकर फोन तक पहुँचने में तकलीफ हुई, कोफ्त भी कि इस समय कौन बिस्तर से उठा रहा है। रैक्स के हिसाब से घंटी काफी देर बजी थी जब तक मोहन्ती फोन तक पहुँचते। फोन फिर भी बन्द नहीं हुआ। उस पार कोई जिद्दी व्यक्ति था जो बात करने पर आमादा था।

''दिस इज समरसिंह। माफ करना मोहन्ती, इस वक्त तकलीफ दी। सरकार ने तय किया है कि आपको डायरेक्टर जनरल इकोनॉमिक इंटेलीजेंस रिसर्च एंड ⋯ भारी भरकम नाम था ⋯ के पद पर भेज दिया जाए। ये आदेश तत्काल लागू होने हैं।''

समरसिंह एकदम सरकारी अफसर की तरह, सिर्फ मतलब से मतलब रखनेवाले अन्दाज में बोल रहे थे ⋯ जैसे मोहन्ती से मुलाकात तो दूर, उनका कोई परिचय ही नहीं था। हालाँकि उस वक्त मोहन्ती खबर से ज्यादा आक्रान्त थे लेकिन समरसिंह जिस ठंडेपन, निस्संगता से बात कर रहे थे वह भी चुभी। नौकरशाहों के यहाँ औपचारिक तौर-तरीके ही मुख्य होते हैं, सम्बन्धों की गरमाहट, उसका निर्वाह ⋯ यह सब नहीं सोचे जाते। मोहन्ती हक्के-बक्के रह गए। थोड़ी देर उन्हें नींद की पहली ओढ़ को छोड़ जाग में आने में लगी। इस तरह के आदेश की प्रतीक्षा तो थी। मोहन्ती कुछ-कुछ मानसिक रूप से तैयार भी थे। हैरत इस बात पर हुई कि ऐसे आदेश आधी रात को दिए जाते हैं, जबकि कुल मिलाकर देखा जाए तो वह एक अधिकारी को एक जगह से दूसरी जगह भेजने के ही आदेश तो थे। बड़े अधिकारी भी क्या करें ! रोज-रोज तो इमरजेंसी लगती नहीं कि आधी रात को सेंसरशिप लागू हो, रात को ही वे आदेश निकालकर अखबारों पर तामील भी कर दिए जाएँ, सुबह लोग जब जागें तो पाएँ कि इनकी स्वतन्त्रता इनसे छीन ली गई है ⋯ तो वे स्थानान्तरण जैसे रूटीन आदेशों में ही गम्भीरता ठूँस देते हैं, आधी रात को फोन कर उन्हें नाटकीय बनाते हुए उस पूरी प्रक्रिया में जो 'किक' पाते हैं, उससे अपने पद की महिमा महसूस कर प्रसन्न होते हैं।

''लेकिन मैंने तो न इस पद के लिए आवेदन किया है न ही मुझसे पूछा गया,'' मोहन्ती ने कहा।

"यह एक साधारण स्थानान्तरण का मामला है, सरकार ने अपने आप फैसला किया है। कैबिनेट की एपॉइंटमेंट्स कमेटी का फैसला है। प्रधानमन्त्री के दस्तखत होकर फाइल मेरे पास अभी पहुँची है। इसमें यह भी लिखा है कि आदेश तत्काल लागू हों। आपको नई जगह का चार्ज कल ही ले लेना है।"

दूसरा मजाक ! न तो जगह जहाँ भेजा ज़ा रहा था वह इतनी महत्त्वपूर्ण थी कि उसे एक दिन भी खाली नहीं रखा जा सकता था और अगर सरकार का ख्याल यह था कि मोहन्ती मौजूदा पद का दुरुपयोग कर पैसा बना रहे हैं तो वे अगले कुछ दिनों में भी फाइलें अपने साथ ले जाकर किसी पिछली तारीख में दस्तखत कर सकते हैं। ऐसे कोई अर्जेंट मसले मोहन्ती के सामने ही नहीं थे जिन पर अगर वह आदेश कर देते तो कहर बरस जाता। बल्कि मोहन्ती तो दूसरी तरह की बात के लिए जाने जाते थे कि अगर उन्हें भनक भी पड़ गई कि उनका तबादला हो गया है, आदेश आ रहे हैं तो एक फाइल पर भी हाथ नहीं लगाएँगे ⋯ फिर चार्ज कल ही लेने का आग्रह क्यों ? समरसिंह शायद मोहन्ती का मिजाज नहीं जानते थे, जानने की न उन्होंने कभी जरूरत समझी और न फुरसत ही थी उनके पास। दरअसल वे तो पृथ्वीसिंह के साथ-साथ मोहन्ती से दूर ही होते चले गए थे। उन्होंने पिछली बार मुम्बई से हुई बातचीत का भी कोई जिक्र नहीं किया क्योंकि उससे आत्मीयता ⋯ थोड़ी बहुत ⋯ झलक जाती। वे दिखा रहे थे कि उनके लिए जैसे सब अफसर वैसे मोहन्ती भी। उन्हें क्या पता कि यह अधिकारी मौजूदा पद का दुरुपयोग कर रहा है या नहीं, क्या कर रहा है ⋯ वह जाने और उसका मन्त्री। समरसिंह को क्या मतलब ⋯ हालाँकि कैबिनेट सचिव को अफसरों के बारे में मालूम होना चाहिए, कौन कैसा है, हर अफसर एक जैसे तो नहीं होते ⋯ पर समरसिंह तो मन्त्री की नज़रों से मोहन्ती को देख रहे थे ⋯ और कुछ की जरूरत ही नहीं समझते थे।

"कल ही क्यों सर ?" मोहन्ती ने पूछ लिया।

"क्योंकि सरकार के ऐसे ही आदेश हैं," उधर से एक लाइन का जवाब था, बेहद निस्संग और सूखा। वे यह तो नहीं कह सकते थे—कल इसलिए क्योंकि सरकार को डर है कि वहीं आप हाथ-पैर चलाकर इन आदेशों को बदलवाने के लिए न निकल पड़ें।

"पद आपके ही रैंक का है—विशेष सचिव के स्तर का," कैबिनेट सचिव ने खुलासा किया—"बेशक आपके इस वाले पद में थोड़ा पावर ज्यादा है।"

"पावर की अहमियत होती है उसके लिए जो इसका इस्तेमाल करे। या तो उससे पैसा बनाए या लोगों को फिक्स करने के लिए उसका इस्तेमाल करे। दुनिया जानती है कि मैं यह नहीं करता। इसलिए मेरे लिए पावर होने, न होने से कोई फर्क नहीं पड़ता।"

"आपका नजरिया बिल्कुल सही है। यही होना भी चाहिए। आदेश मैं अभी आपके पास घर पर भेज रहा हूँ। कल नई जगह पहुँच जाइएगा। सरकार यही चाहती है।"

सरकार ! कौन है सरकार ⋯ समरसिंह, कैबिनेट सचिव क्यों नहीं हैं सरकार ? शायद हर सफल अफसर के लिए सरकार माने होते हैं उसके ऊपर के लोग, या कि वह अदृश्य चीज जो कुछ भी कर सकती है और जिसका कुछ भी किया जायज होता है और किसी

भी अजीबोगरीब स्थिति में जिसका नाम लिया जा सकता है, नाम लेकर अपनी चूकों, अपने दोषों को ढका जा सकता है, छुट्टी पाई जा सकती है।

मोहन्ती इस स्थिति के लिए कब से तैयार थे, शायद इसलिए और जल्दी सँभल गए। शुरू में वे आक्रान्त हुए थे, भीतर उमड़-घुमड़, फिर एक शून्यता उभरी थी ··· अब वे एक ठंडेपन में उतर रहे थे ! भीतर जैसे एक तालाब था जहाँ बाहर के कैसे भी अग्निबाण आएँ, अपने भीतर कैसे भी शूल उठें ··· तालाब उन्हें बुझाकर अपने में समाहित कर लेता था। थोड़ी देर की हलचल जल्दी ही खत्म, तालाब फिर अपनी निश्चल मुद्रा में ··· गहरा और शान्त !

''आपने वह सुनाया जो सरकार ने फैसला किया,'' मोहन्ती कह रहे थे—''तो मैं भी एक छोटा-सा आदमी अपनी जिन्दगी के बारे में कुछ फैसला कर सकता हूँ। मेरा ख्याल है कि एक ही स्तर पर एक जगह से दूसरी जगह मेरे जाने में कोई तुक नहीं है, खासतौर से उस विभाग में जहाँ के बारे में मैं कुछ नहीं जानता और जिसके काम सीखने का अब समय भी नहीं बचा है क्योंकि मेरी नौकरी के सिर्फ छः महीने बाकी हैं। इसलिए मैं फैसला करता हूँ कि अगर मुझे अपने मौजूदा पद यानी कि विशेष सचिव के ऊपर के पद पर भेजा जाता है तब तो नौकरी करते रहना वाजिब बनता है मेरे लिए, वर्ना आपका आदेश मिलते ही मैं अपना इस्तीफा सरकार के पास पहुँचा दूँगा, इस निवेदन के साथ कि उसे स्वीकार किया जाए।''

बहुत ही संयत और एक स्वर में लगातार बोली हुई वह बात खास वजनदार होकर उस पार पहुँची तो एकाएक उधर सन्नाटा छा गया। मोहन्ती को याद आया जो उनके मन्त्री ने एक बार कहा था—''कोई इस्तीफा-विस्तीफा नहीं देता'' ··· लेकिन मोहन्ती को देना चाहिए। सारी जिन्दगी इस विभाग में गुजारी, अब छः माह नौकरी के बचे तो क्यों एकदम अजनबी जगह जाएँ, जहाँ वे कोई योगदान भी नहीं कर सकते ··· पर योगदान चाहिए किसे ? सरकार को कुछ नहीं चाहिए, मन्त्री की धुन पूरी होनी चाहिए, क्योंकि वह सरकार है। सरकार नफा-नुकसान की भाषा में नहीं सोचती, पर मोहन्ती क्यों न सोचें। उनका कुछ फायदा हो तब तो वे दूसरे विभाग में जाएँ, वर्ना क्यों जाएँ। अपने विभाग में समकक्ष पदों पर एक जगह से दूसरी जगहों पर जाना ठीक है क्योंकि विषय की जो जानकारी इधर चाहिए वही उधर है ··· विभाग में उन्हें भेजने लायक कोई पद ही नहीं थे। और उन्हें हटाना तो था ही।

''छः महीने के लिए आपको यह शर्त लगानी चाहिए ?'' कैबिनेट सचिव ने वैसी ही नम्रता से पूछा।

''छः महीने के लिए कोई दूसरी जगह जाने के लिए मुझे कहा भी नहीं जाना चाहिए। वैसे भी मेरे इस्तीफा देने से सरकार को क्या फर्क पड़ता है।''

फर्क पड़ता था। इस्तीफा देने को अखबारवाले तरह-तरह से उछालते। यह बात भी उठाई जा सकती थी कि एक उस अधिकारी को जिसकी छवि किसी दृष्टि से धूमिल नहीं उसे एक महत्त्वपूर्ण जगह से हटाया गया। तमाम तरह की अटकलें लगाई जा

सकती थीं, मसलन कहा जा सकता था कि यह इसलिए किया गया क्योंकि सरकार में ऊपर के लोग अपने गलत-सही काम करवाने में इनको बाधा पाते थे, कुछ लोग एकाध कामों के उदाहरण भी पेश कर डालते। यह भी खतरा था कि इस्तीफा देकर मोहन्ती ही प्रेस के सामने अनाप-शनाप बोलते। जब तक मोहन्ती सरकारी नौकर हैं, वे कुछ नहीं बोल सकते ⋯ सरकारी आचारसंहिता से बँधे हैं। बाद में कुछ भी बोल सकते हैं। सरकार जोखिम नहीं उठा सकती थी। कैबिनेट सचिव की कार्यकुशलता इसमें थी कि वे विवादों को बचाते हुए अपनी, मतलब सरकार की, मतलब मोहन्ती के मन्त्री की लक्ष्यसिद्धि कैसे करते हैं ⋯ बिना खून बहाए ऑपरेशन कैसे करते हैं !

''ओ.के., मैं आपको थोड़ी देर में फोन करता हूँ,'' कैबिनेट सचिव ने फोन रख दिया।

उस नाटकीय झटकेबाजी के दौरान भी मोहन्ती को थोड़ी-सी हँसी आ गई। जिस सरकार के पास रात के इस वक्त करने को यही सब चीजें बची हों वह देश के लिए क्या करेगी। हँसी इस बात की भी कि उधर न तो कैबिनेट सचिव सोने के लिए घर जा सकते थे और न ही इधर मोहन्ती सो सकते थे। मोहन्ती का तो ठीक, उनसे मन्त्री खफा हैं ⋯ कैबिनेट सचिव ? वह एक वफादार नौकर ! मन्त्री की मनमर्जी करने की कोशिश करता हुआ, वह नहीं जो प्रधानमन्त्री या मन्त्री के सामने एक स्टैंड लेता, कहता कि जरा-जरा से मतभेदों में वरिष्ठ अधिकारियों को एक जगह से दूसरी जगह कैरम बोर्ड की गोटियों की तरह फेंका जाना नौकरशाही के मनोबल को गिराता है। नौकरशाही सरकार की रीढ़ की हड्डी होती है; राजनीतिक पार्टियाँ, नेता आते हैं चले जाते हैं लेकिन नौकरशाही अपना काम पूर्ववत करती रहे, देश को सुदृढ़ता इसी से मिलती है। एक बार एक मसले पर उत्तर प्रदेश के मुख्यमन्त्री डॉक्टर सम्पूर्णानन्द से उनके मुख्य सचिव ने कहा था कि 'सर ! जो आप करने जा रहे हैं वह इन-इन वजहों से ठीक नहीं है।' सम्पूर्णानन्द उस काम को करना चाहते थे लेकिन ठिठक गए, चेहरे पर खिन्नता उछल आई, देखकर उस सचिव ने उनसे माफी माँगी :

''माफ कीजिए, अगर मैंने कोई गलती की हो।''

''आप गलती करते अगर यह मुझे नहीं बताते,'' डॉक्टर सम्पूर्णानन्द ने कहा था— ''आपको तनख्वाह इसी की दी जाती है कि आप नेताओं को ये बताएँ कि वे कहाँ गलत कर रहे हैं, यही तो आपकी ड्यूटी है।''

हम कहाँ से कहाँ आ पहुँचे। न उस तरह के नेता रहे, न उस तरह के अधिकारी। विरोध में कुछ कहना तो दूर, आज बड़े अधिकारी ये जानने के लिए लालायित रहते हैं कि नेता कौन-कौन गलत काम कराना चाहता है ताकि उन्हें कराकर वे उसकी नजरों में चढ़ जाएँ और हमेशा के लिए चढ़े रहें। मोहन्ती जानते थे कि वह शतरंज की बाजी है, यहाँ प्यादे किसी के बल पर ही टिके रह सकते हैं। उनके पहले विभाग के एक अध्यक्ष दबंग होकर चल सके थे क्योंकि उन्हें प्रधानमन्त्री और उनके प्रधान सचिव का संरक्षण मिला हुआ था। विभाग के सचिव और मन्त्री झुँझला-झुँझलाकर रह जाते लेकिन उन्हें खिसका नहीं सके थे। मोहन्ती ऐसे प्यादे थे जो किसी के अरदब में नहीं थे, कोई

हाथी या वजीर पीछे से उन्हें सुरक्षा नहीं दिए हुए था इसलिए उन्हें जाना ही था। ज्यादा-से-ज्यादा चलते-चलते वे दुलत्तियाँ झाड़ लेते, जैसे घोड़ा अपनी पिछली टाँगों से धूल उछालता है।

कैबिनेट सचिव कोई स्टैंड नहीं ले सकते थे, क्योंकि उन्हें अपनी कार्यावधि एक साल के लिए बढ़वानी थी। वे कोई विरोधी रुख कैसे अपना सकते थे, उन्हें तो अपनी छवि—"योर मोस्ट ओबीडियंट सर्वेंट" की ही पेश करनी थी, हर किसी के सामने ... मोहन्ती के मन्त्री के सामने भी इस उम्मीद में कि वे भी उनके मामले की सिफारिश प्रधानमन्त्री से कर देंगे, और नहीं तो उनके लिए दो अच्छे शब्द ही बोल देंगे, मौके-बेमौके।

कोई बीस मिनट बाद फोन की घंटी फिर बजी। सरकार का दूसरा फैसला। आवाज वही—"सरकार ने फैसला किया है कि आपकी पदोन्नति कर दी जाए, आपको पूरे सचिव का दर्जा दिया जाए। आपका मौजूदा पद विशेष सचिव का है, उससे ऊपर का। अब तो आप खुश हैं। वहाँ रहने से क्या फायदा जहाँ मन्त्री से आपकी नहीं बन रही। आपके इस तर्क से मैं सहमत था कि आप समकक्ष पद पर क्यों जाएँ। मैंने प्रधानमन्त्री से आपके लिए खासतौर से पैरवी की। आखिर उन्हें मना लिया। आपके पास दस मिनट में आदमी आदेश लेकर पहुँच जाएगा। कल ही चार्ज दे दें। आदेश में लिखा होगा कि आप सचिव स्तर की रैंक पर होंगे।"

"आप आदेश भिजवा दीजिए। मैं सचिववाली जगह चला जाऊँगा लेकिन चार्ज मैं कल नहीं दूँगा।"

"क्या कोई दिक्कत ?"

"कोई दिक्कत नहीं, लेकिन यह कि कल शनिवार है ?"

"ओह—शुभ दिन नई जगह चार्ज लेना चाहते हैं।"

"नहीं, कल छुट्टी का दिन है और यह इतना महत्त्वपूर्ण काम नहीं है कि इसे छुट्टी के दिन जाकर किया जाए," कैबिनेट सचिव कैसे कहते कि भाईजान यह सचमुच महत्त्वपूर्ण काम है, ऐसा इसलिए कि वे जल्दी-से-जल्दी अपने आकाओं को खबर कर सकें कि काम हो गया।

और इस वफादारी का उन्हें दो महीनों में ही इनाम भी मिलनेवाला था। पहले उनकी कैबिनेट सचिव पद पर नियुक्ति हुई थी, फिर उस पर सामान्य कार्यावधि से आगे एक साल और मिला था ... उसी क्रम में आगे सरकार उन्हें विश्व बैंक में भारतीय प्रतिनिधि के रूप में चुननेवाली थी।

कोई पौने-बारह बजे रात सरकार का दूत आदेश लेकर मोहन्ती के घर पर आया। उन्हें सचिव स्तर पर एक विभाग में सलाहकार बनाया गया था। उनकी जगह विभाग में नया अध्यक्ष उनके बाद जो बोर्ड के सदस्य थे, उन्हें बनाया गया था। न केवल वह एक समाचार जो उस लिहाज से शुभ नहीं था वह देने आया, रात की उस घड़ी में उसे और खौफनाक बनाता हुआ आया जिससे परिवारवालों को भी चोट पहुँचे। किसी भी तरह के स्थायित्व या कि एक ढर्रा जो चला आ रहा है उसे जब ठोकर लगती है,

तो थोड़ा खराब तो लगता है लेकिन मोहन्ती ने सबको समझा-बुझा दिया। पिताजी जो एक सीधे-सादे इंसान थे उनकी बात सबको सुनाई—नौकरी किसलिए कि आदमी अच्छे से खाना-पीना कर सके। तनाव में रहकर इस तरह काम करना जैसे मोहन्ती करते हैं, यह तभी ठीक जब कोई चारा ही न हो, या आप ऐसा कोई काम कर रहे हों जिसकी समाज के लिए अहमियत हो, जिसकी कद्र समाज कर रहा हो।

सोमवार को सुबह पहला काम मोहन्ती ने अपना कमरा खाली करने का किया। वे चाहते थे कि वे अपनी सारी व्यक्तिगत चीजें हिफाजत से रख लें क्योंकि वे इस इमारत में दोबारा नहीं आना चाहते थे। अगले जन्म में बन्दर की योनि में भी नहीं क्योंकि उन्हें यह इमारत हमेशा कैंसर-हस्पताल से बदतर लगती थी। इससे मुक्ति, पूर्ण मुक्ति चाहिए। इसी बीच लोगों को पता भी लग चुका था कि आदेश सचिव स्तर के लिए हुए हैं तो लोग बधाइयाँ देने आने लगे थे। एक ही चाल ठहरी सचिवालय के लोगों की। सचिवालय में जो ऊँचाई का क्रम था—अवर सचिव, उपसचिव, संयुक्त सचिव, अतिरिक्त सचिव, विशेष सचिव और सबसे ऊपर सचिव—वह लोगों को रटा हुआ था। बाहर से देखा जाए तो मूर्खता क्योंकि मोहन्ती को तो हटाया गया था लेकिन वे बधाइयाँ दे रहे थे ... आदत। और मोहन्ती स्वीकार कर रहे थे, भीतर से यह सोचते जाते कि उन्हें तनावों की दुनिया से मुक्ति मिली थी। जिन लोगों के चेहरे देखने से ही कोफ्त होती है उनके नीचे काम करने से मुक्ति। एक घंटे के अन्दर ही वे सहकर्मियों को धन्यवाद और उनसे विदा लेकर सचिवालय के बाहर थे—'जस की तस धर दीनी चदरिया।' उनका नया दफ्तर दूसरे भवन में था। यह भी अच्छा रहा—बन्दरों से छुट्टी। मोहन्ती को हमेशा सचिवालय की तुलना में इन बाहर के भवनों में काम करना ज्यादा अच्छा लगता था, हालाँकि सचिवालय में बैठने को लोग स्टेटस की बात मानते थे।

सचिवालय से बाहर निकल एक लम्बी साँस लेकर उन्होंने खुली हवा को अपने फेफड़ों में भरा और बगैर पीछे देखे हुए कार में बैठ गए ... नए भवन की ओर।

मोहन्ती की डायरी से

पतंग नीचे गोता मारती हुई आती है, एक कल्थइया लेती है, फिर एक लम्बी खींच में ऊपर चलती जाती है। आसमान में फिर जा खड़ी होती है, मुस्कुराती हुई। झील के ऊपर मँडराती चिड़िया सहसा एक गोता लगाती है और झील से एक मछली पकड़कर चोंच में दबाए हुए ऊपर उड़ जाती है ...

मैं पतंग और चिड़िया जैसी तेजी से ऊपर उठा ... नहीं, यहाँ कुछ गड़बड़ है—तेजी से गोता लगाते नीचे आया ... उठना तो अब होगा, वह भी तेजी से नहीं इंच दर इंच, और आसमान में पतंग की तरह मुस्कुराते स्थिर होना—यह तो बहुत बाद में हो सकेगा। वह सपना है ... बेशक ऐसा सपना जिसे मैं हमेशा सामने रखता हूँ। जितनी ज्यादती मैंने अपने व्यक्तित्व, अपने जीवन के साथ इन कुछ महीनों में की जब मैं सचिवालय में रहा, उतनी पूरी जिन्दगी में नहीं की। गनीमत कि पूरी तरह बर्बाद होने के पहले मैं

निकल आया। ऐसा लगता है जैसे पतन के तल को छूकर मैं ऊपर की तरफ चल पड़ा हूँ। बेशक, कीचड़ जो न केवल मेरी आत्मा, बल्कि मेरे शरीर में भी चिपका है उसे छुड़ाने में वक्त लगेगा। यह सिलसिला तो ढंग से शुरू तभी हो सकेगा जब नौकरी से पूर्ण मुक्ति मिलेगी क्योंकि नौकरी कैसी भी हो, निम्न तो है ही ''' 'निम्न चाकरी भीख निदान !' पर दूसरों की तरह मैं भी नौकरी और उसके तामझाम को सबकुछ मानने लगा, जबकि हकीकत कुछ और है। जीवन में असली चीजें वे हैं जो बाहर से बेकार, खत्म हो जानेवाली, समय खराब करनेवाली दिखती हैं। तपस्या करते साधु लोग एक जगह निष्क्रिय बैठे दीखते हैं। वे बस्तियाँ छोड़ पहाड़ों और जंगलों में चले जाते हैं क्योंकि जानते हैं कि जितनी प्राप्तियाँ आपके घर में या आपके भीतर आएँगी उतने ही आप खाली होते चले जाएँगे और जितना ही आप इन चीजों को बाहर फेंकेंगे, आप भरते चलते जाएँगे। जीवन का यह रहस्य सन्तों ने तरह-तरह से दोहराया है, वह हर धर्म और भाषा में है, लेकिन इसे आज का पढ़ा-लिखा सभ्य मनुष्य भूलता चला जा रहा है।

मुझे धीरे-धीरे अपने भीतर से उन सब वाहियात चीजों को एक-एक करके बाहर फेंकना होगा जो मेरे भीतर नौकरी के दौरान घुसती चली गईं—लोगों से निहायत सूखे, अपने में खिंचे हुए ढंग से पेश आना, उन्हें अपने करीब न आने देना, उन पर शक करना कि वे जरूर किसी स्वार्थ से आए हैं, दब्बू/डरपोक हो जाना, अपनी बात निर्भीकता से न कह पाना ''' ऐसी सैकड़ों चीजें हैं जिनकी लिस्ट अगर मैं बनाने बैठूँ तो साफ दिखाई देगा कि मैं आदमी ही नहीं बचा। इस्तीफा क्यों नहीं दिया ? कई वजहें थीं। एक तो जब मुझे ऊँचे पद पर भेजा जा रहा है तो मेरे पास अदालत में लड़ने या कि इस्तीफा देने का कोई कारण नहीं बनता। इनसे तो मैं लोगों पर यही प्रकट करता कि मैं पावर या पैसा बनानेवाले पदों के पीछे हूँ, डी.वी. की तरह। दूसरे तब मैं सरकार को अपना दुश्मन बना लेता ''' जिसने, कुछ कहो, मुझे जीवन भर नौकरी, उसकी सुविधा-सुरक्षा आदि दी लेकिन क्यों सरकार को दुश्मन बनाने से हिचका जिसने मेरे साथ यह सुलूक किया ? पर कभी उसने अच्छा सुलूक भी तो किया ''' असल में सरकार तो अपने आप में एक निष्पक्ष, निस्संग संस्था है, उसे कलुषित करते हैं वे जो दुर्भाग्य से सरकार बन बैठते हैं—इस मन्त्री या डी.वी. जैसे लोग। मन्त्री जो कहता है कि वह अपना स्टाफ बदलता नहीं और यह पैंतरेबाजी खेलता है। सरकार से सचमुच दुश्मनी कैसे हो सकती है, क्या इन दो व्यक्तियों से दुश्मनी को सरकार से दुश्मनी में तब्दील कर डालता ? अगर मैं मुकदमा लड़ता तो ये दोनों तो सरकार का पैसा बर्बाद करते ''' मैं जरूर अपना पैसा खर्च करता रहता। चटखारे लेने के लिए मुझे ले उड़ते मीडियावाले, मैं मसाला बन जाता, जाने कितना झूठ मुझसे उगलवाया जाता, जाने कितना झूठ बनाकर प्रचारित किया जाता। मैं किसी भी तरह की 'लाइम-लाइट' में आने से कतराता हूँ। जब नौकरी की है तो उसके अनुशासन में रहना मेरी आदत बन चुकी है। सरकार जहाँ भेजे वहाँ जाओ, जो काम दे वह करो ''' वर्ना छोड़ दो। चला आया, सचिव का पद लेकर अपने आत्मसम्मान की रक्षा कर ली, जितना कुछ नौकरी में बचता है वह। एक मंशा यह भी थी कि जितना

समय बचा है उसमें अपने सहकर्मी अफसरों के बीच उन बातों को प्रचारित किया जाए जिन पर मैं अपने अनुभव के आधार पर पहुँचा—कि ऊपर के अफसरों में बदलाव कैसे आए ? एक बार नौकरी से गए तो यह समाज ही छूट जाएगा जिनके विभिन्न फोरमों में अभी अपनी सोच रखी जा सकती है। जितने थोड़े दिन सही।

स्वयं को नई दिशा में मुड़ता निश्चित देख रहा हूँ। नई नौकरी कैसी है ⋯ इसमें लिप्त होने की जरूरत नहीं। वह भिन्न कैसे होगी ? छः माह यहाँ निस्संगता से गुजार मैं नौकरी से ही छुट्टी पाना चाहता हूँ। जिसे लोग कहते हैं एक्टिव लाइफ ⋯ क्रियाशील, तो उनका तात्पर्य ऐसे कामों में लगे रहने से है जिसके बदले रकम मिलती है। कैसा वक्त आ गया है कि जो सच में काम कर रहे हैं—समाजसेवी, पर्यावरण की चिन्ता में लगे लोग, साहित्य, धर्म के क्षेत्र में काम करते लोग ⋯ इन लोगों की क्रियाशीलता किसी को नहीं दिखाई देती ⋯ इन्हें नाकारा या पागल समझा जाता है। क्रियाशील बस वे ही लोग हैं जो व्यस्त हैं ⋯ मन्त्री या डी.वी. की तरह दाँवपेंची में लगे लोग ! ये हमारे शीर्षस्थ लोग हैं और ये इतने व्यस्त हैं कि ⋯ देश क्या, सही ढंग से अपने बारे में भी सोचने का समय नहीं है इनके पास ! देश इनसे नहीं चल रहा, वह चल रहा है बीच के उन क्रियाशील लोगों से जिन्हें अपना काम करना ही करना है—इंजन ड्राइवर को गाड़ी चलाना ही है, डाकघर में बैठे बाबू को रजिस्ट्री करना ही है, पोस्टमैन को डाक बाँटना ही है। देश की गाड़ी इन लोगों के बल पर खिंच रही है। मैं बीच के इस स्तर की क्रियाशीलता में भागीदारी कर नहीं सकता अब, लेकिन उच्च स्तर की सड़ाँधभरी क्रियाशीलता से तो अलग हो ही सकता हूँ। दूसरे बड़े अधिकारियों की तरह रिटायरमेंट के बाद भी सरकार में कोई काम का जुगाड़ बिठाता, इस तरह समाज पर पिस्सू बनकर बैठूँ ⋯ यह मुझसे नहीं होगा। जब लोग कहते हैं कि मुझे राजधानी नहीं छोड़ना चाहिए तो उनका आशय इसी पिस्सू छाप क्रियाशीलता से जुड़े रहने का होता है। मैं क्यों रहूँ राजधानी में, अगर मुझे सरकार को चूसना नहीं है ? क्या देश की दूसरी जगहें रहने लायक नहीं ? लेकिन नाबदान के कीड़ों को दूसरी जगहों की साफ हवा कैसे रास आ सकती है !

ऐसा लग रहा है कि मेरे भीतर एक स्वच्छ सरोवर है, मैं उसमें अवगाहन के लिए पहली सीढ़ी उतरने को हूँ। मुझे अब वैसी क्रियाशीलता नहीं चाहिए जिसमें आप काम तो दिन-भर कर रहे हैं, व्यस्त हैं पर दिन के आखिर में अगर हिसाब लगाते हैं कि क्या किया ⋯ तो शून्य। उससे अच्छा यह कि बाहर से भले ही सबको लगता रहे कि कुछ नहीं कर रहे हैं, पर दिन के अन्त में तृप्ति मिलती है ⋯ कुछ ऐसा करें जो मूल्यवान हो, या जहाँ मूल्यवान कुछ हो जाने की थोड़ी-बहुत सम्भावनाएँ हों। वह भी न हो तो बस जिऊँ ⋯ जैसे प्रकृति के प्रांगण में मनुष्येतर जीव जीते हैं, अपना जीवनधर्म निभाते हुए। जीवन का एक हिस्सा ऐसा क्यों न हो जिसमें बस साधारण आदमी का जीवन जिया जाए—जीने के संघर्ष को एक छोटे आदमी की हैसियत से जिया जाए।

फिलहाल अपने भीतर पैठना हो रहा है। धूल जो मन पर जम गई है, पर्त-दर-पर्त उसे खरोंच-खरोंचकर निकाल फेंकना होगा ⋯ स्वयं को साफ करना होगा।

आ-गमन

1

मोहन्ती अपने नए पद के पहले दौरे पर मुम्बई पहुँचे थे और उनकी दिली इच्छा थी कि मोहित से मिलें।

मोहित से पिछले दो महीनों से मिलना नहीं हुआ था, उसके फोन भी इधर नहीं आए थे—या आए होंगे तो मोहन्ती व्यस्त रहे होंगे। मोहन्ती ने जब अपनी तरफ से एक-दो बार फोन किया तो उधर से एक बार खबर मिली कि घर पर नहीं है, दूसरी बार कि तबीयत ठीक नहीं थी, जल्दी सो गए हैं। एक बार मोहन्ती ने रंजन से पूछताछ की थी तो पता चला कि वह बीमार चल रहा है और इन दिनों उसका झुकाव धर्म की तरफ ज्यादा हो गया है। मोहन्ती को चिन्ता यह थी कि कहीं मोहित फिर से अपनी पुरानी बीमारी की गिरफ्त में तो नहीं आ गया। पहले भी जब वह बीमारी उसे आ घेरती थी तो मोहित अपने खोल में घुस जाता था ··· फोन करने, यात्रा करने, मिलने आदि का उसका उत्साह जाता रहता था। स्वभावतः। मोहन्ती का मन तो बहुत रहा पर उन्हें कभी मोहित की बीमारी के समय मुम्बई आकर उसे देखने की फुर्सत नहीं मिली ··· और मोहित ने भी कभी उन दिनों क्या ··· कभी भी मोहन्ती को अपने घर नहीं बुलाया। उसका बड़ा ही पारस्परिक किस्म का परिवार था ··· शायद इसलिए। इस बार मोहन्ती आए थे, व्यस्तता कम थी और मोहित को फिर से ढूँढ़ निकालने की व्यग्रता ज्यादा।

गेस्ट हाउस पहुँचते ही मोहन्ती ने फोन किया। मोहित फोन पर आया तो थोड़ा ढीला-सा लगा :

"क्यों तबीयत तो ठीक है न ? मिलना जरूर है ··· इस बार। कब से नहीं मिले हम। कहो तो मैं तुम्हारे घर आ जाता हूँ।"

"नहीं-नहीं, मैं ही आ जाऊँगा," उसने कहा।

"बताया नहीं, तबीयत कैसी है ?"

"ठीक है," उसका स्वर बुझा-बुझा था। ऐसा लगता था जैसे वह खुद को अपनी तरफ खींच रहा हो। कहाँ वह कि दिल्ली आते ही फोन करना, उसी शाम ताज में साथ खाना खाने की जिद और कहाँ यह सूखापन ··· जबकि मोहन्ती उसी के शहर आए हुए थे। कौन जाने रंजन ही सही हो—उसका झुकाव धर्म की तरफ ज्यादा हो गया हो, रह-रहकर लगातार चलती बीमारी के कारण उसका ध्यान इस दुनिया से हट गया दिखता था।

मोहन्ती ने आने में कोताही नहीं की। क्या पता उसे सचमुच डर बैठ गया हो कि मोहन्ती कहीं उसके ही घर न आ टपकें। वह बीमार नहीं था। एकदम ठीक समय पर आया और पुराने अन्दाज में ही—सफारी सूट, काले चमचम करते जूते, गोरी पतली

उँगलियों में मोबाइल। उसका वजन भी कम नहीं हुआ था। पहले की तरह उसकी आँखें डेढ़ नहीं हो रही थीं ··· दो ही थीं—वह सामने सजगता से देख रहा था।

"कहाँ गायब हो गए थे ?" मोहन्ती ने हाथ मिलाते हुए कहा।

"बस बिजनिस के चक्कर ··· और क्या !"

"दिल्ली भी नहीं आए काफी समय से ?"

"कम आया। एक-दो बार जब आया तब आप बाहर थे—एक बार तो विदेश में थे।"

"घर फोन किया था क्या ?"

"नहीं, मुझे आपके अधिकारियों से पता था।"

ओह ! मोहन्ती तो भूल ही गए। मोहित के ताल्लुकात एक नहीं दर्जनों विभागीय अधिकारियों से थे। तभी तो वह ट्रांसफर के लिए बाकायदे लिस्ट लिये आया करता था।

वह दिल्ली आया, मोहन्ती बाहर थे तो भी वह घर आ सकता था, फोन कर सकता था 'अपनी भाभी' को कम-से-कम !

मोहन्ती ने चाय मँगा ली। उनका मन था कि मोहित से अब आगे के जीवन के बारे में बातें की जाएँ ··· पिछला जिक्र उतना ही जितना भूमिका के बतौर समय के उस बिन्दु से इस बिन्दु तक खुद को जोड़ने के लिए काफी था, मगर मोहित अपने नहीं मोहन्ती के अतीत से उलझा हुआ था :

"आखिर ये सब हुआ कैसे ?" बैठते ही वह बोला। उसके स्वर में बहुत दर्द था जैसे कि व्यापार में हाल ही में उसे बड़ा घाटा लगा हो।

"उन बातों में जाकर अब क्या रखा है। छोड़ो, हम लोग आगे की बातें करें। आखिर कभी-न-कभी तो उस पद को छोड़ना ही था।"

"नहीं ··· लेकिन, एकाएक बिना किसी वजह," मोहित जैसे भीतर की बात जानने को बेचैन था। वह मोहन्ती के विभाग में हर स्तर पर घूमता रहता था ··· तो उसे मोहन्ती के उस वाकयात के बारे में पुख्ता जानकारी चाहिए न, ताकि अधिकारियों की महफिल में बताकर अपना महत्त्व बढ़ा सके।

"भाई ! यह समझ लो कि मैं उनके काम का आदमी नहीं था। उन्हें जल्दी ही अपने काम का आदमी चाहिए था क्योंकि उनके पास वक्त कम है।"

"यह तो मुझे मालूम था कि आप किसी का काम नहीं करते। अरे, क्या जाता था अगर सबका कर दिया। ये पद होते ही इसलिए हैं, वे भी खुश, आप भी खुश।"

"यह तुम कैसे कहते हो कि मैं खुश रहता। अगर मुझे लगे कि मेरा इस्तेमाल किया जा रहा है और मैं वह कर रहा हूँ जो मुझे नहीं करना चाहिए, तो मैं कैसे खुश रह सकता हूँ।"

"तो क्या आज आप खुश हैं, जिस तरह हटाए गए उस तरीके से खुश हैं," मोहित पहले कभी ऐसे तीखेपन से नहीं बोलता था।

''नहीं हूँ, जरूर नहीं हूँ ··· लेकिन इस पर मेरा इख्तियार नहीं था।''

''आपने अगर वह किया जो आपको ठीक लगा तो उन्होंने भी वह किया जो उन्हें ठीक लगा।''

''हाँ, ठीक है, मुझे शिकायत नहीं होनी चाहिए ··· पर शिकायत है क्योंकि वे मुझे अपना नौकर बनाना चाहते थे, जबकि मैं था भारत सरकार का नौकर। मैं संविधान के तहत काम करने को था ··· हर की मर्जी का अगड़म-बगड़म करने को नहीं।''

मोहित अजीब नजरों से मोहन्ती की तरफ देखने लगा। ये बातें उसकी समझ से परे थीं। वह तो इतना जानता था कि मोहन्ती के नीचे जितने काम करते हैं उन्हें मोहन्ती का हुक्म सिर-आँखों पर लेना है, इसी तरह मोहन्ती को अपने ऊपरवालों का। सीधी-सी बात। उसे यह भी समझ में नहीं आता था कि अगर मोहित जैसे दोस्त कुछ करने को कहते हैं तो मोहन्ती का क्या जाता है उसे कर देने में। उठाया फोन और बोल दिया नीचे ··· बस इतना ही तो करना था। आप अगर यह भी नहीं कर सकते या आपने इसमें भी कोताही की तो आप हमारे आदमी कहाँ हुए !

मोहित की आँखों में उस वक्त घृणा और तिरस्कार तैर रहे थे ··· मोहन्ती के लिए नफरत ही नफरत ··· जैसे मोहन्ती ने जबर्दस्त बेवफाई की थी ··· जिसकी कि मोहित को उनसे कतई उम्मीद नहीं थी। मोहन्ती को लगा जैसे सामने मोहित नहीं ··· मन्त्री, डी.वी. , रमेश कुमार, नारायणस्वामी, रतनकुमार ··· दुनिया-भर के लोग, उनकी सारी शिकायतें जो मोहन्ती के खिलाफ थीं ··· वे सब एक शरीर धारण कर सामने बैठी हुई थीं। कभी-कभी मोहित की आँखों में आहत होने का ऐसा भाव उतरा आता कि एक पल को तो मोहन्ती की नजरें भी शर्म से झुकने लगतीं। क्या सचमुच उन्होंने अपने दोस्तों के साथ बेवफाई की थी ··· लेकिन कैसे दोस्त, कौन ··· क्या मोहित जैसे ? लेकिन इन दोस्तों की यह ज्यादती ही है कि चाहते हैं हर हाल में मोहन्ती पद से चिपके ही रहते ··· अपमान सहते वे और मजे लूटते ये !

मोहन्ती ने अपने स्वभाव के विपरीत जाकर मोहित की लिस्ट से एक-दो तबादले किए थे ··· बेशक एक-दो ही, क्योंकि बाकी जिनका लिस्ट में प्रस्ताव था, वे सब अन्यायपूर्ण थे, मनमानीवाले होते ! लेकिन वे दो तबादले भी मोहित के लिए काफी अहं थे और मोहन्ती उम्मीद करते थे कि उसके लिए मोहित आजीवन न सही पर काफी समय के लिए अनुगृहीत महसूस करेगा ··· लेकिन वे दो तो उसे याद न रहे, जो नहीं किए वे आज तक याद थे। मोहित का चेहरा ऐसा बना हुआ था जैसे न केवल मोहन्ती ने कभी उसका कोई काम नहीं किया, उल्टे उसका नुकसान किया था। और सच में नुकसान तो किया ही था—कितनी मेहनत से मोहित ने मोहन्ती को धीरे-धीरे पाया था और अध्यक्ष का करीबी होने का स्टेटस वह कितने कम दिन रख पाया ! यह नुकसान नहीं तो और क्या था जो मोहन्ती ने बेवजह कर दिया, अपनी खफ्त में आकर कर दिया। क्या अधिकार था मोहन्ती को !

''मोहित भाई !'' मोहन्ती बड़े ही शान्त स्वर में मोहित को समझाने की कोशिश

कर रहे थे—"कुल जमा छः महीने ही तो बचे थे, अब चार बचे हैं ··· मेरी अवकाशप्राप्ति को। तो क्या फर्क पड़ता है कि मैं वहाँ नहीं हूँ, यहाँ हूँ। एक मायने में अच्छा ही हुआ। अब थोड़ा समय तो मिलता है ··· मैं अवकाशप्राप्ति के बाद का अपना जीवन प्लान कर सकता हूँ, उसके लिए कुछ भाग-दौड़ कर सकता हूँ। मैं मुम्बई में बस जाऊँ, क्या ख्याल है तुम्हारा ?"

"बस सकते थे अगर आप मेरा कहा मान लेते। मैंने उस वक्त आपको समझाया था कि इस वक्त के लिए कुछ इकट्ठा कर लीजिए। अब यहाँ कैसे रह सकेंगे आप ··· जितना खर्च होगा उसे आपकी पेंशन सँभाल ही नहीं पाएगी।"

मोहन्ती ने हँसकर मोहित की वह बात टाल दी और कहा—"और मैं कुछ करने की सोचूँ ··· कंसलटैंसी, प्रैक्टिस जैसी कोई चीज ··· ?"

"वह आपके बस का नहीं। और कौन आएगा आपके पास। इसी के लिए तो लोग जब पद पर होते हैं तब अपने दोस्त, कुछ हिमायती तैयार कर लेते हैं। आपने किए कुछ ?"

"हो तो तुम," मोहन्ती ने हँसते हुए कहा।

एक तरह से वह हँसी की बात नहीं थी—अगर मोहित जैसे करीबी ही बाद में कुछ नहीं करते तो कोई भी कैसे करेगा ··· और अगर सवाल यह था कि मोहित पूरी तरह खुश नहीं था तो कितना क्या-क्या करके किसी को खुश किया जा सकता है। दरअसल वे लोग और ही होते हैं जो बाद में काम आते हैं, वे काम आते हैं क्योंकि उनका स्वभाव ही वैसा होता है ··· इसलिए नहीं कि आपने पद पर रहते हुए उनके लिए कुछ किया है। और ऐसे लोग हमेशा होते हैं, हर के लिए होते हैं।

मोहन्ती का यह दूर-दूर तक इरादा नहीं था कि अवकाशप्राप्ति के बाद वे मुम्बई में बसेंगे या कि कुछ करेंगे। वे तो मोहित को टटोल रहे थे। मोहित अपनी तरफ से तो कोशिश पूरी कर रहा था कि वह सामान्य दिखे लेकिन मोहन्ती की तरफ देखते हुए उसकी आँखों में नफरत के जो रंग उभर आते थे, वे जाते नहीं थे।

क्या यह वही आदमी था जो उन अधिकारियों को उम्दा जगह लगाने की पेशकश करता था जो मोहन्ती के रिटायरमेंट के बाद भी उनका ख्याल करनेवाले थे ? मोहन्ती के सामने घूम गए वे चित्र जब मोहित मोहन्ती को एक तरफ करके उनकी पत्नी की तरफ बढ़ गया था—'अपनी भाभी' से अलग गुफ्तगू करने ··· या जब वह बड़े अधिकार से कहता था—'जरा भाभी को दीजिए फोन !' वह अपनत्व मोहन्ती के एक पद छोड़ते ही उड़न-छू हो गया, नकली इत्र की तरह ?

"मोहित भाई," मोहन्ती ने साफ-साफ कहा—"न मुझे आपसे कुछ चाहिए न किसी से। मुझे जितनी नौकरी या पैसा कमाने के लिए जितना कुछ जीवन में करना था वह कर लिया। पूरी जिन्दगी रुपए कमाने के लिए ही होती है क्या ! मुम्बई जैसी जगह में रहकर मैं यहाँ अपने खर्चे पूरे करने के लिए कुछ काम करूँ इससे ज्यादा अच्छा है कि किसी छोटी जगह रहूँ जहाँ जितना मुझे मिलना है उसमें गुजारा हो जाए। आप लोग

दौड़ते रहिए। मैं उस दौड़ में न कभी शामिल था, न हूँ, जहाँ साथ के आदमी कुछ-के-कुछ हो जाते हैं। मैं एक छोटे नगर में रहूँगा ··· और वह मैंने चुन भी लिया है।''

मोहन्ती को हल्का लग रहा था। वे सोचने लगे कि अगर थोड़ी देर के लिए मान लो कि उन्होंने ऊपरी कमाई के लिए की गई मोहित की पेशकश मान ली होती, उसके कहने में आकर अगर वह रुपया मोहित के पास जमा किया होता और आज वे यों आमने-सामने खड़े होते, तो ? शायद, तब मोहित मिलने आता ही नहीं, आज आया तो कम-से-कम। कितने किस्से ऐसे सुने जाते थे जहाँ ऐसा रुपया जिसके पास रखा गया वह उसे डकार गया, अवकाशप्राप्ति के बाद कमाऊ (!) अफसर को धेला नहीं मिला। उल्टे कभी के दो दोस्तों के बीच दुश्मनी ठन गई !

''न न ··· मैं वह बात नहीं कर रहा था,'' मोहित ने झेंपते हुए कहा—''मैं तो आपके दोस्तों में हूँ, हमेशा रहूँगा ··· लेकिन आपके दूसरे दोस्तों को तकलीफ हुई, वैसे ही मुझे भी हुई जब आप अध्यक्ष पद से हटे।''

मोहन्ती कैसे कहते कि वे लोग ··· और मोहित भी इसलिए दुःखी नहीं हुए कि मोहन्ती का कुछ छिन गया ··· इसलिए हुए कि मोहन्ती के अध्यक्ष पद पर होने से उन लोगों का जो एक स्टेटस बना हुआ था ··· वह ढह गया।

''यानी कि तुम्हारी दोस्ती की बुनियाद वह पद था ?''

जरूरत तो नहीं थी उस लम्पट ढंग से बात को साफ करने की, पर मोहित जैसे व्यापारी के लिए शायद थी भी ··· लेकिन मोहित समझेगा क्या कुछ, समझ भी जाए तो क्या खुद को बदल सकेगा कभी ?

''नहीं, वह नहीं ··· लेकिन हम दोनों मिलकर बहुत कर सकते थे ··· आप बहुत लोगों को ऑब्लाइज कर सकते थे,'' मोहित ने खोए-खोए कहा।

''ये पद देश और समाज का काम करने के लिए होते हैं या इसे और उसे ऑब्लाइज करने के लिए ?

''आप पता नहीं किस धातु के बने हैं ··· ''

एक फीकी हँसी के साथ मोहित उठ गया, अपनी पतली उँगलियों में मोबाइल को और कसता हुआ। उसका एकाएक उठ बैठना यह जाहिर कर गया कि अब मोहन्ती उसके काम के आदमी नहीं थे। उसे उनमें बहुत दिलचस्पी नहीं बची थी और वह अपना कीमती समय उनमें बरबाद करने की नहीं सोचता था। मोहन्ती ने यह भी गौर किया कि मोहित एक बार भी 'अरे बाबू !' नहीं बोला था, जबकि पहले उसका करीब-करीब हर जुमला इसी से शुरू होता था। रंजन का जिक्र भी उसने एक बार भी नहीं किया, जबकि असल में वह रंजन-रैकेट का ही हिस्सा था—वे रैकेट जो किसी भी विभाग में ऐसे उग आते हैं जैसे तालाब में जलकुम्भी।

मोहित सोच रहा होगा अब किसी नई यात्रा की शुरुआत की, किसी नए सम्बन्ध के तलाश की—जैसे कि तब शुरू हुई थी जब रंजन पहली बार उसे मोहन्ती के घर ले गया था ! वह फिर रंजन या रैकेट के किसी दूसरे मोहरे को पकड़ेगा ! उस रास्ते फिर

से आएगा जिन्दगी में उछाह ही उछाह ! यहाँ अब क्या बचा था !

मोहन्ती ने उसे नहीं रोका ··· दरवाजे तक भेज जरूर आए।

2

मोहन्ती का विभाग से बाहर जाना एक उम्दा मौका था जिसे मायाप्रसादजी चूक गए। वे जानते तो थे कि मोहन्ती जानेवाले हैं ··· तभी से जब से छापा सम्बन्धित नियमों को बदलने में मोहन्ती ने अपना अड़ियलपन और मायाप्रसाद ने अपना लचीलापन दिखाया था। उसके बाद डी.वी. और मन्त्री को खुश करने के एक भी मौके मायाप्रसाद ने जाने नहीं दिए थे। मन्त्री और डी.वी. से इस या उस तरह वह यही कहता कि छापा-नियमों को बदला जाना मौजूदा अध्यक्ष के रहते सम्भव नहीं है ··· यानी मोहन्ती को हटाने की मुहिम को और हवा देता था। जब तक नियम ये ही हैं, प्रशासनिक बन्दोबस्त ऐसा रखा जाएगा कि राजनीति से सम्बन्धित व्यक्तियों के यहाँ छापे की कार्यवाही बिना मन्त्री और डी.वी. को इत्तला किए हुए नहीं की जाएगी। चूँकि मायाप्रसाद छापा के कामों का सदस्य इंचार्ज था, तो उसने अपने स्तर पर यह करना शुरू कर दिया—जिन राजनेताओं के खिलाफ जाँच की जा रही है उसकी जानकारी अपने पास मँगाना और उसे पहले डी.वी., फिर डी.वी. के साथ जाकर मन्त्री को देना, फिर उनके निर्देशों के हिसाब से काम करना ··· सबकुछ मौखिक ताकि कोई रिकॉर्ड न रहे। डी.वी. और मन्त्री खुश थे। मायाप्रसाद को भी लगा कि इस वक्त बोर्ड के सदस्यों में सबसे ज्यादा पसन्द किया जानेवाला अधिकारी वही है। मन्त्री और डी.वी. को खून का स्वाद लग चुका था तो वे मायाप्रसाद को वफादार देख उसे एक पर एक काम सौंपने लगे ··· खासतौर से डी.वी.। मायाप्रसाद उस्ताद था ··· उसने कुछ काम किए, कुछ देर से किए, कुछ लटका लिये। ये लटकानेवाले वे काम थे जिन्हें करने के लिए डी.वी. से सौदेबाजी की जा सके—तुम मुझे अध्यक्ष बनवाओ, मैं ये काम करूँ ! मायाप्रसाद को मोहन्ती का जाना साफ दिखाई दे रहा था ··· वह अपने दोस्तों, परिचितों, चाटुकारों को कहता भी—"हिज डेज आर नम्बर्ड" ··· मुहावरा जो अमूमन मौत के लिए इस्तेमाल होता है। मायाप्रसाद के अनुसार मौजूदा पद को छोड़ना मोहन्ती के लिए मृत्यु जैसा ही था, होना चाहिए। मोहन्ती के बाद अध्यक्ष बनने के लिए मायाप्रसाद ही हैं ··· दूसरा कौन इतने काम करता है, इतना लचीला है ··· जिससे उम्मीद की जा सके कि वह उन लोगों के काम का आदमी साबित होगा !

पर मायाप्रसाद थोड़ा गफलत में रह गए। उनसे सीनियर अभी दो और लोग बैठे थे। एक साथ अध्यक्ष को हटाना और दो के नीचे जाकर मायाप्रसाद को उठा लेना साफ पक्षपात दिखता। इतना बड़ा खतरा मोहन्ती के मन्त्री उठाते अगर कोई उनकी तरफ का आदमी होता। वे विवाद को बढ़ाना नहीं चाहते थे। उनमें खुद में मायाप्रसाद जैसी चतुराई थी, मायाप्रसाद क्या शातिर चीज है—यह वे भाँप गए थे। उन्हें मायाप्रसाद

उस तरह का अधिकारी दिखता जो हँसते-हँसाते, मीठा बोलते-बालते कहाँ कब कौन गलत काम आपसे करा ले जाए, अपना फायदा करा ले ··· और आपको भनक ही न पड़े। ऐसे व्यक्ति को शीर्ष पद नहीं सौंपा जा सकता। मोहन्ती जैसे लोग मन्त्री या ऊपर के अधिकारियों को गलत स्थिति में नहीं डाल सकते, मायाप्रसाद जैसे डाल सकते हैं। उससे बराबर चौकन्ना रहना पड़ेगा ··· तो सबकुछ सोचकर मन्त्री ने मोहन्ती के बाद सीधा उसे ही चुना जो वरीयता-क्रम में मोहन्ती के ठीक बाद था।

मायाप्रसाद को झटका लगा। उसे कब से मालूम था कि मोहन्ती को जाना है ··· पर उसके बाद एकाएक फटाफट सब हो जाएगा ··· वह सोच न सका। मन्त्री और डी.वी. को उसका ध्यान ही नहीं आया होगा क्योंकि उसका नाम थोड़ा नीचे था ··· पर अभी भी मौका था। मायाप्रसाद को मालूम था कि जो अधिकारी अब चुना गया है वह तो जल्दी ही विदेश चला जाएगा और अध्यक्ष का पद फिर खाली हो जाएगा। डी.वी. और मन्त्री अगर मायाप्रसाद को भनक पड़ने देते कि इसे चुन रहे हैं तो मायाप्रसाद जरूर जाकर बता आता कि वह आदमी तो अध्यक्षों की तालिका में अपना नाम जोड़कर ही बाय-बाय कर डालेगा ! चलो अब सही। मायाप्रसाद ने डी.वी. के बताए दो काम खींचकर रख लिये। डी.वी. हफ्ता-दस दिन में याद दिलाता, मायाप्रसाद हाँ ··· हाँ, हूँ ··· हूँ करके बात को आई-गई कर देता, तरह-तरह से अपने अध्यक्ष होने की बात निकालता, इशारा देता कि डी.वी. भी तो मायाप्रसाद के लिए कुछ करे ··· जब नए अध्यक्ष की नियुक्ति के आदेश आ गए तो यह बताकर कि उस व्यक्ति को तो विदेश में एक पद के लिए चुन लिया गया है—मायाप्रसाद ने सबको अचरज में डाल दिया। एक व्यक्ति की साथ-साथ दो जगह नियुक्तियाँ ! मन्त्री बहुत होशियार बनते थे, हो गई न चूक ! न होती अगर मायाप्रसाद से पूछ लिया होता।

अब मायाप्रसाद अपनी बात सीधे करने लगा था। दो महीने में मौजूदा अध्यक्ष विदेश चला जाएगा, उसके बाद मायाप्रसाद की नौकरी के चार महीने बचते हैं ··· तो डी.वी. और मन्त्री को मायाप्रसाद द्वारा दी गई सेवाओं, उसके द्वारा किए गए कामों के लिए बतौर इनाम उसे नया अध्यक्ष चुनवाना चाहिए। ताज्जुब कि अधिकारी जाति जो ठोस जमीन पर रहती है, उठापटक, चालाकियों में माहिर ··· वही दिवास्वप्नों में भी झूलती है। मायाप्रसाद यह भूल जाता कि उसकी नौकरी के जब चार ही महीने बचे हैं तो इतने कम समय के लिए उसे कौन अध्यक्ष बनाएगा ··· क्यों नहीं बना सकता, सरकार चाहे तो कुछ भी कर सकती है—एक आदेश अध्यक्ष बनने का, एक आदेश दस महीने कार्यावधि बढ़ाने का। चूँकि मायाप्रसाद का रिटायरमेंट मई के महीने में था तो यह समुचित ही था अध्यक्ष की कार्यावधि वित्त वर्ष यानी कि आगामी मार्च तक बढ़ा दी जाए। ऐसा कितनी बार हुआ है। सरकार चाहे तो सबकुछ कर सकती है। डी.वी. को मायाप्रसाद ने साफ-साफ समझाया भी। डी.वी. ने गौर से सुना, सुनकर हँसा। उसकी हँसी को व्यंग्य न समझ लिया जाए इसलिए उसने फौरन मायाप्रसाद को आश्वस्त किया कि वह इस जानकारी से कितना खुश है। मौजूदा वोर्ड के सदस्यों में मायाप्रसाद सबसे

उपयुक्त व्यक्ति है अध्यक्ष पद के लिए, डी.वी. मन्त्री से कोई उम्दा मौका देखकर जरूर बात करेगा। डी.वी. भी तो उसी अफसर जाति का था जहाँ लोग जो दिल में होता है वह कभी नहीं कहते, जहाँ सभी लटकन्त विद्या में प्रवीण होते हैं ··· किसी भी काम को हाँ-हाँ, हूँ-हूँ कहकर लटकाए रहो। डी.वी. को मायाप्रसाद से उसके रिटायर होने के पहले अपने दो महत्त्वपूर्ण काम करवाने थे।

मामला घिसटता रहा। मोहन्ती के बादवाला अध्यक्ष कार्यभार छोड़कर विदेश चला गया ··· उसके बाद जो वरीयता-क्रम में तीसरा और मायाप्रसाद के ठीक ऊपर था उसे चुन लिया गया। मायाप्रसाद को जबर्दस्त ठेस लगी ··· क्या हुआ उसका जीवन, इतनी जल्दी, यों फेड आउट कर जाना, कहीं कोई निशान बाकी नहीं। वह तो अच्छा रहा कि मायाप्रसाद जब एक निदेशालय का निदेशक था तो उसने दफ्तर की इमारत में एक कमरा बनवाकर उसका उद्घाटन स्वयं कर डाला था—कमरे के बाहर एक सुन्दर पत्थर जड़वाया था जिसमें अंकित था—'मन्त्रणा कक्ष' जिसे फलाँ तारीख को मायाप्रसाद द्वारा उद्घाटित किया गया। मायाप्रसाद अपने कैरियर के अन्तिम चरण में प्रवेश कर रहा था, जो करना हो—अभी कर जा—"कुछ तो निशानी छोड़ जा ··· मौसम बीता जाए।" उसी समय उसने ताबड़तोड़ एक जमीन के टुकड़े को निदेशक निवास के लिए आरक्षित करके स्वयं शिलान्यास कर दिया ··· उसमें भी अपना नाम। ये दो निशानियाँ तो रहेंगी। पहली तो बची रह गई पर निदेशक निवासवाला पत्थर अभी भी वैसे ही खड़ा है, आसपास घास अलबत्ता बढ़ गई है, सुना है मायाप्रसाद के उत्तराधिकारी ने वह योजना वित्तीय संकट का बहाना बनाकर एक तरफ रख दी है। मायाप्रसाद अध्यक्ष बन जाए तो उस योजना को आगे बढ़वाए ··· पर अभी तो लगता है—बस एक ही निशानी छूट सकेगी ··· वह मन्त्रणा कक्ष। निदेशक निवास के शिलान्यासवाला पत्थर यों ही पड़ा रह जाएगा, एक दिन उखड़कर धूल में मिल जाएगा ! दुःखी होकर मायाप्रसाद ने डी.वी. को फिर उलाहना दिया—कुछ नहीं हो रहा है, समय तेजी से बीता जा रहा है। डी.वी. ने सफाई दी—"मन्त्री को मैंने काफी समझाया था, वे भी तैयार थे लेकिन प्रधानमन्त्री नहीं माने। उन्होंने मन्त्री को विवाद से बचने, सीनियर्टी का आदर करने की सलाह दी। प्राइम मिनिस्टर इज आफ्टर आल प्राइम मिनिस्टर ··· "

"इसी तरह मई में एक दिन मैं रिटायर हो जाऊँगा," मायाप्रसाद रुआँसा हो आया था।

"वह ··· वह दूसरा मैटर है। उसमें कोई विवाद नहीं खड़ा होता क्योंकि वहाँ किसी का इंट्रेस्ट क्लैश नहीं होता। उसमें एक आदमी जिनकी बारी थी उसे न बनाया जाता तो वह हल्ला मचवा सकता था, कचहरी जा सकता था। आजकल जरा-जरा-सी बात पर लोग कचहरी चले जाते हैं। तुम्हारा कार्यकाल बढ़ाना मेरा जिम्मा रहा। हमारे पास वजहें भी हैं ··· हमें एक बिल संसद में लाना है ··· उसकी तैयारी करने के लिए आपका होना जरूरी है, छापा-नियमों को भी फिर से लिखना है ··· हमें ऐसा आदमी चाहिए जो इन मामलों का अनुभवी हो, ··· आप तो इसी सीट पर हैं। आपसे अच्छा और कौन मिलेगा !"

रिटायरमेंट को एक महीना रह जाने पर मायाप्रसाद की उतावली बढ़ने लगी—यों ही जबानी जमाखर्च से नहीं चलेगा, इसके कार्यकाल बढ़ने की फाइल चलनी चाहिए। अब न चली तो कब चलेगी। एक छोटा-सा चक्कर चलने लगा था—मायाप्रसाद पास आते, रिटायरमेंट की याद दिलाकर डी.वी. से फाइल चलाने के लिए कहता, डी.वी. आश्वासन देता—पहले मन्त्री से मौखिक बात हो जाए, बात हो गई है, मन्त्री प्रधानमन्त्री से अनौपचारिक रूप से बात कर लें, प्रधानमन्त्री को टाइम नहीं मिल रहा है—उधर डी.वी. अपने लटके हुए कामों की याद दिलाता, मायाप्रसाद भी उसी तरह के बहाने निहायत सभ्य तरीके से सामने रख देता और करीने से टाल जाता। जिस दिन डी.वी. के ये काम हो गए, वह बात भी नहीं करेगा। वह मायाप्रसाद का कार्यकाल बढ़वाएगा, क्योंकि उसे ये काम करवाने हैं। अब बात सीधे-सीधे एक हाथ दे, दूसरे हाथ ले पर आ गई थी।

डी.वी. एक दिन अपनी ऊँची एड़ीवाले जूतों पर उचाक-उचाक चाल चलते हुए खुद मायाप्रसाद के कमरे में आया और उसे वह नोट दिखाने लगा जो उसने मायाप्रसाद के कार्यकाल बढ़ाने के प्रस्ताव के रूप में लिखाया था। पूरे दो पेज का नोट ! सरकार के आनेवाले बिलों के बारे में—छापा-नियमों के पुनरवलोकन के बारे में चौदह कामों की लम्बी फेहरिस्त बनाई थी उसने ... वे काम जो बहुत ही अहं थे और जिन्हें पूरा करने के लिए मायाप्रसाद की कार्यावधि को बढ़ाना जरूरी था। ऊपर बाकायदे भारत सरकार, मन्त्रालय ... आदि लिखा था, नीचे डी.वी. के दस्तखत थे। कार्यावधि तीन महीनों के लिए बढ़ाने का प्रस्ताव किया गया था—रिटायरमेंट अभी नहीं, तीन महीने बाद।

"सिर्फ तीन महीने ?" मायाप्रसाद ने ठुनकते हुए कहा।

"इसलिए कि लम्बा समय माँगने पर भाई लोग बिचक न जाएँ। दो-तीन माह से उन्हें तसल्ली हो जाती है। सोचते हैं—कोई नहीं, सिर्फ तीन महीने की तो बात है। बाद में तीन महीने और बढ़ाने के लिए दूसरा प्रस्ताव भेज देंगे।"

"दोबारा एक्सटेंशन में ज्यादा आपत्ति की जाती है—कहेंगे एक बार एक्सटेंशन ले चुका है। इसलिए एक बार में ही ले लें जो लेना है।"

"यू आर राइट ... छः महीने कर देते हैं।"

"कुछ मन्त्रीजी कम करेंगे। आप तो दस महीने करिए।"

"हाँ, यह भी ठीक है ... मेरे प्रस्ताव में चालू वित्त वर्ष के अन्त तक का प्रस्ताव हो। मन्त्रीजी चार महीने कम कर देंगे ..."

"फिर प्रधानमन्त्री के यहाँ कुछ कम होगा। आप तो मन्त्रीजी से सिर्फ दो महीने कम करने का कहिएगा—दो महीने प्रधानमन्त्री के यहाँ कम हो सकते हैं ... तो भी छः महीने तो मिलें। इतने सारे कामों के लिए छः महीने ज्यादा हैं क्या ..."

"चलिए ऐसा कर लेते हैं," डी.वी. मायाप्रसाद की सारी बात मानने के मूड में था।

तीन महीने की जगह चालू वित्त वर्ष के अन्त तक लिख दिया गया। फाइल चल पड़ी। डी.वी. ने तीसरे दिन यह भी बताया कि मन्त्रीजी से क्या बात हुई।

"जब मैंने चार माह कम करने को कहा तो खुश हुए, बोले कि दिखना तो चाहिए कि मन्त्री ने भी माइंड एप्लाई किया है।"

फाइल रास्ते पर चल पड़ी—पहले गृहमन्त्री, उसके बाद फिर प्रधानमन्त्री के यहाँ। फाइल को रवाना कर डी.वी. ने मायाप्रसाद को फिर अपने कामों की याद दिलाई। उनमें से चुनकर एक के लिए कहा—पहले इसे करवाओ। मायाप्रसाद ने भी उस दिशा में कुछ ठोस करने के ख्याल से सुझाया—"कमिश्नर से रिपोर्ट आना है, मैं उससे आज ही फोन पर बात कर लेता हूँ कि रिपोर्ट फटाफट भिजवाए ···"

दिन तेजी से सरकने लगे। फाइल एक बार सुरंग में गई तो पता ही नहीं कहाँ है। मायाप्रसाद को उतना ही पता चलता जो डी.वी. बताते। डी.वी. ने कहा कि गृहमन्त्री के सचिव को बोल दिया है, वे 'पुश' कर देंगे ··· । एक हफ्ता रह गया तो डी.वी. ने बताया कि फाइल प्रधानमन्त्री के यहाँ गई। इधर मायाप्रसाद भी इस या उस बहाने डी.वी. के काम को टाल रहा था। आखिर डी.वी. समझ गया मायाप्रसाद का खेल—वह एक्सटेंशन चाहता है, वह मिलने पर फिर डी.वी. को दौड़ाता रहेगा ··· डी.वी. से खेल खेलता है ! यह आदमी तो एक्सटेंशन के कतई काबिल नहीं है। डी.वी. ने प्रधानमन्त्री ऑफिस में अपने एक दोस्त को फाइल पर बैठ जाने को कह दिया—"और किसी को पता नहीं चलना चाहिए पार्टनर ···"

इन्तजार करते-करते मायाप्रसाद के रिटायरमेंट का दिन आ गया। उसके पहले जब-जब मायाप्रसाद डी.वी. को कुरेदता तो उसका एक ही जवाब होता था—सचिव स्तर पर बोल दिया है, प्रधानमन्त्री किसी दिन भी दस्तखत कर सकते हैं, अब उनसे कौन कहे कि दस्तखत कर दीजिए। वैसे भी ये फाइलें ठीक उसी दिन निकलती हैं, इकत्तीस मई को ही आएँगी ···

इकत्तीस मई आ गई। मायाप्रसाद के रिटायरमेंट का दिन। दस्तूर के हिसाब से रिटायरमेंट के रोज पाँच बजे विभाग की तरफ से एक विदाई समारोह रिटायरमेंट होनेवाले व्यक्ति के लिए रखा जाता था। उसका समय पास आ रहा था और फाइल थी कि उसका अता-पता नहीं। मायाप्रसाद ने विभाग के अध्यक्ष को सुझाया कि विदाई समारोह कल के लिए स्थगित कर दिया जाए। ··· अगर एक्सटेंशन आ गया तो भद्द होगी कि फेयरवेल पार्टी खाकर फिर काम करने आ गए ··· फाइल रात को भी आ सकती है, सरकार सोती कहाँ है, उसके महत्त्वपूर्ण काम तो रात को ही होते हैं !

मायाप्रसाद ··· इतनी व्यावहारिक बुद्धिवाला ··· एक सफल अफसर, हर स्थिति में उलट-पुलट कर अपनी बात को निकाल ले जानेवाला, ऐसी चतुराई का धनी ··· वही दिवास्वप्न देखते-देखते अब ऐसा हो गया था कि रात को बारह बजे तक अपनी कार्यावधि बढ़ाने के आदेश आ जाने के सपने देख रहा था। उस होशियार आदमी को यह समझ में न आया कि एक दूसरे होशियार ने उसे टँगड़ी मार दी है। डी.वी. ने फाइल चलवाई थी सिर्फ उसके एवज अपना काम करवाने के लिए ··· अगर वह नहीं तो डी.वी अपने मन्त्री और गृहमन्त्री की दस्तखत की हुई फाइल को भी जमीन के नीचे गड़वा सकता

था। एक बार कोई रिटायर हो गया तो फाइल अपने आप बन्द कर दी जाएगी।

कुछ नहीं हुआ ·· विदाई समारोह दूसरे दिन के लिए स्थगित करने, रात तक एक्सटेंशन की उम्मीद करने पर लोग-बाग हँसते रहे। मायाप्रसाद का पहली जून से दफ्तर आना बन्द हो गया। इतना चतुर खिलाड़ी !

3

आज संसद में मौजूदा गठबन्धन सरकार के खिलाफ अविश्वास प्रस्ताव था।

हालात इस स्थिति की तरफ तो जाने कब से जा रहे थे ·· जैसे कि धीरे-धीरे बादल बनना और इकट्ठे होना शुरू होते हैं। बुनियादी बात थी कि कांग्रेस जिसकी बाहरी सपोर्ट से सरकार चल रही थी उसमें जबर्दस्त कशमकश थी। कितने वरिष्ठ नेता कब से इस सरकार में हिस्सेदारी करने के लिए कसमसा रहे थे। गठबन्धन की पार्टियाँ सैक्यूलर, तो कांग्रेस भी सैक्यूलर। उनकी विचारधारा एक। प्रधानमन्त्री अपने पद को बचाने के लिए कांग्रेस के कुछ सदस्यों को सरकार में लेने के लिए तैयार भी थे लेकिन गठबन्धन की दूसरी पार्टियों को एतराज था, मन्त्रिमंडल में उनकी सीटें जो मारी जातीं। अभी एक पार्टी के चार-चार मन्त्री थे, तब शायद एक ही रह जाता ·· कांग्रेस बड़ी पार्टी थी, उस हिसाब से हिस्सा-बाँटी करना होता। प्रधानमन्त्री भीतर-भीतर भड़भड़ाकर रह जाते। खराब चीज जो हुई थी वह यह कि इस सरकार का जाना प्रधानमन्त्री पर व्यक्तिगत आक्षेप जैसा हो गया था। चलते-चलते बात इस पर आ गई थी कि गठबन्धन की पार्टियाँ अपने प्रधानमन्त्री को बदल लें तो कांग्रेस सपोर्ट देती रहेगी, गोया कि एक इस प्रधानमन्त्री में ही कुछ खोट थी। कहाँ नीतियों के आधार पर समर्थन देने/वापस लेने की बात, या कि गठबन्धन पर आपत्ति या कि वह जिन पार्टियों का गठबन्धन था उनमें से किसी या कुछ पर आपत्ति ·· और कहाँ सिर्फ एक व्यक्ति को प्रधानमन्त्री के पद से हटाए जाने की माँग। उन्हें यह कुछ लोगों की साजिश लगती थी—किसी तरह उन्हें प्रधानमन्त्री के पद से हटा दो, जैसे प्रधानमन्त्री नहीं किसी छोटे-मोटे अधिकारी को उसके पद से हटाए जाने की माँग हो। लगता था प्रकृति किसी चीज का बदला ले रही थी उनसे। प्रधानमन्त्री बहुत अपमानित महसूस कर रहे थे। भारत के इतिहास में पहले ऐसा कभी नहीं हुआ था जहाँ सिर्फ प्रधानमन्त्री के हटाने की माँग इतने जोर-शोर से की गई हो। उनके खिलाफ मीडिया में तो शुरू से ही प्रचार चालू था। व्यक्तिगत रूप से उन्हें ऐसा लगता जैसे यह दक्षिण और उत्तर का मामला था—उत्तर के लोग किसी दक्षिणी व्यक्ति का प्रधानमन्त्री बनना पचा नहीं पाते। छोटी-से-छोटी बातों को लेकर उनकी खिल्ली उड़ाई जाती। जैसे कि सार्वजनिक कार्यक्रमों में ऊँघने को ही ले लीजिए—अब वे किस-किस को बताएँ कि अगर इन कार्यक्रमों में एक के बाद दूसरा वक्ता बकवास करता चला जाता है, न उस बकवास को रोका जा सकता है, न ही राजनीति की वजह से खुलकर यह कहा जा सकता है कि तुम बकवास कर रहे

हो ··· तो ऐसे में वह व्यक्ति जिसके पास समय कम हो वह अगर कुछ झोंके लेकर अपने को तरोताजा कर लेता है तो इसमें किसी को क्या परेशानी। तारीफ इस बात की होनी चाहिए कि प्रधानमन्त्री इतना काम करते हैं कि सोने का समय नहीं मिलता। जवाहरलाल नेहरू को जब चुनावी कार्यक्रमों में एक के बाद एक सभाएँ सम्बोधित करनी होती थीं तो वे कार में ही झोंके ले लेते थे। उनका किसी ने मजाक नहीं उड़ाया लेकिन अखबारों ने इन प्रधानमन्त्री की फोटो तक छापना शुरू कर दीं जिसमें उनकी आँखें झपकती हुईं, फिर झोंके में गर्दन लटकती हुई और फिर हथेली पर गर्दन रखे गहरी निद्रा में उतरे हुए चित्र क्रमशः, और वे भी अखबार के मुख पृष्ठ पर प्रस्तुत किए गए थे–'गोइंग, गोइंग, गॉन' शीर्षक से। यह मीडिया की क्षुद्रता ही कही जाएगी। दरअसल गलती उनकी अपनी भी हुई, गलती क्या अनुभवहीनता–उन्हें मीडिया को सँभालने के लिए एक मैनेजर रखना चाहिए था जो मीडिया के लोगों के अहं का ख्याल रखता, उन्हें तृप्त रखता। कितने ऐसे मन्त्री हैं जो रखते हैं, जिनके खिलाफ फिर अखबारों में कुछ नहीं निकलता। प्रधानमन्त्री ने सोचा था कि वे अपना काम निष्ठा से दत्त-चित्त होकर करेंगे तो अपने आप ही मीडिया उनकी तारीफ करेगा परन्तु ऐसा नहीं हुआ, क्योंकि ऐसा होता नहीं, खासतौर से अपने देश में। जब उनके खिलाफ प्रचार शुरू हुआ तब वे थोड़ा चौंके लेकिन काम के बोझ की वजह से इस चीज को दरकिनार करते गए जैसे कि अपने पर बनाए गए कार्टूनों को सब राजनेता करते हैं। धीरे-धीरे बादल घने हुए और फटे और अब कांग्रेस ने एक प्वाइंट प्रोग्राम बना लिया था–मौजूदा प्रधानमन्त्री की जगह दूसरा कोई व्यक्ति लाया जाए, वर्ना हम सपोर्ट वापस लेते हैं। गहराई से देखा जाए तो कांग्रेस ने यह प्रोग्राम अपनी इज्जत बचाने के लिए अपनाया था–एक बार सपोर्ट वापस लेने की माँग कर डाली तो अब अगर उस माँग को वापस लेना है तो ··· ? कोई माँग तो रहनी ही होगी ताकि अपनी बात रह जाए ! तो चलो, यही माँग सही कि प्रधानमन्त्री को बदलो। लेकिन उससे क्या–बेइज्जत तो ये प्रधानमन्त्री हुए जा रहे थे। ये इतना ही कर सकते थे कि अपनी पार्टियों को इस बात के लिए राजी कर लें कि वे सरकार गिर जाने देंगे लेकिन कांग्रेस की ऐसी बेतुकी माँग के आगे नहीं झुकेंगे। इस तरह की माँग तो वह कभी भी कर सकती है–इसकी क्या गारंटी कि किसी नए व्यक्ति को प्रधानमन्त्री बनाओ और कल के दिन उसको हटाना भी फिर एक मुद्दा नहीं बना लिया जाएगा।

कुछ दिनों पहले उनके भीतर यह इच्छा उठी थी कि पृथ्वीसिंह को बुलाकर कहा जाए कि वह भा.ज.पा. के नेताओं को सपोर्ट देने के लिए तैयार करे, जैसा कि शिवसेना के नेता के साथ अविनाश कपूर के घर हुई बैठक में तय हुआ था। पृथ्वीसिंह बुलाने पर फौरन आया और उसने वायदा भी किया कि वह भा.ज.पा. के शीर्ष नेताओं से सम्पर्क करेगा, पर उसके बाद वह नहीं आया। डूबते जहाज पर से चूहे भी भागने लगते हैं। जिनका जाना करीब-करीब तय था, उन प्रधानमन्त्री से पृथ्वीसिंह क्यों सम्बन्ध रखेगा भला ? वह गायब हो गया–भीतरी बात यह थी कि मौजूदा प्रधानमन्त्री के पद से हटने

पर पृथ्वीसिंह के नेता प्रधानमन्त्री बन सकते थे। ऐसा मौका पता नहीं फिर आए, न आए। क्या पृथ्वीसिंह को फिर से बुलवाया जाए ? प्रधानमन्त्री का मन नहीं बना। वे खुद इस बात के लिए आश्वस्त नहीं थे कि उनके गठबन्धन की दूसरी पार्टियाँ भा. ज.पा. की सपोर्ट लेने को तैयार होंगी। ऐसा न हो कि अपने पद को बचाया भी न जा सके और भद्द भी हो जाए, गठबन्धन की जो दूसरी पार्टियाँ हैं वे ही आपको अछूत मानकर छोड़ दें। इसलिए पृथ्वीसिंह के सुझाए गए रास्ते पर पूरे जोश से चलना नहीं हो पाया और चलते-चलते आज का दिन आ गया। आज संसद में दूसरे नेताओं के भाषणों के बाद प्रधानमन्त्री को बोलना था। मानसिक स्तर पर वे तैयार हो गए थे कि उन्हें अब यह पद छोड़ना ही होगा ''' लेकिन भीतर भयंकर हताशा थी। जब माँगा नहीं, कभी सोचा भी नहीं था तो पता नहीं कहाँ से यह बड़ा पद मिल गया जैसे आसमान से बेशुमार खजाने की बड़ी पोटली गोद में एकाएक आ गिरी हो। वे नहीं चाहते थे फिर भी पावर के नशे की लत उन्हें भी थोड़ा-थोड़ा लग ही गई, उनके परिवारवालों को बहुत ही ज्यादा। वे लोग इतनी जल्दी बड़ी सुविधाओं और चमक-दमक के आदी हो गए कि अब जब वह सब जाता दिख रहा है तो पूरे परिवार में मातम छाया हुआ है, जैसे कि घर में कोई बड़ी गमी हो गई हो। कोई बड़ा बुजुर्ग या कि कोई बहुत प्यारा व्यक्ति गुजर गया। अजीब है, पर यह है। परिवार यहाँ तक कि उनका बेटा रतनकुमार जो कुछ मामलों में उनसे झगड़-झगड़ पड़ता था—वह भी दिन में कितने चक्कर लगा जाता। प्रधानमन्त्री उसकी तरफ ताकते—वह नौजवान है, वही कुछ क्यों नहीं करता। उसने कभी अपना आधार बनाने, फैलाने पर कभी ध्यान नहीं दिया ''' छोटे-छोटे मामलों, फाइलों, उनके छोटे फायदों में ही लगा रहा। ये नौजवान लोग आगे का नहीं देखते। अब सूखा मुँह लिये घूम रहा है, पिता की तरफ देखता है कि राजनीति के खिलाड़ी तो वे हैं, वे कुछ करें '''

पर वे क्या करें, जितना कांग्रेस को मनाने की कोशिश की जाती है, उतना ही उन्हें हटानेवाली उसकी माँग गहराती चली जाती है। एक ही माँग—इस व्यक्ति को हटाओ। वे समझ नहीं पाते कि उनके खिलाफ क्यों हो गए लोग एकाएक। उन्होंने किसी का कुछ बिगाड़ा नहीं ''' यह वे कैसे कह सकते हैं ? कितने काम उल्टे-सीधे किए, इस या उस दबाव में ''' किसका क्या बिगड़ा, किसकी हाय लग गई ? ईश्वर से डरकर चलनेवाले जीव हैं ''' इस सारे राजनीतिक हो-हल्ले के नीचे उन्हें अक्सर एक बच्चे के रोने की हल्की आवाज सुनाई देती है ''' जैसे मलबे के नीचे दबा कोई छोटा बच्चा कराह रहा हो, निकलने की कोशिश कर रहा हो ''' मलबा जो उनके पहले से ही इकट्ठा किया जाता रहा, जिस पर उन्होंने, उनके साथियों ने एक और ढेर गेर दिया ''' मलबा जो उनके साथी, वे खुद हैं। कांग्रेस कहती है कि उन्होंने कांग्रेस के लिए कुछ नहीं किया। जरूरी है क्या कि आगे आनेवाला नेता करेगा। साफ दिखता है कि कांग्रेस को एक बहाना चाहिए था, बनते-बनते एक यही मुद्दा बन गया कि इस प्रधानमन्त्री को हटा दो। इस पूरे राजनीतिक खेल में नुकसान उनका ही हुआ और भयंकर हुआ। उनकी व्यक्तिगत छवि खराब हो

गई। सरकार के चले जाने की कोई बात नहीं, सरकारें आती हैं, चली जाती हैं पर जनता के आगे जो उनकी छवि हमेशा के लिए खराब की गई तो उसने जैसे उनका कैरियर ही खत्म कर दिया है। यह भी समझ में नहीं आता कि इस बात से कैसे लड़ा जाए, किस तरह फिर से बनेगी उनकी छवि। तकलीफ ज्यादा इस बात की है कि यह सब कुप्रचार से हुआ है। भीतर एक दावानल उबल रहा है। वे आज संसद में जमकर बोलेंगे, सबके चरित्रों का पर्दाफाश करेंगे, कांग्रेस के उस व्यक्ति का विशेषकर जिसने राजनीति खेलते हुए सारी बात को एक इसी मुद्दे पर केन्द्रित कर दिया है कि उन्हें हटाया जाए।

संसद में सबके बोलने के बाद अन्त में जब उनकी बारी आई तो वे जाने कितने कागजों और अखबारों की कटिंग सँभालते हुए खड़े हुए। उन्होंने शुरू किया—"यह वह कुर्सी है जिस पर जवाहरलाल नेहरू बैठते थे (और यह उन्होंने अपने भाषण में बार-बार कहा, दरअसल जब वे हर बार यहाँ बैठते तो भीतर से एक पुलक महसूस करते कि उन्हें उसी कुर्सी पर बैठने को मिल रहा है जिसमें कभी जवाहरलाल नेहरू बैठते थे) मैं भारत का एक छोटा किसान हूँ, मेरा इस कुर्सी पर बैठ जाना लोग कैसे बर्दाश्त कर सकते थे, खासतौर से वे लोग जो समृद्ध वर्ग के हैं जो यह नहीं चाहते कि एक गरीब किसान इस कुर्सी पर बैठे ... "

और वे चलते चले गए उन सारे लोगों पर प्रहार करते हुए जो पिछले आठ महीनों से उनके खिलाफ कुप्रचार फैला रहे थे। अन्त में वे उस व्यक्ति पर आए जो कांग्रेस पार्टी का वरिष्ठ नेता था और जिसने यह माँग खुलेआम आगे बढ़ाई थी कि इस प्रधानमन्त्री को हटाया जाए। विदेशी अखबारों के एक पर एक कटिंगों को उद्धृत करते हुए वे लेखों के लम्बे अंश पढ़ते चले गए जिनसे यह निष्कर्ष निकाला गया कि कांग्रेस पार्टी का यह व्यक्ति स्वयं प्रधानमन्त्री बनना चाहता था—वह बूढ़ा था, उसके पास समय कम था ... इसलिए उसने जिस किसी बहाने से एक अच्छी खासी चलती सरकार गिरा दी। जहाँ-जहाँ उन अखबारों में उस बूढ़े व्यक्ति का जिक्र था वहाँ-वहाँ उन्होंने अपने भाषण में खास जोर दिया, कुछ अखबारों के शीर्षक भी उद्धृत किए 'दी ओल्ड मैन इन ए हरी !'

वे चलते चले गए जब तक कि गला बैठने को नहीं हो आया। पूरा देश उन्हें देख रहा था, उनके भाषण को सुन रहा था। यह मौका फिर कब मिलनेवाला था। उन्होंने एक-एक करके सब लोगों की खबर ली। मीडिया को जरूर वे बचा गए क्योंकि इससे अपनी कमजोरी ही उजागर होती। दूसरे, आगे उन्हें मीडिया से काम फिर पड़नेवाला था। आखिर में उन्होंने बहुत ही भावनात्मक अन्दाज में कहा—"इन लोगों ने मुझे धूल में मिलाने की कोशिश की है, मैं इसी धूल से फिर उठूँगा, फिर यहाँ बैठूँगा, जहाँ कभी जवाहरलाल नेहरू बैठते थे।" उस वक्त उनकी आँखें आधी खुली, आधा बन्द ... 'ट्रांस' में थीं, जैसे वे भाव में आ गए थे और भविष्य देख रहे थे।

भाषण के अन्त में पहुँचकर आवाज थककर बहुत पतली हो आई थी। वह बहादुरी का तेवर नहीं, पस्त व्यक्ति का हताश स्वर था। गठबन्धनवाली पार्टियों ने उन्हें बलि

का बकरा बनाया ··· उनके जाने के बाद वे तुरन्त कोई दूसरे नाम का प्रस्ताव कर देंगे और कांग्रेस के समर्थन से फिर सरकार बना लेंगे। यही गठबन्धन चलेगा, इसी की सरकार चलेगी ··· सिर्फ वे न होंगे। उनका दोष ··· क्या चीज है जो उनमें नहीं है और जो नए व्यक्ति में होगी जो प्रधानमन्त्री बनेगा ? वे प्रधानमन्त्री रह चुके तो अब साधारण मन्त्री भी नहीं बन सकते। एम.पी. नहीं थे, न हो पाएँ ··· वे बस इधर-से-उधर डोलते रहेंगे। जरूर यह किसी अदृश्य शक्ति ··· काल का प्रकोप रहा ··· कि कहाँ से एकाएक उठाया, कितनी कम देर को चलाया और फिर एकाएक यों पटक दिया !

यहाँ से कहाँ जाएँगे वे ? प्रधानमन्त्रीवाली कोठी खाली करनी होगी। परिवार अपने प्रान्त में अपने घर पहुँच जाएगा, बेटा रतनकुमार अपने व्यापार में जाकर लग जाएगा ··· वे कहाँ जाएँगे ? अपने घर, और कहाँ ? उन्हें ज्योतिष में पूरा विश्वास है, ज्योतिषी वे हमेशा साथ रखते रहे हैं और उसी की सलाह से, मुहूर्त वगैरह देखदाखकर ही कोई नया काम शुरू करते हैं। उन्हें यह बताया गया था कि सत्ता का यह दौर अल्पकालिक होगा, डेढ़ साल की उठापटक के बाद फिर उनका समय आएगा, सत्ता-जोग हो सकता है। धीरज से उस समय की प्रतीक्षा करनी है। विधि ही उन्हें यहाँ ले आई, वर्ना अपने प्रान्त की राजनीति में अच्छे खासे चल रहे थे। वहाँ से उठा लिया गया उन्हें। वे चले आए। पीछे प्रान्त में उनकी जड़ें उखड़ने लगीं। वे यह लगातार देख रहे थे, सँभालने का समय ही नहीं मिलता था। सोचते थे—क्या करना अब प्रान्त का, अब केन्द्रीय राजनीति में ही आगे चलेंगे ···

लेकिन यहाँ तो एकाएक ही पत्ता साफ हो गया। गठबन्धन में ही नहीं उनकी अपनी पार्टी में भी सब हम-कद हैं। उनका कद बड़ा हो गया था प्रधानमन्त्री होने के कारण। अब वह नहीं तो सब बराबर। वे लोग और कोशिश करेंगे कि जल्दी से उनका प्रधानमन्त्रित्व भुला दिया जाए, ताकि वे पार्टी के साधारण सदस्य की कोटि में आ जाएँ और पोलीथिन के खाली थैले की तरह इधर-उधर उड़ते फिरते रहें।

बड़ी-बड़ी कोठियाँ, एक-एक मिनट की व्यस्तता, हर जगह केन्द्रीय बिन्दु बना रहना, आँख उठाने की देर और सबकुछ हाजिर ··· सब झलक दिखाकर चला गया। कहने को तो कह गए वे कि वे फिर आएँगे, पर क्या वाकई आ सकेंगे ··· आने देंगे ये सब लोग, जिनका अभी ही, हर क्षण एक ही काम रहा—उन्हें काटना।

कैसी है राजनीति की ये दुनिया, जहाँ हर व्यक्ति हर पल दूसरे को काटने में ही लगा रहता है, दूसरों को काटकर ही आगे बढ़ता है ··· कहीं पहुँच भी गया तो लोग ईंटें खिसकाने में लगातार लगे रहते हैं ··· कब तक बचोगे, गिरे तो यह नहीं कि वहाँ से शुरू करो जहाँ गिरे थे। शुरू करना होता है वहाँ से, जहाँ से चले थे, कभी-कभी तो उसके पहले से भी।

प्रधानमन्त्री को याद आया दक्षिण में अपना घर ··· जहाँ घुसते ही आँगन और आँगन के बीचोबीच गणेशजी की एक विशालकाय प्रतिमा स्थापित है। आनेवाला इस प्रतिमा से आतंकित होता है। फिर जिस कमरे में प्रतीक्षा करनेवाले बैठते हैं, वह कमरा कम,

मन्दिर ज्यादा लगता है, चारों तरफ देवी-देवताओं की मूर्तियाँ। उनकी पार्टीवाले उन्हें शक से देखते हैं ⋯ यह व्यक्ति कैसे 'सैक्यूलर' हो सकता है—वह जो पूजा की बिन्दी भी लगाता है। जरूर इसकी भारतीय जनता पार्टी से मिलीभगत होगी। क्या इसी कारण उनका शिकार किया गया ?

घर की पूरी कायापलट कर देना मुश्किल है। आँगनवाली मूर्ति को भी छोटा नहीं किया जा सकता वहाँ से उसे हटाना तो दूर। लोग जिन्होंने बचपन से उन्हें देखा है, वर्षों से वह घर देखा है—वे क्या कहेंगे—पितरों की स्थापित की हुई गणेशजी की प्रतिमा हटा दी ! लेकिन इस बार घर जाकर इतना तो करेंगे कि हिन्दू मूर्तियों के बीच एक-दो चिह्न दूसरे धर्मों के भी रख लेंगे। प्रधानमन्त्री के रूप में भेंट मिली दो चीजें उन्होंने इस काम के लिए अभी से अलग रख ली हैं—वर्जिन मेरी की एक मूर्ति और संगमरमर की एक मस्जिद।

माथे पर की भभूतवाली बिन्दी पहले ही छोटी और धुँधली कर ली है, उसे हटाया भी जा सकता है।

4

गठबन्धन पार्टियों की वह सरकार गिर गई। प्रधानमन्त्री के साथ गए उनके सभी मन्त्री जो क्या-क्या सपने देखते हुए अपने पदों पर बैठे थे। कुछ को शायद जिन्दगी में दोबारा कोई पद पाने का मौका भी न मिले। इतने कम समय में भी वे अपने-अपने ढंग से पावर की लम्बी चादर तान पसर गए, अपनी-अपनी तरह से सरकारी मशीनरी की खींचातानी की, उसका अपने फायदों के लिए इस्तेमाल किया। जो उनके आड़े आया उन अधिकारियों को ताबड़तोड़ हटाया। मजा था ⋯ क्योंकि यह गठबन्धन सरकार थी, रोक लगाने के लिए कोई भी उनके ऊपर न था—न गृहमन्त्री, न प्रधानमन्त्री। प्रधानमन्त्री को कमजोर होना ही था और वह हो तो मन्त्रियों के लिए स्वर्णकाल !

जैसी कि प्रधानमन्त्री जो गए, उन्हें आशंका थी ⋯ गठबन्धन पार्टियाँ अपनी इस आपत्ति पर अड़ी न रह सकीं कि कांग्रेस पार्टी हमें बतानेवाली कौन होती है कि हमारा कौन प्रधानमन्त्री हो। संसद में विश्वास मत हारने तक वह सैद्धान्तिक हठ रहा, दूसरे दिन ही वह ढह गया और नए नाम की खोज होने लगी ⋯ कांग्रेस पार्टी ही हममें से किसी को हमारा नेता धीरे से बता दे ⋯ हम उसे ही चुन लेंगे, पर हाय ! हमें सरकार में बने रहने दो, हमें हटाओ मत ⋯ कहो तो हम तुम्हारी ही पार्टी का नेता चुन लें ⋯ चलो नाम के लिए हमारा आदमी, जिसे भी तुम चुनो ⋯ और हम तुम्हारे कहने पर चलेंगे। तुम जिसे जब कहोगे हम चीथेंगे, जब कहोगे हम भूकेंगे, जब कहोगे जीभ निकालकर बैठ जाएँगे, हाँफते हुए ⋯ बैठे रहेंगे ⋯

कांग्रेस पार्टी की पसन्द का नेता जो पहले कभी कांग्रेस में भी रहा था, उसे प्रधानमन्त्री बनाने के लिए उठा लिया गया और फिर गठबन्धन सरकार बन गई, वैसी

ही—मोहन्ती के मन्त्रीवाली पार्टी ने कुछ दिनों का एक नाटक किया कि वह सरकार में शामिल नहीं होगी ··· बाकी पार्टियों की तरफ से अनुनय-विनय करवाए गए कि उनके बिना सरकार अपूर्ण रहेगी, वे आ जाएँ। मोहन्ती का मन्त्री होशियार, उसने अपनी छोटी-सी पार्टी की जनरल मीटिंग से यह प्रस्ताव पारित करा लिया कि पार्टी सरकार में आए या न आए—यह फैसला पार्टी के अध्यक्ष करेंगे। इस बीच उसने चुपचाप कई उद्योगपतियों को पार्टी-अध्यक्ष के पास सिफारिशों के साथ भिजवाया—वे उद्योगपति जिन्हें मोहन्ती के मन्त्री से फायदे का आश्वासन था। उद्योगपतियों को मोहन्ती का मन्त्री उसके पुराने पद पर चाहिए था ! तीन-चार दिनों की इस रूठन का ही फायदा उठा लिया गया। समानान्तर मीडिया के मार्फत प्रचारित किया गया—"मोहन्ती का मन्त्री लाओ, देश बचाओ !" फिर एक दिन पार्टी के अध्यक्ष ने अपना मौन तोड़ा और गम्भीर स्वर में घोषणा की—"देश के व्यापक हितों को ध्यान में रखते हुए हम सरकार में शामिल होते हैं !"

तो मोहन्ती के मन्त्री मान-मनव्वल के बाद फिर अपनी जगह आ गए। आते ही उन्हें पता चला कि मोहन्ती की जगह जिस व्यक्ति की नियुक्ति करवाई थी वह कम्बख्त अपनी टिप्पस भिड़ाकर विदेश एक नियुक्ति पर जा रहा है। उन्होंने उसे बुलाया और उस पर जमकर बरसे—"आपको बताना चाहिए था कि आपने विदेश की पोस्टिंग के लिए दरख्वास्त लगा रखी है। हम कोई दूसरे के लिए प्रस्ताव भेजते—अब फिर वही सचिवों की कमेटी, मन्त्रियों की कमेटी की रिगमरोल में लगिए।" मन्त्री को जल्दी ही अपना एक आदमी चाहिए था जो फटाफट उनके कहे काम करते चला जाए, वे न कहें तो भी समझे और कर डाले। वक्त कम था। मन्त्रीजी ने फिर सीधे वरीयता-क्रम से एक अधिकारी को उठाया ताकि कोई उनकी 'निष्पक्षता' पर उँगली न उठा सके। भीतरी बात यह थी कि वे वरीयता-क्रम से इसलिए उठा रहे थे कि कहीं मायाप्रसाद न आ जाए। दाँवपेंची में मायाप्रसाद उन्हीं की बिरादरी था ··· मन्त्री को चाहिए था मोहन्ती की तरह साफ-सुथरा, सीधा पर उनकी तरह अड़ियल नहीं—जो कोई प्रतिरोध न खड़ा करे, प्रतिरोध दिमाग में भी न लाए ! विदेश जानेवाले सदस्य के बाद वरीयता-क्रम में जो था, वह मायाप्रसाद के ऊपर था ··· उसके लिए उन्होंने कार्यवाही शुरू करा दी, डी.वी. को फाइल के पीछे लगाकर जल्दी कराने को कहा।

समय कीमती था, लेकिन समय ही उन्हें दगा दे गया। यह सरकार भी ज्यादा न चली। कांग्रेस ने एक दूसरे मामूली प्रकरण के बहाने सिद्धान्त की बात की और फिर गठबन्धन सरकार के नीचे से दरी खींच ली। वे इसी बात को सिद्धान्त की बना लेते थे कि फलाँ दिन दो कांस्टेबल उनके नेता के बँगले के सामने रात को देखे गए ··· सरकार उनसे जासूसी करा रही थी ! गठबन्धन सरकार फिर औंधे मुँह गिरी और चुनावों की घोषणा हो गई। चुनाव के बाद भा.ज.पा. ने सरकार बनाई और मोहन्ती के मन्त्री सड़क पर थे। न केवल वे चुनाव हार गए, उनकी पार्टी का कोई कहीं नहीं जीत सका। जिन छोटी पार्टियों के आने में वे इतिहास का नया दौर देखते थे ··· उन पार्टियों में कई, उनकी

भी—राजनीतिक परिदृश्य से गायब थीं। मोहन्ती के मन्त्री ने नए अध्यक्ष के लिए इतनी योजनाएँ बनाई थीं, डी.वी. को दौड़ाया था, खुद फोन-फान किए थे ··· उसके आने के कुछ समय बाद ही मन्त्रीजी का ही पत्ता साफ। बेचारा मोहन्ती का मन्त्री ! अब सारा आलम ही बदला हुआ था। पहली बार जब गठबन्धन सरकार गिरी थी, तब यह तय होते ही कि नए प्रधानमन्त्री पर कांग्रेस के साथ एकमत हो रहा है, मीडियावालों और उद्योगपतियों को उम्मीद बँध गई थी कि मोहन्ती के मन्त्री आएँगे ही आएँगे—वही मिली-जुली पार्टियाँ ही तो हैं, वे आएँगे तो उन्हें वही जगह दी जाएगी जो उनके लिए खाली रखी हुई थी ··· इसलिए उस दरमियान जब मोहन्ती के मन्त्री मन्त्री नहीं भी थे तो लोग, मीडिया आदि उसका ख्याल करते रहे ··· लेकिन चुनाव में हार के बाद सबकुछ बदल गया। मोहन्ती के मन्त्री विस्मृति में फिंके हुए एक किनारे पड़े थे। कहाँ कोई दिन ऐसा नहीं जाता था जब हर अखबार में कहीं-न-कहीं उनका नाम न हो, आए दिन उनकी फोटो न निकले ··· चश्मे के पार से आत्ममुग्धता में मुस्कुराती आँखों, थोड़ा खुली रखी गई एक-सी दन्तपंक्ति ··· कहाँ अब किसी अखबार में उनकी दो लाइनें क्या उनका नाम भी कहीं नहीं। मीडिया—बेवफा औरत ! उसने एकाएक मुँह मोड़ लिया। मोहन्ती के मन्त्री को उस थोड़े से सत्ता-समय में भी यह भ्रम हो गया था कि हर अखबार, पत्रिका, टी.वी. आदि जो उनकी बात लेने और मीडिया में देने को लालायित रहते हैं, वह उनके व्यक्तिगत गुणों के कारण हैं। उनकी जो बौद्धिकता, विश्व स्तर की सोच, अन्तर्राष्ट्रीय ख्याति आदि है उसकी वजह से सब लोग उन्हें जानते और पूछते हैं। मन्त्री तो कई हैं, सबको अखबार क्या इतनी जगह देते हैं ? कैबिनेट में वे सबसे ज्यादा बुद्धिमान, जानकार और काबिल मन्त्री हैं ··· लेकिन उन्हीं दुकौड़िए पत्रकारों को देखो—मन्त्री-पद छूटा नहीं कि उन्हें नजरअन्दाज कर दिया, एकाएक उनकी व्यक्तिगत खूबियाँ कुछ नहीं, कहीं नहीं ? हाय जालिम ! वे लंच और डिनर तो याद रखते जो मोहन्ती के मन्त्री हर तीसरे-चौथे महीने दिया करते थे। मोहन्ती के मन्त्री को विस्मृति के जंगल में खो जाने के लिए छोड़ दिया। पहले वे कहीं जा रहे हों, टी.वी. चैनल्सवाले एक साथ कई माइक उनके मुँह में लगा देते ··· उन्हें हाथ से जबर्दस्ती हटाना पड़ता था, अब उन्हीं टी.वी. वालों में कोई कहीं दिख गया तो मोहन्ती के मन्त्री उसकी आँख पकड़ने की कोशिश करते हैं ··· वे लोग आँखें चुराए अपना काम करते रहते हैं। बहुत अपमान महसूस होता है। कहाँ है राजनीति की दुनिया में उन जैसा बौद्धिक, उन जैसा कानून का ज्ञाता, उन जैसी अंग्रेजी बोलनेवाला, तर्क की मार से किसी भी चीज को ध्वस्त कर देनेवाला। इतनी विशिष्ट नस्ल को ये अखबारवाले, जो स्वयं को उसी बौद्धिकता, तर्क, सोच आदि से जोड़ते हैं, उसे ये नकार रहे हैं। हाल ही में एक लेख उन्होंने एक अखबारवाले को दिया जो उनके इर्द-गिर्द बहुत घूमा करता था, चलते-चलते सलाह दे डाली कि इसे 'सेंट्रल आर्टिकल' की तरह छाप देना ··· उसने दूसरे दिन लेख लौटा दिया, बोला कि 'चीफ एडीटर' ने कहा है कि इस विषय पर वे प्रसिद्ध अर्थशास्त्री श्री ··· से लिखवा रहे हैं। कल तक इतना बड़ा लेख क्या ··· उनके बोले दो जुमले ही कोई बढ़िया शीर्षक देकर

बड़े-बड़े अक्षरों में मुख पृष्ठ पर छापते थे। मोहन्ती के मन्त्री खून का घूँट पीकर रह गए ⋯ यह क्या हुआ ⋯ यानी अगर मन्त्री न हो कोई तो कुछ नहीं। कहाँ मन्त्री का बड़ा मकान, कार ⋯ कहाँ अब कुछ नहीं। मकान भी जल्दी खाली करना पड़ेगा, क्योंकि संसद सदस्य भी नहीं थे।

हाय री बेरहम दुनिया ! कि समय बदलते ही ⋯ । उस अल्पकाल में सत्ता में रहने पर भी कितने बड़े-बड़े व्यापारिक संस्थानों से सम्बन्ध बने, वे खुद दौड़े चले आते थे, लेकिन बच्चे जैसे रेत पर घर बनाते हैं जिन्हें हवा या पानी की लहरें देखते-देखते साफ कर देती हैं ⋯ एकाएक साफ। कल के दिन जो उनकी एक नजर पाने, किसी तरह अपॉइंटमेंट मिल जाने के लिए बेताब रहते थे, आज बिना किसी काम के भी फोन करो तो पी.ए. से कहला देंगे—"मीटिंग में हैं" ⋯ वे ही हथकंडे जो कभी उनके पी.ए. अपनाते थे। इन्हें यह भी ख्याल नहीं कि कल वे फिर मन्त्री बन सकते हैं। वे सोचते हैं—मोहन्ती के मन्त्री चुनाव हारे हैं तो पाँच साल को तो गए, फिर उनकी पार्टी भी धूल चाट गई, उन पर अब ध्यान देने की क्या जरूरत ! अरे जालिमो !

अब चढ़ान पर थे श्री अरविन्द माथुर जो नए मन्त्री थे। उनकी छवि ईमानदार आदमी की थी। उनके सामने सबसे पहले सवाल था कि वे डी.वी. और रमेशकुमार का क्या करें। रमेशकुमार तो खैर बाजार से उठाए गए, पूर्व मन्त्री के आदमी थे तो उन्हें तो सीधे-सीधे कहलवा दिया कि इस्तीफा दें और घर जाएँ ! डी.वी. ने पूर्व मन्त्री की इस हद तक खुशामद की थी कि वे न होते हुए भी उन्हीं के आदमी दिखते थे। नए मन्त्री को यह भी याद था कि बहुत पहले कभी डी.वी. के खिलाफ भ्रष्टाचार के आरोप थे और उनके यहाँ सी.बी.आई. ने छापा भी डाला था। जब वे मन्त्रालय के प्रमुख अधिकारियों से मिल रहे थे तो डी.वी. के सामने आते ही सबके सामने बोल गए—"अरे आप अभी भी हैं, आपको तो जेल में होना चाहिए था।" डी.वी. का चेहरा फक्क पड़ गया—सालों पहले की बातें मन्त्री के बच्चे को याद हैं, लेकिन डी.वी. ने छोड़ना तो सीखा ही नहीं था, शर्म को कैरियर के शुरू में ही अपने गाँव के तालाब में फेंक आया था। उसने मन्त्री का रुख बदलने की पूरी कोशिश की। उनके साथ अकेले होते ही डी.वी. ने भूमिका बाँधना शुरू कर दी :

"सर ! मैं तो कब से इन्तजार में था कि आपकी इनोवेटिव थिंकिंग के साथ मुझे भी चलने का मौका मिले। पिछली बार आपके साथ था तो कितना कुछ सीखने को मिला था।"

डी.वी. ने भ्रष्टाचार के आरोपों में फँसने के पहले इस मन्त्री के साथ थोड़े दिनों काम किया था और बढ़िया निबाही थी, जैसे वह किसी से निभा लेता था। वह उनसे भी बनाकर रखता था जो सत्ता से बाहर थे ⋯ पर सिर्फ उन्हीं से जो सत्ता में लौट सकते थे। अरविन्द माथुर ने तभी पार्टी बदली थी, भा.ज.पा. में चले गए थे जो तब कहीं

नहीं थी। डी.वी. गोता खा गया वह यों कि उसने सोचा कि देश में भा.ज.पा. की सरकार तो कभी बननेवाली ही नहीं, कम-से-कम अगले पन्द्रह वर्षों में तो नहीं ही और तब तक डी.वी. सरकार को पूरी तरह दुह चुका होगा। उसने सोचा कि अरविन्द माथुर तो अब गया काम से, उसका राजनीतिक कैरियर तो खत्म और पूछताछ भी बन्द कर दी। जैसे अच्छा तैराक भी कभी-कभी डूब जाता है, वैसे ही हर चतुर आदमी से कभी-न-कभी जबर्दस्त चूक हो बैठती है जो उसे ले डूबती है। डी.वी. द्वारा की जाती उपेक्षा को माथुर आज तक नहीं भूले थे। फिर डी.वी. के खिलाफ जो भ्रष्टाचार का मामला चला था उसकी काफी-कुछ जानकारी उन्हें थी। उनमें और पुराने मन्त्री में एक बड़ा फर्क यह था कि जहाँ पुराना मन्त्री घाघ था—कहना कुछ करना कुछ, अपने व्यवहार में भी राजनीति खेलता था, ये मुँहफट थे—भड़ से बोल डालते थे और दूसरे ये, भ्रष्टाचार बर्दाश्त नहीं कर सकते थे। डी.वी. की बदनसीबी कि माथुर अक्खड़ भी थे, किसी की नहीं सुनते थे।

"अब तो आप इतना सीख चुके हैं कि मुझ जैसे कई लोगों को पढ़ा सकते हैं," उन्होंने व्यंग्यात्मक लहजे में डी.वी. से कहा।

"सर, आप एक मिनट को भी यह न सोचें कि मैं पुराने मन्त्री का आदमी हूँ। परमानेंट सर्विस के होने का एक नुकसान है ये कि हमें सभी काम करना पड़ता है, पर आप जानते हैं कि विचारों में मैं खुद को आपके नजदीक ज्यादा पाता हूँ। आपको कोई शिकायत नहीं होगी। आपका तो ट्राइड हैंड हूँ सर ! पुराना आदमी।"

"अखबारों में जो आपके बयान छपते थे वह मैं पढ़ता रहा हूँ।"

"वे सब तो पुराने मन्त्री के कहने पर दिए गए। आप तो जानते हैं कि हमें मन्त्री की लाइन पर ही चलना होता है।"

"लेकिन वहाँ काफी कुछ दूसरा भी झलक जाता है। मुझे यह कहने में जरा भी संकोच नहीं है कि मुझसे पहले जो मन्त्री थे वे एक नम्बर के धूर्त हैं और मैं उनके लोग पालकर अपने यहाँ खुफिया नहीं रखना चाहता।"

"पर सर ! मैं तो हमेशा से आपका आदमी था। बीच में उनके साथ, जैसे कइयों के साथ काम करना पड़ा।"

डी.वी. की बदकिस्मती कि ये मन्त्री पूर्व मन्त्री से भी खफा थे। वे तय करके आए थे कि उनके हर आदमी को बदल देंगे। रमेशकुमार की बिना मिले ही छुट्टी कर दी थी, बिल्कुल चिन्ता नहीं कि वह उनके खिलाफ लिखेगा ··· लिखेगा तो पढ़नेवाले समझ भी जाएँगे कि पुराने मन्त्री का आदमी है तो यही लिखेगा, और क्या ! डी.वी. से तो यह भी भय नहीं था कि वह उनके खिलाफ लिखेगा, बोलेगा। जुबान कहाँ होती है अफसरों के पास !

"देखिए डी.वी. साब ! आप जरूर स्थायी सर्विस के हैं, लेकिन आप लोग हमारे रिश्तेदार नहीं हैं कि हम आपको स्थायी रूप से रखें। हम उन्हें रखेंगे जो आज हमारे काम के हैं। आप जब हमारे साथ काम किए थे तब से गंगा में बहुत पानी बह गया। हम राजनेता लोग हैं, अपने विश्वास के आदमी रखेंगे। वह कल कोई और आज कोई

और हो सकता है। सब आपकी ब्यूरोक्रेसी से ही आते हैं ⋯ सब एक ही जुबान बोलते हैं ⋯ सिर्फ आप ही नहीं हैं जो यह कहते हैं कि हम आपके आदमी हैं, आप हमारे लिए सबकुछ करने को तैयार हैं। आपकी ब्यूरोक्रेसी के सब तैयार हैं। हमेशा रहते हैं। सब ये ही जुमले, ये ही शब्द बोलते हैं। मैंने खूब देखा है आप लोगों को। जरा मन्त्री के पास आ गए, उससे फोन पर बात होने लगी, तो अपने को ब्यूरोक्रेसी से अलग समझने लगे, पॉलिटिक्स खेलने लगे ! मन्त्री तो फिर भी सरकार गई तो चला जाता है। बड़ा अफसर कभी नहीं जाना चाहता, बड़े-से-बड़े पद से रिटायर हो तब भी नहीं। तब वह अपने चहेते मन्त्री का सलाहकार बनना चाहता है और नहीं तो किसी प्रशिक्षण संस्था का निदेशक या किसी विश्वविद्यालय का उपकुलपति और नहीं तो ओ.एस.डी. ऑफिसर ऑन स्पेशल ड्यूटी। उसे हमेशा कुछ-न-कुछ चाहिए। मैंने खूब देख लिया ⋯ देखिए चुनना मुझे है कि आज मेरे साथ कौन रहेगा। इसमें बुरा मानने की कोई बात नहीं है। मैंने अपना आदमी चुन लिया है, प्रधानमन्त्री से बात हो चुकी है ⋯ हर मन्त्री को अपनी टीम चुनने का अधिकार है।''

और वे उठ गए। डी.वी. जो मुश्किल से एक साल पहले ऐसे व्यवहार करते थे जैसे मोहन्ती जैसों के भाग्यविधाता वे ही हैं, आज अपना भाग्य नहीं बना पा रहे थे। जो सोचा नहीं था वह हो गया। भा.ज.पा. आ गई और प्रधानमन्त्री ऐसा जिसके पास पहुँचा तो जा सकता है पर जिस पर किसी का असर नहीं। वे एक अफसर को खुश रखना चाहेंगे या अपने एक वरिष्ठ मन्त्री को। डी.वी. मोहन्ती से कहा करते थे—''सचिव तो कई होते हैं, हर जगह टहलते मिल जाएँगे ⋯ लेकिन सचिवों के कुछ ही पद हैं जो काम के हैं, जहाँ पूछ है, पावर है ⋯ जो चाहिए, वर्ना सचिव कहाँ का हुआ।'' मौजूदा पद उनमें से एक था, कितनी मुश्किल से पाया था—यहाँ एक साल बादशाहत की जो मोहन्ती के मन्त्री को दिखाई नहीं देता था लेकिन जो आज मन्त्री था वह बाहर से देख-सुन रहा था। उन्होंने प्रधानमन्त्री को अच्छी तरह डी.वी. के बारे में समझा दिया था।

समय का थोड़ा-सा अन्तराल। मोहन्ती के मन्त्री और डी.वी. उसी तरह गए जैसे मोहन्ती गए थे। डी.वी. तो एकदम वैसे ही ⋯ क्योंकि जब आदेश आए तो उन्हें प्रधानमन्त्री कार्यालय में सचिव बना दिया गया। दिखाई ऐसा दे कि तरक्की है, पर काम नाम मात्र का—प्रधानमन्त्री के लिए कुछ मीटिंगें आयोजित करते रहना। उनका मुँह सूख गया। उन्हें दे दिया गया था गलीवाला एक फालतू-सा पद, नाम के लिए प्रधानमन्त्री कार्यालय में सचिव। लेकिन बेचारे क्या कर सकते थे। मोहन्ती जैसा स्थानान्तरण ही ⋯ उस व्यक्ति का जो उतना ही होशियार और चलते पुर्जा था जितना मोहन्ती गोबर थे ⋯ लेकिन मोहन्ती को वह सब सुनना नहीं पड़ा था, जो डी.वी. सुनकर गए।

मोहन्ती के मन्त्री और डी.वी. दोनों का साम्राज्य समाप्त हुआ था, मोहन्ती जेल से छूटे थे ⋯ यह फर्क था।

खम्भों जैसी खड़ीं सचिवालय की दो इमारतें ⋯ पत्थर ⋯ सख्त। जो अपने को बहुत चतुर मानते हुए उनमें घुसे थे उन्हें भी वैसे ही रास्ता दिखा दिया जैसे एक दिन मोहन्ती

को दिखाया था। इमारतें अपनी कठोरता में अविचल खड़ी थीं ... निर्लिप्त, निर्विकार जैसे कुछ हुआ ही न हो। उनके लिए मोहन्ती, मोहन्ती के मन्त्री, डी.वी. जैसे लोग सिर्फ मोहरे थे ... वे उनसे खेलती रहतीं ... कभी यह चमका तो वह पिटा, वह गया तो दूसरा आया। थोड़े समय के लिए उन्हें उचकने, कूदने, अपने खेल दिखाने का मौका दिया जाता, बाद में इमारतें उन्हें कागज की पुड़िया बनाकर बाहर फेंक देतीं। अब वे क्या करें अगर कुछ नासमझ यहाँ आकर अपनी नियति भूल जाते थे और अपने खेल खेलने में ऐसे लग जाते, जैसे ताजिन्दगी यहीं रहना हो ... और इधर कुछ सालों से अक्सर तो वे लोग खासे खतरनाक और गन्दे खेल खेलते थे।

ये नादानियाँ ! सचिवालय की इमारतें अंग्रेजों के वक्त से देख रही थीं।

5

अविनाश कपूर ने अपनी कम होती आमदनी को उछाल देने के लिए एक लम्बी उचाक मारी। उसने अन्तर्राष्ट्रीय स्तर पर मुम्बई में की जानेवाली एक सौन्दर्य प्रतियोगिता की योजना बनाई। एक भव्य आयोजन का प्रस्ताव था जिसमें मुख्य रूप से रकम लगानेवाला स्वयं अविनाश था। दरअसल वह एक बड़ा व्यापारिक जुआ था। अविनाश ने बैंकों से उधार लिया, मकान गिरवी रखा। उसे उम्मीद थी कि इस 'मेगा-शो' से उसे इतना ज्यादा मिल जाएगा कि कर्ज चुकाने के बाद भी लम्बी-चौड़ी रकम बची रहेगी, जो उसके बाद की पीढ़ियों के लिए काम आएगी। शिवसेना ने इस आयोजन का विरोध किया—कि वह अपनी संस्कृति के खिलाफ जाता था, उसमें स्त्रियों का नग्न प्रदर्शन था आदि-आदि। शिवसेना ने जिद ठान ली कि उस शो को मुम्बई में नहीं करने देंगे। अविनाश ने पृथ्वीसिंह को पकड़ा कि वह शिवसेना के बड़े नेताओं से बात करे। अविनाश ने पृथ्वीसिंह के कहने पर अपने घर प्रधानमन्त्री और शिवसेना के बड़े नेता की मुलाकात कराई थी। अविनाश फिल्मी दुनिया का आदमी ... उसकी समझ में यह नहीं आया कि पृथ्वीसिंह की अपनी असली हस्ती क्या थी, अविनाश के घर शिवसेना के बड़े नेता आ गए थे तो इस कारण कि वहाँ प्रधानमन्त्री खुद आनेवाले थे। पृथ्वीसिंह की आदत फाँकी मारने की तो थी ही—वह शिवसेना और प्रधानमन्त्री दोनों से ही अपने ताल्लुकात बढ़ा-चढ़ाकर बताता रहा था। अब भी उसने साफ-साफ नहीं स्वीकारा कि उसके कहने से शिवसेना के नेता कुछ नहीं करेंगे, उल्टे अविनाश को राजनीतिक शैली में झूठमूठ दिलासा देता रहा। अविनाश को जब वह अपना दोस्त मानता था तो दोस्त की तरह सबकुछ साफ कर देना चाहिए था ... पृथ्वीसिंह वह करता अगर साधारण आदमी होता। हर पल राजनीति खेलते रहने के कारण वह अपने व्यक्तिगत सम्बन्धों में भी दाँवपेची खेलने लगा था ... अविनाश को अगर बढ़ा-चढ़ाकर नहीं बताता रहेगा तो वह उसके साथ आना ही बन्द कर देगा। दुनिया ऐसी ही थी। यहाँ व्यक्तिगत और साफ-सुथरे की गुंजाइश ही कहाँ थी ! बहरहाल न पृथ्वीसिंह ने किसी से कुछ कहा, न अविनाश के आयोजन का

विरोध कम हुआ। आयोजन के लम्बे-चौड़े विज्ञापन निकल चुके थे, शुरू की काफी तैयारियाँ की जा चुकी थीं। अब रोकने में अपमान और पैसे का नुकसान दोनों थे। फिर भी अविनाश ने आयोजन-स्थल मुम्बई से बदलकर बँगलौर किया ··· वहाँ भी शिवसेना की धमकी थी कि उठापटक करेंगे। नई जगह और वहाँ सुरक्षा के लम्बे-चौड़े इन्तजाम में अविनाश का जो खर्चा हुआ सो अलग, जितनी बड़ी तादात में टिकट बिकने की उम्मीद थी और बिक्री से जो बड़ी रकम खड़ी होनेवाली थी वह नहीं हो सकी। लोग डर की वजह से पीछे हट गए। अविनाश कपूर तगड़ा गच्चा खा गया। व्यापार में शिकस्त खाकर अविनाश ने अपना हाथ अपने क्षेत्र में ही आजमाने की कोशिश की, बड़ी फिल्में साइन कीं लेकिन वे फिल्में भी पिट गईं। वह समय कि उसका नाम होते ही फिल्म हिट हो जाती थी, जा चुका था। अविनाश हताश था ··· उसके भीतर कुछ ऐसा पैठ गया था कि अब पहले से बिल्कुल उल्टा समय है—वह जिस चीज में हाथ लगाएगा, उसमें कम-से-कम फायदा तो नहीं ही होगा। इसलिए वक्त के फैसले को चुपचाप मान धीरज से अपने पुराने पैसे से ही गुजारा करना था। वह भी कर लेता लेकिन फिलहाल तो उस बड़ी योजना के मलबे से निकलना था, कर्ज को वसूलने के लिए बैंक ने मुम्बई के उस आलीशान मकान को नीलाम करवा दिया जो गिरवी रखा गया था। अविनाश को रहने के लिए छोटे मकान में जाना पड़ा। कहाँ वह सोचता था कि अपने लोकप्रिय समय में फिल्मों से उसने इतना कमा लिया है कि इसी रईसी से आजीवन रह सकेगा, वहीं देखते-देखते उसे अपना बड़ा मकान छोड़ छोटे में जाना पड़ा। अब बड़ी कमाई का कोई जरिया नजर नहीं आता था, सिवा इसके कि अपने बेटे को फिल्मों में उतारा जाए ··· तो वहाँ भी फिल्मी दुनिया में अब अविनाश की वह स्थिति थोड़ा ही थी जो पहले थी। मेगा शो के नुकसान की खबर भी सबको थी और फिल्मों की दुनिया में तो उसी की पूछ थी जिसके पास पैसा था। तेजी से अविनाश की साख गिरती चली जा रही थी। बेकार ही वह पिछले कुछ सालों से कभी इसके, कभी उसके पीछे घूमता रहा। वह सोचता था कि राजनीतिक हस्तियों से साँठ-गाँठ बिठाना काम आएगा जैसे कि फिल्म इंडस्ट्री में लोगों के साथ उठना-बैठना, पार्टियों में जाना काम आता था ··· लेकिन यहाँ तो कोई काम नहीं आता। राजनीति में तो बन्दे इतने घाघ थे उल्टे उसका ही इस्तेमाल करके निकल गए। मेगा शो को लेकर मोहन्ती के विभाग की जाँच-अनुसन्धान जारी है, उसे रोकने के लिए पृथ्वीसिंह ने कुछ नहीं किया। वह सिर्फ अविनाश को लिये-लिये घूमने, घूमते हुए अपना रौब गाफिल करने के चक्कर में ज्यादा रहता है। इधर शिवसेना के नेता को ही देखो ··· अविनाश के घर खाना खा गया, प्रधानमन्त्री से मिल गया और उसी की पार्टी अविनाश का इतना नुकसान कराने पर आमादा थी। अविनाश मिलने गया ··· फिर भी उसने कुछ नहीं किया। आखिर अविनाश ही अपना इस्तेमाल क्यों होने दे ··· उसे राजनीतिक हलके से जबर्दस्त वितृष्णा हो गई थी।

उन्हीं दिनों पृथ्वीसिंह को अविनाश कपूर की फिर से जरूरत आ पड़ी। पृथ्वीसिंह महत्त्वाकांक्षी व्यक्ति था तो उसने नेहरू परिवार के एकदम अन्तरंग होने का प्लान

बनाया। अविनाश वर्षों से उस परिवार का मित्र था। पृथ्वीसिंह चाहता था कि अविनाश खास स्टाइल में उसकी नेहरू परिवार के यहाँ 'एंट्री' करा दे। उसके बाद वह धँस लेगा। अपनी यह खूबी वह अच्छी तरह जानता था। आनन-फानन वह अपने नेता का दाहिना हाथ बन गया था ··· लेकिन यहाँ कांग्रेस जैसी बड़ी पार्टी नहीं थी तो पृथ्वीसिंह के आगे बढ़ने के लिए रास्ता भी छोटा था। पृथ्वीसिंह सोचता था कि एक बार नेहरू परिवार में उसे प्रवेश मिल गया तो वह देखते-देखते वहाँ से पुराने कांग्रेसी नेताओं का सफाया कर खुद परिवार की आँख-कान बन जाएगा ··· राष्ट्रीय शक्ति। उसे अविनाश कपूर से पूरी उम्मीद थी लेकिन अविनाश ने सूखा-सा जवाब दे दिया कि वह अब उस परिवार के उतना करीब नहीं है। पृथ्वीसिंह का गला सूख आया—वह उसी वक्त कहना चाहता था—तीखा कुछ ··· लेकिन उसके मुँह से कुछ नहीं निकला। अविनाश बदला निकाल रहा है ··· जबकि पृथ्वी ही जानता है कि उसने अविनाश के लिए कितना किया, मोहन्ती से सम्बन्ध तोड़ लिये। अब क्या किया जाए कि मोहन्ती ही खराब पटाखे की तरह फुस्स निकल गया। रही बात शिवसेना की तो एक नेता कैसे अपनी ही पार्टी के रोष के खिलाफ जा सकता है। उसे पार्टी में अपनी पोजीशन—अभी की और आगे की भी—इनका ख्याल करना है। राजनीति का खाका बेहद उलझा होता है—यह बात इन फिल्मवालों के भेजे में नहीं चढ़ती। कैसे चढ़े—ये तो आदी होते हैं एक छोटे से शॉट के, रटा-रटाया जुमला बोल आए और 'कट' ! कोई बड़ी बात नहीं थी अविनाश के लिए पृथ्वीसिंह को उस परिवार में ले जाना—एक सोशल काल ··· और क्या। साफ दिखा कि अविनाश ने टाला है। पृथ्वीसिंह गुस्सा खा गया ··· वह अपने बलबूते पर उस परिवार में जगह बनाकर दिखा देगा। उसे विश्वास था कि राजनीति के सब लोग अब उसके बारे में इतना तो जानते ही हैं कि वह बहुत तेजी से पिछले दो सालों में राष्ट्र के राजनीतिक फलक पर उभरकर आया है इसलिए कोई भी नेता कम-से-कम उससे मिलेगा जरूर या मिलने का ख्वाहिशमन्द रहेगा। अपने बारे में वह यह भी जानता था कि उसमें ऐसे गुण हैं कि वह एक ही मुलाकात में किसी को इतना प्रभावित कर सकता है कि सामनेवाला उसे अपनाने को आतुर हो जाए। पृथ्वीसिंह ने अपने बलबूते पर मिलने के लिए समय माँगा। कुछ दिनों तक कोई जवाब ही नहीं आया। तब पृथ्वीसिंह ने अपने पी.ए. के मार्फत उनके पी.ए. को याद दिलाया तो उधर से दो टके-सा जवाब आ गया कि अभी बहुत व्यस्त हैं, मिलना सम्भव नहीं हो सकेगा, एक महीने बाद चेक कर लें। सुनते ही पृथ्वीसिंह का चेहरा लाल हो गया ··· वह जो प्रधानमन्त्री को लिये-लिये घूमता था, वह न मिलने की चीज है क्या—यह वह सोच ही नहीं सकता था, लेकिन दूसरी तरफ नेहरू परिवार की विरासत थी—राजसी तेवर, उठी हुई गर्दन ··· उन्हें मालूम था कि उन्हें आज नहीं तो कल, कल नहीं तो परसों प्रधामनन्त्री बनना ही है। जो देश विदेशियों को सैकड़ों सालों तक अपने ऊपर बिठाए रहा, वह उन्हें कभी-न-कभी कम-से-कम पाँच साल के लिए तो अपना राजा बनाएगा ही। पृथ्वीसिंह जैसे छोटे कद के राजनेता से मिलने के प्रस्ताव में उन्हें अपमान दिखा ··· क्योंकि उन्हें विदेशी राजनेताओं और देशी

पार्टियों के बड़े नेताओं से ही मिलने की आदत थी। पृथ्वीसिंह छोटे, उनकी पार्टी भी छोटी ! पृथ्वीसिंह खून का घूँट पीकर रह गए।

पृथ्वीसिंह का मौका आया जब भा.ज.पा. सरकार गिरी और नेहरू परिवार ने बाकी पार्टियों को साथ ले सरकार बनाने की पेशकश कर डाली। वे यह मानकर चलते थे कि ये सब छोटी-छोटी पार्टियाँ उनके पीछे-पीछे आएँगी ही आएँगी। पृथ्वीसिंह की पार्टी का सहयोग अहं था क्योंकि उनके संसद-सदस्य संख्या में खासे थे। कांग्रेस के नेताओं ने पृथ्वीसिंह की पार्टी के नेता को मनाने की बहुत कोशिश की, लेकिन वह नेता पृथ्वीसिंह के कहने में था ! पृथ्वीसिंह अपने अपमान को भूला नहीं था। अपनी निहायत व्यक्तिगत रंजिश के कारण पृथ्वीसिंह ने अपने नेता को नेहरू परिवार के खिलाफ तरह-तरह से समझाया ''' कि आपको प्रधानमन्त्री का पद मिलना चाहिए, राजनीतिक कद में आप नेहरू परिवार के नुमाइन्दे से बड़े हैं, क्या कांग्रेस आपको प्रधानमन्त्री बनाने के लिए राजी होगी ? छोटा-मोटा मन्त्री बनने से क्या फायदा ''' वह तो आप कई बार बन चुके हैं, आपको तो अब सीधे प्रधानमन्त्री बनने के लिए जद्दोजहद करनी चाहिए। इस गठबन्धन में आप तीसरे या चौथे नम्बर के नेता होंगे। पृथ्वीसिंह के नेता में ललक कांग्रेस को सपोर्ट कर मन्त्री पद ही का सुख भोगने की थी, पृथ्वी न होता तो देर-सवेर वे तैयार हो जाते लेकिन पृथ्वीसिंह ने इतना भरा, इतना भरा ''' कि वे पागल से घूमते रहे। जब उनकी ढूँढ़ मची होती तो पृथ्वीसिंह उन्हें अंडरग्राउंड करा देता—"ढूँढ़ने दो कांग्रेसियों को, बौखलाए फिरने दो नेहरू परिवार को, प्रधानमन्त्री पद से एक बार वह चिपका तो आपके जीवन काल में तो उसे छोड़नेवाला नहीं ''' हाँ नहीं करना है, पीछे आने दो, उन्हें और मिन्नतें करने दो, इससे आपकी साख और बढ़ेगी।" कांग्रेस ने राजबहादुर राय के मार्फत पृथ्वीसिंह को पकड़ने की कोशिश की। राजबहादुर राय से पृथ्वीसिंह के सम्बन्ध राजनीति में आने के पहले से थे, एक वक्त उसने मोहन्ती से कहकर राजबहादुर का काम भी करवाया था ''' और अभी तक दोनों अपनी पार्टियों (विचारधाराएँ तो अब बची ही नहीं थीं) को एक किनारे रखकर गर्मजोशी से एक दूसरे से मिलते थे, एक दूसरे के काम आने की कोशिश भी करते थे। राजबहादुर ने पृथ्वी से कहा कि अगर कांग्रेस की सरकार बन गई तो वे—पृथ्वीसिंह के मित्र—मन्त्री बनेंगे, पृथ्वीसिंह जैसे दोस्तों के काम आएँगे ''' पर पृथ्वीसिंह का जख्म इतना गहरा था कि उस बात ने भी असर नहीं किया। राजबहादुर राय मन्त्री बन गए तो पृथ्वीसिंह तो वहीं का वहीं रहा। उसकी पार्टी से तो एक ही मन्त्री बनाए जाएँगे और वह है पृथ्वीसिंह के नेता। वैसे बात उठाई जाती तो इस बात पर भी सहमति हो सकती थी कि पृथ्वीसिंह को भी मन्त्री-पद दे दिया जाए लेकिन पृथ्वी तब भी न मानता। उसकी व्यक्तिगत बदले की भावना इतना जबर्दस्त थी कि वह कांग्रेस—खासतौर से नेहरू परिवार को एक बार चोट पहुँचाना चाहता था—देखो ''' तुमने मुझसे मिलने से मना किया, मैंने तुम्हें प्रधानमन्त्री नहीं बनने दिया ! एवज में उसकी पार्टी का, उसके नेता का, उसके दोस्तों का, स्वयं उसका चाहे जितना नुकसान हो जाए। वह जता देना चाहता था कि एक पृथ्वीसिंह की

वजह से कांग्रेस सरकार बनाने से रह गई, नेहरू परिवार का सपना पूरा न हुआ, पृथ्वीसिंह से न मिलना उनको कितना महँगा पड़ा ··· तो उल्टे वह राजबहादुर राय पर बरस पड़ा—"किस किस्म के लोग हैं आप सब ? आपको अब स्वयं प्रधानमन्त्री बनने की बात करना चाहिए। कितने पुराने नेता हैं आप कांग्रेस के और आप हैं कि बस नेहरू परिवार ··· उस परिवार का हो, भले ही कल ही राजनीति में उतरा हो, आप उसे सीधा प्रधानमन्त्री बनवा देंगे। क्या आपको यह नहीं दिखाई देता कि उसके आते ही आपका आगे बढ़ना हमेशा-हमेशा के लिए खत्म ··· आप मन्त्री-के-मन्त्री ही रह जाएँगे, ताजिन्दगी। आपको प्रधानमन्त्री बनाने का प्रस्ताव हो तो मैं आज अपने नेता को तैयार कर लेता हूँ, आपकी खातिर वे कैबिनेट में भी शामिल नहीं होंगे ··· चलिए, बोलिए ··· "

राजबहादुर राय चुप। नेहरू परिवार के अलावा दूसरा कोई प्रधानमन्त्री बने—उस हलके में यह कहने की हिम्मत कौन कर सकता था !

अजीब थे ये खेल कि कल तक जिसका काम कराने के लिए पृथ्वीसिंह खुद घूमता था, वह अविनाश कपूर जो अपने घर पर पृथ्वीसिंह के कहने पर कैसी भी मीटिंग रखवा सकता था, वे एक दूसरे से कन्नी काट रहे थे और जिस राजबहादुर राय के लिए पृथ्वी फड़फड़ाता घूमता था, हमेशा उनके गुण गाता था ··· आज उनके कहने पर भी पृथ्वी कुछ करने को तैयार नहीं था ! जो यह देखता इस निष्कर्ष पर जरूर पहुँचता कि राजनीति में सबकुछ हो सकता है, हमेशा चलनेवाले, हर हाल में भीतर से ईमानदार रहनेवाले आत्मीय सम्बन्ध नहीं बन सकते। यहाँ लोग समय के एक खास बिन्दु पर अपने-अपने खेल खेलते हैं, पूरी चतुराई से खेलते हैं और इसीलिए यहाँ कोई किसी का दोस्त नहीं हो सकता।

भा.ज.पा. सरकार गिर गई, नई सरकार नहीं वन सकी। कांग्रेस की, नेहरू परिवार की राष्ट्रीय स्तर पर फजीहत हुई क्योंकि सबके सामने सत्ता के लिए प्यासे नजर आए। स्वयं पृथ्वीसिंह भी छोटी पार्टी का एक छोटा-सा नेता बनकर रह गया। अगर उसकी पार्टी कांग्रेस के साथ मिलकर सरकार बनाती तो वह महत्त्वपूर्ण व्यक्ति हो सकता था, कम-से-कम कुछ समय के लिए। अब सबको चुनाव झेलना था। चुनाव में पृथ्वीसिंह की पार्टी अपने दम पर कहीं नहीं ठहरनेवाली थी और उसने अपनी स्थिति ऐसी बना ली थी कि वह न तो भा.ज.पा. के साथ आ सकती थी, न कांग्रेस के। डर था कि कहीं चुनाव में उसका अस्तित्व ही न खत्म हो जाए, पृथ्वीसिंह खुद भी धूल के एक कण की तरह कहीं का कहीं फिंका हुआ दिखाई दे ··· लेकिन बच गए, चुनाव में उन्हें कुछ सीटें मिल गईं, हालाँकि पहले से बहुत कम।

पृथ्वीसिंह और उनकी पार्टी की हैसियत नए परिवेश में नीचे ढुलक गई थी। जितनी जल्दी पृथ्वीसिंह फूला, उससे भी ज्यादा जल्दी पिचक गया। जितना वह चाहता कि उसकी उपस्थिति सब कोई महसूस करे, उतना ही अब उसकी तरफ कोई ध्यान नहीं देता था। अब चुपचाप उस वक्त का इन्तजार करना था जब फिर से छोटी-छोटी पार्टियों को मिलकर कोई गुल खिलाने का मौका आए ··· पृथ्वीसिंह फिर महत्त्वपूर्ण हो जाए।

और वह समय अभी दूर था ⋯ काफी दूर। तब तक इन्तजार करने का धीरज था क्या पृथ्वी के पास ?

6

मोहन्ती की डायरी से

छत्तीस वर्ष पहले नौकरी का जो जुआ इस बैल पर रखा गया था वह आखिर उतर गया। जुए को गर्दन पर रखे बैल चलता रहा, चलता रहा ⋯ एक बने-बनाए रास्ते पर गाड़ी को खचोरता। कभी अन्धा चलता, कभी थूथन और सींग मटकाकर चलता, कभी पुट्ठे पर कोंच, पीठ पर छड़ी की मार झेलता चलता ⋯ भागता। दिन चलता ⋯ रात चलता।

छत्तीस वर्ष दो महीनों के बाद जुआ जब उतरा है तो गर्दन पर घिसाव उछला हुआ है, पुट्ठे पर कोंच खाते-खाते खाल उधड़ी दीखती है, गोलाकार।

कहते हैं आदत पड़ जाती है नौकरी की। याद आया करते हैं—रोज दाढ़ी बनाकर, सजधजकर निकलना, फाइलों में दिमाग घुसाना, उन्हें इधर-से-उधर करना और शाम को इस तरह लौटना जैसे बड़ा जंग जीतकर लौटे हों। दिन-भर दुनिया-भर की दन्द-फन्द और दाँवपेंच। काम, जिसका बड़ा हल्ला मचाया जाता है, वह कितना होता है ⋯ कोई अपने दिल से पूछे। पर दिनचर्या की जो आदत पड़ जाती है, अवकाशप्राप्ति के बाद उसकी हूक-सी उठती है, रह-रहकर। महत्त्वपूर्ण होने की चहक जो रोज-ब-रोज आपको उचकाती घुमाती रहती थी, वह हवा के एक झोंके की तरह गुजर गई; लोग जो आपके इर्द-गिर्द मँडराते ही रहते थे, वे एकाएक गायब और आप उस नगर की तरह पीछे छूट गए जहाँ के रहनेवाले कूच कर गए हों। इसलिए अवकाशप्राप्ति पर जीवन में सहज ही खालीपन उतरा आता है। कुछ लोग बीमार हो जाते हैं, असमय मर जाते हैं।

तेरा क्या होगा कालिया !

निगाह रह-रहकर पीछे की ओर जाती है—लम्बा फासला जो मैं तय करके यहाँ तक पहुँचा। एक पद से दूसरे, दूसरे से तीसरे को फलाँगता जैसे किलों को जीतता हुआ नौकरी के शिखर पर भी पहुँचा, लेकिन पीछे देखता हूँ तो किले कहीं नहीं, वीरान मैदान के अतिरिक्त कुछ नहीं दिखता ⋯ वैसा ही एक मैदान जैसे मैंने कच्छ की रन में देखे थे—अधसूखे कीचड़ भरे, काले, हदेनिगाह तक दरख्त क्या, पौधा नाम की भी कोई चीज नहीं, सिर्फ धूल के छोटे-बड़े बगूले। लोग अब भी बताते हैं जो तरक्की मैंने की, पर वह समाज जिसकी सेवा के लिए आदर्शवाद के उस दौर में (साठ के आसपास) मैंने नौकरी शुरू की थी, उसकी हालत तो बदतर ही हुई। मैं सिर्फ अपनी सेवा करता रहा। याद आती है वह बस्ती जहाँ से मैंने जीवन शुरू किया था—जिन्दगी तब कैसी भरी-पूरी थी, हालाँकि बिजली और नल तक नहीं थे। कुएँ-तालाब भरे रहते, कहीं से मीठा पानी निकाला जाता, किसी तालाब में कपड़े धोए जाते। नदी के लिए सुबह-सुबह लोगों की

कतारें जाती दीखतीं, बतकहे, ठहाके, गूँजते होते ··· वह उत्साह। ऐसा प्रीतिभाव कि मैं जिस घर पहुँच जाता वहीं कुछ-न-कुछ खाना-पीना होता। हालाँकि वहाँ के आदमी के स्वभाव में अक्खड़ता, लठैती, लम्पटता—ये थे—पर जो जीवन उपलब्ध था उसमें वह दब जाता। गरीबी थी लेकिन साधारण जीवन शैली में कैसी रची-बसी, ऐसी दिखती जैसे किसी साधु के यहाँ कम चीजों का होना दिखता है। मैं उस समाज की बेहतरी के लिए सरकारी नौकरी में गया था। मेरी तो बेहतरी हुई, लेकिन वह समाज ? पक्के घर बनते गए, एक के बाद एक ··· खाली जगह खेतों और पेड़ों को लीलते। नल-बिजली आए, साथ कूलर, टी.वी. केबिल लाए। तालाब सूख गए या इमारतों के लिए सुखा डाले गए, कुएँ पुर गए। आज नल हैं पर पानी नहीं आता, बिजली है तो घंटों गायब रहती है। जब होती है तो घर-घर में टी.वी. का शोर है, पड़ोसियों का आपस में मिलना कम हुआ, वे ठीक से सो नहीं पाते। जातियों में जहाँ एकरसता थी अब वैमनस्य है ··· खुली सड़क पर पिस्तौल चल जाते हैं।

कभी-कभी ताज्जुब होता है कि अदना मेरी छोटी-सी जिन्दगी, उसके भी सिर्फ छत्तीस वर्ष और इतना कुछ हो गया ! जो गंगा-जमुना मैंने देखी थी उनकी जगह कीचड़ भरे नाले हैं। इलाहाबाद जाते समय रेल जब मानिकपुर से गुजरती थी तो जंगल इतना घना था कि खड़खड़ बजा करता था, आज वहाँ बौने टीले हैं, सेला पास जैसी ऊँचाई पर भी ठूँठ ही ठूँठ मिलते हैं, विश्वविद्यालय सिर्फ नाम के बचे, शहर—चाहे दिल्ली हो या इन्दौर—धुआँ-धुआँ। हम जाति भेद मिटाने चले थे पर हमने उसे इतना गहरा दिया है कि बाकायदे जंग छिड़ी हुई है। पहले पढ़ा करता था कि फलाँ जगह नदी थी, लुप्त हो गई, अब विश्वास हो चला है कि कभी ऐसा समय आएगा जब गंगा का जिक्र लोग सिर्फ पढ़ सकेंगे, उसे देख नहीं सकेंगे। यह सब हो गया और हम, हमारे नेता शासन करते रहे !

हमारे देश में दो तरह के लोग हमेशा रहे हैं। एक वे जिनकी दृष्टि विदेशियों पर रहती थी, दूसरे वे जिनकी भारतीयता, अपनी अस्मिता पर। पहले वर्ग के लोग विदेशियों की चरणधूलि लेने को बेताब रहते थे, वे गद्दारी करते, देश को लूटने में विदेशियों की मदद करते, देश और समाज की जगह अपनी बढ़ौती को सामने रखते। दूसरे देश के लिए मर मिटनेवाले लोग थे—निस्वार्थी, आजाद तबीयत के और अपनी संस्कृति और 'इथॉस' को सामने रखकर चलनेवाले। जब पहले वर्ग के लोगों का वर्चस्व हुआ तो देश परतन्त्र हुआ, जब दूसरे वर्ग के लोगों का वर्चस्व हुआ, गुप्तकाल का स्वर्ण युग, भारतीय पुनरुत्थान का समय, स्वतन्त्रता आन्दोलन का दौर आया। आज फिर पहली श्रेणी के लोगों का बोलबाला है। हमारे आकाओं जैसे कि अपना वह मुस्कुराता मन्त्री ··· उनकी लालायित नजरें विदेशियों की ओर उन्मुख हैं। आइए सर ! हमारी आर्थिक प्रगति कीजिए। ग्लोबलाइजेशन ! कोई विचार नहीं कि हमारा सचमुच विकास किस तरह का होना चाहिए, हमारे समाज को शौचालय, साफ पानी की जरूरत है या कि एक-से-एक कारों की। हमारे अपने व्यापारियों, छोटे व्यापारियों, उद्योगों, लघु उद्योगों का क्या होगा।

अपने देश की भी क्या कुंडली है—बेचारा हमेशा लूटा जाता रहा—महमूद गजनवी से लगाकर अंग्रेजों और अब नेताओं-अफसरों तक। थोड़ा पहले अंग्रेज थे, अब हमारे अपने काले अंग्रेज हैं। शब्द किस कदर घिस गए—जब नेता कहे वह देश की सेवा करना चाहता है तो माने यह कि देश को लूटकर घर भरना चाहता है। डायनैमिक अफसर वह है जो मन्त्री की इच्छा-पूर्ति के लिए हर कायदा-कानून तोड़कर, अपने को बचाते और मातहत पर तोहमत या जिम्मेदारी लादते हुए काम करा ले जाए ··· डी.वी. जैसा। प्रजातन्त्र के माने यह कि पूरनमल की तरह किसी को कुछ कह डालिए; संसद में, विधान सभाओं में गाली-गलौज, हाथापाई पर उतर आइए, प्रशासन में मनमानी, स्वच्छन्दतावाद चलाइए। प्रेस की स्वतन्त्रता के माने यह कि जो मन्त्री तुम्हारा ख्याल करे, उसका तुम ख्याल करो ··· उसने कहा या उसने तुम्हारे अखबार के मालिक से कहा और मालिक ने तुम्हें इशारा किया तो तुम किसी की भी पगड़ी उछाल दो !

देश की तरक्की (!) करने में जो मैं इतने वर्ष लगा रहा, उसे दरकिनार कर अगर सिर्फ अपनी तरक्की को टटोलता हूँ तो भी कहीं कुछ हाथ नहीं आता। अवकाशप्राप्ति के दिन सब यों पुँछ गया जैसे कोई बच्चा सलेट पर खड़िया से लिखी एक लाइन को एक उँगली से हलके सरकाव से पोंछ देता है—वे सब पदनाम, वे तथाकथित बड़े—प्रशासनिक काम जिन पर कभी-कभी मैं भी डींगें मार लेता था। लगता है न कुछ हुआ, न कुछ किया। सिर्फ वक्त गुजरा, छत्तीस वर्षों का लम्बा वक्त। पीछे छूटे हैं तो कहीं किसी कमरे में बोर्ड पर लटकी पदाधिकारियों की फेहरिस्त में मेरा नाम—जिसे मैं कभी देखने नहीं जाऊँगा, आनेवाली पीढ़ियों के लिए भी जिसके कोई अर्थ नहीं होंगे या झाड़-झंखाड़ में खोई कोई आधारशिला, कहीं कोई नींव रखी होगी ··· पर वह नींव थी क्या वाकई ?

कुछ-कुछ मजा आ रहा है इस सब निस्सारता को सोचकर। कैसे बेवकूफ हैं वे जिनके भेजे में महत्त्वपूर्ण होने का यह ठर्रा चढ़ जाता है पर वे बेवकूफ नहीं चतुर, बड़े शातिर लोग हैं। वे कहते हैं आज जो हुड़क है वही असल है क्योंकि इसी हुड़क से तुम वजनी व्यक्ति बनते हो, जिससे फिर पैसा बनता है ! बाद का क्यों सोचा जाए। अलबत्ता मैं जरूर बेवकूफ बना रहा आधी जिन्दगी—जहाँ कुछ नहीं था, वहाँ फँसा रहा। कभी वक्त के पहले निकलने की हिम्मत न जुटा पाया, आखिरी पड़ाव तक चलता रहा। थोड़ा अच्छा जो हुआ वह यही कि तब जब मैं इस तथाकथित महत्त्व के दौर से गुजर रहा था, तब भी मैं इसकी निस्सारता न सिर्फ समझता था, महसूस कर लेता था ···

कैसा लग रहा है अब ? लोग छूट गए हैं—यह साफ दिखता है। वे जो जबर्दस्ती चिपके रहते थे—व्यापारी बुद्धिवाले लोग, अफसर ··· वे तो गए ही, कुछ वे जो सचमुच आत्मीय थे वे व्यावहारिक कारणों से छूट गए हैं। उनसे अब मिलना नहीं हो पाता। मैं उतना 'मोबाइल' नहीं हूँ, जब चाहे फोन नहीं कर सकता। आम जीवन के रास्ते चलते-चलाते उनसे मुलाकात नहीं हो सकती। उन्हें, और मुझे भी मिलने के लिए मेहनत करनी होगी जो होगी नहीं और ये लोग देर-सवेर मेरी जिन्दगी से छिटक जाएँगे। अफसोस होता है ऐसे कुछ उम्दा व्यक्तियों का अपनी जिन्दगी से निकल जाने का।

मैं देश के एक छोटे नगर में, एक कोने में आ बैठा, इसलिए यह सब और भी जल्दी होगा ? कुछ असली प्रेमी अब भी हैं जो खोज-खबर लेते हैं, मेरे लिए दौड़-धूप करने को आतुर हैं। ये वे लोग थे जिनके लिए मुझे समय नहीं मिलता था, इस कदर चापलूस, मतलबी बुद्धि के लोग मुझे घेरे रहकर मेरा समय खा जाते थे। इस मामले में रिटायरमेंट एक अच्छी चीज है कि असली घी ही अब तुम्हारे पास है, डालडा जो था वह अपने आप बह गया।

इस छोटे नगर में बसने का तय करके, रिटायरमेंट के पाँच दिनों बाद ही यहाँ पहुँचने की जल्दी ··· इसके पीछे भगवान बुद्ध के एक कथन से बल मिलता रहा है—नए की शुरुआत तभी तो होगी जब तुम पुराने से पूरी तरह खुद को काट लो। तो उस नगर में बसना जहाँ मैं पहले कभी नहीं रहा। सबकुछ नया होगा यहाँ और मुझे इस नए को ही ढूँढ़ना और जीना है। फिलहाल शान्ति नहीं तो विश्रान्ति जरूर महसूस करता हूँ। सम्भवतः ऐसी ही अनुभूति कृष्ण को हो रही होगी जब बहेलिए के तीर से बिंधने के पूर्व वे पेड़ के नीचे लेटे, ऊपर की पत्तियों का धीरे-धीरे हिलना-डुलना देख रहे होंगे, यादवों का कलह, अपने राज्य को ही बचाने में असफल कृष्ण। मैं अक्सर सोचता हूँ कि सरकार और प्रशासन में इतने सारे अच्छे और निष्ठावान लोग अब भी हैं—फिर भी वे कोई असर क्यों नहीं पैदा कर पाते। कुछ असर तो जरूर पैदा करते हैं वे, तभी तो बाद के समय में उन जैसे अच्छे लोग आते ही रहते हैं। प्रशासन जो थोड़ा-बहुत चल रहा है—यह भी उन्हीं कुछ अच्छे लोगों की वजह से होगा। शायद हमें वे लोग, उनका किया कम दिखता है ··· जो उल्टा करते हैं, वे और उनका काम ज्यादा दिखता है। लेकिन नहीं, हम पतन के रास्ते पर तो निश्चित ही हैं। फिर क्या कुछ नहीं किया जा सकता अपने शासन तन्त्र को दिशा देने की दिशा में ? अवकाशप्राप्ति पर आकर जब सारी पुरानी प्राप्तियाँ व्यर्थ दिखती हों तो लगता है मैं अगर लालायित होकर उन लोगों के मन का करता नहीं चला तो मैंने ठीक ही किया। अगर दोबारा यही जीवन-अध्याय मुझे जीने को मिले तो मैं क्या यही सब करूँगा जो किया ! सीख से थोड़ा फर्क निश्चित होगा—अध्यक्ष पद पाने के लिए मैं इस हद तक नीचे नहीं जाना चाहूँगा, चुपचाप अपनी बारी और निष्पक्ष चुनाव का इन्तजार करूँगा और अध्यक्ष बनने के बाद थोड़ा ज्यादा मुखर होकर विरोध करूँगा, भले ही मुझे वे इससे पहले ही हटा देते। मुझसे बेहतर लोग—वे जिनकी रीढ़ की हड्डी और ज्यादा मजबूत है, वे और कारगर विरोध कर सकते हैं। दरअसल विरोध भी नहीं है यह, अपनी जमीन पहचानकर उस पर दृढ़ता से खड़ा रहना है ··· जैसे समुद्र की लौटती लहर के साथ जब पैरों के नीचे की रेत तेजी से बही जा रही हो, उस वक्त अपने पैर मजबूती से जमीन में गँपाए रखना। जितना अधिकारी लोग उथली प्राप्तियों के लिए भूखे रहेंगे, उनमें लालच होगा उतना ही वे राजनेताओं द्वारा इस्तेमाल किए जाएँगे। इस लालच को जीतना कितना आसान है क्योंकि जिन चीजों के लिए लालच है वे ही कुछ नहीं हैं। लालच को हम जीत सकते हैं। अगर यह याद रखें कि क्या सही बोलने सही करने का सुख ज्यादा है या कि उन चीजों के भोग

का सुख जो हमें किसी को प्रसन्न करने के लिए गलत काम करने से मिलती हैं ?

पता नहीं सकुशल अवकाशप्राप्ति (वर्ना सरकार का क्या, आखिर वह सरकार ठहरी !) या कि इस नगर की फिजाँ का कमाल है कि नई जगह से एक प्रीतिपूर्ण जुड़ाव, एक शान्ति-सी मुझे हर पल लपेटे रहती है इन दिनों, घर को जमाने की चखचख के नीचे भी। हालाँकि इस बरस वह बरसात नहीं हुई जो अमूमन यहाँ होती है पर मौसम अच्छा है। वह उमस नहीं हुई जो मुम्बई-दिल्ली में होती है। इन दिनों सुबह हल्की-सी खुनक भरी ठंडक होती है जो बचपन में दशहरे के आसपास महसूस किया करता था। यह अजीब है पर जाने क्यों लगता है, वे दिन लौट आए हैं जब मैं सात-आठ साल का था, मेरे जीवन में जब कोई नहीं था, कुछ नहीं था, पढ़ाई-लिखाई की वह तनाव भरी दौड़ भी शुरू नहीं हुई थी, जीवन खुल रहा था। अब साठ पहुँचने पर वैसी ही प्रतीति ! कमाल है ! पिछले करीब एक बरस से एक किताब हाथ नहीं लगाई जब कि हर पढ़े-लिखे आदमी को हमेशा एक-न-एक किताब से सटे रहना ही चाहिए। यहाँ झाड़-पोंछकर किताबें जमाईं और उनके पास बैठना शुरू हुआ तो लगा धूल में लम्बा चलने के बाद आखिर एक वृक्ष की छाया में बैठने को मिला है। अर्से बाद इर्द-गिर्द लोग कम क्या, हैं ही नहीं ··· यह भी अच्छा लग रहा है। मैं ऐसे अपने साथ रहने को कब से तरस रहा था। हल्की-सी टीस अपने एकदम बहुत प्रिय लोगों के छूट जाने की जरूर है। मुझे थोड़ा सावधान रहना होगा। अन्तरंग जो छूटे, भीड़भाड़ जो खत्म हुई, उससे उत्पन्न खालीपन को भरने के लिए कहीं मैं इस शहर में नया 'सोशल सर्किल' बनाने में न जुट जाऊँ, बेकार के कामों में अपने को न डाल दूँ। मुझे अपने खालीपन को ही जीना चाहिए। इससे ही निकलेगा कुछ।

अक्सर सुबह घूमते समय, या अकेले में नौकरी की कुछ कड़वी-कड़वी यादें जेहन से टकराती हैं, हाल के हुए वारदात लौट-लौटकर सामने घूमते हैं, एक खराश तलुवे में चकचकाती होती है। आत्मकथा या मौमॉयर्स लिखने की सोचता हूँ ··· पर कड़वाहट ज्यों की त्यों न उगली जाए, उसकी जगह जैसे धरती गन्दा पानी सोख लेती है, अपने अन्तस में ले जाकर उसे शुद्ध करके फिर ऊपर फेंकती है। पता नहीं कितना हो सकेगा यह, क्योंकि कड़वाहट तीखी है और मैं धरती नहीं हूँ। अलबत्ता बार-बार बाइबिल की वह पंक्ति दोहराता हूँ—''फादर फोरगिव दैम फॉर दे नो नॉट।''

जिस शाम इस नगर पहुँचा था, यहाँ बरसात हो रही थी। दूसरे दिन देखा कि हरसिंगार और चमेली के जो पौधे मकान लेने के फौरन बाद मैंने लगाए थे उनमें पहले-पहले फूल आए हैं, बिही के पेड़ में चार छोटे-छोटे फल भी दिखाई दिए।

इसे प्रकृति का आशीर्वाद समझूँ क्या ?

●●●